MOEWIG
PHANTASTICA

PIERRE KAST

I. Die Vampire von Lissabon

MARC BRANDEL

II. Der Schwanz der Eidechse

HEINZ EWERS

III. Geschichten des Grauens

KIRBY MC CAULEY

IV. Stille Nacht, grausame Nacht

MOEWIG

MOEWIG Band Nr. 1824
Moewig Taschenbuchverlag Rastatt

Verkaufspreis inkl. gesetzl. Mehrwertsteuer
Auslieferung in Österreich:
Pressegroßvertrieb Salzburg, Niederalm 300, A-5081 Anif
ISBN 3-8118-1824-2

Pierre Kast

Die Vampire von Lissabon

MOEWIG

MOEWIG Band Nr. 1811
Moewig Taschenbuchverlag Rastatt

Titel der Originalausgabe: Les Vampires de l'Alfama

Lizenzausgabe mit Genehmigung
Umschlagillustration: Franz Berthold
Umschlagentwurf und -gestaltung: Franz Wöllzenmüller, München
Verkaufspreis inkl. gesetzl. Mehrwertsteuer
Auslieferung in Österreich:
Pressegroßvertrieb Salzburg, Niederalm 300, A-5081 Anif
Printed in Germany 1984
Druck und Bindung: Elsnerdruck GmbH, Berlin
ISBN 3-8118-1811-2

Für
Vinicius de Moraes
und natürlich auch
für
Boris Vian.

Der Roman spielt um die Mitte des 18. Jahrhunderts in Lissabon. Es handelt sich dabei freilich um ein Portugal der Phantasie, man könnte sagen: um ein Traumbild. Man wird hier keinen historischen Persönlichkeiten, nicht einmal in verschlüsselter Form, begegnen. Diesen König und diesen Kardinal-Premierminister hat es ebensowenig wie diese Polizisten gegeben, noch wird es sie jemals geben. Die Handlung läuft parallel zur tatsächlichen Geschichte, der Schauplatz liegt jenseits des Universums, in dem wir leben. Das Kolorit des 18. Jahrhunderts, die Farbe und vor allem die Architektur des portugiesischen Barock, der Geruch der Alfama oder ihres brasilianischen Zwillings, des Pelurinho de Salvador - das ist alles, was dieses Buch wiederzufinden versucht.

Erster Teil

1

Auf dem niedrigen Tischchen nahe der Hängematte stand in einem Wasserbad heiße Trinkschokolade. Das Gefäß war ein solides Stück aus getriebenem Silber. Schwarze Träger hielten auf ihren kräftigen Armen graziöse nackte Nymphen mit jungfräulicher Stirn. Es war ein Geschenk der Silberschmiedgilde von Ouro Preto. Der in Brasilien übliche bizarre Geschmack des Herrn des Hauses sprang überall ins Auge: ein ausgestopfter Schneeleopard, Krokodilhäute, ein Berimbau aus Salvador und eine junge Negerin, zarter noch als die Nymphen, die in der Hängematte schlief. Geräuschlos drehte sich ein Wandregal der riesigen Bibliothek um seine Achse und ließ eine dunkle gewölbte Treppe sichtbar werden. Schürze und Asbesthandschuhe abstreifend, kam João die letzten Stufen herauf. Hinter ihm schimmerte noch rötlich das flüchtig gedämpfte Herdfeuer. Sein matter Schein beleuchtete Retorten, Schmelztiegel aus feuerfestem Ton und Fayencen in verschiedenen Größen. Eussa hatte ein Auge geöffnet, die Alchimistenküche gesehen oder vielmehr erraten, und stellte sich nun, erfüllt von einem unbestimmten Grauen, schlafend.

João schloß sorgfältig hinter sich zu und strich im Vorbeigehen, fast zerstreut, sanft über den kleinen dunklen Körper, ließ sich an seinem von Papieren überladenen Schreibtisch nieder, setzte die Perücke auf und machte sich seufzend an die Arbeit. Die Feder kratzte. Er schrieb sehr schnell.

Eussa sprang aus der Hängematte, goß Schokolade in eine große Tasse aus kostbarem Porzellan und stellte sie schüchtern vor João hin. João trank, während er seine Hand über die Hüfte des Mädchens gleiten ließ.

Dann klingelte er.

Am anderen Ende des riesigen Raumes erschien ein Diener und senkte die Augen, um nicht die aufreizende Nacktheit Eussas zu sehen.

„Eminenz?“

„Laß anspannen, Pedro! In einer halben Stunde fahre ich.“

Der Diener verschwand. Eussa half João beim Ankleiden. Er stöhnte unter der unerträglichen Hitze, bei der es ihm schwerfiel, trotz der verhängten Fenster, der kühlen Fliesen, der blauen Kacheln an den

Wänden, trotz des Gartens, des Wasserbassins und kunstvoller Kaskaden Siesta zu halten, diese allzu kurze Pause, die ihm nur zwei oder drei Stunden Zeit fürs Labor ließ.

Es klopfte. Der Diener erschien.

„Der Wagen ist bereit, Eminenz. Dom Manuel wünscht Euch zu sprechen ... Und das Fräulein möchte Euch vor Eurer Abfahrt sehen ...“

João machte nichts als eine Handbewegung. Ein junger Priester trat ohne das leiseste Zögern ein. Mit einem Wohlgefallen, das sich trotz langer Gewöhnung nicht abgestumpft hatte, betrachtete er recht lange die kleine schwarze Silhouette.

„Geh spielen, Eussa“, sagte João.

Das Mädchen glitt hinaus in den Garten. Die beiden Männer sahen ihr nach und lächelten einander zu.

„Wollen wir, Manuel?“ sagte João.

Ein wenig unsicher warf der junge Priester dem Kardinal einen kurzen Blick zu. Der Doppelsinn französischer Sätze brachte ihn immer noch aus dem Konzept. João zog das Schweigen genüßlich in die Länge. Dann plötzlich setzte er sich.

„Ich höre.“

Dom Manuel seufzte und öffnete melancholisch die Aktenmappe, die er unter dem Arm trug.

„Setzt Euch doch“, sagte João. „Ich hab nichts übrig für Respektbezeugungen zur unpassenden Zeit.“

Der junge Priester gehorchte. Er öffnete eine Akte.

„Ich habe einen Informanten beim Marquis. Ein gewisser Dom François, Jesuitenpater in hohen Ämtern, trifft soeben aus Paris bei ihm ein. Es scheint, daß er eine große Zahl von Dokumenten mit sich trägt, die Euch betreffen.“

João lächelte.

„Ihr wißt doch, daß nichts, was mein Polizeiminister gegen mich im Schilde führt, mir entgeht. Ketzerei, schwarze Magie, Korruption, kleinere Abwegigkeiten – er führt einen Akt über jede meiner Schwächen.“

„Das ist sehr gefährlich.“

„Aber nicht doch! Ich informiere Seine Majestät je nach Bedarf über die Erkundigungen, die ich über die Erkundigungen einziehe, die man über mich einzieht.“

„Prinzip des Mithridates?“

„Eben das. Ich habe den König in der Hand.“

„Ihr glaubt, ihn zu haben.“

„Er hat kürzlich eingewilligt, den Beichtvater zu wechseln. Ihr werdet mir sagen, daß alles von diesem Neuen abhänge. Nun, ich habe Euch als besten Kandidaten empfohlen ... "

„Bin ich nicht ein wenig zu jung dafür?"

João lachte und stand auf. „Ihr seid vor allem ein wenig zu schön ... Ich fürchte, der Einfluß, den Ihr nicht verfehlen werdet, auf den König auszuüben, wird sich nicht auf religiöse Fragen beschränken."

Manuel errötete unmerklich, während er sich ebenfalls erhob. João legte ihm freundschaftlich den Arm um die Schultern.

„Ich werde der Beichtvater des Beichtvaters sein. Ihr habt meine Absolution im voraus."

Das zornige Aufflackern in den Augen Manuels, der ihn kurz ansah, entging ihm.

„Begleitet Ihr mich zum Palast?"

Der junge Mann zögerte. João lächelte und wandte sich einen Augenblick lang zum Garten hin.

„Wenn auch nicht alle Beichtkinder, die ich Euch verschaffe, Euch zusagen, so wäret Ihr doch über ein Mädchen, das der Führung bedürfte, anderer Meinung, wie ich sehe ... "

Er hielt den jungen Mann, als dieser auffahren wollte, mit starkem Griff zurück.

„Bleibt also", fuhr er fort. „Sie ist sicherlich zu ihrer Schwester in den kleinen Pavillon hinten im Garten gegangen. Ihr findet mich später im Ministerium."

Beschwingten Schritts war João schon bei der Tür.

„Eminenz!"

„Ja?" sagte João und blieb stehen.

„Seid vorsichtig. Der Marquis weiß um das kleine Haus in Cascais..."

„Ich weiß, daß er weiß. Ich habe heute nacht die ganze Truppe nach Salvador geschickt. Wie zufällig hat der gute Marquis heute frühmorgens für den König eine kleine Jagd in Cascais veranstaltet. Er dürfte dabei nicht auf seine Kosten gekommen sein. Meine Polizei ist besser als die seine."

„Derzeit ... "

João zuckte die Achseln und ging hinaus. Manuel, nicht ganz sicher, ob dieser Abgang echt war, wartete einen Augenblick lang, dann trat er in den Garten hinaus. Er war überrascht, wie sehr sich der Garten mit jedem Schritt neu erschloß. Ein winziger, bis dahin vollkommen verborgener Pavillon wurde sichtbar. Eussa und ihre Schwester, die kaum älter und kaum mehr bekleidet war als sie, spielten schweigend das Knöchelchenspiel. Sie hoben die Augen, als der schöne junge Priester näher kam, lächelten und standen voll Anmut auf. Sie waren folgsam.

Im Hof stand der Wagen zur Abfahrt bereit. Beim Näherkommen sah João die Reiterin daneben und er empfand ein kurzes und starkes Gefühl der Freude darüber, daß Alexandra noch nicht fort war. Als sie vom Pferd stieg, sprang ihr raffiniert geschlitzter Reitrock weit auf. João konnte niemals genug diese langen, wohlgeformten Schenkel bewundern. Alexandra warf sich in seine Arme.

„Bist du im Begriff, fortzureiten, oder kamst du zurück?" fragte er.

„Ich möchte Penelope bis Cascais reiten ... Wir müssen uns aneinander gewöhnen."

„Liebst du sie?"

„Wahnsinnig. Sag mir, mein lieber Onkel, gehst du diesen gräßlichen Marquis besuchen?"

Joãos Arm, der sich ganz selbstverständlich um Alexandras Taille gelegt hatte, lockerte sich ein wenig, als wolle er sich gleich ganz von ihr lösen. Alexandra drückte sich fester in die Umarmung ihres Onkels. So würde es sich leichter reden lassen, und was sie ihm zu sagen hatte, war nicht erfreulich.

„Er will mich, nicht wahr?"

João seufzte. Alexandra hatte das Profil einer jungen Löwin. Ihr Gesicht war übersät mit Sommersprossen. Die Augen fast durchscheinend. Ihr Teint schimmerte. Sehr häßlich, nach jenen höfischen Begriffen, die sich ihrerseits nach dem Schönheitsbegriff des verstorbenen Königs von Frankreich richteten. Aber der immer noch junge schöne Mann, der es sich anstelle des Verstorbenen, der im Alter ungepflegt und bigott gewesen war, zwischen den bourbonischen Lilien bequem gemacht hatte, würde das junge Mädchen sicherlich zu schätzen wissen. Die Macht ihrer Schönheit traf jeden wie ein Faustschlag.

„Ja. Und er wird alles tun, um dich zu gewinnen."

„Das weiß ich. Ich möchte aber wissen, was du tun kannst, um ihn daran zu hindern."

„Fast nichts. Er hat mich vollkommen in der Hand. Mein einziger Trost ist es, alle seine Schachzüge zu kennen, in jeder Minute. Das ist recht wenig."

„Ich werde ihn niemals heiraten. Beim bloßen Gedanken, daß er mich anrühren könnte, wird mir übel. Außerdem mag ich die Polizei nicht."

„Sie ist notwendig", sagte João. „Ich habe auch eine."

„Du schläfst aber nicht mit ihr."

Sie lachte.

„Übrigens ist sie die einzige, mit der du nicht schläfst. Und mit mir."

„Das ist wahr. Der Inzest fehlt in meiner Sammlung noch."

„Wenn du wolltest - du weißt, ich wäre nicht spröde."
„Nette Erziehung."
„Deine Frau Schwester ... "
„Deine Frau Mutter ... "
„Bis zu ihrer absurden Heirat entwickelte sie einige Hartnäckigkeit. Bist du sicher, daß ich nicht deine Tochter bin?"
„Nein", sagte João.
Sie brachen in schallendes Gelächter aus. João machte sich von Alexandra los, öffnete den Wagenschlag und stieg ein. Sie steckte ihren Kopf ins Innere und dabei öffnete sich ihre Reitjacke einen Spalt breit. Unter den Mechelner Spitzen trug sie nichts. Ein hinreißender Busen preßte sich gegen das Tuch der Jacke. Klein für den Geschmack der Zeit. João widerstand der Versuchung nicht. Seine Hand glitt zärtlich hinein.
„Ziehst du nie ein Hemd an?"
„Beklag dich vielleicht!"
„Also laß uns fortfahren. Das Ganze ist ein Schachproblem. Der Chef meiner Polizei besitzt Waffen gegen mich, deren er sich bedienen will, um meine Nichte zu bekommen ... "
„Gegen ihren Willen ... "
„Wie sie ihm verweigern, ohne die Partie zu verlieren?"
„Zeit gewinnen!"
„So einfach ist das nicht. Es gibt ein politisches Problem dabei. Zentimeter um Zentimeter taste ich mich auf mein Ziel zu, die Jesuiten auszuschalten und die Inquisition einzuschläfern ... "
„Französische Politik. Genau das schreibt mir mein Stiefvater. Übrigens, er bittet mich, zurückzukommen."
„Niemals. Es würde damit enden, daß er dich vergewaltigt."
„Sicherlich, aber aus einer großartigen Regung der Seele heraus, und in einer zauberhaften Landschaft mit Wäldern, Tannen, Bergen, du verstehst?"
„Ich verstehe. Die Nebel des Nordens."
„Sie sind unerträglich, diese kleinen deutschen Prinzen. Provinziell, krank vor Eitelkeit und ganz wild auf die Pariser Mode."
„Wie macht es deine Mutter?"
„Sie vergöttert die Musik. Das Orchester deines Schwagers ist das berühmteste zwischen Rhein und Oder. Freilich liebt Mama auch die Musiker sehr. Spaß beiseite: Es ist etwas in der deutschen Musik, das mich zutiefst berührt ... "
„Ich mißtraue dem."
„Ich weiß. Die Herren Enzyklopädisten sind für die Vernunft. Ich auch. Aber ich glaube, daß die Vernunft vor allem dazu dient, Türen zu

unglaublichen Abgründen zu öffnen. Die Musik der Deutschen rast auf diese Abgründe zu. Und ich werde mit ihnen gehen, im Galopp."

„Bravo!"

Mit Bedauern zog er seine Hand von Alexandras Brust zurück, die er fast zerstreut liebkost hatte, indem er die aufgerichteten Spitzen reizte, wie man die Saiten einer Gitarre zupft, und schloß ihre Jacke.

„Wir müssen einen Gegenzug finden", entschied João.

„Ich spiele gut Schach. Ich werde dir helfen."

Sie drehte sich abrupt um und flog auf ihrer Stute davon. Eine Athletin, ein weiblicher Zentaur, dachte João. Anmut und körperliche Kraft faszinierten ihn. Gepaart mit seelischer Kraft, wie bei Sandra, stürzten sie ihn in Hoffnungslosigkeit. Als junger Mann hatte er Taten, den Krieg geliebt. Man machte aus ihm einen Priester. Das war das Schicksal des jüngsten Sohnes. Als die älteren Brüder starben, ohne Kinder zu hinterlassen, fiel das Herzogtum allzu früh in seine Hand. Heute war er Premierminister, und den Krieg ließ er die anderen führen. Zehn Jahre lang hatte er seine ganze Energie auf den lächerlichen Kampf verwendet, die dürftigen und erbärmlichen Launen eines Königs im Zaum zu halten, der, vom Aberglauben und den Gewissensbissen einer noch nicht eingestandenen Päderastie gepeinigt, ein Hampelmann in den Händen Joãos war. Aber João war selbst schon soweit, daß er nicht mehr wußte, was er wollte, daß er sich nicht mehr erinnerte, was er gewollt hatte. Diderot schrieb ihm, und d'Alembert wurde heimlich von ihm unterstützt. Alchimisten und Astrologen lebten unter seinem Schutz. Man hielt ihn für allmächtig. Noch war er der einzige, der wußte, welch ungeheure Schwäche diese Fassade verbarg. Aber wie lange noch? Er seufzte.

„Fahr los", rief er seinem Kutscher zu.

Der übliche Unterredung mit dem König war unerträglich gewesen. Dieses Fehlen jeglichen Willens, seine Launenhaftigkeit, das Sichhingeben an Augenblicksgenüsse - João erkannte bei ihm mit Abscheu seine eigenen Neigungen wieder, alle seine liebenswerten Fehler, wie in einem Zerrspiegel vervielfacht. Dies war freilich auch der geheime Grund für den starken Einfluß, den er auf diesen schwachen Geist ausübte. Ein Caligula ohne Wahnsinn und ohne Größe, also auch ohne Format, sagte er sich zuweilen, den die grausame Notwendigkeit, dieses Ungeheuer geschickt zu behandeln, krank machte. Erschöpft verließ er die königlichen Gemächer, rot im Gesicht, schweißgebadet, die Perücke schief auf dem Kopf. Zwei Stunden gefinkeltster Strategie für ein einziges Resultat: Manuel war gebilligt. In Wahrheit ein sehr mageres Ergebnis.

João ging durch die Gärten. Ein junger italienischer Architekt hatte dieses auserlesene Barockschlößchen entworfen und zwischen zwei kleinen Schluchten erbaut. Man hatte Hunderte von Gefangenen für die Terrassierung benötigt, aber das Ergebnis war wirklich zufriedenstellend. Ein schiffbarer Kanal durchströmte den Park. Die Seitenwände seines Bettes waren vollständig mit bemalten Fliesen ausgekleidet, die die Eroberung Brasiliens erzählten, und unter einer kleinen Brücke waren, fast unsichtbar, etwas gewagtere Szenen dargestellt, die die Damen und so manches Mädchen zum Kichern brachten. Die jungen Pagen, ihren provinziellen Familien entflohen, pflegten hier zu erröten, was dem König einen guten Einstieg verschaffte und ihm erlaubte, die Freuden einer ungefährlichen Schiffahrt mit denen seiner Wollust zu verbinden. João hatte eine Parabel über Heinrich den Seefahrer erfunden, einen nicht ganz unschuldigen Witz, der sich als tödlich erweisen würde, käme er dem König zu Ohren. Das war alles, was ihm an Kriegsspielen geblieben war.

Ein Lächeln flog über sein Gesicht, als er die Brücke überquerte. Außerhalb der Ummauerung hatte er eine Kanzlei errichten lassen, die von den Gärten aus zugänglich war und sich zu einem kleinen Platz hin öffnete, den er sich so italienisch wie möglich gewünscht hatte. Drei Amtsgebäude, Stallungen, Wirtschaftsgebäude und die Kirche, eine kleinere Nachahmung der Trinité des Monts, machten daraus eine italienische Opernkulisse. Es wurden hier Konzerte für die Hofgesellschaft und zu Ehren ausländischer hoher Besucher gegeben.

Er trat ein durch ein von üppigen Orangenbäumen verdecktes Ausfallstor, und in den kühlen Gängen, in denen es wunderbarerweise luftig war, begann er sich auszukleiden. Ein munteres Kammermädchen nahm ihm die Kleider ab. Das Bad war bereit. Er blieb dreißig Sekunden im Wasser und war im Nu abgetrocknet und wieder angezogen. Abschließend ein Tropfen Jasminparfum.

„Mariette, erwartet mich jemand?“

„Der Marquis, Eminenz. Er macht mir Angst.“

„Ich hoffe, er hat dich nicht angerührt?“

„Privatrevier“, antwortete Mariette lachend.

João lachte auch und versetzte dem reizenden kleinen Hintern unter dem ziemlich kurzen Kleidchen einen kräftigen Klaps.

„Mein Wagen soll in einer Stunde vorfahren!“ ordnete er an und enteilte über eine Wendeltreppe, die direkt zu seinem Arbeitszimmer führte. Er öffnete selbst die Tür zum Vorzimmer und ließ den Marquis eintreten.

Da Silva war sein Beruf schon im Gesicht anzusehen. Wäre er nur halbwegs vorzeigbar gewesen, so hätte der König ihn, nach allem, was er wußte, sofort an Joãos Stelle gesetzt. Glücklicherweise fand der König ihn abstoßend, was er tatsächlich war, und so hatte João den Nutzen davon.

Sie arbeiteten sehr schnell. Da Silva verfolgte keine Politik. Er machte die Politik Joãos: Überwachung der Jesuiten, Distanz zur Inquisition, Verbindung zu Frankreich, Toleranz gegenüber Druckern von Büchern in französischer Sprache. Mit Portugiesisch war es etwas anderes. Korrespondenz mit d'Alembert, sicherlich, jedoch gut abgesicherte Gefängnisse. Da Silva schätzte diese Anschauungen. Er hätte nichts zu verändern, würde er in Joãos Haut stecken.

Da Silva klagte wieder einmal über die Alfama. Eine Stadt in der Stadt, die sich von der Spitze des Hügels bis hinunter zu den Ufern des Tajo, wo sie ihren eigenen Hafen hatte, ausdehnte. Ein dichtes Netz von Gassen, Terrassen und dunklen Durchgängen, wo das Dach des einen Hauses der Keller eines anderen war. Der ganze Hügel glich einem dieser löchrigen Schweizer Käse. Da Silva war nach Algier gefahren, um über den Loskauf von Sklaven zu verhandeln. Er schilderte die Kasbah und verglich sie mit der Alfama. Die Polizei wagte nicht einzudringen. Kurzum, ein Flüchtling wurde dort niemals gefunden. Im Zentrum gab es vier oder fünf Palais, von denen einige zum Verkauf angeboten wurden. Da Silva sprach davon, sie zu erstehen, um daraus Stützpunkte zu machen.

Die Stadtpolizei, einem Mann namens Ricardo unterstellt, war eine besondere Abteilung, die unter dem Vorwand der Überwachung mit der Alfama in Symbiose zu leben hatte. Ricardo war ein rotes Tuch für den Marquis.

„Ihr kennt so gut wie ich", sagte João, „den Stand unserer Finanzen..."

„Ich dachte, daß vielleicht *Ihr* ... "

„Ihr wißt doch besser als ich über den tatsächlichen Stand *meiner* Finanzen Bescheid ... "

„Ich kenne einen sehr gefälligen Juden - und ich habe einiges gegen ihn in der Hand."

João seufzte. Unmöglich, dem Zusammenstoß auszuweichen. Er setzte sich - wie für eine längere Fahrt - bequem zurecht, während der Marquis ebenfalls unauffällig seine Stellung änderte.

„Mein Lieber", sagte João, „beim Schachspiel würde man sagen, wir sind patt. Ihr habt mich erwischt. Ich gebe Euch hiermit eine kurze Zusammenfassung Eurer Unterlagen. Die Berichte Eurer Spione darüber, was ich mit meinen kleinen Mädchen aus Bahia treibe. Das kleine Haus in Cascais."

Er konnte es nicht verhindern, daß ein ganzer Schwarm leuchtender Bilder in seinem Kopf auftauchte. Alexandra im Gegenlicht, wie sie in ihr Zimmer trat, ohne wegen der beiden Mädchen, die heimlich aus dem Pensionat - diesem exquisiten Jagdgrund - geholt worden waren, im geringsten verlegen zu sein. Sie und er selbst, zu Pferd, unter den Olivenbäumen. Er unterbrach jedoch seinen Monolog, den er vielleicht etwas langsamer hielt als sonst, nicht.

„Ihr habt mir einige Briefe unterschlagen. Ich numeriere sie und weiß, welche fehlen. Drei aus der Korrespondenz mit dem Premierminister von Frankreich. Einen Antwortbrief mit Randbemerkungen vom König selbst. Die Urschrift einer Unterredung mit dem Großinquisitor. Nun habe ich seine Akte gesehen - Eure Abteilungen sind nicht weniger durchlässig als die meinen."

„Ihr vergeßt", sagte leise der Marquis, „die authentischen und offensichtlichen Beweise für Eure brasilianische Geschäftsführung. Die vergleichenden Übersichtslisten der Mineralieneingänge. Zucker, Kakao und Tabak. Das ist die Achillesferse eines riesigen Vermögens, das noch schneller verpulvert als angehäuft wurde."

„Ich vergaß sie nicht, Ihr habt mich nur unterbrochen. Eure relative Integrität, oder sagen wir Eure Achtsamkeit, ganz zu schweigen von Eurem Geiz, schützen Euch."

„Ich könnte Euch in zwei Zügen matt setzen", sagte der Marquis. „Vielleicht in einem."

„Nicht wirklich. Der König wird Euch niemals anhören. Wenn Ihr mich angreift, so richtet Ihr damit Euch selbst zugrunde. Ob es Euch gefällt oder nicht, Ihr seid mein Schützling. Ihr schlagt mich nieder, aber unter dem gleichen Hieb sinkt auch Ihr zu Boden."

„Ich kann es versuchen. Ich habe da so meine Ideen."

„Es ist freundlich von Euch, mich zu warnen", sagte João.

„Aber recht unnötig. Habt Ihr mich in der Hand, so habe ich den König."

Nach kurzem Schweigen antwortete der Marquis: „Fraglos. Aber ich bin Euch lästig."

„Das stimmt."

„Es gäbe ein Mittel ... "

„Alexandra?"

Der Marquis blickte ihn an.

„Sie wird niemals wollen", sagte João.

„Ihr habt großen Einfluß auf sie. Ich würde ihr sehr viel Freiheit lassen, und sie wäre sehr reich. Nein, sagt jetzt nichts. Wir haben keine Eile."

João seufzte wieder tief und erhob sich. Der Marquis blieb hartnäckig sitzen und schwieg. João zog einen Stuhl heran und setzte sich neben ihn.

„Nun gut, was gibt es noch?"

„Öffentliche Angelegenheiten", fuhr der Marquis fort. „Ich bin sehr beunruhigt. Euer Friedensvertrag mit dem Großinquisitor, der ein Meisterwerk ist, hat fürchterliche Folgen. Noch niemals hat es so viele Astrologen und Alchimisten in der Alfama gegeben."

„Es besteht doch ein stillschweigendes Übereinkommen, daß sie sie nicht verlassen, und daß wir - und Ihr - sie nicht betreten."

„Sie freilich nicht, aber ihre Kundschaft. Ich könnte Euch zehn Paläste aufzählen, in denen die Öfen Tag und Nacht brennen. Nicht jeder hat wie Ihr Deckplatten auf den Kaminen."

„Auch das wißt Ihr?"

„Und einiges mehr … "

Der Marquis hatte gewonnen. Er erhob sich als erster. Der Vorteil war nun auf seiner Seite. Etwas verwirrt stand João ebenfalls auf. Als der Marquis ihn beim Arm nahm, wagte er es nicht, sich zu entziehen.

„Lieber Freund", sagte der Marquis. „Ihr seid mein Lehrer, glaubt mir. Ich bewundere Eure Politik. Ich bin traditionsverbunden und ein Mann der Ordnung. Aber ich weiß auch, daß beim Kochen Dampf entweichen muß. Auch ich glaube, daß Karzer und Galgen uns auf die Dauer zugrunde richten würden. Und ich verabscheue nicht weniger als Ihr die Dummköpfe, die die eiserne Hand ohne den Samthandschuh wollen. Was ich Euch vorwerfe, ist die Schwäche dessen, was in Eurem Samthandschuh steckt."

Sie waren bei der Tür angelangt. Der Marquis ging hinaus und wandte sich um.

„Ich bin bereit zu tolerieren, daß unter gebildeten Leuten einige französische, in Holland gedruckte Büchlein zirkulieren. Ich sehe es aber nicht gern, daß man sie schreibt, und ich werde verhindern, daß hier welche gedruckt werden. Lebt wohl, Eminenz."

João ging zum Schreibtisch zurück und sank in seinen Armstuhl. Er war niedergeschlagen; Bitterkeit stieg in ihm auf. Fast automatisch griff er nach einem Fläschchen. Er goß einen winzigen Silberbecher voll und trank. Einmal, fünfmal. *Batida de maracuja.* Zuckerrohrschnaps, vermischt mit dem Absud einer kleinen Frucht aus dem Amazonasgebiet. Ein berauschendes Mittel. Er zerbröckelte eine bräunliche Tablette und begann zu kauen. Eine kurze Atempause. Und dann ging sein Geist auf Reisen. Im Zustand eines sanften Halbbewußtseins nahm er ein weißes Blatt Papier, eine Feder. Schnell und unkontrolliert flog seine Hand über das Blatt, warf sechzehn ungleiche Zeilen von

Punkten auf das Papier. Noch einen Augenblick lang schwebte er zwischen zwei Welten, dann tauchte er auf in die Wirklichkeit. Methodisch zählte er die Punkte, zeichnete Figuren. Dann entwarf er den geomantischen Raster. In der majestätischen Harmonie der rituellen Befragung ordnete sich das Figurenballett. Geomantie, Algebra der okkulten Wissenschaften. Jedem den astrologischen Häusern entsprechenden Haus ordneten sich Figuren zu, die bedeutsam waren und geheimnisvolle Botschaften enthielten. Aus einer Lade nahm er ein Meßbuch, in dessen Einband ein Traktat verborgen war. Er konzentrierte sich nun auf die Auslegung. *„Rubens"* Wollust, brennend heiße Kohlenglut für ihn. Gefahr, *„Carcer"* im Siebenten Haus, dem des Feindes. Und *„Fortuna major"* beim Richter. Nicht so schlecht.

Seit geraumer Zeit lenkte die Geomantie sein gesamtes Leben. Vor jeder Entscheidung befragte er die Zeichen. Einen Widerspruch zwischen dieser höheren Form der Wahrsagerei und dem Rationalismus seiner französischen Freunde empfand er nicht. Viele Mathematiker waren in dieser Weise Astrologen. Sie hatten festgestellt, daß es ihrer Zeit entsprach.

2

In den Gassen der Alfama war es am Nachmittag sehr heiß gewesen. Mit der Nacht kam vom Tajo herauf die Kühle. Die Stadt in der Stadt begann zu rumoren. Der Vollmondhimmel war wolkenlos wie schon lange nicht mehr. Es war taghell. Brave Bürger und Herren schlichen durch die Gassen den Bordellen zu, die für jeden nur erdenklichen Geschmack eingerichtet waren. Betrunkene in allen Stadien von Berauschtheit, deren Weinseligkeit bedrückender Melancholie gewichen war, würden die ganze Nacht hindurch in ihrem monotonen Singsang die unwahrscheinliche Rückkehr des Königs Sebastian fordern, der über die Meere fortgezogen war. Geheimnisvolle Schatten huschten die Häuser entlang. In der Alfama herrschte um Mitternacht ein Treiben wie im Herzen einer Großstadt zur belebtesten Marktzeit.

Durch die Straßen und über die Plätze der Graça, die oberhalb der Alfama lag, glitt eilig ein Schatten. Schließlich gelangte er auf einen kleinen Platz und blieb vor einem einfachen Haus stehen. Die zwei Stock hohe Fassade war mit blauen Fliesen verkleidet, das Dach, aus Macao importiert, hatte aufgebogene Enden. Am Rand eines Abgrunds gebaut, verbarg das Haus zwei weitere, tiefer liegende Stockwerke und einige Terrassen den Blicken. Ein großes Tor öffnete sich auf den Platz. Zwei winkelige, aneinanderstoßende Mauerflächen bargen noch eine weitere, winzigkleine Tür. So schaute das Haus mit einer Seite auf die Graça und öffnete sich nach unten zu in die Alfama. Das hatte seine Vorteile.

Clara stieß an die kleine, fast unsichtbare Tür, die sich geräuchlos auftat, schob die Schlösser vor, stellte auf dem Wandtisch ein verziertes Arzneikästchen nieder, überprüfte kurz den Inhalt - kleine Laden mit Kräutern, einen Silberspiegel, Instrumente -, verschloß es sodann mit einer geheimen Sperre und ging in die Vorhalle. Die Salons waren schwach erhellt. Hier war der allgemein zugängliche Teil des Hauses.

Clara drückte auf einen Knopf. Eine Wand drehte sich um eine unsichtbare Achse und gab eine Treppe frei, die in die geheimen Stockwerke führte. Sie stieg hinunter. Die Wand schloß sich wieder hermetisch. Der untere Teil des Hauses bestand aus zwei Etagen: oben befand sich ein Laboratorium, und darunter ein „wissenschaftliches“ Kabinett für Geographie, Astronomie und Astrologie. Zu jeder Etage gehörte eine Terrasse. Auf der unteren war eine junge Frau, die eher eine Assistentin zu sein schien als ein Dienstmädchen, gerade dabei, ein Fernrohr aufzustellen.

„Danke, Ursula“, sagte Clara.

„Wie steht es?“

„Es ist nichts zu machen. Sie wird in zehn Tagen sterben, höchstens in zwanzig. Sie verzehrt sich. Arme Familie.“

„Es wäre Euer erster Mißerfolg.“

„Daran wäre jeder gescheitert. Ich habe keine Wundermittel gegen den Tod. Außerdem - du weißt, daß ich überhaupt keine Wundermittel habe.“

„Die Polizei sagt aber etwas anderes.“

„Das stimmt... Sie sind zur Zeit viel ruhiger, aber ich gebe weiter acht. Wenn sie mich erwischen, bringen sie mich auf den Scheiterhaufen.“

„Nicht hier, wir sind nicht in Spanien.“

„Für den Moment. Seine Eminenz, João Graf von Queluz gilt als sehr liberal. Aber er ist ein Januskopf, mit einem offiziellen Gesicht und einem privaten. Welches ist sein echtes? Zur Zeit findet er eben an einer philosophischen Kaprize Gefallen.“

„Der älteste Bruder von der Loge zu Lapa behauptet“, sagte Ursula, „zweimal empfangen worden zu sein. Er hat Gespräche über den großen Albert, über Paracelsus und über unseren Roger Bacon geführt.“

„Wenn der Bruder sich ertappen läßt, wird Seine Eminenz keinen Finger rühren. Und in einem Monat, in einem Jahr wird der Herzog von Queluz vielleicht selbst derjenige sein, der ihn gefangennehmen läßt. Das ist hohe Politik. Monseigneur ist vor allem Queluzist."

Clara trat in einen Verschlag neben der Terrasse. Ursula, offenbar damit vertraut, folgte ihr. Mit vereinten Kräften zogen die beiden Frauen eine seltsame Konstruktion hinaus auf die Fliesen, bis in die Mitte zu einer durch Mosaike gekennzeichneten Stelle, einer mondförmigen, mit Figuren und Symbolen geschmückten Scheibe. Es war eine riesige Kugel von vielleicht einem Meter Durchmesser aus böhmischem Kristall. Die auf dem Boden eingelegten Symbole wiederholten sich eingeritzt in der Oberfläche der Glaskugel, die in einem Bogen aus exotischem, dunklem, fast mineralisch anmutendem Holz lag. Auch symbolische Skulpturen und Gradeinteilungen waren zu sehen. Die Kugel konnte wie ein Globus gedreht werden. Träger aus dem gleichen Holz waren auf einem Rahmen mit kleinen angeschraubten Rädern befestigt, so daß das Gerät leicht zu transportieren war. Das Mondlicht spielte auf dem Kristall, der Lichtstrahlen in alle Richtungen warf. Ursula rollte die Kugel genau auf die Scheibe, und Clara, die für einen Moment weggegangen war, kam mit einer Lupe zurück, die an einem gegliederten künstlichen Arm befestigt war, den sie an dem kreisförmigen Rahmen anbrachte. Ursula drehte die Kugel ganz langsam, während Claras ganze Aufmerksamkeit sich auf das durch die Lupe vergrößerte Bild richtete. Durch das Zusammenspiel von Kugel und Arm konnte sie mit der Lupe jeden Fingerbreit Oberfläche genau untersuchen. Ursula brachte einen Hocker für Clara und zog sich dann wie ein Schatten zurück.

Langsam, als würde es aus der Welt der Geister auftauchen, begann sich ein Bild abzuzeichnen. Clara drehte die Kugel mit ihren Händen, und plötzlich wurde das Bild größer und deutlicher. Die junge Frau ließ nicht mehr den Blick davon. Ein Arbeitszimmer war zu erkennen. Ein Wunder an Klarheit - sie sah ein Fenster, einen Hof, schneebedeckte Berge, so deutlich wie die Innenhöfe auf einem holländischen Gemälde. Ein majestätischer, sehr alter Mann mit weißem Bart und langen weißen Haaren saß an einem Tisch, vor sich eine Kristallkugel - eine kleinere Ausgabe von Claras Kugel. Ebenso intensiv wie Clara fixierte er sie, und er sah Clara so deutlich wie sie ihn. Ihre Augen hingen aneinander. Kein Zweifel, sie sprachen miteinander … Ihr Verständnis lag jenseits von Sprache und Sprechen. Es war eine Art Beratung. Doña Clara hatte für Meister Swedenborg die allergrößte Hochachtung, die tiefste Verehrung. Das Bild verschwamm wieder.

Erschöpft lehnte Clara sich zurück, aber etwas wie ein Signal veranlaßte sie, sich wieder aufzurichten. Mit geübten Händen drehte sie die Kugel und den Arm. Ein anderes Bild erschien, wurde deutlich. Der Balkon einer Burg hoch auf einem Felsen über dem Rhein. Mondlicht auf dem alten Fluß. Wieder eine Kugel, und davor ein asketischer junger Mann. Angespannt starrte er auf den Kristall, bis ihm Claras Bild scharf erschien. Sie sahen einander an. Ein Notsignal, ein Hilferuf, eine Nachricht: Ein Freund des Magiers war in Todesgefahr, suchte eine Zuflucht. Sein Blick schien Clara geographische Hinweise zu geben, wahrscheinlich Koordinaten. Fieberhaft bewegte Clara die Kugel, während ihr Blick immer wieder richtungsuchend zu den unzähligen Sternen am Himmel über Lissabon wanderte.

Ein neues Bild tauchte auf. Noch in dichte Schleier gehüllt, wurden die spitzen Dächer einer gotischen Stadt, aber auch barocke Fassaden sichtbar. Eine Terrasse auf die Moldau. „Prag", murmelte Clara.

Die mächtige Erscheinung eines bärtigen Mannes, in prächtige Pelze gehüllt, wurde sichtbar. Er fixierte seine Kugel, und sein Blick suchte Claras Augen. Als sie einander fanden, nahm ihr Geist Verbindung auf: Gefahr, Scheiterhaufen, Verfolgung. Clara erschauerte. Sie erfuhr seinen Namen: Graf Kotor. Nur eine kleine Zahl von Eingeweihten war ihr bekannt: der Schwede, der Deutsche, ein Ire, ein Italiener, den sie an diesem Abend nicht gesucht hatte. Dies war ihr erster Kontakt mit Böhmen, obwohl von dort die Kristallkugeln kamen. Mit aller Intensität fixierte sie den Grafen. Er bat um eine Zuflucht, um Sicherheit für sich und die Seinen. Um einen geheimen, geschützten Ort. Clara erklärte sich sofort bereit zu helfen. Er würde in der Alfama finden, was er suchte. Kotor schien zu verstehen. Er wolle sofort aufbrechen. Die Reise nehme zwei, höchstens drei Wochen in Anspruch. Sie würden bei Anbruch der Nacht ankommen. Clara beschrieb ihm die Flußufer des Tajo, an den der untere Teil der Alfama grenzte. Sie würde jeden Abend mit einer von schwarzen Pferden gezogenen Berline dort warten. Sie seien im ganzen sechs Personen, drei Herrschaften, der Graf, sein Sohn Laurent und seine Tochter Barbara, und drei Dienstboten, die aber eher Freunde wären. Auch ein Führer, ein Schüler war dabei. Clara konnte nicht mehr gut verstehen, versuchte vergeblich, wieder ein scharfes Bild zu bekommen. Es verschwamm. Gefahr. Schon zu lange. Danke. Auf Wiedersehen.

Sie brach zusammen und versank in eine Erstarrung zwischen Schlaf und Ohnmacht, die Stunden andauerte. Ursula brachte die Kugel in den Verschlag zurück. Schon lag die Morgendämmerung auf dem Schloß São Jorge hoch über der Alfama. Die Gemüsehändler schrien in den Gassen. Noch bleiern vor Müdigkeit erwachte Clara schließlich. Diesmal war die Verbindung anstrengender als je zuvor gewesen.

Gegen Ende des Nachmittags versuchte Clara tapfer, den friedlichen Rhythmus ihres gewohnten Tagesablaufs wieder aufzunehmen. Schon drängten sich in den oberen Räumen die Kranken, die Ursula zur Geduld zu mahnen versuchte. Als Clara erschien, wurde sie von einem dumpfen Murmeln begrüßt. Frauen küßten ihr die Hände, umfaßten ihre Beine. Wie gewöhnlich trug sie Männerkleidung. Schwarze Hosen, hohe Stiefel aus Villafranca de Xira, die nach hinten gekämmten Haare hatte sie mit einem feuerroten Tuch zusammengeknotet. Sie schloß sich ein und brauchte lange Zeit, bis sie soweit war, die ungeduldige Menschenmenge zu empfangen. Sie zerbröckelte eine braune Tablette, die sie aus einer Schublade genommen hatte, und zerkaute sie rasch. Ihre Kraft kehrte wieder; das Cola versetzte sie in eine Trance, in dem ihr Geist klar und hellwach war und sie mit unfehlbarer Intuition handelte. Sie mußte daran denken, ihren Vorrat zu erneuern. Wenn Felipes Schiff, mit dem ihre Drogen kamen, bei seiner Rückreise von Peru über Kap Horn und Salvador Verspätung hatte, so wäre sie sehr übel dran.

Die Menge teilte sich in kleine Gruppen. Die gewohnte Anzahl malariafieberkranker Menschen, mit all den Leiden, die durch schlechte Ernährung hervorgerufen wurden, unterernährte und übermüdete Körper. Zwei Fälle von Epilepsie. Es war eine erschöpfende Sisyphusarbeit. Als es Zeit für die Visiten wurde, schickte Ursula die letzten fort. Bei Einbruch der Dämmerung hüllte Clara – nun wieder in Frauenkleidern – sich in ein großes schwarzes Tuch, wie die Fischer von Nazaré es trugen, und machte sich auf in die Straßen. Wo sie hinkam, wurde sie erwartet. In vielen Fällen waren Seele oder Geist mehr angegriffen als der Körper. Clara behandelte die einen wie die anderen, gab Ratschläge, hörte Geständnisse an, verscheuchte Gewalttätigkeit, Machtgelüste, Eifersucht, Gewinnsucht, alle Triebe, in denen sie, zusammen mit Armut, Schmutz und Neid die verborgene Wurzel fast aller Krankheiten sah.

Endlich trat sie bei den Fonsecas ein. Sie hatte das alte Ehepaar sehr gerne. Der Mann war Mitbesitzer einer Druckerei im unteren Teil der Stadt, die Frau bestickte die Tücher der Fadossängerinnen. Sie hatten zwei Töchter, Fernanda und Lavinia, die schön und fremdländisch, vielleicht ein wenig mulattisch aussahen. Der Großvater, Witwer geworden, hatte ihre Mutter bei seiner Heimkehr aus Brasilien mitgebracht. Niemand hatte je nach der genauen Hautfarbe der Großmutter gefragt. Er war Schmelzer in Ouro Preto gewesen, und eines Tages war er mit seinem Erz und seiner Tochter, der Mutter seiner jetzigen Enkelinnen, nach Lissabon heimgekehrt. Die Ältere, Fernanda, war Musikerin, sang und tanzte. Die Jüngere war zu Hause. Seit sechs Monaten zehrte unerbittlich eine Krankheit an ihr, gegen die Clara machtlos war. In einer Ecke saß ihr bekümmerter Verlobter. Clara verkrampfte sich jedesmal, wenn sie an ihn streifte oder ihn nur ansah. Er war nicht so übel, aber ein heuchlerischer Frömmler. Er bekreuzigte sich, wenn Clara wegging. Nun, Lavinia liebte ihn, also schwieg Clara.

An diesem Abend sah sie keine Veränderung, weder zum Guten noch zum Schlechten. Sie nahm einige Kräuter aus ihrer Tasche, die unschädlich und beruhigend waren und der Kranken und ihrer Familie die Illusion einer Behandlung gaben. Wie immer stieg in ihr blinde Wut gegen alles hoch, gegen die unabänderlichen Leiden, die unheilbaren Krankheiten, den Tod und die lächerlichen Quälereien, die Herzen und Gemüter durcheinanderbringen, gegen den empörenden Aberglauben und die Intoleranz von Glauben und Gläubigkeit, die alles zerstören, bis hin zur Vorstellung von einem möglichen irdischen Glück, zu dem es einen Zugang gibt. Antonio, der Verlobte, löste diese verheerende, zyklisch auftretende Bitterkeit, diesen Abscheu bei ihr aus. In dem Bewußtsein, der Kranken sehr wenig Erleichterung verschafft zu haben - woran sie aber nichts ändern konnte -, und ebensowenig der Familie - weshalb sie sich allerdings Vorwürfe machte -, verließ Clara das Haus. Fernanda begleitete sie heim. Es war offensichtlich, daß sie wußte, wie es um ihre Schwester stand. Sie brauchten keine Worte. Zum Abschied umarmte sie Clara.

„Sollte man sie vorbereiten?“ murmelte sie.

„Ich weiß nicht“, sagte Clara.

„Antonio wird Euch beschuldigen. Seid vorsichtig. Er ist heimtückisch. Es wäre besser, er würde überrascht - die Verzweiflung kann ihn abstumpfen.“

„Liebt er sie so sehr?“

„Nein. Nun ja, vielleicht. Aber er ist sehr stolz auf sie. Und auf uns. Denkt daran.“

„Das wäre besser für mich. Aber für deine Eltern? Ich muß mit ihnen sprechen.“

„Das werde ich tun“, sagte Fernanda.

Clara stieß die kleine Tür auf, die wie immer angelehnt war, schob den Riegel vor und stellte ihre Arzneitasche nieder, als sie plötzlich, wie ein Dolchstoß, die Erinnerung traf: Kotor. Noch niemals hatte sie eine ähnliche Angst, ein solches Erschrecken verspürt. Es war unerklärlich. Eiskaltes Entsetzen vor einem Abgrund.

3

Oberhalb von Villafranca de Xira fließt der Tajo durch eine von Kanälen durchzogene Ebene, in der das Auge kaum Land und Wasser zu unterscheiden vermag. Aus dem Schilfrohr ragen die Hörner der schwarzen Stiere hervor. Reiter in roten Hemden und weißen langen Wollstrümpfen – Stiefel sind zu teuer – folgen ihnen und halten sie mit Hilfe langer Stangen aus Eschenholz, deren Enden mit stählernen Dreizacken versehen sind, zusammen. Sie achten nicht auf die Segel der „frágatas", die, beladen mit Viehfutter, Gemüsen und Wein auf dem Fluß oder auf den Kanälen vorbeigleiten. Längere schlanke Kähne, die „saveiros", die echten Flußschiffe, bringen Reisende aus Spanien, die die holprigen Straßen, die schlechten Federn der Kutschen oder die Banditen fürchten.

In der Dämmerung verschwimmt die Grenze zwischen Graslandschaft und Fluß. Der Schiffsverkehr wird immer schwächer, hört schließlich ganz auf. Ein letztes Segel. Da taucht ein sehr großes, jedoch leeres Schiff auf. Verlassen liegt die Brücke da, alle Droschken sind fort. Am Sperrbaum steht ein Mann, der wie der Bedienstete eines vornehmen Hauses, nicht wie ein Seemann aussieht. Er trägt eine Livree; wenn man genau hinsieht, erkennt man auf den Metallknöpfen den Löwen von Böhmen. Wind und Strömung treiben die Barke vorbei an Villafranca, hinaus aus dem Ribatejo, auf eine weite Wasserfläche, die nicht mehr Fluß und noch nicht Meer ist. Die Nacht bricht herein. Langsam wird das Funkeln der fernen Lichter von Lissabon sichtbar. Es ist ein seltsames Schiff.

Unter Deck türmen sich die Koffer, und unter der Treppe stehen nebeneinander sechs Särge. Am Himmel erscheint die Venus: Die Nacht ist endgültig da. Da hebt sich, wie von unsichtbarer Kraft bewegt, der Deckel einer der Särge ein wenig und klappt langsam auf. Fast gleichzeitig gleiten die fünf anderen Deckel ebenfalls zu Boden. Die Bewegung ist stetig, beinahe routinemäßig, so, als würde ein Erwachender sich seiner Bettdecke entledigen, um aufzustehen. Die Wölbung der Luke erinnert an eine Krypta, und gäbe es einen Zuschauer, so hätte er den Eindruck, einer fast religiösen Zeremonie beizuwohnen.

Kotor erschien als erster auf der Brücke. Immer noch trug er den riesigen Pelzkragen. Er war groß und breit, ein wahrer Koloß, den ein bodenlanger schwarzer Mantel einhüllte. Laurent und Barbara folgten ihm. Die Geschwister waren schlank und zart, ihre Augen hell, durchsichtig und die Wangen eingefallen und blaß. Die außergewöhnlich hellen blonden Haare des jungen Mädchens fielen über ein weites schwarzes Cape. Hinter ihnen zeichneten sich drei Silhouetten ab.

Der Mann am Ufer grüßte nicht, regte sich nicht einmal. Man sah nur, wie das Erscheinen und die Gegenwart seiner Herrschaft ihn mit einer so starken inneren Freude erfüllten, daß ein Strahlen von ihm ausging.

Kotor stand nun am Bug des Schiffes. Laurent und Barbara, die sich eng aneinanderpreßten und an den Händen hielten, stellten sich knapp hinter ihn. Die drei anderen ein wenig weiter weg. Mit glänzenden, beinahe phosphoreszierenden Augen durchforschte Kotor die fast vollkommene Dunkelheit. Der Mond in seinem letzten Viertel war nur noch eine schmale Sichel. Fern, im Schwarz der Nacht, zitterten die Lichter von Lissabon. Barbara blickte beunruhigt ihren Vater an. War Lissabon für ihn ein Hafen, ein Zufluchtsort, oder sah er es als Beute an? Schwer zu sagen. Er spürte ihren Blick, wandte sich zu ihr und lächelte. Ein Gefühl der Erleichterung und Freude durchströmte sie. Er konnte schrecklich sein in seinen Anfällen von Zorn und Raserei, vor allem, wenn Gegenkräfte seine Pläne und Projekte durchkreuzten. Oder diese Verrücktheit, ihr Schloß in den Karpaten zu verlassen, um ins Prager Getto zu ziehen. Sie dachte auch an die nächtlichen Abenteuer in Böhmen, wo der Pöbel, der überzeugt verführt hätte werden müssen, sich in Angst und Schrecken in den Häusern verbarrikadierte oder in alle Richtungen davonlief und floh. Er mußte gehalten, zurückgehalten werden. Sie legte ihre winzige Hand auf seinen mächtigen Unterarm. All seine Erfahrungen, seine grandiosen Träume, sein titanisches Ringen - und eine maßlose Großzügigkeit, eine endlose Güte unterlagen seinem brodelnden Zorn. Er mußte besänftigt, beruhigt werden. So viele Dinge würden von dieser Clara abhängen, vom ersten Kontakt mit ihr.

Endlich war in der Dunkelheit der Hafendamm mit den Kais zu erkennen. Die Schreie der Flußschiffer leiteten das Boot. Kotor und die Kinder wichen ein wenig in den Hintergrund zurück. Einer der Diener rannte zum Bug vor und warf mit einer geschickten Bewegung einem Mann, der am Ende des Damms Wache hielt, den Packen Seile zu. Das Schiff wurde vertäut. Eine lange und gefährliche Reise war zu Ende.

Clara, ebenfalls in einen langen Mantel gehüllt, wartete neben einer mächtigen Kutsche, hinter der man schemenhaft die vier schwarzen Pferde erkennen konnte. Sie trat vor und ging die Mole entlang, Ursula neben sich, die eine Laterne trug. Eher nutzlos für die Reisenden, die wahrscheinlich tagblind waren und vom Boot schon auf den Kai traten und ihnen in Zugvögelformation entgegenkamen: Kotor an der Spitze, und die fünf anderen folgten ihm paarweise. Ursula hatte die Träger wachrütteln müssen, die nun im Laufschritt dem Boot zueilten. Man sah ihre kleinen Laternen eine nach der anderen im Laderaum verschwinden, von wo sie den Berg Gepäck holten und abtransportierten. Ohne Hast gingen Clara und Kotor aufeinander zu. Es gelang ihr nicht, ein anhaltendes Schaudern zu unterdrücken. Es war kein Widerwillen, nur ein dumpfer Schrecken.

Sie erkannten einander augenblicklich, obwohl die Laternen nur ein undeutliches Zwielicht verbreiteten. Claras Angstgefühl war wie weggeblasen.

„Ich bin Graf Kotor. Und hier - mein Sohn Laurent, meine Tochter Barbara."

„Ich bin Clara aus der Alfama."

Sie streckte die Hand aus. Kotor und Laurent neigten sich feierlich darüber, ohne mit ihren Lippen den Handrücken der Zauberin auch nur zu streifen, während Clara und Barbara sich leicht voreinander verbeugten. Kotors und Claras Dienerschaft, die Ursula schonungslos zur Eile antrieb, verstauten das Gepäck auf dem Dach und im hinteren Teil des Wagens. Der Kai war menschenleer. Weder Wachposten noch Polizisten wagten es, sich innerhalb der stillschweigend anerkannten Grenzen der Alfama zu zeigen. Die Mole war neutrales Terrain, eine natürliche Verlängerung des Viertels.

„Graf Kotor", sagte Clara, „ich habe Euch eine Unterkunft bereitstellen lassen, ein kleines Palais, das von außen gesehen nichts Besonderes ist ... "

„Der bescheidenste Ort hätte uns Flüchtlingen genügt."

„Es gibt darin Innenhöfe, einen Garten - ein ehemaliges Kloster eben. Das Refektorium kann als Bibliothek oder als Laboratorium verwendet werden. Außerdem sind da noch Pferdeställe und ein eigenes Haus für Eure Diener."

„Sie sind nicht zahlreich, aber ihre Treue in der Not hat aus ihnen wahre Freunde gemacht, die mir teuer sind."

Zwei Männer standen da, wahre Riesen, und eine Frau, die unter ihrem weiten Umhang das Kleid der Karpatenbäuerinnen trug. Der Mann, der am Schlagbalken gestanden war, machte eine kaum sichtbare Verbeugung in Richtung seiner Kollegen. Man spürte, daß er von einem anderen Schlag war. Er ging, um nach den Pferden zu sehen.

„Iwan", sagte Kotor, „ist mein Mann für alles. Stallknecht, Hauswart, Bote in einem. Wir haben ungewöhnliche Gepflogenheiten. Am Tage gehen wir niemals aus. Wir zeigen uns nicht einmal. Nur Iwan ist tagsüber zu sehen."

Clara verbarg ihre Überraschung nicht, stellte aber keine Fragen. Zusammen mit Ursula, die sie wie ihr Alter ego und nicht als Dienerin vorstellte, stieg sie in die Berline ein. Die Bediensteten gingen mit Laternen zu Fuß daneben her. Kotors zwei Riesen hatten ihre Umhänge geöffnet und zeigten ostentativ, daß sie bis an die Zähne bewaffnet waren. Im Licht der Laternen schimmerten Pistolen und Knäufe der Schwerter und Degen.

Der Zug bewegte sich langsam von der Mole über die Kais und gelangte zu den ersten, ziemlich steil ansteigenden engen Gäßchen, die in die Alfama führten. Die Kutsche konnte gerade noch durchfahren. Der Anblick der schwarzen Pferde, der dunklen Berline, der in ihre schwarzen Umhänge gehüllten Gestalten machte die wenigen Passanten, die eilig zur Seite traten, schaudern. Kein Murmeln war zu hören, keine Bemerkung fiel. Das ungeschriebene, aber eherne Gesetz der Alfama war, über nichts zu staunen, nichts zu bemerken, nichts zu sagen, nichts zu bereden.

Auf halber Höhe des Hügels, genau im geometrischen Zentrum der Stadt, gibt es einen kleinen dreieckigen Platz. Eine riesige Palme, die irgendein glücklich heimgekehrter Seefahrer aus Afrika mitgebracht hatte, ist hier gewachsen wie in ihrer Heimat. Ihre Zweige überragen die glasierten Fassaden der rundum stehenden Häuser. Von jeder Spitze des Dreiecks führt ein Netz von Gäßchen und Durchgängen zu den geheimnisvollen Straßen des Viertels. Eines der allerbescheidensten Häuser bildete den Eingang zu dem geheimen Palais. Die Berline schlüpfte durch ein Tor, das sich hermetisch wieder schloß, und rollte etwa zwanzig Meter durch ein Gewölbe, um plötzlich in einer anderen Welt aufzutauchen. Ein geräumiger Hof mit Stallungen und Wirtschaftsgebäuden, Stufen, eine Freitreppe und eine wunderschöne barocke Fassade, die klare Linien und Anmut mit Verspieltheit, ja Überladenheit verband. Als Kotor aus der Berline stieg, entfuhr ihm ein Ausruf des Staunens, und Barbara, die hinter ihm kam, stieß einen Schrei der Bewunderung aus. Es war wirklich ein Wunder, eine verborgene Perle.

Die Reisekoffer waren geöffnet, überall lagen ausgebreitete und aufgeschüttelte Kleidungsstücke. Kotor überwachte aufmerksam das Öffnen einiger Kisten, die mit Büchern und wissenschaftlichen Instrumenten gefüllt waren. Man half ihm, sie in dem geräumigen Zimmer, das ihm als Laboratorium dienen sollte, unterzubringen. Die Trennwand zwischen dem ehemaligen Refektorium und der unbenützten Kapelle war niedergerissen, die beiden Räume waren zusammengelegt worden. Stieg man einige Stufen hinunter, gelangte man in den unteren Teil der Kapelle, der in einem rechten Winkel dazu lag. Das Ganze bildete ein großes L, so daß es möglich war, sich am Ende des unteren Teiles des L einer Tätigkeit hinzugeben, die vom alten Speisesaal nicht einzusehen war. Ein früherer Gast hatte hier übrigens schon ein Wasserbecken mit einer Handpumpe und zwei Abgüssen installieren lassen sowie einen Schornstein, eine Anlage mit verschiedenen Feuerstellen und einem Rohr, eine Art kleiner Schmelzhütte also. Kolben, bauchige Flaschen mit verschiedenfarbigen Flüssigkeiten, Kristalle, Puder, das ganze Arsenal eines Chemikers, eines Biologen, kurz eines Hexenmeisters war da.

Kotor lächelte zufrieden. Clara sah aufmerksam beim Auspacken zu, während sie versuchte, an Hand einer Bestandsaufnahme des Gesehenen zu erraten, welcher Art genau die Forschungen waren, die ihr Gast betrieb. Endlich war alles an seinem Platz. Kotors Riesen und die Bediensteten Claras entfernten sich. Laurent und Barbara hatten sich in ihre Zimmer zurückgezogen. Allein gelassen, betrachteten Clara und Kotor einander lange in vollkommener Stille.

„Ich sehe wohl“, sagte schließlich Kotor, „daß Ihr mir eine Frage zu stellen habt und überlegt, ob ich Euch antworten werde ... “

„Wer seid Ihr?“ fragte Clara nach kurzem Nachdenken.

Sie ging auf das Spiel ein. Wenn er eine Frage wollte, so gab es keine wichtigere als diese. Sie hatte ihre Kaltblütigkeit beinahe wieder zurückgewonnen, ohne die unwiderstehliche Neugierde verloren zu haben.

„Ich habe nicht die Absicht“, begann Kotor, „Euch die Wahrheit zu verbergen. Wenn Ihr mich angehört habt, könnt Ihr uns wegjagen, wenn Ihr wollt. Wir nehmen dann unser Wanderleben wieder auf. Wir sind daran gewöhnt. Es dauert schon an die zweihundertfünfzig Jahre.“

Er machte eine Pause. Clara bewegte sich nicht, blinzelte nicht mit den Augen. Merkwürdigerweise hatte sie den Eindruck, daß sie es sei, die eine Art Prüfung abzulegen hatte, daß Kotor nicht Angst hatte, abgelehnt, sondern aus falschen Gründen angenommen zu werden. Sie war entschlossen, jeglichen Ausdruck von Erstaunen, von Panik oder Erschrecken zu unterdrücken.

„Ich starb als erster“, fuhr Kotor fort, „vor jetzt zweihundertfünfundachtzig Jahren. Ich war fünfzig Jahre alt. Laurent und Barbara starben fast unmittelbar danach, und wir sind in unsere zweite Form des Lebens eingetreten. Einige Zeit hindurch sah niemand den Unterschied, aber nach etlichen Jahren begannen die Leute um uns herum sich zu wundern. Wir zogen fort. Seither haben wir niemals mehr wahren Frieden gefunden.“

Kotor erhob sich und begann in dem großen Raum auf und ab zu gehen. Clara wandte ihre Augen nicht von ihm. Er bewunderte ihre Ruhe, die er schwinden zu sehen fürchtete, denn das Schwierigste sollte erst kommen:

„Die älteste Spur, die wir von unserer Familie finden konnten, geht bis in die Zeit Kaiser Hadrians zurück. Mein frühester Vorfahre in direkter Linie war ein Hohepriester des Mithras. Er war es, der den Kaiser unter das Blutopfer führte und seinen Körper mit dem noch dampfenden Stierblut benetzte, und er überwachte mit ihm den Bau der großen Mauer in Schottland. Er vermehrte die Zahl der Tempel und der kleinen Gemeinden von Eingeweihten in allen Teilen Englands, und wir haben lange Zeit dem Mithras gedient, vom Vater auf den Sohn und noch lange nach dem Tod des Gottes. Mein Vater war der letzte der wahren Hohepriester. Ich weiß, daß die Götter geboren werden, leben und sterben wie die Menschen, nach ihrem eigenen Rhythmus. Ich wollte niemals einem Gott dienen, der nur noch ein schwacher Schatten seiner selbst ist. Ich bin der Johannes der Täufer eines neuen Zeitalters, in dem Wissen und Glauben miteinander versöhnt sind. Ich weiß nicht, ob ich die neue Zeit je sehen werde. Ich bin in der Dunkelheit, und nichts kündigt noch das Morgenrot an. Deshalb sind wir Wesen der Nacht.“

„Ich glaube, daß ich beginne, besser zu verstehen, aber ich werde nicht versuchen, Euch meine Angst zu verbergen.“

„Der Schrecken und Widerwillen, den wir einflößen, ist uralt. Alles müßte eigentlich für uns sprechen, denn wir bringen das Leben, ein anderes Leben. Und doch gibt es keine Wesen im Universum, die mehr geplagt, mehr verleumdet werden als wir.“

„Mit einiger Berechtigung“, sagte Clara.

Sie stand auf und stellte sich vor den großen Kamin, in dem ganze Baumstümpfe brannten. Sie war starr vor Kälte. Nun wußte sie.

„Für alle, für fast alle Religionen“, fuhr Kotor fort, „für die verschiedensten Formen der Magie, sind die *Vampire* Ausgespiene des Fegefeuers. Nun, das Fegefeuer gibt es nicht. Das Böse ist eine Verkleidung, ein Mummenschanz. Der Mönch Luther brauchte es im Einverständnis mit seinem größten Feind, dem katholischen Bischof von Münster, um die sich auflehnenden Bauern abzuschlachten."

Wie etwas Nebensächliches hatte Kotor das *Wort* in einen Satz eingeschleust. Aber die Macht des Wortes war so stark, daß er es gegen seinen Willen betont hatte und nicht vermeiden konnte, Clara zu beobachten, die sich in diesem Moment unmerklich anspannte. Er fuhr fort, im Zimmer auf und ab zu gehen.

„Ich habe Euch gesagt, wir bringen das Leben, und wir werden beschuldigt, den Tod zu bringen. Zum erstenmal in der Geschichte jeglichen Glaubens verkörpern wir den ältesten Traum der Menschheit, die älteste Hoffnung, jene, die schon lange vor den am weitesten zurückliegenden kriegerischen Zeitaltern unsere ältesten Vorfahren, die um die ersten, von Prometheus entzündeten Feuer saßen, erschauern machte: den Tod besiegen."

„Und Ihr habt ihn besiegt?" fragte Clara.

„Nicht vollkommen, nicht endgültig. Ich werde sterben. Wir können sterben."

„Noch einmal?"

„Das erste Mal ist nur der dunkle Durchgang durch einen seltsamen Vorraum. Das zweite Mal wird das wahre Mysterium sein. Das Ziel meines Lebens ist es, die zweite Schlacht zu gewinnen."

Clara ging zu einem Regal und nahm ein dickes, zerfetztes Buch in einem brüchigen und rissigen Ledereinband heraus.

„Dies sind die Gesammelten Werke des Benediktiners Don Augustin Clamet. 1698. Er ist vierundzwanzig Jahre alt, und dies ist bereits sein Lebenswerk."

„Letztes Jahr bin ich ihm in Paris begegnet", sagte Kotor. „Ich habe nicht gewagt, ihm zu sagen, wer ich bin. Seine Bücher sind ein fürchterliches Sammelsurium von Klatsch und Aberglauben. Ein Berg von Unwissen und Leichtgläubigkeit."

Clara brauchte nur ein paar Seiten durchzublättern. Ein Buch öffnet sich an oft gelesenen Stellen ganz von selbst. In dem unpersönlich kühlen Ton wissenschaftlicher Diskussionen bemerkte sie, während sie ihre Bewegung zu verbergen trachtete:

„Er beschreibt sehr gut die Methoden zur Beschwörung und Vernichtung von Vampiren."

Kotor brach in ein gutmütiges, erstaunlich lebendiges Lachen aus. Das Spiel der Flammen, der weite Pelzumhang über der mächtigen Gestalt, die Goldkette, die kostbaren Ringe an den Fingern verliehen ihm eine barbarische Wildheit.

„Diese Geschichten mit dem Kreuz oder mit dem schützenden

Kreuzzeichen, wie wollt Ihr das ernst nehmen? Ich bin kein Christ. Die Upiere in Polen sind hebräischer Tradition. Die griechischen Brukolaken sind, wie ich selbst auch, die Nachkommen der Anhänger des Mithras. Die Ghouls der muselmanischen Länder sind fast immer streng orthodoxe Sunniten. Ich habe vor zehn Jahren im Herzen Afrikas Leugner des Todes getroffen, Söhne des Apolls der Yorubas, des Kriegsgottes Xango, der von Euren Landsleuten nach Brasilien in die Sklaverei verschleppt wurde."

„Leugner des Todes", sagte Clara träumerisch. „So nennt Ihr Euch also selbst?"

„Manchmal. Viele von uns wissen nicht genau, was sie sind. Viele verstehen nicht, was ihnen widerfahren ist. Sie werden zu Raubtieren, zu Wölfen. Das kommt auch bei den Menschen vor ..."

„Daher habe ich keinerlei Respekt für die menschliche Art als solche."

Wiederholtes Klopfen an der Tür des alten Refektoriums war zu hören, und bedauernd ging Clara darauf zu, während Kotor nur ein wenig zur Seite trat, um zu sehen, was los war. Ursula sprach mit leiser Stimme auf Clara ein. Hinter ihr war undeutlich die Gestalt einer jungen Frau zu sehen. Clara erkannte Fernanda, das Mädchen aus der Alfama. Sie kam eilends zu Kotor zurück.

„Es handelt sich um ein junges Mädchen, das ich zu heilen versuche", sagte sie. „Sie ist verloren. Ihre Schwester kam eben, um uns zu sagen, daß sie sterben wird. Wahrscheinlich noch diese Nacht. Ich bin weniger gut gegen den Tod gerüstet als Ihr."

„Man könnte vielleicht ... "

Clara, die schon wieder forteilte, blieb wie angewurzelt stehen.

„Ihr?"

„Ich weiß nicht. Was ich vor allem nicht weiß, ist, was ihre Angehörigen sagen würden. Ich, ich kann sie am Leben erhalten ... Anderseits – das wirkliche, das einzige Problem ist, ob sie selbst und ihre Umgebung ohne Schrecken diese andere Form des Lebens annehmen wollen ... "

„Kommt", sagte Clara bloß, ergriff Kotors Hand und zog ihn zur Tür.

Ursula und Fernanda traten zurück, um die beiden vorbeizulassen, und wie von einem starken Windstoß vorwärtsgetrieben folgten sie ihnen.

Vater und Mutter Fonseca standen Seite an Seite am Kopfende des Bettes. Lavinias Verlobter betete in einer Ecke den Rosenkranz und hob beim Eintreten der Gruppe nicht einmal den Kopf. Er warf bloß einen Seitenblick auf Kotor und bekreuzigte sich schnell, bevor er sein Geleier wieder aufnahm.

„Sie ist verloren", sagte die Mutter und warf sich in Claras Arme.

„Kommt mit mir", bat die junge Frau und zog sie und den Vater ins Nebenzimmer.

Kotor schien völlig abwesend zu sein. Fernanda und Ursula wechselten leise ein paar Worte. Lange Minuten verstrichen. Clara trat mit den erschütterten Eltern wieder ins Zimmer. Die Mutter ging auf Kotor zu.

„Herr Graf", sagte sie, „wir sind sehr erschrocken darüber, was Donha Clara uns vorgeschlagen hat. Aber wir haben uns entschieden. Wir werden alles tun, um Lavinia bei uns zu behalten. Könnt Ihr uns versprechen, daß sie nicht verdammt sein wird? Wir nehmen jegliche Sünde auf uns ... "

„Ihre Seele ist nicht in Gefahr ... Und es geschieht keine Sünde ... Es geht hier nur um die Natur. Ich bin kein Teufel, sondern ein armer Magier. Ich habe bloß Zugang zu den Mysterien einiger natürlicher Wunder."

„Ich glaube Euch, Herr Graf", sagte der Vater. „Ich lege das Schicksal meiner Familie in Eure Hände ... "

Der Verlobte, das Gesicht von Wut, Dummheit und Schrecken verzerrt, schnellte von seinem Stuhl hoch.

„Frevelei", schrie er, „Ihr spielt mit dem Heil der Seele Lavinias ... "

„Seht Ihr sie lieber tot?"

„Ja", antwortete dumpf der junge Mann. „Lieber tot als verloren für die Heilige Kirche."

„Ihr müßt verstehen, mein Sohn", sagte der Vater und trat näher.

„Ich bin nicht Euer Sohn", schrie der Verlobte. „Ich werde es niemals sein. Ich werde Euch nicht beim Heiligen Offizium verraten, weil ich Eure Tochter liebte ... aber Ihr seid mir zuwider ... Ihr seid keine Christen!"

„Es gibt vielerlei Bleiben im Hause des Herrn", murmelte Kotor.

„Das ist Ketzerei", sagte der junge Mann.

Mit funkelnden Augen wich er zurück. Und in einem plötzlichen Entschluß verließ er den Raum.

„Dummkopf", murmelte Fernanda.

„Nein", sagte Clara, „ein Unglücklicher."

„Eine Kreatur der Inquisitoren", sagte Fernanda. „Gut, daß wir ihn los sind. Wenn Lavinia davonkommt, so wird es ein Segen für sie sein. Er ist ein eifersüchtiger und scheinheiliger Mensch. Auf der Treppe schaute er mir immer unter die Röcke."

„Genug, Fernanda", sagte die Mutter. „Herr Graf, wir vertrauen sie Ihnen an."

„Laßt mich allein mit ihr."

Alle zögerten. Der Moment war gekommen. Clara machte den Anfang und zog sich zurück, wobei sie ihre Angst hinter der Maske einer falschen Sicherheit verbarg. Einer nach dem anderen ging hinaus. Als letzte Fernanda. Sie wollte die Tür einen Spalt offenlassen, um alles zu sehen. Die Mutter mußte sie zwingen, sich zurückzuziehen, und schloß sorgfältig zu.

Kotor meditierte. Bei jeder neuen Initiation empfand er die gleiche feierliche Erregtheit - die Erregtheit des Hohepriesters im Augenblick der Opferung, jene des die Messe zelebrierenden Priesters an der Schwelle zum Mysterium, aber auch die Erregung, die Hitze des Geistes, die den Alchimisten in dem Augenblick erfüllt, in dem sein Experiment sich dem Sieg nähert.

Niemals zuvor hatte er eine Seele so nah vor dem Tor zum Tod zurückgeholt.

Niemals noch hatte er es gewagt, seinem unerbittlichen Gegner eine Beute an der Grenze des Lebens abzujagen.

Er beugte sich langsam über Lavinias schmalen Hals, an dem fast unsichtbar die Schlagader pochte. Noch war das Leben da. Seine Eckzähne drangen in das zarte Fleisch ein. Blut spritzte auf. Er saugte lange.

Als er sich aufrichtete, stieß Lavinia einen tiefen Seufzer aus, jenen, der zweifellos ihr letzter gewesen wäre. Sie hörte zu atmen auf. Ihr Herz setzte aus. Eine absolute, großartige Ruhe.

Kotor ging zur Tür, öffnete und ließ sanft die Familie, Clara und Ursula eintreten, die alle wie versteinert waren. Die Mutter stürzte auf Lavinia zu.

„Mein Gott“, schrie sie. „Sie ist tot!“

„Nein“, sagte Kotor, „sie ist in einer anderen Welt. Jeden Abend wird sie in dem Augenblick, in dem die Sonne versinkt, hierher kommen. Und sie wird die ganze Nacht unter Euch weilen ... Jeden Morgen wird sie dahin zurückkehren, woher sie kommt, ein Schatten unter Schatten. Noch bin ich außerstande, ihr die Fähigkeit zu verleihen, das Sonnenlicht zu ertragen. Ich selbst habe das Licht der Sonne seit Jahrhunderten nicht mehr gesehen. Wenn sie sich dem Tageslicht aussetzt, wird sie sterben, und dieses Mal wirklich, so wie ich selbst auch. Aber ich werde ein Mittel finden. Ihr seht, ich lebe - auf meine Weise. Von nun an wird es auch die ihre sein.“

Alle hörten ihm gespannt zu, unfähig, ein Wort zu sagen.

„Freunde, laßt nicht das Grauen Euren Geist befallen ... ich werde zu Euch, und auch Eure Tochter wird es tun, von einer anderen Wahrheit als der, die Ihr kennt, sprechen ... Ihr seid in eine geheimnisvolle Bruderschaft eingetreten. Seid stark ... Wir kämpfen für das Leben, für ein anderes Leben ... einen schon uralten Kampf, der noch Jahrhunderte dauern wird."

Die Nacht ging ihrem Ende zu, als die schwere Berline von einer zweiten Fahrt zum Hafen zurückkehrte. Clara zog die Vorhänge von ihrem Fenster zurück und schaute hinunter. Sie hatte seit ihrer Rückkehr aus der Alfama kein Wort mit Kotor gewechselt; er hatte allein sein Laboratorium aufgesucht. Sie sah die beiden Riesen die sechs Särge abladen, die den unteren Schiffsraum ausgefüllt hatten. Sie mußten sich erkundigt haben, denn sie wußten schon, wo sich der große Keller des Palais befand, und schleppten die Särge hinunter. Clara schauderte. Sie mußte es wissen. Sie klopfte an die Tür des Laboratoriums, wo Kotor, einen Chronometer neben sich, Aufzeichnungen durchsah. Ein seltsames goldbraunes Gebräu brodelte in einer Retorte.

„Ich werde Euch bald verlassen", sagte Kotor. „Wir müssen vor Tagesanbruch an unseren Ruheplätzen sein."

„Ganz wie in den Legenden."

„Sie können nicht ganz falsch sein. Wir befinden uns im Zustand eines sehr leicht zu störenden Gleichgewichts. Dem Tageslicht ausgesetzt, würden wir zweifellos zu Asche zerfallen. Die Sonne, ihr Licht, ihre Wärme ... Die Sonne sendet unbekannte Strahlen aus, die tödlich für uns wären ... "

„Bestehen andere Gefahren für Euch?"

„Ich glaube nicht an die Geschichten mit den Quecksilberkugeln. Aber ich bin sicher, wenn man mir das Herz durchbohrte ... "

„Mit einem Pfahl?"

„Ich weiß nicht genau, ob das Holz eine entscheidende Rolle spielt. Es mangelt mir da an Erfahrung. Unser Herz ist unversehrt geblieben ... Würde es durchbohrt, so würden unser Blut und unser Leben entweichen."

„Ihr schlaft? Träumt Ihr vielleicht?"

„Ich entsinne mich keines Traumes. Meine Tochter behauptet, einige Träume gehabt zu haben."

„Ihr nehmt also nichts von Eurer täglichen Reise mit in das Reich des Todes?"

„In Wahrheit betreten wir es gar nicht. Wir gelangen zu einer anderen Form des Lebens, einer ganz verschiedenen freilich, aber doch des Lebens. Wenn wir wirklich sterben werden, so wird es eine Reise ohne Wiederkehr sein."

„Aber woher nehmt Ihr dann diese neue Erkenntnis? Ihr habt vorhin gesagt, daß Lavinia eine andere Wahrheit geoffenbart werden wird ... "

„Ich kann Euch keine eindeutige Erklärung geben. Es ist so. Ich stelle eine Tatsache fest. Ich mache jeden Tag die Erfahrung, könnte sie aber nicht erklären. Nach unserem ersten neuen Schlaf wird uns ein eigenes Wissen zuteil, durchaus dem entsprechend, das Ihr durch Eure eigenen Sinne erfahrt. Ihr seht, Ihr hört, könnt Ihr mir eine Erklärung geben, was das Sehen ist, das Hören? Euch schildern, was uns widerfährt, hieße einem Blinden Bilder beschreiben, das Bild, jegliches Bild ... "

„Aber immerhin übertragt Ihr Eure Kräfte?"

„Das einzige, was ich weiß, ist, daß unsere Schüler, unsere Verbündeten, unsere Pflegebrüder nach dem, was Ihr ihren Tod nennt, auf die gleiche Art und Weise weiterleben wie wir selbst ... ebenso wie wir den gleichen Gefahren ausgesetzt und auf die gleiche Weise von demselben endgültigen Tod bedroht sind. Ich glaube, daß dies eine Gabe ist, die durch den Austausch des Blutes weitergegeben wird."

„Ihr könntet erbeutete Opfer anstelle Eurer Schüler und Verbündeten haben", sagte Clara nach kurzem Schweigen.

„Sicherlich, aber ich will es nicht. Manche von uns haben es getan, tun es vielleicht immer noch. Forscht nicht weiter nach den Ursprüngen des Schreckens, des Abscheus, den wir einflößen. Ich suche nur, wir, die Meinen und ich, suchen nur das Einverständnis, die Überzeugung."

„Die Bekehrung."

„Das ist wahr. Jene meiner Vorfahren, die der Religion des Mithras anhingen, einer Religion des Blutes, haben mir diese Pflicht übertragen."

„Aber sie selbst sind doch gestorben."

„Ich bin der erste meines Geschlechts, der eine erste Schlacht gegen den Tod gewonnen hat."

„Warum sprecht Ihr von erster Schlacht und nicht von Sieg?"

„Der Sieg", antwortete Kotor, „wird aus meiner langen Geduld erwachsen, aus einem hartnäckigen Kampf. Noch bin ich ungeheuer verwundbar, ungeheuer bedroht. Und ich vermisse das Tageslicht so schmerzlich. Meine Sehnsucht nach der sanften Wärme der Sonne ist unendlich groß."

Fasziniert ging Clara langsam auf ihn zu. Noch ein Schritt, einer noch. Sie warf sich an seine Brust.

„Und die sanfte Wärme zweier Arme, empfindet Ihr sie noch?"

„Zweifelt Ihr daran? Wir haben alle menschlichen Gefühlsregungen bewahrt. Liebe, Freundschaft, Vertrauen, Wissensdurst. Ich liebe meine Kinder. Ich habe große Verehrung für die brüderliche Freundschaft, für die Treue."

„Ich bin Eure Freundin. Eines Tages werde ich Eure Schülerin sein, Eure Verbündete, wie Ihr es nennt. Von diesem Augenblick an, wenn Ihr wollt ..."

Schon knöpfte sie kühn den Kragen ihrer Bluse ab und reckte ihm ihren Hals entgegen. Kotor schloß sie sanft in die Arme.

„Ich möchte, daß Ihr Euch mit kühlem Kopf entscheidet. Nicht im Taumel eines seltenen Augenblicks ... "

Sie schwankte. Er küßte lange ihre zitternden Lippen, und sie gab seinen Kuß zurück.

„Ich muß Euch verlassen", murmelte Kotor. „Meine Ruhestatt wird Euch Abscheu einflößen oder Mitleid."

„Nein, ich habe Eure Diener beobachtet. Ich begleite Euch. Welch besseren Beweis könnte ich Euch geben?"

Eng umschlungen stiegen sie in den Keller des Palais hinunter. Die fünf anderen Vampire lagen schon ausgestreckt auf ihren Lagern und hatten die schweren Holzdeckel der Särge über sich zugeklappt.

„Geht", sagte Kotor. „Ihr werdet es nicht ertragen."

„Ihr kennt mich schlecht."

Noch einmal küßten sie einander. Kotor stieg in seinen Sarg und streckte sich darin aus.

„Geliebter Freund meines Herzens, heute, wenn die Nacht wiederkommt, findet Ihr hinter dieser Hermesstatue eine Geheimtür. Sie springt auf, wenn man die Hand des Gottes dreht. Ein Gang führt direkt zu meinem Haus. Ich werde auf Euch warten."

Mit einer entschlossenen Bewegung schob Clara selbst den Sargdeckel über Kotor, machte einige Schritte zur Wand des Kellers und schlüpfte hinter die Hermesstatue. Ein Paneel glitt zur Seite, und sie verschwand im Dunkel des Geheimganges.

4

Der Marquis da Silva klappte die schwere Akte abrupt zu. Zu ägerlich. Seit drei Monaten häuften sich die Berichte. Immer stärker war das Rinnsal von Informationen, Auskünften, Denunziationen angeschwollen; die Umrisse einer seltsamen Sekte begannen sich abzuzeichnen, deren Helfershelfer sich über die ganze Alfama verteilten. Es war nicht möglich herauszubekommen, worum genau es sich handelte. Sehr unangenehm für den obersten Chef der Polizei, die bis dahin recht effektiv gewesen war. Sie hatten nicht ein Mitglied der Sekte in der Hand, nicht einen Überläufer. Ein schwarzes Loch. Es handelte sich um Hexerei, kriminelle Hexerei, das stand fest, aber es war ein undurchdringliches Geheimnis. Auf der untersten Sprosse konnte man wohl ein Grüppchen von Eingeweihten ausnehmen, und man erriet einen Grundstock von Verbündeten. Aber es gab kein Mittel, die geheime Hierarchie zu entdecken, die die Organisation unterstützte. Alles, was man wußte, stammte aus zufälligen Beziehungen, die von diesem neuen Verband zu ähnlichen wie den Freimaurern, den Rosenkreuzern, unterhalten wurden, die ihrerseits von geduldig eingeschleusten Spitzeln vollkommen unterwandert waren. Da das gegenseitige Mißtrauen zwischen diesen Grüppchen und den Neuen sehr stark war, tappte die Polizei völlig im dunkeln. Der städtischen Polizei Ricardos ging es nicht anders. In der Unterwelt war es das gleiche: da und dort ein paar Alarmsignale. Aus. Der Kardinal würde sich eins lachen, was dem Marquis absolut nicht in den Kram paßte. Seit drei Monaten tänzelte er um Alexandra herum. Im Spätfrühling hatte er geglaubt, einen entscheidenden Schritt zu tun, und jetzt ging der Sommer zu Ende, und nichts war geschehen. Der Kardinal und seine schöne Nichte glitten ihm wie Aale zwischen den Fingern durch. Der König war verrückt nach dem kleinen Dom Manuel. Sie spielten zusammen Schach, gingen auf die Jagd und unternahmen lange Ritte, eine Gruppe Musketiere fünfhundert Schritte hinter sich. Sie waren gesehen worden, wie sie im Morgengrauen am Strand von Caparica den Möwen getrocknete Fische zuwarfen und in der Dämmerung heimkehrten, weiß von Salz und noch mit dem Schaum der Brandung beschmutzt. Ein guter Vorwand, um sich ins Schwitzbad zu stürzen. Und bei alldem blieb der Kleine tugendhaft wie ein Einsiedler. Daß er sich etwas zu häufig im Laboratorium des Kardinals aufhielt, war das einzige, was ihm vorgeworfen werden konnte. Anscheinend versuchte er sich in der Alchimie. Diener hatten gehört, wie der Kardinal ihn neckte und wie wahnsinnig lachte. All das führte nicht weit.

Ein Sekretär trat ein, um dem Marquis zu melden, daß der Kardinal ihn zu sprechen wünschte. Verkehrte Welt. Und kein Mittel dagegen. João seinerseits war, aus genau den entgegengesetzten Gründen, in vorzüglicher Laune. Soeben hatte er von Bernis aus Paris die Bildbände der Enzyklopädie erhalten. Er blätterte lässig in den dicken Folianten, als der Marquis eintrat und sogleich zu den Büchern hinüberschielte.

„Zum streng persönlichen Gebrauch bestimmt“, sagte João. „Kommt nicht in Frage, diese Bombe hier an die Öffentlichkeit zu lassen. Ein Geschenk des französischen Außenministers. Monseigneur de Bernis erweist unserem kleinen Land göttliche kleine Aufmerksamkeiten.“

Den Marquis riß es hoch. Bernis unterstützte insgeheim alles, was in Lissabon gegen die Inquisition und die Jesuiten war. Und das französische Gold war etwas wert. Es stand außer Zweifel, daß der Kardinal ihn provozierte.

„Wenn Monseigneur de Bernis gern mit dem Feuer spielt, so ist das seine Sache.“

„Mein lieber Marquis, ich habe Euch nicht kommen lassen, um mit Euch über die Verdienste des Grafen de Bernis zu sprechen. Ich brauche Euch.“

Der Marquis straffte sich unwillkürlich.

„Seine Majestät möchte eines Eurer so schnellen kleinen Boote ausprobieren. Sie gehören doch Euch, nicht wahr? Zwei beim Turm von Belem. Zwei in Villafranca. Das ist etwas viel, nein?“

„Sie dienen zur Überwachung des Meeres und der Hafendämme der Alfama. Eure Eminenz wissen sehr gut, daß ich keine anderen Mittel zur Verfügung habe.“

„In der Alfama ist es sehr ruhig. Wenn es Euch zu verdanken ist – meinen Glückwunsch.“

„Ich wollte, es wäre so, aber es ist nicht mein Verdienst.“

„Diese Offenheit ehrt Euch. Was ist los?“

Der Marquis tat, als hätte er den Doppelsinn des Satzes nicht verstanden.

„Es ist so“, antwortete er, „als würde so etwas wie eine innere Polizei sich langsam ausbreiten, wie ein Fremdkörper, der toleriert und sogar von allen akzeptiert wird.“

„Und Eure Agenten?“

„Sie sind ebenso ratlos wie die Euren, Eminenz. Und dabei richten sie doch im allgemeinen, und ohne Euch kritisieren zu wollen, viel mehr aus. Was ganz normal ist, da ja nun einmal sie die echte Polizei sind.“

João blieb eisig. Wer auf Provokationen eingeht, macht seinem Gegner nur einen Gefallen.

„Habt Ihr eine Idee?“ fragte er nach kurzem Schweigen.

„Ende des Frühjahres haben sich vier äußerst geheimnisvolle und sehr reiche Fremdlinge in der Alfama niedergelassen. Zwei sind Agenten des Sultans von Miquenez. Sie kaufen vor allem Waisenmädchen. Dann ein Rabbiner, der als Dominikaner verkleidet ist. Und ein böhmischer Graf. Man müßte dem nachgehen.“

João wühlte kurz in den Stößen von Papieren auf seinem Schreibtisch. Er fand, was er suchte, und schwenkte zwei Blätter in der Luft, die mit Geheimzeichen bedeckt waren.

„Den Rabbiner können wir vergessen. Er wartet auf eine Sendung aus Bahia. Und ich fürchte, daß uns auch der Böhme nicht auf die richtige Spur bringt. Ladislas, fünfter Graf Kotor. Seltsam ist, daß er unglaublich alt zu sein scheint. Außer, er wird mit seinem Vater verwechselt. Er genießt höchste Protektion am Hof zu Wien. In Prag hatte er Zwistigkeiten mit der Hierarchie. Es scheint sich um Geschichten zu handeln, bei denen es eher um Alchimie ging als um Politik."

„Eine verzeihliche Sünde", sagte der Marquis lächelnd.

João lachte ebenfalls. Die Stunde der Abrechnung war noch nicht gekommen, er konnte auf den Scherz eingehen.

„Ich lasse ihn überwachen", sagte der Marquis. „Ohne Resultat. Er geht niemals aus. Auch seine Familie nicht."

„Seine Tochter ist angeblich wunderschön."

„Sie ist einige Male in der Stadt beim Kauf irgendwelchen Pariser Plunders gesehen worden. Blaß, dünn, Blond. Kein Typ, der in unseren romanischen Ländern als Schönheitsideal gilt. Wahrscheinlich Witwe. Kühl, distanziert. Meiner Meinung nach ein Eisberg. Ich glaube, daß man anderswo suchen muß."

Die Unterhaltung erstarb. Der Marquis entschloß sich zu gehen. Die Atmosphäre war nicht allzu herzlich. Bereits an der Tür, beschloß er dennoch, sein Glück nochmals zu versuchen.

„Wird Euer Fräulein Nichte mir die Gunst eines Besuchs gewähren?"

„Alexandra ist zur Zeit nicht bei guter Gesundheit. Habt Geduld, mein Lieber. Es wird ihr bald besser gehen."

Nicht bei guter Gesundheit! Der Marquis schäumte vor Wut. Jeden Tag spielte sie auf einem Gut in Ribatejo in Männerkleidung Torero, tötete sogar wie die Spanier die Stiere, was strengstens verboten war. Ich könnte sie rösten lassen. In punkto Abenteuer allerdings war sie brav. Jeder heiratsfähige Mann der Lissabonner Gesellschaft hatte schon sein Glück versucht. Vergeblich. Das entschädigte ihn. Der Marquis blieb geduldig. Sie war bestimmt noch Jungfrau. Unverständlich bei dieser Familie, aber Tatsache. Die Mutter unterhielt an ihrem kleinen deutschen Hof ein Symphonieorchester, das aus lauter kleinen Apollos bestand. Und der Stiefvater beschäftigte sich mit den Sängerinnen, vom Alt bis zum Sopran. Nette Arbeitsteilung. Was den Onkel betrifft ... Der Marquis verbeugte sich, drei Reverenzen – das verlangte die Etikette bei einem Premierminister! –, und ging hinaus.

Sowie die Tür geschlossen war, brach João in unbändiges Lachen aus. Dann faßte er sich wieder. Manuel machte sich durch Kratzzeichen an der Tür des Verschlags hinter dem Wandbehang bemerkbar, stieß sie auf und trat ein.

„Ich bin vollkommen fertig", stöhnte er und ließ sich auf eine Sitzbank fallen.

„Du hast auch allen Grund dazu", sagte João lachend. „Möchtest du einen Sherry?"

„Ich hätte lieber ein Glas von Eurem Porto. Den weißen, und trocken."

„Bravo! Begleitest du mich? Ich gehe nach Hause."

„Ja, natürlich."

„Du wirst dich umbringen."

„Ich darf einfach nicht vergessen, daß die menschliche Rasse aus zwei Geschlechtern besteht."

Sie gingen durch die verborgene Wandtüre hinaus.

Clara tauchte aus dem Geheimgang genau hinter der Hermesstatue auf. Durch die Fensterluken, die in jeden Bogen des Kellergewölbes eingeschnitten waren, konnte man sehen, daß noch heller Tag war. Clara stieg schnell zu dem Laboratorium hinauf. Niemand war in den langen Korridoren zu sehen. Die Nacht war nicht mehr weit. Sie zündete die Kerzen in den hohen Leuchtern an und entfachte in dem riesigen Kamin ein Feuer. Ein schwaches rotes Leuchten kam von der Feuerstelle, wo noch ein Schmelztiegel auf der Kohlenglut stand. Sie beeilte sich. Schon war die Nacht da.

Kotor trat ein, und Clara flog in seine Arme. Sie zog ihn zu der Feuerstelle hin.

„Wir warten, daß es erstarrt, und seit Tagen bleibt es flüssig."

„Es ist wieder der falsche Weg", sagte Kotor, „ich muß völlig neu beginnen."

„Morgen bekomme ich das Quecksilber und das Königswasser. Wir können heute nacht nichts mehr tun. Da ich seit acht Tagen meine Kranken nicht mehr gesehen habe, werde ich sie jetzt besuchen. Ladislas, ich habe ein Cembalo bringen lassen. Du kannst doch sowieso nicht arbeiten. Aus Italien habe ich ein Sonatenbuch bekommen. Möchtest du zuhören?"

Kotor ließ sich in einen tiefen Fauteuil sinken. Er fühlte eine dumpfe Unruhe, eine unbestimmte und verschwommene Vorahnung lastete auf ihm.

Während Clara Scarlatti spielte, verlor er sich in Gedanken und merkte nicht einmal, als sie aufhörte. Sie kam zu ihm und kauerte sich zu seinen Füßen nieder.

„Auch ich fühle mich unbehaglich. Ich bin sicher, daß die Polizei des Marquis mich überwacht. Und du weißt das."

„Sie können uns nichts anhaben. Ich bin Ausländer, da ist es ganz normal, daß sie mich beobachten. Im übrigen komme ich mit niemandem zusammen."

„Vielleicht ist gerade das gefährlich. Bei einem Mann deines Ranges muß das abnormal erscheinen."

„Ich habe aus Wien ein Empfehlungsschreiben für den Kardinal bekommen. Schon vor zwei Wochen."

„Es wäre verrückt, es ihm nicht zukommen zu lassen."

„Du weißt recht gut, daß ich tagsüber nichts unternehmen darf. Und dann ist der Brief streng vertraulich."

„Dann lade doch den Kardinal ein, inkognito hierherzukommen."

„Und unter welchem Vorwand?"

„Du könntest die zwanzig Leute, die in Lissabon zählen, zu einem nächtlichen Fest einladen. Der Höflichkeitsbeweis eines neuangekommenen Edelmannes. Ein bißchen spät, aber nicht übel. Man wird es für eine Extravaganz halten, etwas exotisch Originelles. Es gibt nichts Besseres."

„Glaubst du? Mir ist, als drohe Gefahr, als lauere irgendwo Unheil."

„Gerade deshalb. Es ist die beste Art zu reagieren. Du stellst deine Familie den angesehensten Familien der Stadt vor. Ganz einfach."

Kotor war nur halb überzeugt. Wenn man verborgen lebt, kann jede leichtfertige Handlung denjenigen, die einen suchen, nützen. Vorsicht war geboten und Zurückhaltung.

„Ich bin auch über das schnelle Anwachsen der Zahl unserer Anhänger sehr beunruhigt", nahm Kotor das Gespräch wieder auf.

„So lange Zeit hast du über die Aura des Schreckens geklagt, die schon die bloße Nennung eures Namens umgab ... zum erstenmal habt ihr eine Gruppe von Menschen gefunden, die euch lieben, bewundern, die euch schützen. Seit dem Wiedererscheinen Lavinias, seit ihrem Übertritt in ihr zweites Leben, wie du es nennst, findet man nicht selten einen Vampir, den man gut kennt, im Haus."

In zehn Häusern. Und genau das war der Grund für Kotors Unruhe, der, ohne etwas sagen zu können, spürte, wie die Kontrolle über die Situation ihm entglitt. Die Aufhebung des alten Fluches war etwas Wunderbares, auch wenn das Ansteigen der Zahl der Vampire nicht das oberste Ziel war. Aber sie bedeutete auch eine Vervielfachung der Risiken. Der Eifer Claras, der Eifer einiger neuer Anhänger waren das unvermeidliche Lösegeld für den Erfolg. Alle Religionen, sagte sich Kotor, müssen diesen Moment gekannt haben. Die Schaffung einer

Kirche, einer Hierarchie, war die Antwort auf Fragen gewesen, die sich beim Anwachsen der Anhängerschaft stellten. Dabei konnte er sich nur schlecht als Kirchenfürst vorstellen, der Bischöfe ernennt. Diese Entwicklung diese Verbreitung mußte gebremst werden. Es war zu früh dafür. Das Werk noch zu unvollkommen. Wir sind keine Sekte. Ich bin kein Messias, sondern nur eine Stufe auf dem Weg, der *zu* einem neuen Menschen führt, zu einem unsterblichen, der Meister seines Schicksals, in gewissem Sinn eher ein Nachfolger des Menschen ist. Er mußte es Clara begreiflich machen. Sie zügeln. Ach, die Energie der Frauen. Sie ist eine geheimnisvolle Tradition. Semiramis, Messalina, Johanna. Ihre Willensstärke, die energische Wölbung ihres Kinns. Die Schönheit der Brüste, wenn sie auch schon vielleicht ein wenig schwer waren. Das reife Alter, das ist es, was ich am meisten bei den Frauen liebe, die Zeit des Sich-Entschließens und der Kühnheit in der Durchsetzung des Entschlusses.

Er stand auf und ging zu ihr, berührte sie, streichelte sie. Eines Tages werden wir wieder im Licht der Sonne leben.

In gewisser Weise beneidete Fernanda Lavinia. Sie war ihre kraftspendende Komplicin und wußte, daß eines Tages auch sie dieses nächtliche Leben führen würde. Sie befragte sie andauernd und war außer sich über ihre kärglichen Auskünfte: jede Nacht gleichsam mit dem Finger das Geheimnis des Mysteriums berühren und nicht einmal wissen, daß es ein Geheimnis und ein Mysterium gab! Lavinia fand ihren neuen Zustand durchaus natürlich. Und in einer Weise war er es ja auch. Sobald das erste Erstaunen und die Euphorie abgeklungen waren, hatten die Familie und eine kleine Gruppe von Freunden sich auf einen neuen Lebensrhythmus eingestellt, ohne sich scheinbar im geringsten Fragen zu stellen. Das tägliche Auftauchen Lavinias bei Anbruch der Nacht, ihr Weggehen beim ersten Schimmer der Morgendämmerung, der Sarg im Keller, all das war ganz einfach eine neue Norm geworden. Fernanda begriff als einzige, daß es sich um etwas wie ein Wunder handelte. Kotor schüchterte sie allzusehr ein. Dabei hätte er wahrscheinlich besser antworten oder zu antworten versuchen können als diese dümmliche Lavinia, die abends ruhig an ihrer Stickerei arbeitete und für den Vater Wein aus dem Keller holte, ohne etwas Unnatürliches daran zu finden, daß ihr Sarg neben dem Faß stand. Es sah nicht so aus, als hätten die Leute aus dem Viertel, die Nachbarn, etwas gemerkt. Das Gesetz der Alfama war das Gesetz des Schweigens. Jeder kümmerte sich nur um seine Angelegenheiten, niemand mischte sich in die der anderen. Seit ihrer frühesten Kindheit beispielsweise wußte

Fernanda, daß das Haushaltsgeld ihres Nachbarn aus den Kirchen im Stadtzentrum stammte, deren Opferstöcke er plünderte, oder daß ihr Vater ziemlich merkwürdige Bücher druckte. Die Stiche trockneten auf dem Dachboden, und die beiden Mädchen hatten sich krumm und schief gelacht bei dem Versuch, die von ein wenig naiven Künstlern dargestellten Turnübungen nachzumachen.

Clara betrat das Haus. Der Tag brach an. Lavinia hatte sich in den Keller zurückgezogen, und ihre Eltern waren schlafen gegangen. Fernanda war allein.

„Ich möchte dich um einen Gefallen bitten", sagte Clara.

„Alles, was Ihr nur wollt."

Clara zeigte auf ein dickes Bündel Briefe, das sie auf den Tisch gelegt hatte. Versiegelte Umschläge, in den roten Siegellack war der geflügelte Drachen der Kotors gedrückt. Clara erklärte, daß sie im Lauf des Tages überbracht werden mußten. „Kennst du jemanden, der dir helfen kann?"

„Der Sohn des Nachbarn, Gian-Vittorio", antwortete Fernanda.

„Der Italiener? Der größte Taschendieb?"

„Sein Sohn ist wunderbar. Er spielt Geige und komponiert."

„Und du liebst die Musik", sagte Clara lächelnd. „Ist das nicht unvorsichtig? Ist er einer der Unseren?"

„Er wird es sein, wenn ich es will", sagte Fernanda, die aus Gründen, die nur sie kannte, ihrer selbst sicher war.

Clara mußte plötzlich an Lavinias Verlobten denken. Was war mit ihm?

„Ich habe ihn immer für einen Dummkopf gehalten", sagte Fernanda. „Er lebt irgendwo in der Gegend von Sesimbra als Knecht bei den Mönchen. Ich weiß nicht genau, wo das Kloster ist. Man sieht ihn nicht mehr. Ich hoffe, daß wir ihn niemals wieder sehen werden."

„Du kennst also alle unsere Freunde?"

„Fast alle."

„Du wirst mir auch noch bei einer anderen Sache helfen. Der Graf möchte, daß man allen einschärft, vorsichtig zu sein, sich zu verstecken und nicht zuviel zu den Nachbarn zu sprechen."

„Wir haben alle die Bullen gesehen. Jeder hat verstanden. Niemand wird ein Wort sagen. Weder die, die wissen, noch die anderen. Es gibt eine Synagoge in der Rua do Bicho. Papa hat mir gesagt, daß sie seit mindestens hundert Jahren existiert. Bei meiner Seele, der Marquis weiß nichts davon. Mit uns ist es ebenso. Ich, ich weiß alles. Ich glaube, Donha Clara, Ihr auch."

Clara betrachtete Fernanda. Sie sah eine kaum merkliche, frische

Narbe unter dem zarten Spitzenschal. Fernanda verstand. Und fixierte den Hals Claras. Die gleiche Narbe. Clara umarmte sie.

„Wißt Ihr“, sagte Fernanda, „seit langem möchte ich Euch fragen … “

„Ja.“

„Ich könnte Euch helfen. Donha Ursula hat zuviel zu tun. Ich würde die Pflanzen einordnen. Ich kenne mich aus dabei.“

„Ich habe ‚ja‘ gesagt, du brauchst nicht weiter zu fragen.“

Nachdem João die Einladung überflogen hatte, drehte und wendete er den Umschlag, dessen Siegel er ein wenig schnell erbrochen hatte, auf dem aber immer noch ganz gut das Wappen zu erkennen war, hin und her. Er stand auf und nahm ein umfangreiches Wappenverzeichnis aus einem Regal. Sehr schnell fand er, was er suchte. Das Wappen war absolut echt. Ein fürstliches Haus, beinahe königlich. Der Name Kotor erinnerte ihn aber noch an etwas anderes, und ärgerlich über die Lücken in seinem Gedächtnis suchte er weiter. Es hatte ihm bis jetzt ausgezeichnete Dienste geleistet, und nun, immer öfter, ließ es ihn im Stich. Dabei sind fünfundfünfzig Jahre doch nichts! Wenn ich anfange, mich in acht zu nehmen, Vorsichtsmaßregeln zu treffen, bin ich verloren. Gleichzeitig ist es ein billiger Entschuldigungsgrund für alle Nachlässigkeiten. Er seufzte. Vor dreißig Jahren wollte ich Kriege miterleben, vor zwanzig Jahren Bücher schreiben, vor fünf Jahren in ein anderes Land ziehen, ein anderer Mensch werden. Er nahm einen Brief, der auf seinem Schreibtisch lag. Was schrieb ihm da Bernis? „Ich bin der Minister des Limbus … “ Eine gute Definition seiner eigenen Rolle, und trotzdem mußte er weitermachen. In einem Monat, in einem Jahr, das wußte er, würde das fragile Gleichgewicht, in dem sich sein Machteinfluß befand, zerbrochen sein. Der Tod des Königs, ein falscher Schritt, würden den Marquis zum Gewinner machen. Wie auch immer, die Zeit war knapp bemessen. Der Kronprinz befand sich in den Händen der Jesuiten. Wenn er seinen Vater überlebte, würde ihn der Marquis in die Arme der Inquisition treiben. Also? Sollte er fortfahren, diese Insel der Vernunft, die so verwundbar, so bedroht war, zu schützen? Was sonst? Auch Bernis befand sich auf dem falschen Weg. Er versuchte, sich auf leisen Sohlen davonzuschleichen, einen Zielpunkt zu finden. Man brauchte ja nur alle seine Anspielungen auf den Kardinalshut zu lesen. Auch Gondi hatte den roten Hut getragen, na und? Bernis würde jedenfalls einen ausgezeichneten Kardinal abgeben. Man hätte daran denken müssen, an den Alten zu schreiben, dessen Lebenswohl auch nicht mehr lange währen würde. Bei seinem Tod würde es ein amüsantes Konklave geben. Sein erstes. João liebte Rom.

Eussa schob die Vorhänge ein wenig auseinander und steckte neugierig ihr schelmisches Gesicht herein. Nein, er arbeitete nicht mehr. Sie machte es sich bequem. Niemals in ihrem Leben, in ihrem kurzen Leben, hatte sie ein Hemd angezogen. Er lachte laut auf. Erschreckt sprang das Mädchen zu Boden. Sie sollte als Dame verkleidet werden. Strümpfe und Strumpfbänder amüsierten sie wie verrückt. Sie klatschte in die Hände. Das Korsett nahm ihr den Atem. Ein Püppchen. João hob das schwere Brokatkleid in die Höhe. Sie ließ es sich gefallen, das Neue entzückte sie. Ihr Körper war straff und hart wie Ebenholz, er würde ihr Leben lang so sein. Oh, dieses weiße Fett der beleibten Herzoginnen! Plötzlich hörte er abrupt auf und rannte in die Bibliothek. Das Gedächtnis, das war so eine Maschine, die ganz allein hinten im Kopf arbeitete, ohne Kontrolle. Er fand es sofort. Ein dickes Lehrbuch der Geomantie, jedoch nicht jenes, das er sonst benutzte. „Die Geomantie steht zur astrologischen Wissenschaft in eben derselben Beziehung wie die Algebra zur Geometrie, und dies erklärt, warum sie jahrhundertelang in den Händen arabischer Rechner lag. Meister Roger vermochte es, diese dunklen Türen, die so fest und so lange Zeit, seit den chaldäischen Weisen, verschlossen gewesen waren, zu öffnen."

Nicht schlecht. Gedruckt 1650 in Prag. *Kurze Bemerkungen über die alte Tradition der Geomantie der Weisen,* von Graf Kotor. Kurz – fünfhundert Seiten! Ich frage mich, ob das sein Bruder oder sein Großvater ist. Auf jeden Fall werde ich hingehen, es wird eine amüsante Unterhaltung mit ihm werden.

Fassungslos hatte Eussa dem Kardinal nachgesehen, als er in die Bibliothek gelaufen war. Sie wußte nicht, ob sie ihre Kleider wieder in Ordnung bringen sollte, und schämte sich ein wenig. João fühlte sich erleichtert und beruhigt, das Räderwerk funktionierte immer noch, und sehr fröhlich kam er zu ihr zurück und sagte ihr, was sie zu tun hatte. Schnurrend wie eine kleine Katze nahm sie die gewünschte Stellung ein.

5

Man hatte zusätzliche Diener gemietet, Athleten, in denen Arenabesucher die besten Leute der „furtados" erkannten. Hintereinander in zwei Reihen aufgestellt, hielten sie als Fackeln in Harz getränkte, große Pinienäste, die knatternd rauchten. Ein exquisiter Duft. Die Männer steckten in prunkvollen Livreen, und die Gäste versuchten aus den

Augenwinkeln das Wappen zu erkennen, das in die Messingknöpfe eingraviert war: ein geflügelter Drache.

Kotor, der an der Tür stand, schien geradewegs einem Gemälde Holbeins oder Dürers entstiegen zu sein. Sein üppiger Pelzumhang, die schwere, kreuzweise gelegte Goldkette gehörten einem anderen Jahrhundert an. Ein Phantasiekönig. Der große Innenhof, geschmückt mit Orangenbäumen in Kübeln, an denen bunte Laternen hingen, füllte sich mit Gästen, denen sich auf zwei prächtigen langen Tischen eine phantastische Auswahl von Getränken und erlesenen Speisen darbot. Kaviar von der Wolga, skandinavischer Spickaal und Berge von exotischen Früchten aus Brasilien und von den Karabischen Inseln. Auf einem Balkon spielte ein Orchester. An zwei gleichermaßen prunkvolle Hallen, die von riesigen Kandelabern erleuchtet wurden, schlossen sich kleine Salons an, die zu intimeren Gesprächen oder zu galantem Geplauder einluden. Der Luxus und die Eleganz der Gastgeber blendeten die Lissabonner. Es war Kotor geglückt, sich mit einer einzigen Geste über die kleinlichen Intrigen des kleinen Reiches hinwegzusetzen.

Als bekanntgeworden war, daß der Herzogkardinal die Einladung, inkognito zu kommen, angenommen hatte, und der Marquis desgleichen tat, meinte niemand, diesen Besuch bei den Unbekannten ablehnen zu dürfen. Es hieß, daß es sich um eine Belustigung nach italienischer Art handeln würde. Und tatsächlich war in einem Winkel des Hofs eine kleine Bühne errichtet worden, und man wartete nur noch auf das Kommen des Herzogs, um mit dem Spiel zu beginnen.

Endlich traf João ein, an seinem Arm strahlend schön Alexandra. Kotor ging auf ihn zu, stellte sich mit einer leichten Verbeugung vor und sprach von der Ehre, die ihm zuteil würde. Vom ersten Moment an gefielen die beiden Männer einander, und eine warme Welle von Sympathie strömte von einem zum anderen. Kotor stellte Laurent João und Alexandra vor. Ganz in schwarze Seide gekleidet, stach seine Blässe, die Blicke aller auf sich ziehend, hervor, als läge ein Strahlenkranz um sein Gesicht. Alexandra wandte nicht die Augen von ihm. Er war ein Prinz der nordischen Nacht, ihre ganze Kindheit in Deutschland. Sie drehte sich schnell weg, um ihr Interesse zu verbergen. Barbara, ganz in Weiß gekleidet und bleich wie ihr Bruder, unter einer Krone blonden, fast weißen ungepuderten Haars, war näher gekommen. João bewunderte sie hingerissen, Alexandra war fasziniert. Als sie sich aus ihrer tiefen Verbeugung aufrichtete, war Laurent verschwunden. Vielleicht war er scheu.

Schallendes Gelächter begrüßte den Kapitän Matamore, der soeben auf der kleinen Bühne erschienen war, und viele belustigte es, daß fast gleichzeitig auch der Marquis eintrat. Er hätte sich für Kotor und seine Familie interessieren sollen, aber er hatte nur Augen für Alexandra. Sie hier zu treffen, nachdem er tagelang vergeblich versucht hatte, sie zu sehen, ließ ihn seine ganze Kaltblütigkeit verlieren. Solange die kleine Komödie dauerte, folgte er ihr von Gruppe zu Gruppe. Als die Vorstellung zu Ende war, kam es im Publikum zu einigem Tumult. Ein Imbiß wurde aufgetragen, und die Musik hob wieder an. Alexandra, die die Aufdringlichkeit des Marquis wütend machte, nützte das allgemeine Durcheinander und lief schnell durch die Vorhallen, stieß eine Tür auf und stand in einem kleinen Salon, in dem sich für gewöhnlich Barbara aufzuhalten pflegte. Ein stilles, einfaches Gemach, das zur Ruhe einlud. Eine Gitarre, ein Cembalo, Bücher, Sammlungen von Stichen und Zeichnungen, bequeme Sitzbänke, ein Liegebett, abgedecktes Licht, und ein Feuer, die schon empfindlich kalten Nächte zu mildern. In aller Ruhe machte Alexandra es sich hier bequem. An der Tür war ein Riegel. Entschlossen schob sie ihn vor. Gerettet.

Sobald das Schauspiel vorbei war, ließ Kotor das Fest seinen Gang nehmen und zog sich mit João ins Laboratorium zurück. Um den unteren Teil des L zu verdecken, war ein Wandbehang gespannt worden, so daß man glauben konnte, der weitläufige Raum sei nur eine Bibliothek. Die beiden Männer ließen sich nieder. Gleich darauf kam Barbara zu ihnen und ließ Liköre und Backwaren bringen. Anfänglich drehte sich die Unterhaltung ausschließlich um Literatur. Von der italienischen Komödie, der Bedeutung der Improvisation ging man über zu Betrachtungen über das Theater im allgemeinen, die Rolle der Tragödie. Die beiden Männer zitierten Sophokles, dann Shakespeare, der außerhalb Englands noch wenig bekannt war. Sie gefielen einander. Sie kannten und liebten die gleichen Bücher, die gleichen Partituren. Die Ungezwungenheit Joãos, sein wendiger Geist, übten auf Kotor einen großen Zauber aus. Etwas unbestimmt Tragisches, Geheimnisvolles, das er bei Kotor spürte, und seine umfassende Bildung faszinierten João.

Alles hätte so bleiben können, wenn nicht Barbara sich mit zärtlicher Vertraulichkeit auf der Armlehne des Sessels niedergelassen hätte, in dem ihr Vater saß. Nun gehörte João zu den Männern, die die Gegenwart einer schönen und anziehenden Frau, die als dritte einem Männergespräch lauscht, dazu reizt, rückhaltslos, ohne irgendeine Grenze zu wahren, im Feuer der Paradoxa, im unkontrollierten Fluß der Ideen zu brillieren. Durch lange Erfahrung geschult, hatte João seine eigene

Verführungstechnik entwickelt: vor allem amüsieren, das Interesse wecken, anregen, und dann den Geist der Zuhörerin verwirren, indem man die Grundlagen aller Vernunft und aller Moral unterminiert, indem man das unausgesprochene Verlangen nach Befreiung, ja nach etwas Frevelhaftem anspricht.

Als besessener Liebhaber junger und folgsamer Lustobjekte belehrte er diese nicht nur darüber, welche Stellungen er bevorzugte, sondern auch die Suche nach dem eigenen Vergnügen, indem er die Schranken, die Scham, Vorurteile und finstere Tabus errichtet hatten, niederriß. Viele seiner jungen Mätressen machten später unglaubliche Karrieren als Kokotten. Aber er liebte auch die nicht ganz so jungen, die um den Übergang von der Passivität zur Aktivität wußten. Nichts gefiel ihm so sehr wie die selten geglückte Mischung dieser beiden Frauentypen.

Da Barbara mit übereinandergeschlagenen Beinen auf der Armlehne saß, enthüllte ihr weißer Seidenrock, der ein wenig hinaufgeglitten war, eine Fessel von außerordentlicher Zartheit unter dem Seidenstrumpf, und zeichnete mit anatomischer Genauigkeit die Linie des Beines nach, das schmale Knie, die Eleganz des langgliedrigen Schenkels. João verlor jede Kontrolle, bereit, sich mit einer Offenheit und Aufrichtigkeit, ja sogar mit einer solchen Wärme anzuvertrauen, wie er es seinen engsten Freunden gegenüber nicht getan hätte. Mit diesem Mann und dieser jungen Frau, denen er zum erstenmal begegnete, und vor denen ihn mehr oder weniger deutliche geheime Akte gewarnt hatten, erreichte er ein Maß an Vertrautheit, über das er selbst dann erstaunt gewesen wäre, wenn er sie seit langem gekannt hätte.

Joãos gewinnender Charme lockte Kotor und Barbara langsam aus ihrer anfänglichen Reserviertheit. Ohne daß es ihnen richtig bewußt wurde, fühlten sie sich geschmeichelt von den vertraulichen Mitteilungen, ja sogar Bekenntnissen, zu denen sich der Premierminister im Gespräch hinreißen ließ. Beinahe amüsiert hatte Barbara diesem dicken roten Mann mit den hervorquellenden blauen Augen und der infolge der Erregung geröteten Gesichtsfarbe zugesehen, wie er sich für sie verausgabte. Alles an ihm verriet den Genußmenschen. Das Spitzenhalstuch, das von einer römischen Kamee mit einem Caligulakopf zusammengehalten wurde, umschloß seinen Stierhals. Alle Anzeichen der Wollust. Er ist sicher Skorpion. Dieser Blick auf ihre Fesseln. Er muß die brutale, schnelle Art der Inbesitznahme lieben. Niemals wird er den langsamen Spaziergang durch das Labyrinth schaffen, das zu meiner Lust führt. *‚Gradus ad Parnassum‘,* erinnerte sie sich, in sich hineinlachend, an ihren Musikprofessor, der sie als erster ein merkwürdiges Solfeggio gelehrt hatte. João, der über Astronomie redete, fragte sich, was diesen Heiterkeitsausbruch ausgelöst haben mochte, den er verabscheute, und schwor sich, das Geheimnis zu lüften, sobald er die Zerbrechlichkeit dieser Schultern besser kennen würde.

„Ich möchte Euch gern", sagte João, „einen ganz besonderen Likör kosten lassen, der von meinen Plantagen in Brasilien stammt ... Ich habe etwas davon in meinem Wagen mitgebracht ... Erlaubt Ihr?"

Er erhob sich und ging in den Hof hinaus, wohin er sich eine kleine bauchige Steingutflasche bringen ließ. Als er zurückkam, schloß er sorgfältig die Tür hinter sich und füllte drei Gläser.

„Zuckerrohrschnaps", sagte er, „und die Essenz einer kleinen Frucht, die vorwiegend zu Heilzwecken dient, der Maracuja. Ihr trinkt, und das Blut kreist schneller durch die Adern ... Wärme durchströmt den Körper."

Kotor und Barbara leerten ihre Gläser, mehr aus Höflichkeit, als weil es ihnen schmeckte, währenddessen João immer mehr in Schwung kam.

„Die Geschichte der Religionen", nahm er das Gespräch wieder auf, „ist ein endloser Alptraum."

„Eure Eminenz könnte sagen: die Geschichte überhaupt", warf Barbara lächelnd ein.

„Meine Eminenz fühlt sich in Sicherheit. Mein lieber Graf, es ist wohl unnötig, Euch darauf hinzuweisen, daß ich, der ich von diesen Dingen spreche, und Ihr, nur weil Ihr zuhört, reif für die Scheiterhaufenjustiz sind."

„Ich glaube, daß ich Euch zu kennen beginne, Eminenz", sagte Kotor vorsichtig.

„Es gibt eine Unmenge großer Irrlehren, die die gleiche aggressive Intoleranz aufweisen und sich in einer unbeugsamen Überzeugung gefallen."

„Calvin hat Michel Servet auf den Scheiterhaufen geschickt", sagte Kotor.

„Täuscht Euch nicht, ich bin auf meine Weise ein guter Katholik..."

„Ich irre mich nicht in Euch", warf Barbara ein. „Ihr müßt ein Verehrer der Beichte sein. ‚Wie viele Male, mein Sohn', könnte die Antwort auf alles sein."

„Für mich ist sie das", antwortete João. „Aber ich kann nie genug über diese phantastischen und ständigen Konstruktionen von Luftschlössern staunen. Arius verbringt sein ganzes Leben in der Schlacht, reißt beinahe die Welt aus den Fugen, kämpft mit unglaublicher Verbissenheit gegen die Wesenseinheit von Vater und Sohn ... Die Scheiterhaufen lodern, das Blut der Opfer fließt, und das für zwei unsichere Linien, die wahrscheinlich von dummen und völlig unwissenden Kopisten verfälscht worden sind."

„Könige, Prinzen und Herzoge", sagte Kotor, „haben sehr ähnliche Gewohnheiten."

„Man sieht ziemlich klar, was sie wollen", sagte João.

„Und was sie von ihren Priestern erwarten", fügte Barbara hinzu.

„Natürlich", sagte João. „Die göttliche Billigung der Aufrechterhaltung der Ordnung."

„Es scheint mir, Eminenz ... ", meinte Kotor schließlich einwenden zu müssen, um diese gefährliche Talfahrt ein wenig zu bremsen.

„Ich heiße João."

„Herzog, Ihr gefallt mir", sagte Barbara.

„Ich tue mein möglichstes", sagte João, der zögerte, sie um die Taille zu nehmen, und wütend über sich selbst, weil er es nicht getan hatte, aufstand. Eine Himmelskarte, die zwischen den Büchern lag, fesselte seine Aufmerksamkeit. Sie war in gewisser Weise sehr naiv, mit Zeichnungen, Sternzeichen und Konstellationen geschmückt.

„Terrae Incognitae", sagte er. „Wenn ich an das Bild denke, das sich Zivilisationen und Menschen, die wir heute noch als die Leuchten der Menschheit betrachten, vom Universum gemacht haben, erfaßt mich ein Schwindel."

„Platon wußte wahrscheinlich nichts vom Blutkreislauf. Ändert das etwas an der Größe seiner Gedanken?"

„Für mich, ja. Ich hege Zweifel an den moralischen und metaphysischen Aussagen von Männern, deren Wissen so bruchstückhaft war. Mich, der ich Historiker bin, interessieren sie als gedankliche Momente. Nicht aber als Lehrende."

„Eine interessante Ansicht über die Genesis", sagte Barbara.

„Da kann ich Euch nicht widersprechen. Natürlich nur privat. Als Fürst der Katholischen, apostolischen und römischen Kirche verteidige ich die Idee einer buchstäblichen Wahrheit der Schriften ... "

Sie lachten alle drei. João war hingerissen. „Die Einsamkeit eines Mannes der Öffentlichkeit, das ist schon etwas", dachte er. „Ich habe Günstlinge, zeitweise Verbündete, Todfeinde, aber niemanden – nicht einmal Sandra –, dem ich nur ein Tausendstel meiner Fragen und Zweifel mitteilen könnte. Wie soll ich dieses Vertrauen, dieses Sichgehenlassen Leuten gegenüber, die ich gar nicht kenne, erklären? Freilich könnte ich für sie gefährlicher werden als umgekehrt. Ich wäre der Feuermacher, sie die Gebratenen. Eine bequeme Position in einer Diskussion. Sie halten sich sicherlich zurück, wie ich es Manuel gegenüber tue. Auch gut. Ich höre nicht auf."

„Ich habe mich oft gefragt, ob der Mensch, so wie wir ihn kennen, so wie wir es sind, nicht eine Stufe auf dem Weg zu etwas anderem ist ... "

„Ein anderer Mensch?" fragte Kotor.

„Nicht ganz. Stellt Euch einen Mondbewohner vor, der zu uns auf Besuch kommt: er bräuchte eine blühende Phantasie, eine geniale Intuition, um zu begreifen, daß die Larve, die Raupe und der Schmetterling ein und dasselbe Tier ist, nur eben in drei Stadien seines Lebens. Und wenn auch wir, ohne es zu wissen, die Raupe eines künftigen Schmetterlings wären?"

Kotor zuckte zusammen. Vorsicht, dies ist ein Mann der Regierungsmacht. Er scherzt, wie man es unter Freunden gern tut, der Schatten des Kerkers ist aber niemals fern. Halte dich bloß zurück. Es kann immer eine unbewußte Provokation sein oder eine, die im Spaß gemacht wird. Ich sehe, daß er mir näherkommen will, muß aber zuerst wissen, warum.

João fixierte Barbara. Ich muß alle Pfeile auf einmal abschießen. Seit Monaten habe ich nichts Vergleichbares empfunden. Wie zufällig näherte er sich ihr. Ich kann nicht mehr den Hof machen, sagte er sich. Gewohnt zu sein, daß einem alles in den Schoß fällt, ist das schlimmste. Die Anstrengungen, die notwendig waren, versetzten ihn in eine wunderbare Erregung, ebenso wie dieser Schimmer unbezähmbarer Ironie in den Augen Barbaras. Und er dachte daran, was er gerne mit ihr machen wollte. Was er mit ihr machen würde.

An das Gebäude anschließend, das den Innenhof begrenzte, begann ein Gewirr von Gängen. Ich frage mich, dachte Alexandra, die sich in diesem Labyrinth verlor, ob es hier einen Minotaurus gibt. Als zwanzigjährige Jungfrau, Tochter der bereitwilligsten Schenkel unter den gekrönten Häuptern Europas und Nichte des Schutzherrn der Freidenker, ist es langsam Zeit für mich, daß ich mich entscheide. Ich bin vielleicht frigide. Stimmt gar nicht: das Baden mit Krista in der eiskalten Donau, und als wir in der Sonne des Schwarzwaldes trockneten, und als wir uns Angst machten mit den Erzählungen von Zwergen, die im Unterholz hausen, und als wir schließlich mit versiegelten Mündern dalagen ... Mein Deutschland ... Danach sind alle die kleinen Freundinnen Kristas drangekommen. Aber praktisch bin ich Jungfrau, also geeignet für den Minotaurus.

Es fröstelte sie. Sie hatte sich ganz schön verlaufen. Nachdem sie ein Brunnenfresko mit einer Reihe von Jagdszenen auf blaugetönten Mosaiken als Anhaltspunkt genommen hatte, entdeckte sie schließlich eine Rille zwischen den Fliesen, und es wurde ihr klar, daß es hier einen geheimen Durchgang geben müßte, den sie kaum entdeckt hätte, wenn ihr Blick nicht von der Schönheit der vom Künstler dargestellten Pferde angezogen worden wäre. Als sie genauer hinsah, zeigten sich deutlich die Umrisse einer kleinen Tür. Neugierig geworden, begann Alexandra die Zeichnungen aufmerksam zu untersuchen, da sie sicher war, daß der Geheimmechanismus hier irgendwo verborgen sein mußte. Unter der Hauptszenerie, die eine Art Tafel bildete, verlief ein geometrisches Fries, und daneben waren auf getrennten Wandteilen verschiedene Figuren des portugiesischen Stierkampfes zu Pferd dargestellt. Plötzlich sprang ihr die Lösung ganz deutlich ins Auge: der Geheimknopf mußte die Kokarde auf der Stirn des Stieres sein. Ohne Zögern drückte sie darauf. Der ganze Wandteil drehte sich um seine Achse. Ein kleiner Gang wurde sichtbar, der zu einem in helles Mondlicht getauchten Garten führte.

Entzückt ging Alexandra durch. Sie gelangte in einen französischen Garten mit gestutzten Taxushecken, die ausgefädelt wie die Schildwachen dastanden. Dieser Innenhof hatte keine vierte Mauer, sondern eine verborgene Terrasse zum Tajo hin, von der aus Dachstufen bis zum Fluß hinunterführten, und die von außen absolut unsichtbar war, es sei denn, man schaute aus der Dachluke eines weit entfernten Gebäudes. Das Mondlicht malte Lichtflecken auf das Wasser und betonte die geometrische Exaktheit der Flußwindung. In der Ferne erkannte man die dunkle Masse der Sierra d'Arrabida. Der Garten wurde nach hinten zu dichter. Undeutlich zeichnete sich eine tiefschwarze Allee mit zurechtgestutzten Tannen ab. Ein Rausch überkam Alexandra.

Plötzlich schreckte sie zusammen. Eine der Tannen oder der spitz zugeschnittenen Eiben hatte sich unvermittelt in Bewegung gesetzt und kam auf sie zu. Sie wollte schreien, weglaufen. Der Baum kam immer näher, als sie auf zwanzig Schritt Entfernung Laurent erkannte, der in ein bis auf den Boden fallendes schwarzes Cape gehüllt war. Gerade so groß wie ein Taxusstrauch, mußte er seit ihrem Eintreten völlig regungslos dagestanden sein. Ihre Erstarrung wich augenblicklich absoluter Freude. Eine heiße Welle, die fast unerträglich war, durchlief sie. Er gefällt mir, sagte sie sich. Es ist das erstemal, daß mir ein Junge so gut gefällt.

Als Laurent gesehen hatte, wie sie den Garten betrat, das schimmernde Mondlicht in ihrem goldenen Haar, war er stehengeblieben. Beinahe hätte er sich gar nicht mehr von der Stelle gerührt. Dann aber hatte die Erinnerung an den Blick, den Sandra ihm zugeworfen hatte und vor dem er geflüchtet war, ihn geradezu gezwungen, auf sie zuzugehen. Er war, wie immer, sehr verkrampft. Vor seinem Tod schon war es mit den Mädchen nicht so einfach gewesen. Und seither …

Merkwürdigerweise begann alles ganz gut. Alexandras Lieblingsgegend war nicht Böhmen, sondern der Schwarzwald. Dies war eine gute Einleitung für ihr Gespräch. Sie entdeckten, daß sie beide eine Schwäche für die Musiker von Mannheim hatten, zählten einander gegenseitig obskure Violinisten auf und diskutierten endlos über die Vorteile und Neuheiten des Pianoforte. In kurzer Zeit wurde es Alexandra klar, daß es bei Laurent eine mysteriöse Schranke gab. Er will, er möchte ganz offen sprechen, aber irgend etwas hält ihn zurück. Wenn ihm mehr an Knaben läge, würde er es mich doch merken lassen. Ich hätte es gespürt. Er muß doch verstanden haben, daß ich mich mit derlei nicht aufhalten würde. Nein, es ist komplizierter. Wenn er Jude ist, hat er es mir in spätestens drei Minuten gesagt. Dabei kann er doch nicht oft Mädchen wie mich treffen! Halt dich zurück, sonst jagst du ihm Angst ein. Es ist wie bei einem Pferd, das man zum erstenmal reitet. Es muß sich gewöhnen.

Während sie zwischen den Tannenbäumen spazierengingen, nahm Alexandra leicht seinen Arm. Er zitterte wie Espenlaub. Ich bin ja viel stärker als er. Ich bin aufgeregt, was heißt, ich bin verrückt nach ihm. Wenn er es weiß, wenn er es nur ahnt, warum hört er dann nicht auf, mir von der Volksdichtkunst zu erzählen?

Als würde man einen Vorhang hochziehen, drang ein wenig Tageslicht durch die Bäume. Laurent erstarrte, und plötzlich rückte er in unendliche Ferne.

„Ich bitte Euch, mich zu entschuldigen“, sagte er, „ich muß mich zurückziehen. Verpflichtungen. Ihr dürft mir glauben, daß ich niemals in meinem Leben je so glücklich gewesen bin.“

Verblüfft sah sie ihn in einer Mauer verschwinden, als hätte ihn der Stein geschluckt. In der gleichen Sekunde einen Sieg errungen und eine Niederlage erlitten zu haben, überstieg ihr Fassungsvermögen. Nachdenklich ging sie den Weg zurück, den sie gekommen war.

João fühlte sich wahrhaft trunken: Wenn ich wollte, könnte ich eine methodische Abhandlung über den Einfluß von Alkohol auf Seele, Geist und Körper schreiben; die Betrunkenen in Gruppen und Untergruppen einteilen, wie es dieser Buffon, der junge Naturwissenschaftler, dem ich in Paris begegnet bin, tut. Jegliche Wissenschaft beginnt mit dem Willen zur Klassifizierung, aber man müßte eine zeitliche Variable einführen. Bin ich bei guter Laune, beschwingt mich das Getränk, denn ich bin aus Geselligkeit betrunken. Meine Redegewandtheit nimmt zu.

Ich verspüre eine Leichtigkeit des Geistes, des Wortes, habe Sinn für Nuancen, vielleicht alles eingebildete Nuancen. Bin ich besoffen oder brillant? Wenn ich traurig bin, steigert der Alkohol meine Traurigkeit. Nach zwei Gläsern bin ich wie tot, stumpfsinnig, niedergeschlagen, schweigsam. Wenn ich dagegen auf die Jagd gehe, kann ich literweise trinken. Nun, jetzt jage ich. Ich muß sie zur Seite nehmen, ihr vorschlagen, in das Haus in Cascais zu kommen, jetzt, da es leer ist. Vorsichtig sein, zurückhaltend, diskret zu Beginn.

Barbara sah als erste diesen winzigen Schimmer, der die Dämmerung ankündigt. Nicht weiter schlimm. Es gab eine Frist von mindestens einer halben Stunde. Dennoch machte sie ihren Vater mit einem Blick zum Fenster darauf aufmerksam. Kotor erhob sich, voll Bedauern darüber, daß er ein Gespräch unterbrechen mußte, das ihn amüsierte, weil es so ganz den Geist der Romanen mit ihrem Witz und dem Charme des Oberflächlichen widerspiegelte. Und ebenso belustigte ihn der Gedanke, daß sein Gesprächspartner wahrhaftig der Premierminister war. Aber darüber brauchte er sich keinen Illusionen hinzugeben. João, Kardinal, Herzog von Queluz, früherer Vizekönig von Brasilien, würde niemals eine Sekunde lang seine Bequemlichkeit und seine Interessen aufs Spiel setzen oder auch nur in Gefahr bringen, um einen Freund, und sei er ihm noch so teuer, zu verteidigen oder zu schützen. Ein starker kritischer Geist, unehrbietig, ja frevlerisch im Privatbereich, mußte er sich öffentlich zu einer absoluten Solidarität mit Thron und Altar bekennen. Wäre ich König, so sagte sich Kotor, so wüßte ich, daß solche Minister notwendig sind, die die Intelligenten und Wohlwollenden spielen und sich freizügig im Denken zeigen, um zu guter Letzt die Grundlagen meiner Herrschaft zu akzeptieren und zu rechtfertigen. Und ich hätte auch eine Polizei. Ich muß mich übrigens um den Polizisten kümmern. Ich habe ihn am Anfang doch gesehen. Vielleicht ist er geblieben. Es ist höchste Zeit, daß die Leute gehen.

Die Gäste, die sich ausgezeichnet unterhalten, den prächtigen Empfang und die vorzüglichen Speisen genossen hatten, konnten sich die Eile des Aufbruchs nicht erklären. Es kam ihnen so vor, als hätte der Gastgeber, von einer plötzlichen Laune übermannt, nur noch einen Wunsch, nämlich, sie zum Teufel zu schicken. Am Tor gab es ein heilloses Durcheinander mit den Kutschen. Daß das Fest so überraschend abgebrochen wurde, versetzte viele Leute in schlechte Laune, und sie ergingen sich in Bemerkungen über die germanische Grobheit und die Kaltschnäuzigkeit der Leute des Nordens. Der Marquis kaute den ganzen Abend an seinem Ärger über Alexandras Verschwinden und war dem Herzog böse, daß er den Gastgeber so ganz für sich in Anspruch nahm. Nicht genug, daß er die italienische Musik verabscheute, mußte er, sobald die Aufführung vorbei war, einen wahren Ansturm der Gäste über sich ergehen lassen – er, der niemals jemandem Audienz gewährte. Genügend Gründe, um ihn in eine fürchterliche Laune zu versetzen.

Wie aus dem Nichts erschien plötzlich Alexandra. Sie suchte ihren Onkel und bedeutete dem Marquis schonungslos, daß er ihr vom Halse bleiben solle. Während Kotor seine Gäste mit immer der gleichen mechanischen Geste verabschiedete, konnte João sich nicht von Barbara trennen. Wohl bemerkte er ihre Unruhe, erkannte aber, daß nicht er der Grund dafür war, und benutzte den Moment, um das Haus in Cascais zu erwähnen. Barbara versprach, hinzukommen. João versicherte ihr, daß man sie dort immer erwarten würde und daß er selbst sich nur auf eine formelle Einladung hin erlauben würde zu erscheinen.

Der Himmer wurde hell. Die Gastgeber hatten sich endgültig zurückgezogen, und die Säumigen wurden von den beiden Riesen buchstäblich hinausgeworfen. Das Tor schloß sich wieder hermetisch. Auf dem Platz blieben kleine Gruppen noch ein Weilchen beieinander stehen, bis sie schließlich eine nach der anderen in den Gassen der Alfama verschwanden.

João, schon im Wagen, zögerte. Alexandra verstand ihn augenblicklich.

„Mein Onkel, du denkst über eine Flucht nach, meinst, daß du nicht so bald wieder Gelegenheit zu einer geheimen Ausfahrt haben wirst … Fahr nur! Ich kümmere mich darum, den Marquis abzuschütteln, der uns da unten rechts von einer Nische heraus beobachtet … “

João umarmte sie.

Alexandra steckte den Kopf aus dem Wagenschlag und bedeutete dem Kutscher, der abfahren wollte, stehenzubleiben. Ein Reitpferd, auf dem ein junger Stallknecht saß, stand neben den beiden vorderen Pferden. Es war ihre Stute.

„Lucas“, rief Alexandra, „bring mir Penelope. Ich werde sie nach Hause reiten.“

Der Bursche ließ die Stute wenden, die, Alexandra erkennend, einen Freudensprung machte, und mit hochfliegenden Röcken schwang sich Alexandra direkt aus der Karosse in den Sattel. Das Pferd zitterte vor Vergnügen. Alexandras bloße, herrliche Beine brachten den Marquis um den Verstand. Er rief nach einem seiner Schergen.

„Ein Pferd, Aurelio, ein Pferd … “

Alexandra zog das Spiel genüßlich in die Länge, indem sie Penelope sich auf der Stelle drehen und wenden ließ. Als sie sah, daß der Marquis mühsam auf einen Ordonanzgaul kletterte, den man herbeigeschafft hatte, schoß sie wie ein Pfeil davon. Penelope hatte Flügel. Der Marquis hetzte hinter ihr her.

Alexandra tat absichtlich so, als ließe sie sich einholen, um dann aufs neue wie ein Pfeil davonzufliegen. Der Unglückliche, der sich schwitzend an sein Polizeiroß klammerte, vermeinte einen Alptraum zu erleben, um so mehr, als er niemals gern aufs Pferd gestiegen war. Schließlich lenkte Alexandra die Stute am Aquädukt vorbei und schlug die Straße nach Sintra ein. Nach einer Biegung sprang das Pferd mit einem Satz über einen Bach und verschwand im Busch. Als der Marquis eine Minute später ankam, wollte er es ebenso machen, aber sein Pferd verweigerte den Sprung. Er wurde aus dem Sattel gehoben, flog über den Pferdehals und landete mit dem Hintern im Wasser. Er konnte das Lachen Alexandras hören.

„Du, wenn ich dich kriege“, murmelte er. „Gefängnis, Ketten, Peitsche, glühende Zangen, Pranger, Käfig.“

Alexandra frohlockte und jagte im Galopp davon, während kleine Zweige, die in den Weg ragten, vor ihrem Gesicht zurückzischten.

João hatte wie alle anderen dem wilden Auftakt dieser Verfolgungsjagd zugesehen. Er gab ein Zeichen. Die Kutsche fuhr ab. Aber schon nach der ersten Biegung ließ er halten, öffnete den Wagenschlag und ging zu Fuß weiter. In zehn Sekunden war er in einer kleinen Gasse und begann zu laufen. Wenn er auch nur vage ahnte, wo er sich befand, so wußte er sehr genau, wohin er gehen wollte. Seit Jahren war er nicht bei Lucina gewesen: den letzten Berichten zufolge erhielt sie ihre kleinen Pensionärinnen immer noch aus Macao. Schmale Mädchen, glatt, schlank wie Lianen. Nicht das Gebräu aus Mohn zu vergessen, das er dort sicherlich auch noch bekommen würde … Er beschleunigte seine Schritte. Es war schon hell. Sein Kopf füllte sich mit Bildern von einer Pyramide aus rasierten Venushügeln und zusammengepreßten Schamlippen.

Im Keller des Palais lag vollkommene Ruhe über den Särgen. Clara, die einen letzten Rundgang durch das Haus gemacht hatte, erschien auf der Schwelle. Sie hatte alles organisiert. Jetzt, da sie die Mietdiener weggeschickt hatte und die Hallen gesäubert wurden, kam sie nachsehen, ob ihren Meistern nichts zugestoßen war. Nein. Sie befanden sich auf ihrem Weg zwischen zwei Welten.

6

Alexandra hatte es nie ertragen, bei geschlossenen Fenstern zu schlafen. So mancher Lakai war darüber erfreut gewesen, und manches Kammermädchen gerührt. Sie schlief nackt, ohne Bettlaken, mit ausgebreiteten Armen, die Beine gekreuzt. Die Sonne schien ins Zimmer, die Strahlen wanderten über das Bett wie über eine Sonnenuhr und malten Lichtkringel auf ihren Bauch. Sie öffnete nicht gleich die Augen. Kundig glitt ihre Hand in die weiche Wärme, es war eine Gewohnheit, die sie aus ihrer frühesten Kindheit mitgenommen hatte. Alexandra hätte es gräßlich gefunden, einen neuen Tag ohne den Genuß dieses kunstvoll langsamen rituellen Vergnügens zu beginnen, dieses kleinen Bruders eines sehr ausgeklügelten intimen Zeremoniells. Was hatte sie früher gelacht, wenn man sie fragte, ob sie brav ihr Morgengebet gesprochen habe. Endlich entschloß sie sich aufzustehen und sprang mit einem Satz aus dem Bett. Nur nichts hinauszögern. Wenn ich auf Nachricht von ihm warte, kann ich lange warten. Angeblich mögen Männer Frauen nicht, die die Initiative ergreifen. Aber wenn ich sie nicht ergreife, wird es niemand tun!

„Penelope satteln!“ rief sie durchs Fenster einem Stallknecht zu.

Sie hatte sich gar nicht die Zeit genommen, einen Morgenmantel überzuwerfen, kleidete sich aber mit sehr viel Muße an. Ein Reitkleid aus feinem grauen Tuch. Graue Wildlederstiefel. Sie lief die Treppen hinunter. Penelope bäumte sich auf, und sie flogen davon.

Die Leute aus dem Viertel kannten sie, und, gewitzigt, wichen sie zur Seite. In der Stadt selbst war es dann nicht so einfach. Eine Sänfte geriet ins Schleudern. Ein Händler, die Perücke schief auf dem Kopf, kroch fluchend heraus. Alexandra war schon längst weit fort, als der brave Bürger immer noch dastand und sich nicht fassen konnte. Am Eingang zur Alfama zwang sie Penelope in den Schritt. Köpfe beugten sich aus den Fenstern, um sie zu sehen. Neugierig verdrehte Alexandra den Hals, um ins Innere der verrufensten Bordelle schauen zu können. Respektable Männer, die sich nicht blicken lassen wollten, zogen sich eiligst unter Torbögen zurück. Das junge Mädchen lachte sich ins Fäustchen, als sie den Grafen von Araujo, einen ehrwürdigen Großvater, erkannte, und den Viscomte von Priaja, der ein strenger Patriarch war. Endlich kam sie zu Kotors Palais und pochte an das Tor. Stille. Das Dröhnen ihrer ungeduldigen Schläge hallte in den leeren Gewölben. Sie saß ab, band Penelope fest und stieß einfach die Tür auf. Der Hof war leer. Niemand zu sehen. Alles war gescheuert und reingewaschen worden, und keine Spur des Treibens vom Vorabend war mehr zu sehen.

Ein Pferd wieherte. Sie ging geradewegs in die Stallungen, wo ein Knecht gerade dabei war, eines der vier schwarzen Pferde zu strählen. Eine herrliche Stute. Mit Kennerblick näherte Alexandra sich und streichelte sie. Wie doch sofort Freundschaft zwischen einem Pferd und mir entsteht, dachte sie. Auch mit den Hunden ist es so. Ein prächtiges Sattelzeug, eines der schönsten von Lissabon. Sie sind rar, diese schwarzen Pferde. Höllenpferde. Nanu, wie komme ich denn auf Hölle, auf den alten Faust? Der Teufel als schwarzer Hund oder irgend so etwas. Der Stallknecht lüftete seine Kappe.

„Wo ist der Graf?" fragte Alexandra.

„Gnädiges Fräulein, die Herrschaften sind während des Tages niemals da."

„Wo sind sie?"

„Ich weiß es nicht, gnädiges Fräulein."

„Wer sind Sie?"

„Seit dreißig Jahren stehe ich im Dienst des Herrn Grafen."

„Und da wissen Sie nicht, wo er ist?"

„Leider nein, Fräulein."

Alexandra drehte sich abrupt auf ihren Absätzen um, während sie versuchte, ihre Enttäuschung zu verbergen. Neugierig spazierte sie umher. Mit unbeteiligter Miene beobachtete sie der Diener. Nur als sie sich der Kellertür zuwandte, machte er eine abrupte Bewegung. Aber Alexandra warf bloß einen kurzen Blick darauf. Schweigende Gräber, antike Statuen. Seltsam. Das ganze Haus wie ausgestorben. Sie fröstelte. Es ist wie in alten Legenden. Dabei bin ich doch gar nicht so empfänglich für Zaubermärchen. Froschkönig ist nichts für mich. Inzwischen ist er auch verschwunden, der Prinz. Und die kleine Alexandra geschlagen. Man soll niemals den ersten Schritt tun!

Nachdenklich kehrte sie nach Hause zurück. Ihr Onkel war gerade dabei, nach Cascais zu fahren. Er benimmt sich sehr onkelhaft heute. Wo kommen wir hin, wenn ihn nicht einmal mehr meine Brüste interessieren! Er hat die aufgekratzte Miene eines glücklichen Gymnasiasten.

„Wo kommst du her?"

„Mein lieber Onkel, das ist eine Frage, die ich von Euch nicht zu hören gewohnt bin. Werde ich überwacht? Ist es Eifersucht?"

„Aber nein, dumme Kleine. Wenn ich dir die Frage stelle, so deshalb, weil ich die Antwort kenne. Sonst hätte ich sie mir nicht erlaubt."

„Es ist danebengegangen. Ich hoffe, daß Ihr bei Venus mehr Glück habt."
„Daneben, wie das? Dieser Dummkopf erfrecht sich, dich zu verschmähen?"
„Nein. Bloß, dieses Palais ist das reinste Dornröschenschloß. Sie sind doch nicht weggefahren?"
„Bestimmt nicht. Man hätte mich sofort informiert."
„Praktisch ist das, mit der Polizei gut zu stehen."
„Ich stehe nicht gut mit ihr, ich habe eine. Das ist nicht dasselbe."
„Ihr habt ein ekelhaftes Geschäft."
„Hätte ich's nicht, so gäbe es einen anderen, der es an meiner Stelle täte, und, du kannst mir glauben, er würde es schmutziger betreiben."
„Magere Entschuldigung. Es ist die aller Henkersknechte."
„Genug jetzt. Ich werde noch böse."
„Ich weiß, daß Ihr nie ernst mit mir sprechen wollt."
„Du bist verrückt."
„Nein. Ich möchte Euch Angst machen. Dabei mach ich Euch kaum noch Lust … "
„Da irrst du dich."
Er wollte seine Hand nach ihr ausstrecken, und empfing einen Schlag mit dem Peitschenknauf.
„Oh, oh", rief er, „meiner Treu, du liebst ihn ja!"
„Vielleicht. Ihr jedenfalls bekommt mich nie. Zu spät."
„Weil du jetzt verärgert bist."
Alexandra fühlte, wie ihr Zorn mit einem Schlag verflog. Sie umarmte ihren Onkel zärtlich. Gut gelaunt fuhr er ab. Sie lief in ihr Zimmer, warf sich aufs Bett und träumte vor sich hin. Ein junges Zimmermädchen steckte den Kopf herein, fragend, willig. Alexandra warf einen Pantoffel nach ihr. Sie verschwand. Alexandra pfiff ihr nach. Sie kam zurück.
„Hilf mir beim Ausziehen."
Das junge Mädchen kannte das Ritual. Sie begann das Korsett aufzuschnüren, die Strumpfbänder zu lösen. Sie wußte, wie. Alexandra warf sich zurück und umfaßte mit beiden Händen den schmalen Nacken, um ihn zu führen. Der Orgasmus kam unglaublich schnell. Fast augenblicklich danach schlief sie ein.

Als João in Cascais ankam, begann es bereits zu dämmern. Er hatte das kleine Haus nach dem Vorbild seines „Kasinos" in Venedig, das er so sehr geliebt hatte, bauen lassen. Bei seiner Abreise hatte er es einem komischen jungen Kauz überlassen, Giacomo Casanova, der vorgab, eben aus Konstantinopel zurückgekehrt zu sein, und nicht müde wurde, die köstlichsten Haremsgeschichten zu erzählen. João hatte sich blendend über ihn amüsiert. Casanova war ihm eitel und geschwätzig vorgekommen, aber so gutgelaunt und gesund wie selten jemand. João hatte seine eigenen Ansichten über den Harem und den Islam. Puritaner, verächtliche Sektierer, die die Sache in drei Minuten erledigten, freilich manchmal zehnmal am Tag, aber schweigend, ohne sich um die Unglückliche zu kümmern, die über ihnen hockte, immer in der gleichen Stellung, die es bequem erlaubte, von einer Öffnung zur anderen überzuwechseln. So gerechnet war es wirklich nicht einzusehen, wofür ihnen hundertfünfzig Hinterteile zur Verfügung standen, wo es doch genügt hätte, dasselbe hundertfünfzigmal zu verkleiden. Casanova hatte diese Beschreibungen muselmanischer Wollust, die so ganz und gar nicht den seinen entsprachen, wenig geschätzt. João mußte lachen: Er hatte mehrere Monate in Algier und Tunis verbracht, er konnte arabisch sprechen und es wie ein Hadschi schreiben, und war von den Herren von Malta beauftragt worden, über den Rückkauf von Sklaven zu verhandeln. Über die vertraulichen Berichte der kleinen Marchesinas, die im Golf von Genua entführt worden waren, hatte er sich beinahe totgelacht. Glieder, groß wie die von Eseln, in ständiger Erektion, ja, aber was den Genuß der Partnerin anging, null. Kurz, Casanova, der nichts mehr zu sagen wußte, blieb nichts anderes übrig als mitzulachen. Und João hatte diese Versöhnung, wie es sich gehört, gefeiert: drei junge Schwestern, darunter eine echte Jungfrau, waren der Einsatz beim Pharaospiel. Casanova hatte geschwindelt, um zu gewinnen, João, um zu verlieren - er mochte keine Jungfrauen; im Grund war es das, was ihn immer von Alexandra abgehalten hatte. Jedenfalls war das Kasino entzückend. Die Wände des achteckigen Salons, den figurengezierte Kameen schmückten, waren mit Spiegeln verkleidet; ihre Außenseiten waren mit acht kleinen Türen versehen. Ein architektonisch ungeschultes Auge konnte nicht ahnen, daß sich in der Mitte ein Zimmer befand. Zwei symmetrische Säulengänge führten zu Pavillons - einer für den Gastgeber, einer für die Gastgeberin. Im hinteren Teil des Parks beherbergte ein niedriges Gebäude mit kleinen Kammern die neuangekommenen Mädchen, die unter der Aufsicht von zwei strengen und kräftigen Wächtern standen.

Alles war geräumt worden, sobald João erfahren hatte, daß der Marquis seinen Zufluchtsort kannte. Nun ließ er den einen Pavillon für Barbara herrichten und ersetzte die Wächter durch zwei Kammerfrauen, Töchter von Fischern aus Sesimbra, die ihm ergeben waren. Eine erschien zu seiner Begrüßung.

„Ist die Dame angekommen?“ fragte er.

„Nein“, antwortete das Mädchen, „aber Eure Eminenz können ganz beruhigt sein … Sie hat riesig viel Gepäck schicken lassen. Koffer und eine Kiste, die größer als ein Sarg ist. Und sie hat eine Nachricht mitgesandt, man möge alles in einen Keller bringen oder, wenn es keinen gibt, in ein dunkles Zimmer.“

„Ja, und?“

„Eminenz wissen doch, daß es einen Keller unter dem Pavillon gibt…“

„Da schau, das weißt du?“

Das Mädchen wurde rot. Sehr wahrscheinlich, daß sie all die Einrichtungen untersucht hatte, auch wenn ihr vermutlich nicht alles klar war. Es war ganz plötzlich dunkel geworden. Da ging auf einmal Licht im Pavillon an. João und das Mädchen waren beide überrascht.

„Ist das deine Cousine?“

„Nein, Eminenz. Sie ist mit dem Kutscher in der Stadt.“

Neugierig ging João zu dem Pavillon und trat ein. In einem zauberhaften Negligé aus Musselin, an einem Frisiertischchen sitzend, kämmte Barbara ihr blaßgoldenes, fast weißes Haar. Sie lächelte João an, erhob sich und ging auf ihn zu. Er nahm sie in die Arme. Sie ließ es geschehen, ihre Lippen gaben nach und öffneten sich.

„Kommt“, sagte endlich João. „Ein Souper wartet.“

Er führte sie zum Oktogon. Sie betrat den Raum und stieß einen kleinen entzückten Schrei aus. Auf den venezianischen Lüstern flackerten, sich endlos widerspiegelnd, zahllose Kerzen. Ein gedeckter Tisch, Champagner im schneegefüllten Kübel, ein einladendes Sofa inmitten eines Meers von Rosen. Souper oder Sofa, das war die Frage. Barbara ließ ihr Negligé zu Boden gleiten. Ihr Körper, auch er weiß, spiegelte sich von allen Seiten an den Wänden.

„Das Essen kann ruhig einen Moment waren“, sagte sie.

João war niedergekniet. Er hatte genau erraten, was sie am liebsten hatte. Ein seidiger Schenkel rieb sich an seiner Wange, legte sich über seine Schulter. Das andere Bein, mit dem sie das Gleichgewicht hielt, bog sich leicht durch. Barbaras Nägel krallten sich in seinen Nacken. Mit beiden Händen umfaßte er ihre sehr kleinen, sehr harten und sehr runden Backen. Barbara, der es nur mit Mühe gelang, nicht zu schreien, sich nicht auf das Sofa, das sich in ihre Kniekehle bohrte, sinken zu lassen, schob den Höhepunkt lange hinaus.

Sie wollte ihre Dankbarkeit beweisen. João hinderte sie lachend daran und setzte sie mit Gewalt an den kleinen Tisch. Der Champagner perlte. Er begann, eine Gänseleberpastete aus dem Périgord zu zerteilen. Erst viel später war es soweit, daß sie sich zu seiner bevorzugten

Stellung bereitfand. Erschöpft stöhnte sie. Er ergoß sich in sie, und zu ihrer großen Überraschung fühlte sie unerwartet nach all den Schmerzen auch ihre eigene Lust kommen.

Die Kühle der Nacht weckte Alexandra. Sie sprang mit einem Satz aus dem Bett. Das einzige, was sie von ihrer Dienerin verlangte war heißes Wasser, das immer bereitzustehen hatte. Sie war versessen auf das Bad. An ihr Zimmer angrenzend hatte sie einen Raum mit Marmorplatten und venezianischen Spiegeln auskleiden lassen. Drei Stufen führten hinunter zu einem großen Rundbassin, einem Miniaturschwimmbekken. Anstelle des ekelhaften Lochstuhls, wie er im Jahrhundert davor üblich gewesen war, besaß sie als unbeschreiblichen Luxus eine verflieste Toilette. Unverschämt pißte Alexandra stehend wie ein Mann. Dann ließ sie frisches parfümiertes Wasser über sich rieseln. In einem Fläschchen, in ein einziges Stück Kristall geschnitten, befand sich eine Rosenessenz, die Ludwig XV., der ein tüchtiger Chemiker war, selbst in seinem Laboratorium in Versailles hergestellt hatte. Er schenkte sie der Pompadour, diese Bernis, und Bernis machte sie João anläßlich der Verleihung des Kardinalhutes zu einem sehr privaten Geschenk. Der französische Minister hatte für seinen Freund, den Kardinal, Herzog von Queluz, brüderliche oder komplicenhafte Gefühle. Sie erzählten einander alles oder doch fast alles, stundenlang. Der Baderaum Alexandras sogar war dem Baderaum der schönen venezianischen Maitresse des Grafen von Bernis nachempfunden, der himmlischen M. M., Freundin auch des Abenteurers Casanova, den João in der Lagunenstadt kennengelernt hatte und der Grund für den einzigen Streit zwischen ihm und Pierre de Bernis gewesen war. João, der sich hierin auskannte, war der Meinung, daß Casanova ein Spion der venezianischen Inquisition sei. Giacomo war aus den Bleikammern geflohen und hatte mit einem erstaunlichen journalistischen Geschick einen kleinen Band über seine Flucht herausgebracht, den sich die Leute aus den Händen rissen. Bernis lachte darüber immer noch. Queluz jedoch meinte, daß der Ausbruch ein genialer Trick gewesen sei, um Casanova zu decken und jegliches Mißtrauen zu entkräften. Jedenfalls war das Wasserbecken, das nun Alexandra gehörte, von Casanova für das fromme leichte Mädchen entworfen worden. Alexandra pfiff durch ihre Finger, und das junge Zimmermädchen erschien, erstaunt, nicht früher herbeigerufen worden zu sein. Es gab ein Baderitual, aber Alexandra hatte es eilig.

„Laß Penelope satteln. Herrensattel."

„Das Fräulein reitet allein aus? Um diese Zeit?"

Alexandra, nackt dastehend, machte eine herrische Geste. Das Mädchen konnte einen kleinen Ausruf der Bewunderung nicht zurückhalten und drückte einen zarten Kuß auf ihren flachen Bauch. Diana, die Jagdgöttin. Alexandra lächelte und gab die erbetene Erlaubnis. Gleichzeitig erteilte sie trocken genaue Anweisungen: sie wollte Männerkleider anlegen. Als sie fertig angezogen war, glich Alexandra dem schönsten jungen Mann, den man sich vorstellen konnte. Die Kammerjungfer schmolz von neuem dahin.

„Wenn ich dein Liebhaber wäre", sagte Alexandra, „schau, was ich dann täte." Und sie warf sie über eine Ottomane neben dem Becken, schob ihr die Röcke hoch und verpaßte ihr einen schnellen Höflichkeitskuß.

„Und jetzt beeil dich. Ich zieh mich alleine fertig an."

Das Mädchen eilte davon. Alexandra schlüpfte in weiche Stiefel, warf ein Cape über und setzte sich einen Dreispitz mit schwarzen Hahnenfedern auf. Alles andere war weiß wie die Ziegenlederhandschuhe. In der Tasche hatte sie eine kleine Pistole aus blankem Stahl. Degen, Dolch. Sie war fertig. Auch die Stute stand schon bereit. Es war offensichtlich, daß solche nächtlichen Ausritte nichts Ungewöhnliches waren, vor allem in Abwesenheit des Kardinals.

In den Straßen herrschte reges Treiben. Der alte Pombal, Joãos unmittelbarer Vorgänger, hatte die Stadt nach dem Erdbeben vorbildlich wieder aufbauen lassen, nicht ohne gleichzeitig ein riesiges Vermögen aufzuhäufen. João hatte niemals daran gedacht, es zu konfiszieren, für den Marquis da Silva aber war es die große politische Idee. Demagogie, nannte es João, denn wenn der Marquis zwar gern seine Nummer von einer reinen und harten Diktatur zum besten gab, so fand er, daß die Korruption wiederum eine gewisse Freiheit mit sich brachte.

Überall gab es noch Baustellen. Aber die Stadtbeleuchtung, die beste in ganz Europa, funktionierte bereits. Außer natürlich in der Alfama. Hier trat man geradewegs ins Mittelalter ein. Ohne Rücksicht auf die Fußgänger ritt Alexandra schnell durch die Gassen. Ich werde immer verrückter. Verliebt. Ist es das erste Mal? In dieser Weise sicherlich. Meine Kühnheit wird ihm die Rede verschlagen. Er ist schüchtern, romantisch, da besteht kein Zweifel. Unberührt? Das wäre der Gipfel. Glücklicherweise kenn ich mich in der Theorie aus. In einem Anfall anzüglichen Lachens mußte sie sich an den Onkel erinnern, wie sie ihn mit den zwei kleinen Mädchen aus Bahia überrascht hatte. Ein Wunder an Gleichgewicht. Die ganze Gruppe war in Zeitlupe zu Boden gegangen, als Barbara auftauchte. Dieser Laurent würde für so eine Art Unterhaltung nicht viel übrig haben. Bedauerlicher Mangel an Humor, aber Teufel noch einmal, ich liebe ihn, und wahrscheinlich gerade darum. Ein unmerklicher Druck mit den Fersen verlieh Penelope Flügel. Die Tür in den Hof des Palais war unverschlossen. Ein schwaches Licht, das vom Feuerschein aus dem Kamin herrührte, Funken, die zum klaren Himmel aufstoben wie Sterne: Kotor ist also auch Alchimist. Wenn er wie der Onkel Freimaurer ist, dachte Alexandra, so wäre das ein nettes Zusammentreffen. Sie band Penelope an und lief durch die dunklen Gänge dem Garten zu.

Noch immer beleuchtete der Mond ihn fast taghell. Er glitzerte auf dem Tajo und hob die Schwärze der Arrabida-Kette am anderen Ufer deutlich hervor. Ein paar kleine Lichter in der Stadt, ein Leuchtturm, ein Schiff. Aufgereiht wie zur Parade die gestutzten Bäume. Zwischen ihnen die gleiche schwarze Silhouette. Laurent.

Alexandra ging langsam auf ihn zu. Seine Augen funkelten. Ihr Herz klopfte zum Zerspringen.

„Ich bin gekommen", sagte sie.

Er betrachtete sie mit einer Ernsthaftigkeit, die sie unsagbar fesselnd fand. Sie sah deutlich, daß seine Zurückhaltung nicht Schüchternheit war, sondern einem festen und ihr unverständlichen Entschluß entsprang. Wille gegen Wille, also gehörte ihr der Sieg. Sie legte ihre Arme um den Nacken des jungen Mannes, zog ihn zu sich und küßte ihn lang. Er ließ es sich gefallen, er hatte aufgegeben. Seine Glut überraschte Alexandra sogar.

Ein paar Momente lang schien er den Kopf zu verlieren, als hätte eine unsichtbare Sperre einen sich lange Zeit dahinquälenden Strom zurückgehalten und ließe ihn nun frei und ungehemmt stürmend seinen Weg nehmen. Dieser reservierte junge Mann, der offensichtlich besonnen und nachdenklich war, sprach in Satzfetzen und sentimentalen, naiven Klischees, und gerade diese Naivität bezauberte Alexandra am meisten, versetzte sie in Begeisterung. Hemmungslosigkeit und geistreiche Distanz - beides war ihr mit all seinen Varianten und Grenzen schon nichts Unbekanntes mehr. Die unerwartete Hitze dieses Wildbaches an Gefühlen, die sie bei jedem anderen abgestoßen hätte, erfüllte sie bei diesem geheimnisvollen jungen Prinzen der Finsternis - denn als solchen sah sie ihn - mit Entzücken. Lange Zeit spazierten sie umher, immer wieder heftige Küsse austauschend. Einer gab sich so hin wie der andere. Alexandra fand es himmlisch und fragte diesmal nicht danach, wo der schnellste Weg zurück zur Erde ginge. Die Regungen ihrer Seele, durch die sie schon in Deutschland, in Böhmen das Gewaltige in der Musik gespürt hatte und durch die sie inmitten der Intrigen des kleinen Provinzhofes ihres Stiefvaters für die

Lyrik einiger junger Dichter, die vernarrt in die Natur, empfindsam geworden war – diese Regungen trieben sie mit aller Macht zu Laurent.

Die Aura des Mysteriösen, die ihn umgab, seine unbekannte Herkunft, sein plötzliches Auftauchen in Lissabon, der Geruch von Schwefel, der im ganzen Haus hing, das alles hatte sie viel mehr angezogen als abgehalten. Ihre energische Natur, die noch unverbrauchte Kraft eines feurigen Temperaments, Kühnheit und Gefallen am sofortigen Umsetzen von gefaßten Entschlüssen in die Tat, von meist spontanen Entschlüssen, alles wetteiferte damit, ihr das Gefühl zu geben, ein außergewöhnliches Abenteuer zu erleben, eine Gelegenheit, die es zu nutzen galt. Ihre Macht über die Männer hatte sie belustigt, diese Erregung in den glänzenden Augen, wenn sie den Busen entblößte oder die Schenkel oder sich nackt in einen Fluß warf. Der Stiefvater zuerst, dann der Onkel waren heimlich um eine Jungfräulichkeit herumgeschlichen, die aggressiv und herausfordernd war und um so verblüffender, als sie - wie in einer Shakespearischen Komödie - verbunden war mit einer absoluten Offenheit der Sprache und einem erstaunlichen Fehlen jeglicher Vorurteile oder Moralbegriffe. Ich habe eine Moral, nämlich die der Legitimität meiner Lust, aber nichts Moralisches. Die Gesellschaft von Mädchen hatte sie tatsächlich die Lust gelehrt, die ihr ebenso selbstverständlich wurde wie Essen, Baden und Reiten. Animalisch, stark und kräftig, betrachtete sie von der Höhe ihrer physischen, intellektuellen und moralischen Überlegenheit aus gleichmütig die Selbstgefälligkeit, die Laster und Heucheleien des Stiefvaters, die absichtlichen Verblendungen des Onkels. Der einzige Mann, den sie gekannt hatte, war der Elfenbeinpenis, mit dem sich die Erste Sängerin der italienischen Truppe ihres Vaters schmückte, die sie in Sapphos Spiele eingeweiht hatte. Laurent mit seiner Blässe, vielleicht sogar mit seiner Wehmut, rührte sie, weckte erstmals körperliche Gefühle für einen Mann in ihr. In seinen Armen, in diesem Garten im Mondenschein, hatte sie zum erstenmal in ihrem Leben keine Lust, sich über das Verliebtsein lustig zu machen.

Eine lange Zeit verstrich mit keuschen Küssen, in gegenseitiger - aber hoffnungslos unschuldiger - Verzückung. Die Zurückhaltung Laurents blieb, verstärkte sich vielleicht sogar. Es schlug zehn Uhr. Laurent erbebte. Zwar war die Nacht noch lang, aber er würde sich bald entschließen müssen zu sprechen, denn da Zynismus nicht seine Sache war, mußte er auch sein Gewissen beruhigen. Er beschloß, die Sache kopfüber anzupacken. Er machte sich los.

„Alexandra", sagte er mit einem Anflug von Feierlichkeit, die das Mädchen sofort spürte, „Alexandra, ich muß das entsetzliche Risiko auf mich nehmen, Euch etwas zu sagen, das mich zu einem Gegenstand des Schreckens in Euren Augen machen wird ..."

„Was immer Ihr sagt, Ihr werdet für mich niemals schrecklich sein ... selbst wenn Ihr Euch entschließt, mir die fürchterlichsten Verbrechen zu gestehen ..."

„Verbrechen, nein. Aber fürchterlich, vielleicht ... ich bin ein Monster."

„Ich auch. Ein Monstrum an Egoismus, Vergnügungssucht, Heftigkeit ..."

Sie fühlte plötzlich, daß sie ihn nicht mehr unterbrechen durfte, daß sie vor allem nicht versuchen durfte, ihn spaßhaft und mit Humor abzulenken. Laurents Ernst war außerordentlich, und es war angebracht, auf diese Ernsthaftigkeit ebenso ernst einzugehen. Sie schmiegte sich in seine Arme und blickte zu ihm auf.

„Sprich weiter", sagte sie. „Du kannst mir *alles* sagen ... "

Ganz deutlich spürte sie ein Zittern, das beschleunigte Klopfen seines Herzens. Laurent atmete tief ein, wie ein Taucher, bevor er ins Wasser springt. Das *Wort,* den *Namen,* den er aussprechen mußte. Vater arbeitet gerade an der Erfindung einer neuen Wissenschaft, die die Bedeutung der Wörter studiert, die magischen Eigenschaften der Namen, die fast allen Geistern unterlaufende Verwechslung zwischen dem Wort und der Sache, die es bezeichnet, zwischen der Etikette und dem Inhalt der Flasche. Er sagt, daß all die Seelenkonflikte, all die Verwirrungen der Logik sich auf der Wortebene abspielen und nicht auf der dinglichen, daß sie entstehen aus der Verwechslung zwischen dem Gefühl und der Art, es auszudrücken als Eifersucht, Besitzgier, sogar Liebe, aus dem Nichtunterscheiden von Begründung und formaler Logik. Wer das Wort „Vampir" hört, sieht die Etikette und nicht die Wirklichkeit hinter dieser Etikette, die den Anschein einer Definition gibt. Vater hat Aristoteles mit seinem Identitätsprinzip, seinen Universen, seiner Logik zu seinem Feind erklärt, im Namen dessen, was er mit Heraklit die Dialektik des Sich-Bewegenden nennt. Man mußte ein Vampir *sein,* um das Verheerende des Namens zu ermessen, eines Wortes, das mit Abscheu beladen war. In einer Sekunde werde ich dieses Wort sagen, den Namen aussprechen, und dieses bewunderungswürdige Geschöpf, das wie Feuer ist und ein Wunder an Kraft und Energie, wird vor Schreck erstarren. Wieder einmal.

„Ist das alles?" fragte Alexandra nach dieser Sekunde, „ist das dein ganzes Geheimnis?"

„Aber", sagte Laurent verblüfft, „du mußt doch die Schauergeschichten kennen, die über uns erzählt werden."

„Wenn ich allen Schauergeschichten, die man erzählt, zuhörte … Schau, mein Onkel gilt als Hexer!“

„Aber“, begann Laurent wieder, „man hält uns für Ungeheuer, für Wesen der Hölle, für Geschöpfe des Herrn der Finsternis …“

„Wozu wäre es gut, als starker Geist erzogen worden zu sein, wenn ich jetzt Altweibergeschichten glaubte? Erkläre mir *alles.*“

Laurent konnte sich von seinem Staunen nicht erholen. Als er sich gefaßt hatte, bekam er lyrische Anwandlungen. Er redete mit wachsender Begeisterung. Er sprach vom Tod, der in einem ersten Gefecht, das noch nicht das Ende des Kampfes bedeutete, vorläufig besiegt war. Er erzählte von ihrer ungeheuren Hoffnung, der ungeheuren Aufgabe, die die in einer wahnsinnigen Wette vereinten Getreuen, die Brüder, erwartete. Er erzählte von den Versuchen und der Arbeit seines Vaters, die zweite Runde zu gewinnen, die aus dem Menschen einen anderen und neuen Menschen machen würde, der Herr des Universums wäre, der die Natur besiegen und die alten und phantastischen Träume des Prometheus, die alten und phantastischen Versprechungen, die er dem Menschengeschlecht gegeben hatte, vollenden würde. Das Erbe der alten Titanen, die zuerst von allen Bewohnern des Olymp, dann vom Kreuz besiegt worden waren. Das Erbe des alten Mithras. Er sprach von seiner eigenen Rolle in diesem Kampf. Kotor war der Pionier, der Magier, Befehlshaber und Pontifex maximus in einem. Er, Laurent, war der Barde, der Poet, der den neuen Gläubigen ihre Gesänge, ihre Kriegslieder dichten würde, Worte, die Ausdruck ihrer Hoffnung sein würden. Er hatte die Lyra, die den Händen Apolls und Orpheus' entglitten war, wieder aufgehoben. Er würde das Brausen des edlen Blutes besingen, den Triumph des Lebens, die Eroberung der Sterne und des Weltalls, den reifen Menschen, der die einander ablösenden Dynastien dümmlicher, roher und verbrecherischer Götter hinter sich lassen würde, in deren Namen man die Christen den Löwen vorwarf, die Ketzer zu Tausenden auf den Scheiterhaufen schickte, die Untreuen der Klinge des Schwertes auslieferte. Er sprach von der universellen Abscheulichkeit, die bewirkte, daß Crassus Spartacus kreuzigen ließ und der Sanhedrin Christus, daß Simon de Montfort die Albigenser verbrennen ließ, daß Mitglieder der Ligue in der Bartholomäusnacht die Protestanten reihenweise mit dem Schwert ermordeten, daß Torquemada die Juden verbrennen, die deutschen Bischöfe und Pfarrer die Hexen ersäufen und Luther die Wiedertäufer köpfen ließ, mit seinen katholischen Feinden gemeinsame Sache machte, um den heiligen Reichtum und Besitz zu verteidigen.

Alexandra, über den Worten schwebend, gab sich ihrer Musik hin, ließ ihre Seele bezaubern und ihren Geist fortfliegen. In weiter Ferne lagen die kleinen Machenschaften der Angehörigen ihrer Klasse, deren Sorge es war, ihre Schäfchen ins trockene zu bringen. Kleinliche Menschen, befangen in Niedertracht und Ängstlichkeit, heuchlerisch, bösartig, geizig und grausam. Die Zentaurin war ihrem Zentaur begegnet.

Er erzählte von verborgensten Geheimnissen, von den seltsamsten Freuden, wie man vom üppigen Blut seines Bruders trinkt und wie man sich das Leben gibt und es weitergibt, er war am Höhepunkt des Schrecklichen angekommen, an der Schwelle zum Unsagbaren, beim entscheidenden Augenblick, wo sie nicht mehr bloß nur billigen, sondern zustimmen, teilhaben mußte am Glauben und Enthusiasmus für den begonnenen Kampf. Er verstummte, aber der dunkle Klang seiner Worte hallte in der Stille nach wie die tiefen Akkorde der Orgel, lange nachdem der Organist sein Spiel beendet hat.

Alexandra war die ganze Zeit über in seinen Armen geblieben. Ihre leuchtenden Augen wichen nicht von dem beinahe phosphoreszierenden Blick Laurents. Sie fühlte seine stumme und leidenschaftliche Frage.

Anstelle einer Antwort löste sie sich aus seinen Armen. Er erzitterte. Sie stellte sich vor ihm auf, unablässig Laurents intensiven Blick erwidernd. Und unendlich langsam begann sie die Spitzen ihres Kragens zu lösen und bot ihren entblößten Hals, an dem die Schlagader pochte, Laurent dar. Verklärt beugte Laurent sich über sie. Da war sie nur noch ängstliche, bebende Erwartung, mit einem Rest von Grauen tief im Inneren. Und es war wie ein Peitschenschlag, wie eine aufputschende Droge, wie das plötzliche Erreichen eines unvorstellbaren, unbeschreiblichen Glücks. Ein Glück, das Laurent mit ihr teilte, der in langen Zügen das Leben selbst trank, den allergeheimsten Mysterien des Mithraskults opfernd, zum weihenden Priester wurde, der an die Wurzel des Heiligtums selbst rührte. Umschlungen, eins geworden im Zeichen der Liebe, die sie dem höchsten Gipfel entgegengetrieben hatte, schlugen sie nun den Weg zu Laurents Zimmer ein, um anderen Mysterien zu opfern, um der Spur eines anderen Rituals zu folgen.

Laurent entkleidete Alexandra in bewundernder Verblüffung. Ihres Männerhemds entledigt, offenbarte sie zwei Brüste von hinreißender frecher Schönheit, klein und straff, deren blaßrote Spitzen unter Laurents Lippen hart wurden. Ihre schwarze Seidenhose glitt neben Stiefeln und Strümpfen zu Boden. Auf dem Venushügel des jungen Mädchens kräuselte sich dichter und kurzer Flaum von leuchtendem Blond. Laurents Hände schoben die weichen nachgiebigen Schenkel auseinander. Sein Mund folgte der Linie des Bauches, traf auf einen

Kranz heftig erregten Fleisches. Alexandra schrie auf. Laurents Mund kehrte zu dem ihren zurück, ihre Zungen schlangen sich ineinander, während er sanft in sie eindrang. Sie fühlte ihre Lust hochkommen. Seinen eigenen Höhepunkt zögerte er noch lange hinaus; zweimal zwang er sie vorher noch zu dem ihren. Er drehte sie zärtlich um, damit sie sich hinhockte, währenddessen seine geschickten Finger mit den Spuren ihrer Lust den Weg, den er sich zu bahnen anschickte, benetzten. Ihre Backen spannten sich, öffneten sich unter seiner aufmerksamen Hand. Sie brüllte unter dem Druck eines stechenden Schmerzes, der sich ganz langsam in Lust verwandelte. Nun schrie auch Laurent. Sie rollten übereinander, erschöpft, wie toll vor Glück. Die Zeit existierte nicht mehr für sie. Niemals waren Alexandra und Laurent so glücklich gewesen.

Ein schwacher Schimmer erschien am Fenster, kündete das Morgengrauen an. Laurent entzog Alexandra ihrer wohligen Benommenheit, half ihr sich erheben und kleidete sie feierlich an, indem er mit leidenschaftlicher Aufmerksamkeit ihren schönen Körper in den Kleidern verschwinden sah. Mit langen Küssen auf ihren Bauch, ihre Schenkel, nahm er Abschied. Als sie angezogen war, tat sie ihm mit ihren Küssen den gleichen Liebesdienst. Sie fühlte ihr Verlangen von neuem aufsteigen, mit der gleichen heiteren Freude wiederkommen, die die ganze Nacht beherrscht hatte. Es war soweit. Plötzlich, von einer neuen Panik ergriffen, zögerte er. Sie lächelte, sie hatte verstanden.

„Zeig mir, wo du schläfst, ich will alles von dir wissen."

Er führte sie also in den Keller. Die drei Bediensteten waren bereits in ihrem Reich. Kotor betrat es gerade. Sein Blick umflorte sich schon, aber als er Alexandra und Laurent eng umschlungen eintreten sah, lächelte er ihnen zu, und sein Lächeln war sein Segen. Man sah, daß tiefe Freude ihn erfüllte. Er verschwand in den Tiefen seines Grabes. Laurent glitt in seines. Tapfer, mit aller Kraft einen Rest von Grauen meisternd, half Alexandra ihm. Er streckte sich aus. Sie küßte ihn lange und schob selbst die schwere gemeißelte Platte über Laurents Sarg.

Sie trat hinaus, band Penelope los, öffnete das Tor, ließ die Stute vorbei und schloß die schwere Tür hinter sich zu. Dann saß sie auf, und müde, zerschlagen und wie gerädert, aber triumphierend, galoppierte sie in den jungen sonnigen Morgen hinein.

Auch für João und Barbara war die Zeit stehengeblieben. João war es, der als erster unruhig wurde. Anfänglich überrascht von ihrer Technik, ihrer Aktivität und Phantasie, hatte er sich schließlich ihren Wünschen angepaßt. Die beiden Landmädchen, die sich hinter der Tür das Schlüsselloch streitig machten, waren sprachlos vor Staunen.

Barbara hatte nicht wie ihr Bruder Gründe gehabt, die sie zu sprechen bewogen hätten. Sie suchte bei João genau diese Lust und diese Ergötzungen, die er ihr gegeben hatte. Ohne es noch wirklich zu wissen, war er leidenschaftlich für sie entflammt. Sie glaubte nicht, daß ihr Herz oder ihre Seele in die Sache verwickelt waren. Und dennoch begann sich eine wahre Freundschaft zwischen zwei echten Komplicen anzubahnen.

Sie lagen da, halb bewußtlos nach einem neuen Geplänkel, einer neuen Erforschung ihrer Mittel und Spiele. João sprang auf.

„Vier Uhr", sagte er. „Ich muß zurück."

„Eminenz arbeiten früh."

„Das ja. Du verdächtigst mich doch nicht, daß ich jetzt gehe, um etwas anderes zu treiben als Staatsgeschäfte. Ich bin immer allen Leuten mit gutem Beispiel vorangegangen. Bei Morgengrauen, mit kühlem Kopf, da zeigt sich die wahre politische oder militärische Tatkraft."

„Willst du mir damit vielleicht erklären, daß du jetzt einen kühlen Kopf hast? Das wäre nicht sehr schmeichelhaft."

„Heute sicher nicht", sagte João, „aber für gewöhnlich schon. Ich bin sofort wach und schlafe nur drei Stunden in der Nacht ... oder am Tag... "

„Und der Alkohol?"

„Ich übe meine Ausschweifungen mit einer gewissen Mäßigkeit."

„Diese Art von Mäßigkeit liebe ich besonders."

„Ich habe es bemerkt."

Er stand auf. Athletisch gebaut, war er für den Zeitgeschmack nicht übermäßig korpulent. Er hatte eine lebhafte Gesichtsfarbe; eine Andeutung von beginnender Kahlheit hätte eigentlich das Tragen einer Perücke notwendig gemacht, was er jedoch aus offensichtlicher Koketterie lange hinausschob. Um die fünfzig, dachte Barbara. Nicht schlecht bei dem Leben, das er führt. In aller Eile kleidete João sich sorgfältig an. Er beugte sich über Barbara.

„Wenn es Nacht wird, komm ich wieder."

„Ihr seid hier zu Hause, mein Gebieter."

Er verschwand. Man hörte das Geräusch des Wagens, der nach Lissabon fuhr. Barbara, wie zerschlagen, aber glücklich, seufzte wohlig. Neugierig erschien eine der jungen Dienerinnen, um die Herrin des Hauses, die so geheimnisvoll aus dem Nichts aufgetaucht war, endlich aus der Nähe zu sehen. Gott, war sie schön! Augen, die einen buchstäblich bannten. Barbara sah, wie diese gesunde Schönheit, diese pochende Kehle näher kam. Die spezielle Gabe, die sie bei der Verteilung erhalten hatte, war eine magnetisch anziehende, hypnotisierende Suggestionskraft - Gegenstand endloser Streitigkeiten mit ihrem Vater. Er akzeptierte nur solche Jünger, die völlig bewußt, entschlossen, und weil sie von der Sache überzeugt waren, zu ihnen stoßen wollten. Barbara hatte wiederholt ihre Fähigkeit benutzt, um Knaben und Mädchen, die weit mehr Opfer als Komplicen waren, unter ihre Zähne zu locken. Als Kotor davon erfuhr, wurde er fast wahnsinnig vor Wut. Sie mochte noch so sehr über seinen Moralismus spotten, er blieb bei seiner Anschauung. Alle seine Handlungen waren von einer gewissen Strenge gekennzeichnet. Und Barbaras Verhalten, das ihm freilich vor allem unmoralisch erschien, war gleichzeitig Quelle einer ernsten Gefahr, weil sie damit jenen alten Gerüchten Nahrung gab, die über die Vampire Fürchterliches und Grauenvolles erzählten.

Aber Kotor war weit weg. Mit dem kleinen Haus in Cascais hatte Barbara endlich eine Bleibe für sich allein und war wirklich frei. Ihr Blick bannte das junge Landmächen, das langsam immer näher kam, dabei ihre Bluse aufnestelte und auch schon willig war für alles, was noch kommen sollte. Barbara zog sie an sich, warf sie aufs Bett. Sie roch nach Stroh, Milch und Wäsche. Ihre Bluse war steif von Stärke. Selig ließ das Mädchen alles mit sich geschehen. In langen Zügen sog Barbara gierig die Kraft des jungen Lebens.

Alexandra und João trafen fast gleichzeitig im herzoglichen Palais ein. Sie nahm Penelope gerade das Zaumzeug ab, als die Kutsche dahergebraust kam. Alexandra strahlte vor Glück. João, der elastisch wie ein Jüngling aus dem Wagen sprang, sah es sofort. Auch er war fröhlich. Er nahm seine Nichte in die Arme.

„Endlich", sagte er. „Kenne ich ihn?"

„Ja. Er wird dir gefallen."

„Es muß ihr Bruder sein."

„Also dann war es bei dir die Schwester?"

Sie lachten. Ganz entschieden, sie kannten einander sehr gut.

„Ich muß nach dem Abendessen mit dir sprechen, ich habe einen Plan", fügte Alexandra hinzu.

João warf ihr einen schnellen Blick zu. Er mochte diese Art von Entschlüssen nicht besonders. Aber Alexandra war voll entfesselter Energie. Eine Löwin, wie immer. João seufzte. Es würde ein anstrengender Tag werden.

7

Gegen Ende des Nachmittags hatte Clara, die sonst eine Roßnatur besaß, einen kurzen Anfall von Mattigkeit, die sie in einen Sessel zwang. Ihr Atem ging stoßweise. Sie hatte sich zu viel zugemutet. Sie hatte ihre Kranken weder vernachlässigen können noch wollen, und nun ruhte die ganze Organisation auf ihren Schultern. Kotor hatte gesagt: Es ist besser, nicht allzu zahlreich zu sein, wenigstens am Anfang. Je mehr wir werden, desto schwieriger ist es, unserer Brüder sicher zu sein, desto leichter ist es für den Feind, Spione und Informanten unter uns einzuschleusen. Leicht gesagt. Seit Lavinias Umwandlung hatte sich auch das vormalige Grauen ins Gegenteil verkehrt. Eine Familie war gefolgt, dann zehn. Bald würde man bei hundert angelangt sein. Um jeden neuen Vampir bildete sich ein kleiner Kern von Getreuen, Freunden, Verbündeten. Jeder von denen, die die Schwelle überschritten, wußte, daß er sich solcherart die Möglichkeit schuf, nach seinem ersten Sterben auf andere Art weiterzuleben, und wartete darauf, daß es Kotor gelang, die zweite entscheidende Schlacht gegen den Tod zu gewinnen. Eine Moral, eine Metaphysik und eine neue Art zu leben bildeten eine Art Aura um jeden Vampir und um jede kleine Gruppe, die ihn umgab und ihn am Leben erhielt. Ganz von selbst hatten diese Grüppchen instinktiv die Lebensweise kleiner, mehr oder weniger im verborgenen existierenden Kerngruppen von Heretikern angenommen, wie sie die Katharer, die Waldenser, Albigenser und sicherlich, zumindest in den Anfängen, die von einem der ersten großen Organisatoren von Geheimbünden, Paulus von Tarsus, organisierten Christen gekannt hatten. Seinem Beispiel folgend, hatten es sich Kotor und später Clara zur Gewohnheit gemacht, fast täglich jede der kleinen Gruppen zu besuchen. Aber Kotors Kampf gegen die Zeit war gnadenlos, wenn er auch noch so verbissen Nacht für Nacht über seinen Büchern und Experimenten verbrachte. Man mußte andere Methoden finden.

Es mußte um so schneller etwas geschehen, als die einmal begonnene Bewegung nicht mehr aufzuhalten war. Die Gruppen fingen an, einander zu treffen, sich miteinander zu vermischen und in diesem neuen Glauben eine Gemeinschaft zu bilden, denn die Erwartung, die „wahnsinnige" Hoffnung, den Tod zu besiegen, war ein sehr starker Tobak für Gemüter, die seit Generationen an die immerwährende Angst vor dem Tod gewöhnt waren. Man konnte nicht eigentlich von einer neuen Religion sprechen, und im Prinzip wurden die alten

Glaubensrichtungen nicht davon berührt. Faktisch aber zersprangen sie in tausend Stücke. Und nicht zuletzt - obwohl dies keine der ursprünglichen Absichten Kotors war - stellten diese kleinen Gruppen die sozialen Strukturen in Frage. Sie praktizierten eine totale Gütergemeinschaft und teilten ihre Habe ohne Unterschied der Klasse und Rasse miteinander. Die vollkommene Gleichheit der Leute, eine sich von selbst ergebende Konsequenz der Lebensweise der kleinen Gruppen, war ein Ziel für sich, ein neues Hoffnungsprinzip geworden. Die Nächstenliebe war überholt. Die Freiheit des Geistes, des Glaubens und sogar der Sitten war total. Eine neue Skala moralischer Werte entstand aus der Bewegung, und auch sie wurde zu einem eigenen Ziel. Dazu kam, daß nicht nur der Kampf gegen den Tod und der eventuelle Triumph über ihn Zauber und Anziehungskraft ausübten, sondern daß sich hier auch ein Zufluchtsort für alle Unterdrückten anbot.

Die Alfama an sich war schon ein Tummelplatz der verschiedensten Elemente. Alles, was die Gesellschaft an mehr oder weniger verfolgten Randgruppen hatte, war hier zu finden. Es wimmelte von Dieben, Sträflingen, Ausbrechern, Zuhältern, Huren, Schmugglern, Hehlern, Ketzern und Verrückten aller Schattierungen, die hier, mehr oder weniger geschützt, ein unsicheres Dasein führten. Alle Häuser hingen durch Keller, Terrassen, Gärten und Gewölbe, die Straßen und Gäßchen miteinander verbanden, zusammen. Ein Labyrinth, ein Panoptikum, das von Grund auf zu kennen niemand sich rühmen konnte - von ein paar Leuten wie Clara abgesehen. Die Alfama war seit Jahrhunderten ein hoffnungsloser Fall für die Polizei, die sich auch schon jahrzehntelang nicht mehr hineingewagt hatte. Der Marquis da Silva hatte nichts daran ändern können und begnügte sich mit ein paar Notmaßnahmen. An allen Ausgängen, die in die Stadt mündeten, überwachten wohlausgestattete Posten in Uniform und Zivil das Gehen und Kommen. Und war einer der Untergetauchten unvorsichtig genug, das Getto zu verlassen, wurde er unweigerlich geschnappt. Etwa zwanzig dieser Sehnsüchtigen, die ihre Zufluchtsstätte verlassen wollten, wurden jährlich gehenkt. Nun begannen, nach monatelangen Anstrengungen, die Schranken undicht zu werden. Einzelne Spione hatten hie und da mit Erfolg richtiggehende Erkundungsvorstöße außerhalb der Alfama unternommen. Der Marquis hatte in seinem Büro an Stelle des traditionellen Gobelins, der ein großzügiges Geschenk des Königs von Frankreich war, an der Wand eine riesige Karte, welche die Alfama aus der Vogelperspektive zeigte, aufhängen lassen. Kleine verschiedenfarbige Fähnchen wiesen auf die wichtigsten entdeckten Verstecke hin; hier ein Alchimist, dort eine Synagoge, da ein Schmuggellager. Man konnte ihnen nichts anhaben, aber man wußte, wo sie waren. Jede Nacht hatte der Marquis einen schönen Traum: Der König teilte ihm Truppen zu, um die Alfama im Sturm zu nehmen, die man wie eine eroberte Stadt behandeln und zumindest teilweise dem Erdboden gleichmachen würde. Bloß, am Morgen beim Aufwachen, erwies es sich, daß die Regimenter, die alle mit sechs Monaten Verspätung besoldet wurden, wenig verläßlich und übrigens zumeist an den Grenzen zu Spanien stationiert waren. Es gab wohl die Marineinfanterie, eine Elitetruppe, die den Stand der königlichen Garde auffüllte. Aber der Marineminister, einer festen Tradition seit Heinrich dem Seefahrer zufolge immer der Bruder des Königs, hatte seine eigenen Vorstellungen von der Verwendung dieses Elitekorps. Eine Hälfte war zwischen Goa, Makao und Timor zu finden, und die andere war zur großen Befriedigung der Pflanzer von Bahia oder der Bergwerksbesitzer von Ouro Preto auf Sklavenfang in Benin oder in Angola. Und die Familie des Premierministers, des Herzogs von Queluz, hatte sich von diesem riesigen Kuchen ihren Teil abgeschnitten. Der Marquis, der vor Wut tobte, wußte, daß alle seine Bemühungen angesichts eines solchen Bündnisses aussichtslos waren. Es konnte also gar keine Rede davon sein, die Alfama, die von der Graça und von Schloß São Jorge bis zum Tajo hinunterreichte, und in ihren winkeligen Gassen und Terrassen ihre Freiheit bewahrte, zu vernichten.

Claras Problem bestand darin, die selige Anonymität der Vampire so weit wie möglich zu wahren. Da und dort wurde Alarm geschlagen. Andere Gruppen, andere Geheimbünde hatten die Existenz dieses neuen Fremdkörpers erspürt und versuchten nun herauszufinden, worum es dabei ging. Die Vereinigung der Bettler, der Bordelle, die Hehlersyndikate und die Falschmünzer, alle waren von Clara - die als eine Art Heilige und oberste Heilerin galt und deren moralische Autorität anerkannt und von allen respektiert wurde - beruhigt worden. Sie würden Abstand halten, neutral bleiben, keine besondere Neugierde zeigen. Ebenso war es mit den geheimen Druckern, den Schmugglern, den Bruderschaften der Diebe und Ausbrecher. Mit den religiösen Sekten war die Sache weniger einfach. Die geheime jüdische Gemeinde witterte eine namenlose Frevelei. Sie würde sich jedoch sicher nicht rühren, da sie wußte, daß jede Verfolgung sofort auch sie träfe. Viel schwieriger gestaltete sich die Beziehung zu den zwei oder drei Gruppen von Protestanten, die mit Lutherischem Eifer vom Teufel sprachen und Verbindung zu einigen mächtigen, reichen und gut beschützten Botschaften hatten, wie der englischen, einigen deutschen und der schwedischen. Von dieser Seite konnte Gefahr drohen. Blieben noch die Hexer jeder Spielart, Astrologen, arabische oder chinesische Anhänger der Geomantie, die auf Schiffen aus Makao gekommen waren, für welche diese neue Gruppe eine Art tödlicher Konkurrenz zu werden drohte. Einige Erklärungen, durch ein paar Drohungen unterstützt, könnten wahrscheinlich damit fertigwerden: Sie respektierten Clara alle sehr.

Nein, das wirkliche Problem waren die Freimaurer. Clara hatte verschiedentlich in Erfahrung gebracht, daß sie in Lissabon fest Fuß gefaßt hatten. Niemals hatte sie tatsächlich einen entdeckt oder war jemandem begegnet, der sich als solcher zu erkennen gegeben hätte. Sie besaß nur eine vage Vorstellung von dieser Organisation. Einmal hatte sie geglaubt, nahe daran zu sein, Zugang zum Kreis der Eingeweihten zu finden, die große Hochachtung für sie hatten. Vor allem ein schwedischer Freund hatte immer wieder Anspielungen gemacht, von einer allgegenwärtigen geheimen Macht gesprochen, die ein Feind der Throne, Feind der Altäre wäre, was durchaus geeignet war, sie zu begeistern. Aber das ganze Gebäude von Deismus und verschwommener Religiosität hatte sie ein wenig abgestoßen. Sie hatte mit Kotor, der sich besser auszukennen schien, darüber gesprochen. Es war gar nicht ausgeschlossen, daß Kotor irgendwann einmal als Bruder aufgenommen worden war, was nur recht und billig wäre. In der Lage, in der sich der Graf befand, war kein Beschützer, kein Verbündeter abzuweisen. Sobald es Nacht wurde, wollte sie mit ihm darüber sprechen.

Fernanda trat ein; ihr Gesicht strahlte. Clara überlegte, ob sie sie zu ihrem Oberstleutnant, um es militärisch auszudrücken, machen sollte. Die Arbeit im Haus, die Krankenbesuche, gingen langsam in Ursulas verläßliche Hände über. Fernanda könnte sich um die Verbindung zwischen allen Gruppen kümmern, die Anweisungen Kotors übermitteln und Erkundigungen einziehen. So könnte Clara sich einzig und allein den großen Aufgaben Kotors widmen. Ihr gefiel Fernanda. Sie besaß eine Vitalität, ähnlich der ihren, einen starken Hang zur Kommunikation und eine Lebensfreude, die bar war jeglicher Berechnung und Heuchelei. Die beiden jungen Frauen umarmten einander. Clara nahm ein kleines Lachen in Fernandas Augen wahr.

„Dir ist gerade ein großes Glück widerfahren", sagte sie.

„Ja, Donha Clara", antwortete Fernanda, die das Lachen kaum zurückhalten konnte.

„Wie heißt dieses Glück? Laß mich raten. Der Sohn der Italiener, wie heißt er gleich? Gian-Battista?"

„Gian-Vittorio."

„Erzähl mir von ihnen", sagte Clara, die plötzlich ernst wurde. Ihr war plötzlich ein merkwürdiger Einfall gekommen. Während des Festes hatte sie die ganze Nacht in der Menge nach einem Anhaltspunkt gesucht, der ihr erlaubt hätte, einen Bruder höheren Grades zu finden. Sie kannte ganz allgemein ein paar gewöhnliche Mitglieder, sogar Meister dieser Verbindungen. Es waren dies meistens arbeitsame Leute, die unter dem Druck von Banken, Polizei und Zoll standen, und denen es darauf ankam, Organismen zur Verteidigung und gegenseitigen Hilfe zu schaffen. Sie kamen alsbald in die Alfama, um Unterschlupf zu suchen, und woben von hier aus ihre Netze. Die Lastenträger beispielsweise hatten sich zu einer festen Gruppe zusammengeschlossen, die Goldschmiede, die Drucker, die Hutmacher. Manchmal beherrschten ethnische oder nationale Gruppen einen ganzen Berufszweig. Alle Häusermakler waren Genueser oder Lombarden. Auch Fernandas Italiener waren sicherlich organisiert.

„Hast du mit ihm geschlafen?" fragte Clara.

„Freilich", antwortete Fernanda, die immer noch sehr aufgeräumt war.

„Liebt er dich? Liebst du ihn?"

„Ja, auf beide Fragen."

„Kennst du ihn gut?"

Der eindringliche, ernste Ton Claras erregte schließlich Fernandas Aufmerksamkeit. Sie verstand, daß alle ihre Fragen einen bestimmten Grund hatten.

„Hast du mit ihm gesprochen?"

Fernanda errötete. „Noch nicht", sagte sie.

„Also hast du kein Vertrauen zu ihm."

„Das ist es nicht. Aber es ist nicht so einfach zu erklären."

„Und er? Hat er dir erzählt, was er macht?"

„Auch nicht", antwortete Fernanda, die endlich begriffen hatte, worauf Clara hinauswollte. „Aber wenn Ihr glaubt, es besteht Gefahr, daß er ein Polizist sei, irrt Ihr Euch."

„Das ist es nicht, woran ich denke. Ich suche."

„Sagt mir, was. Ich werde alles tun, was Ihr beschließt."

„Du mußt herausfinden, ob er bei den Freimaurern ist. Ich werde dir erklären, was das ist."

„Nicht nötig. Ich weiß es. Sie sind schon gekommen, um mit meinem Vater zu sprechen."

„Wer war das?"

„Nun, die Eltern von Gian-Vittorio."

Clara stieß einen kleinen Triumphschrei aus.

„Du wirst ihn zu mir bringen", sagte sie.

João fühlte sich matt und unentschlossen, obwohl ihn der Schwung des Erfolges und seine Erinnerung an die vergangene Nacht doch in durchaus angeregte Laune hätte versetzen sollen. Dem bitteren Genuß der Selbsterkenntnis hingegeben, was nicht ohne milde Selbstgefälligkeit geschah, wußte er so gar nicht, wo er stand. Ich besitze mehr Intelligenz als Charakter, dachte er. Ich habe eine sehr klare Vorstellung von dem, was ich mir wünsche: eine mäßige Ausübung von Allmacht und die bedachte Befriedigung meiner Launen. Ich wäre einer der wenigen guten römischen Kaiser gewesen. Tiberius, das ist mein Vorbild. Eine Grausamkeit, die nicht selbstzerstörerisch ist, die betrieben wird, ohne daß sie gleichzeitig die Möglichkeiten ihrer Existenz selbst vernichtet. Aber Tiberius war auch ein großer Feldherr. Er ertrug die harten körperlichen Strapazen, die Reisen und Kriege damals mit sich gebracht hatten. Warum nicht der strenge Hadrian? Ich hätte niemals seine Kraft und seinen Mut gehabt. Ich bin nahe daran, einen tödlichen steilen Abhang hinunterzugleiten. Die Tätigkeit eines Jongleurs und Zauberkünstlers, das ist mein Los. Ich bin der Gnade eines leichtfertigen, launenhaften, nervösen und unbeständigen Königs ausgeliefert. Ich enthebe ihn seiner Sorgen. Aber da er eitel ist, muß ich einigen Plunder ihm überlassen, und wenn da ein Stoß richtig angebracht wird, kann er für mich tödlich sein. Wird er ihn jemals richtig zu versetzen wissen? Er muß vor Lust danach umkommen. Worauf kann ich mich verlassen? Parteichef ohne Partei, der ich bin, belustigt meine Toleranz meine ganze Umgebung. Man glaubt, daß sie den verschiedenen Cliquen, die meinen Untergang wollen, mit Leichtigkeit gestattet, sich bequem zu organisieren. Meine erklärte Überzeugung, keine Überzeugungen zu haben, ist die wahre Chance für mein Überleben.

Er seufzte. Ein Mann der Tat, der lieber nicht handeln würde, ein Mann der Arbeit, der jede Tätigkeit verabscheut - und ein Genußmensch, der nicht die Möglichkeit gefunden hat, nur durch und für sein Vergnügen zu leben. Ein verpfuschtes Leben, voller Gefahren, die Jesuiten, die Inquisition, der Marquis. Wenn sie sich zusammenschließen, bin ich verloren. Glücklicherweise zieht jeder an seinem eigenen Strang. Der Marquis würde der Inquisition die Macht übergeben, aber er hört nicht auf, die Jesuiten zu beleidigen ... Ich muß Verbündete finden. Ich werde niemals General der Jesuiten werden, und das ist schade. Man muß etwas anderes suchen. Bernis drängt mich, ich soll mich den Freimaurern anschließen. Casanova hat mich diesbezüglich auch schon zweimal ausgehorcht. Aber es ist mir unmöglich, mich zu einem dauernden, vielleicht gar hierarchischen Kontakt mit dieser venezianischen, überempfindlichen und eingebildeten

Kanaille zu entschließen. Nichts zu machen. Was stellt Kotor dar? Er ist im Exil, wahrscheinlich geflüchtet. Er hat nur sein Geld als Verbündeten. Aber das wird mir niemals abgehen.

Er dachte an seine Tabakpflanzungen, seine Zucker- und Kakaoplantagen und erschauerte. Welcher Wahnsinn, zurückgekommen zu sein. Vizekönig am anderen Ende der Erde, die Genüsse Salvadors, der Stadt aller Heiligen und aller Sünden. Er glaubte sich plötzlich zurückversetzt in die steilen Gäßchen von Pelourinho, auf dem Weg zu einem seiner versteckten Zufluchtsorte, wo ihm alles, absolut alles erlaubt war. Er sah sich, nur mit einer Leinenhose bekleidet, in einem Boot auf dem Reconcavo, dazu zwei schöne Rudersklavinnen, die bloß Leinenhöschen anhatten, als Augenweide, acht Paddler, die das Boot weiterbrachten. Das Umschlagen des Windes, der die *jangada,* das Wohnfloß, zum Schwanken brachte. Es war wirklich Wahnsinn gewesen, die Gerüche des Marktes und jene des Sklavenmarktes auf dem kleinen dreieckigen Platz mit den glitschigen Pflastersteinen. Die vier Jahre, die João in Bahia verbracht hatte, hatten ihn für immer geprägt. Zwei eilige Reisen zur Inspektion seiner Plantagen und Bergwerke hatten ihn in seiner wahren Leidenschaft für das Leben in den Tropen bestärkt. Das letzte Mal hatte er bei seiner Rückkehr etwa zwanzig schwarze Männer und Frauen mitgebracht, die er in einem riesigen Haus am anderen Ufer des Tajo unterbrachte, nahe dem Strand von Caparica, der die Sklaven an jenen von Itapoa erinnerte. Er ging nicht mehr oft dorthin. Höchstens ein oder zwei Nächte im Monat. Man schlug ihm zu Ehren das *candomble.* So hatten die alten schwarzen Götter Afrikas einen Brückenpfeiler in Europa. Neugierig hatte João sich einweihen lassen. Er war einer der *obas* zur Rechten Xangos und hatte das Recht auf einen Sitz im Barracão. Sohn Oguns, des Feuer- und Kriegsgottes, hatte er in seinem Palast einen kleinen Altar errichten lassen. Dann hatten ihn die Geschäfte, die Richtung, in die die Geschäfte liefen, von diesem Weg abgebracht. Von Sehnsucht übermannt, ging er manchmal zu seinen Bahia-Mädchen, um sie tanzen zu sehen, so wie man sich an einem Abend betrinken geht. Er hütete dieses Haus wie ein geheimes Refugium, einen letzten Zufluchtsort vielleicht. Die afrikanischen Götter, die in den Laderäumen der Sklavenschiffe die Reise mit den Schwarzen machten, hatten ihn anfänglich begeistert. In seinem Schlafzimmer stand immer noch eine Statue der Lemanja, der Göttin des Meeres. Dann war er aber doch der Meinung, daß diese Götzen eigentlich mehr Lokalgötter seien. Das Prinzip der Umwandlung eines Haufens Steine, eines „herma" am Rande eines attischen Feldes in einen Gott, der zu Hermes wurde, war ihm durch den griechischen Polytheismus hindurch als Maske eines atheistischen Pantheismus erschienen, die Form, in der er selbst sich dem Göttlichen und Heiligen näherte. Er hatte vermeint, den griechischen Olymp in den schwarzen Göttern wiederzufinden: Oxala, das war Zeus, Lemanja Aphrodite, Ogun Ares und Xango sicherlich Apollon. Lebendig gebliebene griechische Götter, sein Traum. Er hatte mit seinen Sklaven getanzt, hatte den Eingeweihten zugeschaut, wie jeder durch die höllische Monotonie der Trommeln in Trance geriet und zum Pferd seines Gottes wurde. Aber zu ihm, nach Caparica, kamen die Götter nicht mehr, oder man sagte es ihm nicht. Er neigte nun dazu, die von den Nagos aus Ketu nach Bahia gebrachte Religion bloß als eine Ansammlung von medizinischen Anleitungen, halluzinogenen Abläufen und simplen Methoden der Wahrsagung zu sehen. Die Geomantie schien ihm dem „Muschelorakel" seines Cousins überlegen zu sein. Kurz, sein schwacher Versuch, eine Brücke zwischen ihm, dem Herrn, und der seelischen, geistigen und religiösen Welt der Sklaven zu schlagen, war gescheitert, ohne daß er sich dessen wirklich bewußt wurde. Was nur eine Konsequenz seines Zustands war, das schrieb er geistigen Motiven zu. Einmal würde er vielleicht wieder darauf zurückkommen.

Er löste sich aus seiner Versunkenheit, um sich vor seinem Schachproblem wiederzufinden, das ihm nur noch wenig Bewegungsmöglichkeit ließ. Man müßte sich des Marquis entledigen, der zur Königin werden konnte in dem subtilen Spiel, das er gegen einen unbekannten und unsichtbaren Gegner spielte, der wohl das Schicksal war. Ein Turm jedenfalls, der zwei Reihen beherrschte, eine vertikale - Politik und Korruption - und eine horizontale - die Religion. Eine Figur opfern, aber welche? Die Antwort kam sofort: Alexandra. Als Gattin des Marquis würde sie ihn in sein Feld treiben. Er würde sie ihm nur gegen solide Garantien geben - die vollständige Rückerstattung der kompromittierenden Beweisstücke, die Auflösung der Geheimpolizei oder ihre Kontrolle. Dann könnte er der Inquisition entgegentreten oder sich mit ihr verbünden, um die Jesuiten zu vertreiben, und könnte die Regierung des Königs, den Manuel nicht oder nicht genug in der Hand hatte, wieder ganz übernehmen. Sobald der König tot wäre, also demnächst - er wurde von venerischen Krankheiten gequält, die er sich bei verdächtigen Matrosen geholt hatte -, würde er die Königin in Angriff nehmen, die wahre, jene, die Regentin würde. Dieser alten Frömmlerin zum Genuß verhelfen, was für ein Vergnügen mußte das in gewissem Sinne sein! Er hielt inne und schlug sich gegen die Stirn. „Ich stecke meine neuen Grenzen ab und habe noch nicht einmal das erste Hindernis überwunden: wie Alexandra überzeugen?"

Sie trat ein. In Männerkleidern, die ihr so vollkommen paßten, daß man sich täuschen konnte. Schmale Hüften, Knabenschenkel. Das wird niemals mehr für mich sein. Dieser junge Mann scheint ihr eine ganz und gar neue Welt offenbart zu haben.

„Onkel“, sagte Alexandra, „ich habe einen Entschluß gefaßt.“

„Ich auch. Einen Entschluß, der dich betrifft.“

„Macht mich nicht lachen. Ich weiß, was Ihr mir sagen wollt. Es fehlt Euch an Energie.“

„Dir nicht.“

„Nein, wahrhaftig“, sagte Alexandra schlicht. „Ihr wiegt Euch in Illusionen. Ihr wollt mich bitten, Euren Marquis zu heiraten, versuchen, mich dazu zu nötigen. Und durch diese Schwäche und einen solchen Kompromiß verliert Ihr alles. Hört mir gut zu ... “

Sie machte es sich bequem. João bewunderte sie. Bei den Frauen, die er gebrauchte, kam Energie selten vor. Er hörte zu. Was sollte er anderes tun?

„Ihr werdet dem Marquis ankündigen, daß es Euch gelungen ist, mich zu einer Heirat mit ihm zu überreden.“

„Wie das?“

„Unterbrecht mich nicht. Ihr verlangt von ihm, Euch bei Signatur des Ehekontraktes die Dokumente, die er gegen Euch in Händen hält, zurückzuerstatten, und vernichtet sie in seiner Gegenwart. Die Hochzeit findet acht Tage später statt. Ich unterzeichne gleichfalls den Kontrakt, und in der Nacht, die diesem schönen Abend in Gesellschaft eines Notars folgt, veranstaltet Ihr mit dem Marquis eines Eurer kleinen Feste ...“

„Mit dem Marquis? Du bist verrückt!“

„Ganz und gar nicht. Ihr werdet entzückt sein, seine Gewohnheiten kennenzulernen. So habt Ihr in am Kragen. Und er hat keinerlei Waffen mehr gegen Euch.“

„Und du?“

„Ich“, antwortete Alexandra kühl, „ich lasse mich bis an die Schwelle meines Zimmers begleiten. Und in der Nacht, während Ihr beide beschäftigt seid, fliehe ich. Ihr habt von meiner Flucht keine Ahnung.“

„Und was wird aus dir?“

„Macht Euch um mich keine Sorgen. Ich weiß, wo ich hingehe. Ich weiß, was ich tun werde.“

„Kurz, ich verliere dich.“

„Weil Ihr, wenn Ihr mich in das Leben des Marquis, in den Palast des Marquis und in sein Bett steckt, mich nicht verliert? Eure Überlegungen sind erstaunlich.“

„Aber", sagte João betroffen, „du könntest ein normales Leben führen, er würde dir alles geben, was du nur willst."

„Was Ihr ein normales Leben nennt, ist für mich die Hölle. Das Leben der Frau des Marquis ist unvermeidlich die Hölle. Ich spreche gar nicht von der Notwendigkeit, sich jede Nacht und wahrscheinlich mehrmals von einem wahrlich widerlichen Wesen behüpfen lassen zu müssen, sondern von den gesellschaftlichen Verpflichtungen dieses Kerls."

„Ein gesellschaftliches Leben wirst du doch in jedem Fall haben. Sogar deine Mutter ... "

„Meine Mutter denkt nur daran, sich so oft als möglich beschlafen zu lassen. Um ihre Ration zu bekommen, ist sie zu allem bereit. Sogar dazu, mit einem Kurfürsten zu leben, der ein elendes, winziges Fetzchen Deutschland regiert. Ich habe immer gewußt, daß ich um keinen Preis ein Leben dieser Art führen würde. Jetzt weiß ich, was ich will. Ich mag Euch gern, Ihr amüsiert mich, Eure Schwachheit rührt mich, Ihr seid wißbegierig nach allem - aber unverständig, egoistisch und untreu. Ich verlasse Euch, Euch und Euresgleichen."

João schaute sie erschrocken an. Am Ende eines Verhörs, das in der Tat ziemlich roh vor sich gegangen war, hatte er einmal bei einem jungen Fanatiker, der die Bauern aufgewiegelt, ein Schloß in Brand gesteckt und den Schloßherrn aufgehängt hatte, eine ähnliche Erregtheit wahrgenommen. Von Zeit zu Zeit nahm man auch in einem Dorf, auf einer Universität solche Rasende fest, die Rebellion und Rache predigten. Sie wurden gerädert, nachdem man sie gemartert und ihnen bei lebendigem Leib die Haut abgezogen hatte. João hatte nichts übrig für solche Methoden, aber es mußte schließlich Ordnung herrschen. Der Tonfall Alexandras erinnerte ihn an einen dieser jungen Männer, mit denen er fallweise gesprochen hatte, bevor man sie aufs Schafott führte.

Alexandra hatte genug gesagt. Sie schickte sich an hinauszugehen. João wollte noch etwas entgegnen.

„Alle Auskünfte, die ich über Graf Kotor und seine Familie habe, tragen dazu bei, sie auf das Schafott zu bringen, als Ketzer, Magier, Verräter."

„Onkel, anstatt auf eine Kraftprobe hinzuarbeiten, hört lieber auf die Vernunft."

„Aber du bist es doch, die diese Kraftprobe sucht. Du drängst mir *deine* Lösung auf. Du beschimpfst mich und läßt mich nicht verstehen und nicht diskutieren."

Alexandra brach in helles Lachen aus. Er entspannte sich. Da sie lachte, blieb zwischen ihrer alten und ihrer neuen Welt eine Brücke bestehen. Zerbrechlich, vielleicht, aber immerhin ... Alexandra umarmte ihn.

„Du hast recht, Onkelchen. Ich habe dich wie einen kleinen Jungen behandelt. Gib es zu - du findest es nicht gar so schlimm, stimmt's?"

„Doch. Allenfalls möchte ich den Moment wählen, in dem mir das paßt."

„Von deinen Lastern sprechen wir ein andermal. Was hältst du von meinem Plan?"

„Er ist vorzüglich, aber absolut undurchführbar."

„Das ist meine Sache."

Kotor hob den Kopf von dem Manuskript, das er studierte, als Laurent und Alexandra eintraten. Die Blicke von Vater und Sohn kreuzten sich. Alexandra, die die beiden beobachtete, begriff, daß sie über eine gewisse Kraft der augenblicklichen Kommunikation verfügten, und beneidete sie. Sie mußte Laurent darüber befragen. Kotor hatte auf einen Blick einen ganzen Bericht seines Sohnes aufgenommen: die Begegnung mit Alexandra, ihre neue Situation. Er empfing das junge Mädchen mit warmer väterlicher Zuneigung. Ich frage mich, wie sie es anstellen, sich so zu verständigen. Sie korrigierte sich: wie *wir* es anstellen. Als Kotor anfing, von seiner Arbeit zu sprechen, verstand Alexandra, daß alles, was mit dem Bereich der Worte, der Kommunikation zusammenhing, die Ideen, die Begriffe, durch Wörter vermittelt wurde, geschriebene oder gesprochene, während die Informationen des täglichen Lebens und die Gefühle blockweise übertragen wurden, in ultraschnellen Signalen. Sie entdeckte auch noch die Aufgabenteilung von Vater und Sohn. Kotors Arbeit waren die Suche, die Erforschung des Unerforschlichen, die Experimente, die Theorie. Laurent meditierte, versuchte sich auf die finsteren Wege der metaphysischen Verwicklungen ihrer Existenz, ihrer Seinsform zu begeben. Kotor, in gewisser Weise der Papst, überwachte auch die Organisation dieser Kirche, die im großen und ganzen Donha Clara anvertraut war. Laurent würde diesen großen Traum besingen, die Kämpfe, die Siege und Niederlagen.

In diesem Moment trat Clara ein. Auch sie hatte begonnen, die Methode der augenblicklichen Kommunikation zu lernen. Mit einem Blick registrierte sie die Anwesenheit Alexandras und deren ganze Bedeutung. Sie ging auf sie zu und umarmte sie. Mit ihrem ganzen Wesen, bis in ihre Eingeweide spürte Alexandra, daß sie *ihre* Familie gefunden hatte.

Clara brachte wichtige Neuigkeiten, indem sie einen Besucher ankündigte. Alexandra wußte nicht recht, worum es sich handelte. Sie nahm nur ein starkes Interesse wahr. Clara und Kotor wechselten schnelle, gedrängte Sätze miteinander, die für sie ohne Sinn waren. Sie wußte nichts vom Freimaurertum.

Gian-Vittorio betrat den großen Raum. Kotor streckte ihm die Hand entgegen und beschrieb in die Handfläche des jungen Mannes die klassischen Erkennungszeichen der Brüder. Gian-Vittorio, wie elektrisiert, wich zurück.

„Ihr, Herr Graf?"

Kotor machte auf seiner Brust ein Zeichen, so schnell wie ein Kreuzzeichen.

„Ein Meister", sagte Gian-Vittorio leise. „Ich stehe zu Euren Diensten." Auch er bezeichnete rasch seine Brust.

„Ich fragte mich", sagte Kotor, „wer in Lissabon die Bewegung der Brüder wohl antreiben mochte. Jetzt weiß ich es."

Gian-Vittorio erholte sich nur schwer von seiner Überraschung.

„Ich gelte hier als der Sohn einer italienischen Handwerkerfamilie."

„Da hätte ich Euch nicht gesucht."

„Ihr suchtet mich?"

„Seit meiner Ankunft in Lissabon."

Die beiden Männer betrachteten einander mit Freundschaft und Interesse. Ich hätte es nicht geglaubt, dachte Gian-Vittorio. Ich glaube es immer noch nicht. Klar ist, daß er eine Art Netz gespannt hat, eine Gruppe bildet, aber ist es eine Gruppe von Brüdern? Er mußte sich in acht nehmen und ihn zum Sprechen bringen. Kotor erfaßte diese schnellen Gedanken so klar, als hätte er sie in einem Buch gelesen.

„Ich werde sehr aufrichtig mit Euch sprechen", sagte er.

„So beginnen immer alle Lügen", antwortete Gian-Vittorio lächelnd.

Alexandra vernahm, so deutlich als hörte sie die Worte tatsächlich, einen Austausch von ultraschnellen Nachrichten zwischen Laurent und Kotor. Auch sie wurde dieser Gabe teilhaftig. Kotors Ruhe übertrug sich. Er wußte, wohin er ging, wohin er gehen wollte.

„Die Meister betrachten mich als einen der ihren. Bei mir zu Hause, in Böhmen …"

„Die legendäre Versammlung von Dobris", murmelte Gian-Vittorio.

„Ja. Ich habe den jungen Balsamo beherbergt."

„Ihr seid also der geheimnisvolle Große Onkel?" fragte Gian-Vittorio, während er Kotors Hand küßte.

„Ja. Aber ich bin nicht wirklich einer der Euren. Ich werde es niemals sein."

„Wir stehen trotzdem zu Euren Diensten."

Die Atmosphäre war plötzlich entspannter. Jeder wußte, daß gesucht und entdeckt werden mußte, wer *wer* war. Alexandra verstand von allem nichts, sie sandte eine telepathische Frage, ihre erste, an Laurent. Sie nahm seine Belustigung wahr. Streng deinen Kopf an, dumme Kleine. Eine große Wolke von Zärtlichkeit kam zu ihr herüber.

„Die Aufrichtigkeit", dachte Kotor, „kann die ärgste Heuchelei sein. Ich spiele mit gefälschten, gezinkten Würfeln, weil ich mindestens die Hälfte seiner Gedanken durchschaue, jener Gedanken, die sich in der klaren Zone seines Bewußtseins befinden. Aus der Schattenzone fast nichts. Der Teil des Feuers, das ist gerade das, diese verlassene Zone."

Gian-Vittorio betrachtete die Familie mit lebhafter Neugier. Sein Gedächtnis arbeitete mit Höchstgeschwindigkeit. Bruchstücke von Erzählungen, Legendensplitter tauchten auf. Der Alte aus Böhmen, gleichzeitig ältester Freund des Ordens und Erbe einer seltsamen Anhäufung von Mißtrauen, von Schweigen - ein Verbündeter, der zu schonen war, unter gewissen Bedingungen zu unterstützen.

„Wie Ihr sehen könnt", sagte Kotor, „arbeite ich gerade, aber ich werde die Sache für den Moment ruhen lassen."

In die Gruppe kam Bewegung. Alle hatten das Gefühl gehabt, ein latenter Angriff finde statt. Vorbote eines Kampfes, der nicht stattfinden würde, für den es aber einen Ersatz geben würde.

„Ihr fragt Euch, was mich von den Brüdern trennt, und warum sie mich doch als einen der ihren erkennen ... "

„Der Orden ist streng", sagte Gian-Vittorio lächelnd. „Er kennt weder Lauheit noch einen Mittelweg. Man ist Freund oder Feind - im Prinzip ist keine Abstufung möglich. Ihr lebt auf merkwürdigen Stufen des Ordens. Ich frage mich, *wer* Ihr seid, daß die Brüder Euch weder akzeptieren wollen noch abweisen."

„Um die Wahrheit zu sagen, ich habe niemals gewünscht, wirklich in den Orden einzutreten. Ich habe ihn entstehen sehen, ich habe die Schleichwege gekannt, die zu ihm hinführten. Die Gruppen der Eingeweihten, die Rosenkreuzer, meine Alchimistenbrüder. Die Jahre zählen nicht mehr für mich."

Gian-Vittorio erschauerte. Er wußte es noch nicht mit Klarheit, aber ein ganzer Bereich seines Geistes *wußte* bereits und bereitete langsam in dem klaren Teil des Bewußtseins die Ankunft einer Offenbarung vor, die vielleicht unerträglich sein würde in ihrer Brutalität. Er spürte auch eine Traurigkeit, eine Melancholie, von der er noch nicht begriff, daß sie von jenseits der Pforten des Todes kam. Gian-Vittorio fühlte plötzlich, daß der Tod im Mittelpunkt der Frage stehen würde.

„Im ersten Abschnitt meines Lebens“, sagte Kotor, „hatte ich die unwiderstehliche Neigung, den Menschen für ein sehr häßliches Tier zu halten. Ich war übrigens ein blendendes Beispiel dafür, da ich in zehn Jahren ein perfektes Monstrum geworden war.“

Er sah sich Jahrhunderte zurückversetzt, so deutlich, als ob es gestern gewesen wäre.

Mit wildem Geschrei flogen die fünfzehn Reiter im Galopp über die Lichtung. Kotor wandte den Kopf, um zu sehen, ob die anderen ihm folgten. Die Diener und Wachen nahmen von den drei angehaltenen Wagen schon Reißaus. Erschrocken steckten die Reisenden ihre Köpfe aus den Kutschenfenstern und begriffen im Bruchteil einer Sekunde, was sie erwartete, als sie Kotor sahen, wie er mit einer einzigen Handbewegung einen Kopf zum Rollen brachte. Er wendete das sich hoch aufbäumende Pferd, kehrte zu der Spitze des Wagenzuges zurück, wo drei junge Mädchen mit hochgeschobenen Röcken auf dem Rücken lagen und unter dem Gewicht der zu Boden gesprungenen Reiter laut schrien. Aus den Koffern quollen wertvolle Stoffe. Kotor riß den Wagenschlag aus den Angeln. Und da war dann dieser blaue Blick. Zweihundertfünfzig Jahre später empfand Kotor den Schock mit der gleichen Heftigkeit. Er stöhnte auf. Gian-Vittorio schaute ihn verblüfft an.

Seit Monaten, seit Jahren vielleicht war in Kotor die Jugend nicht mehr mit solcher Intensität wiederaufgetaucht, seine Jugend, in der er einer der angriffslustigsten Raubvögel unter all den jungen Banditen der Karpaten gewesen war. Seine Geschäfte führten ihn damals bis auf die Straße nach Wien, er verkaufte seine Waren in Temesvar und die Frauen an die Leute des Sultans. Es waren autonome, sehr bewegliche Banden von je fünfzehn Mann, die wie die Wölfe im Land hausten. Kotor hatte ein gewisses Talent für die Kartographie. Mit peinlichster Genauigkeit zeichnete er die Routen einer jeden Gruppe ein sowie den Zeitplan und die Treffpunkte. Zehnmal hatten die Truppen des Kaisers ihn zu umzingeln versucht, aber immer war er ihnen, seine Spuren verwischend, entkommen. Niemand kannte seinen Schlupfwinkel. Und all das blieb so bis zu dem blauen Blick. Auf diese Art trat Dina in sein Leben. Der Kopf, der unter dem Säbelstreich davongeflogen war, war der ihres Vaters gewesen. Aber daran dachte Dina nicht mehr. Als der Wagenschlag aus den Angeln gerissen wurde und kaum so viel Zeit blieb, daß sie den schäumenden Löwen auftauchen sah, gewährte sie ihm auch schon alles. Die Geschichte ihrer Liebe dauerte zehn Jahre. Sie starb, als sie Laurent zur Welt brachte, zehn Jahre nach der Geburt

Barbaras, Tochter der Waldlichtung. Bis zu diesem Blick hatte sich Kotor vor aller Leidenschaft geschützt geglaubt. Es folgten zehn Jahre völliger Ekstase, in denen er, anfänglich staunend, dann hingerissen, das Sein der Frau als Individuum, dann die Form des Paares entdeckte. Dinas Tod änderte alles, einmal noch so, als sollte eine Reihe aufeinanderfolgender Mutationen den jungen Räuber sprunghaft zum Erwachsenen machen.

Dina. Sie war Kotor im Geiste so gegenwärtig, daß ihm klar wurde, seit wie langer Zeit er nicht an sie im besonderen gedacht hatte. Ein Anflug zärtlicher Melancholie kam über ihn. Wie unverläßlich doch das Gedächtnis war. Dina, Tochter eines Arztes, war eine Göttin der Renaissance gewesen, die in ihren Reden Sappho, Anakreon und Pindar zitierte und wie Maître Rabelais über die vergleichenden und medizinischen Verdienste der Schule von Knidos und der Psychosomatiker von Kos disputierte. Liebe auf den ersten Blick zu Dina, begleitet von einer neuen Liebe zur Medizin, zur Wahrsagerei. Trunken von zärtlichen Worten, Vertraulichkeiten, Diskussionen, stürzten sie sich beide auf die Koffer von Kotors Großvater, der als Hexer verbrannt worden war, und dessen Papiere nach wie vor auf dem Dachboden aufbewahrt wurden. Da begann eigentlich alles, die unglaubliche Wette, die Dina verlor und Kotor so halb gewann. Die Koffer enthielten eine ungeheure Vielfalt an Schätzen. Manuskripte von Roger Bacon, Kopien von Abhandlungen Demokrits, die beim Brand der Bibliothek von Alexandrien dem Feuer zum Opfer gefallen und für immer verloren waren, hebräische und chaldäische Texte. In einem fiebrigen Taumel, inmitten der Nachforschungen, erschöpft von den durchwachten Nächten, bemerkte Dina kaum, daß sie mit Barbara niederkam. Und schließlich erschien unverhüllt das Antlitz des Feindes, des Todes.

Mechanisch hatte Kotor diese paar Worte laut ausgesprochen. Gian-Vittorio war wie geblendet. Das *Wort,* der Schlüssel zum Geheimnis hatte seinen Eingang gefunden. Er *wußte* mit einemmal, wer Kotor war und welches das Geheimnis seiner Anhänger war, die die Alfama zu bevölkern begannen. Mit Staunen stellte er fest, daß er weit weniger entsetzt war, als er es hätte sein müssen. Er fühlte sich sogar eher befriedigt, erleichtert, endlich das widerspenstige Geheimnis enträtselt zu haben. Mit einem Blick zu Gian-Vittorio entwirrte Kotor einen ganzen Knäuel von geheimen Fragen, von ablehnender Zurückhaltung und heftiger Neugier. Hier mußte sich die Aufrichtigkeit oder annähernde Aufrichtigkeit noch bezahlt machen. Offen und ohne Umschweife erzählte er in großen Zügen die Etappen seines Lebens. Erbe eines kleinen Besitzes und einer Burg auf einer Bergkuppe in den

Karpaten, ein junger Riese, dem es mit sechzehn Jahren freisteht, nach Gutdünken über seine Kräfte zu verfügen, wird er in wenigen Wochen zu einem wilden Raubvogel. Jahre, die angefüllt sind mit Erpressungen, Raubzügen und Orgien. Gleichzeitig entwickelt er eine rauschhafte Lese- und Studiersucht. Außer fünf oder sechs europäischen Sprachen beherrscht der junge Kotor Arabisch, Griechisch, Hebräisch, Sanskrit. Seine Götter sind Maimonides, Avicenna, Bacon. Er stürzt sich auf die arabische Geomantie, die Kabbala. Eine komplette Theorie des Menschen, die vielleicht nur ein rein verbaler Vorwand ist. Er ist wahrlich ein Wilder, der sich wie ein junger römischer Kaiser alle Launen erlauben kann. Sein Wissensdurst ist sein Glück. Ohne daß er es richtig weiß und dank einer andersgearteten Moral stellt er inmitten der ärgsten verbrecherischen Orgien andere Forderungen an das Leben. Wenn sich die Knechte im Stall über die schon halbaufgeschlitzten Unglücklichen hermachen, treibt ihn die Neugierde ins Laboratorium, Erbstück des Großvaters, in dem das Feuer im Ofen niemals niederbrennt, weil er es immer wachhält. In hastig hingeschriebene, fast immer unverständliche Notizen versunken, verfolgt er das Geheimnis, wie er auf dem zuckenden Fleisch der vergewaltigten und gemarterten Mädchen ein anderes nicht faßbares Geheimnis suchte. Seltsame Zeit, von Dinas Blick mit einem Schlag beendet.

Es folgten nun zehn Jahre einer anderen Besessenheit. In dem vom Feuerschein erhellten Keller des Schlosses oder auf den Dachböden inmitten Bergen von Papieren, Manuskripten und Zauberbüchern, die der Großvater gesammelt hatte, machten sie sich gemeinsam auf die Jagd nach einer Chimäre. Etwa drei oder vier Jahre nach Anfang dieser Periode begannen Kotor und Dina mit ihren Experimenten. Noch größeres Grauen als zuvor umgab das Schloß, das als verwunschen bezeichnet wurde. Sie untersuchten systematisch alle Wege, alle Magien, alle Arten von Alchimien, verfolgten den Tod buchstäblich, indem sie jedes letzte Aufflackern, jeden letzten Seufzer inventarisierten. Kotor, der niemals irgendwelchen Respekt vor dem Leben der menschlichen Larve gehabt hatte, setzte einige Ideen experimentell um, indem er in großen Becken Unmengen von Blut, das in der Temperatur des menschlichen Körpers gehalten wurde, sammelte, wobei er in Wut geriet, sobald er es irgendwann einmal gerinnen sah. Ein chaldäisches Buch, von Paracelsus in altertümliches Deutsch übersetzt, verändert und abgewandelt, das *Buch der Vampyre,* war freilich *die* Offenbarung. Noch einige Jahre vergingen. Kotor und Dina waren dem Ziel zum Greifen nah, waren auf der ersten Stufe einer riesigen Treppe angekommen. Trunken von phantastischen Träumen legten sie sich in übergroßer Erschöpfung nicht öfter als alle drei Nächte zu Bett, um einige Stunden zu schlafen. In einem Zustand ähnlicher Erregung gaben sie sich körperlich einander hin, kreuzten hier den Weg Pietro Aretinos, so wie sie zuvor dem Meister Alberts gefolgt waren.

Die Geburt des kleinen Laurent und Dinas Tod kamen mit der Schnelligkeit eines Dolchstoßes, in dem Moment, in dem sie *die* Lösung zu finden geglaubt hatten. Zu früh. Mit wutentflammtem Herzen sah Kotor Dina in seinen Armen sterben. Ein Augenblick noch, und er hätte sie gerettet, vielleicht für immer. Der Zorn, der ihn packte, rechtfertigte, wenn auch auf grausame Weise, alle seine Gedanken über den Menschen. Das Bewußtsein, das Ich, maßt sich, sobald es zu existieren beginnt, ein Recht auf Unsterblichkeit an. Um die Unsterblichkeit betrogen wird der Mensch zum Wilden, zum Wolf. Hier lag für ihn die Wurzel der Grausamkeit, nicht in irgendwelchen dunklen Instinkten oder in der Kompensation eines geheimen Mangels. In langen Nächten, die er mit dem Studium medizinischer Schriften der Schule von Anidos oder Kos verbrachte, hatte er den Sitz der Seele bis in das Gewirr der Nerven und Arterien verfolgt. Er glaubte, am Vorabend des Krönungstages dieser wahnsinnigen Jagd angekommen zu sein, als ihm die zerbrechliche Seele Dinas geraubt wurde.

Einen Moment lang gab er auf und rief seine Waffenbrüder wieder zusammen. Aber zehn Jahre der Untätigkeit hatten sie schlaff und fett werden lassen. Sie paßten nicht mehr in ihre Panzerhemden. Kurzatmig, mit roten Gesichtern, waren sie wie wohlgenährte Hunde, nicht mehr die Bande magerer Wölfe aus alten Tagen. Er beschimpfte sie und schickte sie heim in die Federbetten ihrer Dirnen. Um ehrlich zu sein, die Versuchung war recht kurz gewesen. Mit Besessenheit machte er sich wieder an seine Arbeit. Und er gelangte an sein Ziel, aber ohne Vergnügen, ohne Freude. Düster, mit kaltem Herzen, durchstreifte er allein die Karpaten, auf der Suche nach der Höhle des letzten Oupyrs, eines ekelhaften Dings, nicht Mensch, nicht Tier, das nicht einmal den Wert des Geheimnisses, dessen höchster Träger es war, kannte. Dieses Wesen starb fast vor Hunger. Er schenkte ihm sein Blut, bot ihm mit kalter Gleichgültigkeit seine Halsschlagader dar. Der Blick des Oupyrs, in dem Lüsternheit aufflackerte, berührte ihn gar nicht. Kaum daß er auf den kurzen und heftigen Orgasmus des Tieres reagierte, dessen hingebungsvolle Dankbarkeit danach ihm widerwärtig vorkam. Er schlüpfte aus der Höhle, und mit wilden Schwerthieben meißelte er aus einem Eichenast einen Pfahl. Der Oupyr lag ruhig und zufrieden da. Ohne noch einmal zu erwachen, tat er den Sprung ins Nichts, als Kotor ihm das Herz durchbohrte. Die alten Schriften hatten recht, sagte er sich mit hämischer Freude und wissenschaftlicher Gleichgültigkeit. Der Tod hatte eine Schlacht verloren, nicht jedoch den Krieg. Er war zurückgewichen, aber hatte noch nicht aufgegeben. Blieb noch der zweite Teil seiner Hypothese zu verifizieren: Ohne länger zu zögern, schluckte Kotor den Inhalt eines Bergkristallfläschchens, das er immer bei sich trug, in einem Zug hinunter. Und er starb auf der Stelle einen ersten Tod. Die Nacht weckte ihn. Seitdem hatte er niemals mehr das Tageslicht wiedergesehen. Als Mensch tot, vollzog sich so seine Neugeburt als Vampyr. Jahrhunderte lagen vor ihm.

Sobald er auf sein Schloß zurückgekehrt war, lief er ganze Nächte lang draußen umher, um sich beim Morgengrauen zu verkriechen und seinen neuen Schlaf zu schlafen, der tief wie das Grab war. Er brauchte den Kontakt mit der Mutter Erde. Er begriff den Grund für die Tradition, sich in den Sarg zu legen, und von seiner Rückkehr an befolgte er sie gewissenhaft.

Er erforschte, anfänglich vorsichtig, die Grenzen seines neuen Lebens. Da er zu einem nächtlichen und beinahe ewigen Wesen geworden war, hatte die Zeit jegliche Bedeutung für ihn verloren. Sehr schnell belehrte er Barbara und den kleinen Laurent, die ihm bei ihrem Tod in sein finsteres Reich nachfolgten. Einige wenige Auserwählte, Freunde oder treue Diener, stießen nach und nach zu ihnen. Das Schloß wurde ein Adlerhorst.

Wie besessen dachte Kotor nur noch an die zweite Stufe der Treppe, die zweite Schlacht gegen den Tod. Der Gegner schien sich völlig zurückgezogen zu haben. Er drang auf ein Gebiet vor, auf das sich noch niemand hinausgewagt hatte. Er wußte von keinem Vorläufer, keinerlei anderen Erfahrungen. Und doch mußte es etwas gegeben haben. Irgendwo mußten Spuren existieren, vielleicht Überlebende. Barbarossa, der Kaiser, der spurlos verschwunden war, Rabbi Loew, von dem man hätte meinen können, er habe sich nach der Katastrophe mit seinem Golem in Luft aufgelöst. Er mußte eine Stadt aufsuchen, die Nähe von Bibliotheken, von Alchimistenküchen, die Hauptstadt der Alchimie, Prag. Schwerbeladene Karren verließen das Schloß, um vor einem bescheidenen kleinen Haus an der Moldau, nahe dem jüdischen Friedhof, haltzumachen.

Darunter lagen ausgedehnte Keller, ein kaum erforschtes Gewirr geheimer unterirdischer Gewölbe, von denen niemand genau wußte, wo sie endeten. Mit neu auflebender Leidenschaft stürzte sich Kotor in die Arbeit, und die Wochen vergingen wie Stunden. Generationen von Zauberern, Alchimisten, Geheimbündlern jeder Couleur hatten kaum genug Zeit, sich über die wunderbare Langlebigkeit ihres neuen

Kollegen zu wundern, als sie auch schon starben. Für die Jungen war Kotor, der wundersame Alte, der in seinem mysteriösen Schlupfwinkel sehr schnell zum Doyen geworden war, mehr Legende als Wirklichkeit. Jene, die ihn nie gesehen hatten, und das war bei den meisten der Fall, glaubten nicht einmal an seine Existenz. So vergingen nicht Jahrzehnte, sondern Jahrhunderte. Die Welt veränderte sich. Die alte Tradition der griechischen Naturphilosophen tauchte wieder auf, die wunderbarerweise jegliche Unterdrückung und alle systematischen Vernichtungen von Texten und Zeugnissen überlebt hatte: Empedokles, Demokrit, Heraklit, Kotors alte Gefährten.

Das Zeitalter der Aufklärung floß nicht in Ruhe und Harmonie dahin, sondern schien ein phantastisches intellektuelles Sammelsurium zu sein, die Ankündigung einer Wirklichkeit, die geschmeidiger und gewandter war als Vernunft und Geist. Kotor erhielt den Besuch des schwedischen Theosophen Swedenborg. Sie waren voneinander so weit entfernt wie zwei Sterne, blieben aber dank der bizarren Instrumente des Schweden - Entwürfe jener Instrumente, die es eines Tages möglich machen sollten, unsichtbare Kräfte einzufangen und zu benützen, vor denen damals aber selbst noch die kühnsten Vorstellungen zurückwichen - miteinander in schriftlicher Verbindung und gelegentlicher Kommunikation.

Dann begann es im alten österreichischen Reich, das durch vielerlei Stöße durcheinandergerüttelt worden war, zu rumoren. Eine blindwütige Jagd auf Hexer, Alchimisten, Astrologen, Männer der Wissenschaft, Forscher, Eingeweihte und Mitglieder von Geheimgesellschaften setzte ein. Und wieder kam es zu Verfolgungen und Folterungen. Die Scheiterhaufen loderten von neuem. Trotz seines zurückgezogenen Lebens, des ungeheuren Apparates an Vorsichtsmaßnahmen, mit dem er sich umgab, und der Geschicklichkeit, mit der er seine gesellschaftliche Fassade zu verschiedenen Zeiten aufrechterhielt (er gab sich für seinen Urenkel aus), fühlte Kotor sich bedroht. Er wußte, daß er fliehen mußte, einen neuen Zufluchtsort finden, die Spuren verwischen. Daß er auf Clara stieß, war ein Wunder.

Lange Stille folgte auf Kotors Erzählung. Gian-Vittorio hatte den Eindruck, als würden sich alle losen Teile eines Puzzles zu einem Ganzen zusammenfügen. Vielerlei Gerüchte waren im Umlauf gewesen, das Echo interner Konflikte, seltsamer Verbindungen, die ohne formelle Ordnung mit Sekten oder unkontrollierbaren Personen von den Brüdern aus Böhmen geknüpft worden waren. Alles klärte sich nun, paßte harmonisch ineinander.

„Warum", fragte er, „seid Ihr nicht einer unserer Brüder geworden?"
Kotor schaute Gian-Vittorio befremdet an. Naivität, Machiavellismus, Unwissenheit, er konnte im Moment nicht entscheiden, was es war. Wenn Gian-Vittorio die Funktion besaß, die er zu haben behauptete, so war diese Frage unerklärlich. Er tippte vorläufig auf Naivität.

„Einige Meinungsverschiedenheiten in Sachen Metaphysik", sagte er.

„Das sind die wichtigsten", sagte Gian-Vittorio ernst. „Tagespolitische Probleme lassen sich immer beilegen."

„Ich verspüre eine sehr große Neigung, das Gegenteil zu behaupten. Ein Zynismus, der noch ein Erbe aus der Renaissance ist ... "

„Es ist der einzige Teil des Erbes, den abzulehnen *ich* große Neigung verspüre. Ich glaube nicht oder nicht mehr, daß der Zynismus in der Politik eine Zukunft hat. Bernis ist Zyniker. Er will - aufrichtig, wie ich glaube - das Wohl der Menschheit, und er meint, seine Ziele mittels abstoßender Methoden erreichen zu können. In dieser Art von Zynismus liegt nicht wenig Naivität. Wenn ihm die Durchsetzung einiger winziger Reformen gelingt, die genügen, um es sich mit seinen Herren zu verscherzen, wird er, der so vorsichtig ist, für einen gefährlichen Ideologen gelten, und man wird ihn, sowie er an das Wesentliche, an die Privilegien des Adels und des Klerus und an die Armee rührt, davonjagen. Ich glaube, daß Großzügigkeit, Verrücktheit, Illusionen und Phantasie politische Zukunft haben ... "

„Und Ihr findet all das bei Euren Brüdern?"

„Ehrlich gesagt, nein. Aber ich bin mir dessen nicht sicher. Es gibt alles mögliche bei den Freimaurern. Sogar eine Kampfwaffe ..."

„Einen Kampf gibt es sicherlich. Aber gegen wen?"

„Gegen die Wurzeln der alten Gesellschaft. Ich glaube, auch wenn ich weiß, daß dies in gewissem Sinn eine Chimäre ist, an eine andere Gesellschaft, die brüderlich, menschlich ist, ohne Klassen und ohne Kasten ... "

„Und dafür macht Ihr Euch zum Instrument einer anderen Kaste. Ihr werdet doch niemandem einreden können, daß Monsieur Paralis alias Casanova, Vertreter der Lyoner Zentrale, aufrichtig die Abschaffung der Privilegien wünscht. Er lebt allzu gut inmitten der Widersprüchlichkeiten dieser Zeit, aus der er all seine zahlreichen Vergnügungen schöpft."

„Ihr könnt Casanova nicht als Beispiel nehmen. Freilich lebt er glanzvoll und vergnüglich in seinem Pfuhl. Wir haben jedoch zwei Zentralen in Lyon. Die Freimaurer verteilen sich auf verschiedene Strömungen ... "

„Ich würde eher sagen, sie zersplittern ... "
„Die Gesellschaft wird zerfallen. Je nachdem, wie wir handeln, kann sie - sterbend - ein Monstrum oder einen kräftigen Jüngling hervorbringen."
„Sie wird nicht von allein zerfallen ... " sagte Kotor.
„Sicherlich, ein kleiner Anstoß ist angebracht. Ihr nähert Euch meinem Gebiet."
„Das könnte leicht eine blutige Angelegenheit werden."
„Das haben Geburt und Massaker miteinander gemein!"
„Wir visieren nicht das gleiche Ziel an. Mein Feind, jener der menschlichen Rasse, ist der Tod."
„Die Unterdrücker verdienen nicht zu leben. Abgesehen davon finde ich Euren Kampf bewundernswürdig. Aber illusorisch. Ihr rührt an Mysterien, die die menschliche Vernunft nicht meistern kann."
„Nach dem augenblicklichen Stand unseres Wissens sicherlich nicht. Aus Eurer Revolution kann, ob Ihr es wollt oder nicht, ein neuer Unterdrücker erwachsen ... "
„Wir werden ihn bekämpfen. Gegen Verräter, die sich in unsere Reihen schleichen, werden wir noch unerbittlicher sein als gegen unsere Feinde."
„Das wäre ausgezeichnet, wenn Ihr Euch nicht schon auf den Weg der Kompromisse, um nicht zu sagen der Bloßstellung, eingelassen hättet."
„Ich kann Euch nicht folgen", wunderte sich Gian-Vittorio.
„Ihr errichtet der schrecklichen Gottheit, dem einigenden Band Eurer Gegner, einen neuen Thron. Der Gott der Katholiken ist das wichtigste Instrument zur Aufrechterhaltung der Ordnung, und die Hierarchie der Kirche ihr Polizeikorps."
„Wir bekämpfen die Kirche."
„Nein. Im besten Fall helft ihr der Kirche, sich zu reformieren. Ein guter Priester, der Mitleid mit dem Elend der Armen hat, versucht immer, an die Barmherzigkeit der Reichen zu appellieren, aber niemals, die soziale Ordnung in Frage zu stellen oder anzugreifen. Besser ist in einem solchen Fall noch ein Kardinal von der Art Borgias. Da sind die Dinge zumindest klar. Ich kenne eure Logen. Eine Art absurder Messen wird da gefeiert. Seid unverhohlene Atheisten, und ich werde mit euch sein. Ihr haltet den Atheismus für ebenso gefährlich wie den Papismus. Euer höchstes Wesen wird entweder ein neuer Jahve, blutrünstig und intolerant, oder aber es handelt sich nur um eine unbrauchbare Fiktion. ‚Der große Baumeister des Universums' wird unvermeidlich zum großen Polizisten. Euer Getue, eure Lederschürzen, eure

Einweihungsriten, eure geheime Hierarchie sind ein Hindernis für die Freiheit des Menschen."

„Und Ihr, Ihr verschafft sie ihm?"

„Ja, der Tod bringt den Menschen um sein elementarstes Recht, das Leben. Sterblich ist der Mensch ein Wolf, ein Raubtier. In seiner geistigen, moralischen und seelischen Entwicklung begrenzt, ein Sklave von Aberglauben und heuchlerischen Versprechungen eines illusorischen Jenseits, ein Spielzeug in der Hand von Zauberern, ein armseliges Kind."

„Prometheus", murmelte Gian-Vittorio.

„Absolute Gotteslästerung, ja", sagte Kotor. „Zeus ist nur eines der Gesichter der Unterdrückung. Er bestraft Prometheus und die Menschen. Er wünscht die Aufrechterhaltung *seiner* Ordnung und setzt auf die Sklaverei und die Blindheit der Sterblichen, um zu herrschen. Ihr müßtet den Mut haben, die Gotteslästerung auf Euch zu nehmen. Abgesehen von alldem wißt Ihr, daß ich kurzfristig natürlich mit Euch bin. Eure Feinde sind die meinen. Würde man uns erwischen, gingen wir beide unter der Folter zugrunde. Ich kann sterben: Im Sonnenlicht würde ich zu Asche zerfallen, ein Holzpflock, ins Herz getrieben, würde das heikle und wunderbare Gleichgewicht, das mir zu überleben erlaubt, zerstören. Deshalb bin ich auch ein Verbündeter und Freund der Astrologen, der Alchimisten und aller Arten von Magiern. Unsere Verfolger sind die gleichen. Die Vernunft gebietet uns, uns zu verbünden. Aber die Vernunft allein genügt nicht. Als mich ein Geisterbeschwörer, wahnsinnig vor Wut, an die Inquisition verriet, hat die Inquisition, gewissermaßen als Ausgleich, ihn verbrannt. Das ist Moral, und sehr lehrreich. Wer mit der Polizei paktiert, hat die Polizei früher oder später gegen sich; das ist die Vorgangsweise jeder Polizei."

„Wir sind für diesen Bund der Unterdrückten."

„Unter der Bedingung, ihn zu leiten."

„Aber nein. Warum dieses Mißtrauen, warum diese Verdächtigungen?"

„Es ist nichts gegen Euch."

„Meine Person zählt nicht. Ich habe kein Privatleben. Ich fühle mich verantwortlich für alle meine Handlungen. Aber, Graf, laßt uns davon aufhören. Ihr kennt zu viele unserer Geheimnisse, als daß ich von Euch gehen könnte, ohne Euch zu töten oder einen rechten Verbündetenhandel geschlossen zu haben."

„Seid Ihr denn Herr Eurer Entscheidungen, ohne Befehle entgegengenommen zu haben ... "

„Ihr beleidigt mich."

„Das ist wahr", gab Kotor zu. „Ich habe mich vergessen. Wenn Ihr es wollt, laßt uns Freunde sein. Aber wißt, daß dies für Euch gefährlich ist..."

„Ich habe nicht die Absicht, mich bekehren zu lassen."

„Ich spreche nicht davon, Euch als Jünger anzunehmen, sondern von der Gefahr, in die Ihr Euch begebt. Der Marquis scheint eine tüchtige Polizei zu haben."

„Ich kenne sie besser als Ihr ... "

Die Spannung war mit einemmal gesunken. Laurent, Alexandra und Clara hatten die Konfrontation der beiden Männer mit einer gewissen Furcht verfolgt. Die Frauen gingen hinaus und kamen mit Getränken und einem kalten Imbiß zurück. Gian-Vittorio fühlte sich wohl.

„Wenn Ihr mir die Feststellung erlaubt, so finde ich, daß Ihr zu viele Jünger aufnehmt ... und allzu unterschiedslos. Ihr werft mir unsere Geheimnistuerei vor. Möge es dem Schicksal gefallen, daß Ihr Euer schrankenloses Vertrauen nicht zu bedauern habt ... "

Kotor seufzte. Er war ganz derselben Ansicht. Aber wie die Leute abhalten?

8

Es war bereits tiefe Nacht, als Joãos Kutsche in aller Eile über die kurvenreiche Straße von Queluz nach Cascais rumpelte. Er war zu spät dran und außer sich. Alexandras Streich war besser geglückt als gedacht. Der Marquis, verrückt vor Freude, hatte vor seinen Augen eine mit Dokumenten, Schuldbriefen und Aufzeichnungen über den Sklaven- und Tabakhandel gefüllte Kassette vernichtet. Danach unterzeichneten er selbst sowie der Marquis und Alexandra - mit einer richtig schönen Vollmacht von Stiefpapa und Mama - den Ehekontrakt. Alexandra hatte sich vollendet benommen, war sogar so liebenswürdig gewesen, sich von einem am Rande des Schlagflusses stehenden Marquis auf die Wangen küssen zu lassen. Und dann, noch am selben Abend, war sie, dem Marquis und João ein Schimpfwort zurufend, entflohen. Die Polizei verlor ihre Spur, eine meisterhaft falsche Fährte nach Sintra. João hätte sich erleichtert fühlen müssen. Aber kaum der einen Gefahr entronnen, steckte er im selben Moment schon in einer anderen: Manuel hatte ihn vollständig verraten. Mit eingezogenen Krallen duldete man ihn an der Spitze des Ministeriums. Manuel strebte nicht nach Macht, oder nicht sofort, er wollte sich nur an den Vergnügungen berauschen, die er meisterhaft organisiert hatte.

Eine sorgfältig ausgesuchte, scheinbar im Dienst des Königs stehende Leibwache war in Wirklichkeit Dom Manuel ergeben. Zwölf besitzlose Kadetten, von denen je vier einander alle acht Stunden ablösten. Tatenlos sahen die Gatten der Hofdamen zu, wie ihnen allen Hörner aufgesetzt wurden. Nach außen hin behielt João sein Ansehen und alle seine Möglichkeiten. Aber er selbst wußte nur zu gut, daß von einem Moment zum anderen alles aus sein konnte.

Jede Nacht begab er sich zu Barbara nach Cascais. Sie zeigte keine Lust, es zu verlassen, und schien ihre Familie total vergessen zu haben. Sie schlief den ganzen Tag und lebte nur des Nachts auf. Die Dienstboten waren bezaubert von ihr, besonders die Frauen. João konnte sich denken, was sie miteinander trieben. Eines Tages würde er verlangen, zuschauen zu dürfen. Allem Anschein nach war er ein überglücklicher Liebhaber. Und seine Nächte mit Barbara waren ein immerwährendes Fest. Ihr Erfindungsreichtum, ihr hingebungsvoller Eifer entzückten ihn und bestürzten ihn. Er hatte das Gefühl, in diesem Kräftespiel weder der Herr noch der männliche Teil zu sein. Wahl, Lenkung, Entscheidung über die Durchführung, alles lag in Barbaras Händen. Freilich sah er, mit welch hinreißend gieriger Wildheit sie sich ihr Vergnügen nahm. Sie wußte alles. Er konnte alles verlangen. Und dennoch erschöpfte er sich vergeblich in dem Bemühen, sie zu besitzen: Sie entschlüpfte ihm, bediente sich seiner wie eines Instruments, eines Gegenstandes, einer Lustspendemaschine. Dieser kleine entzückende Körper, der unersättlich und immer bereit war, immer zu seiner Verfügung stand, immer alles zu versuchen, zu tun gewillt war, entglitt ihm in Wirklichkeit wie ein Aal. Und ihre Seele noch mehr. Am Ende der wildesten Orgien war Barbara so frisch und munter, als hätte sie soeben ein Glas Eiswasser getrunken. Nie zuvor war João einem geheimnisvolleren, reservierteren und schwerer zugänglichen Wesen begegnet.

Der Wache haltende Bedienstete, ein riesiger Mensch, wahrscheinlich Slawe, der wie seine Herrin ein Nachtvogeldasein führte, öffnete die Tür. Er hatte João ankommen sehen. Die Karosse hielt unter einem Gewölbe. Wolodja öffnete schon den Wagenschlag. Behende wie ein Jüngling lief João, vier Stufen auf einmal nehmend, die Treppe hinauf. Barbara erschien. Nackt bis auf ein Paar weiße Strümpfe an prächtigen Strumpfbändern mit Diamantenschnallen: das Haar zu einer pyramidenförmigen Frisur aufgetürmt, in der Perlen, weiße Federn, Smaragde und Rubine staken. Zwei ebenfalls nackte schwarze Mädchen mit brasilianischen Turbanen und schweren Halsketten hielten Fackeln.

In einem kleinen Salon war das Souper angerichtet. João vergaß alles, sogar seine dumpfe Wut. Inmitten eines Wirbelsturms trafen sie auf eine Zone wundersamer Ruhe, stiller Wasser. Die beiden jungen Schwarzen, die, hinter einem Vorhang versteckt, allem zugesehen hatten, flüsterten lachend miteinander. Sie tischten eine kalte Platte auf, Champagner, Obst; Barbara kostete, vom Champagner abgesehen, wie immer kaum davon. Auch eine der beiden Fischerstöchter schlich ins Zimmer herein. João, der sanft mit den Fingern über Barbaras Wangen strich, sah dem ganzen Treiben nur sehr abwesend zu. Die wahre Schönheit liegt in den Gesichtsknochen, dachte er, sie sind die Struktur, die Architektur vielleicht. Unbegreiflich, unfaßbar.

Das junge Landmädchen breitete ein schimmerndes Tuch über den Tisch und legte ein Gedeck auf. Sie bückte sich. Ihr Hinterteil war kräftig und muskulös. Die Strumpfbänder kamen zum Vorschein: Blitzschnell verschwand die Hand einer der kleinen Negerinnen unter den Röcken, allerdings nicht so schnell, daß Joãos Blick sie nicht erhascht hätte. Seine Erektion kam so plötzlich, daß es ihn selber überraschte. Die andere kleine Schwarze brach in helles Gekicher aus, wofür sie sogleich eine Erklärung abgeben mußte. Alle fanden sich auf dem Bett wieder, das glücklicherweise so groß war. Die Erfindungsgabe des jungen Landmädchens ließ sich nur durch Barbaras Einfluß erklären. Die beiden kleinen Schwarzen hatten genügend mit João zu tun gehabt, um zu wissen, wie gerne sie mitmachten. Sobald jeder in der Runde die erste Etappe durchlaufen hatte, wie bei einer Farandole, bei der es weder an Phantasie noch an Esprit mangelte, verlangte João nach dem anderen Landmädchen, um seine Arbeitshypothese zu überprüfen: daß nämlich Barbara systematisch an der Erziehung der ganzen kleinen Gruppe arbeitete. Eussa kam, Tränen lachend, herein. Sie hielt ihren Finger an die geschlossenen Lippen, nahm João bei der Hand und zog ihn mit sich fort. Barbara, die ohne Zweifel erriet, worum es ging, rührte sich nicht einmal. Das Haus, wie ein Kloster gebaut, bestand aus zwei übereinanderliegenden Gebäuden, einem echten Kloster und einem, das eine Art Galerie mit einer Etage darstellte, in der sich die Zimmer befanden und die einen Innenhof mit Garten umschloß. In dem vom Mondschein schwach erhellten Garten war das Landmädchen dabei, gleichzeitig die beiden Wächter, die einander gegenüberstanden, zu bedienen. Eussa prüfte flink Joãos Erregung und machte sich daran, ihn zu beruhigen.

Ein wenig später, als er wieder einen klaren Kopf hatte, stellte er zuerst fest, daß das Trio aus dem Garten verschwunden war und daß Eussa den kurzen Schlaf, in den er verfallen war, genutzt hatte, sich gleichfalls aus dem Staub zu machen. Auf leisen Sohlen schlich er in Barbaras Zimmer. Ein schwacher Lichtstreifen am Horizont kündigte schon die Nahe Morgendämmerung an. Bald war es Zeit, nach Lissabon zurückzukehren. Er hob mit einem Ruck den schweren Laden hoch, der die Tür zu dem Zimmer verdeckte, und hielt wie versteinert inne, angesichts dessen, was er sah: Die beiden Bauernmädchen und die beiden kleinen Schwarzen lagen nackt auf dem Bett. Barbara, in ein schweres prächtiges Cape aus schwarzer Seide gehüllt, wandte ihm den Rücken zu; sie war über eines der Landmädchen gebeugt, wobei das Cape nur die obere Hälfte ihres Körpers verhüllte und sich wie ein Flügelpaar über ihre ausgebreiteten Arme legte. Eine der kleinen Schwarzen hatte ihren Kopf zwischen den Schenkeln des Opfers, das solcherart von zwei Seiten belagert wurde. Der Kopf der zweiten - wahrscheinlich Eussa - verschwand in entsprechender Höhe zwischen den Falten von Barbaras Cape, und das andere Landmädchen, seltsam verrenkt, besorgte es mit Mund und Händen den beiden kleinen Schwarzen.

Merkwürdiges Quintett, sagte sich João. Bei seinem Eintreten löste sich die Gruppe augenblicklich auf. Barbara verhüllte ihr Gesicht mit dem Cape, und das Bauernmädchen, das sie geküßt hatte, griff sich an den Hals und bedeckte mit beiden Händen eine Bißwunde. Die beiden kleinen Schwarzen stürzten João entgegen. Eussa, die sich sofort niederkniete, benutzte ihren Mund noch geschickter als sonst. Leia, die andere, führte flink Joãos Hände über die Innenseite ihrer Schenkel, die seidig wie Gazellenhaut war. João wurde erregt, und der Gedanke, daß die beiden ihn von dem Trio auf dem Bett schützend ablenken wollten, um ihnen Zeit zu geben, etwas gar zu Arges wieder in Ordnung zu bringen, kam ihm viel später. Erst auf der Heimfahrt dachte er zerstreut und mit ironischer Nachsicht daran. Man konnte schließlich nicht die Technik und Erfahrung bei Frauen lieben und ihnen die Möglichkeit mißgönnen, eben diese Erfahrungen zu sammeln. Er verspürte bloß ein flüchtiges Bedauern, einen winzigen Stachel von Eifersucht, als er an dieses kleine Privatfest der fünf jungen Frauen dachte, von dem man ihn ausgeschlossen hatte.

Ach was, er war dafür entschädigt worden. Eussa war schon fast am Ziel gewesen, als ein Bote im Galopp angeritten kam: Der König verlangte nach ihm. Er hatte kaum Zeit gehabt, Barbara Adieu zu sagen, die selbst - wie immer gegen Morgen - es auch merkwürdig eilig hatte. Er wußte nicht, vielleicht würde er es niemals wissen, aber die einzelnen Teile des Puzzles fügten sich in der Tiefe seines Unterbewußtseins aneinander, bereit, eines Tages als ein Ganzes aufzutauchen.

Die erregenden Bilder der nächtlichen Vergnügungen im Haus von Cascais waren mit einemmal ausgelöscht. Was konnte der König zu solch morgendlicher Stunde wohl von ihm wollen? Die Sonne war ganz plötzlich da, spiegelte sich funkelnd auf dem Tajo. Die Fischer, die den Schlag ihrer Ruder mit kräftigem rhythmischem Gesang begleiteten, fuhren aufs Meer hinaus. *Post coitum triste,* was für ein Blödsinn, dachte João. Er fühlte sich irrsinnig fröhlich und irrsinnig zärtlich gestimmt, voller Kraft und Begeisterung. Die Ausschweifung erbaut mich, und wirklich Geschmack am Leben und am Handeln bekomme ich nur bei Exzessen – und gleich danach. Heute morgen ist die Nacht von neuem zum Greifen nah.

Seine Vergnügtheit, sein Schwung, seine unermüdliche und anstekkende Begeisterung brauchten nicht lange, um die trübe Laune des Königs zu verscheuchen. Manuel begriff, daß er sich bei dem Versuch, João zu stürzen, die Zähne ausbeißen würde. Er könnte ihn schon kriegen, aber um welchen Preis? Es war besser, ein Bündnis zu schließen. João unterhielt sich blendend und verließ das Schloß mit neu zugesicherter Premierministerwürde. Hocherfreut registrierte er auf seinem Gang durch die Zimmer, daß alle beflissen die Hüte lüfteten. „Ich bin noch recht jung. Es könnte nicht besser sein."

Zweiter Teil

Einige Monate später

1

Niemand wußte seinen wirklichen Namen. Er hatte ihn wahrscheinlich selbst vergessen. Bei seiner Ankunft in Lissabon vor zehn Jahren hatte er ihn vielleicht noch gewußt, aber jetzt ... Er spielte fünf Musikinstrumente und sprach vier Sprachen gut genug, um von fünf weiteren glaubhaft zu behaupten, sie ebenfalls zu beherrschen. Er war im ersten Jahr der Schrecken der Bibliothekare, wenn sie seine mächtige Gestalt daherkommen sahen. Geheimer verliefen seine Besuche in den Bordellen von Bairo Alto. Zunächst war er bloß Stammgast. Ausgerüstet mit einem erstaunlichen Gedächtnis, verfügte er außerdem über eine beispiellose Neugier. Und ganz schnell wurde er Teilhaber, Aktionär, Zuhälter, einer der Chefs, der Chef. Seine Achillesferse waren Selbstgefälligkeit und Empfindlichkeit. Man nannte ihn Luciano Illyrico oder auch den Dalmatiner. Trotz aller Empfehlungen, trotz aller Verbindungen und Beziehungen hatten ihn die Freimaurer niemals aufnehmen wollen. Er hatte von seinem Widerstandskampf gegen die Türken erzählt, von seinen Verbindungen zu Verbannten, von den Kriegen, die er mitgemacht hatte. Manche waren empfänglich dafür und versucht, ihn zu akzeptieren. Aber das Mißtrauen gegen ihn hatte die Oberhand gewonnen. Gian-Vittorio hatte Auskünfte über ihn eingeholt und das Resultat niemals verlautbart. Nur eine Anweisung, einen Befehl hatte er gegeben: keinerlei Verbindung, niemals, mit diesem Mann.

Luciano wußte das und würgte an seiner Wut, sann auf dumpfe Rache. Die Alfama war ihm für immer verwehrt. Da der Bairo Alto bald zu eng für ihn geworden war, hatte er versucht, ein feines Netz über die Alfama zu spinnen. Und dennoch, in zehn Jahren hatte er fast nichts erreicht, höchstens zehn Informanten bekommen. Er hatte all das sehr teuer an den Marquis verkauft, der damit so zufrieden war, daß jetzt Luciano die Polizei am Riemen hielt. Eine weitere Polizei. Eine mehr. Zusammen mit der Ricardos, der des Marquis und der Joãos waren es vier. Er war der mächtigste Bulle in ganz Lissabon und jener, der am unauffälligsten arbeitete. Anfänglich glaubte er, daß man es nicht wußte. Aber nichts bleibt in der Alfama verborgen. Schließlich wußte er sogar, daß man es wußte, hatte seinen Zorn geschluckt und die Ermittlungen zurückgehalten, um seine Legende nicht zu zerstören. Graue Eminenz eines Ministers, der sich selbst für die zukünftige graue Eminenz des Reiches hielt, ein Posten, der heiß umkämpft wurde, war er drauf und dran, sich genußvoll als König zu fühlen.

Aber es war immer das gleiche. Beinahe am Ziel angelangt, reizte es ihn kaum noch. Die Verachtung der anderen, aufgrund zehn Jahre dauernder Winkelzüge berechtigt, hatte zu einer Selbstverachtung geführt, zu einer Lustlosigkeit, fast zur Faulheit. Zum Glück brachte ihm diese Geschichte mit den Vampiren neue Jugendfrische.

Er sah den Bericht durch, den er dem Minister vorlegen wollte, und verzog das Gesicht: nichts Besonderes. Er würde ihn dem Marquis zeigen, aber nicht überlassen. Wieder eine Geheimreligion mehr, Eingeweihte, geheime schwarze Messen, Messen eben, zu denen niemand Zutritt hatte. Das Netz der Vampire war solide, er hatte keinen einzigen Spion unter ihnen. Man konnte freilich ein bißchen dazuerfinden. Es ging bloß darum, beim Marquis Eindruck zu machen.

Er hatte es auch mit Ricardo versucht, dem Chef der Stadtpolizei. Theoretisch war er ein Geschöpf des Marquis, tatsächlich aber ... Der Marquis ergötzte sich an seinen beiden feindlichen Wachhunden, indem er Luciano als Chef einer Staatspolizei einsetzte, deren Kompetenzen nicht genau eingegrenzt waren. Es war belustigend zu sehen, wie der Dienst des einen den des anderen überwachte. Man konnte es einen Wettbewerb nennen.

Manchmal überraschte sich Luciano der Illyrer dabei, daß er träumte. Er spielte sich dann die Komödie der Freiheit, der Unabhängigkeit vor und daß er scharfsinnig war, woraus sein Haß auf João entsprang. Seine Tätigkeit bei der Polizei, praktisch an der Spitze der Polizei, schien ihm erstaunlich und beinahe ehrlich. Er wußte nicht mehr, was er wollte. In den Gäßchen seines montenegrinischen Dorfes hatte er es immer mit den Dieben gehalten, nie mit den türkischen Gendarmen. Mit den Enzyklopädisten in Verbindung stehend, ein Gründer der Logen in Ragusa und unermüdlich auf Reisen, war er fast ohne Grund ins andere Lager übergewechselt, aus einfachen Motiven: Er wollte mehr Geld, Macht und Ansehen. Niemand hatte schließlich den Lakaien der Türken gewollt. Nachdem sein Versuch gescheitert war und er die Rache seiner Vorgesetzten fürchtete, war er ans andere Ende Europas geeilt. Er hatte kein Glück - die Logen waren bereits im Bilde. Blieb nur die Polizei. Aber Luciano erwartete sich nichts mehr davon. Das Vergnügen an den Folterungen, die in den tiefsten Kellern vorgenommen wurden, verursachte ihm am nächsten Morgen einen ebenso heftigen Kater wie der Alkohol.

Und hier war nun diese Vampirgeschichte. Luciano lag etwas daran, und er war durchaus bereit, den Marquis zu bluffen, bis er Sicheres wußte. Einen Moment lang war er belustigt: Alexandra hatte den Burschen schön drangekriegt. Sogar er selbst hatte ihre Spur verloren. Sie betrat die Alfama, und da war Schluß. Wie in Luft aufgelöst. Dieser lächerliche Marquis, der ihr den Hof machte. Bei der Art Mädchen geht es nur mit Gewalt. Man nimmt sie sich oder man läßt sie von den Kutschern nehmen und wirft sie auf den Rücken. Das ist das Leben! Der Marquis wollte sie heiraten, wer weiß, geliebt werden. Lucianos Lachen klang wie das Bellen eines Hundes.

Er raffte die verstreuten Blätter seines Berichts zusammen und trat beim Marquis ein. Da hing immer noch der Plan der Alfama mit den rot bezeichneten gesicherten Punkten. Nun, so sicher auch wieder nicht. Luciano war überzeugt, daß das Netz der Vampire sich über das ganze Viertel zog. Bloß konnte er es nicht beweisen. Er schaute amüsiert dem Marquis zu, der so tat, als blättere er interessiert die Akte durch, und nur nach einem Vorwand suchte, um nach Neuigkeiten über Alexandra zu fragen, ohne allzusehr das Gesicht zu verlieren. Aber Luciano hatte keine. Der Marquis saß fest. Er konnte nichts unternehmen. Keine Waffen mehr gegen João. Sicherlich würde er weiter Polizeiminister bleiben. Wenn er auch nicht mehr angreifen konnte, so blieb er doch unangreifbar. Das Ärgerliche war, daß jeder Tag, der verstrich, Lucianos Position auf seine Kosten stärkte. Der Marquis wollte sich seiner bedienen, nicht abhängig von ihm sein. Seine ganze Karriere hindurch hatte er eine immerwährende Furcht verspürt, nämlich die vor einem unentbehrlichen Mitarbeiter, der sich selbständig macht. Nun war es soweit. Aber Luciano, der die ganze Situation erfaßt hatte, verhielt sich diskret. Der Vogel saß in der Falle.

Sie sahen einander an, und in beiden stieg in der gleichen Sekunde eine Welle reinsten Hasses gegen den anderen auf.

„Machen wir uns an die Arbeit", sagte der Marquis nach kurzem Schweigen. Er hat mich durchschaut, dachte er, ich kann nichts machen.

Die folgende Akte betraf die Freimaurer. Darüber wußte die Polizei alles oder doch fast alles. Luciano schob dem Marquis einen langen Brief Casanovas zu. Der Venezianer war sehr vorsichtig mit seinen Verbindungen und versuchte peinlichst zu verhindern, daß die Spur bis zu ihm führte. Ausgestattet mit dem Vertrauen vieler Brüder, und zwar immer der höchstgestellten der Gesellschaft, wenn nicht gar der Organisation, durcheilte er, scheinbar ohne Grund, Europa von einem Ende zum anderen. Luciano war einer seiner geheimsten Kanäle zur Polizei. Niemand durchschaute diesen Zusammenhang. Casanova hoffte, sich damit die Rückkehr nach Venedig zu erwirken, wer weiß, vielleicht eine Stellung, ein Amt.

Er war Luciano Jahre früher in Dalmatien begegnet. Die dunkle Aura von Schrecken, die Luciano schon damals umgab, hatte den Venezianer fasziniert. Er hatte sich gesagt, daß er durch ihn immer Zugang zu den finstersten Kreisen der Polizeihöllen haben würde. Für Luciano war Casanova das Abbild dessen, was er sich immer zu sein gewünscht hatte, und wovon er wußte, daß er es niemals sein würde. Er wäre geneigt gewesen, den wüsten Giacomo lebenslang zu hassen, aber die Anmut, die Schmeicheleien Casanovas hatten ihn, und auch das für ein Leben lang, entwaffnet. Sie schrieben einander jedes Jahr zweimal. Informierten sich gegenseitig genauestens über ihren Gesinnungswandel. Casanova ging mit äußerster Vorsicht ans Werk. Ohne einander jemals wiedergesehen zu haben, verstand einer den anderen. In den letzten Jahren hatte Lucianos Geld Casanova aus den verschiedensten unangenehmen Situationen herausgeholfen. Die Investition eines Familienvaters, die einzige in seinem Leben. Die Aufzeichnungen Casanovas, die Luciano durchsah, sortierte und einordnete, zirkulierten via Marquis bei den Verantwortlichen der Polizei von fünf oder sechs großen und kleinen Monarchien. Ein Spinnennetz im Herzen des Freimaurerlabyrinths.

Luciano hielt an sich, um einem Zweifel Ausdruck zu verleihen, der ihm soeben gekommen war. Casanova wurde anscheinend von einer Art interner Polizei verdächtigt. Seine Informationen wirkten merkwürdig manipuliert, allzu kompakt. Wahrscheinlich lieferte ihm jemand diese Auskünfte, damit er sie weitergebe, zu dem alleinigen Zweck, das Vorhandensein einer Verräterspur zu verifizieren. Er gab beispielsweise einen Weinhändler aus Madeira an. Der Marquis wollte ihn sofort festnehmen lassen oder zumindest verbannen, denn, allzu reich, hatte er zuviel Geld an zu viele Adelige geborgt. Aber fünfzehn Herzöge würden im Polizeibüro auftauchen und verlangen, ihn aus dem Gefängnis freizulassen, und Luciano hatte größte Mühe, dem Marquis zu erklären, daß nichts geschehen durfte. Nicht einmal eine Überwachung durfte angeordnet werden, wollte man Casanova nicht an den Galgen bringen. Die Schwerfälligkeit des Marquis stellte Luciano auf eine harte Probe.

Zum Glück gab es einen Nachtisch: zwei junge Novizinnen, von ihrer Oberin des Handels mit verbotenen Büchern beschuldigt, waren von den Untersuchungsrichtern der Kirche der weltlichen Behörde übergeben worden. Sie warteten in den Kellergewölben des Ministeriums. Luciano und der Marquis stiegen hinunter.

Die beiden Kleinen lagen zitternd wie Espenlaub auf den Knien.

Man hatte sie eine gute halbe Stunde vorher hierhergebracht, und sie starrten wie gebannt auf die Marterinstrumente, die offensichtlich für sie vorbereitet waren. Ein riesenhafter Folterknecht, der mit eiskalten Augen unter der roten Kapuze hervorschaute, machte sich sorgsam am Kohlenofen zu schaffen, in dem Zangen und Eisenstangen glühten. Die Folterbänke hatten nicht ihresgleichen.

Sowie Luciano und der Marquis den Keller betraten, begann der Folterknecht mit größerer Schnelligkeit und Geschicklichkeit als die beste Kammerfrau die beiden Mädchen zu entkleiden. Sie waren noch dünn, ihre Brüste kaum entwickelt, aber sie hatten schon den Schatten eines Flaums zwischen den Schenkeln. Luciano fand sein eigenes Ritual viel raffinierter als das des Marquis, der seine Beute vom Folterknecht bearbeiten ließ. Er, Luciano, hielt seine langsamere Methode für die weitaus kunstvollere, zumindest sagte er das. Das Opfer des Marquis schrie ohrenbetäubend. Dasjenige Lucianos war daran gehindert worden. Das Mädchen würde freilich ihr Schicksal, welches noch weniger beneidenswert als das ihrer Gefährtin war, erleiden müssen, bloß dauerte es länger, das war alles.

Am Ende der Darbietung waren die Mädchen arg mitgenommen, und Luciano fragte sich, ob er sie wegschaffen lassen oder für weitere Sessionen behalten sollte. Der Marquis, der leichenfahl aus seiner Erschöpfung wieder zu sich kam, hatte ein böses Gesicht. Er war das Opfer seiner Begierden, nicht ihr Meister. Luciano war robust genug, seine Vergnügungen und ihre Konsequenzen kaltblütig ins Auge zu fassen. Er überließ den Folterknechten, was von den beiden Kleinen übriggeblieben war.

Gian-Vittorio hatte zwei seiner Leute vor dem Haus des Weinhändlers Guilherme aus Madeira Stellung beziehen lassen, mit dem Auftrag, nicht auf Guilherme zu achten, sondern auf Leute, die eventuell auftauchen würden, um Guilherme zu überwachen. Er kam, um nach Neuigkeiten zu fragen. Nichts. Dabei hielt er seine Falle für perfekt. Eine geniale Idee, glaubte er: jemandem, den man verdächtigte, ein Informant zu sein, eine Information liefern, die Folgen überprüfen und den Doppelagenten entlarven. Casanova, der von ihm über die angebliche Wichtigkeit Guilhermes aufgeklärt worden war, hätte ihn anzeigen müssen, und der Marquis ihn überwachen lassen. Aber wahrscheinlich war irgend etwas geschehen. Gian-Vittorio, der nicht das geringste von Lucianos Rolle ahnte, kam nicht einen Augenblick lang der Gedanke, daß ein so scharfsinniger Kopf wie dieser an der Spitze der Polizei stand. Schnell erwog er die Angelegenheit. Casanova hatte mehr als genug Zeit gehabt, die Polizei des Marquis zu verständigen. Wenn diese sich nicht rührte, so deshalb, weil Casanova nichts gesagt hatte. Gian-Vittorios ganzes System brach zusammen.

Bitter und beunruhigt kehrte er nach Hause zurück. Es fiel ihm nicht leicht, eine Hypothese, die er lange aufrechterhalten hatte, aufzugeben. Fernanda erwartete ihn. Er nahm sie um so stürmischer, als er sich unglücklich und niedergeschlagen fühlte. Aber wie immer, seitdem sie zusammen waren, überkam ihn alsbald eine innige Empfindung von Erfüllung und Ausgeglichenheit. Sie sprachen miteinander. Natürlich waren sein Körper, der des jungen Mädchens und ihre Vereinigung eine Quelle ungetrübter Freude. Übermütig entschied er, daß es nichts Besseres als erwiderte Liebe gäbe. Mißtrauen und Anspannung, die das Gesetz seines Lebens gewesen waren, verschwanden. Und gleichzeitig wurde ihm bewußt, daß er Fernanda eben wie ein Instrument gebraucht hatte, fast wie eine Medizin, wie ein Mittel, um seine eigenen Probleme zu überwinden, und nicht um ihrer selbst willen. Er schaute sie plötzlich an, als hätte er sie nie gesehen, und fand sie schöner als je zuvor. Und eine solche Begeisterung überkam ihn, daß er selbst überrascht war. Und sie auch. Bis dahin hatte sie ihn ein wenig kühl gefunden. Immer sprach er von seinen Taktiken, manchmal von seinen Strategien, aber niemals von den tieferen Gründen, die ihn zum Handeln trieben. Sie lagen nackt ausgestreckt auf dem breiten Bett in ihrem kleinen versteckten Haus im Herzen der Alfama. Wenn die Freimaurerei, sagte er, nur ein Wiederaufleben der Rosenkreuzer-Bewegung wäre, so würde es ihn nicht interessieren. Seit seinem Gespräch mit Kotor fühlte er sich, wenn er den Vorsitz bei den Zeremonien führte, seltsamerweise gar nicht wohl. Die Riten und das ganze Beiwerk reizten nun seinen Sinn für das Lächerliche. Da hätte man nicht die Kirche zu verlassen brauchen. Es stimmte, daß viele Brüder, oder jedenfalls eine erhebliche Anzahl, eine Doppelzugehörigkeit akzeptierten und bereitwillig ein Spiel mit den Heiligen und Jesus Christus trieben. Ihnen gegenüber fühlte sich Gian-Vittorio als Atheist. Es war kein Zufall, daß gerade sie am heftigsten darauf bedacht waren, die Idee einer irdischen Ordnung zu verteidigen, die angeblich Ausdruck einer göttlichen Ordnung ist und der Hierarchie, so wie sie ist, ihren Segen erteilt. Man kann sich nicht vom Gedanken der Sünde, der Sklaverei und der Einschränkung der Religion befreien, ohne sich gleichzeitig zu entschließen, die etablierte Ordnung umzustoßen. Thron und Altar waren so eng miteinander verbunden, daß jeder neue Altar einen neuen Thron hervorbringen würde. Unmöglich, da herauszukommen. Gian-Vittorio sah wohl, daß es notwendig war, im Herzen der Geheimgesellschaft eine Geheimgesellschaft aufzubauen. Es gab solche Brüder und solche. Zum Beispiel Casanova. Gian-Vittorio zitterte jedesmal vor Wut, wenn er an ihn dachte. Er würde alles darum geben, ihn auf frischer Tat zu ertappen. Freilich leistete er ihnen viele Dienste, indem er unermüdlich umherreiste und Botschaften überbrachte und die Fäden des Netzes, das der Orden spann, miteinander verknüpfte. Nicht, daß Gian-Vittorio puritanisch war - aber Casanova handelte ohne Prinzipien. Oder vielmehr aus dem einzigen Beweggrund heraus, sich eine glückliche Rückkehr nach Venedig zu verschaffen. Gian-Vittorio wußte, ohne es beweisen zu können, daß Casanova für Messer Grande arbeitete. Jedesmal, wenn er mit den höheren Stellen darüber sprach, antwortete man ihm, was schon dabei wäre, aber man gab zumindest acht. Gian-Vittorio, der einen Moment lang vom Gedanken an den ehrlosen Paralis abgelenkt worden war, fuhr wieder laut zu träumen fort, wobei er zum erstenmal eine lyrische Ader an sich entdeckte. Der große Traum von der Freiheit nahm ihn auf seine Flügel. Fernanda war fasziniert. Er sah recht gut das Lächerliche an der Hierarchie, den Initiationsriten. Es fiel ihm selbst manchmal schwer, dabei ein Lächeln zu unterdrücken. Eine organisierte Partei ist notwendig, sagte er sich, um sich selbst zu bestätigen. Und dann, die katholische Kirche tat sich keinen Zwang an. Das Getue nutzte der Partei vielleicht. Er träumte von einer Partei, in der es nicht zwei Arten von Begründungen gäbe, eine für die Schar der Anhänger und eine andere für die Parteichefs. Selbst eine Art Chef geworden, wünschte er im Grunde die Abschaffung des Chefprinzips. Da standen nette Abrechnungen in Aussicht, wenn sie an die Macht kämen. Aber welche Macht? In einem Reich, dessen man sich durch Intrigen, durch Verschwörungen bemächtigt hatte? Und was würde aus einer Insel der Freiheit in einem Meer von Knechtschaft? Gian-Vittorio quälte sich mit diesen Fragen.

Zum Schluß praktizierte er mit Fernanda einige neuartige Stellungen, die ihre Liebe zwar akzeptierte, ihre falsche Scham aber ablehnte. Und wenn die Revolution damit begänne, die Frauen von ihren Skrupeln zu befreien? Er dachte darüber einen Moment lang mit einiger Befriedigung und sehr viel Bereitwilligkeit nach.

Kotor schob das Blatt beiseite, auf das er gerade den Schild der Geomantie gezeichnet hatte. Wie gewöhnlich war die Antwort doppeldeutig, enttäuschend, allzu offen auslegbar. Schon fand Clara, brennend danach, ihn zu beruhigen, eine, nein, zehn Antworten. Kotor seufzte. Deutlich sah er, daß eine Mauer ohne den kleinsten Durchgang vor ihm stand, und das in einem Augenblick, in dem er nur an seinen Triumph hätte denken sollen. Eine Traumorganisation mit zahlreichen Anhängern, mit Dutzenden Familien, die jede ihren Vampir zu Hause hatte, der im trauten Kreis lange und schöne Abende verbringt und bei Tag im Keller, meist in einem zu Hause angefertigten Sarg, schläft. Diejenigen, die Vampire beherbergten, erkannten einander in den Straßen im wesentlichen an dem Schal, der den Hals eines jeden umschlang. Auch an einer Ausstrahlung ruhiger Gewißheit. Für sie alle war der Tod besiegt. Zumindest glaubten sie das. Kotor allein wußte, auf wie wackeligen Beinen dieser Sieg stand.

Sie wiegten sich in einem Gefühl der Sicherheit, lebten mit der festen Einbildung, eine Zuflucht gefunden zu haben, und gaben sich alle der Bequemlichkeit hin. Kotor, der die Sterne befragte und dessen geomantische Konsultationen sich mehrten, erkannte hinter diesen freundlichen Fassaden die schwarzen Gesichter der bösesten Vorwarnungen. Hirte einer kleinen zufriedenen Herde, bemühte er sich, gute Miene zu machen. Aber er kam mit seiner Arbeit kaum vorwärts. Eigentlich gar nicht. Als oberster Kriegsherr mußte er so tun, als glaubte er an den Sieg. Und der Krieg, mit seinen Kriegern, die sich schön still und verborgen hielten, nahm ein merkwürdiges Aussehen an. Er konnte doch nicht eine Rückkehr zu den Verfolgungen wünschen, nur damit er neuen Antrieb erhalte. Sogar zu Clara konnte er nichts sagen. Barbara war verschwunden, Laurent steckte mitten in seiner Romanze, und er fühlte sich allein und niedergeschlagen.

Die Zeit, die er einem ernsthaften, neuen Anstoß für seine Arbeiten hätte widmen sollen, verbrachte er damit, eine Art falscher Regierung, falschen Geheimstaat zu fabrizieren, ohne die freilich die Gruppe nicht hätte überleben können. Er fühlte sich am Ende seiner Möglichkeiten, die ihm sein Wissen, sein Denksystem vielleicht überhaupt boten. Jahrhunderte später sollten Flieger versuchen, Bodenerhebungen, die höher als der höchste Punkt ihres Flugzeugs waren, zu überfliegen. Sein Geist jedoch suchte nach Durchgängen zwischen schwer zugänglichen Massiven, nach unwahrscheinlichen Pässen. Er wußte, was er finden mußte, und gleichzeitig, daß er es nicht ohne eine Mutation vermochte, die außerhalb seines Machtbereichs lag. Ganz plötzlich löste sich die Spannung, die diese Widersprüche in ihm erzeugten: Er schlief ein – was ihm, abgesehen von seinem regelmäßigen Tagesschlaf, nie passierte.

Bestürzt betrachtete Clara Kotor und transportierte ihn in seinen Sarg, da sie fürchten mußte, er würde bei Tag erwachen.

Barbara seufzte. Schon erhellte das Morgenrot den Horizont hinter den Hügeln. Keine Möglichkeit, zu entwischen. Sie mußte hinuntergehen. In der Nacht war es einfacher. Da ähnelte das verlängerte Leben dem normalen Leben. João drehte sich in seinem Bett herum und stöhnte. Barbara hielt ein Lachen zurück. Sie erschöpfte ihn, sagte er. Seit einiger Zeit häuften sich seine Fiaskos. João machte die allzu üppigen Tafelfreuden und das Trinken dafür verantwortlich. Oder übermäßige Dosen von Aphrodisiaka, die den erwünschten Effekt in sein Gegenteil verkehrten.

Er fühlte sich total wirr im Kopf. Er liebte bei den Frauen im Endeffekt doch nur das Neue. Barbara war anfangs jeden Abend neu. Nun trat, ohne daß sie es aussprachen, die Gewohnheit wieder ihre Herrschaft an. Sein kranker Kopf schwirrte auch von den verschiedensten Projekten. Die Macht packen oder erringen. João hatte die Regierung, aber nicht die Macht. Er wandte ziemlich naiv die abergläubischen Regeln der Askese an, was er bei manchen Sportlern beobachtet hatte. Zwei Tage später nahm er dann starke Dosen Kantharidin.

Für Barbara hatte dieser lächerliche Kampf um Einfluß in einem lächerlichen Königreich keinerlei Sinn. Die erotische Gymnastik amüsierte sie mehr. Ein wenig mehr. Leidenschaftliche Raserei, manchmal zehn Orgasmen hintereinander, und dann immer dieses Gefühl der Leere, des Unnützen. Von einem kräftigen Stallknecht, der dümmlich entzückt nichts begriff, holte sie sich Blut und Sperma zur Genüge. Nach der amüsanten Begegnung mit João hatte sie unbestimmt irgend etwas erwartet, irgendeine Verrücktheit. Aber João war auf seine Art sehr vernünftig. Sie hatte jegliche Lust verloren, ihn zu initiieren, wenn sie sie überhaupt je gehabt hatte.

Die Helligkeit breitete sich aus. Barbara lief beinahe durch das elegant und zierlich gebaute kleine Haus. Von einem Boudoir gelangte sie durch eine Tapetentür über eine Wendeltreppe in den geheimen Keller. Hier stand auf zwei Böcken ihr Bett, ihr Sarg. Sehr deprimiert streckte sie sich darin aus und glitt in diesen seltsamen Schlaf hinüber; wenn sie daraus erwachte, fragte sie sich immer, welche Träume ihn jenseits alles Gedächtnisses bevölkert hatten. Als sie ihren Vater fragte: träumen Vampire? hatte er nur geschimpft. Sie war in Lachen ausgebrochen. Wenn du uns wirklich die Unsterblichkeit gibst, dann laß uns die Träume - und vor allem die Erinnerung an unsere Träume. Wie langweilig ist es sonst. Aber er hatte daraufhin nur die Nase in seine Bücher gesteckt.

Als Alexandra aufwachte, war es Mittag. Kein Laut im Palais. Sie hatte sich einen schnellen, lockeren Rhythmus angewöhnt; fieberhafte, manchmal verrückte Nächte, darauf ein tiefer Schlaf vom Morgengrauen an, sobald Laurent in seinen täglichen Tod zurückgekehrt war. Mitten am Tag tauchte sie wieder auf. Am schlimmsten war gewesen, auf die Morgendämmerung zu verzichten, auf alle Morgendämmerungen. Aber der Verlust der Morgenröte als Tausch für diese erfüllte Liebe war nicht zuviel. Das Eingesperrtsein war ärger. Zu zweit wäre es erträglich gewesen. Diese langen Stunden der Untätigkeit vom Mittag bis zur Dämmerung ... Es gab die Bibliothek, aber zum größten Teil waren da Kotors Bücher, und die überstiegen absolut ihren Horizont. Und zur körperlichen Ertüchtigung taugte dieses Leben ja auch nicht gerade.

Sie ging in dem verlassenen Palais, das sie im Grunde nicht kannte, auf Entdeckungsreisen. Laurent lebte in dem einen Flügel, der aus drei riesigen Zimmern bestand, die er und sie praktisch nie verließen. Und dann gab es natürlich den Keller. Frau eines Vampirs, was für ein Beruf! dachte sie. Sie wagte sich in den anderen Flügel hinüber, ging am Hauptgebäude, den Salons und Kotors Laboratorium vorbei. Seit der Graf sich in der Alfama niedergelassen hatte, war niemand von der Familie in den anderen Flügel gekommen, der völlig unbenützt blieb. Es war kühl und still, und Alexandra atmete diesen eigenen Geruch von Zimmern ein, die nie betreten werden. An einen kleinen Musiksalon, der in eine Abstellkammer umgewandelt worden war, wo Früchte, Pflanzen und Kräuter trockneten, schloß ein riesiger Waffensaal mit Zielscheiben für Hand- und Feuerwaffen an. Da gab es Degen, Pistolen, Gewehre und sogar verzierte Armbrüste. Fässer mit Schießpulver, jedes Kaliber von Munition, einen kleinen transportablen Ofen und Formen, in denen man die eigenen Kugeln gießen konnte.

Alexandra lachte vor Freude. Seit einiger Zeit zog sie tagsüber Männerkleider an, einfach so zum Spaß. Am Abend schlüpfte sie wieder in Kleider, Röcke, Strümpfe. Laurent liebte es, ihr die Kleider und Unterröcke bis zum Schenkel, bis zum Nabel hinaufzuschieben, oder sie zu bitten, es selbst zu tun. Er schaute sie gerne an. Auch mit nichts als Strümpfen am Leib. Anfangs konnte sie nicht verstehen, warum. Die Frauen bedienen sich nicht ihrer Augen, um sich zu erregen, hatte Laurent lachend gesagt. Wie absurd, sich einer seiner Sinne zu berauben, wenn man sowieso schon so wenige hat. Und dann fing er zu reden an. Alexandra hätte es vorgezogen, geliebt zu werden, aber sie hörte ihm sehr gerne zu. Er erzählte von Sternen, auf denen Menschen lebten, die andere Sinnesorgane als die fünf klassischen besäßen. Und schon suchte er nach Vorrichtungen, die diese unbekannten Sinne, von denen er nichts wußte, künstlich ersetzen könnten. So war er. Das Sprechen erregte ihn wahrscheinlich, so wie das Sehen, das Anschauen.

Sie zog ihre Jacke und Weste aus und nahm einen Degen, mit dem sie auf eine Stoffpuppe, die mit einem Holzsäbel bewaffnet war, losging. Die Puppe drehte sich um sich selbst, und Alexandra erhielt beinahe einen Schlag mitten ins Gesicht. Sie ärgerte sich. Es war plötzlich heiß. Sie zog ihr Hemd aus und machte weiter. Am Ende des Saales war ein großer Spiegel in die Wand eingelassen, wahrscheinlich damit die Fechtschüler sich sehen und ihre Haltung korrigieren konnten. Am Anfang hatte sie ihn nicht beachtet. Und auf einmal sah sie sich. Groß, mit zerzausten Haaren, atemlos, der nackte Oberkörper feucht von Schweiß, mit einem Degen in der Hand. Sie war verblüfft und von einer Sekunde zur anderen erregt wie noch nie. Wie ein Mann, dachte sie, der auf der Straße beim Anblick des Knies eines Mädchens, das in eine Karosse steigt, geil wird. Aufgewühlt warf sie sich auf den Diwan, der an der Wand stand. Nachher fragte sie sich grinsend, ob man ihn zu diesem Zweck hierhergestellt hatte, und ob andere Fechter auch so erregt wurden wie sie, und aus dem gleichen Grund. Sie streifte ihre Hose ein Stück hinunter, wobei sie die Haken abriß, und schnell, wie besessen, befriedigte sie sich ein erstes, dann langsam und kunstgerecht ein zweites Mal. Sie fiel in einen stundenlangen Schlaf. Als sie wieder erwachte, brach die Nacht herein.

Alexandra zögerte keine Sekunde. So wie sie war, rannte sie, ohne zu überlegen, hinüber in den anderen Flügel. Laurent war kurz zuvor aufgewacht und erschien oben auf der Kellertreppe, gerade in dem Moment, als sie das Zimmer betrat. Er blieb vor Überraschung wie versteinert stehen. Die Satinhose unter dem nackten Oberkörper war aufgehakt, so daß man ihren blonden Buschen in der Öffnung sehen konnte, das Haar wirr; sie sah wie eine Bacchantin aus. Es war wirklich ein überraschender Anblick. Alexandra begriff das, als sie Laurent anschaute. Lachend nahm sie ihn bei der Hand und zog ihn fort in den Waffensaal. Keuchend vom Laufen und vor Erregung erklärte sie ihm alles, den Spiegel, den Diwan, die Selbstbefriedigung. Er hatte nicht die Zeit, über ihre Offenheit zu staunen. Schon sah er sie im Spiegel. Sie war im Nu nackt und ging auf die Holzsäbelpuppe los. Er hielt sich nicht länger zurück. Der Säbel stach ihm beinahe ein Auge aus, aber er packte sie im Sprung und schleifte sie zu dem Diwan.

Ein wenig später verspürte sie enormen Hunger. Laurent hatte seinen Hunger im wesentlichen schon gestillt. Aber er hatte ein wenig

Menschennahrung auch ganz gern, so zum Spaß. Sandra sprang auf und lief in die Küche. Sie wurde sich ihrer Nacktheit erst bewußt, als sie die überraschten Mienen der Diener und der Haushälterin sah, die allerdings sonst keine Regung zeigten. Die einen waren Brüder, die anderen Anhänger. Nichts konnte sie im Haus Kotors erstaunen. Mehr als einer betrachtete freilich bewundernd den Schwung der Hüften der jungen Frau. Alexandra machte einen Imbiß zurecht. Pastete, Wein, Früchte. Würdevoll trug sie das Tablett hinaus. Niemand gab einen Laut von sich. Im Gang verletzte sie sich den Fuß an einer Nadel. Fluchend stellte sie das Tablett nieder und schlüpfte in ein Paar weiche Halbstiefel, die zufällig neben einer Tür standen. Als sie in den Waffensaal trat, verlor Laurent, der eben zur Ruhe gekommen war, sofort wieder die Fassung, als er sie so sah. Der Diwan mußte ein weiteres Mal herhalten.

Sie aßen. Laurent war nachdenklich. Er begriff die Gefahr dieser langen Nachmittage, die Alexandra untätig zubrachte. Die Gefahr dieser aufgestauten Energie. Alexandra unterbrach ihn. Sie wollte jetzt mit Pistolen schießen. Laurent gab nach. Sie stellten sich auf. Alexandra zielte recht geschickt, blieb allerdings weit hinter der Treffsicherheit Laurents zurück. Sie legten sich ins Zeug.

Der Lärm der Pistolen drang bis zum Laboratorium, in dem Kotor arbeitete. Er horchte auf, und seine Retorte, in der sich zwei verschiedenfarbige trübe Flüssigkeiten verschiedener Dichte miteinander vermengten, im Stich lassend, folgte er wie ein Spürhund dem Waffenlärm. Er traute seinen Augen nicht.

Alexandra und Laurent, die die anfängliche erotische Ausgangsbasis völlig vergessen hatten, standen nackt da und stritten gereizt um Zündhütchen und das Gewicht der Pulverladung. Die sehr eigene Pikanterie des Bildes amüsierte Kotor und erregte ihn auf seltsame Weise. Ziemlich verwirrt kehrte er in sein Labor zurück. Clara erschien. Sie kam gerade zur rechten Zeit. Erst nach einigen Minuten begriff sie, wie ihr geschah.

2

Endlich kam die Abenddämmerung – für Laurent der Morgen. Er tauchte aus seinem traumlosen schweren Schlaf auf. Er hätte gern von der Sonne geträumt. Vor einem Feuer erinnerte er sich manchmal an das Licht und die Wärme und fühlte eine schmerzliche Sehnsucht. Er hatte auch bei seinem Vater einige Male diese gleiche flüchtige Empfindung bemerkt. An solchen Tagen versenkte Kotor sich noch verbissener in seine Arbeit oder er ließ sich in der Unterhaltung mit seinem Sohn zu endlosen Hirngespinsten über eine Welt ohne Tod, aber mit einem normalen Tagesleben und ohne die Übel der Welt des Schattens hinreißen. Unsterblichkeit vielleicht, Langlebigkeit, aber nicht jene der Nacht, der Keller und der Särge wie heute.

Oben hörte er Alexandras Schritte. Wie immer war er ungeduldig, sie wiederzusehen. Es war ein Drang nach Leben, nach Wärme. Gut, auch nach Blut. Aber wenn das auch lebensnotwendig war für ihn, so war es doch nicht das Wesentliche. Er wußte, daß er nur Aufschub hatte. Selbst wenn dieser Aufschub noch einige Jahrzehnte oder einige Jahrhunderte dauern sollte, so würde er ein Ende haben, wenn Kotors Arbeit kein Resultat brachte. Die Prüfungen, der Schock seines ersten Todes hatten ihm einen Vorgeschmack auf den zweiten gegeben. Natürlich war diese Welt der Dämmerung, in der sie lebten, der totalen Nacht, die sie erwartete, vorzuziehen. Kotor sagte manchmal: Stell dir einen Planeten vor, der aus einer Laune der Sphärenmathematik heraus um eine Sonne kreist, wobei er ihr immer dieselbe Seite zuwendet. Auf einer Seite ist ewiger Tag, auf der anderen immer Nacht. Dennoch wird es eine Halbschattenzone geben. Die Grenze zwischen Schatten und Licht wird keine deutliche Demarkationslinie sein.

Nie verstand Laurent die Sonnenreligionen besser als an solchen Tagen. Er horchte noch einmal hin. Alexandra schien in den Pferdestall gegangen zu sein und sich um die schwarze Stute zu kümmern, die sie über ihre Penelope hinwegtröstete. Nachher, auf dem Sofa, würde sie lachen und sagen, daß sie nach Pferd rieche. Sie würde schreien und der Form halber protestieren: „Also so was, für euch Vampire ist das wie der kleine Fick am Morgen bei den Lebendigen, ein Reflex, ein automatisches Dingsda. Warum gehst du nicht und treibst es mit den Kammermädchen, sie haben's doch gerne so, sie sind auch Vampire." Er würde lachen und sie umdrehen.

Also lachte er und machte sich auf, nach ihr zu suchen. Sie striegelte die Stute und warf ihm einen Blick aus den Augenwinkeln zu. „Na du, du kannst nicht einmal mehr auf das Sofa warten, kommst jetzt schon ins Stroh." Aber sie hatte bereits ihren Gürtel gelöst. Er brauchte ihr nicht einmal die Armeehose abzustreifen, die sie sich zu tragen angewöhnt hatte. Sie hatte es schon selbst getan, indem sie unter die Beine der Stute rollte, die ihre Herrin nachsichtig betrachtete. Sie stiegen in ihre Zimmer hinauf, fröhlich wie junge Bauern, die am Sonntagabend heimkehren, nachdem sie den ganzen Tag in den Feldern herumgevögelt haben.

Diesmal war sie es, die wollte. Sie ging ins Badezimmer, das sie als getreues Abbild ihres Bades im Herzogspalast unvorstellbar luxuriös hatte einrichten lassen, und kleidete sich aus. Sie behielt nur die Strümpfe an. Die Strumpfbänder kamen von João via Barbara - sie waren schließlich Schwägerinnen. Laurent las. Als er ihren Duft spürte, hob er den Kopf. Vorhin, sagte Alexandra, das war wie bei den Husaren. Nun sollte es wie ein Ritual sein, lang und vollständig, ein Aufstieg zu einer Paßhöhe, die man bei jeder Wegbiegung in größerer Nähe sieht. Sie hatte ein neues Ende erfunden. Nach einer bestimmten Reihenfolge öffnete sie ihm die Pforten ihres Körpers, eine nach der anderen, dann ließ sie ihn ein letztes Mal kommen; bis dahin hatte sie sich selbst zurückgehalten. Nun erst gab sie sich vollkommen hin und bot ihm im selben Augenblick ihren Hals dar, damit sein Biß und der Strahl von Blut, das sie ihm schenkte, den Höhepunkt ihres Genusses begleiten sollten. Und da wußte sie, daß sie niemals mehr jemanden würde ertragen können, der kein Vampir war.

Umschlungen Seite an Seite liegend, erzählten sie einander, was sie sahen, ließen ihren Geist von Bild zu Bild gleiten, von Vision zu Vision. Oft waren es Bruchstücke einer Zukunft, Vorstellungen, die sie - bis ins kleinste - von mehreren „Zukünften" hatten, vielleicht von mehreren Möglichkeiten einer Zukunft. Oder Phantome, Bildfetzen der Vergangenheit, deren Genauigkeit sie ebenfalls tief beeindruckte. In Alexandra war der seltsame chemische oder biologische Vorgang, der sie in einen Vampir verwandeln würde, noch nicht abgeschlossen. Sie war also noch menschlich im klassischen Sinn. Sie hatte Träume und verglich ihre und Laurents gemeinsame Wachträume mit den Botschaften, die sie aus den Tiefen ihrer Seele empfing. Endlos redeten und diskutierten sie. Sie begeisterte sich über die Vorteile, die ihr aus ihrer Situation als Frau, Schwester und vielleicht Mutter eines Vampirs erwuchsen, und sie fand ihr Schicksal unvergleichlich. Nun erinnerte sie sich wieder an die Verachtung, die sie allen Männern gegenüber empfunden hatte, und die Mutation, die sie freiwillig herausgefordert, freiwillig auf sich genommen und der sie sich unterworfen hatte, schien ihr die Verwirklichung dieses immer gehegten Wunsches zu sein, die Sklaverei ihres Mädchentums zu leugnen und zu bekämpfen. Sie war glücklich und sagte es Laurent.

Er glaubte es nicht so ganz. Es schien ihm unwahrscheinlich, daß sie nicht unter ihrer, wenn auch freiwilligen Abgeschiedenheit litt. Er fragte sie danach, wobei er versuchte, sich seine Besorgnis nicht allzusehr anmerken zu lassen. Die Wälder, die Flüsse, in denen sie gebadet hatte, die Strände, an denen sie so gern entlanggeritten war, mußten ihr fehlen. Sie war für ihn der Inbegriff körperlicher Kraft und Gesundheit, von Daseinsfreude und Lebenslust. Und diese Athletin war nun den ganzen Tag in diesem Gefängnispalast eingesperrt, allein, mit dem Völkchen von Vampiren in den Kellern, und sonst nur in Gesellschaft der Stallknechte, die noch keine Vampire waren. Er, der jeden Tag die Enge seines Sarges ermaß, der sich so heftig danach sehnte, die sanfte Wärme sonnenbeschienenen Grases zu erleben, die Rauheit einer heißen Mauer, und der deshalb, kaum daß die Sonne verschwunden war, so schnell rannte, um ihre letzten Spuren zu erhaschen, er verstand nicht, daß ihr das alles gleichgültig sein konnte. Noch, daß sie es entbehren konnte. Sie beruhigte ihn. Nein, sie verspürte keine Sehnsucht. Die Tage vergingen so schnell. Sie hatte in einem unbenützten Innenhof einen vollständigen Parcours einrichten lassen, eine Mauer und Hürden, wo sie die Stute Lilly damit erschöpfte, fehlerlos zu springen. Sie las in der Sonne. In der Sonne, sagte sie mit lachenden Augen. Sie fühlte sich wohl. Sie hatte niemals einen Gedanken an die Außenwelt verschwendet, als existierte diese gar nicht mehr. Eine verlassene Insel konnte nicht weiter entfernt sein. Und dann waren da die Nächte. Und das war ein Leben, ihr Leben.

Gut. Genug der Liebesspiele, genug geplaudert. Er mußte arbeiten, Kotor helfen, den Weg zu finden. Laurent schnaufte, stand auf und ging hinaus. Der Lärm seiner Schritte verhallte. Alexandra streckte sich wie eine Katze. Sie erhob sich und trat ans Fenster, von wo aus sie zu sehen versuchte, was Laurent trieb. Im vom Mondlicht taghell erleuchteten Hof war keine Seele. Sie zog ein Hauskleid über und begab sich in Kotors Reich. Sie liebten einander sehr.

Beim Betreten des Laboratoriums schaute sie sich schelmisch um, als erwartete sie, eine Frau zu entdecken. Niemand war da außer Kotor, weder Clara noch Laurent. Er arbeitete allein und empfing sie mit ehrlicher, aber väterlicher Bewunderung, und achtete weder auf ihre Beine, die sie großzügig zeigte, noch auf den Hals.

Sie setzte sich auf die Armlehne seines Sessels, und er mußte ihr wohl oder übel den Arm um die Taille legen. Für sie war das die ideale Stellung für ein wirklich ernsthaftes Gespräch. Natürlich auch für Kotor. An manchen Abenden kam sie und regte so seine Gesprächigkeit an. Clara, das war eine Helferin, eine Mitarbeiterin, manchmal eine Rivalin. Die beiden waren soweit, daß sie nicht mehr vom Zweck sprachen, sondern nur noch von den Mitteln dazu, also von der Küche. Von Zeit zu Zeit kann man aber doch Lust haben, sich über die Ziele, die man verfolgt, zu unterhalten.

Kotor war stark erregt. Alte Abhandlungen über Alchimie häuften sich auf seinem Tisch. Halb zerstreut, halb respektvoll blätterte Alexandra mit einem Finger darin. Das christliche Glaubensbekenntnis, brummte Kotor halblaut. Das Blutbad unter den Arianern, der heilige Augustinus, der den Angelsachsen Christus mit den Spitzen der römischen Lanzen aufzwang, Karl der Große, der die räuberischen und mordenden Horden an den Marken seines Reiches mit dem Degen bekehrte, die Katholiken, Albigenser, Waldenser, Cortez, Pizarro, die Inquisition, die Scheiterhaufen für die Juden und die Hexen - und dazu die Aura von Schrekken, die die Kirche, ach was, die Kirchen, rund um die Vampire spann. Hier in der Alfama verlor das Wort „Vampir" aufgrund einiger Heilungen in einer kleinen Gemeinde zum erstenmal seine negative Bedeutung und gewann eine positive. Kotor hatte das unbedingte Bedürfnis, sich auf jemanden zu stützen. Er sprach noch von den Indianermassakern, von den Pueblos, den Inkas, die friedlich von der Sonne, ihrem Vater, träumten, als sie durch das Feuer, den Degen, die Folter und das Chistentum aus ihrem Frieden aufgeschreckt wurden. Selbst vor Clara hatte Kotor noch niemals gewagt, sich so auszudrücken, was er Alexandra jetzt zu erzählen begann, die sprachlos zuhörte.

„Die Adler", sagte er, „die heraldischen Räuber, die die Schilde und Helme der teutonischen Ritter zieren, die Banner der Ritterorden und die Fahnen der Kaiser, sie sind das eigentliche Abbild der Natur der Christen. Danach können sie immer sagen, daß wir Blut trinken, um die schwachen Seelen zu erschrecken."

Bis jetzt hatte Alexandra gefunden, daß Kotor bewundernswert ruhig und abgeklärt war. Sie fuhr mit ihrer Hand sanft durch die weißen Haare des alten Mannes, einen Busch Schwanenfedern, und sie war, wie auch immer bei Laurent, erstaunt über dieses marmorkalte Fleisch, auf dem sich trotzdem wie eine Erinnerung, wie ein Echo, die laue Wärme des Fleisches der Sterblichen hielt.

Kotor sprach weiter. Er war ein wenig ruhiger geworden. Er hatte die Kirche Christi und ihre Massaker vergessen. Er nannte sich den Erben des Empedokles, des Prometheus, des Äskulap, des Hippokrates, Arzt und Koch zugleich. Wie immer sprach er auch noch von der Schule von Knidos, von der Schule von Kos, vom schrecklichen Rückschlag, den die Menschheit durch die systematische Vernichtung der Schriften des Demokrit erlitten hatte. Er erhob sich und griff nach einem umfangreichen Band mit Pindars Liedern, aus dem er die dritte Pythie vorlas: Liebe Seele, lege deine Hoffnungen nicht in eine illusorische Unsterblichkeit, beginne zu handeln. Dann kam noch die Geschichte von Kastor und Pollux, der eine sterblich, der andere unsterblich, die beide zu einer Reise außerhalb von Raum und Zeit zu den Sternen aufgebrochen waren. Alexandra hatte das starke Gefühl, daß Kotor, ohne sich dazu entschließen zu können, um eine Eröffnung herumschlich, um ein wesentliches Geheimnis. Schließlich sprach er von Mithras, erzählte von den römischen Armeen, die seit Hadrian von Geheimgesellschaften bevölkert gewesen waren und bereit, Mithras zum Erben aller alten Götter zu machen, als Konstantin der alles vernichtende Schlag gelang. Er erzählte noch vom Stieropfer des Hadrian in Ägypten, bei dem dieser bespritzt war vom Blut des Stieres – ja, er war Mithras ganz nahe, wenn nicht Mithras selbst gewesen.

Alexandra bog ihm ihren Hals entgegen. Die Spur von Laurents Biß war noch sichtbar. Kotor konnte dieses Angebot nicht mißverstehen, er nahm sie in die Arme und biß sie lange in die andere Seite des Halses. Alexandras Blut und Leben strömten in ihn über. Befriedigt richtete er sich wieder auf, ebenso glücklich wie sie.

Im Hof dröhnten Pferdehufe auf dem Pflaster. Alexandra lief zum Fenster. Laurent schaute zu ihr hinauf; er führte einen leuchtendweißen Hengst am Halfter, ohne Zweifel das schönste Pferd, das Alexandra je gesehen hatte. Sie rannte wie wahnsinnig hinunter in den Hof und warf sich in Laurents Arme.

„Das ist das schönste Geschenk, das ich jemals bekommen habe", flüsterte sie ihm zu.

Sie strich mit der Hand über das herrliche Fell des Pferdes, das erzitterte. Sie fühlte sich wie versteinert vor Freude.

„Hat er einen Namen?" fragte sie.

„Ich weiß nicht", antwortete Laurent. „Ich bin in die Stallungen der Brüder Peralta gegangen – die waren verblüfft, als sie mich zu dieser Stunde kommen sahen, um ein Pferd zu kaufen – habe es gesehen, genommen und war zwei Minuten später damit fort. Sie haben nicht einmal das Geld nachgezählt. So war es."

„Ich werde es Mithras nennen."

Sie sprang in den Sattel. Mithras begann zu tänzeln. Laurent rannte zum Stall und führte Lilly heraus, die so schwarz war wie Mithras weiß. Die Pferde schlossen zeremoniell miteinander Bekanntschaft.

„Mit diesen beiden da kann man nicht bloß in deiner Manege im Kreis gehen", sagte Laurent.

„Es wäre sehr unvorsichtig hinauszureiten", meinte Alexandra. „Ich zitiere dich: *Verboten.*"

„Ach was, es ist fast Mitternacht. Und kein Mensch auf der Straße."

„Wohin reiten wir also?"

„In die Parkallee, oberhalb des Rossio. Wir werden keine Seele sehen, und keine Seele wird uns sehen."

Alexandra hatte bereits durch ein Zeichen die immer geschlossene große Tür öffnen lassen. Sie galoppierten hinaus.

Jemand, der in dieser Woche jede Nacht in den breiten Alleen des Parks spazierengegangen wäre - aber sie sind immer verlassen, sogar tagsüber -, hätte ein recht merkwürdiges Schauspiel gesehen. Eine schwarze Stute und ein weißer Hengst im Galopp dahinrasend, Laurent neben Alexandra, die Haare im Wind, das Glück ins Gesicht geschrieben.

Die Pferde, ebenso glücklich wie ihre Reiter, schossen dahin wie Blitze. Jede Nacht wurden Pferde und Reiter ein wenig tollkühner. Alexandra achtete aufmerksamer als Laurent auf das Auftauchen des ersten Tageslichts. Ihretwegen, wegen des Vergnügens, das sie an diesen Ausritten hatte, hätte er fast darauf vergessen. Und sie war wirklich toll vor Freude und gab sich ein wenig der Illusion hin, daß sie beide das normale Leben normaler Liebender führten. Sie liebten einander in aller Eile irgendwo, im Stall, wie Flüchtlinge an einer Grenze.

Dann kamen sie zur Besinnung. Sie entschlossen sich, vorsichtiger zu sein, sich einzuschränken, nur noch alle zwei Tage auszureiten, und das war es vielleicht, was sie ins Verderben stürzte, oder war doch der erste Schritt dazu.

Eines Nachts zog einer von Ricardos Polizisten angeheitert durch die Straßen, als er seinen Augen nicht traute. Am nächsten Tag bezog er Posten und sah nichts. Beinahe hätte er aufgegeben, aber irgend etwas veranlaßte ihn, sich weiter damit zu beschäftigen. Er kam wieder. Und wieder galoppierten die schwarze Stute und der weiße Hengst vorüber. Alexandra war unverkennbar unter Millionen.

Dann versuchte der Polizist, ihnen zu folgen. Das war schwierig. Er hatte Angst, entdeckt zu werden, und ging das Risiko ein, sie am Eingang in die Alfama zu verlieren. Aber an der Stelle, wo er sie verlor, erwartete er sie anderntags. Sie kamen nicht. Er wartete noch einen Tag. Und behielt recht. Sie sausten wie der Blitz vorbei. Er folgte ihnen bis São Miguel und ließ sie dort entkommen. Dann wartete er dort zwei Tage hintereinander. Natürlich zeigten sie sich am zweiten. Es war leicht, sie bis zum Tor von Kotors Palais zu verfolgen. Er hatte das Nest.

Jetzt brauchte er nur noch jemanden davon in Kenntnis zu setzen, aber wen? Ricardo, Luciano, den Marquis, oder noch höher, João? Er zögerte, fühlte, daß seine Karriere von seiner Wahl abhing. Er entschied sich für den Marquis. Luciano würde ihn deswegen auf den Tod hassen. Aber wenn alles gut ginge, würde der Marquis Premierminister.

Das erste, was der Marquis tat, als er von Alexandras Unterschlupf und von ihren nächtlichen Abenteuern erfuhr und mit wem sie sie unternahm, war, daß er Luciano davon in Kenntnis setzte. Der Koloß fand fast sofort heraus, wer der unbedachte Polizist gewesen war, der den Marquis zuerst verständigt hatte, schleppte ihn in einen Hinterhof und hätte ihn auf der Stelle getötet, wenn er nicht etwas hätte wissen wollen. Er erfuhr es. Und brachte ihn dann um. Er konnte nicht dulden, daß seine Aura von Schrecken nur im mindesten Abbruch erlitt.

Was tun? Der Marquis wollte Alexandra entführen, einen Überfall organisieren. Zehn, zwanzig Männer sollten, vom Castello und von der Graça herunterkommend, in der Alfama zueinander stoßen. Luciano stoppte diese Träume. Sie würden an keinen zehn Häusern vorbeikommen, ohne bereits gesichtet, erkannt und niedergeschlagen worden zu sein und ihre Beute benachrichtigt. Der Marquis schäumte. Aufgeben – niemals. Seine Augen wurden ganz schmal. Luciano erriet alles. Die Wut bei der Vorstellung, wie Alexandra unter ihrem Vampir dahinschmolz, blutleer. Er kündigte einen Plan an, obwohl er noch keinen im Kopf hatte. Er erhöhte nur die Spitzelprämien. Auf seinem Schreibtisch häuften sich die Informationen. Luciano rann es kalt über den Rücken. Die Vampirketzer beherrschten die ganze Alfama, Körper und Seele. Viele Häuser hatten ihren eigenen Vampir. Man nannte sie die Reinen. Man plauderte mit ihnen gemütlich die ganze Nacht, und bei Sonnenaufgang führte man sie in den Keller. Die Schüchternen unter den Eingeweihten trugen Schals, Krawatten oder Tücher. Den anderen war es egal, sie ließen ihr Zeichen sehen und unterhielten sich offen miteinander, glücklich und mit Siegermiene. Das war das Schlimmste, daß sie so glücklich, so voll Hoffnung aussahen. Die Geistlichen kannten sich nicht aus, ließen die Arme hängen, schlichen verstohlen davon, um in ihren leeren Kirchen die Messe zu lesen. Selbst die Beichten wurden nicht zahlreicher. Ein dunkler Vorhang von Schweigen war gefallen. Durch keinerlei Provokation war etwas zu erreichen.

Luciano fand sich einem Problem gegenüber, das er für unlösbar hielt, außer durch ein allgemeines Massaker. Nicht, daß er etwas gegen Massaker hatte, aber gerade in diesem Fall hielt er diese Vorgangsweise für unwirksam. Der Erzpriester der Alfama hob die Arme. Er wagte nicht einmal, seine Kapläne mit Kundschafterdiensten zu beauftragen. Wenn das herauskäme, und es würde herauskommen, so wäre das ihr Ende.

Durch seine Lage und Anordnung war das Viertel wie eine Festung. Es gab nur wenige Zugänge, die leicht zu blockieren und zu verteidigen waren. Auch Luciano kannte die legendäre Kasbah in Algier. Die Polizei des Dey wagte sich nicht weiter als bis zur unsichtbaren Grenze der Kasbah, die zur freien Stadt geworden war, zu einem autonomen und unzugänglichen Territorium. Man mußte etwas finden. Es gibt immer ein Mittel. Der Marquis war nicht überzeugt davon, wagte aber nichts zu sagen.

João hatte das Gefühl, gewonnen zu haben, verstand aber nicht, wie, und noch weniger, warum. Der Marquis schwieg in der Ratsversammlung. Ricardo zeigte sich arbeitsam, kümmerte sich um die Müllabfuhr, um die Kanalisation, und verdiente fast ohne Heimlichtuerei viel Geld, als wolle er zeigen, daß er korrumpiert war, nicht ehrgeizig. Luciano verschwand im Dunkel. Man sah ihn nicht mehr. Er ließ João wissen, daß er aufgehört hatte, ihn zu überwachen. João liebte solche Geschenke nicht, aber er mußte sie annehmen. Sogar die Sterne spielten mit. Die Horoskope, die Formationen der Geomantie waren außergewöhnlich günstig. Nur das beharrliche Vorkommen von „Cauda Draconis" in allen Themen wies auf eine dauernde geheime Gefahr hin.

João entschied sich fürs Feiern. Da der König Manuel nicht wirklich hatte erobern können, hatte er sich entschlossen, seine Vergnügungen zu teilen. Er verlegte sich auf Mädchen, ohne die jungen Burschen voll und ganz aufzugeben. João traf Manuel. Aber sein Herz war nicht dabei. João sah die langfristige Strategie Manuels genau, die Geduld eines Spielers, in die sein Sturz schon eingeplant war. Er bot ihm seine Dienste an. Manuel blinzelte nicht einmal, er akzeptierte alles und versprach nichts. João würde sich beglückwünschen können, wenn er an dem Tag, an dem Manuel an die Macht kommen würde, sein Leben behielte. Er gewährte Manuel unbegrenzten Kredit für seine Unterhaltung. Der Premierminister, Herzog, Kardinal und Erzbischof wurde also zum Regisseur und Organisator der Vergnügungen seines zukünftigen Nachfolgers und Henkers und des Königs.

Der Kanal im Schloß von Queluz bot ein traumhaftes Dekor. João hatte die Fliesen der kleinen Brücke unter Berufung auf die Mythologie gegen viel freizügigere Darstellungen austauschen lassen. Ein Schiffsingenieur konstruierte im Maßstab eins zu zehn eine richtige Fregatte mit drei Elfenbeinmasten und Tauen aus Seide. Bis zu zwölf Personen hatten darin Platz. Die Matrosen trugen Stiefel und waren als Seeräuber verkleidet. Keiner von ihnen war älter als vierzehn. Sie wurden ausgepeitscht, indem man sie über Kanonen aus Jacarandaholz legte. Dann machten die Pagen sich über sie her, und der König brauchte sich nur noch über die auf diese Weise wohlvorbereiteten Pagen herzumachen. Alle Damen des Hofs begaben sich an die Ufer und auf die Brücke, die Röcke bis über die Schenkel oder das Hinterteil hinaufgeschoben. Manuel sah zu und verschwand dann. Nach der Schiffsreise ließ sich der König, traurig und erschöpft, in seinen Gemächern von den Pagen fertigmachen. Trotz herzstärkender Mittel und Kantharidin blieb er für Stunden benommen auf seinem Sofa liegen und unterzeichnete alles, was João wollte.

Aus Vorsicht hatte João Cascais verlassen. Niemand wußte, daß er auf der anderen Seite des Tajo ein kleines Schloß besaß, von einem Architekten in reinem Seicento errichtet. Es hatte einen quadratischen Grundriß, an jeder Ecke einen spitzen Turm, einen großen Innengarten, Säulengänge. Dieses Juweel hieß die *Quinta das Torres.* Es lag inmitten von Olivenbäumen, weit von allem und zugleich doch nahe bei allem, in Azeitão. Barbara vollzog den Wohnungswechsel aus Laune, wie sie sagte, in der Nacht. Es war ein seltsamer Zug. Alle Olivenhaine in der Umgebung, alle Weingärten und Keller gehörten seit Jahrhunderten Joãos Familie. Es konnte nicht einmal ein Hund zu einer anderen Hündin überwechseln, ohne daß jemand es wußte – und darüber schwieg. Auch ihnen beiden verhalf der Wechsel zu einem Wiederaufflammen der Leidenschaft.

João verließ Lissabon in der Abenddämmerung. Inmitten des Verkehrsgetümmels am Kai des Sodré nahm ihn ein Boot mit sechs Ruderern, die noch dunkler als die Nacht waren, auf, um ihn ans andere Ufer zu bringen. Eine Stunde später war er in der *Quinta.* Im Innenhof erwartete ihn Barbara. Er erzählte ihr, wie sein Tag verlaufen war. Sie lachte und machte ihm Vorschläge für verschiedene Inszenierungen zur Zerstreuung des Königs. Dann, miteinander an Erfindungsgeist wetteifernd, gingen sie zu wichtigeren Dingen über. Barbara machte ihm Mut, all seinen Gelüsten nachzugeben. Kurz vor Morgengrauen aßen sie ein wenig und sprachen über Regierungsgeschäfte. Sobald der Himmel hell wurde, sattelte ein Stallknecht die Pferde. João und seine Leibgarden brachen noch vor Sonnenaufgang auf, was Barbara sehr recht war. Von der Terrasse aus sah sie ihnen zu und stieg dann, nachdem sie von den Dienstmädchen oder den kleinen Schwarzen noch ein wenig Blut genippt hatte, in den Keller hinunter. João kam niemals auch nur der geringste Verdacht, daß er es mit Vampiren zu tun hatte. Der Marquis und Luciano siebten alle Dokumente durch. Das gesamte Nachrichtennetz Joãos lief durch ihre Hände. Da sie so schlau waren, nur die Informationen über die Vampire zu zensurieren, wußte João, ohne daß sein Mißtrauen erregt worden wäre, praktisch nichts davon.

An manchen Abenden ließen die brasilianischen Sklaven João und Barbara zu ihren Zeremonien zu. João hatte einer alten Dame, der „Mae“ Meniniuha, erlaubt, in einer verborgenen Talmulde ein *baracão,* eine große Hütte, unter den Olivenbäumen zu errichten. Sie hatte ihm aus der Hand wahrgesagt, und er ihr durch die Geomantie. Sie achteten einander. In solchen Nächten schauten João und Barbara den alten Göttern zu, die auf ihrem seltsamen Umweg über Bahia aus Afrika hierhergekommen waren, um sich der „Töchter der Heiligen" zu bemächtigen. Die Trommeln dröhnten. Die Tänze der Inbesitznahme dauerten Stunden. Sie ließen sich einweihen. Barbara war eine Tochter Lansas, Göttin der Wollust, João Sohn des Ogun, Gott des Feuers und des Krieges. Oxala, der Vater aller Götter, hatte seine Zustimmung gegeben.

Barbara hatte begriffen, daß „Mae" Meniniuha alles über sie wußte. Das störte weder die eine noch die andere. Es belustigte sie eher. Eines Nachts, als João schon früher hatte abfahren müssen, plauderten sie vor Sonnenaufgang miteinander. Die Mae sagte zu Barbara, sie glaube, daß sie mit den Eguns, mit den Geistergöttern der Toten, in Kontakt stünde, daß sie vielleicht selbst ein Egun sei. Barbara lächelte. Die Mae erschauerte. Eines Tages, dachte Barbara, würde sie ihr Kotor mitbringen. Von da an wichen zehn Paar Augen nicht mehr von Barbara, was sie auch tat. Sie verstand, daß sie für immer geschützt sein würde. Es gab da einen prächtigen starken Trommler. Sie ließ sich von ihm vögeln und trank sein Blut. Sie wurde zur Göttin.

3

Langsam kam alles in Gang. Der Marquis hatte einen Plan. Luciano auch. Es war nicht der gleiche; es bestand aber immerhin die Möglichkeit, daß sie sich trafen. Luciano hoffte, daß der Marquis seine Karten aufdecken würde. Es war klar, daß der Marquis dem König den Befehl abringen wollte, die Alfama anzugreifen. Aber auch wenn er die Erlaubnis erhielte, blieb da die Frage des „wie". Und da wartete Luciano auf den Marquis. Er war nicht bereit, sein eigenes Angriffsschema, das ihm genial erschien, ohne Gegenleistung herauszurücken. Man mußte einander treffen, darüber sprechen.

Der Marquis, der Luciano ebenso wie den Kardinal haßte, brauchte einige Zeit, um sich zu entschließen. Am liebsten wäre ihm eine Methode gewesen, durch die sie sich gegenseitig ausgeschaltet hätten. Und dann wollte er ja Alexandra lebend und seiner Gnade ausgeliefert. Sein Geiz jedoch leistete dem reinen Haß und der Gier Widerstand. Er wollte den Preis nicht zahlen, keinen Preis. Er öffnete sich zuerst

Ricardo, der völlig kalt reagierte und nichts zu hören schien, entschlossen, so lang wie möglich neutral zu bleiben, da er den Knäuel der Absichten eines jeden noch nicht entwirrt hatte. Schließlich hatte er eine Erleuchtung, durch die er seinen Platz wie durch Zufall fand. Er mußte über seine Geschicklichkeit staunen. Es muß immer einer wissen, wie man Mayonnaise macht, auch wenn er weder Öl noch Eier hat. Weder Luciano noch der Marquis wollten den Anfang machen, um miteinander ins Gespräch zu kommen: Es ging also darum, sie zusammenzubringen und sie zu zwingen, ihre Positionen, ihre Projekte, ihre Absichten und ihre Forderungen zu präzisieren.

Ricardo besaß im Wald von Sintra, in der Nähe des Franziskanerklosters, ein Gut. Der starke Besuch des Klosters würde alles Treiben in der näheren Umgebung decken und rechtfertigen. Ricardo ließ ein schlichtes Festmahl vorbereiten, weder Wein noch Frauen, da die Gäste nicht bereit waren, ihre Laster und das, woran sie Geschmack fanden, voreinander preiszugeben. Ein einziger Gang wurde aufgetragen, *cozido,* ein gut gewürztes einfaches Gericht. Es wurde wie bei den Bauern gegessen, und dann begab man sich mit kühlem Kopf in eine überdachte Veranda. Die drei Männer blieben allein. Sie hatten kein einziges Mal den Mund aufgetan. Ricardo, ganz geschäftiger Tuchhändler, nahm lächelnd Papier und Feder und begann nach kurzem Schweigen zu sprechen:

„Es ist ganz einfach", sagte er. „Jeder von uns will etwas ganz Bestimmtes. Wer will was? Und wer gibt was, um es zu bekommen? Mitsammen brauchen wir nur die Hand auszustrecken, und wir werden es bekommen. Nachher werden wir sehen. Jeder wird sich arrangieren."

Die beiden anderen konnten diese Offenheit nicht fassen, die nicht in ihrer Natur lag, und von der sie sich nicht vorstellen konnten, daß sie Ricardos Natur entsprach.

„Eine Art Puzzlespiel", fuhr er fort. „Wir haben jeder nur ein paar Teilchen. Legen wir sie zusammen, um ein vollständiges Bild entstehen zu lassen!"

Sie entschlossen sich immer noch nicht zu einem offenen Spiel.

„Unser Marquis weiß, wie der König zu etwas zu bringen ist, wenn er eine Krise durchmacht. Aber er weiß weder, wie die Krise herbeizuführen, noch wie der alte Kotor anzugreifen ist. Senhor Luciano hat einen Zauberplan im Ärmel, um an Kotor heranzukommen, aber er kennt sich nicht in der Umgebung des Königs aus. Ich, ich weiß, wie der König in totale Melancholie zu stürzen ist, die es dem Marquis erlauben würde zu handeln. Sie sehen, meine Herren, wir sind dazu verurteilt, miteinander zu marschieren."

Niemand protestierte. Nur Luciano verzog den Mund zu einem Lächeln.

„Nun, fangt an“, sagte er. „Laßt Eure Bedingungen hören.“

„Ich will“, sagte Ricardo, „daß Senhor Luciano mir die oberste Leitung der Polizei überläßt. Ich überlasse ihm den Geheimdienst, der sein Leben ist und seine Berufung. Und ich möchte, daß der verehrte Marquis mir seine Besitzungen von Alemtejo abtritt und den Titel eines Barons. Ein Hundertstel Eures Vermögens, Marquis, Ihr habt Euren Verlust in zehn Tagen wieder wettgemacht. Als Gegengabe liefere ich eine Falle für den König.“

Endlich begann die Partie.

„Nun komme ich“, sagte Luciano. „Ihr, Marquis, überlaßt mir alle Gewinne aus der Operation, die ich aushecke, und die nur mit der Zustimmung des Königs möglich ist. Ihr, Ricardo, überlaßt mir die Kontrolle über die gesamte Unterwelt Lissabons. Ich höre.“

„Was habt Ihr zu bieten?“ fragte der Marquis, der sich schon entschieden hatte.

„Eine unfehlbare Methode, um die Alfama von unten nach oben zu kehren“, sagte Luciano.

„Welchen Beweis könnt Ihr uns dafür geben?“ fragte Ricardo.

„Wenn ich ihn Euch jetzt gebe, könnt Ihr die Operation allein durchführen. Ihr müßt Euch mit meinem Wort begnügen. Ich brauche absolutes Stillschweigen.“

„Ich bin einverstanden“, sagte der Marquis.

„Der Herr Marquis hat seinen Preis nicht genannt“, sagte Ricardo.

„Unnötig“, meinte Luciano. „Wir kennen ihn alle. Freie Verfügungsgewalt über Donha Alexandra.“

Der Marquis brauchte nicht einmal zuzustimmen.

„Bleibt noch Euer Mittel, mein lieber Ricardo“, sagte Luciano, „mit dem Ihr den notwendigen geistigen Zustand des Königs herstellen wollt. Sie ist glücklicher und müder als je zuvor, Unsere Majestät. Alles läuft über den Kardinal oder über Dom Manuel, was für den Augenblick noch aufs gleiche hinauskommt.“

„Mein Geheimnis für das Eure“, erwiderte Ricardo.

„Lassen wir es also dabei bewenden“, schloß Luciano.

„Und urteilen wir nach unseren Handlungen.“

Der Marquis erhob sich. Seine Komplicen waren ihm schon lästig.

„Wartet, Monseigneur. Ich begreife Eure Eile, aber wir müssen einen Zeitplan aufstellen.“

„Es liegt bei Ricardo zu beginnen, meine ich“, sagte der Marquis.

„Sicherlich. Aber es muß alles in wenigen Stunden geschehen. Wenn der König es sich wieder anders überlegt, wird João dazwischenkommen. Ich werde dafür sorgen, daß Seine Eminenz ausgeschaltet ist, aber für nicht mehr als ein paar Stunden. Es wird notwendig sein, den Moment exakt zu wählen.“

„Ausgezeichnet“, sagte Luciano. „Ich glaube es zu erraten: Der König gibt nach, so gegen Abend. Ich brauche eine Nacht. Am nächsten Tag zu Mittag greifen wir an.“

„Gut“, erklärte Ricardo. „Nächsten Montag. Wir haben fünf Tage. Seid bereit, meine Herren. Verzeihung, Marquis - wir werden uns nicht mehr treffen. Mein Signal wird nicht zu übersehen sein. Lassen wir einander freie Hand.“

Der Marquis eilte davon. Luciano zögerte noch. Ricardo schwieg, wollte, daß er selbst zu sprechen beginne.

„Lissabon ist weit“, murmelte Luciano. „Ich ... “

„Das Haus steht Euch zur Verfügung ... “ sagte Ricardo.

„Habt Ihr immer noch diese kleine Dienerin?“

„Sie erwartet Euch.“

Er horchte, bis Luciano im oberen Stockwerk verschwunden war, ging in den Stall und sattelte ein Pferd. Endlich war er vergnügt. Er hatte Monate gewartet. Es fiel ihm schwer, sich zu sagen, daß der Sieg erst nach vollbrachter Tat gefeiert werden durfte.

Manuel hatte einen Plan gehabt, vor allem aber einen Willen, der von unendlicher Geduld unterstützt wurde; allerdings ahnte er nicht, daß dieser wie ein Fluß im Sand versickern könnte. Nach und nach hatte er aufgehört, etwas zu wollen, um nur noch zu leben. Der Schock der Lust, die er verspürt hatte, war derart gewesen, daß sein Machtwünschen in tausend Splitter zersprungen war. Er hatte jegliche Macht über den Geist des Königs, und er hatte auf nichts mehr Lust, nur daß alles so bliebe. Diese Achillesferse hatte Ricardo mit kalter Verachtung auf einen Blick erkannt.

Als er für und mit João gearbeitet hatte, war Manuel oft gereizt gewesen. Er wußte nur zu gut, daß er nichts anderes war, nichts anderes sein konnte als bestenfalls ein Mitläufer, ein Parasit, und daß er es wahrscheinlich immer bleiben würde. Joãos Unabhängigkeit des Geistes und des Handelns machte ihn wütend, aber er sah es jetzt ein und unterstützte ihn. Bei ihm war er wieder Efeu, der sich um einen richtigen Baum rankte, während der König kaum ein Bäumchen war. Auf alles, was er sagte, folgten sogleich Lachen oder sklavische Zustimmung. Er wußte nun, daß er über das Bett niemals Minister werden würde, denn dieses ewige Rechtgeben wirkte auf ihn wie ein Schlafmittel, und das einzige Vergnügen, das er dabei noch fand, war die magere Befriedigung einer Gewohnheit.

Er hatte jede Vorsicht aufgegeben. Da er keinen bestimmten Plan mehr hatte, fühlte er nicht mehr die Notwendigkeit, sich um seine Sicherheit oder um sein Geheimnis Sorgen zu machen. Drogen, willige Körper, mehr oder weniger poetische Wünsche, im Selbstgespräch einem in Anbetung versunkenen, stumpfsinnig gewordenen Herrscher vorgetragen, dann die Nacht mit zwei oder drei ausgewählten Mädchen, das sinnlose Wettrennen um einen permanenten Orgasmus, das war seine neue Routine, ebenso streng wie die Ordensregel in einem Kloster. Übrigens war das seine Maxime: Unregelmäßigkeit in die Regelmäßigkeit bringen. Das konnte leicht nachgeäfft werden, und der König, entzückt, endlich eine Parabel verstanden zu haben, erklärte zehnmal am Tag, indem er selbst Bischöfen und Gesandten sein Glied zeigte, was die Überlegenheit der Regellosigkeit über die Regel war. Auf jeden Fall gefiel diese Art von Einsiedelei dem König.

Ricardo wußte seit langem, daß hier der Punkt war, wo er zustoßen mußte und konnte. Blieb herauszufinden, wie. Nicht, daß Manuel sich mit irgendwelchen Vorsichtsmaßnahmen umgab. Aber sein Tod mußte auch noch exemplarisch sein, spektakulär und so, daß der schwache König davon erschüttert wurde. Eine Rückkehr zur Religion wäre das beste. Ricardo begann, sein Netz zu spinnen. Er wußte, daß die beiden Favoritinnen Manuels zwei Schwestern waren, die reichen und verwöhnten Töchter eines Händlers aus Bairo Alto. Die ältere, mit einem Mann verheiratet, der sich immer in Goa oder Timor aufhielt, trieb es so oft wie möglich und heimlich. Die kleine Schwester wußte alles, hatte sogar die Schlüssel zu einem Garten mit zwei Türen und diente als Tarnung. Sie hatte noch nicht gewagt, ihre Unschuld zu verlieren, obwohl ihr Schwager bei seinen seltenen Besuchen zu Hause oft genug mit der Hand unter ihre Röcke gegriffen hatte. Von Manuel bezaubert, setzte sie mit ihm Aretino in die Tat um und erzählte alles ihrer älteren Schwester, die ganz begierig danach wurde. Zu dritt verbrachten sie ganze Tage im hinteren Teil des Gartens, wo es ein kleines Haus gab, kühl und köstlich und innen wie außen mit herrlichen blauen Fliesen verkleidet. Da war ein großes Sofa, es gab zu essen und zu trinken, ein winziges Badezimmer - eine abgeschlossene Welt.

Einer von Ricardos Leutnants, ein junger Mann aus einer total verschuldeten Familie, der einige Raubmorde verübt hatte und dann zur Geheimpolizei gegangen war, hatte für einen kurzen Moment dem Vergnügen der älteren Schwester gedient und war dann zugunsten Manuels fallengelassen worden. Wütend darüber spionierte er ihr nach und hinterbrachte alles Ricardo. Dieser hatte nun also das Wild und sein Versteck. Blieb nur noch, es zu fangen.

Die Ältere hatte mit Manuel nicht genug. Abends ging sie aus dem Haus und suchte sich einen Fuhrmann oder Stallknecht, der es ihr schnell in einer Toreinfahrt besorgte. Manchmal zwei. Wenn sie ihr nachher eine Münze in die Hand drückten, so fand sie das köstlich. Und sie brachte Manuel, dem sie davon erzählte, herzhaft zum Lachen damit. Die kleine Schwester verstand nicht. Nun, sie würde auch größer werden. Ricardo wartete eines Nachts, bis Anna-Lucia, die Röcke bis zu den Ohren geschürzt, es sich von zwei Stallknechten auf einmal machen ließ; dann tauchte er mit einigen Schergen, die Laternen trugen, plötzlich auf. Er nahm sie mit zu sich nach Hause, so wie sie war – selbst für eine so kecke Person eine ziemlich scheußliche Angelegenheit. Er erklärte ihr alles, was er vorhatte, oder fast alles. Sie mußte aufs Wort gehorchen, die Befehle abwarten, sich jeden Tag bereithalten. Das würde nicht lange dauern. Man würde alles vergessen. Niemand würde etwas erfahren, sie würde ihr Leben weiterführen können. Ohne Manuel, das war ziemlich klar. Ansonsten sofortige Bloßstellung, sie würde nach einem kleinen Umweg über das Gericht zusammen mit den beiden Stallburschen sogleich zu ihrem Vater gebracht werden.

Außerstande, sich auf Diskussionen einzulassen, akzeptierte Anna-Lucia sofort, und durch weitere Drohungen sah Ricardo sich gegen jedes Doppelspiel vor. Der Handel war beschlossen. Zum erstenmal seit langer Zeit war Ricardo erregt. Weder Frauen noch Knaben interessierten ihn. Nur lange einsame Verrichtungen. Aber Anna-Lucia, erniedrigt und besiegt, erregte ihn seltsam. Sozusagen zur Besiegelung des Kontraktes bestieg er sie. Anna-Lucia fand dabei sogar etwas wie Vergnügen, was er bemerkte und schmeichelhaft fand. Er sagte ihr, daß er anfangs die Absicht gehabt hatte, sie dem Hahnrei, der draußen auf seine Belohnung wartete, zu überlassen. Sie dankte und begann zu zittern. Ricardo grinste. Sie gingen hinaus. Mit einer Bewegung hielt Ricardo den Schafskopf, der auf sie zusprang, zurück. Einen Augenblick. Er ließ Anna-Lucia hinausgehen. Und hetzte seine Doggen auf den jungen Mann, dem die Kehle wie zugeschnürt war. „Seinen Leichnam und die Leichen der beiden Stallburschen direkt in den Tajo, mit Gewichten an den Beinen", befahl er und ging wieder zu Anna-Lucia.

„Du hast nichts zu fürchten", sagte er. „Niemand wird sie wiedersehen."

Ein seltsamer Glanz war in seinen Augen. Da sie nicht gleich verstehen wollte, nahm er ihre Hand und ließ sie den Zustand fühlen, in dem er sich befand. Zweimal an einem Abend, das war ein Fest. Er nahm sie, gegen einen Sessel gelehnt, noch einmal, und glaubte, sie jetzt kleingekriegt zu haben, während er kurze Befehle gab und die Kostüme und das Zubehör beschrieb, die sie im Gartenhaus verstecken sollte, bis ein bestimmtes Ereignis eintrat: das nächste Gewitter. Und sie sollte nichts der kleinen Schwester sagen. Um sie würde er sich nach der Überraschung kümmern. Anna-Lucia, die in der Falle saß, konnte nichts tun. Ricardo kam wieder und nahm sie jeden Tag, um sie die Leine fühlen zu lassen. Sie bereitete alles vor.

Eines späten Nachmittags brach das erwartete Gewitter los. Der Himmel über Lissabon war schwarz wie auf einem italienischen Gemälde. Hinten im Gartenhaus zitterten Anna-Lucia und ihre kleine Schwester bei Donner und Blitz und fürchteten sich entsetzlich. Anna-Lucia besonders. Sie hoffte, daß Manuel nicht kommen würde – er kam. Es schien, als hätte er das Gewitter gar nicht bemerkt. Er kleidete die Jüngere aus und schob der anderen die Röcke hoch, wie er es immer tat, sodomisierte die eine und betrachtete dabei eingehend die andere. Es war die Einleitung seines Rituals. Er gebärdete sich wie wild, sicherlich überregt durch die Elektrizität, den sintflutartigen Regen, die feuchte Wärme des Gewitters.

Ricardo und vier seiner Leute, die er seine „Wölfe" nannte, sahen den dreien verblüfft zu, staunten über diese Unbefangenheit, die die Frucht einer langen und köstlichen Gewohnheit war, und vergaßen einen Moment lang, was zu tun sie gekommen waren, und die unheimlichen Geräte, die sie bei sich trugen. Ricardo wartete, bis Manuel sich dem Höhepunkt näherte. Er gab das verabredete Zeichen. Die vier stürzten hinein, er selbst folgte zehn Sekunden später nach. Sie schlugen Manuel und die Kleine mit ein paar Hieben nieder und bändigten Anna-Lucia, nicht ohne sie dabei gierig abzutätscheln.

Alle wurden gefesselt. Dann packten die vier Soldaten ihre Körbe aus wie bei einem Picknick: das ganze ein wenig lächerliche Material, das bei schwarzen Messen konfisziert worden war. Man hätte sich auf dem Theater glauben können. Wie Bühnenarbeiter richteten sie die Dekoration her. Die nackte Kleine, die immer noch bewußtlos war, wurde an einen improvisierten Altar gefesselt. Bevor Ricardo daranging, sie zu erdolchen, zögerte er kurz, ob er sie aus ihrer Bewußtlosigkeit erwecken sollte, um sich an ihrem Entsetzen zu ergötzen, entschied sich dann aber dagegen – man konnte nicht wissen. Lieber schnell die Sache hinter sich bringen. Er prüfte die Schärfe der Klinge, während zwei der Wölfe das Feuer im Kamin anbliesen und eine dünne und lange Eisenstange, die mit einem Holzstiel versehen war, zum Glühen brachten. Ein seltsames Instrument, dessen Verwendungszweck alle sehr gut zu kennen schienen, und das Anna-Lucia mit Grauen erfüllte. Man knebelte sie, bevor sie sich zu schreien entschloß; ein Überwechseln ins andere Lager, das zu spät kam und unnötig war und sie teuer zu stehen kommen würde, das begriff sie sofort. Ricardo jubilierte, als er sie ansah. Er schwor sich, sie mindestens einen Monat schmoren zu lassen, und sagte es ihr.

Alles war bereit. Die Stange war bis zur Weißglut erhitzt worden. Ricardo durchbohrte die Kleine. Man nahm die Stricke ab, damit sie wie das Opfer eines Ritualmordes aussah. Ricardo zog den Spieß wieder heraus und legte ihn in die Hand Manuels, der immer noch bewußtlos war. Ricardo hätte es gern gehabt, wenn dieser langsam und bei vollem Bewußtsein gestorben wäre. Der Schmerz, den man ihm bereiten würde, würde ihn aufwecken und gleichzeitig töten. Schade. Aber auch hier zog er die Eile vor. Da schlug der Blitz in den höchsten Raum des Gartens ein. Darauf hatte Ricardo nur gewartet. Er gab ein Zeichen. Die weißglühende Stange wurde in Manuels Brust gestoßen, der aufbrüllte und im selben Moment seine Seele aushauchte.

Die vier Helfer beeilten sich wegzukommen. Bald würde die perfekte Darstellung der göttlichen Bestrafung eines verbrecherischen Frevlers, der während einer schwarzen Messe und der Opferung einer Jungfrau vom Blitz und vom Zorn Gottes getroffen worden war, entdeckt werden. Schon kamen Leute von der Straße und aus dem Haus herbeigerannt, derart laut war Manuels Schrei gewesen.

„Das Mädchen nach Haus zu mir, in den Keller", schrie Ricardo seinen Wölfen zu, „und fesselt sie, daß sie sich nicht rühren kann. Ihr dürft sie vergewaltigen, aber ohne sie zu verletzen. Ich bin nicht eifersüchtig."

Allein wartete er dann, bis eine kleine Menschenmenge in dem Pavillon zusammengekommen war, bevor er auf den Plan trat. Die Leute waren starr vor Entsetzen. Ein günstiger Zufall wollte es, daß zehn Schritte weiter der Blitz einen anderen Baum traf. Die schreckliche Verbrennung in Manuels Brust, seine schmerzverzerrten Züge, der blutige Dolch, die Dekoration rund um die Kleine und ihre blutüberströmte Nacktheit würden den Anfang einer schönen Legende bilden. Bescheiden genoß Ricardo seinen Triumph in vollen Zügen. Er ordnete an, daß niemand etwas berühren sollte, woran ohnehin keiner auch nur dachte. Ein Page des Königs erschien, während Ricardo schon ungeduldig wartete, den König selbst kommen zu sehen. Der Junge lief sogleich wieder fort, um den König zu benachrichtigen, und Ricardo schickte um den Hofkaplan, und um das Maß vollzumachen, um den Kardinal.

João und der König kamen gleichzeitig an und traten zusammen ein. Der König fiel sogleich in Ohnmacht. Ricardos Anwesenheit enthüllte João augenblicklich, daß dieser bei der Sache Regie geführt hatte. Dagegen vermochte er nichts. Aber er konnte den Eindruck zunichte machen, oder doch mildern. Er brachte den König selbst ins Schloß zurück. Die arme Majestät sprach wirr und war vor Entsetzen halb wahnsinnig. Als der König wieder einigermaßen zu Bewußtsein gelangte, schrieb ihm João selbst, in vollem Ornat, mit Barett, roter Robe und roten Strümpfen, die Bußregeln vor, die dem ganzen Hof aufzuerlegen waren. Zufällig hatte er dem König am selben Morgen noch geraten, etwas Abstand zu Manuel zu wahren. Der König hatte protestiert. Aber jetzt stellte sein geschwächter Geist keinerlei Verbindung zwischen Joãos Rat und Manuel her. Es war keine Zeit zu verlieren. João ließ sich bei der Gelegenheit wieder alle Vollmachten übertragen.

Der Hof war wie ein aufgescheuchter Ameisenhaufen. Es war fast zu schön, um wahr zu sein, aber viele hatten mit eigenen Augen gesehen, was in dem Garten geschehen war. Die Brandwunde an Manuels Brust war so spektakulär, so ähnlich der Vorstellung, die man sich von einem Blitzschlag machte, daß selbst die Skeptiker schwiegen. Und João selbst ging mit gutem Beispiel voran, zelebrierte eine Sühnemesse und ordnete Kasteiungen an.

Ricardo blieb zurückhaltend. Bei Hof wurde er geschnitten. Niemand wollte ihm näher als zehn Schritte kommen. Dennoch gelang es ihm, den Marquis hinter einen Vorhang zu drängen.

„Ihr müßt nun schnell ausspielen", sagte er. „Der Kardinal reißt alles an sich. Der König wird zum Rückzug blasen."

Dem Marquis gelang es, seine angeborene Unentschlossenheit zu überwinden, und er trat unangemeldet beim König ein. João war kurz weggegangen, um die Abreise des Königs in eine Einsiedelei in Sintra vorzubereiten. Das war die Gelegenheit. Der König hatte immer Abscheu und Angst vor dem Marquis gehabt. Aber in dem Zustand, in dem er sich befand, stimmte ihn das aufrichtige Mitleid des Marquis um. Er bestätigte ihn in seinen Funktionen. Aus Unachtsamkeit verlor João nun die Polizei. Noch dazu lud der König den Marquis ein, nach Sintra zu kommen, wann immer er wolle. Mitten in dem Idyll kehrte João zurück. Er konnte nichts mehr ändern. Von einer Schar Mönche und Pfaffen umgeben, reiste der König ab. Die in Lissabon zurückbleibende Regierung hatte also zwei Oberhäupter: João, der allen Ministerien vorstand – und den Marquis, in dessen Händen die Polizeigewalt lag.

João versuchte, die Affäre Manuel zu analysieren. Vergeblich, er konnte ihre Fäden nicht entwirren. Ricardo hatte einen Coup organisiert, der ihm scheinbar nichts nutzte. Der Marquis behielt seine Macht, ohne sie zu vergrößern. Paradoxerweise schien er, João, der große Sieger zu sein: Der König überließ ihm den ganzen Staat ... Es war dringend notwendig, ein Informationsnetz aufzubauen. Aber seine Trägheit und Barbara waren stärker. Nach drei Tagen glich die Angelegenheit einem alten kranken Zahn, der nicht gepflegt und nicht geheilt wurde und jeden Moment wieder schmerzen konnte, und an dessen unempfindlichen Umrissen die Zunge entlangfährt. Er wußte sehr gut, daß irgend etwas Unvermeidliches passieren würde, daß diese Inszenierung eine Fortsetzung hatte. Aber er wehrte sich dagegen, zu verstehen, und wollte vergessen.

Ricardo rief die beiden anderen am selben Abend zu sich. Sie kamen, wütend, aber sie kamen, ohne sich auch nur die Mühe zu machen, ihm zu gratulieren. Luciano bewunderte insgeheim die Arbeit. Der Marquis empfand Entsetzen. Die weitere Vorgangsweise schien klar. Sobald Luciano seinen Teil des Handels erledigt hatte, würde der Marquis alles vom König zugesichert erhalten, sofern nur der Anflug eines religiösen Vorwandes vorhanden wäre.

„Er wird vorhanden sein“, sagte Luciano.

„Wann?“ fragte der Marquis.

„In zehn Tagen, höchstens in zwanzig. Auch ich habe Vorbereitungen für meine Überraschung zu treffen.“

Sie trennten sich sehr rasch, voller Verachtung und Abscheu füreinander und durch die Anwesenheit ihrer Komplicen bei dem Selbstbetrug, ein reines Gewissen zu haben, gestört.

Ricardo zögerte noch heimzugehen. Es gab wenige öffentliche Orte, wo er sich glücklich fühlen würde. Immer war diese Leere um ihn. Und dann waren an diesem Abend sämtliche Belustigungen auf Befehl des Königs abgesagt, der in einem plötzlichen Anfall von Bußfertigkeit eine dreitägige allgemeine Sühnetrauer angeordnet hatte. Ricardo wußte, wohin er gehen würde. Am flußabwärts gelegenen Ende des Hafens, ein Stück hinter der Madre-de-Deus-Kirche, in dem Viertel, das den Gerbern vorbehalten war, einer achtenswerten geschlossenen Zunft, die wegen des unerträglichen penetranten Geruchs, der allen ihren Mitgliedern anhaftete, von jeglichem Kontakt mit dem Rest der Stadt abgeschnitten war - was soll’s, so lebten sie eben unter sich –, da gab es unterhalb eines Lagers eine Taverne mit der besten Küche Lissabons, wo die Lederhändler aus Villafranca de Xira oder aus Santarem haltmachten, bevor sie, die nächste Flut nutzend, wieder heimkehrten. Ricardo war dort schon Stammgast. Man hielt ihn für einen Händler aus Minho. Er kam zweimal im Monat her, hielt sich beim Eintreten die Nase zu, aber dachte fünf Minuten später und nach zwei Gläschen schon nicht mehr daran. Sowie er saß, brachte ihm die Wirtin *dobradas a moda de Porto,* eine köstliche Mischung aus Innereien und weißen Bohnen, und Wein aus Setubal. Das war Glück. Die Frau war hübsch, freundlich. Er hatte niemals auch nur ihre Röcke gestreift, wozu auch? Männer, die hinten im Raum Karten spielten, standen auf und kamen ihn begrüßen. Nach dem Essen würde er bis nach Mitternacht bei ihrer Kartenpartie mitmachen. Getarnt als gutmütiger dicker Bauer, der im Norden Tiere für ihr Leder züchtete, hielt er sich sorgsam über den Markt auf dem laufenden, während die anderen seine Fachkenntnisse bewunderten, ihn um Rat fragten. Er war jemand.

Anna-Lucia war auf ein riesiges Bett geworfen worden, das den ganzen hinteren Teil des Kellers ausfüllte. Die drei Kellerfenster, die mit Matratzen abgedichtet waren, öffneten sich auf einen Innenhof. Am anderen Ende des Kellers Folterbänke, ein Ofen, Hängevorrichtungen, der ganze Kram von Zangen und Klemmen, Schnürstiefel, Ketten, Schraubstöcke, Stricke, kurz, ein unvergleichliches Instrumentarium. Ricardos Schergen hatten ihr einen Rock aus zauberhaften Maliner Spitzen gelassen, das Mieder und die Strümpfe. Ihre Fußknöchel waren am oberen Ende je eines Bettpfostens festgebunden, die Handgelenke dagegen brutal nach hinten gezogen und unten an die gegenüberliegenden Pfosten gefesselt. Sie war also nach vier Richtungen auseinandergespreizt, die untere Körperhälfte wie aufgebäumt. Der Kopf hing nach hinten, und ihre ganze braune Haarpracht fiel ausgebreitet auf den Boden. Der Rock war natürlich hinaufgeschoben, der Busen entblößt, das Hemd in Fetzen.

Ricardos Wölfe hatten sie nicht verletzt. Sie wunderte sich sogar, daß sie nicht mehr erschöpft war. Vier, das war viel, natürlich, aber zu ertragen. Aber diese beklemmende Angst, und gezwungen zu sein, den Kopf so weit nach hinten gebeugt zu halten ... Dann spürte sie den schrecklichen Drang zu pissen, und sie konnte sich nicht entschließen, ihm einfach nachzugeben. Meine Seele für ein Kopfkissen und einen Nachttopf, den Rest besorg ich schon selber, sagte sie sich in einem Anflug von Optimismus. Jemand trat ein. Sie hob den Kopf. Ein schwarzgekleideter junger Mann, ein Diener oder Seminarist, jedenfalls war er sehr schön. Er näherte sich ihr. Sie bemerkte, daß er weder schockiert noch erregt war, nur freundlich, beinahe zärtlich. Er zog eine Feldflasche aus der Tasche und gab ihr, indem er ihren Kopf stützte, zu trinken. Eine Welle von Wärme durchflutete sie. Der Likör war süß und stark.

„Ein sehr kräftiges Herzmittel", murmelte er. „Ihr werdet bald wieder zu Kräften kommen ..."

Er ging auf die andere Seite des Kellers und kam mit einem Eimer, einem Wasserkrug und Tüchern zurück. Er schob ihr den Eimer unter das Gesäß, dann befeuchtete er ihre Schläfen, die Wangen, die Brust, die Schenkel und sogar die Scham mit einem kühlen Tuch. Sie seufzte.

„Das ist alles, was ich im Moment tun kann", sagte er. „Ich weiß nicht, wann Ricardo zurückkommt ... "

Er stützte immer noch ihren Kopf.

„Seid tapfer", fuhr er fort. „Polizisten halten niemals ihre Abmachungen. Wer ihnen nachgibt, schaufelt sich selbst das Grab. Erzählt mir alles, das wird Euch helfen."

Sie sagte ihm alles. Von der Falle, der kleinen Schwester, der Erpressung. Daß sie nicht weinte, rief seine Bewunderung hervor, ebenso wie dieser herrliche Körper, der so dalag, etwas groß, ein wenig athletisch für das Schönheitsideal der Zeit, den er aber prächtig fand. In ihrer Stimme war Wut, vor allem auf sich selbst, auf ihre Schwäche. Sie pfiff im Grunde auf den Skandal. Sie begriff nicht mehr, warum sie nachgegeben hatte.

Er antwortete ihr behutsam, erklärte ihr die Dialektik der Erpressung. Wie derjenige, der sich beugt, seinen Peiniger stark macht. Sie sah ihn an, bereits bis über beide Ohren verliebt. Er war besonnen, ernst. Früher hätte sie ihn für einen langweiligen Schwätzer gehalten.

„Was wird er mit mir tun?" fragte sie.

„Ich weiß es nicht", antwortete er. „Ich verstehe seinen Plan nicht ganz. Auf jeden Fall gräßliche Dinge. Ihr werdet schrecklich leiden. Jedesmal, wenn ich kann, werde ich Euch vorher oder nachher Opium geben. Ich verspreche Euch nichts und ich werde Euch wahrscheinlich nicht befreien können. Aber ich werde Euch helfen. Und wenn Ihr sterben müßt, werde ich Euch ein Gift bringen, das augenblicklich wirkt und das Ihr anwenden könnt, wann Ihr wollt ... Es ist ein trauriger Ausweg, aber es ist immerhin einer."

„Wer seid Ihr?" fragte sie.

Er erzählte ihr kurz, was er für nützlich oder unbedenklich hielt. Sein Vater, ein Herzog, war als Ketzer von Ricardo vor dem Scheiterhaufen bewahrt worden und wurde in einem finsteren Kerker, der Gnade seines Dolches ausgeliefert, gefangengehalten. Der Form halber folterte man ihn jede Woche, jedoch so, daß sein Lebensfaden nicht abriß. Zwei Jahre waren schon vergangen. Der ältere Sohn, Erbe des Titels, hatte nach England flüchten können. Er, der jüngere, war gefangengenommen worden. Ricardo hatte es gefallen, ihn zu seinem Kammerdiener zu machen. Es bereitete ihm ein ungetrübtes Vergnügen, sein Zimmerklo von einem Infanten ausleeren zu lassen. So konnte Joaquim nichts machen, ohne seinen alten Vater der Gefahr auszusetzen, auf der Stelle getötet zu werden. Am Anfang war er das Gespött der Wölfe Ricardos gewesen, aber drei oder vier gebrochene Beine hatten mit Ricardos Einwilligung die Ordnung wiederhergestellt. Dienstbote des Chefs, gut, aber nicht Dienstbote der Dienerschaft, das war seine Position. Was er ihr nicht sagte, war, daß sein Vater ein hoher Würdenträger der Freimaurer war, und daß er auf Anordnung Gian-Vittorios diesen Leidensweg ging. Daß Joaquim das Ziel von Ricardos Handstreich nicht verstand, war die Wahrheit. Er war sich klar, daß der Einfall nicht seinem bloßen Vergnügen diente, aber der Zweck der Sache entzog sich seinem Vorstellungsvermögen. Anna-Lucias Bericht hatte kein Licht in die Sache gebracht. Er befragte sie rückhaltlos. Ja, antwortete sie, auch Ricardo hatte sie vergewaltigt, als erster. Es fiel ihm schwer zu glauben. Seit Jahren hatte Ricardo weder Mädchen noch Knaben gehabt. Bloß eine zügellose einsame Befriedigung, deren Zeuge Joaquim oft geworden war.

„Ihr habt ihn von einem seltsamen Leiden geheilt“, sagte er. „Man müßte wissen, ob er Euch deshalb böse ist ... “

Er setzte seine Befragung fort. Daß das Mädchen dabei Vergnügen empfand, das ist es, was ihm gefallen hat, sagte er sich. Man könnte daraus eine Taktik entwickeln.

„Erregt ihn, so sehr Ihr könnt, und zeigt ihm, daß das, was er macht, Euch gefällt ... Wenn es Euch wirklich gefällt, ohne daß Ihr es wollt, um so besser ... “

Sie war nicht in der Lage zu protestieren. Er fuhr fort:

„So können wir Zeit gewinnen und die Folterungen hinauszögern.“

Er horchte auf. In den oberen Stockwerken ging eine Tür. Er entschwand wie ein Schatten durch eine Geheimtür, nicht ohne sich vor dem Gehen noch die Zeit zu nehmen, ihre Lippen zu küssen. Sie öffnete ihren Mund leicht, er aber nicht den seinen. Da zeigte er Respekt. Immerhin ließ er eine Hand leicht über ihre glatten Schenkel und die offen daliegende Scham gleiten.

Ricardo schob den Riegel zurück und trat ein. Die Fackeln waren kunstvoll angeordnet. Das Licht fiel direkt auf die auseinandergespreizten Schenkel und auf das hochgezogene Becken. Es spielte auf Anna-Lucias dichtem und dunklem Vlies. Der Kopf war wieder weit nach hinten gefallen. Die schönen Augen standen halb offen. Ricardo fühlte mit Entzücken, wie er wieder geil wurde. Was für eine Freude!

Er bohrte brutal in allen nur möglichen Öffnungen. An Stelle von Schreien vernahm er ein Stöhnen, das ganz zweifellos ein lustvolles war. Anna-Lucia hatte keine Zeit verloren, Joaquims Lektion anzuwenden. Ricardo quetschte grob ihre Brüste. Das Stöhnen wurde stärker. Es war fast wie ein Gesang. Ricardo zog Anna-Lucias Kopf an den Haaren hoch. Sie war ganz offensichtlich außer sich vor Entzücken. Er drang brutal in sie ein, dann hörte er auf. Es gab da noch etwas Besseres.

Er ging zur Tür und rief nach Joaquim. Dieser kleine puritanische Kretin sollte sehen, wie ein wirklicher Mann sich zu vergnügen weiß. Gelassen erschien Joaquim.

„Binde sie los und dreh sie um“, schrie er.

Joaquim tat es. Die Handgelenke des Mädchens bluteten ein wenig. Ricardo mühte sich eine ganze Weile ab. Von Zeit zu Zeit faßte er die Haare zu einem Pferdeschwanz zusammen und zog den Kopf nach hinten. Anna-Lucia schrie vor Lust. Ricardo triumphierte. Er hörte vor dem Ende auf, Herr seiner Kräfte. Er würde die Nacht noch besser, allein, verbringen.

„Zieh sie aus, leg ihr ein Halsband um und kette sie an dem Pfosten an! Ihr werdet stehen wie die Pferde schlafen, schöne Dame.“

Als er ihr das Halsband, das an der Innenseite mit Nägeln versehen war, ziemlich locker umgebunden hatte, wandte sich Joaquim an Ricardo.

„Wenn Ihr wollt, daß sie eine Weile durchhält, müßte man ihr vielleicht zu essen geben und sie waschen.“

„Du hast recht“, sagte Ricardo. „Sobald ich hinaufgegangen bin, wirst du das tun, bevor du sie ankettest … Aber vorher möchte ich noch ein Wörtchen mit unserem Gast reden.“

Er zog Anna-Lucia, deren Beinfesseln gelöst waren, an sich.

„Ihr sollt wissen, was Euch erwartet, das wird mich Euch noch angenehmer machen.“

Während er sie abdrückte und befingerte, erklärte er ihr: Solange sie ihm gefiele, zehn Tage, zwanzig Tage, würde sie bloß gefesselt und vergewaltigt. Dann, um die Sache reizvoller zu machen, würden die kleinen Folterungen beginnen. Die Nägel. Die Peitsche. An dem Halsband war eine Kette befestigt. Er zog sie daran in den hinteren Teil des Kellers, um ihr die Werkzeuge zu zeigen und einzeln zu erklären. Eine erstaunliche Zange diente zum Durchlöchern der Zunge, die man ganz herauszog, um sie abzuschneiden. Diese Spezialität erwartete sie am vorletzten Tag. Am Schluß würde er ihr die Augen ausreißen, er zeigte ihr das Instrument dafür, und kurze Zeit darauf würde sie, die Vulva auf ein rotglühendes Eisen gepfählt, sterben. Die bewährten

Techniken der Inquisition. Anna-Lucia verspürte mehr Lust zu lachen als Schrecken. Mädchen, es geht um dein Leben. Und sie zeigte angemessenes Entsetzen. Ein Verdacht erwachte bei Ricardo erst gar nicht: Humor war nicht seine Stärke.

Er hatte es eilig, in sein Bett zu kommen, und ging hinaus. Seine bevorzugte Praktik bestand nicht darin, sich mit der Hand zu befriedigen, sondern sich an Vorstellungen aufzugeilen und stundenlang in Bauchlage an seiner Matratze zu reiben. Außergewöhnlich neugierig, welche Wege die menschliche Natur geht, hatte Joaquim ihn manchmal dabei beobachtet und festgestellt, daß er niemals weniger als eine Stunde und oft länger brauchte, um zum Ende zu kommen. Er hatte immer daran gedacht, Ricardo in einem solchen Moment einmal mit einem Degen zu durchbohren, aber die günstige Gelegenheit dazu und die Möglichkeit, heil zu entkommen, hatte sich niemals geboten. Er wußte nie, wie viele Wölfe im Haus waren. Und dann war da Gian-Vittorio, der das sicherlich nicht billigen würde.

Sobald Ricardo hinaufgegangen und damit beschäftigt war, seine Bettlaken zu befruchten, band Joaquim Anna-Lucia vollständig los. Sie küßten einander. Und endlich streichelte Joaquim sie auch. Sie sagte ihm, daß sie ihn liebte. Er glaubte ihr zuerst nicht, denn auch er liebte sie schon, aber er sprach mit ihr und gab ihr die Beweise. Natürlich nicht nur die körperlichen, obwohl freilich auch ihre Leiber an dem Fest teilhatten.

Gebadet, gesättigt und glücklich, mußte sie doch wieder angekettet werden. Joaquim gab ihr ein Schlafmittel und drang sanft ein letztes Mal in sie ein, während sie schlief. Als das ganze Haus völlig ruhig war, lief er zu Gian-Vittorio, der ihn erwartete. Die Umstände von Manuels Tod hatten die Phantasie der ganzen Stadt angeregt. Die Mehrheit glaubte an übernatürliche, göttliche Bestrafung durch den Blitz. Eine Minderheit fragte sich nach dem Wie. Einige wenige nach dem Warum.

Der Bericht Anna-Lucias, den Joaquim ihm wiedergab, erschien Gian-Vittorio wie ein Pulverfaß. Man konnte ihn nicht an die Öffentlichkeit bringen, ohne die Quellen anzugeben. Nun war die Anwesenheit Joaquims bei Ricardo zu wichtig, als daß man darauf verzichten konnte. Joaquim ängstigte sich ein wenig. Gian-Vittorio beruhigte ihn: Er würde Anna-Lucia nicht zugrunde gehen lassen. Aber man mußte Ricardos Plan herausbekommen. Gemeinsam machten sie sich schnell auf den Weg zu Kotor. Kotor und Clara hörten zu, riefen Laurent und Alexandra herbei. Niemand kannte sich aus. Zu viele Glieder fehlten in der Kette. Alle erkannten, daß eine Gefahr, ein Angriff drohte; aber warum die Sache mit Manuel, und warum so?

Sie kamen zu dem Schluß, daß Vorsicht geboten war, aber vorsichtig verhielten sie sich ja sowieso schon, und daß die Geistlichen, die wegen des Wunders, wie sie es nannten, stark erregt waren, überwacht werden sollten. Man war dazu verurteilt, die Schritte des Gegners abzuwarten.

Alle jedenfalls waren sich darin einig, das Risiko, einen Informator bei Ricardo zu verlieren, eingehen zu wollen, um Anna-Lucia zu erlösen. Man mußte sie so schnell wie möglich befreien. Am nächsten Tag. Warum also, meinte Joaquim, nicht Ricardo liquidieren? Gian-Vittorio war der Meinung, daß das nichts bringen würde. Der Hauptfeind war sicherlich nicht er. Man würde den Gegner auf diese Weise vielleicht warnen. Eine Flucht könnte als Liebesgeschichte ausgelegt werden. Ein Blutbad, nein. Besser wäre es, Ricardo lächerlich zu machen. Gut, sagte Joaquim, laßt mir also, was das betrifft, mein Vergnügen. Ich garantiere für sein Überleben, aber nicht für Unversehrtheit. Sie lachten alle, erleichtert und froh.

Joaquim brauchte Hilfe, aber eine, die so unsichtbar, so unbestimmbar war, daß sie den Eindruck erweckte, er hätte allein gehandelt. Es genügte, die Wölfe fernzuhalten. Kotors Leute, die Brüder würden sich darum kümmern, ihre Aufmerksamkeit auf sich lenken. Am nächsten Abend kam Ricardo heim, ohne sich klar zu sein, daß er mit Joaquim allein im Haus war.

Es war noch früh an diesem Abend, und Ricardo fühlte sich in launiger Stimmung. Er ließ Anna-Lucia an den Füßen am Deckenbalken festbinden und vergnügte sich eine gute Viertelstunde an dem, was er sah. Schließlich glaubte er, sie erregt zu haben, und lief in sein Zimmer, ohne noch etwas zu verlangen. Joaquim löste Anna-Lucias Fesseln. Sie schlüpfte in Männerkleider, was übermäßig viel Zeit in Anspruch nahm, da Joaquim besonderes Interesse dafür zeigte und es sehr schwer war, eine passende Hose für sie zu finden. Sie bewaffnete sich.

Sie betraten Ricardos Zimmer genau im Moment seiner Ekstase. Anna-Lucia hockte sich auf seinen Nacken und Joaquim auf seine Kniekehlen. Mit einem Schnitt ihrer Stiletts durchtrennte Anna-Lucia den Kanal, der Hoden und Penis verbindet, während Joaquim auf jede Arschbacke einen Phallus einritzte, der zur Mitte zeigte. Anna-Lucia preßte mit ihrem Hinterteil aus Leibeskräften Ricardos Kopf in die Kissen, um seine Schreie zu ersticken. In weniger als einer Minute war das Werk vollendet. Joaquim betäubte Ricardo und drückte ihm die Nase in sein Sperma. Sie banden ihn an den Bettpfosten fest, und Joaquim strich ein blutstillendes Mittel auf die Wunden, die, mit Salz bestreut, gut sichtbar bleiben würden. Dann machten sie sich davon. In derselben Nacht verhalfen die Brüder Joaquims Vater zur Flucht.

Sie verschwanden in der Alfama wie ein Stein im Wasser. Am nächsten Morgen eröffnete ein braver Weinhändler nahe São Miguel ein Geschäft. Ein Witwer, der mit seinem Sohn und seiner Schwiegertochter lebte, einem jungen Paar, Abbild des Glücks. Sie gingen niemals aus. Einen Tag lang war man neugierig, dann vergaß man sie. Der Vater fand, daß die Sprungfedern des Bettes der Kinder etwas laut quietschten. Er zog auf den Dachboden und richtete sich dort ein.

Anna-Lucias Vater, niedergeschmettert durch das Geschehnis im Garten, hüllte sich in vollkommenes Schweigen. Man beerdigte die Kleine ohne den Beistand der Kirche, und niemand sprach jemals wieder über ihre ältere Schwester. Der Schwiegersohn verschwand irgendwo bei Timor.

4

Luciano hatte eine aufregende Woche hinter sich. Er hatte sich über Ricardos Abenteuer halb totgelacht, der danach in sein Haus nach Sintra gefahren war, um seine Schmach zu verbergen. Da jedermann ihn verabscheute, war die Schadenfreude allgemein gewesen. Man sah darin Manuels posthume Rache. Luciano hatte versucht, Licht in die Sache zu bringen, die Wölfe zu sich gerufen, die, als sie spürten, daß der Wind sich drehte, sich nicht bitten ließen, alles zu erzählen. Alles deutete auf eine Liebesgeschichte zwischen dem kleinen Joaquim und der schönen Gefangenen hin. Für die Zartheit der Rache hätte Luciano zeichnen können. Er verdächtigte Ricardo schon seit langem sexueller Abartigkeiten. Nichts war mysteriös an der Sache, außer die Art und Weise, wie der Vater aus dem Gefängnis entkommen war. Das roch nach Verschwörung, nach Organisation, die ihm mißfiel. Der Herzog hatte sich in Luft aufgelöst. So ein Wunder hat doch seine Gründe! Luciano fand keinerlei Spur. Er dachte nicht daran, deshalb die Durchführung seines Planes aufzuschieben, aber die Vorstellung, daß auf der anderen Seite des Schachbretts vielleicht ein ihm ebenbürtiger Gegner saß, ärgerte ihn; er konnte sich nicht denken, *wer* es war. Kotor nicht und auch nicht Laurent. Keine erkennbare Verbindung zwischen ihnen und Joaquim. Er befaßte sich mit anderen Dingen.

Man sah ihn, mit drei Männern, in dieser Woche jeden Tag bei Ankunft der Fischer in Sesimbra. Bei einer seltsamen Tätigkeit. Sie kauften Fischköpfe. Nicht irgendwelche, sondern solche mit großen

Zähnen. Wäre ihnen einer gefolgt, er hätte nicht begriffen, was es mit dieser ichthyologischen Leidenschaft auf sich hatte. Aber niemand beobachtete sie. Gian-Vittorio hatte dran gedacht, es zu tun, da er spürte, daß etwas im Gange war, zu dem die Geschichte Ricardo – Manuel nur ein Vorspiel gewesen war. Aber er wollte nicht entdeckt werden. Und tat nichts.

Kotor arbeitete wie besessen, Laurent und Alexandra nahmen nach drei Tagen der Vorsicht und der Entsagung ihre nächtlichen Ausritte wieder auf. João, der sich ebenfalls zwei Nächte argwöhnisch zurückgehalten hatte, wiederstand nicht länger und fuhr wieder nach Azeitão.

Am Ende der Woche schien Luciano genug Schwertfischköpfe zu haben. Sie lagen im Innenhof des Dienstbotentraktes in der Sonne zum Trocknen. Der Gestank war fürchterlich. Keiner verstand, was ihr Herr ausheckte. Als die Fischköpfe getrocknet waren, ließ man Küchenmädchen kommen, die in ihrer Arbeit ebenfalls keinen Sinn entdecken konnten. Köpfe auf die eine Seite, Zähne auf die andere. Die Köpfe mußten sie wegwerfen. Die Nachricht machte bei allen Katzen des Hafens die Runde. Für sie war es ein Feiertag. Dann ließ man Näherinnen kommen. Aber nur Luciano sprach mit ihnen und erklärte ihnen, was sie zu tun hatten. Die zehn Tage waren vorüber. Diskret kam der Marquis selbst, um sich zu erkundigen, wie die Sache stand. Luciano war geschmeichelt.

„Ich habe gesagt: zwischen zehn und zwanzig Tagen, Exzellenz. Zehn sind vergangen, aber noch nicht zwanzig. Ich habe jetzt den Überblick, in genau zehn Tagen wird gehandelt." Er nahm den Kalender zur Hand. „Vollmond", sagte er. „Wenn Ihr an Werwölfe glaubt, bleibt zu Hause." Er lachte.

Der Marquis war im Weggehen. Bei der Tür drehte er sich um.

„Was machen wir mit Ricardo?"

„Ich zweifle daran, daß er seinen Anteil je reklamieren wird. Aber man kann nie wissen. Leisten wir uns also vorläufig eine loyale Haltung. Ich werde ihn benachrichtigen."

„Was wird aus ihm?"

„Er versucht, sich zu kurieren. Schwierig. Er kann weder sitzen noch auf dem Rücken schlafen. Von Gehen keine Rede. So bleibt ihm nur, bäuchlings in der Hängematte zu liegen, den Hintern in der Luft ... "

„Ist es wahr, daß ... " murmelte der Marquis.

„Jaja. Eunuch. Nun, es ist nicht viel, was die Mädchen dabei verlieren."

Es widerstrebte dem Marquis, gemeinsam mit Luciano darüber zu lachen. Er brach das Gespräch ab. Und schwor sich eine Loyalität ganz besonderer Art mit diesem Dummkopf.

Während der folgenden sechs Tage ließ Luciano wie besessen rekrutieren. Vierzig harte Burschen, hatte er gesagt. Und keine von unseren Leuten. Man nahm Ricardos Wölfe und holte ein paar Sträflinge aus dem Zuchthaus. Alles Mörder und Räuber. Was nach Politik oder Ketzerei roch, war ausgeschlossen. Die Männer wurden in umfunktionierten Pferdeställen untergebracht. Sie hatten zu essen und zu trinken wie noch nie. Am Hafen wurden zehn gesunde Huren für sie aufgetrieben. Bloß Lärmen und unkontrolliertes Besaufen war untersagt. Zwei Zuwiderhandelnden wurden vor aller Augen die Kehlen durchgeschnitten. Der Rest murrte, und dann beruhigten sie sich. Am achten Tag waren es gute vierzig. Höllenhunde. Sie wurden in dunkelbraune Kleider gesteckt, Hose, Weste, Krawatte, Schal, Hut.

Am Morgen des neunten Tages ließ Luciano den Marquis benachrichtigen: um sechs Uhr abends würde er Weiteres erfahren. Der Marquis verließ sein Haus um fünf Uhr. Er war noch eine gute halbe Stunde zu früh dran. Luciano empfing ihn voller Ehrerbietung. Endlich war es auf der Delfter Standuhr zehn Minuten vor sechs.

„Kommt", sagte Luciano.

Er verbarg den Marquis hinter den Vorhängen eines Fensters, das sich auf den Hof öffnete. Schon versammelten sich die vierzig in aller Stille. Es war schauerlich. Sie stellten sich in Reihen zu acht auf. In jeder Reihe ein Anführer. Es schlug sechs.

Luciano trat in den Hof. Hinter ihm kamen vier Männer, die einen großen Koffer neben ihn niederstellten. Er begann seine Rede. Der Marquis, der belesen war, fand sie so schön, als wäre sie von Tacitus. Zu Beginn erzählte Luciano von den Vampiren. Bei der bloßen Erwähnung des Namens schüttelten sich die vierzig Bluthunde. Luciano setzte also auf den Mythos und das Grauen. Er sprach von Geschöpfen der Nacht, die das Blut der Lebenden aussaugten. Von Wesen jenseits des Grabes. Dann schilderte er, wie sich die Vampire durch Perversion und Subversion der Alfama bemächtigt hätten. Ihrer Kunden und ihrer Anhänger. Wie man das Ganze vernichten mußte – *wie,* das war eben die Frage. Die Vampire lebten in der Alfama wie die Fische im Wasser. Sie erhielten dort Nahrung, Hilfe, Unterkunft und Beistand. Und diese Fische mußte man aus diesem Wasser herausholen. Die Männer waren ganz starr vor aufmerksamer Erwartung. Sie sahen ihre Rolle dabei immer noch nicht.

Luciano konnte seine Zuhörerschaft einschätzen. Er hatte sie fest in der Hand. Er redete weiter. Die Vampire mußten von den Leuten, die sie mißbraucht hatten, getrennt werden, das war die Lösung. Mit teuflischer List hatten die Vampire das Mißtrauen der braven Leute eingeschläfert und ihnen ihre normale und berechtigte Abscheu, die jeder beim Nennen des verbotenen Namens schon empfinden mußte, genommen.

Das Grauen entfachen, die normalen Selbstschutzinstinkte wiedererwecken, dem Fluch wieder eine Bedeutung geben - das würde ihre Rolle sein. Luciano machte eine Pause, und sie begriffen, daß sie ihr Einverständnis zu brüllen hatten, ihre totale Zustimmung, ihre Begeisterung. Hätten sie Säbel gehabt, so wäre das der Moment gewesen, sie zu ziehen, sie über ihren Köpfen zu schwingen. Luciano fuhr fort. Ein Priester erschien, der die Billigung der Kirche garantierte. Die Kirche sei den Vampiren, Geschöpfen des Teufels, ein Greuel, würde aber denen, die diese Brut zertreten, das Heil bringen. Der Priester segnete die Versammelten, die niederknieten.

Auf ein Zeichen Lucianos wurde der Koffer geöffnet. Die Näherinnen hatten die spitzen Fischzähne auf breite Armbänder aus Leder und Stoff aufgenäht, die solcherart Fäustlinge mit zwei Spitzen bildeten. Es gab vierzig davon und vierzig Dolche, scharf wie Rasierklingen.

„Diese Nacht, meine Herren“, sagte Luciano, „gehört die Alfama euch. Rennt durch die Straßen! Tötet! Vergewaltigt! Schlitzt die Bäuche, wem ihr auch begegnet! Ich brauche fünf Opfer pro Mann. Und markiert sie alle am Hals mit diesen Zähnen, die man euch geben wird.“

Mit einer Handbewegung zeigte er, wie es zu machen war: Die Zähne mußten auf der Höhe der Schlagader in den Hals gebohrt werden. Zwei Spuren hinterlassen, die dem Vampirbiß glichen. Wenn man dann am Morgen zweihundert Tote entdeckte, so würde das selbst den verbohrtesten Anhängern der Vampire die Augen öffnen. Alles sollte ihnen gehören. Die Ringe, Ketten, Uhren, Börsen. Alles, was man in die Tasche oder in einen Sack stecken konnte. Die Schneiderinnen hatten auch Beutel für die Männer genäht. Sie wurden verteilt. Die Männer zitterten vor Ungeduld. Luciano hielt sie zurück. Sie mußten bis zum Einbruch der Nacht warten. Die Vampire leben nur des Nachts und *a fortiori* die falschen Vampire. Der Anführer jeder Reihe erhielt einen Übersichtsplan, auf dem ein Eingang in die Alfama, die Route und ein Ausgang eingezeichnet waren. Beim Morgengrauen mußten die vierzig mit ihrer Beute wieder in diesem Hof eingetroffen sein. Jeder würde tausend *reis* erhalten und könnte verschwinden, wohin er wollte. Die vierzig Augenpaare leuchteten. Sich gegenseitig stoßend, zogen sie lautlos ab. Schon arbeitete die Phantasie auf vollen Touren. Sobald die Leute verschwunden waren, kam Luciano zum Marquis zurück.

„Mein Kompliment“, sagte der Marquis. „Und danach?“

„Danach, Exzellenz, ist die Reihe an Euch. Der Plan ist folgender.

Am Morgen eilt Ihr zum König. Ihr werdet unbeschränkte Vollmacht erhalten. Und dann nehmen wir die Alfama ein."

Er zog ein Papier aus seinem Ärmel: Die Listen der Heeresabteilungen.

Der Marquis verzog das Gesicht: Im Prinzip hatte er keine Befugnisse über die Armee.

„Es ist für alles vorgesorgt", sagte Luciano. „Heute morgen um drei Uhr, eine Stunde vor Sonnenaufgang, brauche ich hier fünfzig Mann Polizeitruppe. Bei Eurer Polizei habt Ihr hundert. Es ist also leicht."

„Sicherlich. Aber wozu?"

„Laßt uns also fortfahren. Es sind zwei Regimenter notwendig. Die Infanteristen werden glücklicherweise genügen. Aber wir werden weder auf die Deutschen noch auf die Schweizer zurückgreifen können. Die Soldaten müssen Katholiken sein. Das ist leichter gesagt als getan. João war auch Kriegsminister und Armeechef."

„Ihr könnt alles tun, was Ihr wollt, er wird den ganzen Vormittag unabkömmlich sein", sagte Luciano. „Zumindest bis Mittag. Ich kümmere mich darum. Ihr werdet vielleicht ein paar üble Augenblicke durchzustehen haben, wenn unser Anschlag mißlingt. Aber er wird nicht mißlingen. Seine Eminenz wird deshalb zehn Tage lang wie am Boden zerstört sein."

„Und was werden sie machen, diese Soldaten?" fragte der Marquis.

„Sie werden ihr Metier ausüben. Töten. Es wird dies ein historisches Massaker werden. Unsere Offiziere stehen schon lange am Rande der Geschichte. Sie werden entzückt sein. Kümmert Euch im übrigen jetzt um nichts mehr. Morgen werdet Ihr wissen, was zu tun ist, ich verspreche es Euch ... "

Der Abend kam. Überall flammten die Laternen auf. Es war sehr heiß gewesen. Endlich kam die Kühle. Die Straßen waren voll Menschen. Von der Graça, vom Castello, von den Kais kommend, begannen die Achtergruppen zwei oder drei Stunden später sich einzuschleichen. Die Leute hatten ihre Einkäufe getätigt, aßen in den Wirtshäusern zu Abend oder diskutierten. Seit einigen Monaten hatte die Aufmerksamkeit stark nachgelassen. Die Familien, die einen Vampir zu Hause hatten, ließen kaum noch Vorsicht walten. Für viele war er schon etwas wie ein Dauergast geworden, ein sorgsam umhegter Gast, den geheimnisvolle Romantik und Prestige umgaben und der von einem Netz von Jüngern, von Komplicen unterstützt wurde. Sie kannten einander, und wenn nicht, so erkannten sie einander sogleich an diesem Mal am Hals, das so auffällig war wie ein Stern zwischen den Augen. Ja, auch die anderen, jene, die nicht dazugehörten, kannten und erkannten sie. Das war eine große Unvorsichtigkeit, die Clara und vor allem Kotor zu vermeiden gewünscht hätten, an der man aber nichts mehr ändern konnte. Manche waren neidisch, andere neugierig und skeptisch, aber nirgends mehr gab es Entsetzen, Widerwillen, nicht einmal Abneigung. Einerseits war das gut. Der alte Fluch schien sich aufgelöst zu haben. Nur eingeschlafen, sagte Kotor, der als einziger noch eine unbestimmte Angst verspürte. Was bei diesen Reisenden, die den Styx in die umgekehrte Richtung überquert hatten, am meisten überraschte, war ihre Normalität. Sie scherzten, spielten Karten, liebten einander und hatten keinerlei spezielle Erinnerung an den schwarzen Fluß und seine beiden Ufer. Sie waren wie alle anderen. Das bestürzte anfänglich die Toten, die jeden Abend aus ihren im Keller versteckten Särgen auftauchten; dann gewöhnte man sich daran, wie man sich auch an das Fehlen von Magie, von Hexerei, von geheimen und spektakulären Praktiken, die alle zu erleben erwartet hatten, gewöhnte. Die Einfachheit an der Sache war es, die im Grunde am schwersten zu begreifen war. Kurzum, es herrschte Vertrauen. Die Vampire und die Freunde der Vampire hatten aufgehört Vorsicht walten zu lassen.

Die vierzig spähten angestrengt aus den finsteren Winkeln, in die sie sich verkrochen hatten. Heiterkeit und Beschwingtheit erfüllten das Viertel. Nicht nur *fados* waren zu hören. Einer, der aus Madeira kam, erkannte ein Tanzlied, das er mitsummte, bis er plötzlich innehielt, weil ihm einfiel, was er fünf Minuten später tun würde. Man sah betrunkene Kerle, Mädchen, die hin und her gingen, andere, die im Schatten einer Tornische einander umarmten, das Weiß eines Unterrocks. Weiße oder rosafarbene Mauern strahlten im Vollmond hell wie bei Tag. Es schlug Mitternacht. Das lebhafte Treiben war nun gedämpfter. Viele Fensterläden waren geschlossen. Überall, wo noch Licht brannte, wohnten Vampire. Diese Häuser waren für die Bluthunde tabu. Aber alle übrigen gehörten ihnen; der letzte Schlag der Turmuhr verhallte. Das war das Zeichen. Etwas wie ein Zögern war zu spüren. Dann sprang eine erste Gruppe los.

Und schlug zu. Zwei Verliebte, die mit ihrer Sache bereits ziemlich weit waren, spürten nicht, was ihnen widerfuhr. Sie wurden niedergeschlagen, mit dem Zeichen versehen. Aufgeschlitzt mit zwei kreuzweise geführten Dolchschnitten, ein letzter Stich ins Herz. Es war gut gelungen. Die Bißwunde am Hals ihrer zwei ersten Opfer versetzte die Männer in einen Taumel. Sie keuchten wie die Hunde. Bei dem Blutgeruch verging ihnen jede Erotik; sie mußten sich dazu zwingen, die Leiche des Mädchens zu schänden. Dienst ist Dienst.

Und da hetzten auch die anderen Gruppen los, und es begann ein Gemetzel, das Stunden dauerte. Die Bluthunde lauerten bei den Leichen, die in Blutlachen lagen, und wehe dem, der stehenblieb, um zu schauen. Er wurde niedergeschlagen, mit dem Mal gezeichnet, aufgeschlitzt, getötet, und wenn es ein Mädchen war, vergewaltigt. Die Körper blieben gut sichtbar mitten auf der Straße liegen.

Zehn , bald hundert Leichen lagen da. Gegen vier Uhr erschien ein falscher Schimmer. Die Morgendämmerung. Sie hatten gute Arbeit geleistet.

Sobald die echten Vampire ihre Keller aufgesucht hatten, wurde überall in den Vampirhäusern das Licht gelöscht. Die Mördergruppen begannen sich zurückzuziehen. Ihre Säcke waren prall gefüllt mit der Beute: mit Ringen, Geld, Halsbändern, Uhren, sogar mit silbernen Schuhschnallen. Jedem war ein bestimmter Punkt angegeben worden, wo er sich zurückziehen sollte. Einer von Lucianos Leuten erwartete ihn dort, notierte seinen Abzug und betrat dann selbst die Alfama, wo es nun bereits Tag war. Alles hatte sich, wie vorgesehen, in vollkommener Stille abgespielt. Kein Schrei, kein Stöhnen. Ein Seufzer ab und zu.

An diesem Abend waren Laurent und Alexandra nicht ausgeritten. Sie hatten getrunken, gelesen, gegessen, ihr Blut ausgetauscht, und einander friedlich geliebt. Kotor und Clara, die ein anstrengendes chemisches Experiment in Angriff genommen hatten, hatten sich nicht aus dem Laboratorium gerührt. Gian-Vittorio und Fernanda waren früh zu Bett gegangen. Zärtlich und ruhig. Wahrlich ein Abend wie jeder andere.

Um halb fünf Uhr war alles still bei den Vampiren, und noch bewegte sich nichts bei den anderen. Lucianos Leute schlichen durch die Gassen, manche wunderlich mit einem Topf weißer Farbe und mit Pinseln ausgerüstet. Staunend betrachteten sie, was die Bluthunde getan hatten. Die vierzig hatten gute Arbeit geleistet. Mindestens dreihundert Tote wurden gefunden. Als hätten sie das Ballett, das sie bald tanzen würden, schon geprobt, bereiteten sich Lucianos Leute auf das Hochziehen des Vorhangs vor.

Über dem Tajo zog der Morgen herauf. Ein Dunststreifen kommender Hitze, zerflatternde Wolken. Es würde ein wunderbarer Tag werden. João, von seinem Leibwächter begleitet, traf im Galopp ein. Er hatte Azeitão noch in schwarzer Finsternis verlassen, und schon war alles in Grau getaucht. Das Boot mit den Ruderern wartete. Er sprang hinein. Sie erreichten die Mitte des Flusses, als ein *saveiro* mit stark geblähten Segeln rasch auf sie zukam. Schon konnte man die Kutsche am Ufer erkennen, die Fischer, die ihre Netze vorbereiteten und die Flut nützen wollten, um aus der Trichtermündung hinauszutreiben. Plötzlich brach ein Bodenbrett von Joãos Boot durch. In weniger als zehn Sekunden versank das Schiffchen. Die überraschten Ruderer, die fast nichts anhatten, schwammen bereits im Wasser. Joãos Leibwächter, der einen weiten Mantel und schwere Stiefel trug, sank auf den Grund, bevor er noch wußte, wie ihm geschah. Er ertrank ohne einen Schrei. João, der vom Reiten erhitzt gewesen war und die morgendliche Kühle nicht mochte, hatte sich in einen riesigen Überwurf gehüllt und war beinahe eingeschlafen. Nun schlug er in dem eiskalten Wasser aus Leibeskräften um sich, und es gelang ihm, sich von dem Umhang und den Schuhen zu befreien, nicht aber von seinem Gehrock, der bald eine Tonne wog. Wütend, daß er wegen einer Pariser Modetorheit ersaufen sollte, gelang es ihm mit der Kraft der Verzweiflung, sich über Wasser zu halten. Der Fischkutter war fast bei ihm. Er schrie. Ein Fischer hörte ihn, sah ihn und warf ihm schnell ein Seil zu. Mit all seinen Kräften klammerte er sich daran fest und wurde an Bord gezogen, ohne daß das Boot seine Fahrt auch nur verlangsamte. Er sank zusammen und fiel in Ohnmacht.

Am Heck entzündete ein Fischer eine stark strahlende Laterne und sandte ein Zeichen. Dreimal lang, dreimal kurz. Von einem dunklen Fenster am Kai aus antwortete eine ebensolche Laterne mit zwei langen und zwei kurzen Blinksignalen. Befriedigt setzte sich der Fischer, räumte die Laterne weg und ging daran, sich um João zu kümmern, der immer noch bewußtlos war. Er begann, ihn auszukleiden, das Wasser aus seinen Kleidern zu schütteln und ihn zu massieren. Schließlich flößte er ihm einen ordentlichen Schluck *bagaço,* einen außergewöhnlichen starken Schnaps, ein.

João schnaubte. Er brauchte eine gute Weile, um zu begreifen, wo er war. Freundschaftlich umringten ihn die Fischer. Er trank noch einmal, dann sah er sich um. Das Fischerboot hatte den Turm von Belem hinter sich gelassen, sogar Cascais. Es befand sich weit draußen auf dem Wasser. João hatte sich inzwischen beruhigt. Es war ihm also gelungen, sich von diesem verdammten Gehrock zu befreien. Er suchte und fand eine Börse in seiner Tasche. Der Anblick des Goldes brachte in die Augen der Fischer nicht einmal einen Glanz. Er bat sie, zu wenden. Sie sprachen einen holprigen Dialekt, und João verstand nur dann und wann ein Wort. Und sie machten nicht den Eindruck zu verstehen, was er sagte. Der *saveiro* glitt immer schneller dahin. Die Fischer, die sich mit ihren Netzen beschäftigten, kümmerten sich nun nicht mehr weiter um ihn. Es wurde ihm klar, wohin sie fuhren: hinaus zum Cap Espichel, wo riesige Fischschwärme einen fetten Fang abgeben würden. Er verzichtete auf den Versuch, ihnen etwas zu erklären – sie würden in wenigen Stunden mit der steigenden Flut wieder heimkehren. Seinen Kopf auf einem Bündel Tauen und glücklich, am Leben zu sein, schlief er ganz plötzlich ein. Als sie am Kap Espichel ankamen, war es heller Tag.

Von seinem Fenster aus sah Luciano die vierzig Männer den Innenhof betreten. Der reinste Zigeunerhaufen. Sie machten den Eindruck von fröhlichen und rechtschaffenen Arbeitern, die nach getanem Tagewerk heimkehrten. Sie begannen, den Inhalt ihrer Beutesäcke miteinander zu vergleichen, sich Geschichtchen zu erzählen über das, was sie gerade erlebt hatten, und mit ihren Überfällen zu protzen. Luciano grinste höhnisch. Vor zwei Stunden schon hatte er die fünfzig Polizisten kommen lassen, die ihm vom Marquis, der beunruhigt war, nur ungern zur Verfügung gestellt worden waren. Er hatte je drei an den Fenstern der oberen Etagen hinter den Läden Stellung nehmen lassen. Jeder war mit einer Muskete und einer Büchse ausgerüstet, konnte also in wenigen Sekunden zwei Schüsse abfeuern. Man hatte ihnen eine Geschichte von Räubern und Rebellen aufgetischt, aber eigentlich interessierte sie das kaum. Sie waren gewohnt, zu tun, was man ihnen auftrug, und damit basta. Luciano machte rasch einen letzten Inspektionsgang. Sie waren alle da, lagen, ihre Opfer anvisierend, auf der Lauer.

Das Signal würde einfach sein. Luciano hatte eine doppelläufige Flinte an sich genommen, eine wunderbar ziselierte, sorgfältig geladene Waffe. Er zielte lange, dann drückte er ab. Fünfzig Schüsse gingen fast gleichzeitig los, dreißig Männer, auf der Stelle tot, sanken zu Boden. Die anderen verwundet, zwei wunderbarerweise gänzlich unverletzt, waren außerstande zu fassen, was da auf sie herabprasselte. Es verstand sich von selbst, daß die zweite Salve Schuß für Schuß abgegeben werden mußte, um zu vermeiden, was beim erstenmal geschehen war. Einige der vierzig Männer hatten wohl zwei Geschosse abbekommen, und andere gar keines. Luciano zerschoß einem, der nicht getroffen worden war, den Schädel. Eine Feuersalve erledigte in wenigen Sekunden den Rest, tötete die Verwundeten. Es war sauber und präzise aufgeräumt worden.

Die Soldaten gingen hinunter und begannen, die Leichen zu einer unbenutzten Senkgrube zu schleifen. Wie Abfälle beförderten sie die Körper hinein. Andere warfen zuerst schaufelweise, dann ganze Säcke ungelöschten Kalk in die Grube. Am Ende wurde das Ganze mit Ziegeln zugemauert. Die Operation dauerte nicht länger als eine Stunde. Diejenigen, die nicht dabei eingesetzt waren, wuschen den Hof gründlich auf, der voller Blut war, andere sammelten die Beutestücke in Weidenkörben ein. Nicht das geringste kam abhanden. Es war eben eine Elitetruppe. Als die Aktion beendet war, stellten sich die Soldaten in Reih und Glied auf und marschierten zum Kai, wo sie ein Stück vor der Madre-de-Deus-Kirche hielten. Hier sollten sie bis Mittag warten. Glücklicherweise hatten viele daran gedacht, Jausenpakete und Feldflaschen mitzunehmen. Als sie begannen, ihren Proviant mit den Vergeßlichen zu teilen, war Luciano schon lange nicht mehr da.

Er mußte ja überall gleichzeitig sein. Sobald die Schießerei zu Ende gewesen war, hatte er sich zur Alfama aufgemacht. Von der Terrasse der Graça aus sah er die stufenförmigen Dächer und einige kleine Plätze. Er horchte. Furchtbares Geschrei, das zuerst von seinen Männern erhoben wurde, war zu vernehmen. Neben den Leichen stehend brüllten sie, schrien, daß die Vampire zugeschlagen hatten, ah, endlich hatten sie die Maske fallen lassen, diese Blutsauger. Sie zeigten auf die Male an den Hälsen der Opfer, wiesen auf die rituelle Seite des Massakers hin, auf die kreuzweise aufgeschlitzten Bäuche, die durchbohrten Herzen. Sofort waren sie von Gaffern umringt; von Familienangehörigen, die ihre Toten erkannten. Die Rolläden hoben sich, zehn, hundert. Fenster flogen auf, die Leute schrien einander zu. Es war, als durchliefe ein einziger Schrei das ganze Viertel. Luciano seufzte zufrieden: Alles klappte wie am Schnürchen. Er brauchte sich nur noch mit eigenen Augen davon zu überzeugen. Er wartete kurz, bevor er, in höchster Ekstase und geradezu orgastischer Erregung, nachsehen ging. Dieser Plan war ein technisches Meisterwerk. Überall provozierten seine Polizisten Denunziationen, schürten den alten Haß gegen die Vampire. Überall, wo ein Vampir im Keller schlief, malten sie ein großes weißes Kreuz an die Haustür. Gegen neun Uhr morgens glich die Alfama einem Tollhaus. Grüppchen standen wie gebannt beieinander, diskutierten, andere schrien ihren Schmerz heraus. Man wusch die Toten, bahrte sie auf.

Inzwischen war Luciano zum Marquis gelaufen, der vor Ungeduld kochte. Die Berichte häuften sich auf seinem Schreibtisch. Es brauchte nur ein paar Worte, um ihm die Einzelheiten zu erklären. Der Form halber fragte er besorgt nach den vierzig falschen Vampiren. Er hegte keinen Zweifel an ihrem traurigen Schicksal, aber wollte sich doch vergewissern. Luciano begnügte sich damit, zu lächeln: Er machte niemals halbe Sachen. Also weiter so, forderte er den Marquis auf, der trotz allem einigermaßen sprachlos war. Er sollte zum König nach Sintra eilen, das Verbrechen beschreiben, seine rituelle, frevlerische Seite hervorheben, die Verfügungsgewalt über zwei ausgewählte Regimenter erhalten, freie Hand, um alles zu säubern, freie Wahl der Mittel. Luciano hatte dem Stab der beiden Einheiten bereits die Order überbringen und eine Stafette von Sintra zu den Kasernen vorbereiten lassen, um den vom König unterzeichneten Marschbefehl schnellstens zustellen zu können. Vor zehn Uhr noch sollte ein Militärkordon die Alfama umstellt haben und die verschiedenen Einsatztruppen vor den Einfallstraßen konzentriert sein.

„Das muß ich sagen", meinte der Marquis, „Ihr habt wie ein Soldat gehandelt, und in einem Generalstab ..."

„Ich habe es gern, wenn Anordnungen rechtzeitig erfolgen", antwortete Luciano bloß. „Und ich spiele ganz gut Schach."

Das Ende hörte der Marquis schon nicht mehr. Er war bereits in seinem Wagen und trieb den Kutscher zur Eile an.

Es war acht Uhr, als der Marquis das Kloster betrat. Der König beendete gerade den ersten Teil seiner Morgengebete. Bereits weniger niedergeschlagen, hatte er wieder begonnen, etwas Fleisch zu essen, ein wenig Wein zu trinken, er führte theologische Gespräche mit dem Bruder Bibliothekar, betrieb gemeinsam mit dem alten Abt Gartenarbeit, lernte Bäume zu veredeln und Stecklinge anzubringen, und beschäftigte sich zusammen mit dem jüngsten der Mönche, der schön wie ein junger Gott war, mit Vogelzucht. Er hatte noch keine sündhaften Gedanken zu beichten brauchen, aber es würde nicht mehr lange dauern, bis es soweit war. Der Marquis wartete einen Augenblick, dann paßte er ihn beim Verlassen der Kapelle ab.

Wie immer hatte der König bei seinem Anblick den Impuls, zurückzuweichen, verspürte er fast Entsetzen, aber als guter Christ, der der Nächstenliebe huldigte, faßte er sich sofort wieder. Der Marquis erzählte ihm von den Vampiren und was sie angerichtet hätten, wobei er eindringlich erklärte, daß sie nichts anderes wären als Vertreter teuflischer Mächte, die Thron und Altar bedrohlich umzingelten. Er hätte sich nicht in Erklärungen zu ergehen brauchen. Der König stimmte sogleich zu.

„Tötet sie alle", sagte er. „Keiner soll übrigbleiben."

Der Marquis verließ ihn, das Papier in Händen. Bevor er noch bei seinem Wagen angekommen war, wurde es ihm von einem seiner Ordonnanzoffiziere entrissen, von dem er nicht wußte, daß er ein Mann Lucianos war; er schwor sich, das nicht zu vergessen. Der Marschbefehl gelangte wie im Flug von Station zu Station bis Lissabon. Die Regimenter strömten aus der Kaserne. Erst unterwegs erfuhren die Offiziere, wie ihr Auftrag lautete und was ihr Angriffsziel war. Sie zuckten die Achseln. Ein kleiner Fisch. Es konnte gut möglich sein, daß nicht ein Schuß abgefeuert zu werden brauchte.

Die beiden Obersten trafen Luciano in einem Gasthof oberhalb der Kathedrale, auf einer Terrasse, die sich genau in halber Höhe der Alfama befand. Er behielt es sich vor, auf den Minister zu warten, um seine Karten auf den Tisch zu legen. Es wurden Getränke gebracht. Die Frauen im Wirtshaus waren reichlich verwirrt durch die illustre Gesellschaft. Einem der Offiziere gelang es sogar, ein Strumpfband zu lösen. Man lachte. Der *vinho verde,* der junge Wein, war frisch und prickelnd. Der Marquis kam und wußte es zu würdigen, daß man nicht ohne ihn angefangen hatte. Dann wurden die praktischen Dinge besprochen, die Uhren verglichen. Zu Mittag sollte es losgehen. Schon jetzt war es sehr heiß. Gegen elf Uhr würde es unerträglich sein, und dazu kam noch der Geruch all der Toten und all des Bluts. Die Bewohner des Viertels würden sich gegen Mittag alle nach Hause zurückgezogen haben. Das war übrigens eine Anweisung, die von Lucianos Leuten gegeben wurde.

Die Schreie am Morgen hatten Gian-Vittorio und Fernanda geweckt. Er war nachsehen gegangen. Fernanda mußte versteckt bleiben. Sie war zu bekannt, und dann war ihre Narbe am Hals ganz besonders auffällig. Eine Stunde lang war Gian-Vittorio durch das ganze Viertel gelaufen und hatte das Ausmaß der Verheerung festgestellt. Die weißen Kreuze an den Türen zeigten ihm, wer das Ziel der Aktion war. Er vermochte nichts gegen das Murren im Volk zu tun. Zumindest aber mußte er seine Streitkräfte zusammentrommeln. Es waren nicht viele. Er traf Joaquim, der mit Anna-Lucia ebenfalls überall umhergelaufen war, und gemeinsam machten sie eine Bestandsaufnahme. Während Anna-Lucia ihnen von der Ankunft des Kordons erzählte, stiegen sie auf den Kirchturm von São Miguel. Der Pfarrer, wie wahnsinnig vor Entsetzen, hatte sich hinter dem Altar verkrochen, wo er unablässig Gebete murmelte. Vom Turm aus sahen sie die Regimenter sich sammeln.

Sie stiegen schnell wieder hinunter und versuchten, die Brüder zusammenzuholen. Das ging nicht so ohne weiteres. Gut die Hälfte war der Ansicht, daß man die Vampire und ihre Freunde sich allein aus der Affäre ziehen lassen sollte. Von der anderen Hälfte war der größte Teil ausgesprochen feindlich gesinnt, ja sogar in einer blutrünstigen Vergeltungsstimmung. Nur ein ganz kleiner Teil also war bereit zu helfen. Trotz seiner Autorität, seines Grades, seiner Funktion und seines Ansehens gelang es Gian-Vittorio nicht, die Entscheidung in seine Richtung zu beeinflussen. Sein Hauptargument - wenn es zu Verfolgungen und einem Blutbad kommt, dann werden auch wir massakriert und verfolgt, wenn die Alfama zerschlagen wird, dann verlieren auch wir unsere Festung und unseren Zufluchtsort - fand keinen Widerhall.

Die Versammelten zerstreuten sich, ohne irgend etwas beschlossen zu haben, ohne daß auch nur die schwelenden internen Uneinigkeiten bereinigt worden wären. Es würde keinen bewaffneten Widerstand geben. Manche sprachen von Hilfeleistung, von Rettung, aber auch das nur ganz verstohlen. Ein Teil war überzeugt davon, daß das Ganze eine Provokation war, aber ein nicht unerheblicher Teil glaubte - ohne es auszusprechen zu wagen - daß die Vampire tatsächlich die Schuldigen waren. Gian-Vittorio schäumte vor Wut. Wenn er überleben sollte, sagte er sich, würde er gehörig aufräumen. Es schlug halb elf. Fast zwei Stunden waren mit Gerede verlorengegangen. Blieb nur die Hoffnung, daß sich die Armee nicht vor Abend in Bewegung setzen würde.

Er ging wieder zu Joaquim. Was tun? Sie mußten natürlich Clara benachrichtigen, Alexandra, und alle ihre Freunde. Clara wir nicht zu Hause. Von allen Seiten hatte man sie um Hilfe bestürmt, aber es war nicht ein Verwundeter zu retten gewesen. Nichts als Tote. Völlig niedergeschlagen kehrte sie eben heim. Das Elend, die Tragödie, die Jugend und Schönheit mancher Opfer hatten sie erschüttert; ihr Herz blutete, ihr Kopf war leer, und sie war so betrübt von dem, was sie gesehen hatte, daß sie sich des Handstreichs und dessen, was im Anzug war, nicht bewußt geworden war. Am liebsten wäre sie tot umgefallen, so idiotisch kam sie sich vor, als Gian-Vittorio ihr die Situation klarmachte. Sie eilten zu Kotors Palais, das still, verlassen und verbarrikadiert hinter den hohen Mauern lag. Es war unmöglich, bei der Tür hineinzugelangen, die - und auch das nur mit größter Mühe - eingeschlagen hätte werden müssen. Sie gingen zu Claras Haus zurück. Die Gasse war sehr steil, schlecht gepflastert, und kein Soldat war zu sehen. Die Truppen hatten weiter unterhalb eine Sperre errichtet, waren aber zu faul gewesen, bis dort hinaufzusteigen, wo sich Claras Haus befand.

Es gab einen unterirdischen Gang durch die Keller. Ganz hinten in Claras Keller öffnete sich eine Wand auf den Gang, der zur Krypta mit den Särgen in Kotors Palais führte. Einige Laternen waren da; Treppenabsätze, Stiegen hinauf- und hinunterzusteigen. Gian-Vittorio hatte Fernanda geholt. Mit Clara waren sie also sechs. Gian-Vittorio und Fernanda, Joaquim, sein Vater und Anna-Lucia. Sie drangen bis zum Palais vor. Es herrschte vollkommene Stille. Alexandra hatte es sich zur Gewohnheit gemacht, nach Laurents Weggehen am Morgen Drogen einzunehmen, und erwachte immer erst gegen Ende des Nachmittags. Sie verzichteten darauf, die Tür zu ihrer Wohnung aufzubrechen. Sie fühlten die Stunde kommen. Angst fraß sich in ihre Eingeweide.

Clara trat in die Krypta mit den Särgen. Barbaras Sarkophag war verschwunden. Fünf standen noch da. Sie sahen einander an. Eine

Wahl mußte getroffen werden: Sie konnten nicht mehr als einen transportieren. Und die Vorsicht gebot ihnen, beim Rückzug den Durchgang hinter sich zu zerstören.

„Kotor", sagte Gian-Vittorio. „Ohne ihn bleibt nichts bestehen."

Sie waren einverstanden. Es gelang ihnen kaum, zu sechst den Sarg zu tragen. Sie waren erst am Beginn ihres Rückweges, als die Glockenschläge Mittag verkündeten. Alle zehn Meter mußten sie halten. Gian-Vittorio am Ende des Zuges riß kleinere Trennwände ein, häufte Schutt auf. Sie hörten nichts mehr. Sahen kaum, wo sie gingen. Meter um Meter kämpften sie sich auf Claras Haus zu, verloren ganz und gar das Zeitgefühl. Der Sarkophag war schwer wie Blei. Alle Viertelstunden mußten sie nun eine Viertelstunde rasten.

Beim ersten Schlag der Mittagsglocken ging es wie ein Beben durch die Reihen der Soldaten. Die Offiziere überflogen ein letztes Mal ihre Karten. Die beiden Obersten kamen sich vor wie auf einer Jagd und es war, als müßten sie beim Ertönen des Halali die Meute zurückhalten. Die Soldaten hatten Bajonette an den Gewehrenden angebracht. Jeder fünfte Mann trug Waffen besonderer Art: Bündel mit zugespitzten Holzpfählen und Holzhämmer. Bevor die Unteroffiziere und Offiziere ihnen erklärt hatten, worum es sich handelte, hatten sie sich darüber gehörig lustig gemacht. Nun waren sie eher entsetzt.

Der letzte Schlag verhallte. Die Offiziere und dann die Soldaten stießen einen lauten Schrei aus und stürzten im Sturmschritt vorwärts. Die wenigen Passanten wurden umzingelt, Bajonett am Bauch, und ihre Hemdkragen aufgehakt. Man sah zuerst nach, ob sie das Freundesmal der Vampire am Hals trugen. Wenn ja, so wurden sie gefesselt, geschlagen und für später zur Seite geschafft. Die Haustore, an die ein weißes Kreuz gemalt war, wurden mit kräftigen Stiefeltritten eingeschlagen, den Bewohnern die Krägen heruntergerissen. Dann stürmten die Soldaten die Keller, entdeckten die Särge, und dann traten die Pfähle und Hämmer in Aktion.

Beim Anblick der Vampire, die da in ihrem Halbtod schliefen, wichen die ersten entsetzt zurück. Später gewöhnten sie sich daran. Aber zunächst war es wirklich hart: Den Holzpfahl auf das Herz ansetzen, ihn dann mit einem Hammerschlag hineintreiben; dieser Strahl von Blut, der hoch aufspritzte, und diese Art verzweifeltes Knurren, wenn der Vampir fühlte, wie er ein zweites Mal, und diesmal richtig, endgültig starb - all das war das Grauen selbst. Aber das Grauen läßt nach. Das zweite Mal ist weniger schlimm als das erste. In dieser Anfangsphase behandelten die Soldaten ihre Gefangenen mit einer gewissen Scheu. Kaum daß sie sie zu berühren wagten.

Und sie ließen jene ziehen, die kein Mal trugen, selbst wenn sie in einem fluchbeladenen Haus wohnten.

Während dieser Zeit befanden sich die Bewohner des Viertels – zum Großteil Außenseiter, in undurchsichtigen Verhältnissen, und alle mehr oder weniger auf der Flucht – und die anderen, die mit ihnen in Symbiose lebten, die Händler und Handwerker, in der paradoxen Situation, zum erstenmal in ihrem Leben die Ordnungskräfte gutzuheißen und bei einer Operation, an deren oppressivem Charakter kein Zweifel bestand, gleichsam auf der anderen Seite der Barrikaden zu stehen. Sie waren im Begriff, in diesem großen Räuber- und Gendarm-Spiel die Gendarmen zu spielen. So kam es, daß sich Armee und Polizei zum erstenmal seit Jahrzehnten in der Alfama in ihrem Element fühlten. Man rief den Soldaten zu, feuerte sie an, drängte sich heran, um besser zu sehen.

Dann aber begann die Waage sich zur anderen Seite zu neigen. Je mehr sich die Soldaten, blutbeschmiert wie die Fleischer, an ihre Aufgabe gewöhnten, je unempfindlicher sie wurden, desto verhaßter wurden sie den Leuten in der Alfama; bald waren sie wieder die ewigen Feinde. Es kam zu einem Gedränge, Schüsse fielen. Die Soldaten, die der Geruch von Blut und dieses widerstandlose Gemetzel nervös machten, feuerten in die Menge.

Endlich ein richtiger Kampf, sagten sich angewidert die Offiziere. Das Phänomen war bei allen Eingängen in die Alfama neu: die anfängliche Schüchternheit der Soldaten, die scheinbare Gleichgültigkeit, ja Zustimmung der Bevölkerung, in der Folge die Opposition gegen die Eindringlinge. Dieser Widerstand kam jedoch zu spät. Luciano hatte im Einverständnis mit den Obersten acht Kommandos aufgestellt, die in etwa die acht Gruppen von falschen Vampiren verfolgten. Die hundert Polizeisoldaten des Marquis, noch verstärkt von Angehörigen zweier Infanteriekompanien, bewachten in Fünfergruppen alle nur möglichen Ausgänge. Sie durften niemanden hinaus- oder hineinlassen. Zuerst machten sie den Eindruck, von ihrer Aufgabe enttäuscht zu sein, bald aber hatten sie sehr viel zu tun. Kleine Häuflein von Flüchtlingen wollten entwischen. Dann, als alle in der Alfama begriffen hatten, daß sie in einem Netz hingen, wurden gemeinsame Angriffe gestartet, um die Straßensperren zu durchbrechen. Und nun wurde zurückgeschossen. Es war soweit.

Die Routen der acht Streifenkommandos liefen offensichtlich bei São Miguel zusammen, genauer gesagt: bei Kotors Palais. Die Gefangenen waren hinunter zu den Kais gebracht worden, in die Nähe eines sehr hohen, etwa hundert Meter langen Holzzaunes, der die Docks der

Handelsgesellschaften von Makao und Timor schützte und an der Rückseite zweier nüchterner Bauten entlanglief, in denen der Tabak getrocknet wurde. Hier trieb man die Gefangenen, die mit Gewehrkolben und Bajonettspitzen mißhandelt wurden, zusammen. Sie verharrten in niedergeschlagenem Schweigen. Ihre Zahl wuchs ständig, und bald waren es gut hundert, von denen einige arg verletzt waren. Alle befanden sich im Zustand schwerer Erschöpfung.

Die Truppen drangen immer weiter vor. Luciano versuchte, der Route der Kommandos zu folgen. Stafetten eilten hin und her. Die Obersten zeichneten den Vormarsch auf einer großen Karte ein, die auf dem Boden ausgebreitet lag. Der Marquis kochte vor Ungeduld. Er hätte sich am liebsten unter die Leute gemengt. Luciano hielt ihn zurück. Grob geschätzt, würde es noch eine Stunde dauern, bis das Palais erreicht war. Es gab jedenfalls keine Probleme. Sie würden lange vor Einbruch der Dunkelheit dort sein.

Es war leicht, dem von den Soldaten eingeschlagenen Weg zu folgen: Man watete im Blut. Mit Namenslisten von Freimaurern, Juden, flüchtigen Oppositionellen und geflohenen Sträflingen ausgerüstet, setzten sich Lucianos Polizisten in Marsch. Sie drangen in Häuser ein, in denen sich die Überlebenden verängstigt in die Keller und auf die Speicher verkrochen hatten. Ab und zu schlugen sie jemandem den Schädel ein. Es gab nicht viele Vergewaltigungen, dazu hatte kaum einer den Kopf. Die Mädchen waren aussortiert; sie gehörten in eine andere Schublade, eine andere Kategorie von Lucianos Plan; sie galten als Handelsware. Etliche eigens darauf spezialisierte Männer schienen nach Jungfrauen zu suchen. Sie vergewisserten sich, indem sie mit brutaler Gleichgültigkeit Röcke in die Höhe schoben und die Mädchen abtasteten. Vornehmlich Blonde, aber davon gab es nicht allzuviele, also zumindest solche mit sehr weißer Haut. Ab und zu nahmen sie auch eine Frau mit, wenn sie besonders schön war, selbst wenn sie schon einige Erfahrung zu besitzen schien. Die Beute, Verfolgte und Mädchen, wurde nicht mit den gefangengenommenen Vampiren zum Kai hinuntergeschleppt, sondern bei einem anderen Ausgang, nahe des Castellos, hinausgebracht. Karren warteten da, Käfige beinahe, in die sie, klassifiziert und registriert, eingesperrt wurden. Die Männer wurden ins Zentralgefängnis transportiert, die Mädchen in ein aufgelassenes Kloster.

Plötzlich stießen die Soldaten auf echten Widerstand. In der Alfama hatte man schließlich begriffen, daß die Vampire zwar ein Angriffsziel waren, aber sicherlich nicht das einzige und vielleicht nicht das wichtigste. Alle setzten sich nun zur Wehr, aber die Grenadiere waren schon weit vorgedrungen. Jedes Haus mußte jedoch einzeln erobert werden. Als die Soldaten nun Kameraden fallen sahen, verloren sie die Nerven. Sie verwandelten sich in wilde Tiere, und die Maschinerie, die so reibungslos funktioniert hatte, geriet ins Stocken. Die Maschen des so sorgfältig ausgeworfenen und von Meisterhand zusammengezogenen Netzes wurden immer weiter und verwirrten sich. Eine Lücke entstand. Fünfzig entschlossene Männer und Frauen, die begriffen hatten, was vor sich ging, durchbrachen zuerst die Absperrung der Soldaten und fielen dann über die Polizisten her, die zum Großteil buchstäblich in Stücke gerissen wurden; nur ein paar entkamen. Der ganze östliche Teil des Netzes zerriß, und Gruppen von Flüchtenden entkamen auf der Straße, die nach Villafranca de Xira führte. Als Luciano sich klar wurde, was da vor sich ging, war es schon reichlich spät. Seiner Sache allzu sicher, hatte er keine Reserven zurückgehalten, aber da er anderseits an der Möglichkeit, das Kriegsministerium unter Kontrolle zu bekommen, ein wenig zweifelte, hatte er es nicht gewagt, die Kavallerie abzustellen, die die Situation hätte retten können. Der Marquis brach in Verwünschungen aus und stürzte zu den Vorposten, wo der Westflügel, allerdings langsam und unter schweren Verlusten, weiter auf Kotors Palais zustrebte.

Einem der Obersten wurde der halbe Kopf weggeschossen, und der Marquis, kaum einen Meter weit davon entfernt und über und über mit Blut bespritzt, begann vor Angst zu zittern. Der andere Oberst, der ebenfalls gefolgt war, war der Meinung, daß der Angriff bergaufwärts den Belagerten zu große Vorteile bot, und daß man sich hinunter zu den Kais schlagen sollte, zufrieden mit dem, was man erreicht hatte, und was beachtlich war - für den Marquis allerdings gar nichts. Sie diskutierten zehn Minuten lang, hielten mit ihrem Gerede freilich alles auf. Entgegen den Befehlen fingen die Soldaten an, Granaten zu werfen, was die Gegner zwar zum Schweigen brachte, aber die Häuser zerstörte. So wurde es unmöglich, zu den Kellern zu gelangen. Die Sache ging entschieden schief.

Die Explosionen rissen Alexandra aus dem Schlaf. Sie sprang auf und lief in das oberste Stockwerk des Hauptgebäudes, wo es eine Art Veranda gab. Über der ganzen Alfama stiegen Rauchwolken auf. Sie rannte wieder hinunter. Das Haus war wie ausgestorben. Diejenigen von der Dienerschaft, die nicht in ihren Särgen schliefen, hatten sich anscheinend in Luft aufgelöst. Doch dann entdeckte sie die Leute, die sich, wie wahnsinnig vor Entsetzen, in einem Wagenschuppen versteckt hielten. Sie sprach ihnen Mut zu, verteilte Waffen und überdachte die Lage. Sie hatte nicht den Schatten eines Zweifels über das Endziel des

Angriffs. Das Palais besaß nicht nur ein Haupttor und das Ausfallstor, das wahrscheinlich ebenfalls bekannt war, sondern es gab auch eine Tür, die, seit langen Jahren unbenützt, einmal dem Hereinbringen von Viehfutter gedient hatte. Alexandra machte sich also zusammen mit dem Stallknecht, dem Kutscher und den beiden Hausmädchen dran, diese Tür freizulegen. Endlich öffnete sie sich. Sie führte zu einer sehr abschüssigen, menschenleeren Gasse, an deren Ende sich die Kais zu befinden schienen. Alexandra ließ einen leichten Wagen anspannen, der normalerweise von nur einem Pferd gezogen wurde, und begab sich in den Keller zu den Sarkophagen. Als sie sah, daß bloß jener Kotors weggeschafft worden war, rief sie nach Hilfe. Zu viert schleppten sie Laurents Sarg zum Wagen. Sie legte zwei geladene doppelläufige Karabiner und zwei Pistolen neben sich auf den Kutschbock. Sie hätte noch mehr Waffen gehabt, aber sie mußte auch den anderen welche lassen, denn jeder sollte für sich fliehen. Alexandra, die Männerkleider angelegt hatte, zog ihren Samthut tief in die Stirn und verhüllte die untere Gesichtshälfte mit einem Schal. Zwei der Stallknechte erbaten die Erlaubnis, mit den beiden Reitpferden Lilly und Mithras flüchten zu dürfen. Sie seufzte schwer und gab sie ihnen. Sie umarmten einander. Draußen mehrten sich die Schreie und Schüsse, kamen näher.

Der ganze schöne Aufbau der Angriffsordnung war tausendfach zersplittert. Der Widerstand ließ zwar im allgemeinen nach, aber die nach unten zum Fluß hin geschlagene Bresche konnte nicht wieder abgeriegelt werden. Eine immer größer werdende Menschenmenge strömte in diese Richtung, denn eine Anweisung zirkulierte: über den Fluß fliehen …

Die Stallknechte öffneten jählings das Tor des Futterwagenstalles, und Alexandra knallte mit der Peitsche über ihr Gespann, daß es mit einem Ruck auf das Pflaster der abschüssigen Gasse sprang. Die anderen, Diener und Hausmädchen, liefen entlang der Hausmauern und schlüpften in die ersten Gäßchen, die sich auftaten. Auch die beiden Reiter stürmten davon.

Alexandra raste das steile Stück wie der Teufel hinunter. Ein paar Soldaten, die sich unter dem Kreuzfeuer einiger auf der Lauer liegender Schützen mühsam eine schmale Gasse heraufgeschleppt hatten, fanden sich plötzlich ihr gegenüber. Mit ihren zwei Pistolen und den Karabinern tötete sie drei und verletzte zwei andere schwer. Fünf Treffer bei sechs Schüssen, das war nicht schlecht. Die übrigen Soldaten stürzten in die Gasse zurück, aus der sie eben gekommen waren. Als sie später eindringlich über den Zwischenfall befragt wurden, konnten sie keine Beschreibung geben.

Die Straße mündete auf eine Art Terrasse. Links endete ein steiler Weg, der noch abschüssiger als das Gäßchen war, oberhalb des Flusses. Soldaten waren bereits hier gewesen und hatten verwirrt wieder kehrtgemacht. Keine Menschenseele war mehr zu sehen. Fenster klapperten. Da und dort lag ein Toter, bereits von Fliegen umsummt. Ganz unten, schon nicht mehr zur Alfama gehörend, befanden sich die Docks der Weinhändler. Riesige leere Fässer warteten darauf, auf flache Schleppkähne verladen zu werden, die sie nach Palemela oder Setubal bringen würden. Alexandra stoppte ihre Kutsche und stieg aus. Wohin sollte sie, und wie?

Die Fässer zogen ihre Aufmerksamkeit auf sich. Ein eleganter junger Mann kam plötzlich zum Vorschein, der damit beschäftigt schien, die Fässer zu zählen. Er hob den Blick und schaute Alexandra an. Oder vielmehr das, was er von ihr sehen konnte, zwei sehr blaue Augen zwischen Hut und Schal. Er kletterte die Böschung zu ihr herauf.

„Seid Ihr entkommen?“ fragte er.

„Für den Moment, ja“, antwortete Alexandra.

Sie konnte ihre Stimme nicht verstellen. Der junge Mann hatte sofort bemerkt, daß sie eine Frau war und auf der Flucht.

„Was transportiert Ihr?“

„Meinen Mann.“

Sie zog den Schal vom Gesicht, machte den Hals gut sichtbar frei und warf ihren Hut fort, so daß ihre Haarmähne offen herunterfloß. Er hatte niemals etwas so Schönes gesehen. In zwei Sekunden stand er neben ihr.

„José de Andrade“, stellte er sich vor. „Ich handle mit Wein. Verlangt von mir, was Ihr wollt.“

„Flöße ich Euch denn nicht Abscheu ein? Heute ist doch der Tag des großen Massakers.“

„Ich weiß die Wahrheit zu erkennen. Da kommt mir eine Idee.“

„Nun?“

„Ist das ein Sarg im Wagen?“

„Ja.“

„Wird er in diese leere Tonne passen?“

„Sicherlich. Aber er ist schrecklich schwer.“

„Die Schräge hilft uns. Ich bin ein Herkules.“

Sie betrachtete ihn genauer. Tatsächlich. Er eilte in sein Lager und kam mit einem Seil zurück, das er um den Sarg schlang. „Ich halte ihn zurück, und Ihr dirigiert ihn“, ordnete er an. Der Sarg paßte genau in das Faß. José schloß den Deckel. „Ein Punkt zu unseren Gunsten“, sagte er. „Aber was nun? Man hat Euch sicherlich bemerkt.“

„Entschuldigt“, sagte sie, „ich heiße Alexandra von Hoffburg.“

„Ich habe Euch nicht wiedererkannt. Ich spreche oft mit Eurem Onkel von Euch. Aber jetzt Schluß mit den Höflichkeiten. Ihr müßt Abschied nehmen.“

„Ich weiß. Die Pferde losjagen. Alles wird durch die Luft fliegen und im Fluß untergehen. Schönes Verschwinden.“

„Das einzige Mögliche. Wenn sie keine Erklärung haben, werden sie Euch suchen.“

„Der Gedanke, meine Pferde zu opfern, entsetzt mich. Ich will nicht.“

„So werde ich es für Euch tun.“

„Mir graut vor Euch.“

„Das Risiko nehme ich auf mich.“

Er stieß Alexandra buchstäblich in eines der Fässer hinein. Dann zog er eine kleine Pistole aus der Tasche und feuerte knapp neben dem Ohr des vordersten Pferdes einen Schuß ab, so daß es lossprang und die anderen mit sich riß. Sie galoppierten wie von Sinnen den Abhang hinunter und hatten, in ihre Zügel verstrickt und angetrieben vom Gewicht des Wagens, am Ende des steilen Weges eine beträchtliche Geschwindigkeit erreicht. Eine kleine Gruppe von Grenadieren kam in diesem Moment zu der gleichen Stelle. Pferde, Wagen und Soldaten flogen durch die Luft und fielen fünfzehn Meter weiter unten wieder zu Boden, auf die Kais und ins Wasser. Blut, Gedärme, zerbrochenes Holz und Leder, der Wagen und die von den Pferden zertrampelten Soldaten versanken im schlammigen Wasser. Eine Abteilung, die im Laufschritt heranstürmte, bekam das Ganze auf den Kopf und war sogleich in alle Richtungen zersprengt.

José kroch zu Alexandra in die Tonne. Im Dunkeln hörten sie ihren Atem gehen.

„Sind meine Pferde abgestürzt?“ fragte sie.

„Natürlich. Und so, daß einer, der’s gesehen hat, sich daran erinnern wird. Man wird glauben, daß Ihr samt dem Wägelchen ertrunken seid.“

José rückte näher.

„Ich fand Euch vorhin ganz wundervoll.“

„Mir ging es ebenso. Aber nützt jetzt nicht meine Lage aus.“

Er lachte. „Das wäre tatsächlich das erste Mal, daß ich mich in Naturalien belohnen ließe.“

Sie entspannte sich, dann kippten ihre Nerven um. Er nahm sie in die Arme. Sie schluchzte, wütend über ihre Schwäche. Er streichelte ihr Haar, ihren sehr schmalen Nacken, ihre gewölbte Stirn. Sie küßte ihn heftig. Ihre Brüste unter seinen Händen waren wie Marmor. Sanft schob er sie fort. Sie wunderte sich, denn sie hatte gerade feststellen können, daß sie ihm ohne Zweifel nicht gleichgültig war.

„Ein anderes Mal, in einem anderen Leben", murmelte er. „Es macht mir keinen Spaß, so im Dunkeln und in der Angst. Ich bin kein Medikament oder Beruhigungsmittel."

„Immerhin", sagte sie, „habe ich Euch alles zu verdanken ... Warum? Ihr wißt, wer wir sind ... "

„Ich kenne die Legende, und ich mißtraue dem, was heute geschieht. Wer dem Jäger zujubelt, läuft Gefahr, selbst zur Beute zu werden."

Sie küßte ihn zur Belohnung noch einmal. Alles war wieder ruhig. Sie krochen aus ihrem Faß. Alexandra sah José genauer an. Ein junger Bürger, ein Herkules, wie er gesagt hatte. Bereit, die Aristokratie abzulösen. Er wäre mir eine Laune wert gewesen, er hatte es verstanden. Er ist romantisch, mit einem Hauch von Melancholie. Ein Dichter vielleicht. Auch ein Mann der Tat. José entschied alles sehr schnell, lieh Alexandra seinen Hut, rief die Dockarbeiter und den Werkmeister herbei, die an diesem Tag nicht mehr viel Lust zu arbeiten hatten und auf die Armee und die Polizei schimpften. Sie luden die Fässer, die José ihnen bezeichnete, ohne viel Murren zu den anderen, und nahmen die Nachricht, daß man sogleich abfahren werde, mit guter Miene auf. Überbelastet verließ die Fregatte das Dock, kaum eine halbe Stunde, nachdem Alexandra in Josés Leben getreten war. Sie trieben schon weit draußen auf dem Fluß, als es der Polizei endlich gelang, das zerrissene Netz wieder zusammenzuziehen. Es war vielleicht vier Uhr.

Der Marquis und der überlebende Oberst, die ihre Truppen wieder in die Hand bekommen und erfahren hatten, daß die Polizei den Fluchtweg hatte absperren können, gelangten endlich in Sichtweite von Kotors Palais. Zur Eile angetrieben, sprengten Pioniere das große Tor in die Luft. Der Marquis zog seinen Säbel, als sollte er für ein Genrebild Modell stehen, während Aufklärer durch die Räume stürmten und überall einbrachen. Niemand war da. Ein Dummkopf von einem Sergeanten, der das Material in Kotors Laboratorium etwas ungestüm anfaßte, jagte eine ganze Mauer in die Luft, deren Trümmer zehn Soldaten erschlugen. Eine Rauchsäule stieg empor, die in etwa die Form eines kleinen Pilzes hatte. Durch die Erschütterung öffnete sich die Tür zur Krypta ganz von selbst. Inzwischen raste der Marquis trunken vor Wut in einem Blutrausch durch alle Stockwerke, wobei er sämtliche Türen mit kräftigen Stiefeltritten eintrat. Der Oberst und seine Offiziere fanden, daß er ein ziemliches Theater machte. Da Silva sah recht gut, daß Alexandra noch nicht lang aus ihrem Zimmer fort sein konnte. Er schleifte ein Nachthemd über den Boden, zertrennte es mit einem Säbelhieb in zwei Teile, fegte alles fort, Strümpfe, Wäsche, Cremes, Kämme, zerbrach Flakons mit seltenen Essenzen und kostbaren Parfums. Es wurde nach ihm geschickt, und der junge Leutnant, der ihn holen kam, sollte sich sehr lange an den Mann mit zornrotem Gesicht erinnern, der mit schiefsitzender Perücke wutschnaubend inmitten zerbrochener Gläser herumhüpfte; er sah aus wie ein Fuhrwerker.

Der Marquis betrat den Keller gerade, als man die Deckel von den Särgen hob. Weder Laurent noch Kotor noch natürlich Barbara waren da. Da Silva knurrte vor Zorn. Er wäre beinahe über Luciano hergefallen, der, ein wenig außer Atem, ebenfalls herunterkam. Es war nicht zu übersehen, daß Luciano, ohne gerade zu frohlocken, sich über die Enttäuschung des Marquis freute. Man fertigte die schlafenden Vampire rasch ab. Es war das erste Mal, daß der Marquis und Luciano der Tötung eines Vampirs beiwohnten. Blutbespritzt fiel der Marquis in Ohnmacht; die Verachtung, die man für ihn empfand, erreichte ihren Höhepunkt. Luciano dagegen zeigte sich sehr interessiert und kam mit einer fast wissenschaftlichen Neugierde näher, um besser zu sehen. Er beobachtete aufmerksam den Vorgang, den Holzpflock und das Blut, das aufspritzte, als wäre es in einem prallen Beutel enthalten gewesen. Der Oberst ersuchte mit leiser Stimme um eine Erklärung, die Luciano ihm mit Freuden gab: Er erzählte ihm vom ersten und zweiten Tod des Vampirs.

„Das heißt also, wenn wir die Gefangenen liquidieren, müssen wir sie zweimal töten", sagte der Oberst.

„Vielleicht nicht", antwortete Luciano. „Ich habe da so meine Ideen. Aber machen wir hier zuerst fertig."

Im Handumdrehen wurden die Ruinen des Palais zum Hauptquartier der Streitkräfte in der Alfama. Das Netz, nun wieder fest geknüpft, zog sich endgültig zusammen, und einige dicke Fische zappelten bereits in den Maschen, namentlich einer der Könige der Lissabonner Unterwelt, ein sehr gesuchter Hersteller verschiedener Druckwerke sowie ein vor fünf Jahren entkommener Zuchthäusler. Auch wenn die Operation vom Standpunkt des Marquis aus ein totales Fiasko gewesen war, so war sie für Luciano doch außerordentlich ergiebig. Blieb nur noch, sich gegen die Folgen zu wappnen. Da João immer noch unauffindbar war, ließ man seinen Koadjutor kommen, einen Fanatiker, der sich über Seine Eminenz seit langem ereiferte. Binnen einer Minute war alles geregelt. Unnötig, erst den Kardinal zu konsultieren. Der Koadjutor übernahm die Verantwortung. Liquidiert alle. Der Marquis, in dumpfe Träumerei verfallen, der Oberst, der Koadjutor und Luciano begaben sich hinunter zu den Kais auf den Platz, wo die Gefangenen zusammengepfercht worden waren.

Alle, die keine Vampire waren, hatte man ins Zentralgefängnis gebracht oder in die Zuchthäuser von Caxias und Peniche. Alle waren mißhandelt und arg zugerichtet worden, hatten gequetschte Lenden, Schädelrisse, gebrochene Gliedmaßen. Die Politischen, die noch schlimmer aussahen, kamen alle nach Peniche.

In der Nähe des langen Holzzaunes der Makao- und Timor-Gesellschaft befanden sich, die Hände auf dem Rücken gefesselt, mit aufgerissenen Hemdkragen und gut sichtbaren Bißnarben, zwei- oder dreihundert Komplicen und Anhänger der Vampire. Sie hatte man nicht geschlagen, denn immer noch flößten sie den Soldaten Grauen ein.

Der Marquis überblickte rasch ihre Reihen. Nicht einer, der ihm bekannt vorkam. Die Berichte eines Korporals, der den Sturz des Pferdegespanns mitangesehen hatte, eines Soldaten, der den Unfall überlebt hatte sowie zweier Polizisten, die ihn von weit unten beobachtet hatten, erlaubten es, den Weg der Flüchtenden aus dem Palais recht genau zu rekonstruieren. Jedenfalls gut genug, um Luciano zu überzeugen. Und doch nicht so genau, als daß der Marquis nicht von quälenden Zweifeln geplagt blieb.

Lucianos Überlegungen waren einfach: Wenn man einem Vampir-Aspiranten einen Holzpfahl ins Herz bohrte, tötete man ihn sofort zweimal, einmal in seiner Eigenschaft als Mensch, und einmal als Vampir; das leuchtete allen ein, aber sie betrachteten Luciano nun als eine andere Art Ungeheuer. Selbst der Marquis wandte sich von ihm ab. Luciano gab ein Zeichen. Es ging los.

Zu je zwanzig wurden die Vampire an den Zaun gestellt. Dort nagelte man sie mit dem zugespitzten Pfahl, der zuerst das Herz durchbohrte und dann in den Zaun drang, buchstäblich fest. Blut spritzte in Fontänen. Dann wurden die Leichen abgenommen. Man hatte ein paar Bretter aus dem Holzzaun entfernt, um direkten Zugang zum Fluß zu haben, in den die leblosen Körper hineingeworfen wurden. Es dauerte nur wenige Minuten. Das Blut, das mit viel Wasser weggeschwemmt wurde, floß die Rinnsteine hinunter in die Kanäle. Man sah, wie es sich danach in den Tajo ergoß, der sich rot färbte.

Mit glänzenden Augen sprachen die Vampire einander brüderlich gegenseitig Mut zu, umarmten sich, wenn sie konnten, und starben ohne Klage, ohne einen Schrei. Sie waren noch fanatischer, als Luciano gedacht hatte. Flüsternd hatten sie die Nachricht von der wahrscheinlichen Flucht Kotors weitergegeben. Einige spotteten ganz offen über ihre Henkersknechte, von denen keiner sie jedoch zu bestrafen wagte. Im Gegenteil, man hielt sie sich vom Leibe, so gut es ging, fast höflich. Wie auch immer, das Blut floß in Strömen; es war wie in einem

Schlachthof. Den Offizieren ekelte, den Soldaten wurde fast übel. Luciano fürchtete, sie würden schlappmachen. Die Polizisten hielten für alle Fälle ihre Karabiner in Bereitschaft. Schließlich mußte er sich aber damit zufriedengeben. Die Soldaten wurden weggeschickt, und die Polizei beendete die Arbeit. Bald durchflutete eine Welle des Entsetzens die ganze Stadt. Das Martyrium der Vampire führte dazu, daß sie nun überall geachtet wurden.

Denn die Stadt hatte verschiedene aufeinanderfolgende Phasen durchlaufen. Der Sturm auf die Alfama nach der Entdeckung der „Verbrechen“ der Vampire war zu Anfang durchwegs gutgeheißen worden. In den Cafés, in den Kneipen, in denen die morgendliche *ginginha,* der Kirschenschnaps, der den Tag beschwingt macht, getrunken wird, bildeten sich Gruppen. Aber sehr bald schon, als die Gefangenen – besonders jene, die man nach Peniche brachte –, vorbeigeführt wurden, begriffen viele den vornehmlichen Sinn der Operation. Man konnte sich das Verschwinden Joãos zuerst nicht erklären, dann aber wurde es den meisten nur allzu klar. Alle glaubten an einen Staatsstreich des Marquis, und die Gemüter erregten sich derart, daß bald alle Tätigkeiten zum Stillstand kamen. Ein Pulverfaß!

Der Marquis, der es nicht hatte ertragen können, dem Vampirmassaker bis zum Schluß beizuwohnen, wurde damit konfrontiert, als er unvorsichtigerweise durch die Stadt ging. Man erkannte ihn, Schimpfworte flogen ihm zu, dann Steine. Er machte eilig kehrt, um von Luciano, der darüber entzückt war – die Operation hatte wahrscheinlich niemals den Zweck gehabt, dem Marquis als Sprungbrett für eine Machtergreifung zu dienen –, eine Eskorte zu verlangen. Luciano wartete auf das Wiedererscheinen Joãos und fand, daß es sich übermäßig verzögerte. Die Wirklichkeit stimmte nicht ganz mit seinen Plänen überein. Es würde notwendig sein, die Zügel etwas mehr zu straffen.

Blutbesudelt kehrten die Regimenter in die Kasernen zurück. Die Leute fluchten, als sie vorübermarschierten, aber die Soldaten sahen so grimmig aus, daß nicht einmal ein Ruf gegen sie laut wurde. Der Tag ging zur Neige. Polizisten und Hilfskräfte, die aus den Stadtämtern requiriert worden waren, machten sich daran, die Alfama, wo die Überlebenden, die verschont Gebliebenen wieder auftauchten, zu reinigen.

João, der sich mit seiner Lage hatte abfinden müssen, war immer noch an Bord des Fischkutters, der um diese Zeit, am späten Nachmittag, am Kai von Sodre anlegte. Nachdem er ziemlich gutgelaunt am Fischfang teilgenommen hatte, war er eingeschlafen und erst auf der Höhe von Jeronimos wieder aufgewacht. Er war verblüfft über die ungewöhnliche Zahl von Booten auf dem Fluß. Etwas, das er nicht erriet, hatte den Schiffsverkehr durcheinandergebracht und angekurbelt. Er sprang an Land, ohne sich um den Kutter zu kümmern. Das sollte ihm später leid tun, denn niemals mehr fand er eine Spur davon wieder und konnte sich auch den Mechanismus dieser so wunderbaren Begegnung nicht erklären. In dem Augenblick, da er den Fuß aufs Pflaster setzte, befand er sich schon inmitten der Tragödie. Aus der Alfama stieg noch Rauch empor. Die Menge war erregt. In Hemdsärmeln, sonnengebräunt und ohne Perücke war João unkenntlich. Er mischte sich unter die diskutiertenden Gruppen und wußte in einer Minute alles. Er überlegte, wo er hingehen sollte: ins erzbischöfliche Palais, ins Kriegs- oder ins Innenministerium. Er entschied sich für die Armee. Der Generalstab erwartete ihn. Die drei Generäle und die Obersten waren langjährige Freunde. Orgien und Saufgelage hatten ihre Freundschaft besiegelt. Der Stabschef, General Fabio de Carvalho, hatte soeben den Entschluß gefaßt, einen nicht deklarierten Belagerungszustand auszurufen. Seine Kavallerie hatte für den Moment alles blockiert, und den Marquis und seine Eskorte, um sie zu schützen, im Palais de l'Annonciade untergebracht.

João stürmte in den Beratungssaal, wo Carvalho ihm an Hand einer Karte sogleich über die Lage berichtete. Im großen und ganzen war der Generalstab gegen diese Operation gewesen, in der er mangels richtiger Auskünfte nichts anderes als einen Putschversuch der Polizei sah. João zögerte keine Sekunde. Allein würde er sich da nicht herausziehen können, besser Machtteilung gegen Machtteilung, so viel war Carvalho wert, der ein guter Soldat war, ein bißchen korrupt, ein wenig bigott und auf seine Weise liberal. João gab also zynisch eine Erklärung ab. Und die anderen nahmen sogleich an. Es war keiner unter ihnen, der wirklich machthungrig war. Dieser Kompromiß war allen recht.

João mußte den König aufsuchen, den man zu schonen beschloß, um nicht allzuviel Wind zu machen. Nach Sintra waren nur wenige Neuigkeiten gelangt, und der König schnitt gerade mit seinem kleinen Freund Heiligenbildchen aus. Als João die beiden so einträchtig im Lampenschein sitzen sah, beschloß er doch daran zu glauben, daß in manchen außerordentlichen Fällen eheliches Glück möglich war. Der König schien den morgendlichen Besuch des Marquis und das ihm entrissene Einverständnis schon vergessen zu haben. Der kleine Freund fand João köstlich und sympathisch, ganz anders als diesen räudigen Hund da Silva, der ihm sofort widerwärtig gewesen war. João erklärte alles als einen Putschversuch des Marquis und Lucianos. Der

König, der ein wenig beschämt war, wollte von dem Vorschlag, den Marquis rädern zu lassen, nichts wissen; wegjagen, das ja. Auf seine Besitzungen verbannen, einverstanden, aber nicht mehr. Mit Luciano könne João machen, was er wolle, und was die Machtausübung betraf, so habe er freie Hand.

João fuhr nachdenklich nach Lissabon zurück. Die Dinge rückten wieder an ihren Platz. Er hatte wirklich recht spät begriffen, wer Kotor und seine Kinder waren, und konnte nur noch seine eigene Dummheit und Schwäche beklagen.

Zu Hause angekommen, brauchte er sich nicht einmal auf die Suche nach Barbara zu begeben. Der Aufseher von Azeitão war da. Das Fräulein hatte sich ganz einfach in Luft aufgelöst, nachdem man ihr, als sie sich wie gewöhnlich gegen Abend erhob, die Neuigkeiten aus Lissabon überbracht hatte. Sie war in ihr Zimmer zurückgegangen, und keiner hatte sie seither gesehen.

Man meldete ihm Luciano. Also, an Kühnheit fehlte es dem ja nicht. Er trat ein. Klassische Verbeugung. João rührte sich nicht und betrachtete ihn, ohne mit der Wimper zu zucken.

„Ich könnte Euch wie Regulus sagen, daß ich den Frieden oder den Krieg in den Falten meiner Toga mitbringe."

„Spart Euch die treulosen Sprüche. Ihr seid mein Gefangener! Heute nacht werdet Ihr standrechtlich angeklagt und morgen früh erschossen. Die Folter wird Euch erspart."

João wandte sich ab, als habe er nichts mehr zu sagen oder anzuhören. Die absolute Unbeweglichkeit Lucianos machte ihn aber doch neugierig, und er sah ihn an. Luciano lächelte.

„Ein großer Fehler, Durchlaucht. Ich verstehe Eure Gereiztheit. Gestern wäre sie sicherlich gerechtfertigt gewesen. Heute ist sie bloße Rache, unnützes Ressentiment. Ihr habt alles in der Hand ... die Armee zum Beispiel. Neuigkeiten machen schnell die Runde. Ich bin auf dem laufenden."

João maß ihn mit einem kurzen Blick.

„Ich bin besiegt", fuhr Luciano fort. „Meine Verbündeten waren unfähig."

„‚Komplicen' nennt man das."

Im selben Moment wurde ihm klar, daß es unrichtig gewesen war zu antworten. Nun war das Gespräch im Gang.

„Eine Frage des Vokabulars", antwortete Luciano.

„Was habt Ihr vorzuschlagen?"

„Ich danke, daß Ihr nicht ‚zu erkaufen' gesagt habt. Ich möchte gern einen Schlußstrich ziehen."

João konnte einen Anflug von Bewunderung nicht unterdrücken. Der totale Abschaum. Und dieser Mut. Es wäre einfacher, man könnte seine Gegner immer und zu Recht verachten.

„Die Kirche", sagte Luciano, „billigt die Liquidierung der Vampire. Wenn Ihr mich bestraft, mich, der durch seine Stellung frei von jedem Verdacht eines Machtanspruchs ist, so müßt Ihr Euch auf eine ernste Auseinandersetzung gefaßt machen. Der Koadjutor, Euer Koadjutor, hat mir die ausdrückliche Vollmacht zum Handeln gegeben ..."

„Jetzt, da er bekommen hat, was er wollte, kann er Euch fallenlassen."

„Er wird es nicht tun. Ich habe ihn in der Hand. Aber ich möchte mich lieber direkt mit Euch verständigen, als meine Begnadigung durch seine Ermittlung zu erhalten. Ihr habt Ricardos Kopf und jenen des Marquis in diesem Abenteuer. Das ist als Abschluß einer Niederlage, die direkt aus Eurer Verblendung resultiert, nicht schlecht. Gar nicht zu reden vom Mißgeschick Dom Manuels. Es tut nicht gut, zu Euren Schützlingen zu gehören ... "

João fühlte kalte Schweißperlen seinen Rücken hinunterrinnen. Entweder er beendete diese Geschichte auf der Stelle oder er war gezwungen zu diskutieren.

„Ich kann Eure Verbindung zu den Vampiren beweisen. Niemand wird nur einen Moment glauben, daß Ihr ihnen so nahe gewesen seid, ohne es zu wissen, ohne *alles* zu wissen. Nun wäre die Reihe an mir, von Mitwisserschaft zu sprechen. Ein Kirchentribunal wäre Euch gegenüber nicht nachsichtiger als ein Kriegsgericht mir gegenüber. Ihr werdet verbrannt, und man würde Euch die Folter nicht ersparen."

Vorbei, dachte João. Luciano verbarg seinen Triumph.

„Ja, die Komtesse Barbara; niemand wird glauben, daß Ihr nicht wußtet, was sie in Azeitão und, ohne Euch, in Caparica getrieben hat..."

„Und dabei wußte ich von nichts", seufzte João.

„Selig die Unwissenden", sagte Luciano lachend.

João setzte sich in einen Fauteuil und bot Luciano einen anderen an, der einen Hocker heranzog.

„Ihr seht, ich lasse mich nicht vom Taumel des Erfolges hinreißen. Wir wollen alles besprechen. Den Marquis verbannt Ihr auf seine Besitzungen? Das kommt mir gelegen."

„Vorsicht, provoziert mich nicht. Ich kann mich immer noch dafür entscheiden, uns beide zugrunde zu richten. Ich mochte den Grafen Kotor sehr gern."

„Eine edle Haltung. Seid ganz beruhigt; ich glaube, daß er gesund und wohlauf ist."

„Wo ist er?"

„Das weiß ich nicht. Und ich werde es wahrscheinlich nicht erfahren. Stünde es in meiner Macht, so wäre er in dieser Stunde tot. Aber da ich ihn nicht unter den Opfern gefunden habe, so wird er in Sicherheit sein."

„Und meine Nichte?"

„Theoretisch liegt sie mitsamt ihrem Geliebten im Tajo. Zehn Berichte bestätigten es mir. Aber ich glaube nicht an das Ertrinken von Vampiren. Wir tun aber so, als ob es so wäre."

„Was habt Ihr vorzuschlagen?"

„Meine Bedingungen sind sehr milde", sagte Luciano. „Ich überlasse Euch die Polizei des Marquis und jene Ricardos. Sie haben Euch ganz schön im Stich gelassen, das müßt Ihr zugeben. Ich behalte den Geheimdienst. Ihr werdet nichts zu befürchten haben, ich habe keinerlei Möglichkeit, mir Zutritt zum König zu verschaffen. Ich behalte nur meinen Aufgabenbereich."

„Die Gefangenen von Peniche müssen freigelassen werden. Ich habe viele Freunde unter ihnen."

„Sie fallen in die Kompetenz des Innenministeriums, und das untersteht Euch. Ich behalte aber meine weiblichen Gefangenen. Ich habe die Absicht, sie dem Sultan von Miquenez zu verkaufen. Ich werde die Rechnung für Eure Irrtürmer zu bezahlen haben."

João schauderte. Er wollte etwas sagen, schwieg aber.

„Ich möchte mich auch gerne gegen die Möglichkeit einer plötzlichen Laune Eurerseits schützen, und zu diesem Zweck werden wir ein Geheimprotokoll in zweifacher Ausfertigung aufsetzen, das wir beide unterschreiben. So seid auch Ihr vor mir geschützt. Vernünftig, nicht wahr?"

João hatte nicht die Kraft, seinem Einverständnis mündlich Ausdruck zu verleihen. Er machte bloß ein Zeichen und erhob sich. Luciano blieb sitzen.

„Man müßte auch dafür Sorge tragen, daß Eure aufgebrachten Militärs beschwichtigt werden. Dieses Kriegsgericht braucht einen Schuldigen … Es hat ein Komplott gegeben, zwei Regimenter sind illegal in Marsch gesetzt worden, es gab viele Opfer, darunter einen Oberst …"

„Der andere Oberst wird reden, wenn man ihn anklagt."

„An ihn habe ich nicht gedacht."

„Sondern?"

„Ricardo wird einen perfekten Schuldigen abgeben."

„Er wird auch reden."

„Nein. Ich habe ihn soeben festnehmen lassen. Während seiner

Überstellung hatte sein Wagen einen Unfall. Er hat sich im Schock die Zunge abgebissen. Und da ihm die Wagentrümmer beide Hände zerquetscht haben, kann er auch nicht schreiben. Er ist nicht ganz bei Sinnen."

João fröstelte, er ging hinaus. Luciano hatte sich erhoben, um sich zu verabschieden.

Ricardo wurde in der Nacht abgeurteilt und bei Morgengrauen erschossen. Die Folter wurde ihm erspart.

5

Noch einmal las Kotor laut Pindars zehnte Ode aus den Epinikien, die Geschichte von Kastor und Pollux, die sich, der eine sterblich, der andere unsterblich, eine Unsterblichkeit miteinander teilten. Das war für ihn wie eine vertraute Zauberformel. Er war in einem kleinen Zimmer untergebracht, das man schnell auf dem Dachboden von Claras Haus, auf der Seite, die der Graça zugewandt war, hergerichtet hatte. Eine Ziegelwand teilte einen Raum ab, der groß genug war, daß ein Tisch, Bücher und Papiere Platz darin fanden. Niemand würde auf den Gedanken kommen, daß hier ein Versteck war. Eine Wendeltreppe, die sich ebenfalls in einem engen Schacht befand, führte direkt in den Keller. Clara, Ursula und Fernanda hatten diesen Unterschlupf aus dem Material, das Gian-Vittorio, Joaquim und Anna-Lucia nach und nach herbeigeschafft hatten, selbst gebaut und gemauert. Kotor rührte sich nicht mehr von hier fort.

Diese Vorsicht war vielleicht ein unnötiger Luxus. Denn das Leben in der Alfama ging wieder seinen gewohnten Lauf. Polizei und Armee hatten sich zurückgezogen wie das Wasser nach einer Überschwemmung. Keine Kontrolle, keine Patrouillen. Die Leute waren zurückgekehrt, vor allem die aus Peniche entlassenen Gefangenen. Aber man sah keinen Vampir mehr, keinen ihrer Anhänger. Diejenigen, die nicht umgebracht worden waren, blieben verschwunden. Keiner sprach mehr den *Namen* aus. Es wirkte beinahe so, als hätte es die Sache niemals gegeben. Fernandas Eltern waren dem Morden entkommen, aber die Schwester, im Keller überrascht, hatte das gleiche Schicksal erlitten wie die meisten anderen schlafenden Vampire.

Nach und nach, vorsichtig, waren auch die Bruderschaften zurückgekehrt. Das Netz von doppelten Eingängen und unterirdischen Kellern war intakt geblieben, oder doch beinahe. Man überprüfte die Alarmvorrichtungen. Aber lange Zeit blieb das Viertel wie tot. Anfänglich hatte Clara jeden Besuch abgelehnt. Dann fand man wieder den Weg zu ihrem Haus. Ursula absolvierte die Visiten fast immer allein. Clara half ihr manchmal, aber alle verstanden, daß sie sie langsam auf die Nachfolge vorbereitete.

Ein Vorhang des Schweigens war gefallen. Joaquim, sein Vater und Anna-Lucia hatten sich in Lapa als Tuchhändler niedergelassen. Ihr Nachbar war Gian-Vittorio, der Flame geworden war und mit Spitzen handelte. Fernanda, deren Hals in einem hohen Spitzenkragen steckte – das Mal wurde langsam unsichtbar –, vermißte die Augenblicke, in denen ihre Schwester ihr Blut gesaugt hatte. Sie war nun sehr eng mit Anna-Lucia befreundet. Beide ließen sich Hemden aus Spitzen anfertigen, die sie so kurz trugen, daß sie kaum die Scham verdeckten; zwischen Strümpfen und Hemd blieb viel nackter Schenkel sichtbar. Natürlich spazierten sie den ganzen Tag im Hemd herum. Die Ehemänner spielten verrückt, aber Joaquims Vater sah manchmal ziemlich träumerisch drein.

Die Zerstörung seines Laboratoriums, der fast vollständige Verlust seines Archivs hatten Kotor zunächst gelähmt. Der Tod so vieler Brüder und Anhänger war ihm sehr nahegegangen; es war ein schwerer Schlag gewesen. Eine ganze Armee war zugrunde gegangen, eine Schlacht verloren. Glücklicherweise waren nicht alle umgekommen. Viele Jünger hatten überlebt, die nach ihrem ersten Tod den Zyklus von neuem beginnen würden. Dieser immerwährende Kampf kannte Höhen und Tiefen, ohne jedoch gänzlich aufzuhören. Aber der wirkliche Sieg war wieder in weite Ferne gerückt, war vielleicht überhaupt nicht mehr möglich. Ein kämpfender Sisyphus zu sein und mit einer Handvoll Partisanen einen endlosen Kampf aufzunehmen – damit hatte Kotor sich schon abgefunden gehabt. Aber nun mußte er mit all seinen Forschungen wieder bei Null anfangen, mußte seine Arbeit einzig und allein mit Hilfe eines unverläßlichen Gedächtnisses rekonstruieren. Mutlosigkeit drohte ihn zu überwältigen. Wenn es nur darum ginge, zu existieren, fortzudauern, ein ungewisses, begrenztes und schwächliches Leben ohne Endziel in die Länge zu ziehen, dann war der Sinn dieses Kampfes dahin. Sich das Recht auf das Licht der Sonne, vielleicht die Unsterblichkeit erobern, das allein hatte wahrhaften Sinn! Aber ohne die Hoffnung, aus der Verdammnis der Nacht ausbrechen zu können, einem erregten Jünger ein wenig Blut auszusaugen, und daraus eine Routine, eine dumpfe Gewohnheit zu machen, dieser Gedanke entmutigte ihn. Es gelang ihm nicht mehr, Begeisterung für etwas zu entwickeln, seine Energie in Schwung zu bringen. Er gab Clara einsilbige Antworten; verloren saß er nächtelang an seinem Schreibtisch, in dem vergeblichen Bemühen, seine Arbeiten zu rekonstruieren, und wurde immer trübsinniger. Das rituelle Blutsaugen befriedigte ihn kaum mehr, er tat es nur noch aus dem trockenen Bedürfnis heraus, zu überleben, ohne Leidenschaft und ohne Inbrunst.

„Ich bin ein Beamter der Langlebigkeit geworden", sagte er zu Clara.

„So laßt uns wegfahren. Hier findet Ihr den Elan, den Ihr braucht, niemals mehr wieder. Die Alfama ist für Euch nun das Sinnbild für Niederlage und Tod."

„Ich habe daran gedacht, wegzureisen. Aber wohin und wie? Unsere Brüder sind seltsam still geworden."

„Das ist wahr. Ich erhalte keine Nachrichten mehr, als wäre das Netz, das uns alle verband, zerrissen. Übrigens sind auch zwischen uns seit einiger Zeit Worte immer unentbehrlicher geworden ... Wir müssen wieder miteinander sprechen, um uns zu verstehen ..."

„Vielleicht erzeugte der Zusammenschluß so vieler Gedanken, die alle auf ein und das selbe Ziel gerichtet waren, eine eigene Form von Energie, die, ohne daß wir es wußten, unsere Seelen speiste ... Es ist eine gewaltige Amputation an uns vorgenommen worden."

„Das erklärt noch nicht das Schweigen Swedenborgs ... Bevor ich Euch kennenlernte, fanden wir zueinander ... Ich habe meine Kristallkugel zehnmal vergeblich hervorgeholt ... Nichts erscheint mehr darin ..."

„Wir befinden uns am Eingang eines dunklen Tunnels ... Ich habe die Zahlen befragt."

„Und ich die Sterne ... Ich fürchte, ich habe die gleiche Antwort bekommen."

„Abreise, Tod und Wiedergeburt ... Alles bestätigt sich."

„Eure Tochter Barbara ... "

„Wie? Ist sie der Katastrophe entkommen?"

„Die Schwarzen aus Bahia, für die sie eine Art Göttin ist, haben sie gerettet. Ich habe soeben die Nachricht von ihnen erhalten, und das hat mich auf die Idee gebracht, mit ihnen zu fliehen."

„Ich weiß nicht, ob Afrika ... ", begann Kotor.

„Oh", unterbrach ihn Clara, „sie sind seit fünf Generationen Sklaven ... Ihre Heimat ist Bahia. Afrika, das ist nur noch eine ferne Sehnsucht ... Sogar ihre Sprache hat sozusagen in ihren religiösen Riten Zuflucht genommen. Sie sprechen portugiesisch. Sie essen, singen und vögeln auf portugiesisch."

„Bahia", murmelte Kotor ... „Ich werde die Zeichen befragen."

Das Ritual der Geomantie entfachte Sehnsucht, ein unbestimmtes Verlangen in Kotors Geist. Zum erstenmal seit dem Massaker erweckte wieder etwas sein Interesse.

Jean-Pierre stieß beim Einparken mit seinem Wagen gegen den Randstein. Dieser verdammte Verkehr in Rio, schimpfte er. Man dürfte zur Stoßzeit niemals das Auto benützen. Es war noch taghell, aber plötzlich flammte die Straßenbeleuchtung auf. Jean-Pierre stieg aus und sah sich um. Er fühlte sich verloren. Diplomaten kommen selten in die nördliche Zone von Rio, ein riesiges Industriegebiet mit Arbeitervierteln. Und doch mußte das, was er suchte, hier sein. Er zögerte ein wenig, da er nicht darauf vorbereitet gewesen war, eine heilige Stätte des Geistes zwischen einer Garage und einer Vulkanisieranstalt zu suchen. Aber es war hier. Ein kleines Kalksteinhaus, das freilich nicht ganz in diese Gegend paßte. Davor war ein Garten, und man konnte sich denken, daß dahinter ein Hof lag. Im Garten gab es fünf kleine Hütten, die, wie sich herausstellte, Nischen für Götter waren. Im hinteren Teil einer jeden brannten vor einem einfachen Altar Kerzen, daneben standen naive und volkstümliche Statuetten, in denen Jean-Pierre verschiedene Inkarnationen der Exus erkannte. Er ging weiter. Ein kleines Mädchen verschwand, als es ihn sah, und kehrte alsbald mit einem Greis, dessen weißes Haar durch seine schwarze Haut noch betont wurde, zurück. Jean-Pierre stellte sich vor. Er hatte gute Empfehlungen. Seitdem er in Rio war, interessierte er sich leidenschaftlich für Kulte afrikanischen Ursprungs, die sich hier entwickelten – Macumbas, Ubamda. Er hatte eine kleine Schrift über das Thema verfaßt. Nach zwei Jahren begann er ein wenig darüber zu wissen.

„Ist Mae Clara nicht hier?“ fragte er. „Ich habe einen Brief von Senhor Jorge für sie.“

„Sie ist tagsüber niemals hier“, sagte der Alte, „aber sie wird bald kommen. Setzt Euch … “

Er ließ ihn in ein Zimmer mit Blumentapeten eintreten, das mit ein paar bunt zusammengewürfelten Diwans und Polstersesseln ausgestattet war. Man servierte ihm Kaffee. Das kleine Mädchen mit den wundervoll samtenen großen Augen lächelte ihm schüchtern zu. Die Nacht brach herein. Eine Hängelampe, die bei einem Antiquitätenhändler ein Vermögen gekostet hätte, wurde angezündet. Aus dem Nebenzimmer waren Geräusche zu vernehmen. Das kleine Mädchen horchte auf.

„Mae Clara ist gekommen. Ich werde ihr sagen, daß Sie da sind.“

Sie verschwand einen Augenblick hinter einem schweren Vorhang, dann holte sie den Besucher, der nun ein geräumiges, völlig anders aussehendes Zimmer betrat. Ein Hauch von Luxus ... An den Wänden natürlich die unvermeidlichen Heiligenbilder. Jede Religion hat ihren heiligen Sebastian oder Cyrill, und Jean-Pierre stieß sich nicht dran, daß es bei den afrobrasilianischen Religionen ebenso war. Die Dame interessierte ihn weit mehr. Sie war nicht wirklich schwarz, hatte bloß eine sehr braune Haut, eine Haut wie Pergament. Fast wie gefärbt, dachte Jean-Pierre. Sie konnte mit ihren sehr schwarzen großen Augen und den Haaren, die weiß wie Schnee waren, ebensogut fünfzig wie hundert Jahre alt sein.

„Ich habe den Brief gelesen", sagte Mae Clara, „den unser Freund Jorge an mich richtet. Ohne diese Empfehlung hätte ich Sie nicht empfangen. Meine *tenda* ist nicht daran interessiert, öffentlich zu werden. Ich habe es nicht gern, wenn man von mir spricht. Photographieren erlaube ich nicht. Es sind nur sehr wenige meiner Zeremonien, an denen Sie teilnehmen können."

Eisig. Immerhin, sie sprachen miteinander. Es brauchte eine Stunde, bis Mae Clara sich entschloß zuzugeben, daß sie Französisch konnte, ein merkwürdig archaisches Französisch. Ihre *tenda,* ihre Gemeinde, stand mit keinem der großen Bünde des Ubamda in Verbindung. Sie pflegte den bahianesischen Ritus, der dem Candomble verwandt war, aber verglichen mit den klassischen Yoruba-Kulten eine Außenseiterposition innehatte. Jean-Pierre hatte alle Mühe, Mae Clara einzuordnen. Es herrschte eine lebhafte gegenseitige Sympathie zwischen ihnen beiden. Sie schien den rein soziologischen Standpunkt Jean-Pierres zu verstehen, der überzeugter Atheist war, den aber der Aspekt „vierhundert Jahre Widerstandsfähigkeit" der afrikanischen Kulte, die sich in Brasilien gehalten hatten, faszinierte. Er hatte den Eindruck, daß Mae Clara diesen Gesichtspunkt begriff, den andere „Mütter von Heiligen" oder „Väter von Heiligen" manchmal nur schwer akzeptieren konnten. Sie selbst freilich bewahrte Stillschweigen über ihre eigenen Glaubensvorstellungen, über ihr Pantheon oder ihren Olymp. Sie äußerte nur Allgemeines, bis auf ein paar ganz und gar neuartige Ansichten, über den Synkretismus der griechischen Götter mit dem Yoruba-Olymp beispielsweise. Daß die afrikanischen Götter sich jahrhundertelang unter der Maske christlicher Heiliger verborgen hatten, das wußte man, es war wiederholt und ausführlich darüber geschrieben worden. Merkwürdig aber war, daß Mae Clara immer wieder auf die griechischen, ägyptischen und chaldäischen polytheistischen Mythologien Bezug nahm; Iemanja-Aphrodite, Exu-Hermes, die Egune und Osiris, Ogum und Mithras - seltsam. Beide sprachen mehr, als sie im Sinn gehabt hatten; Clara, die mehr sagte, als vorgesehen, und Jean-Pierre, der aus seiner Rolle des objektiven Befragers heraustrat.

Die Nacht war schon weit fortgeschritten, und sie sprachen immer noch. Ein Souper wurde aufgetragen. Die Diener benahmen sich, in einer Mischung aus familiärer Zuneigung und der Ehrerbietung von Jüngern für ihre Meister, gleichzeitig vertraulich und respektvoll. Wie ein Zeichen von Verbundenheit trugen sie alle einen Schal um den Hals.

Eine Treppe in dem Zimmer führte wohl in das Kellergeschoß. Man hörte Geräusche von unten, dann das Knarren der Treppe. Jemand kam herauf. Und tatsächlich erschien langsam ein riesenhafter alter Mann, der in keiner Weise überrascht schien, Jean-Pierre zu sehen, so, als hätte ihn ein geheimnisvolles Signal von der Anwesenheit des Gastes, der doch völlig fremd war, schon in Kenntnis gesetzt. Dieser hochgewachsene, ungewöhnliche stattliche Mann war kein Schwarzer, vielleicht ein Mulatte, und auch seine Haut machte merkwürdigerweise den Eindruck, gefärbt zu sein. Ein Patriarch. Leonardo selbst.

„Mein Mann", sagte Mae Clara, „Ladislaus, Babalorixa unseres Terreiros ... Monsieur Jean-Pierre Rémy, französischer Diplomat und Schriftsteller."

Wo habe ich dieses Gesicht gesehen? fragte sich Jean-Pierre. Sie unterhielten sich, die Zeit verging rasch. Jean-Pierre war fassungslos: Malraux selbst hätte es nicht vermocht, so mit Epochen und Göttern, mit Glaubensvorstellungen und Mythen zu jonglieren. Ein Zauberer, der in einem Winkel des Bom Successo, einem Industrievorort von Rio, über den Kardinal de Bernis sprach ... Sie gefielen einander. Vielleicht ein wenig mehr als das. Sie kamen auf die Wahrsagerei zu sprechen. Jean-Pierre hatte aus Peking, wo er stationiert gewesen war, merkwürdige Anschauungen über die Wahrsagepraktiken, über die Pa-Kona und die Geomantie mitgebracht. Er traf hier auf Spezialisten. Er bat, daß man ihm aus den Muscheln wahrsage. Erbebend sah er, daß das *jogo dos buzos* ihn nur allzusehr durchschaut hatte. Die ganze Nacht war darüber vergangen. Ein Diener trat ins Zimmer und öffnete, ohne ein Wort zu sagen, die Fensterläden. Mitten im Dunkel der Nacht wurde ein dünner Streifen Tageslicht sichtbar. Clara erhob sich.

„Kommen Sie wieder", sagte sie. „Sie sind hier zu Hause."

Sie umarmten einander, und Jean-Pierre grüßte Ladislaus mit dem traditionellen *abraço.* Jetzt erst erinnerte er sich. Dieser Hexer war das Negativ von Orson Welles. Er lachte, was ihn daran hinderte, den langen Blick zu sehen, den Clara und Ladislaus tauschten, und was ihn daran hinderte, den langen Blick zu sehen, den sie auf die Ader, die an seinem Halse schlug, warfen.

Als Alexandra aufwachte, war noch heller Tag. Sie betrachtete das labyrinthische Muster, das die Balken und Dachstuhlverstrebungen der Scheune über ihr bildeten. Es war sehr schön. Eine Hymne an die Geometrie, an die Physik. Einfache Handwerker hatten da in größter Herzenseinfalt ein Meisterwerk vollbracht. Das langgestreckte Gebäude war sehr hoch und schmal und hatte eine Reihe von Fenstern, die in viele kleine Quadrate unterteilt und besonders hoch oben in der Mauer eingesetzt waren. Wozu diese seltsame Form diente, das hatte Alexandra nicht erraten können.

Nach zwei Tagen unglaublicher Abenteuer war sie mit José und Laurent hier angekommen. Das Boot war mitten in einem Sumpf gelandet, zur Verblüffung der Büffel, die hier fast wild zu Dutzenden lebten. In der Nacht waren sie mit Laurent, der seinen Sarg trug, zu Fuß weitermarschiert und hatten tagsüber in den Olivenhainen geschlafen. José schien ganz genau zu wissen, wohin er ging: ihr Ziel war das Arrabida-Gebirge. Oberhalb von Portinho d'Arrabida, einem Fischerdorf mit einem Dutzend Häusern, befand sich ein Weiler, ein Kloster, in dem zehn Eremiten lebten, die ein Gelübde absoluter Abgeschiedenheit abgelegt hatten. Ein kleiner Weg führte hier vorbei zu einer Scheune, die, von Korkeichensetzlingen wild bewachsen, einsam inmitten einer aufgelassenen Olivenpflanzung lag. Seit mehr als hundert Jahren war sie im Besitz von Josés Familie. Wegen irgendwelcher vergessener Rechtsstreitigkeiten hatte man sie verwahrlosen lassen. José hatte keine Lust, ja war nicht einmal auf den Gedanken gekommen, die Pflanzung zu reaktivieren. Er war also Eigentümer von drei brachliegenden verwilderten Hügeln. In ihrer Mitte befand sich diese mindestens dreihundert Jahre alte Scheune, in der offensichtlich immer schon Öl gepreßt worden war. José hatte Alexandra geholfen, sich einzurichten. Ein riesiger Vorhang unterteilte den einzigen Raum. Auf der einen Seite wurden die Fenster verhängt und Laurents Sarg aufgestellt. Auf der anderen hatte José so etwas wie ein Bett fabriziert und aus zwei Böcken und Brettern einen Tisch gebastelt. Anspruchslos. Ein Spülbottich war da, eine improvisierte Küche und draußen, unter einem Schutzdach, ein Brunnen.

Im ersten Monat war José jeden zweiten, dritten Tag gekommen und hatte Möbel und Bücher, Kerzen und Geschirr gebracht. Tief im Wald versteckt, von nirgendwoher einsehbar, führten die Flüchtlinge nun ein bäuerliches Leben. Alexandra und José erörterten kühl die Situation, die Probleme der Proviantbeschaffung. Der Fall der Alfama hatte Alexandra einen schweren Schock versetzt. Und dann hatte sie eine undeutliche Botschaft erreicht: sich verstecken, verschwinden, tot spielen. Laurents Gabe war stärker entwickelt, und er hatte erfahren, daß Kotor, Clara und Barbara wohlauf waren. Aber die Botschaften kamen nur schwach. Alle mußten sich vorsichtshalber verkriechen, bis die Konsequenzen des Massakers klar waren. Barbara schien in ihrer Nähe zu sein. Und, wie sich herausstellte, sie war es tatsächlich.

Von ihrem Erwachen am Abend des Blutbades an waren verzweifelte Appelle in ihr Bewußtsein gedrungen. Sie war besonders empfänglich für Botschaften. Denn die Telepathie verteilte sich bei den Vampiren und ihren Jüngern in ganz unterschiedlichem Maße. Sofort hatte sie gewußt, was vorging; sie sandte Appelle aus: Ruhe bewahren, fliehen, sich verstecken. Sie als einzige kannte die kleine Zahl der Überlebenden. Im Einverständnis mit Kotor hatte sie die Entscheidung getroffen, daß die Geretteten in den Untergrund gehen, alle Botschaften, ja sogar, zumindest vorläufig, jedwede Vergeltungsmaßnahme gestoppt werden sollten.

Von Alexandra hatte sie nur verschwommene Nachrichten erhalten: „Wir sind gerettet, ich lebe"; aber mit Laurent hatte sie fast ein Gespräch – natürlich ohne Worte – geführt: „Hier, wo wir sind, wissen wir nicht, wie wir überleben werden, ohne daß man uns entdeckt, wir sind sicherlich eine gesuchte Beute."

José, Alexandra und Laurent suchten verzweifelt und vergebens nach einer Lösung. Jedes ungewohnte Auftauchen von Personen oder Waren würde bemerkt werden und die gleiche Wirkung haben wie ein Leuchtfeuer. Da erschien ein schwarzer Sklave mit einem Brief von Barbara. Sie garantierte für ihn, und der Schal um seinen Hals sagte genug darüber, welches Band sie vereinte. José sah sofort, wie sie sich seiner bedienen konnten. Er würde ihm Arbeitskleidung geben und ihn irgendwie beschäftigen – mit der Wiederinstandsetzung einer Presse zum Beispiel, so, als ob er sich mit dem Gedanken trüge, die Olivenbaumpflanzungen auf den Hügeln zu reaktivieren. Das würde auch erklären, daß die Fischer Lebensmittel und allerlei Waren brachten und daß er selbst sich nach Portinho begab, um einzukaufen. Und so geschah es. Der Schwarze arbeitete mit äußerster Unbekümmertheit und war nachts viel unterwegs, unsichtbar, eine schwache Verbindung zur Außenwelt. Er brachte herbei, was notwendig war, und José konnte seine Besuche einschränken. Er hegte erstens die Befürchtung, beschattet zu werden, und dann war seine Leidenschaft zu Alexandra, die ja doch zu nichts führen konnte, immer stärker geworden. Trotz ihrer Freundschaft und nächtelanger wunderbarer Gespräche fühlte er sich nach jedem Besuch wie ausgelaugt.

Sie gewöhnten sich an dieses klösterliche Leben, das von außen bedroht war. Niemals hatten Laurent und Alexandra einander so sehr geliebt. Tristan und Isolde im Wald, nannten sie sich zum Spaß. Nur daß in ihrem Bett zwischen ihnen kein Schwert lag, sie zu trennen. Sie konnten nie genug voneinander bekommen, nie genug an Liebe und an Worten. Sie dachten, daß die Folge von Tagen, die einer dem anderen glichen, eine Insel in der Zeit war, so wie ihr Wald auch eine Art Insel war.

In Laurent erwachte eine lyrische Ader. Er machte Prophezeiungen. Mitten in der Niederlage erfand er Siegeshymnen, ganz als ob Kotors unerfüllbarer Traum von neuem an der Schwelle zum Sieg stünde.

Auch für Alexandra existierte die Zeit nicht mehr. Das dachte sie, während sie gegen Ende dieses Tages, in ihrem Bett liegend, das Netz von Balken über sich betrachtete. Immer hatte sie die Gewohnheit gehabt, in der Gegenwart zu leben, aus der sie ein Maximum herauszuholen gedachte. Aber hier konnte sie sich einer leichten Befürchtung, einer Sorge um die Zukunft nicht erwehren. Die wenigen Kontakte, die sie oder, öfter, Laurent mit Kotor herstellten, hatten immer nur die eine Antwort gebracht: sich verbergen, warten, überleben. Ein gutes Programm, zweifellos. Natürlich konnte Alexandra sich nicht vorstellen, wie sie an der Stelle des alten Oberhauptes der Vampire entschieden hätte, und sie wußte sehr wohl, welche Verzweiflung sich seiner bemächtigt hatte. Aber ihr Bedürfnis zu handeln, tätig zu sein, blieb unbefriedigt.

Sie stand auf, zog Männerkleider an und ging hinaus. Der Nachmittag war noch warm. Rund um die Scheune wuchsen Korkeichen, Nadelbäume, uralte riesige Olivenbäume, die wieder verwildert waren. Ein Volk von Insekten, Hasen, Kaninchen ... Manchmal fingen sie welche in der Nacht. Aus Spaß hatte sie Laurent gezwungen, einem großen und prächtigen Hasen, der starr und wie hypnotisiert dasaß, Blut auszusaugen, und hatte sich köstlich bei dem Gedanken amüsiert, wie dieser unsterbliche Hasenvampir sich des Nachts vom Marktstand des Wildhändlers erheben würde, um wilden Kaninchendamen nachzulaufen. Ein unschuldiger Spaß, der, bevor er fröhlich im Bett endete, beinahe Laurents Zorn entfacht hatte.

Sie kam in Sichtweite des Klosters. Zwölf kleine Kapellen, barocke Meisterwerke, bildeten entlang einer unwahrscheinlich steilen Anhöhe einen Kreuzweg und bezeichneten zugleich eine Grenze. Dahinter begann das eigentliche Klostergebiet, in dem die Mönche in totaler Abgeschiedenheit lebten. Das Kloster, das sich hoch über dem Meer an einen Felsen klammerte, ähnelte dem Eremo dei Carceri in Assissi, dachte Alexandra. Aber hier lag keine Stadt daneben; die Einsamkeit war vollkommen. Sie hörte es fünf Uhr schlagen. Einige Mönche, die in ihrem Garten gearbeitet hatten, kehrten heim. Alexandra fühlte etwas wie physische Abscheu, als sie diese lebenden Toten, diese Glaubensautomaten sah.

So bemerkte sie nicht, daß sie entdeckt worden war. Hinter einem Baumstamm verborgen, beobachtete sie ein Schatten. Im Mönchsgewand, ohne Kapuze. Wahrscheinlich ein Novize, der noch eine gewisse Bewegungsfreiheit hatte. Sie ging den Weg, den sie gekommen war, wieder zurück, ohne zu wissen, daß sie diesen Neugierigen auf den Fersen hatte. Er hatte auch das Haus entdeckt und verstanden, daß es da wahrscheinlich mehr als einen Bewohner gab.

Als es dunkel wurde, unterbrach der Novize seine Überwachung, schwor sich aber, zurückzukommen, um zu sehen, wer die neuen Bewohner dieser Einöde waren. Außerhalb des Klostergebäudes gab es einen kleinen Zubau, in dem die Novizen hausten. Sie waren vier, die sich bereits darin übten, sich der absoluten Eingeschlossenheit würdig zu erweisen, während sie noch zu unumgänglichen Erledigungen herangezogen wurden. Im schwachen Licht einer Mauerlaterne sah man das Gesicht des neugierigen Novizen besser: Antonio, der Verlobte Lavinias, Kotors erster Jüngerin in der Alfama, den die Verwandlung seiner Zukünftigen in einen Vampir aus der Welt geworfen hatte – oder beinahe.

Denn noch war nicht alle Neugierde aus dieser enttäuschten Seele gewichen. Am nächsten Morgen kam er wieder zu Alexandras Haus. Alles schlief, aber er war geduldig. Seine Kutte schien mit den Baumstämmen zu verschmelzen, und er blieb unbeweglich wie ein Fakir, so daß sogar die Fliegen ihn für einen Felsen hielten. Noch mehr eins mit den Steinen wurde er, als Alexandra aus dem Haus trat, und es gelang ihm, eine Bewegung zu unterdrücken, als er sah, wie sie sich nackt am Brunnen mit Wasser besprühte. Den ganzen Tag und auch den nächsten verharrte er in seiner Voyeurrolle und hatte den unerklärlichen Verdacht, daß es sich um einen Ehebruch handelte. Da er gegen Abend heimkehren mußte, entging ihm freilich das Wesentliche.

Während dieser zwei Tage, die er Alexandra verfolgte, nahm sie eine unbestimmte Aura von Feindseligkeit, von Verfolgungsjagd wahr, die sie ganz richtig irgendeinem Jäger, der die Hügel durchstreifte, zuschrieb. Die Telepathie in ihrer Gruppe ließ sich eben wirklich nur da anwenden, wo bewußt und persönlich ausgesandte Botschaften empfangen wurden. Im übrigen gelang es einigen wenigen Vampiren, in der unbestimmten Form einer Art vervollkommneter Intuition Zugang zum Geist Dritter zu erlangen. In die geheimsten Gedanken einzudringen vermochte allein Barbara, und auch sie nur für Augenblicke, stets abhängig von einer Sperre, die oft so unbewußt war wie der Reflex einer Auster, die sich unter einem Tropfen Zitronensaft zusammenzieht. Kotor hatte immer eine gewisse Befangenheit dieser Gabe gegenüber gehabt, eine Hemmung, sie zu studieren, zu entwickeln und systematisch zu nutzen.

Als der Novize sich davon überzeugt hatte, daß dieser Konkurrenzeremit, der da im Walde lebte, eine schöne, junge und begehrenswerte Frau war, deren Anwesenheit hier ganz und gar unerklärlich schien, verlor er alle Zurückhaltung und ging mit größter Sorgfalt daran, einen nächtlichen Ausgang vorzubereiten. Er brauchte gut zwei Tage, um alles zu organisieren; das Vorhängeschloß seines Schuppens aufzubrechen und wieder an seinen Platz zu hängen, eine abgeblendete Laterne, einen Knüppel, einen Dolch, einen Knebel und Stricke zu besorgen. In einer mondfinsteren Nacht machte er sich auf den Weg, nicht ohne sich vorher einige Anhaltspunkte geschaffen zu haben - abgebrochene Zweige und so fort, das ganze kunstvolle Arsenal der Wilddiebe. So schritt er blind vorwärts bis zu Alexandras Schlupfwinkel, wo nur ein schmaler Lichtstreifen zwischen den schlecht geschlossenen Läden hervordrang. Also näherte er sich, sah hinein und fiel ohnmächtig um: Laurent trank Alexandras Blut.

Laurent empfand einen stechenden Schmerz. Manchmal kam es vor, daß er den plötzlichen Schmerz eines getroffenen oder in eine Falle gehenden Tieres spürte. Er wußte dann, wie er sein Denken und Fühlen demgegenüber, was um ihn herum geschah, ausschalten konnte. Denn sonst hätten ihn das Leid und die Schmerzen des ganzen Tierreichs zu Tode gequält. Er erzählte es Alexandra. „Stell dir ein Wesen vor“, sagte er, „das sich von der Angst der Lebewesen nähren würde, und insbesondere von der, die sie im Augenblick des Todes empfinden ... In jeder Minute, in jeder Sekunde gibt es ein ungeheures Schmerzensgebrüll aller Wesen, die das Leben entweichen fühlen.“

Er konnte sich diese Melancholie nicht erklären, die sich seiner bemächtigte. Den Tod kannte er, den alles umfassenden Tod, seine Allgegenwart, er spürte ihn überall, in jeder Sekunde, seit Jahrhunderten. Die Wette Kotors - letzten Endes war sie das. Jeder andere Sieg als dieser, der endgültige Sieg über den Tod, schien lächerlich, und dieser Sieg war außer Reichweite. Die Menschen würden über ihre Tyrannen herfallen, das war gut, und es würde einen tiefen Bruch mit den alten Zeiten geben. Aber schon sah man, daß die Bürger, noch Sklaven ihrer Lehensherren, ganz und gar nicht entschlossen waren, ihre eigenen Sklaven freizulassen; daß die Götter, die Religionen auf den Menschen und seine Ängste lauerten, noch gieriger nach Entsetzen als die Vampire nach Blut. Ein Einschnitt, ein Bruch – das war es, was Laurent suchte.

„Ich möchte nicht wie Vater werden", sagte er, „ein Beamter der Unsterblichkeit. Jahrhunderte warten, bis die Gleichung aufgeht. Er verkriecht sich wie ein gehetztes Tier."

„Wir sind gehetzt. Auch wir verstecken uns", antwortete Alexandra.

„Das ist es ja. Auch wir lassen die Arme sinken. Wir lassen den alten Fluch, die alte Legende wieder aufleben. Wir sind wieder zu Feinden des Menschengeschlechts geworden. Unsere Kräfte sind zersplittert."

„Vielleicht sind wir dazu verdammt, noch jahrhundertelang kleinen Kindern Angst einzujagen."

„Und leichtgläubigen Erwachsenen, somit allen."

„Kotor wird seine Geduld wiederfinden. Er versteht es, zu warten."

„Nein. Er liebt es, zu warten; das ist nicht dasselbe. Er möchte einen außergewöhnlichen, günstigen Moment abwarten, der vielleicht niemals kommen wird, oder den er nicht zu erkennen vermag, wenn er da ist. Spartacus hat nicht die Waffen an die Sklaven verteilt, damit sie sie eingraben und auf den geeigneten Moment warten. Er hat ihnen gesagt, wie sie sie nehmen und gebrauchen sollen."

„Aber dein Vater überlebt wenigstens. Spartacus ist geschlagen worden ..."

„Vor allem von seinen Freunden. Seine Befreite Stadt ist in erster Linie unter ihrem eigenen Gewicht zusammengebrochen. Und dann gab es sogar befreite Sklaven, die die Sklaverei für den eigenen Gebrauch beibehalten wollten. Kotor müßte seine Getreuen aufwiegeln."

„Es sind auch die deinen. Sprich mit ihm! Aber wen bekämpfen, warum, wie? In welcher Welt wollen wir leben? Eine Ewigkeit in dieser hier gefällt mir nur halb ... Für mich hat überleben nur einen Sinn, wenn man das Leben verändert."

„Das Gehen findet seine Bestätigung im Gehen. Der Kampf gegen den Tod setzt eine andere Art zu leben voraus ..."

„Ach, die Niederlagen machen stumpf."

Sie warf sich in Laurents Arme. Keiner von beiden konnte sich diese Welle von Angst, von Unsicherheit erklären, die sie da erreichte. Dieses Gefühl, daß nichts mehr einen Sinn hatte. Sie flüchteten sich in die Liebe wie in eine Droge.

Antonio, der Novize, kam wieder zu sich. Gegen heftigen Ekel ankämpfend, sah er von neuem hinein, aber eine Woge reinen Hasses überflutete ihn diesmal noch stärker. Alexandra und Laurent gaben sich einander mit beispielloser Heftigkeit hin. Er entfloh in die Nacht.

Brombeersträucher rissen an ihm, und die Zweige peitschten sein Gesicht. Er kam erst wieder zu Atem, als er die Tür des Novizenhauses erreicht hatte. Das Blut pochte ihm in den Schläfen, in den Ohren. Mit letzter Kraft erreichte er seine Pritsche und sank dort zusammen. Am nächsten Morgen stand er nicht auf. Ein Mönch brachte ihm Suppe. Er lag im Fieberwahn und delirierte.

Gegen Morgen versuchte Laurent, der ruhiger geworden war, lange Zeit, zu Kotors Denken vorzudringen. Alexandra hielt seine Hände, half ihm mit aller Kraft. Aber ihrer beider Angst stieß auf eine starre Ablehnung, darauf einzugehen, ja sogar ihre Schmerzen und Befürchtungen zu teilen. Sie fühlten sich noch einsamer, und zum erstenmal empfanden sie diesen Fluch, der sie hinderte, einer an den anderen geschmiegt zu schlafen, unerträglich. Und am Tag befanden sie sich hinter unübersteigbaren Mauern von Einsamkeit. Es war schwer, sich damit abzufinden, und sie küßten einander wie verlorene Kinder, bevor Alexandra den Deckel von Laurents Sarg schloß. Sie fanden einander bei Einbruch der Nacht mit einer wahren und verzehrenden Leidenschaft wieder, die sie beide daran hinderte, die geringste Aufmerksamkeit auf den Späher zu richten, der sein Auge an den Spalt im Fensterladen preßte. Alexandra hatte Phantasie, und Laurent war in bester Verfassung und nicht zu erschöpfen. Der Novize würde einen guten Beichtvater abgeben, nachdem er das gesehen hatte.

Laurent und Alexandra befragten sich stundenlang über die Strukturen ihrer Körper, über diesen Mechanismus, der sie von den anderen Menschen unterschied; über diese unbegreiflichen chemischen Prozesse, die kunstvoller waren als das alte Menschengeschlecht selbst, aber noch nicht die Ebene des Bewußtseins und des Verstehens erreicht hatten, wie es sicherlich einmal sein würe, wenn die Vampire das Erbe des *Homo faber* und des *Homo sapiens* in Händen hielten. Diesem neuen Menschen, dem *Homo immortalis,* schrieben sie bereits ein harmonisches Leben zu, aus dem Sklaverei und Lügen, Rassen und Klassen verschwunden sein würden. In dem utopischen Freudentaumel, der ihnen Droge, Beruhigungsmittel, Entspannung und Anregung war, lachten sie Tränen. Tränen vor Lachen. Langlebigkeit, ein Leben, das zwei- bis dreitausend Jahre dauerte, würde sicherlich soziale Formen mit sich bringen, die sie sich köstlich vorstellten, wie zum Beispiel den Besuch des Kindergartens bis zum Alter von hundert Jahren, der Universität bis dreihundert Jahre, unvermeidbare Polygamie, andere Moralauffassungen, eine neue Ethik. Als sie sich diese Köstlichkeiten ausmalten, kamen sie der Glückseligkeit näher als je zuvor.

Bei dem Anblick dieser so augenscheinlichen Freude, dieses Glücks, litt der Novize am meisten. Gemartert von der Idee der Sünde, die der Schlüssel seines Seelenlebens geworden war, die oberste Zwangsvorstellung seiner ganzen Existenz, waren diese beiden Wesen, die davon so offensichtlich frei zu sein schienen, für ihn eine Herausforderung. Er horchte aber auch begierig. Zuerst hatte er Mühe, die Worte überhaupt nur zu verstehen. Was er dann aber hörte, entsetzte ihn noch mehr als das Gesehene, und das wollte etwas heißen. Dieser Tobak war zu stark für eine so schwache Seele; und dennoch kam er jeden Abend wieder, wie ein Süchtiger, der von seiner Droge nicht lassen kann, von seiner täglichen nächtlichen Droge. Das ging so gute zehn Tage.

Barbara nahm in Laurents und Alexandras Umkreis das Vorhandensein von etwas Feindlichem und Gefährlichem wahr. Sie verstärkte die Warnungen. Aber da der Novize Laurent und Barbara von diesen Warnungen hatte sprechen hören, schaltete er gedanklich ganz ab und verließ tagsüber das abgeschlossene Grundstück nicht, wo Alexandra ihn meist mit den anderen arbeiten sah, ohne den leisesten Verdacht zu hegen. Sie schrieb alles Barbaras übergroßer Empfindlichkeit zu. In einem Punkt zumindest bewirkte der Alarm etwas Gutes. Zum erstenmal in seiner langen Existenz begann Laurent, sich eine eigene zusammenhängende Theorie über sein Vampirdasein zusammenzustellen, das seiner Zeit und auch ihm selbst skandalös erschien. Er hoffte intuitiv, das, was Kotor erlebte, Minute um Minute auf Umwegen eines unsicheren Wissens zu leben versuchte, aussprechen zu können, als kühne Synthese einer Alchimie, einer Astrologie und Medizin, die sich plötzlich in die scharfe Kritik an einer bestimmten gesellschaftlichen Lebensform einfügte. Eine Brücke zwischen wissenschaftlicher Utopie und sozialer Utopie, die Gewissenskrise eines Mannes, der durch die Unsicherheit seines Lebens zu kurzsichtig geworden war, um einen schwachen Zusammenhang zwischen sich und dem Universum herzustellen, nicht weniger. Von Anfang ihrer Begegnung mit Laurent an hatte Alexandra darauf gewartet, daß die poetische Kraft der Phantasie ihres Geliebten in ein Projekt münde, in eine Interpretation des Lebens, des Sexus und der Geschichte. So hatte es der Rückkehr in den Wald von Tristan und Isolde bedurft, damit die Vampire - zumindest einer von ihnen - in einer Bewegung des Geistes, gleich dem „Coagula“ der Alchimisten, sich dazu entschlossen, die Umrisse ihrer Eigentümlichkeit zu ergründen. Langsam erkannte Laurent die Grenzen seiner Identität, in einem schönen lyrischen Erguß, mit dem er sein Dasein auf sich nahm. Niemals hatte Alexandra ihn so sehr geliebt. Sie versuchte auf jede erdenkliche Weise, und auf die allerweiblichste, ihm mit allen Kräften zu helfen. Gerade in dem Moment, als im Geist des

Novizen Abscheu und Entrüstung die einzig mögliche Reaktion hervorriefen, eine Handlung der Ablehnung, der Verneinung und der Zerstörung.

Antonio ersuchte um eine Audienz beim Prior, einem durch Fasten und freiwillige Entbehrungen exaltierten Asketen, der, dem Jahrhundert allzu fern, von nichts etwas hören wollte. Er war nicht interessiert, nicht einmal neugierig. Und dann war er abgestumpft gegen die Wahnvorstellungen seiner Mönche. Es blieb Antonio also nur der weltliche Arm. Die Serra d'Arrabida und das Klostergebiet gehörten direkt zum Herzogtum von Palmela, das von Sesimbra bis Setubal ganz und gar, die Gerichtsbarkeit eingeschlossen, dem Herzog unterstand. Der Marquis, der sich nach Palmela zurückgezogen hatte, vertrat den verstorbenen Herzog, um dessen Erbe in zehn Prozessen noch gestritten wurde.

Betäubt von seiner Niederlage und im klaren darüber, durch seine Flucht alles verloren zu haben, hatte der Marquis jeglichen Kampf um die Macht, jeden Gedanken an eine Karriere oder eine Zukunft aufgegeben. Er wollte nicht einmal auf seine Besitzungen im Minho zurückkehren, sondern wählte als Verbannungsort Palmela. Er ging auf die Jagd und blies Trübsal. Er hatte keine Lust, diesen Novizen, der vorgab, ihm Enthüllungen machen zu können, zu empfangen. Antonio hatte aber bloß unterlassen zu sagen, worum es sich handelte. Der Marquis war nicht in Laune, irgend etwas anzuhören, vor allem keine einheimischen Bittsteller. Bis zu dem Moment, da Antonio wie nebenbei das Wort Vampir aussprach und damit das Schloß in Aufruhr versetzte.

Der Marquis ließ Landkarten ausbreiten und sich alles erklären. Er wußte, daß er diesmal ohne den geringsten Zweifel Alexandra in der Hand hatte. Josés Besitz befand sich auf seinem Lehensgebiet. Er hatte also jegliche Freiheit. Er zügelte seine Freude und es gelang ihm, seines überwältigenden Triumphgefühls Herr zu bleiben. Er sagte niemandem, daß er die Flüchtlinge erkannt hatte, und gab sich den Anschein, der These des Mönches, es handle sich um Überlebende des großen Vampirmassakers, Glauben zu schenken. Er befahl, eisernes Schweigen zu bewahren, und hielt Musterung. Zehn bis zwölf verläßliche Leute, die ihm treu geblieben waren. Die Idee, sich an Luciano zu wenden, kam ihm erst gar nicht. Er hatte höchst verdrossen festgestellt, daß dieser weiterhin seine Ämter ausübte, ohne sich die Art des Handels, den Luciano doch sichtlich mit João abgeschlossen hatte, erklären zu können. Er spielte den Toten. Ein Brief an den König, von dem er kaum annahm, daß er auch nur entsiegelt würde, und in dem er seinen Entschluß ankündigte, sich all seiner Verpflichtungen zu entledigen, hatte einen von João unterzeichneten Siegelbrief, der ihm empfahl, auf seinen Besitzungen zu bleiben, vorweggenommen. Niemand bei Hof wußte, was aus ihm geworden war. Keinerlei Bedauern. Keine Fragen.

Aber daß sich Alexandra auf seinen eigenen Ländereien niedergelassen hatte, war wahrhaftig ein Geschenk des Himmels. Er brauchte niemandem Rechenschaft abzulegen. Noch dazu waren die Geschehnisse in der Alfama wie ausradiert. Niemand wollte mehr etwas davon hören. Bloß einige Justizbeamte und Herren des Innenministeriums hatten versucht, sich mit Streitfragen über Eigentum, Zerstörungen und Erbschaften herumzuschlagen, waren dabei aber ebenfalls dem allgemeinen Wunsch nach Stillschweigen nachgekommen.

Der Marquis war überzeugt, ein besserer Stratege als Luciano zu sein. Haß und Rachedurst hatten jede Spur von Verlangen in ihm ausgelöscht. Er war sich nicht einmal mehr sicher, ob er das Bedürfnis oder die Lust hatte, Alexandra zu vergewaltigen. Die Folter würde ihm genügen, wenn sich nur ihre Agonie lang ausdehnen ließe. Er durfte sich jetzt keine Blöße geben. Er mußte wie der Blitz zuschlagen, bei Morgengrauen, wenn der Vampir schon in seinem Sarg und das Mädchen im Bett lag. Die Männer mußten in einem Zustand der Abgestumpftheit und Ahnungslosigkeit belassen, der Novize überwacht werden. Da fiel ihm etwas ein. Er ließ Antonio alles mehrmals erzählen, die Stelle genau beschreiben, Pläne zeichnen; dann erdolchte er ihn, bevor der andere auch nur ahnte, was er vorhatte.

Die ganze Nacht vor der Aktion blieben seine Leute mit ihm zusammen in einer Kapelle eingesperrt. Nüchtern, ja sogar ohne Wasser. Und sie lasen, endlos und laut das ganze Meßbuch. So konnte nicht ein Gedanke aus der Kirche entkommen. Die zwölf Reiter, fast schwachsinnige Bauern, verstanden von alledem nichts. Sie glaubten, daß man sich des Vaters aller Wölfe bemächtigen würde, denn bevor sie in die Kapelle eingeschlossen worden waren, hatte der Marquis ihnen befohlen, Holzpfähle in allen Größen zu schnitzen.

Der Marquis hieß sie sich setzen. Die schweren genagelten Stiefel zerkratzten die Fliesen. Sie ließen ihre breiten Hintern auf die rauhen Bänke fallen. Kaum die Hälfte von ihnen konnte lesen. Die anderen brummelten vertrauensvoll vor sich hin. Die meisten schliefen mit offenen Augen.

Natürlich hatten Laurent und Alexandra nicht die leiseste Ahnung, daß es ihre letzte Nacht war. Und dennoch befand sich der Tod mitten in ihren Gedanken, in dem, worüber sie sprachen. Laurent hatte mit der schwierigen Arbeit begonnen, das Durcheinander aus Widersprüchen und Gräßlichkeiten zu entwirren. „Hoffe nicht, liebe Seele, auf ein ewiges Leben, beginne zu handeln!" Dieser Appell Pindars schien ihm mehr und mehr der einzige Ausweg zu sein, oder jener des alten Faust: *„Am Anfang war die Tat"*. Alexandra erschauerte in seinen Armen. Er sprach über die Grausamkeit der Götter, über das christliche Abendland, das bedeckt vom Blut der ganzen Welt war und mit Riesenschritten die Zerstörung dieser Welt anstrebte, anstatt, dem alten Versprechen des gekreuzigten Aufrührers folgend, dessen Martersymbol zur bösesten aller jemals von Menschen benutzten Mordwaffen werden sollte, eine neue zu bauen. Nur die Nidana fanden in seinen Augen Gnade, die zwölf Faktoren, deren Harmonie das Leben möglich machte oder ermöglichen würde. Alexandra lachte ihn aus: man tötete sich im Namen Buddhas, und die Götter Indiens waren blutüberströmt. Sie erzählte, was er nur allzugut wußte, wie Zeus den Asklepios, der die Kühnheit besessen hatte, einen Toten wieder ins Leben zurückzuholen, mit einem Blitzstrahl niederstreckte und so mit einem Streich das Leben des Heilers und des Geheilten auslöschte. Laurent bedauerte das Unglück der Menschen, die Äskulap und Mithras gegen die Abscheulichkeit des monotheistischen Schwertes eingetauscht hatten. Aber was tun, um diesen Brand einzudämmen?

„Man kann ein Feuer mit einem Streichholz anzünden", sagte sie, „aber man löscht das Feuer nicht, indem man dieses Streichholz zurückzieht. Was soll man also tun?"

Sie dachten an das goldene Zeitalter, an ein anderes goldenes Zeitalter, an freundliche Hirtenvölker ohne Waffen, und sie lachten über ihre Illusionen. Alles mündete in Verhöhnung. Das Leben, die Fröhlichkeit und die Begeisterung, sagte sich Laurent, der seine Hände wie Schalen um die Marmorbrüste seiner Freundin gelegt hatte. Immer wieder versanken sie ineinander, zögerten den Moment der Erfüllung unendlich lange hinaus, mit einer galaktischen Ruhe, schon allem fern, und wenn Zeus gerecht gewesen wäre, hätte er sie vielleicht zu einer neuen Konstellation gemacht, zu einem neuen Sternzeichen, der Weisheit und Gnade unterworfen, das selbst wiederum die Menschen der Harmonie und der Sanftmut unterwirft. „Wir werden die Götter der Zärtlichkeit sein", sagte Alexandra.

Diese Nacht schien ihnen ohne Ende. Die Verkörperung des Glükkes selbst. Laurent sah als erster den Streifen Licht, der im Osten unter dem schwarzsamtenen Vorhang der Nacht erschien. Der Glanz der Sterne verblaßte. Er seufzte. Sie stiegen aus dem großen Bett. Laurent schlüpfte in seinen Sarg, befriedigt und glücklich, bereit für dieses lange Eintauchen in die eisige Welt seines täglichen Todes.

Alexandra schmiegte sich an seinen Sarg, wie sie es bei der Wiege ihres Erstgeborenen getan hätte, wie sie es tun würde. Er sank in Schlaf. Sie küßte die schöne kalte Stirn und schloß den Sarg. Es war ihr, als begleitete sie eine hochzeitliche Musik an ihr Bett. Ich hoffe, daß ich schwanger bin, sagte sie zu sich. Der erste Sonnenstrahl erschien, gerade als sie die Läden öffnete. Sie streckte sich aus; sie fröstelte ein wenig, denn die Morgen sind kalt in den Bergen von Arrabida. Sie rollte sich in ihre Decke und schlief gleich ein.

Der Marquis hatte seine Reiter, die vom Beten ganz betäubt waren, aufgeweckt, und schlaftrunken versammelten sie ihre Pferde vor der Kapelle. Schweigend und wie erstarrt in den Sätteln sitzend, die Waffen in der Hand und die Holzpfähle unter den Gurten, dösten sie weiter, ohne zu verstehen, worauf der Marquis wohl wartete. Vielleicht bloß auf den Sonnenaufgang. Das Schloß von Palmela überschaut die ganze Ebene, die der Tajo an die Hügel der Arrabidakette angeschwemmt hat. Im Osten sieht man bis zu den Spanischen Bergen.

Als zwischen zwei Spitzen die Sonne auftauchte, gab der Marquis das Zeichen zum Aufbruch. Er hatte seine kleine Gruppe in drei Kommandos geteilt, von denen er selbst dasjenige anführte, das auf der unteren Straße, am Kloster vorbei, reiten würde. Ein anderes, das den Bergkamm entlangritt, würde auf ein Zeichen des Marquis - er wollte es mit seinem von roten Federn geschmückten Hut geben - herabstürmen. Das dritte Kommando schließlich sollte von hinten, durch den Wald, heranrücken. Es brauchte sich nur am Angriffslärm jener, die von dem Grat herabstürmen würden, zu orientieren.

Den Bruchteil einer Sekunde, bevor der Lärm des Ansturms zu ihr drang, erreichte Alexandra ein Signal höchster Gefahr. Sie sprang mit einem Satz aus dem Bett und stieß die Fensterläden auf. Sie sah nichts, hörte nur das Trampeln der Pferdehufe, die Schreie der Reiter von allen Seiten, die offensichtlich das Haus umstellt hatten.

Mit Fußtritten, mit Gewehrkolben und den verkehrt herum gehaltenen Holzpfählen hatten die Männer bereits begonnen, an dem Gebäudeteil, in dem der Vampir schlief, die Läden einzuschlagen. Alexandra rannte zu Laurents Sarg. Keine Waffe war in der Nähe. Sie hatten eine einzige Pistole, die angesichts dieser Invasion lächerlich war und sich noch dazu in Laurents Rocktasche im Sarg befand. Ein Reflex trieb Alexandra dazu, in den Dachstuhl zu klettern und sich im Gewirr der Holzbalken zu verstecken, in denselben, die sie so oft von ihrem Bett aus betrachtet hatte.

Als die Reiter, die Holzspieße in der Hand, den Sarg erblickten, begriffen sie erst, was von ihnen erwartet wurde. Sie wichen zurück. Sie alle hatten dem Morden in der Alfama beigewohnt, und es war keiner unter ihnen, der wünschte, von neuem im Blut zu waten.

„Verteilt euch, schnappt das Mädchen!“ schrie der Marquis, den das Zögern der gedungenen Mörder in unbeschreibliche Wut versetzte.

Während sie den großen Vorhang beiseite zogen, nahm er einen Hammer aus der Tasche und griff nach einem Holzspieß. Er stieß selbst den Sargdeckel herunter, wobei er sich ganz fürchterlich die Nägel verbog. Er brüllte so sehr, daß sich einige entschlossen, ihm zu helfen, aber sie wichen entsetzt zurück, als sie Laurent sahen, der unbeweglich, mit geschlossenen Augen, einen Ausdruck des Glücks auf dem Antlitz, im Sarge lag, so schön, daß ein jeder von ihnen sich später immer daran erinnern sollte.

Auch der Marquis war wie gelähmt, er unternahm nichts. Licht, das in jedem Fall für den Vampir tödlich war, strömte herein.

Der Marquis ermannte sich und setzte die Spitze des Holzspießes in Höhe des Herzens auf der Brust Laurents auf. Da geschah etwas, was noch niemals geschehen war: Der Vampir, als wollte er sich selbst in seiner Todessekunde sterben sehen, öffnete die Augen. Er bewegte sich. Alexandra im Gebälk und die Reiter waren starr vor Entsetzen. Nicht der Marquis. Daß dieses Wesen lebte, entfachte seinen Haß von neuem. Er schlug den Hammer mit aller Kraft auf den Spieß, der sich mit einem furchtbaren Geräusch in Laurents Brust bohrte. Das Blut spritzte nicht sofort heraus. Laurent, gänzlich bei Bewußtsein, hielt den Atem an, bewahrte für ein paar Sekunden noch Lebenskraft. Er zog die Pistole aus seiner Tasche und drückte ab. Bei der Bewegung schoß sein Blut wie ein Geysir in die Höhe. Die Kugel riß dem Marquis den halben Kopf weg. Er hatte nicht einmal die Genugtuung gehabt, Laurent sterben zu sehen. Laurent hatte die Pistole fallengelassen und versuchte, den Spieß aus seinem Herzen zu zerren, aber je mehr er zerrte, desto stärker quoll das Blut hervor. Er gab den hoffnungslosen Kampf auf und sah, aufblickend, Alexandra im Dachstuhl. Er hatte noch die Kraft zu lächeln, und die außerordentliche Höflichkeit, mit einem Ausdruck des Glücks auf dem Antlitz zu sterben.

Die Leute des Marquis hatten Alexandra nicht gesehen. Bespritzt vom zerschmetterten Hirn ihres Herrn, wateten sie im Blut dieses ekstatisch lächelnden Wesens, das glücklich gestorben war. Das war zuviel für diese schwachen Köpfe und dumpfen Seelen. Ein Moment vollkommener Stille, dann brüllten die zwölf in gemeinsamem Entsetzen los und entflohen, ohne sich auch nur die Mühe zu machen, sich auf ihre Pferde zu schwingen, die sofort wie wild durcheinandergaloppierten und über das Geröll und die Felsen stürzten. Das Ganze hatte keine drei Minuten gedauert.

Bald war es ganz ruhig. Die Grillen, deren Musik einen Moment gestört worden war, begannen wieder zu zirpen. Mit leerem Kopf stieg Alexandra aus ihrem Versteck herunter. Immer noch empfing sie das angstvolle Gefahrensignal, das von Clara oder Barbara, sie wußte es nicht, kam.

„Er ist tot", stöhnte sie. „Und ich auch. Leb wohl, meine Schwester." Sie verweigerte jegliche Kommunikation, und mit trockenen Augen und angespanntem Willen überdachte sie ihre Lage. Nach diesen verzauberten Tagen ohne Laurent zu leben war unmöglich. Und dann - bis in alle Ewigkeit nach einem ersten Tod weiterzuleben, wie es ihr Schicksal sein würde - war undenkbar. Sie wollte sterben und wußte, daß sie zwei Tode auf einmal sterben mußte, wollte sie nicht eine hundertjährige oder vielleicht tausendjährige Witwenschaft auf sich nehmen.

Lange streichelte sie Laurents Gesicht, das sanft und friedvoll war. Für immer tot. Sie glaubte an keine Art von Jenseits, oder daran, Laurent in einem anderen, körperlosen Leben wiederzubegegnen; und sie vermochte sich einfach nicht vorzustellen, ohne ihn leben zu können. Wenn ich mich einfach mit diesem Dolch töte, dachte sie, werde ich diesen Abend noch als Vampir wiedergeboren, sagte sie sich. Sie sah die Lösung, die eindeutig und fürchterlich war, und Angst trieb ihr den kalten Schweiß aus allen Poren. Aber Alexandra war immer die Tatkraft selbst gewesen. Nichts hatte ihr jemals widerstanden. Und vor allem nicht dieses Knochengerüst, sagte sie zu sich. Ich werde dich dazu bringen, dieses Hindernis zu überspringen, das du verweigerst - so redete sie mit ihrem Körper wie zu ihren Pferden.

Ich werde aber nicht neben dem Kadaver dieses Hundes sterben, sagte sie sich, als sie den verstümmelten Körper des Marquis sah. Sie zog die Leiche an den Beinen hinaus ins Freie. Egal, wenn überall Blut klebte. Dann kehrte sie zu Laurent zurück. Sie begann mit kräftigen Schnitten, das zersplitterte Ende des Pfahls, der aus Laurents Brust herausragte, zurechtzuschnitzen. Mit dem Finger prüfte sie diese neue Spitze. Sie war scharf. Alexandra sah sich um. Fast wäre sie schwach geworden. Es muß sofort geschehen, sonst kann ich nicht mehr.

Sie zog ihre Bluse aus und legte sich, auf ihre Ellbogen aufgestützt, lange ausgestreckt auf Laurents Körper. Sie küßte die eiskalten Lippen. Dann suchte sie unter ihrer Brust die Stelle, wo das Herz war. Sie spürte, wie es zum Zerspringen pochte, ein unruhiges Tier, das schon um sein Schicksal wußte. Sie drückte ein wenig. Die Spitze bohrte sich ins Fleisch, Blut spritzte heraus. Und da riß sie mit einem Ruck und mit all ihren Kräften Laurents Körper leidenschaftlich an sich und durchstieß sich selbst die Brust, ohne eine Klage, ohne einen Schrei. Der Pfahl durchbohrte die beiden vereinten Herzen. Ein Strom von Blut, ebenso heftig wie jener aus Laurents Herzen, quoll in dicken Tropfen hervor. Nicht eine unkontrollierte Bewegung. Alexandra lächelte. Es war ihr also gelungen, sich zweifach zu töten, - einmal als Mensch, einmal als Vampir - und so auf einen Schlag ihre zwei aufeinanderfolgenden Tode zu sterben. Ihr schon kaltes Antlitz sank auf Laurents Gesicht.

6

Als sie bei Sonnenuntergang zur gleichen Sekunde erwachten, wußten Kotor und Barbara sofort, was Laurent und Alexandra zugestoßen war. Kotor hatte sehr unter der leisen Uneinigkeit mit Laurent gelitten. Der Tod ihrer Mitkämpfer, die Zerstörung des Zufluchtsortes, die Zerstreuung der Überlebenden hatten sie zu einer schmerzlichen Revision gezwungen. Der Fall der Alfama bedeutete das Scheitern des Versuchs, eine Brüderschaft der Vampire zu schaffen, das Scheitern des Versuchs, von den Menschen akzeptiert zu werden; es war der Zusammenbruch der Hoffnung auf eine Aufhebung des alten Fluchs, auf die Beseitigung der alten Abscheu. Clara und Kotor waren wieder allein auf sich selbst gestellt und auf den Erfolg ihrer Arbeit, die dem traurigen Beispiel des Sisyphus geweiht zu sein schien. Laurent hatte Kotor eine Neigung zur Geheimnistuerei vorgeworfen. Scheuklappen, Kleinlichkeit. Dieser tragische Doppeltod, der dem Jungen recht zu geben schien, stürzte Kotor in Schwermut, veranlaßte ihn beinahe zum Verzicht, Selbstmord und Aufgabe.

Glücklicherweise wurde das durch das Grüppchen von Vertrauten verhindert, das von Clara und Ursula, dann Fernanda und Gian-Vittorio angeführt wurde. Gian-Vittorio hatte beschlossen, alle, die von seiner Organisation übriggeblieben waren, den überlebenden Vampiren zur Seite zu stellen. Er fand bloß ein halbes Dutzend von ihnen wieder. Er brachte in Erfahrung, daß viele von der Algarve aus über das Meer nach Marokko gelangt waren.

Auch Gian-Vittorio machte eine sehr ernste Krise durch. Der große Traum der Vampire hatte ihn tief berührt. Die entscheidenden Umwälzungen, die er so nahe geglaubt hatte, waren in weite Ferne gerückt, ebenso wie das Ende der Feudaltyrannei, so sicher auch eines Tages kommen würde. Der Widerstreit der Interessen wurde sichtbar, und das Schwerpunktzentrum seiner Bruderschaft verlagerte sich nach England oder Frankreich. Gian-Vittorio hatte lange Unterredungen mit Kotor und Joaquim. Auch die Frauen, Clara, Fernanda und Anna-Lucia, hielten Beratungen ab. Kotor vor dem Wahnsinn zu retten, den Kern des Projektes und der Gruppe zu bewahren, schien eine absolute Notwendigkeit zu sein. In Lissabon - oder überhaupt in Europa - würde Kotor seine ursprüngliche Kraft nie mehr wiedergewinnen.

Ein kleines, aber robustes Schiff, wunderbar gebaut und getakelt, das von den Molukken und von Goa zurückgekehrt war, wurde zum Verkauf angeboten. Es war zu klein für normale Warentranspote nach Angola, Mozambique oder Brasilien, und für Entdeckungsreisen war sicherlich nicht die richtige Jahreszeit. Der Reeder erklärte sich bereit, es zu einem sehr günstigen Preis abzugeben. Joaquim hatte das Schiff entdeckt, als er über die Kais flanierte. Er lief, um Anna-Lucia davon zu erzählen. Diese versammelte die Frauen, und gemeinsam besprach sie die Sache mit Gian-Vittorio. Wohin fahren? Und mit welcher Mannschaft? fragte er. Die Antwort kam von Barbara, die sich seit ihrer Rückkehr von Caparica jede Nacht mit Clara unterhielt. Die Sklaven aus Bahia, die alte Mutter der Heiligen und ihre kleine Gruppe wollten nach Hause zurück. Zu Hause, das war nicht mehr Afrika, sondern Reconcavo, Bahia de Todos los Santos, die Stadt Salvador, und in dieser Stadt das geheimnisvolle Viertel Pelourinho, ein ferner Zwilling der Alfama.

Ein Ziel, ein Zufluchtsort und eine Mannschaft. Sie fanden sogar den Kapitän. José, Alexandras glühender Verehrer, hatte Laurents und Alexandras Leichen gefunden. Ohne sie zu trennen, hatte er sie begraben, wie sie waren, aneinandergeschmiedet durch diesen Pfahl, der ihrer beider Herzen durchdrang. Dann hatte er sich, wahnsinnig vor Trauer, in die Berge geflüchtet. Barbara hatte seinen Schmerz gespürt, ihn ausfindig gemacht und zu Clara geschickt, die ihn zu Gian-Vittorio brachte. José war ein wunderbarer Seemann. Das bevorstehende Abenteuer, die Gruppe und die Wette gefielen ihm. Das Unternehmen begann Gestalt anzunehmen. Das Schiff hieß *Flor de Mayo.* Gian-Vittorio kaufte es und taufte es auf *Santa Alexandra* um.

José bekam den Auftrag, das Schiff zu befehligen. Die Mannschaft stellten Barbaras Schwarze. Sie begriffen alles instinktiv. Die Passagiere versammelten sich. Da waren also Kotor und Clara (Ursula blieb zurück, um ihre Nachfolge zu sichern), Joaquim und Anna-Lucia, der alte Vater, der eine heftige Vorliebe für die kleinen Mädchen auf Bahia entwickelte, Gian-Vittorio und Fernanda. Barbara zögerte lange. Am Vorabend der Abreise stand ihr Entschluß fest; sie nahm von allen Abschied und verschwand, ohne Ursulas Gastfreundschaft in Anspruch zu nehmen.

Mitten in der Nacht legte das Schiff ab. Es war Ebbe, und der Mond stand am Ende seines ersten Viertels. Man sah so gut wie bei Tag. In aller Stille wurde der kleine Segler, dessen Lichter bis auf die Positionslichter verdunkelt waren, aus seiner Verankerung gelöst. Und erreichte schnell die Mitte des Flusses. Die Strömung trieb ihn vorwärts, und der Wind war günstig. Wie ein Pfeil glitt die *Santa Alexandra* dahin. Nichts hatte sich auf den Kais gerührt. Eng aneinandergeschmiegt im Heck des Schiffes stehend, schauten Kotor und Clara, wie sich die Lichter Lissabons entfernten. Ein Stück vor dem Turm von Belem sahen sie, daß die Fenster des kleinen rosa Palais, in dem João sich eingerichtet hatte, hell erleuchtet waren. Den Minister hatte eine Arbeitswut gepackt, die die ganze Stadt verblüffte.

Clara riß die Augen auf. Das Haus war zu weit weg, als daß sie etwas sehen hätte können. Doch sie spürte die Aura von Furcht und Gewissensqual, von Schuldgefühlen und bitterem Bedauern, die João umgab. Sie schickte ihm einen besänftigenden Gedanken, ohne zu wissen, ob er zu ihm dringen würde.

Im vorderen Teil des Schiffes saßen Gian-Vittorio und Fernanda, Joaquim und Anna-Lucia auf der Reling, ließen die Beine nach draußen baumeln und sahen in das schwarze Wasser, das der Bug in zwei silberne Furchen teilte. Eine kleine Leuchtboje war vor der Sandbank gegenüber Caparica verankert. Von der anderen Seite waren einen Augenblick lang noch die Lichter von Cascais zu sehen, dann verschluckte sie die Nacht. Das Schiff segelte auf dem offenen Meer. Starker Wind kam auf. Die vier jungen Leute lachten sich zu, umarmten und küßten einander, und ihre Herzen durchströmte eine Woge von Liebe. Ihre Münder preßten sich aufs Geratewohl aneinander. Das Glück - ja, vielleicht war es das.

João saß an seinem Arbeitstisch und schrieb. Er hatte Überrock und Weste abgelegt, das Spitzenhalstuch gelockert. Die Feder flog über das Papier. Er arbeitete an einem Trockenlegungsprojekt im Ribatejo, und an der Gestaltung eines Musterdorfes mit Selbstverwaltung auf den konfiszierten Besitzungen des Marquis.

Man hatte die Leiche drei Tage nach seinem Verschwinden entdeckt. Die Reiter waren niemals mehr ins Schloß von Palmela zurückgekehrt. Keiner von ihnen konnte je vergessen, aber ihr Entsetzen war so groß gewesen, daß keiner jemals etwas erzählte. Der Pistolenschuß, der den Kopf ihres Herrn zerschmettert hatte, wurde ihnen angelastet. Den Toten hatte ein Wilddieb gefunden, der gerade einen riesigen Hasen, den größten und schönsten, den er je gesehen hate, erlegt hatte. Er schleppte seine Jagdbeute zu der verlassenen Scheune im Wald, wo er sie vorläufig verstecken wollte. Da fiel er buchstäblich über die Leiche des Marquis. Vor lauter Schrecken ließ er den Hasen fallen. Dann rannte er, um den Verwalter zu benachrichtigen, der, bereits ziemlich unruhig über das lange Ausbleiben seines Herrn, so schnell herbeieilte wie er nur konnte. Niemand vermochte sich die außerordentliche Menge getrockneten Blutes zu erklären, die den Boden der Scheune bedeckte, ebensowenig wie den Mord an dem Novizen, dessen Leiche im Haus des Marquis lag. Der Verwalter suchte nicht weiter: die Begleiter hatten ihren Herrn getötet, das war gewiß. Da sie ihn nicht ausgeraubt hatten, korrigierte der Verwalter kaltblütig diesen Schönheitsfehler, indem er selbst alles, was der Marquis bei sich hatte, an sich nahm. Nun war die Situation völlig klar. Raubmord während eines Jagdausflugs. Der Marquis hatte keine Erben, also konfiszierte João kurzerhand seine Güter.

Er unternahm die größten Anstrengungen, um eine Spur von Alexandra und Laurent zu entdecken. Vergeblich. Sie waren vom Erdboden verschwunden. Aus Pietät ließ José ihm eine Halskette Alexandras zukommen, begleitet von einem kurzen anonymen Brief: Sie sind tot, sie sind gerächt. Das fehlende Teilchen fand seinen Platz in dem Puzzlespiel. Und João wußte, wer den Marquis getötet hatte.

Er war so verzweifelt, daß er sich in die Arbeit stürzte, den herzoglichen Palast verließ und sich in einem niedlichen rosa Palais, gegen Lapa zu, oberhalb des Flusses einrichtete. Das war der Regierungssitz. Er dachte, daß Kotor sich irgendwo versteckt hielt. Bei der Durchsicht eines Seeregisters - er wollte von nun an alles anschauen - stieß er zufällig auf die Ankündigung, daß die *Flor de Mayo* ihren Besitzer und Namen geändert hatte. Diskret versuchte er, ihre Abfahrt zu erleichtern, und als er erfuhr, daß man ihm zuvorgekommen war, bewunderte er die Arbeit und schwieg.

In dieser Nacht arbeitete er bei weit offenen Fenstern, als er plötzlich, ohne zu wissen, woher es kam, in all seiner Angst und seinem Leiden ganz deutlich so etwas wie eine Vergebung seiner Sünden fühlte, die von Clara her kam, und er begriff, daß es ein letzter Gruß war. Er hob die Augen. Auf dem schwarzen Fluß glitt sehr schnell ein kleines Licht vorbei. So fahren sie also fort, sagte er zu sich. Er seufzte. Welche Dummheit, welche Blindheit, welche Niederlage. Er vermißte Kotor.

Nun erriet er alles, was ihn betraf, und er fühlte Bitterkeit über eine entgangene Freundschaft. Er dachte an Barbara, verstand nun ebenfalls, was sie gewesen war, und der Schmerz über die verlorene Liebe, die verlorene Verbundenheit überwältigte ihn. Das Lichtchen verschwand aufs offene Meer hinaus.

João kehrte an seine Arbeit zurück. In den Vorhängen, die der Mond jetzt hell beschien, rührte sich etwas. Er hob wieder die Augen, und es war ihm nicht gleich möglich festzustellen, ob seine Phantasie ihm einen Streich spielte, oder ob er wirklich sah, was er sah.

Barbara, die vom Balkon aus hinter die Vorhänge geschlüpft war, ohne daß João sie gesehen hatte, ließ sich Zeit, um sich ein wenig theatralisch aus dem Stoff zu winden. Sie trug ein weites, einfach geschnittenes langes Kleid aus weißem Musselin, und das blonde Haar fiel offen über ihren Rücken. Sie wußte nur zu gut, daß ihre Blässe, die Weiße des Kleides, ihre sehr hellen blauen Augen zusammen mit dem Mondlicht den Eindruck einer übernatürlichen Erscheinung vermitteln mußten. Da Seine Eminenz auch Romantisches liebte, war der Auftritt perfekt. Sie blickte ihn starr an.

Beide blieben lange unbeweglich, dann ging Barbara, als hätte sie einen Entschluß gefaßt, langsam auf ihn zu. Er stand auf und stellte sich vor seinen Schreibtisch, auf den er sich aufstützte. Sie ließen einander nicht aus den Augen. Aus Barbaras Blick leuchtete ein Versprechen. João hatte das Gefühl, daß die Zeit stillstand. Sie kam ganz sanft noch näher, verlangsamte ihren Schritt noch mehr.

Mit der gleichen rituellen Langsamkeit führte João seine Hand zum Hemdkragen und nahm ebenso langsam sein Halstuch ab, das zu Boden glitt, wo sich die Spitzen so zusammenrollten, daß sie wie eine Blütenkrone aussahen. Mit der anderen Hand schob er den Hemdkragen auseinander, und wie ein zur Enthauptung Verurteilter entblößte er seinen Hals. Ohne den Blick von Barbara zu wenden, bog er ihr entschlossen den Hals entgegen, an dem die Schlagader kräftig pochte. Sie lag in seinen Armen, während sie ihm langsam und sanft Blut aus der Kehle saugte.

Seit mindestens vier Stunden befand sich das Segelschiff auf offener See, als am Horizont ein schmaler Streifen Licht sichtbar wurde. Kein Land war mehr zu sehen. Der Wind war stärker geworden, die Segel aufs straffste gespannt. Man hörte die Wanten ächzen. Mit der Exaktheit und dem Geräusch einer Schere, die Satin durchschneidet, spaltete der Bug die Wellen. Die vier jungen Leute erhoben sich und gingen zum Heck, wo Clara und Kotor immer noch umschlungen standen.

„Der Tag bricht an", sagte Gian-Vittorio.

Kotor löste sich aus seiner Versunkenheit, und mit würdevollem Lächeln gab er allen einen Friedenskuß.

„Danke", murmelte er in Gian-Vittorios Ohr. „Ich weiß nichts von unserer Zukunft, aber nichts ist verloren. Dank Euch, Gian-Vittorio."

Gian-Vittorio fühlte seine Augen brennen. Stürmisch umarmte Fernanda den hochgewachsenen Greis.

„Ich begleite Euch", sagte Joaquim.

„Ich auch", schloß Anna-Lucia sich an.

Kotor streckte seine Arme aus und stützte sich auf die beiden. Alle atmeten schließlich auf. Gerettet - nun, wahrscheinlich nicht, denn das Wort besagte nichts; aber am Beginn eines langen Weges.

Von Joaquim und Anna-Lucia gestützt, stieg Kotor in den Laderaum hinunter. Sie waren alle drei von fast überirdischer Schönheit, die den anderen das Herz zusammenschnürte.

Der ganze vordere Schiffsteil war speziell ausgestattet worden. Ein dunkler Raum beherbergte die Särge der drei echten Vampire, die sich an Bord befanden. Die beiden ersten, mit von Barbara initiierten Schwarzen aus Bahia besetzt, die ihren ersten Tod gestorben und Vampire geworden waren, waren bereits geschlossen, und ihre Besitzer schliefen. Der Verschlag war vom Laderaum selbst durch einen großen leeren Raum getrennt, der ein Vorzimmer bildete. Joaquim und Anna-Lucia halfen Kotor in den Sarg, der, alt wie die Zeit, viel massiver war als die beiden anderen.

Zärtlich lächelten sie einander an. Es roch nach Teer und Harz. Sie gingen hinaus und schlossen die Tür. Das Vorzimmer, das sich über die ganze Breite des Schiffes und einen guten Teil seiner Länge erstreckte, empfing schwaches Licht von sehr hoch angebrachten Ladeluken. Die Sonne ging auf und begann seltsame Gebilde auf die Wände zu malen. Einem neuen Jonas gleich, hatten sie das Gefühl, sich im Bauch eines Walfisches zu befinden. Anna-Lucia lehnte sich mit dem Rücken an die stark riechende Holzwand. Joaquim schob ihren Rock und das berühmte Spitzenhemd hoch. Ich werde den Hintern voller Späne haben, sagte sie sich. Gewiegt vom Schlingern des Schiffes, küßten sie einander. Er drang in sie ein. Sie waren glücklich. Sie sah ihn an, ihre Augen versanken ineinander. Sie verstand, daß er sich etwas wünschte, was er nicht zu verlangen wagte. Wenn es das war, was sie glaubte, war die Stellung dazu wirklich nicht bequem. Aber sie versuchte es. In ihren Augen tanzte ein Lachen. Die Liebe eben!

„Ein Flittchen zu sein", sagte sie, „hat immerhin den Vorteil, daß man die Technik tadellos beherrscht."

Marc Brandel

Der Schwanz der Eidechse

MOEWIG

MOEWIG Band Nr. 1815
Moewig Taschenbuchverlag Rastatt

Für Joanne Vance
(1930–1977)

Titel der Originalausgabe: The Lizard's Tail
Übersetzt von Liesl Nürenberger-Körbler und Andreas Ch. Körbler

Lizenzausgabe mit Genehmigung des Zsolnay Verlages
Umschlagillustration: Franz Berthold
Umschlagentwurf und -gestaltung: Franz Wöllzenmüller, München
Verkaufspreis inkl. gesetzl. Mehrwertsteuer
Auslieferung in Österreich:
Pressegroßvertrieb Salzburg, Niederalm 300, A-5081 Anif
Printed in Germany 1985
Druck und Bindung: Elsnerdruck GmbH, Berlin
ISBN 3-8118-1815-5

1

Es war einer dieser grotesken Unfälle.

Alle waren sich darüber einig. „Mein Gott, Martin“, sagten sie. „O Gott, was für ein Pech.“ Es brachte ihnen zu Bewußtsein, daß alles passieren konnte.

Ich begann, bald nachdem ich das Krankenhaus verlassen hatte, diese Worte selbst zu gebrauchen; sie wurden zu einem solchen Reflex wie ein schmerzhaftes Stöhnen, wann immer ich darüber reden mußte. „Einer dieser grotesken Unfälle“, pflegte ich zu sagen. „Niemand war schuld daran . . .“ Ich gab dann immer Erklärungen über die Verabredung zum Essen mit den Ryders ab, das kaputte Blinklicht, das Auto mit den Schiebefenstern, das wir von Frankreich mit herübergebracht hatten.

Es geschah an einem Freitag, Anfang Juli, einem jener glitzernden Sommertage, an denen es unmöglich zu sein scheint, daß es in Vermont jemals Winter geben könnte. Ich war knapp vor vier Uhr damit fertig, *Miguel* mit Tusche auszuziehen. Ich schrieb meinen Namen in das letzte Bild jeder Episode, steckte meine Pfeife wieder an und sonnte mich in dem gewohnten angenehmen Gefühl, etwas vollbracht zu haben.

Später wurde es für mich wichtig, zu versuchen, meine Einstellung zu *Miguel* in jener Zeit zu verstehen. Daß ihn die *Village Voice* gleich am Anfang akzeptiert hatte, schien mir immer noch eine der wenigen Errungenschaften meines Lebens zu sein. Nachdem Karen meine Agentin geworden war und den Comic-Strip in mehreren Zeitungen zugleich untergebracht hatte, konnte ich meinen Job in der Werbung aufgeben und meine eigene Arbeit machen, etwas, woran ich glaubte. *Miguel,* Mann der dritten Welt, der sich unschuldig schlau an die Verrücktheiten und Widersprüche des amerikanischen Lebens wagte, war meine eigene Schöpfung, ein Ausdruck meines eigenen Unwillens und Protests.

Nach elf Jahren erbarmungsloser Termine gab es Stunden, manchmal Tage, an denen ich im Atelier umherging, am Fenster stand und hinausstarrte, ohne daß ich auch nur den geringsten Schimmer meiner ursprünglichen Begeisterung entfachen konnte. Die Notwendigkeit, neue Ideen zu finden, um alle vier oder fünf

Wochen *Miguel* auf neue Abenteuer loszulassen, die Grundlinie der Story auszuarbeiten, so daß die tägliche Folge den Leser neugierig machte, wissen zu wollen, was als nächstes passierte, ironisch zu bleiben, ohne blasiert zu wirken, und die unterdrückte Angst, nicht durchhalten zu können, lähmte meinen Geist. Es gab andere Tage, an denen ich in Hochstimmung in das Atelier ging, erfüllt von der alten Sicherheit, daß das, was ich tat, der Mühe wert war. *Miguel* bedeutete etwas, nicht nur für mich; auf seine eigene triviale Weise beeinflußte er die Zeit, war Teil des Bewußtseins meiner Leser. An solchen Tagen erregte mich die Erkenntnis, was für ein Glück ich hatte; ich tat das was ich tun wollte; ich konnte mir nicht vorstellen, daß ich jemals irgend etwas anderes tun wollte. Vor allem, glaube ich, gab mir *Miguel* ein ständiges Gefühl, etwas vollbracht zu haben; elf Jahre lang hatte ich niemals einen Termin versäumt. Wie öde manche Tage auch sein mochten, ich stellte den Comic-Strip stets Freitag abend fertig.

Ich steckte die Illustrationskartons in ein gefüttertes Kuvert und adressierte es an meine Agentin Karen Wager in New York. Sobald ich es abgeschickt hatte, konnte ich das Wochenende ungehindert genießen. Ich stand mit dem Kuvert unter dem Arm da und blickte durch das vergitterte Fenster hinaus zu den Ahornbäumen auf dem Hügel hinter meinem Atelier.

Acht Jahre lang hatten Ruth und ich uns keine Ferien gegönnt, keine Wochenendtrips nach New York, um eine weitere und noch eine Gruppe von diesen Bäumen zu räuberischen Preisen zu kaufen. Wir besaßen jetzt sechs Morgen; es war noch immer nicht genug, um uns Ungestörtheit zu sichern; eines Tages würde Harry Fortnum, dem der Rest des Hügels gehörte, dort Häuser bauen. Es machte uns nichts mehr aus. Wozu sollten wir isoliert sein? Im Winter würden wir vielleicht froh sein über Nachbarn. Vor zwei Jahren hatten wir uns das stillschweigend eingestanden. Sophie war sechs Jahre alt; es war der letzte Sommer, in dem wir alle zusammen während der günstigsten Monate in Europa reisen konnten, ohne die Sorge, sie aus der Schule herausnehmen zu müssen. Ich arbeitete an Abenden und Wochenenden, und so gelang es mir, mit dem Comic-Strip zwei Monate vor unserer Abreise fertig zu sein. Im Mai und Juni bummelten wir in dem kleinen Renault, den wir in Paris gekauft hatten, auf dem Kontinent umher.

Ich vergewisserte mich, daß alle Fenster verriegelt waren, bevor ich das Atelier verließ, und sperrte die Tür aus schwerem Zedernholz hinter mir zu. Als ich über den Hof zum Haus ging, fiel mir ein, daß ich Karen versprochen hatte, vor fünf anzurufen.

Das Telefon war im Wohnzimmer. Ruth ebenfalls. Sie lag auf dem Fenstersitz, hob und senkte langsam ein Bein nach dem anderen, dann beide zusammen - ihre Lockerungsübungen. „Wie bist du vorangekommen?"

Ich schwenkte das Kuvert, das ich bei mir hatte; das war die Antwort, die sie wollte. Das Sofa war übersät mit Broschüren und hektographierten Briefen; ich schob sie zur Seite, setzte mich und beobachtete sie.

Sie trug Drillichhosen; wenn sie ein Bein hob, spannte sich der helle, glatte Stoff über der hinteren Seite ihres Oberschenkels; wenn sie beide hochhob, zeichnete sich ihr Hinterteil so klar ab, daß es wie nackt aussah. Vor zwei Jahren, sogar noch vor einem Jahr wäre ich hinübergegangen und hätte sie berührt; wir hätten uns gegenseitig erregt; wir hätten einander vermutlich auf der Fensterbank geliebt.

Ich fragte sie, ob es ihr gelungen sei, einen Babysitter für Sophie zu finden.

„Sie wird die Nacht bei Amanda verbringen." Ruths linker Fuß zeigte zum Plafond. „Sie freut sich darauf."

„Du dich auch?"

„Worauf?"

„Ob du dich darauf freust, zu den Ryders zu gehen."

„Das haben wir doch alles schon so oft getan."

„Magst du nicht gehen?"

„Magst du?"

„Ja." Charly Ryder war einer der besten Illustratoren des Landes. Er und seine Frau Kate waren einmal unsere ganz besonderen Freunde gewesen.

„Es ist immer das gleiche. Du und Charly, ihr redet über eure Arbeit. Kate und ich sitzen nur da und hören zu."

„Nichts könnte euch daran hindern, euch anzuschließen." Ich konnte mich an die Zeit erinnern, als Ruth und ich jede neue Idee für *Miguel* diskutiert hatten; bis vor zwei Jahren hatte sie die Schrift auf den Comic-Strips für mich mit Tusche ausgezogen.

Sie senkte ihr rechtes Bein; als nächstes kam das Heben beider Beine; ich wartete darauf, daß sie mir wieder ihr Hinterteil zeigte. Sie richtete sich auf dem Fenstersitz auf. „Diese Grundstücksmakler in New York haben heute morgen angerufen. Da gibt es ein möbliertes Apartment in Brooklyn Heights, das perfekt zu sein scheint."

„Wieviel?"

„Bloß dreihundertfünfzig im Monat."

„Da muß irgend etwas nicht damit stimmen."
„Warum sagst du immer solche Sachen?"
Sie meinte, warum versuchte ich immer, ihr die Begeisterung zu vergällen; sie hatte mir die Freude am Besuch bei den Ryders vergällt; ich sagte das nicht; die Enttäuschung in ihrem Gesicht war zu offenbar, wie bei einem Kind. „In Ordnung, Liebling." Ich stand auf. „Wir werden später darüber reden."
„Wohin gehst du?"
„Ich muß zur Post zurechtkommen." Ich mußte auch zum Drugstore gehen und Karen vor fünf anrufen. Als ich mein Kuvert vom Sofa aufhob, sah ich, daß einer der hektographierten Briefe vom *Origin*-Institut in New York war. Ich hatte nie etwas vom *Origin*-Institut gehört; der Briefkopf kündigte Kurse für kreatives Leben an.
Ruth beobachtete mich immer noch vom Fenstersitz her; ich ging hinüber und küßte sie auf die Wange. „Ich versuche nicht, auszuweichen", versprach ich ihr. „Wir werden die ganze Sache später besprechen."
„Wir müssen nicht vor acht bei den Ryders sein."
Sie lächelte. Wie immer veränderte es sofort ihre ganze Persönlichkeit. Im Zustand der Ruhe war ihr Gesicht irreführend; ihre leicht gebogene Nase, das volle rundliche Kinn und die großen, wachsamen Augen gaben ihrer Schönheit die Qualität eines Spätrenaissanceportraits, das Assoziationen mit Intellekt, Stolz hervorruft. In Wirklichkeit war sie ein eher zaghafter Mensch. Sie absolvierte ihr letztes Jahr auf der Schwesternschule, als wir einander kennenlernten; Ruth McFarlane, aus einer kleinen Stadt bei Toronto, so natürlich wie Heidekraut; das einzige, dessen sie sich in diesen Tagen sicher war - sie wollte nicht Krankenschwester sein. Ihr Lächeln war ein Eingeständnis ihrer Unsicherheit. Es begann scheu, widerstrebend und wurde dann plötzlich zu einem Bekenntnis. Ich küßte sie wieder.
„Ich werde Sophie in die Stadt mitnehmen und sie bei Amanda absetzen."
„Sie ist im Garten. Ich hab' alle ihre Sachen bereitgelegt. Ich bringe sie dir ins Auto."
Sophie antwortete nicht, als ich sie rief. Schließlich fand ich sie auf dem Hügel, ihre rostbraunen Jeans und das gestreifte T-Shirt tarnten sie zwischen den Bäumen. Sie hockte, ganz ruhig, die Knie abgewinkelt, der Rücken gerade, mühelos auf den Zehen balancierend. Als ich mich ihr näherte, fiel mir auf, daß es eines der wunderbarsten Züge bei Kindern ist, wie perfekt jeder Teil ihres Körpers

funktioniert: Sophies ganzer Körper war ein fehlerloses Instrument ihres Willens.

Ich beobachtete sie mit so großem Interesse, daß es einige Sekunden dauerte, bis ich sah, in was sie so vertieft war. Die Katze hatte eine Eidechse gefangen. Sie quälte sie mit viel Geschick, ließ sie von einer Pfote zur anderen schnellen, durchbohrte sie kurz mit den Zähnen. Die Katze hatte den Schwanz der Eidechse bereits abgetrennt, er wand sich, an die 30 cm vom Körper entfernt, um einen Stein. Sophie stieß mit dem Stock nach ihm.

„Woher weiß er, daß ich das tu, wenn er keinen Kopf hat?"

Ich beugte mich zu ihr hinunter und legte meinen Arm auf ihre Schulter, während ich überlegte, ob der Eidechsenschwanz wirklich wußte, daß sie nach ihm stieß. Ich entschied, daß er es nicht wußte, er besaß vom menschlichen Standpunkt aus gar kein Bewußtsein.

„Er weiß es nicht, Liebling. Es ist bloß ein Reflex."

„Er bewegt sich schneller, wenn ich den Stock in seine Nähe bringe."

Sie zeigte es mir; der Schwanz der Eidechse schien durch die Nähe des Stockes zu noch wilderer Aktivität angestachelt zu werden.

„Er weiß es. Er weiß es wirklich." Für Sophie war der Schwanz ein Wesen, beinahe ein Mensch, er war sich ihrer so bewußt, wie sie sich seiner. Sie zog den Stock zurück und versteckte ihn hinter dem Rücken; sie wollte sich an ihn heranschleichen, wollte sehen, ob er ihr Näherkommen spüren konnte.

Sie erhielt nie die Chance, herauszufinden, ob er das konnte oder nicht. Der Katze wurde der sterbende Körper der Eidechse allmählich langweilig; sie hatte niemals vorgehabt, ihn zu fressen; die lebhaften Bewegungen des Schwanzes erregten ihre Aufmerksamkeit. Sie fegte ihn mit der Pfote vom Stein, verfolgte ihn einen Augenblick lang durch das Gras, dann, als Sophie eine Bewegung machte, um ihn zurückzuholen, packte sie ihn mit dem Maul und lief in den Wald.

„Ich glaube nicht, daß er wirklich lebendig war." Ich nahm Sophies Hand, während wir zum Auto gingen,

„Sind das die neuen Miguels?" Sie hatte jegliches Interesse an der Eidechse verloren; sie schaute auf das Kuvert in meiner Hand. „Hast du sie zugeklebt?"

„Ich muß sie abschicken."

Sie war enttäuscht; es würde Wochen dauern, ehe sie sie in der Zeitung sehen konnte. Ich hatte ihr am Anfang der Woche die Skizzen gezeigt, aber damals hatte ich die Dialoge noch nicht hineingezeichnet; sie wollte wissen, was Miguel sagte, als der Computer an Hand von Luft- und Wasserproben ausrechnete, daß in New York City kein Leben möglich sei. „Was geschah dann?“

Ich erzählte es ihr. Oft, wenn ich mit Sophie allein war, genoß ich ein Gefühl der Kameradschaft mit ihr, das einfacher war als jede andere Beziehung in meinem Leben. Ich wußte, daß unsere Kameradschaft verlorengehen würde; in sieben, acht, bestenfalls in zehn Jahren würde sie ein völlig anderer Mensch sein; sie würde sich nicht mehr für mich interessieren.

Der Renault war in der Einfahrt, er stand verkehrt. Sophie setzte sich neben mich; ich startete den Motor.

„Sophie.“

Ruth stand vor der Eingangstür, winkte mit beiden Armen. Ich stellte den Motor ab.

„Sophie, komm herein und zieh dir andere Schuhe an.“

Ich blickte auf meine Uhr; es war zwanzig vor fünf. Als Sophie wieder ins Auto kletterte, war ich schon in Eile. Ungeduld machte mich unvorsichtig. Als ich reversierte, rutschte mein Fuß von der Kupplung ab; der Wagen schlitterte noch zirka einen Meter weiter zurück, ehe ich auf die Bremse treten konnte. Ich hörte das Krachen der Stoßstange, als sie gegen die niedrige Steinmauer anschlug, die die Ausfahrt begrenzte; es folgte ein klirrendes Geräusch. Der Stoß hatte Sophie erschreckt; sie sah mich vorwurfsvoll an.

„Entschuldige. Ist schon in Ordnung.“ Ich versuchte, einen Scherz daraus zu machen. „Dazu sind ja Stoßstangen da.“

„Ich glaube, du hast hinten was kaputtgemacht.“

Ich hatte das unangenehme Gefühl, daß sie recht hatte. Ich ging um den Wagen herum und sah ihn mir von hinten an, sobald ich ihn vor dem Postamt geparkt hatte.

Das linke rückwärtige Blinklicht war zerbrochen.

Nachdem ich die Zeichnungen abgeschickt hatte, nahm ich Sophie mit zum Drugstore und gab ihr einen Dollar, damit sie sich ein Eis kaufe; ich ging inzwischen in eine Telefonzelle. Es war kurz nach fünf; ich wußte, Karen würde in ihrem Büro auf meinen Anruf warten.

„Wo bist du?“ Es war so ihre Art, sofort besorgt zu klingen, wann immer sie meine Stimme am Telefon hörte.

„Im Drugstore.“

„Warum hast du nicht ein R-Gespräch angemeldet?“

„Warum solltest du bezahlen, um dir meine Probleme anzuhören?“

„Was hat Ruth jetzt vor?"

„Sie will den Winter in New York verbringen."

„Hat sie sich schon näher darüber ausgelassen?"

„Noch nicht. Nein, das hat sie nicht." Ich wollte Ruth gegenüber fair sein. „Aber ich fürchte, heute abend ist eines von diesen unseren Gesprächen fällig. Sie hat ein Apartment in Brooklyn Heights gefunden."

„Was wirst du tun?"

„Es ist doch sinnlos, hier draußen zu bleiben, wenn Ruth hier unglücklich sein wird."

„Wirst du in New York glücklich sein?"

„Ich weiß nicht." Ein möbliertes Apartment, das dreihundertfünfzig im Monat kostete, ich versuchte es mir vorzustellen; den ganzen Tag in einem engen Hinterzimmer arbeiten; das einzige, was man sehen konnte, eine Mauer, meine Notizen und Mappen mit Photomaterial auf dem Bett gestapelt; das Telefon klingelt; Ruth, die ein und aus geht. Der einzige Teil meines Lebens, in dem keine Unterbrechung einträte, würden die allwöchentlichen Termine sein. „Ich kann nicht allein hierbleiben", sagte ich zu Karen. „Das ganze verdammte Haus ist voll von Echos. Jedes Möbelstück erinnert mich daran, wie die Dinge einst gewesen sind, die ganze Aufregung, die wir bei allem empfanden, als wir das Haus bauten ..." Ich versuchte noch immer zu erklären, was ich empfand, als die Telefonistin unterbrach und weitere Münzen verlangte.

„Ruf mich am Sonntag an", schlug Karen vor. „Ruf mich zu Hause an."

Ich versprach es. Als ich auflegte, konnte ich Sophies lieblichen runden Kopf an der Theke über ihre Eiscreme gebeugt sehen. Vielleicht war das Apartment in Brooklyn Heights im Grunde gar nicht so übel; es würde Spaß machen, mit Sophie durch die Stadt zu spazieren und sie mit ihren Augen ganz neu zu sehen.

Ich hatte recht damit gehabt, daß an diesem Abend eines unserer Gespräche fällig war; ich konnte Ruths krampfhafte Entschlossenheit fühlen, während wir uns für unsere Verabredung zum Abendessen bei den Ryders umzogen und wie höfliche Fremde an der Schwelle zum Badezimmer aneinander vorbeigingen.

Sie gesellte sich unten zu mir, als ich mir meinen ersten Drink genehmigte. Sie trug ein langes Baumwollkleid mit einem Ledergürtel und einem bunten Bolero. Nach zwölf Jahren überraschte es mich manchmal noch immer, wie wunderhübsch sie war.

Ich goß ihr den Sherry ein. „Du siehst schön aus." Sie ging an mir vorbei zum Sofa, ließ sich darauf nieder, bereit, anzufangen.

„Wenn wir dieses Apartment nehmen wollen, müssen wir ihnen bis Montag eine Anzahlung schicken."

„Ohne daß wir es überhaupt gesehen haben?"

„Dorothy hat es gesehen. Sie hat sich's heute in ihrer Mittagspause für mich angesehen." Dorothy Willard war eine alte Freundin von Ruth aus ihren Krankenschwesterzeiten; manchmal kam sie uns besuchen und blieb kurze Zeit. Ich hatte sie nie gemocht.

„Was hat sie gesagt?"

„Sie meint, für diesen Preis ist es phantastisch."

„Du willst es nehmen, nicht wahr?"

„Ich will nicht noch einen Winter hier draußen verbringen."

Ich schenkte mir noch einen Drink ein. „Du bist im Winter immer so gern hier gewesen." Mit Eis und Wasser hantierend, vermied ich es, sie anzusehen. „Du hast immer gesagt, das wäre die beste Zeit. Nach dem Sommer reisten alle Leute ab und alles sei für uns allein da." Ich wußte, es war dumm, ihr Vorwürfe zu machen; sie hatte sich verändert; keine Erinnerung an das Vergangene könnte sie wieder zurückverwandeln.

Sie sah mich nicht; die hektographierten Briefe waren neben ihr auf dem Sofa aufgestapelt; sie ließ ihre Finger dazwischen gleiten.

„Es gibt so viele Dinge, die ich in New York tun will."

„Was ist das ‚*Origin*-Institut'?"

„Es ist ein neues – das ist eines davon. Das ist die Art von Dingen, die ich meine."

„Du willst einen Kurs über kreatives Leben besuchen?"

„Ich muß etwas Selbständiges tun."

„Ich weiß."

Ich wußte es. Diese entschiedene Feststellung dessen, was sie brauchte, war eine Erklärung für all das, was uns seit einiger Zeit allmählich auseinandergebracht hatte. Sie hatte zu lange durch mich gelebt, hatte meine Arbeit, mein Leben mit mir geteilt, hatte eifrig von mir gelernt und auch meine Überzeugungen geteilt. War die Hälfte von meinem „Wir", aber niemals ganz „Ich", bis sie von dem Verlangen nach eigener Individualität überwältigt worden war. Es hatte, glaube ich, auf dieser Reise nach Europa vor zwei Jahren begonnen. Sie hatte damals angefangen zu begreifen, daß sie gewisse Dinge tun wollte, die ich nicht tun wollte, daß es Leute gab, mit denen sie zusammensein wollte und die mich langweilten oder mir widerstrebten. Als wir zurück waren, sprach sie immer nachdrücklicher davon, daß sie ihre Interessen erweitern, sie selbst sein wollte. Sie begann sich für Dinge zu begeistern, die, wie sie wußte, mich kalt ließen, homöopathische Medizin, indische Musik, das *I Ging*.

Ich konnte ihr keinen Vorwurf daraus machen. Sie war vierunddreißig, zwölf Jahre jünger als ich. Für sie war es ein sehr wichtiges Alter; wenn sie jetzt keine Richtung, keinen eigenen Ansporn fand, würde es bald zu spät werden, irgend etwas mehr zu sein als meine Frau.

„In Ordnung." Ich leerte mein Glas; es war an der Zeit, daß wir zu Ryders aufbrachen. „Wir werden das Apartment nehmen, wenn du willst. Ich werde dir morgen früh einen Scheck geben."

Ich erwartete, daß sie sich freuen würde. Als ich ihr in den Mantel half, konnte ich immer noch ihre hartnäckige Entschlossenheit spüren.

„Was ist los?"

„Nichts." Sie entfernte sich mit jedem Schritt immer mehr von mir, als wir zum Wagen hinausgingen. „Willst du, daß ich fahre?"

„Wenn du willst. Ja. Danke." Ich stieg auf den Beifahrersitz.

Es war noch hell, die Blätter der Ahornbäume nahmen in der aufsteigenden Dämmerung eine metallisch-dunkle Färbung an. Ruth bog am unteren Ende der Straße von der Stadt ab, nahm die Straße nach East Dorpe, wo die Ryders wohnten, vierundzwanzig Kilometer von uns entfernt. Sie hatte nicht gesprochen, seit wir losgefahren waren; ihr Schweigen war wie eine Abfuhr.

„Erzähl mir von dem Apartment", schlug ich vor. „Was hat Dorothy Willard gesagt?"

„Es ist auf dem obersten Stock, in einem dieser alten roten Ziegelhäuser."

„Geht man da zu Fuß hinauf?"

„Ja."

„Wie viele Stockwerke?"

„Fünf, glaub' ich."

Wieder Schweigen. Ich spielte mit meinem Ehering. Daß ich mit meinem Daumen immer wieder daran herumdrehte wie ein Grieche an seinem Rosenkranz, war mir in der letzten Zeit zur Gewohnheit geworden.

„Sprich weiter." Ich hörte auf, an dem Ring zu drehen. „Was hat dir Dorothy Willard noch erzählt?"

„Es ist eher klein, fürchte ich."

„Wie klein?"

„Es hat nur ein Wohnzimmer, Küche und Schlafzimmer."

Ich wußte sofort, was sie mir damit sagen wollte; perverserweise mußte ich sie dazu bringen, es auszusprechen. „Wo soll ich denn arbeiten?"

„Ich dachte, du wolltest hier oben bleiben."

„Allein?"
„Allein."
„Du willst mich nicht bei dir in New York haben."
„Ich will keine Trennung, nichts dergleichen. Nichts Dauerndes." Sie fuhr jetzt langsamer; vor uns war ein Farmlastwagen; sie konnte ihn auf der kurvenreichen Straße nicht überholen. „Ich habe einfach das Gefühl, ich sollte eine Zeitlang allein sein."

Sie hatte bei ihren Eltern gewohnt, bevor sie in die Schwesternschule kam; sie hatte nie ein Zuhause gehabt, das ihr allein gehörte, wo sie ihre Freunde einladen konnte, ohne zu überlegen, wie die anderen zu ihnen standen. Mein Verständnis dafür schien es mir um nichts leichter zu machen. Auch wenn es nur ein weiterer Akt in dem langen Prozeß war, in dem sie sich von mir zurückzog, war diese neue Abweisung von plötzlicher, praktischer Endgültigkeit. So viele Jahre hindurch waren wir einander zu sicher gewesen. Ich versuchte, mich zu wehren.

„Was ist mit Sophie? Ich will nicht von ihr getrennt sein."
„Es ist nur für ein paar Monate. Du kannst an den Wochenenden kommen. Du kannst kommen, wann immer du willst."

Wochenendbesuche. An der Türe läuten wie ein Fremder; Sophie, die mir die Tür öffnet. Mein Geist wehrte sich gegen diesen Gedanken; wie ein Wasserlauf von einem Stein blockiert, suchte er einen Weg um ihn herum zu finden. Ich dachte daran, Karen zu bitten, mir ein Büro in der Stadt zu finden; Ruth konnte das Apartment den ganzen Tag für sich haben. Ich wollte das gerade vorschlagen.

Ich kam nie mehr dazu.

Wir hatten ein Straßenstück erreicht, das gerade verlief. Ruth blickte in den Rückspiegel. Ohne etwas zu sehen, war auch ich mir des Wagens hinter uns bewußt. Sie betätigte den Blinkhebel am Volant und setzte zum Ausscheren an, um den Lastwagen vor uns zu überholen. Sie steuerte gerade auf die Straßenmitte zu, als mir einfiel, daß das linke rückwärtige Blinklicht kaputt war. Ruth wußte das nicht. Das Schiebefenster neben mir war halb geöffnet. Ich streckte den Arm hinaus, um dem Wagen hinter uns ein Handzeichen zu geben. Ich sah, wie Ruth flüchtig zu mir hinblickte, durch mein Verhalten für einen Augenblick abgelenkt.

Das herannahende Auto raste in unseren linken vorderen Kotflügel hinein.

Die nächsten wenigen Sekunden waren die intensivsten und dichtesten meines Lebens. Ruths Körper fiel mit dem ganzen Gewicht heftig auf mich, als sie durch den Zusammenstoß zur Seite geworfen wurde. Ich verspürte einen Stoß, vom Genick aus bis zum Schädel hinauf, meine Beine hatte ich in der Angst ausgestreckt; ich erwartete den krachenden Aufprall des Wagens hinter uns. Mein rechter Arm war immer noch teilweise aus dem Fenster gestreckt. Meine Angst konzentrierte sich augenblicklich darauf.

Ich versuchte, die Hand freizubekommen, während ich sah, wie das Glas des Schiebefensters zersprang.

2

Der Arzt sagte mir, ich hätte Glück gehabt. „Wenn Sie allein im Auto gewesen wären, wären Sie verblutet."

Ruth hatte bei dem Unfall nicht mehr als ein paar blaue Flecken abbekommen. Als der Wagen schließlich seitlich zum Stillstand kam, reagierte sie mit bewundernswürdiger Ruhe auf den Anblick des Blutes, das aus meinem Handgelenk spritzte. Ihre Schwesternausbildung half ihr, die Beherrschung wiederzugewinnen; sie nahm ihren Gürtel ab, um mich abzubinden, und stoppte so die Blutung. Als die Rettung ankam, war ich immer noch bewußtlos, aber außer Gefahr.

„Sie rettete Ihr Leben." Dr. Sullivan behandelte mich mit unpersönlichem Humor; vielleicht hatte er darin die beste Verteidigung gegen die emotionellen Ansprüche seiner Patienten entdeckt. „Sie ist eine ungewöhnliche Frau."

„Ich weiß." Ich beobachtete die Krankenschwester, wie sie den Verband aufrollte und den Stumpf meines Handgelenkes entblößte.

„Ich habe saubere Arbeit geleistet."

„Gewiß, das haben Sie." Ich nahm an, daß ich auch insofern Glück gehabt hatte, als Dr. Sullivan bei meiner Einlieferung im Krankenhaus Dienst versah.

„Ist es da empfindlich?" Seine Finger berührten das deformierte Fleisch.

„Nein."

„Da?"

„Nicht besonders." Empfindlich war das falsche Wort. Ich konnte nicht sagen, wieviel von dem Schmerz eingebildet war, verursacht vom qualvollen Widerspruch zwischen dem, was meine Augen sahen, und dem, was ich fühlte. Ich konnte sehen, daß mein Arm am Handgelenk mit einem doppelten Auswuchs der Knochen aufhörte, von transplantierter Haut bedeckt, ein widersinniges Ding, unausgegoren wie ein Fötus. Ich konnte dieses Ding überhaupt nicht spüren, egal, wie fest Dr. Sullivans Daumen darauf drückte. Was ich spürte, war die unsichtbare Hand außerhalb dieses Dings; mir war jedes Pulsieren des Blutes durch ihre Finger bewußt, jeder Wechsel der Temperatur ihrer Haut. Wenn es im Raum kühl war, schmerzte sie vor Kälte; an heißen Tagen kribbelte sie. Ich fühlte sie viel mehr als je, als sie noch da und sichtbar war. Ich wartete darauf, daß die Schwester das Handgelenk wieder unter einer Bandage verbarg.

„Von jetzt an werden wir den Verband weglassen."

„Heißt das, ich kann nach Hause gehen?"

„Wie fühlen Sie sich sonst?"

„Gut."

„Heutzutage macht man wunderbare effiziente Prothesen."

„Ja, ich dachte daran, mir so einen Piratenhaken zu besorgen."

„Wirklich?" Dr. Sullivan zog es vor, die Witze selbst zu machen. „Sie müssen ohnehin eine Zeitlang warten. Es wird mindestens einen Monat dauern, bis die Unterarmmuskeln sich zu einem mehr oder weniger dauerhaften Zustand zusammenziehen." Er zeigte mir, wie ich sie bewegen sollte, drehte an meinem Handgelenk, als ob ich einen Korkenzieher herumdrehte. Ich konnte fühlen, wie die Finger meiner fehlenden Hand sich ballten, die Unterarmmuskeln sich zusammenzogen, um bei dem, was Dr. Sullivan „Phantom"-Tätigkeit nannte, den Griff des imaginären Korkenziehers festzuhalten. Bevor er ging, sagte er noch, er wolle mit Ruth sprechen, wenn sie diesen Nachmittag auf Besuch komme.

„Er sagt, du machst gute Fortschritte." Ruth legte das Buch, das sie mir gebracht hatte, auf den Tisch neben meinen Stuhl.

„Er meint, psychisch."

„Ich weiß." Sie beobachtete mich erwartungsvoll.

„Er erzählt mir immer wieder, was für ein Glück ich habe."

„Er will nicht, daß du Selbstmitleid entwickelst."

„Hast du Angst, ich könnte das entwickeln?"

„Es wird eine schwierige Umstellung sein."

„Hat er dir gesagt, wann ich nach Hause gehen kann?"

„Morgen, wenn du möchtest."

„Ist das in Ordnung?" Ich sah sie nicht an, als ich das fragte. Ruth hatte das Apartment in Brooklyn Heights nicht genommen; abgesehen davon, hatten wir es vermieden, über die Zukunft zu reden, was wir tun würden, ob wir gemeinsam in Vermont bleiben würden. Ich wandte mich zum Tisch, um zu sehen, was für ein Buch sie mir gebracht hatte. Ich griff mit der rechten Hand danach. Das war die erste Umstellung, die ich zu schaffen hatte, mich zu erinnern, daß ich keine rechte Hand besaß.

„Natürlich ist es in Ordnung. Ich sehne mich danach, daß du nach Hause kommst." Sie hatte einige Sekunden gebraucht, es zu sagen. Als ich mich näher zu dem Buch neigte, sah ich, daß es *A Separate Reality* war. Ich war nie imstande gewesen, Castaneda zu lesen. Irgendeine anthropomorphe Qualität in seinem Werk, ein Versuch, alltägliche Dinge mit einem Geheimnis zu erfüllen, störte mich.

Ruth holte mich am nächsten Nachmittag ab. Sie brachte einen Pullover mit, den ich zu Hause tragen sollte. Als ich ihn anzog, entdeckte ich, daß das Ende des rechten Arms zugenäht war.

„Ich dachte, es würde dein Handgelenk warmhalten."

„Ist eine gute Idee."

Ich trug meinen Koffer selbst zum Parkplatz; ich wollte nicht, daß Ruth anfange, mir zu helfen. Sie hatte einen gebrauchten Kombiwagen gekauft, der den zertrümmerten französischen Wagen ersetzen sollte. Ich stellte den Koffer ab, um die Tür zu öffnen; mir schien, daß mir so etwas mit der linken Hand recht leichtfallen müßte. Ich konnte den Griff nicht weit genug vorziehen, um den Schnapper aufzukriegen.

„Es ist abgesperrt."

Ich wartete, erholte mich von dem Gefühl, versagt zu haben, während Ruth auf den Fahrersitz glitt und die Tür von innen öffnete.

„Heute morgen war viel mehr Post für dich da."

Absichtlich brachte sie das Gespräch auf etwas Erfreuliches, während sie langsam aus dem Parkplatz herausfuhr.

Die Briefe waren nach dem Unfall stapelweise angekommen, Karen hatte sie weitergeleitet. Sie kamen aus dem ganzen Land, ermutigend, mitfühlend, manche überraschend persönlich, Fremde, die das Gefühl hatten, mich so gut zu kennen, wie sie *Miguel* kannten.

„Hast du sie angesehen?" Es hatte auch Briefe gegeben, die nicht mitfühlend, die auf obszöne Weise schadenfroh waren.

„Ich dachte, du würdest sie gern selbst öffnen."

Sie waren in einem Korb im Wohnzimmer für mich vorbereitet, an der Lichtleitung über ihnen war ein Schild aufgehängt. „Willkommen zu Hause." Sophie hatte sich die Mühe gemacht, mehrere verschiedene Buntstifte für ihre Botschaft zu benützen.

„Sie ist ganz verrückt danach, dich zu sehen."

„Wo ist sie?“ Warum war sie nicht herausgelaufen, um uns zu treffen? Hatte sie den Wagen nicht gehört?

„Amanda hat Geburstag. Sie hat Sophie zu ihrer Party eingeladen.“

Ich empfand eine kindische Enttäuschung. Ruth hatte sie nach der Transplantation zu mir auf Besuch mitgebracht. Sophie hatte sich tief besorgt benommen, was ich als eine Rolle erkannte, die sie spielte, die Haltung, die man von einem Besucher am Krankenbett erwartete. Ruth hatte das als Beklemmung verstanden, sie hatte Sophie nicht wieder ins Krankenhaus mitgenommen.

Ich nahm einen der Briefe aus dem Korb in die Hand; er war von einem staatlichen College in Saraville, Kalifornien; ich würde ihn zwischen den Zähnen halten oder mit dem Ellbogen auf den Tisch pressen müssen, um ihn zu öffnen. Ich ließ ihn in den Korb zurückfallen.

„Möchtest du, daß ich sie für dich öffne?“

„Es hat keine Eile.“

Ruth ging im Zimmer auf und ab, ordnete Zeitschriften und Kissen. Ich ertappte mich dabei, wie ich sie bewunderte, ihre Beine, ihren Hintern, die klassische Linie ihrer Nase und ihres Kinns, so unpersönlich, wie ich die Frau eines anderen betrachtet hätte. Sie sah flüchtig auf ihre Uhr.

„Ich werde etwas einkaufen gehen, bevor ich Sophie abhole.“

Ich ging zum Atelier hinaus, sobald sie fort war. Seine Wände schienen mich zurückzufordern, wie eine Muschelschale, von der ich mich für kurze Zeit gelöst hatte; all die Jahre, an denen ich morgens hierherkam, um an *Miguel* zu arbeiten; das vertraute Zusammenspiel von Hochstimmung und Streß . . . Aber nun gab es keinen *Miguel* mehr; der Comic-Strip hatte mit der letzten Zeichnung, die ich am Unfalltag beendet hatte, aufgehört. Wenn es mir nicht gelungen wäre, diese Zeichnungen an jenem Nachmittag zu Ende zu bringen, hätte ich dann unsere Verabredung zum Abendessen mit den Ryders abgesagt?

Die Luft war schal, voll abgestandenem Pfeifenrauch. Ich öffnete das Fenster hinter dem Zeichentisch. Als wir anfangs die alte Scheune in ein Atelier umbauten, ließen wir Fenster aus Spiegelglas einsetzen, die mir eine ungebrochene Aussicht auf die Bäume gaben. In der ersten Woche starben fünf Vögel, weil sie gegen die Scheiben aufschlugen. Ich wartete ständig auf den nächsten und den nächsten. Ich mußte im Haus arbeiten, bis das Spiegelglas durch metallgerahmte Fenster mit kleinen Gitterscheiben ersetzt wurde.

Ich breitete ein sauberes Blatt Papier über das Zeichenbrett. Im

Krankenhaus hatte ich mich darin geübt, so viele Dinge wie nur möglich mit der linken Hand zu tun; ich konnte mir die Pfeife stopfen und anzünden, alle meine Hemdknöpfe zumachen bis auf den einen an der linken Manschette, die Klinge in meinem Rasierapparat auswechseln und mich rasieren; ich konnte leserlich schreiben, wenn auch ein wenig zittrig; die Bank hatte mich gebeten, eine neue Kreditkarte zu unterschreiben. Den allerwichtigsten Test hatte ich bis jetzt aufgeschoben.

Meine Bleistifte waren in einem blauen Tonkrug aufbewahrt, den Sophie im Keramikunterricht für mich gemacht hatte. „Für Paps, in Liebe, Sophie", hatte sie in den Ton geritzt. An einfallslosen Tagen hatte ich ihn oft voller Hoffnung als Talisman betrachtet. Wenn ich ihn lang genug anstarrte, würde ich vielleicht fähig sein, mit der Arbeit zu beginnen. Jetzt starrte ich ihn fast eine Minute lang an, nahm dann einen gespitzten Bleistift und fing an, die vertraute Gestalt von *Miguel* zu zeichnen. Ich hatte ihn mehr als zehn Jahre lang achtundzwanzigmal in der Woche gezeichnet, insgesamt vielleicht fünfzehntausendmal, bis das Aufzeichnen der Linien, die meine Vorstellung von ihm auf das Papier übertrugen, so automatisch geworden war wie das Öffnen einer Tür. Hatte ich ihn einmal in einer bestimmten Haltung, den Ausdruck auf seinem Gesicht vor Augen, dann war ich mir kaum dessen bewußt, was ich tat; meine Hand besaß eine eigene Kraft; die Anweisungen, die sie empfing, schienen nicht aus irgendeinem bewußten Bereich meines Geistes zu stammen.

Nach einigen Minuten nahm ich ein Vergrößerungsglas und prüfte die Linien, die ich gezeichnet hatte; vergrößert waren sie hoffnungslos holprig. Ich versuchte es wieder, wohl wissend, daß ich mich zu sehr anstrengte. In den Bewegungen meiner Finger war keine Spontaneität.

Ich hatte die halbe Seite mit Zeichnungen bedeckt, als ich den Wagen in der Einfahrt hörte. Ich betrachtete mein Werk; es gab da einige erkennbare *Miguels,* aber die Qualität, die mir ein gewisses Ansehen als Comic-Strip-Zeichner eingebracht hatte, meine Fähigkeit, subtile Veränderungen des Ausdrucks zu vermitteln, fehlte bei ihnen allen. Die Figuren, die ich gezeichnet hatte, waren grobe, leblose Kopien meiner früheren Arbeit. Vielleicht mit der Zeit, dachte ich, während ich den Bleistift in den Krug zurücktat und zur Tür eilte.

Sophie rannte über den Hof auf mich zu. Sie trug ein grünes Leinenkleid, das ich ihr auf einem New York-Trip gekauft hatte; sie hatte darin immer unnatürlich steif und erwachsen ausgesehen. Sie blieb einen Meter von mir entfernt stehen, ihre Augen prüfend im Sonnenlicht auf mich gerichtet. Der zugenähte Ärmel meines Pullovers war unter der Manschette der Jacke kaum zu sehen, dennoch drängte es mich, ihn in der Tasche zu verbergen. Sie lief zu mir; ich legte meine Arme um sie, kauerte mich auf den Boden und drückte meine Wange an die ihre.

„Daddy." Sie trampelte vor Aufregung.

Wir spielten Backgammon, während Ruth das Abendessen besorgte. Für gewöhnlich hatte Sophie aus dem Spiel ein Spiel gemacht, sie pflegte die Würfel in den Mund zu stecken und ließ sie mit ihrer Zunge auf das Brett plumpsen oder langte hinter ihren Rücken und verdrehte den Körper, um die Steine zu bewegen. Heute abend spielte sie so wohlerzogen wie ein Mandarin. Immer wieder warf sie einen Blick auf meinen rechten Ärmel.

„Du überlegst nicht, was du tust." Ich schickte eine ihrer Figuren auf den Querbalken.

„Kann ich's sehen?"

Es war überflüssig, zu fragen, was sie meinte; ich würde meinen Pullover ausziehen müssen. Ruth stand in der Türöffnung.

Ich hatte nicht das Gefühl, daß an Sophies Neugierde etwas Krankhaftes war. Sie hatte das gleiche intensive persönliche Interesse gezeigt, als Ruth sich im Frühling das Haar schneiden ließ; es gab bei den Eltern etwas Neues - sie hatte darauf bestanden, Ruths Nacken zu betasten.

Sobald wir gegessen hatten, folgte Sophie mir ins Wohnzimmer. Ich zog meinen Pullover aus.

„Tut es weh?"

„Nein." Sophies Finger waren leichter als die von Dr. Sullivan; ich konnte einen schwachen Juckreiz durch die Taubheit der aufgepflanzten Haut hindurch spüren.

„Es muß furchtbar sein, wenn man keine Hand hat."

„Es ist einfach etwas, das passiert ist. Es war einer dieser grotesken Unfälle."

„Was bedeutet grotesk?"

„Ungewöhnlich. Absurd."

„Es sieht gar nicht absurd aus."

Als Ruth nach unten kam, nachdem sie Sophie einen Gutenachtkuß gegeben hatte, lächelte sie.

„Ich bin froh, daß du das gemacht hast, daß du ihr dein Handgelenk gezeigt hast."

„Sie mußte es früher oder später ohnehin sehen."

„Für dich war es besser, es ihr zu zeigen."

„Heute nachmittag hab' ich versucht, ein paar Zeichnungen zu machen."

„Meinst du, du kannst wieder mit *Miguel* anfangen?"

Ruth lag auf der Fensterbank, schob ein Kissen unter ihrem Nakken zurecht. Sie hob ihr rechtes Bein.

„Ich weiß es nicht. Noch nicht. Nicht sofort."

„Es wird jedenfalls eine Zeit brauchen."

„Ich werde jeden Tag üben, mit der linken Hand zu zeichnen."

„Hast du mit Karen Wager darüber gesprochen?"

„Eigentlich nicht." Karen hatte mich zwei- oder dreimal in der Woche im Krankenhaus angerufen; wir hatten über alles geredet, nur nicht über meine Zukunft.

„Du hast doch *Miguel* ohnehin schon ziemlich satt gehabt, nicht?" Ruth senkte ihr linkes Bein, atmete aus. „Ich muß irgend etwas tun, um Geld zu verdienen."

„Mußt du dir schon jetzt darüber Sorgen machen?" Als sie beide Beine hob, glitt ihr loser Jeansrock die Schenkel hinunter.

„Nein." Trotz meiner Versicherung hatte die Krankenhausrechnung beinahe die Hälfte unserer Ersparnisse verschlungen. Wir konnten mit dem, was übrig war, vier oder fünf Monate durchkommen, ohne eine Hypothek auf das Haus aufnehmen zu müssen. Ruth trug Strumpfhosen; sie hatte schöne Beine. „Nicht schon jetzt."

„Du hast einen Urlaub verdient, nach all diesen Jahren."

„Wir müssen nicht heute abend darüber reden." Ihre Beine schwebten in der Luft, vertikal, zitterten ein wenig, über ihren Kopf gestreckt.

„Nein." Es war, als könnte ich die Wärme der Nylons spüren, als ich meine Hand zwischen ihre Schenkel gleiten ließ. Du bist ein wunderschönes zartes Mädchen, hatte ich ihr früher immer gesagt; die Zartheit ihres Körpers war natürlich, angeboren, unberührt davon, ob sie einige Kilo ab- oder zunahm. Mir war nicht bewußt, daß ich mich fortgerührt hatte; ich stand bei der Fensterbank. Das Material ihrer Strumpfhosen überraschte meine Finger; ich brauchte eine Sekunde, um zu verstehen, warum. Das Vorgefühl davon, das ich so lebhaft gespürt hatte, war in meiner rechten Hand gewesen.

Ich bückte mich und küßte sie. Sie hielt meine Schultern fest. Ich fühlte, wie es sie drängte, sich aufzusetzen, und ließ sofort von ihr ab.

„Nicht hier."

Während ich auf dem Bett lag, auf sie wartete, versuchte ich, nicht an die Vorbereitungen zu denken, die sie traf. Mir fiel eine

Szene aus irgendeinem Film ein, ein Soldat, der den Hals einer Flasche abbrach, gierig vom schartigen Rand trank; ich beneidete ihn, bereute die verlorene Spontaneität. Vor wenigen Jahren hätten wir gleich im Wohnzimmer geliebt. Es war nicht Ruths Schuld; auch ich wollte nicht, daß sie wieder schwanger wurde.

Ich vergaß meine Trauer in dem Augenblick, als sie zu mir kam. Sie hatte sich ganz ausgezogen, bis auf ihre Bluse. Sie knöpfte sie auf, als sie sich neben mich legte; ihre Hand war kühl und vertraut; ich begann meinen Pullover auszuziehen.

„Laß ihn an."

Ich sah ihr ins Gesicht.

„Die Wolle fühlt sich angenehm an."

Einander lieben ist eine launische Sache; vielleicht finden wir darin, was wir suchen. Ein Mädchen sagte mir einmal, daß ich liebte, um Lust zu bereiten. Vielleicht hatte sie recht; ich liebte Ruths zarte, wunderbare Schreie; ich wollte sie ins Unendliche verlängern. Selbst in meinen eigenen Augenblicken äußerster Erlösung vergaß ich niemals, daß sie mein volles Gewicht auf ihrem Körper nicht gern hatte.

Ein paar Minuten lang, als wir so Seite an Seite lagen, waren wir einander so nahe, wie wir es immer gewesen waren. Ich fühlte mich ihrer sicher; ihre ruhige Zufriedenheit war, als hätte ich selbst sie geschaffen. Langsam machten sich unsere eigenen Ichs wieder selbständig. Ich stieg aus dem Bett.

„Geh nicht, Martin. Es ist angenehm, so hier zu liegen."

„Mir ist gerade eingefallen, daß ich das Atelierfenster offengelassen habe. Wenn ich's nicht jetzt schließe, werd' ich es vergessen."

Die Wohnzimmerlampe warf ein Licht-Parallelogramm auf den gepflasterten Hof. Ich vermied es, darauf zu treten, als ich zum Atelier hinüberging. Wußte Ruth, was sie wollte? Begriff sie ihre eigenen Beweggründe? Wenn ja, dann wußte sie, wie sie mir gegenüber sie hinzustellen hatte. Laß deinen Pullover an. Die Wolle fühlt sich angenehm an. Sie hatte Angst gehabt, sie könnte mein Handgelenk zu sehen bekommen, während ich sie liebte.

Als ich die Ateliertür öffnete, hörte ich von drinnen ein Krachen. Obwohl es ein kurzes, scharfes Geräusch war, vermittelte es den augenblicklichen Eindruck eines Tumults, eines Kampfes. Ich knipste schnell die Lichter an.

Der ganze Raum war blitzartig sichtbar; ich empfand eine momentane Sinnesverwirrung; alles hier schien unnatürlich ruhig. Es war wie ein Spiel aus meiner Kinderzeit, bei dem die anderen Spieler plötzlich in dem Augenblick in Reglosigkeit erstarrten, in dem ich den Kopf umwandte und versuchte, einen von ihnen bei einer Bewegung zu ertappen.

Ich erfaßte mit einem Blick alles in dem Raum: das offene Fenster, Sophies zerbrochenen Krug auf dem Fußboden neben dem Zeichentisch, die Bleistifte rundherum zerstreut, die Katze, die einen Buckel machte und ihr Fell sträubte, aber stumm und wie zu Eis erstarrt, oben auf dem Bücherschrank am anderen Ende des Raumes. Dann sprang die Katze hinunter, heulte und war im Nu an mir vorbei, in den Hof und fort.

Ich hob die Scherben des zerbrochenen Kruges auf und tat sie in die Metalltrommel, die ich als Papierkorb verwendete. Ich war erschrocken und verwirrt.

Es war fast unglaublich, daß die Katze in der einen Sekunde, die ich für das Einschalten des Lichts gebraucht hatte, den Krug vom Schreibtisch gefegt und dann noch die oberste Platte des Bücherschranks erreicht hatte.

3

„Warum fährst du nicht allein?"

„Mit dem Bus?"

„Du kannst den Kombiwagen fahren." Ruth steckte noch einen Bleistift in den Spitzer und drehte den Griff. „Kannst du nicht?"

Warum nicht? Ich konnte die eigenen Bleistifte nicht spitzen; ich hatte Ruth bitten müssen, ins Atelier zu kommen und es für mich zu tun, aber es bestand kein Grund dafür, nicht einen Wagen mit automatischer Gangschaltung fahren zu können.

„Ich könnte es versuchen. Ich werd' sehen." Ich wünschte mir trotzdem. Ruth würde mit mir kommen. „Wir werden im Gramercy Park-Hotel wohnen. Es wird Spaß machen."

„Du wirst mit Karen Wager zum Abendessen gehen." Ruth stellte den letzten gespitzten Bleistift in die Kaffebüchse, die ich gefunden hatte, um Sophies zerbrochenen Krug zu ersetzen. „Ich werd' nichts zu tun haben, und es ist dumm, das Geld zu verschwenden."

Das klang recht vernünftig; ich wußte, es war eine Ausrede; sie wollte, daß ich allein fuhr. In den Tagen, seit ich aus dem Krankenhaus zurück war, hatte sie mir auf verschiedene Art gezeigt, wie entschlossen sie war, daß ich nicht von ihr abhängig werden sollte.

Sie saß an diesem Nachmittag neben mir, während ich versuchte, den Wagen zu steuern. Immer wieder wollte ich mit meiner fehlenden Hand nach dem Lenkrad greifen; ich entdeckte, daß es mir half, dem Impuls zu widerstehen, wenn ich den Unterarm darauf ruhen ließ.

Am nächsten Morgen fuhr ich kurz vor elf los. Ich hatte für sechs Uhr eine Verabredung mit Karen; mit der „Interstate" würde ich nur fünf Stunden nach New York brauchen. Ich hatte mir Zeit für das genommen, was ich zuerst tun wollte. Als ich am Ende der Einfahrt in Richtung East Dorpe fuhr, erinnerte ich mich sofort an die Dinge, die Ruth in der Unfallnacht auf dem Weg zu den Ryders gesagt hatte. Ich spürte wiederum den gleichen aufrüttelnden Schmerz; irgendwann bemerkte ich, wie ich laut dagegen protestierte. „Ich werd' dich nicht gehen lassen." Ich brüllte die Windschutzscheibe an.

Etwa sechs Kilometer vor East Dorpe wurde die Straße gerade; ich fuhr an den Rand und stieg aus dem Wagen. Es war ein stiller, heißer Tag; der Sommer verweilte in der Luft wie ein Abschiedswort. Ich wußte, ich mußte nur etwa hundert Meter entfernt sein von der Stelle, an der Ruth versucht hatte, den Lastwagen des Farmers zu überholen. Um mich zu vergewissern, ging ich zuerst vom Wagen ein Stück zurück, dann kehrte ich langsam zum Auto wieder um und untersuchte bei jedem Schritt die Fahrbahn. Ich suchte nach Spuren auf der Schotterdecke, wo unser Kotflügel über sie geschleift worden war. Ich fand keine. Ich ging am Wagen vorbei, marschierte fast einen Kilometer weiter. Nichts. Ich stand da, blickte zum unruhigen Himmel hinauf und versuchte, mir jedes Detail jenes plötzlichen, überwältigenden Augenblicks des Zusammenstoßes ins Gedächtnis zu rufen. Ich verließ die Straße und machte mich den Wiesenrand entlang auf den Rückweg. Etwa hundert Meter vom Wagen entfernt sah ich im Unkraut etwas glitzern; ich kniete nieder und hob Glassplitter auf. Sie sahen zu flach aus, um von einer Flasche zu stammen, und eine der Scherben hatte eine abgerundete Kante, wie das Schiebefenster des Renault.

Ein Lastwagen kam vorbei, wurde langsamer, als der Fahrer sich umwandte, um mich zu beobachten. Ich wartete, bis er Gas gab und davonrumpelte, ehe ich mit der Suche fortfuhr. Noch immer auf den Knien, durchkämmte ich sorgfältig das Gras und das Unkraut rings um mich mit den Fingern meiner linken Hand. Ich fand nichts!

Hinter dem Grasstreifen war ein Stoppelfeld. Die Reste der Halme, die aus der trockenen Erde ragten, wirkten so starr, bedrohlich wie die Zacken einer Falle. Ich überlegte, ob sie in der Unfallnacht genauso ausgesehen hatten; aber es war unwahrscheinlich, daß das Getreide damals schon abgeerntet worden war. Ich kroch ganz langsam vorwärts auf das Feld.

„Irgend etwas nicht in Ordnung, Mister?"

Ein älterer Mann beobachtete mich aus dem Fenster eines schäbigen grünen Ford. Ein kahler Kopf, ein verkniffenes rotes Gesicht; daß er offenbar den ganzen Sommer einen Hut trug, hatte ihm ein beunruhigend kubistisches Aussehen beschert; die tiefe Röte seiner Haut endete wenige Zentimeter über den Augenbrauen in einer geraden Linie auf seiner Stirn.

„Nein, ist schon in Ordnung. Ich hab' bloß was gesucht."

„Ha'm Sie im Feld was verloren?"

„Ja." Ich kniete noch immer. Mir wurde die Absurdität meiner Position bewußt: ein Mann in mittleren Jahren in einem Straßenanzug auf allen vieren zwischen Getreidestoppeln. Ich stand auf, den rechten Arm behielt ich auf dem Rücken.

„Wie is' Ihnen denn das passiert?"

„Ich hatte einen Unfall."

„Einen Unfall?" Er verrenkte den Hals, um auf den geparkten Wagen zurückzuschauen.

„Ja." Das Mißtrauen in dem runzligen Gesicht irritierte mich. Ich wünschte, der buntscheckige Quälgeist würde weiterfahren; was, zum Teufel, ging ihn diese Sache überhaupt an? „Gehört Ihnen dieses Feld?" fragte ich ihn.

„Ganz recht."

Das knappe Eingeständnis änderte alles. Was ich sah, war nicht mehr Argwohn, sondern Verständnis. Der Farmer wußte, wonach ich suchte, er wußte es, weil er es gefunden hatte. Ich versuchte, meine Aufregung zu verbergen. „Wann haben Sie das Getreide gemäht?" fragte ich vorsichtig.

„Vorige Woche."

Die widerwillige Art, in der er es sagte, gab mir Gewißheit, daß ich recht hatte. „Haben Sie sie gefunden?" Ich eilte auf seinen Wagen zu. „Als Sie das Getreide mähten. Was haben Sie damit gemacht?"

„Was? Was gefunden? Sie ha'm mir nicht gesagt, was Sie verloren haben, Mister."

„Meine Hand." Ich hob den rechten Arm, zeigte ihm den zugenähten Ärmel meines Hemdes. „Haben Sie meine Hand gefunden?"

„Hat er sie gefunden?" fragte Karen an jenem Abend, als ich ihr die Geschichte in ihrem Büro erzählte.

„Nein, ich glaub' nicht."

„Was hat er – ?" Karen wartete, bis die Sekretärin das Tablett mit den Drinks auf ihren Schreibtisch gestellt hatte. „Was hat er gesagt, als du damit herausgerückt bist?"

„Er hat gar nichts gesagt." Ich betrachtete das Mädchen, während sie zur Tür ging. Wie alle Sektretärinnen von Karen in all den Jahren, an die ich mich erinnerte, war sie ein hausbackenes Mädchen, sah solide aus und so, als lebte sie im Zölibat. „Er haute einfach ab. Sein Gesicht wurde so weiß wie eine Wand, und im nächsten Augenblick war er weg. Ich suchte noch eine halbe Stunde lang weiter." Ich griff nach dem Drink, den Karen mir hingereicht hatte. „Ich hatte das Gefühl, daß ich weitersuchen müsse."

„Bist du sicher, daß sie die Hand nicht an dem Abend fanden, als es passierte?"

„Dr. Sullivan sagte, sie hätten sie nicht gefunden."

„Ich nehme an, wenn jemand sie seither gefunden hätte, würde man die Polizei angerufen haben."

„Warum?"

„Würdest du's nicht tun? Wenn du den Körperteil von einem Menschen gefunden hättest."

„Da kann mittlerweile nicht mehr viel davon übrig sein. Die Vögel, Nagetiere, Insekten und alles auf diesem Feld. Da kann nichts mehr übrig sein, bis auf ein paar Knochenreste." Ich nahm einen schnellen, großen Schluck. „Ich hoffte, ich würde wenigstens meinen Ring finden."

Karen lehnte sich in ihrem Stuhl zurück, setzte ihre Füße auf das Bettkissen aus Leder neben ihrem Schreibtisch auf. Sie war eine imposante Frau, groß und breitschultrig, ihr schwarzes Haar rückwärts zu einem großen birnenförmigen Knoten gebunden. Anders als ihre Sekretärinnen, sah sie weder hausbacken noch nach Zölibat aus. Ich wußte, daß sie an die Fünfzig war, aber bis auf die faltige Haut an ihrem Hals, verdeckt durch die Seiden- oder Chiffonschals, die sie immer trug, schien sie mir unverändert zu sein, seit ich sie zum erstenmal gesehen hatte. „Eine hochbusige Madonna", so hatte ich sie Ruth vor zehn Jahren beschrieben.

„Du hast diesen Ring nie gemocht."

„Ich hatte ihn lange Zeit."

„Du hast ihn nur getragen, weil er ein Geschenk von Ruth ist und du Schuldgefühle hattest."

„Mein Gott" – ich wollte nicht mit Karen darüber sprechen –. „Es war nicht bloß der Ring, wonach ich suchte. Natürlich wollte ich meine Hand finden. Sie ist ein Teil von mir." Ich sah, daß ich meine

Hemdmanschette auf sie richtete. „Sie *war* ein Teil von mir, meine ich." Ich steckte das Handgelenk in die Jackentasche und streckte statt dessen die Handfläche meiner linken Hand aus. „Wenn man darüber nachdenkt, sind unsere Hände für uns die intimsten Dinge auf der Welt. Wir verlassen uns unbewußt jede Sekunde auf sie, was wir auch tun, das ganze Leben lang. Wir kennen sie viel besser, als wir unser eigenes Gesicht kennen. Es ist, als ob man ein Kind verlöre. Selbst wenn du wüßtest, daß es tot ist, würdest du es finden wollen, oder nicht? Du würdest es begraben wollen oder so was, es nicht in einem Feld herumliegen lassen." Ich hatte nicht die Absicht gehabt, so viel darüber zu reden; ich nahm meinen Drink vom Schreibtisch und leerte das Glas.

Wir aßen in einem kleinen französischen Restaurant auf der Third Avenue zu Abend. Ich verbrachte mehrere Minuten damit, die Speisekarte durchzulesen. Filet Mignon. Veau Provencal. Ich würde Karen bitten müssen, es für mich kleinzuschneiden. Könnte ich Coq au Vin mit einer Gabel schaffen? Ich begnügte mich mit einer Suppe, gefolgt von Omelette mit Pilzen.

Sobald wir bestellt hatten, kam Karen zur Sache.

„Ich hab' mit Norman Kaufman über dich gesprochen." Kaufman war der Vizepräsident der Gesellschaft, die *Miguel* unter Vertrag hatte.

„Ich hätte nicht gedacht, daß es darüber viel zu reden gibt."

„Die Zeitungen würden ihre Verträge gern erneuern, wenn du irgendeinen Weg findest, mit dem Comic strip weiterzumachen."

Sie beobachtete mich, um zu sehen, wie ich auf diese gute Nachricht reagieren würde.

„Ich bekam eine Menge ermutigende Briefe", gab ich zu. „Mir ist ein Job angeboten worden. Am staatlichen College in Saraville, Kalifornien."

Karen ignorierte das. „Kaufman würde es sehr bedauern, sollte der Comic strip fallengelassen werden."

Ich schob die Gabel auf dem Tisch weg, brachte sie mit dem Messer auf gleiche Höhe. „Ich hab's versucht, Karen. Ich hab' jeden Tag geübt. Ich fürchte, es wird Monate dauern, bevor ich mit der linken Hand leidlich zeichnen kann."

„Du würdest die Zeichnungen nicht selbst machen müssen."

„Mit jemandem zusammenarbeiten?"

„Nicht so richtig zusammenarbeiten. Du würdest für den roten Faden sorgen und den Dialog machen. Du könntest sogar die Handlung entwerfen. Du brauchst jemanden für die künstlerische Ausführung."

Die Messerklinge war gezackt; ich drehte sie um, so daß die Zähne von der Gabel abgekehrt waren. Ich fühlte den zornigen Protest, der heute morgen auf dem Weg nach East Dorpe in mir aufgestiegen war. Ich konnte ihn jetzt wieder spüren.

„Es könnte schwierig sein, den Richtigen zu finden."

„Du würdest natürlich mit deinem Namen zeichnen. Das macht es aber eher zu einem aussichtslosen Job für den, der ihn annimmt ..." Nach elf Jahren kannte ich mich in Karens Geschäftstaktik aus; an der Art, wie sie sprach, als würde sie laut denken, merkte ich, daß sie schon jemanden für den Job gefunden, das Ganze mit ihm schon ausgehandelt hatte. Mit Kaufman vermutlich auch. Es hatte stets eine rücksichtslose Trennung zwischen ihrem beruflichen Interesse und ihrem persönlichen Verhältnis zu mir gegeben. „Aber ich könnte vielleicht einen jungen Mann finden, der die Erfahrung braucht ..." Sie tat, als würde sie darüber nachdenken, wer zur Verfügung stünde. „Wir müßten wahrscheinlich so eine Art Steigerungsklausel ausarbeiten, falls der Streifen stärkere Verbreitung findet. Er würde - wer immer es ist - sagen wir mal, fünfzig Prozent von allen neuen Verträgen bekommen."

„Fünfzig Prozent?" Jetzt war ich an der Reihe, so zu tun, als überlegte ich.

„Jeder, der es annehmen würde, jeder, der etwas taugt, würde einen Anreiz brauchen, um es zu einem Erfolg zu machen. Was denkst du, Martin?"

„Ich weiß nicht ..." Ich mußte meinen Lebensunterhalt verdienen, was immer auch mit Ruth geschah. „Es klingt nicht schlecht. Wenn du einen talentierten jungen Mann finden kannst ..."

„Wie ist es dir ergangen?" Karens Gesicht wurde weicher; der geschäftliche Teil war vorüber. „Wie hat Ruth den Unfall aufgenommen?"

„Sie rettete mein Leben."

„Ich weiß. Das ist nicht das, was ich meine."

„Das Problem ist, daß es einem nach so einer Sache leichter fällt, andere Leute zu bitten, etwas für einen zu tun, als es selbst zu tun."

„Ist das nicht überhaupt der ganze Sinn einer Ehe?"

„Ach, komm, Karen."

„Du hast Ruth verwöhnt. Das hast du immer getan."

Indem ich sie liebte? Es war nicht meine Liebe gewesen, gegen die sich Ruth aufgelehnt hatte; es war meine Dominanz ihr gegenüber.

„Wir waren glücklich miteinander." Leute, deren Ehen schiefgingen, sagten das anscheinend immer. Wir hatten drei großartige

Jahre, erzählte mir einmal eine geschiedene Frau in einem Flugzeug.

„Du hast nie so geredet, als wärst du es."

Sie hatte vermutlich recht. Wenn ich glücklich war, hatte es nichts zu erzählen gegeben. Wenn ich es nicht war, hatte ich mich, weil ich jemanden brauchte, mit dem ich reden konnte, an Karen gewandt, um mich von jeder Sekunde der nervösen Unzufriedenheit mit meiner Ehe zu befreien. Es war mir nie vorgekommen, daß ich Ruth gegenüber illoyal wäre. Karen gehörte zu meinem Gefühlsleben wie ein Tagebuch. So wie man ein Tagebuch führt, war es immer ein einseitiger Vorgang gewesen; wenn Leute sagen, sie brauchten jemanden, mit dem sie reden können, meinen sie normalerweise genau das. Karen hatte zugehört; sie war in bezug auf sich selbst immer verschwiegen gewesen. Ich wußte, daß sie nie geheiratet hatte; ich hatte keine Ahnung, ob sie Affären mit Männern oder mit Frauen oder beides hatte. Ich betrachtete sie, wie sie in ihr Pfeffersteak hineinschnitt; eine hochbusige Madonna; es war eine ungenaue Beschreibung; in ihren Augen lag keine heitere Gelassenheit; ihr Mund war zu gierig. Blut von ihrem Steak befleckte die Rahmkartoffeln; ich blickte weg, als sie das in den Mund schaufelte. Bei allen unseren vorangegangenen Mittag- und Abendessen war es Karen als meine Agentin gewesen, die unsere Rechnung bezahlte. Heute abend war ich entschlossen, sie selbst zu zahlen.

Sie stritt mit mir darüber; ich bestand darauf. Ich hatte die Rechnung mittlerweile schon in der Hand.

„Komm mit und trink noch was mit mir, Martin."

Karens Apartment hatte mich immer ein wenig peinlich berührt. Es war wie eine von diesen angeberischen Wohnungen, wo einmal eine Berühmtheit logiert hat. Alles darin war arrangiert, um seine eigene Geschichte zu erzählen: die signierten Photographien, die auf den Tischen teilweise übereinander lagen, die gerahmten Briefe und Zeichnungen, die Einladungskarten auf dem Kaminsims.

Karen gab mir einen Drink und machte sich selbst einen zurecht. Ich setzte mich auf ein Ende des Sofas; sie ließ sich auf dem anderen Ende nieder, hob die Beine hoch und zeigte mir ihre Knie, die breit waren. Ich bemühte mich, nicht hinzusehen.

„Findest du die Idee nicht erregend, wieder mit *Miguel* anzufangen?"

„Es ist eine Frage der Zeit", erklärte ich. „Zeit, mich an das zu gewöhnen, was passiert ist, mir darüber klarzuwerden, wie ich mich fühle, was ich tun will, nicht nur in bezug auf *Miguel,* sondern in bezug auf alles andere."

Sie saß da, hielt ihren Drink in den reich beringten Fingern und hörte zu.

„Martin." Es war, als würde sie mich zur Ordnung rufen. „Der Grund, warum du mit *Miguel* zögerst, mit der Wiederaufnahme der Arbeit an dem Strip, ist, weil du weißt, daß in dem Moment, da du deinen Lebensunterhalt verdienst . . ."

„Ich weiß gar nichts-"

„. . .Ruth dich verlassen wird."

Sie hatte es erreicht, mich mit der Wahrheit zu konfrontieren. Ich griff nach meinem Drink auf dem Kaffeetisch. Es war das erste Mal, seit ich das Krankenhaus verlassen hatte, daß ich mit der rechten Hand nach etwas griff. Ich versuchte, das Handgelenk in meine Tasche zurückzuschieben; Karen hielt meinen Unterarm fest; sie zog ihn sanft, zwingend. Ich war zu verwirrt, um Widerstand zu leisten. Sie stellte ihre Füße auf den Fußboden und glitt näher an mich heran; mein Arm war auf ihrem Schoß; ohne im geringsten zu zögern, schob sie den Ärmel meines Jackets zurück und streichelte den Stumpf meines Handgelenks durch den Hemdärmel. In ihren Augen lag ein Ausdruck von Zärtlichkeit, von Mitgefühl.

„Liebst du Ruth immer noch?"

„Ich weiß nicht." Ich wußte es nicht. „Es ist alles so verwirrt durch das, was ich einmal für sie empfand. Ich kann sie nicht so sehen, wie sie ist, ohne mich daran zu erinnern, was sie früher war."

„Als du glaubtest, du wärst glücklich."

„Verdammt noch mal, Karen, ich war glücklich. Was auch immer ich dir in Momenten der Ungeduld oder der Gereiztheit sagte, ich weiß, ich war glücklich. Manchmal, wenn ich irgend etwas tat, Kaffee kochte oder nach dem Abendessen herumsaß, da hatte ich plötzlich das Gefühl, mein Gott, ich bin glücklich."

„Es hat keinen Sinn, zu versuchen, in der Vergangenheit zu leben, Martin."

Dieser vereinfachte Rat schmerzte mich.

„Du versuchst, dich an etwas zu klammern, was vorbei ist."

Ich wünschte, Karen würde meinen Arm loslassen. „Ruth will keine Trennung. Das hat sie mir gesagt."

„Anderen Leuten sagt sie das nicht."

„Wem?" Es war eher ein Protest als eine Frage.

„Vorige Woche hab ich zufällig Dorothy Willard getroffen."

„Dieses Biest."

„Ich habe sie nicht ermuntert. Ich brauchte sie nicht zu ermuntern. Sie redete wie ein Wasserfall. Sie sagte mir genau, was Ruth über eure Ehe denkt."

„Dorothy Willard versucht nur Unruhe zu stiften. Sie versucht immer Unruhe zu stiften."

„Es ist das Ende eines Lebensabschnitts für dich, Martin. Du mußt dem ins Auge sehen. Wenn du's nicht tust, wirst du dort oben allein bleiben. In diesem Haus voller Echos, wie du es nanntest." Sie ersparte mir nichts, es gelang ihr, mir ein Bild davon zu suggerieren: über den Hof vom Atelier im Dunkeln in ein Haus zurückzugehen, wo keine Ruth, keine Sophie mich erwarten würden, nur hundert vertraute Erinnerungen an beide. „Ein Haus, das du selbst niemals haben wolltest. Du darfst dir das von Ruth nicht antun lassen. Besonders jetzt. Nach all dem." Sie streichelte immer noch mein Handgelenk; ich sah, wie sie es nahe zu sich hielt. Es gibt Zeiten, da Verkrüppeltsein so ist, als erlebte man einen schlechten Witz. Hätte ich eine rechte Hand gehabt, so wäre sie in ihrem Schoß gekuschelt gewesen. „Du mußt an dich selbst denken, Martin. Mach jetzt reinen Tisch, bevor sie dir noch mehr weh tut. Werd' dieses Haus los, diese ganzen Echos. Vergiß die Vergangenheit und fang ohne Ruth neu an."

„Was ist mit Sophie?"

„Das kannst du irgendwie arrangieren."

„Du meinst, sie an den Wochenenden sehen."

„Viele Leute tun das."

„Ich nicht. Nicht, wenn ich es vermeiden kann." Es stimmte, daß die Vorstellung, allein in Vermont zu leben, eine besondere Angst barg – sie war für mich fast ein Horror –, weil es so sehr Ruths Haus war, aber ohne sie und Sophie wollte ich nirgends leben. „Es wäre um nichts besser, allein in New York zu sein."

„Du würdest hier nicht allein sein." Sie lächelte. Auf einem ihrer Vorderzähne war ein Lippenstiftfleck; er erinnerte mich an das Blut auf ihren Rahmkartoffeln. Schließlich bekam ich mein Handgelenk frei.

„Du darfst nicht allein sein, Martin. Du brauchst jetzt jemanden, auf den du dich verlassen kannst. Du brauchst jemanden, der dir hilft, dein – dein Selbstvertrauen wiederzugewinnen. Weißt du, was ich meine?"

Ich wußte genau, was sie meinte. In all den Jahren unserer Freundschaft hatte ich sie nie verstanden – bis jetzt; sie war eine Frau, die das Bedürfnis hatte, Mitleid zu empfinden; es war die Basis ihres ganzen Charakters, ihrer Karriere. Mir fiel ein, mit welcher Wärme sie mir manchmal schlechte Nachrichten überbrachte, die Stornierung eines Vertrags; die Zärtlichkeit, mit der sie über das Versagen anderer Leute gesprochen hatte; über den Alkoholismus eines Kunden, die Blockierung der Kreativität eines anderen. All diese Jahre hindurch hatte sie auf die Zeit gewartet, da sie auch für mich Mitleid empfinden konnte, so daß sie mich nehmen, mich zwischen diese gewaltigen Schenkel nehmen und trösten konnte, mir wiedergeben konnte, was sie mein Selbstvertrauen nannte.

„Du warst wunderbar, Karen." Es stimmte. Als ich von ihr weg zum Kamin hinüberging, empfand auch ich Mitleid mit ihr. Ich mußte einen Weg finden, Karen zurückzuweisen, ohne ihre Eitelkeit zu verletzen, jene preisgegebene und verwundbare Selbstachtung.

Wie?

Karen stand da; sie kam auf mich zu. Ich spürte ihre Hand auf meiner Schulter; ich konnte mir die Zärtlichkeit in ihren Augen vorstellen; sie wartete auf meine Reaktion. Hier im Wohnzimmer?

„Ich kann nicht." Ich vermochte an ihr vorbei zu einem Platz neben dem Fenster zu gelangen; dort gab es einen kleinen Lehnstuhl aus Holz; ich setzte mich, beugte mich vor. „Der Arzt sagte, es ist ganz normal." Ich vermied es, Karen anzusehen. „Amputation ist eine Art psychischer Kastration. Jede Amputation. Er erzählte mir von einem Mann, der eine Zehe verlor. Sie war von einer Mähmaschine abgeschnitten worden. Er war monatelang total impotent."

„Bist du sicher?"

„Ja. Ja. Das bin ich. Absolut."

„Vielleicht ist Ruth schuld daran."

Ich saß noch zehn Minuten auf dem kleinen Stuhl, und darin vor körperlicher Annäherung geschützt, beharrte ich auf meiner Impotenz.

Ich küßte Karen reumütig auf die Wange, als ich ihr gute Nacht wünschte. Während ich die Third Avenue hinunterging, fühlte ich mich beinahe schwerelos; das Bild dessen, dem ich entkommen war, Karens grenzenlose, allumfassende Besorgtheit, stand noch lebendig vor meinem Geist; die Klarheit dieses Bildes störte mich. Im Rückblick erscheint jede Flucht so, als wäre man um Haaresbreite davongekommen. Ich ging in die erste Bar, die ich erblickte; ich brauchte Zeit, Alkohol, um mir wieder Sicherheit zu verschaffen.

Das Lokal war voll, unruhig, mit all den jungen Leuten. Erst als ich einen Platz an der Bar gefunden und einen Drink vor mir stehen hatte, bemerkte ich die Absicht hinter dieser Ruhelosigkeit. Ich beobachtete einen jungen Mann in einer buntkarierten Jacke, der die ganze Länge des Raumes durchschritt, wie er so stehenblieb, um jedes Mädchen zu betrachten, an dem er vorbeikam, hätte er Waren in einem Laden prüfen können.

„Bist du nicht'n bißchen zu alt für so ein Lokal?" Das Mädchen auf dem nächsten Hocker betrachtete mich in der gleichen bewußt taxierenden Art. „Aber vielleicht hast du dich gerade scheiden lassen oder so?"

„Nein."

„Mir wär's egal, wenn du ein Bigamist wärst." Lange Korkenlokken wanden sich von ihrem Kopf, schwangen um ihre Backen. „Du kannst mich auf einen Drink einladen, wenn du magst, aber nur unter einer Bedingung." Ihr grobes Wollkleid war über der Brust quadratisch ausgeschnitten; das lenkte meine Aufmerksamkeit darauf, wie kantig ihre Schlüsselbeine waren. „Eine Bedingung. Keine Namen. Ich will deinen Namen nicht wissen und ich werd' dir meinen nicht sagen."

„In Ordnung." Ich war ein verdammter Narr gewesen, daß ich nicht im Augenblick, als ich hereinkam, die Absicht hinter der Ruhelosigkeit bemerkt hatte; wenige Häuserblocks weiter, und ich hätte einen Drink in Frieden in einer normalen, altmodischen Kneipe haben können. „Was trinkst du?"

Sie trank „Cold Ducks". Das kostete vier Dollar. Ich nahm das zusammengefaltete Geld aus meiner Tasche, fischte eine Fünfdollarnote mit dem Daumen heraus; seit dem Unfall hatte ich aufgehört, eine Brieftasche zu benützen.

„Du bist wahrscheinlich um die Vierzig." Wieder dieser abschätzende Blick. „Aber du bist nicht fett. Oder kahl. Du bist recht attraktiv in einem normalen Sinn."

Das hatte ich schon früher gehört. „Du bist ein Gesicht in der Masse", hatte mir einmal ein Mädchen gesagt. „Genau das gefällt mir an dir. Es gibt dir so ein mysteriöses Aussehen."

„Natürlich ist niemand wirklich normal." Die Korkenzieherlokken schwangen wie Federn nach vorne, als sie sich zu mir beugte. „Ich warf das *I Ging,* bevor ich heute abend ausging, und es erzählte mir von dir. Weißt du, was es sagte?"

„Nein."

„Das Hexagramm, meine ich. Es sagte, wenn jemand nicht so ist, wie er sein sollte, hat er ein Mißgeschick erlitten. Was denkst du darüber?"

Ich dachte, das sei ein Haufen Scheiße. Ich sagte ihr das nicht, sie erwartete ohnehin keine Antwort.

„Deshalb will ich, daß wir Fremde bleiben", erklärte sie. „Nicht daß ich versuche, zurückhaltend zu sein oder so, aber auf diese Weise könnten wir beide *irgendwer* sein, nicht?"

„Ja."

„Ich meine, dann kann man absolut alles tun, wozu man Lust hat, und nachher macht es nichts aus. Verstehst du, was ich meine?“

„Ja.“

„Wohnst du hier in der Gegend?“

„Ich wohne außerhalb der Stadt. Ich übernachte hier bei Freunden.“ Ich fürchtete, die Flüchtigkeit eines Hotelzimmers könnte sie reizen.

„Pah . . .“ Eine Krabbenschere hing an der Kette, die sie um den Hals trug; als sie damit zu spielen begann, bemerkte ich, daß sie an den Fingernägeln kaute. „Wenn wir zu mir gehen, ist es meine eigene Wohnung. Du würdest in meinen *Bereich* eintreten, wenn du verstehst, was ich meine. Es macht das Ganze irgendwie persönlich, nicht wahr?“

„Ich denke schon.“ Ich fragte mich, wie lange dieses Mädchen hier gesessen haben mochte, von den jungen Einkaufsbummlern inspiziert und links liegengelassen.

„Gefällt dir mein Haar?“ Sie hatte bemerkt, daß ich es betrachtete.

Ich nickte.

„Du würdest es nicht glauben, nicht wahr? Es war früher absolut glatt.“

Diese drahtähnlichen Spiralen waren Absicht. Ich fand das wirklich kaum zu glauben. Ich hatte mein Glas beinahe leergetrunken, ich konnte im nächsten Augenblick gehen. Sie hatte ihren „Cold Duck“ nicht angerührt.

„Ist irgendwas daran nicht in Ordnung?“

„Ich trinke nicht.“

„Nie?“

„Ich bekomme davon Migräne.“

„Warum hast du das Zeug bestellt?“

„Ich kannte einmal einen Mann, der immer Mädchen mit in seine Wohnung nahm und ihnen südamerikanische Platten vorspielte. Diese Sorte von heulenden Liedern, die sie in den Bergen oben haben, in den Anden. Weißt du, es war überhaupt nicht wie Musik. Es war furchtbar.“ Sie rieb die Krabbenschere an ihrem Kinn. „Wenn das Mädchen ihn bat, sie abzuschalten, traf er sich nie wieder mit ihr.“

„So eine Art von Test.“

„Richtig.“ Sie schob den „Cold Duck“ über die Bar von sich weg. „Das ist mein Test. Es ist das teuerste Getränk, das sie hier haben.“ Sie war von ihrem Hocker geglitten und stand nun neben mir; ich konnte ihren Hüftknochen spüren, wie er sich an meinen Schenkel preßte.

Erstaunlicherweise empfand ich ein momentanes körperliches Verlangen nach ihr. Es hatte keinen wesentlichen Einfluß auf mich; ich dachte gar nicht daran, zu ihr nach Hause zu gehen. Es war der direkte, irrationale Trieb eines Tieres oder eines Halbwüchsigen; ich wollte sie packen, meine Hand unter ihren Rock stecken. Auf die simpelste, direkteste Art wollte ich sie mir erzwingen.

„Wenn wir in meinen Bereich, meine Wohnung gehen, macht es dir etwas aus, wenn ich das Licht nicht anknipse? Ich meine, du kannst Streichhölzer anzünden, während ich die Tür zuschließe und so."

Ich blickte an ihr vorbei auf die Straße. Zum zweitenmal innerhalb einer Stunde würde ich irgendeine taktvolle, ausweichende Art finden müssen, einer Frau zu sagen, daß ich nicht mit ihr ins Bett gehen wollte.

„Es würde nicht funktionieren. Du würdest mich nicht mögen."

„Ich will dich nicht mögen. Ich will dich nicht einmal kennen."

„Ich dich schon." Jede Lüge war mir recht. „Ich kann die Dinge nicht so beiläufig nehmen. Ich würde von dir etwas wissen wollen, deinen Namen. Alles. Ich würde dich wiedersehen wollen. Ich suche kein Abenteuer für eine Nacht. Ich suche eine Beziehung."

„In diesem Lokal?"

„Tut mir leid." Ich war schon an ihr vorbei, auf halbem Weg zur Tür. Sie ergriff meinen Arm; das hatte ich nicht erwartet. Mein Handgelenk glitt aus der Tasche. Sie blickte auf die zusammengenähte Manschette.

„Siehst du." Sie hatte nur Sekunden gebraucht, um darauf zu reagieren. „Genau das hat das *I Ging* gesagt. Wenn einer nicht ist, wie er sein sollte, hat er ein Mißgeschick erlitten." Sie war ganz aufgeregt. „Es bedeutet, ich soll dich heut Nacht zu mir mitnehmen."

„Nein, das heißt es nicht." Ich bekam meinen Arm frei. „Es heißt, du sollst dich von mir fernhalten."

„Warum?"

„Verstehst du nicht?" Es war mir bereits egal, was ich redete; solange ich mir nicht zu überlegen brauchte, wie viele Stunden, wie viele Nächte es dauern mochte, bis ihr jemand wieder einen „Cold Duck" kaufte. „Es bedeutet, daß wir beide Unglück hätten. Weil ich nicht bin, wie ich sein sollte." Ich winkte ihr mit dem Handgelenk; niemand stand zwischen mir und der Tür. Wie die Katze in meinem Atelier schlüpfte ich hinaus und war fort, bevor sie darüber nachdenken konnte, was ich gesagt hatte.

Draußen hielt ich das erste freie Taxi an und gab dem Fahrer den Namen meines Hotels in Gramercy Park an. Ich war wieder entkommen. Wovor dieses Mal? Warum? Ich wußte es nicht genau. Das Mädchen war gar nicht so unattraktiv, sie war jung, offenbar fünfundzwanzig, sie hatte hübsche lange Beine. Ihre Schmächtigkeit hatte sogar etwas Verletzliches und für mich Anziehendes nach einem Abend mit Karen.

Ich konnte nicht vorgeben, daß mich irgendwelche Skrupel in bezug auf Treue veranlaßt hatten, das Mädchen abzuweisen. Seit unserer Heirat war ich Ruth drei- oder viermal untreu gewesen. Ich achtete immer sorgfältig darauf, jemanden zu meiden, den sie kannte, und ging gelegentlich mit entgegenkommenden Unbekannten schnell ins Bett, wenn ich beruflich unterwegs war und in irgendeinem Frauenclub oder College Vorlesungen hielt. Später hatte ich Ruth sogar von diesen Begegnungen erzählt.

Nichts hätte zwangloser sein können als die sexuelle Verbindung, die mir dieses Mädchen anbot. Sie stellte keine der Gefahren dar, die es bei Karen gab. Es hätte bei ihr keine künftigen Komplikationen geben können, kein emotionales Engagement. Sie hatte das ganz klargemacht. Sie bot mir nichts anderes als unpersönlichen Sex.

Vielleicht hatte mich gerade das an ihr geängstigt, die Hartnäckigkeit, mit der sie darauf bestand, sich auf eine Funktion zu reduzieren, auf ein Stück Arsch, ihr rührender Eifer, im Dunkeln benutzt zu werden, ihre offensichtliche Neigung, gedemütigt zu werden. Ich nehme an, die meisten Männer haben periodisch Phantasien über die Frau als reinen Ausdruck von Unterwerfung. Hier bin ich. Mach schon. Treibs mit mir. Von solchen Phantasien wimmelte es in meinem Jünglingsalter.

Das war vermutlich die Antwort, entschied ich, als ich das Taxi vor dem Hotel bezahlte. Der Grund, warum ich vor diesem Mädchen an der Bar flüchtete, war, daß sie mich drängte, genau jene Halbwüchsigen-Phantasien mit ihr auszuleben, deren Erinnerung für mich beschämend war.

Der Nachtportier überreichte mir zusammen mit meinem Schlüssel mehrere Botschaften. Abgesehen von der Uhrzeit, die auf jeder von ihnen vermerkt war, waren sie alle identisch. „Mrs. Trask hat angerufen." Ruth hatte mich seit neun Uhr jede halbe Stunde angerufen.

Die vergilbten Spiegelwände des Lifts schienen meine Angst zu verzerren, machten aus ihr einen bösen Scherz. Sophie war irgend etwas zugestoßen; das war die einzig mögliche Erklärung für diese

Anrufe; wohin ich sah, alles bestätigte diese Gewißheit mit lautloser Bosheit. Ich drückte immer wieder den Knopf meiner Etage; die Türen wollten sich nicht schließen; endlich glitten sie aufeinander zu. Die Hand eines Mannes packte sie und zog sie auseinander. Er drängte sich mit einer Frau im Abendkleid in den Aufzug; sie lachten. Niemals hatte ich jemanden so spontan gehaßt, wie ich dieses Paar haßte. Ich haßte sie ihrer Sicherheit wegen; sie waren auf dem Weg ins Bett; nicht zu einem wartenden Telefon, zu einer von weitem kommenden Stimme. „Sie hat versucht, das Fenster in ihrem Zimmer zu öffnen . . ." „Sie lief nach unten, um gute Nacht zu sagen . . ." „Ich fuhr sie aus der Stadt zurück . . .". Sie stiegen eine Etage unter der meinen aus; sie sagten gute Nacht zu mir; nichts hätte mich dazu bringen können, ihnen zu antworten.

Ich mußte mich hinsetzen, bevor ich den Hörer in meinem Zimmer abheben und der Telefonistin unsere Nummer in Vermont geben konnte. Ruth hob sofort ab; sie mußte neben dem Telefon gewartet haben.

„Martin?"

„Was ist ihr passiert?"

„Wo warst du?"

„Das ist doch unwichtig . . ."

„Ich versuche seit Stunden, dich anzurufen."

„Ich bin von Karen zu Fuß zurückgegangen." Warum mußte Ruth immer, wenn sie mir etwas Wichtiges zu sagen hatte, durch ein Labyrinth irrelevanter Dinge hindurchgehen? „Also, mach schon, Ruth, sag mir, was ist mit Sophie passiert?"

„Nichts."

„Was?" Ich brüllte noch immer.

„Es ist wegen deinem Atelier. Es ist verbrannt. Die Feuerwehrmänner sind immer noch dort. Sie haben es unter Kontrolle, aber das ganze Dach ist weg . . ."

„Gott sei Dank."

„Martin?" Es klang verdrossen, beleidigt. „Hast du nicht verstanden . . ."

„Ja, natürlich hab' ich's verstanden." Es war, als versuchte ich, meine eigenen Worte aus einer Fremdsprache zu übersetzen.

„Ich meinte doch nur, Gott sei Dank, daß mit Sophie alles in Ordnung ist."

4

„Sie waren allein mit Ihrer Tochter hier, Mrs. Trask?“

„Ja.“ In Ruths Stimme lag eine Herausforderung. Der Mann von der Versicherungsgesellschaft schien es nicht zu bemerken; er schrieb etwas in den Notizblock, den er auf den Knien hielt.

„War das Atelier abgesperrt?“

„Ja.“

„Wo war der Schlüssel?“

Ich beschloß, auch diese Antwort Ruth zu überlassen.

„An einem Haken in der Küche.“

„War er – am nächsten Morgen immer noch dort?“

„Er ist jetzt noch dort, Mr. Best.“ Ruth machte Anstalten, sich vom Sofa zu erheben. „Wollen Sie ihn sehen?“

„Nein.“ Eine weitere Notiz auf dem Block. „Nein, danke.“

Best war ziemlich jung, Anfang Dreißig, Er trug einen grauen Kammgarnanzug und ein leichtes blaues Hemd. Hätte ich ihn auf einer Party getroffen, hätte ich ihn für einen Lehrer auf einem kleinen New England College gehalten; seine Fragen wirkten eher besorgt als forschend.

„Ich hoffe, es macht Ihnen nichts aus, wenn ich das sage, Mr. Best, aber es scheint immer dasselbe mit Versicherungsgesellschaften zu sein. Ihr beeilt euch sehr, eure Prämien zu kassieren, aber wenn ihr auszahlen müßt, ist das ganz anders.“

„Wenn wir auszahlen müssen, tun wir das immer.“ Es klang bei Best wie ein matter konventioneller Scherz. „Was ist mit den Fenstern? Waren sie zu?“

„Ja.“ Ich begann diesen Mann zu mögen. „Ich selbst habe sie verschlossen, bevor ich an jenem Morgen fortging. “

„Und weder Sophie noch ich kamen danach in die Nähe des Ateliers.“

„Ich bin sicher, daß Sie das nicht getan haben, Mrs. Trask.“

„Dann muß es irgend etwas mit den elektrischen Leitungen zu tun gehabt haben, und Ihre Gesellschaft hat das alles untersucht, bevor Sie uns die Police gaben.“

Ruth stand auf; hätte Best einen Hut gehabt, würde sie ihm den jetzt gereicht haben.

„Die Leitungen waren es nicht. Das Feuer brach nicht in den Mauern aus.“ Best sprach ein wenig geistesabwesend, überflog noch einmal seine Notizen. Er steckte seinen Füllfederhalter weg und verfrachtete den Notizblock in seine Aktentasche. „Würde es Ihnen etwas ausmachen, zum Gebäude hinüberzukommen?“ fragte er mich. „Es gibt da ein oder zwei Dinge, die ich gern noch geklärt hätte, bevor ich gehe.“

„Ihre Untersuchungsbeamten, oder wie immer Sie sie nennen, sind hier tagelang überall herumgekrabbelt.“

„Wir werden Ihnen unseren Scheck heute mit der Abendpost zusenden, Mrs. Trask.“ Es klang etwas kleinlaut.

„Selbstverständlich“, sagte ich zu ihm. „Ich komme gern mit Ihnen.“

Ruth setzte sich auf das Sofa, als wir uns der Küche zuwandten. Ihr Widerstand war zusammengebrochen, und sie sah jetzt sehr jung aus. Best nahm seine Aktentasche unter den Arm und folgte mir zur Hintertür. Ich deutete auf den Atelierschlüssel, der an seinem Haken hing, als ich daran vorbeikam; Best warf in seiner eifrigen Art einen flüchtigen Blick darauf; er nickte höflich. Ich war entschlossen, mich nicht für Ruths Feindseligkeit zu entschuldigen; ich liebte sie dafür; sie erinnerte mich an ihre hilflose, verletzte Entrüstung, als wir das Haus einst aufbauten und die Bauunternehmer irgendeinen Fehler machten, die falsche Art von Tür oder Fenster installierten. Eine Weile, als ich ihre Reaktion auf Bests Fragen beobachtete, hatte ich gespürt, wie wenig sie sich im Grunde verändert hatte.

„Diese Arbeit hat etwas Komisches an sich.“ Best lächelte, als wir den Hof überquerten. „Die Frauen scheinen einen immer zu hassen. Als ich anfing, machte mir das oft Sorgen. Ich konnte mich des Gefühls nicht erwehren, daß da etwas Persönliches mit im Spiel ist.“

„Der Brand hat uns beide sehr bestürzt.“ Ich ärgerte mich über Bests Männer-Komplizenschaft; daß er Ruth zu den typischen Frauen zählte, denen er begegnet war. „Wir fühlen uns beide mit diesem Haus sehr stark verbunden. Als wir es kauften, war es kaum mehr als eine Ruine, ein verlassenes Bauernhaus. Wir bauten es selbst wieder auf. Das Atelier war die alte Scheune . . .“

Ich brach ab; wir waren bei dem angekommen, was von der Tür übrig war. Ich hatte mich im Atelier seit dem Feuer schon einige Male umgesehen; es war noch immer ein Schock für mich. Es lag etwas wie Absicht in der Zerstörung: die verkohlten Reste der Dachbalken; die Metallsplitter, Spiralen von der Couch, der Stahlrahmen meines Bürostuhls; die wenigen Habseligkeiten, eine Porzellanvase, die Ruth mir geschenkt hatte, eine blasige Zinnschale, ein ovaler Spiegel, die das Feuer überstanden hatten. Ich stand da, in Betrachtung von all dem, zwischen den geschwärzten Pfosten des Türrahmens, angeekelt, und hatte den Wunsch, für immer von hier fortzugehen.

„Was ich Sie fragen wollte." Best schritt an mir vorbei, bahnte sich seinen Weg durch die durchweichte Kompostasche, die den Fußboden bedeckte. „Was ich gern wüßte - wo bewahrten Sie normalerweise das auf?" Er deutete auf einen teilweise abgeflachten Zylinder, der, zur Seite gekippt, in einem Haufen Holzkohle und verbrannter Skizzenblöcke lag. Ich erkannte die Metalltrommel, die ich als Abfalleimer verwendet hatte.

„Neben meiner Zeichenstaffelei." Es war nichts davon übrig, bis auf verstreute Messingwinkel, die einst die Staffelei zusammengehalten hatten.

„Ungefähr dort, wo er jetzt ist?"

„Nein. Näher zu ..." Ich ging hin und her, bis der Hügel, die Ahornbäume auf der Hügelkette, die ich durch das leere Metallgitterwerk in den Fensterrahmen sehen konnte, die genaue Perspektive der Aussicht annahmen, auf die ich so viele Stunden gestarrt hatte, während ich zu arbeiten versuchte. „Jetzt noch näher zu mir her. Meine Staffelei war hier, und das Ding stand normalerweise gleich rechts davon."

„Feuerwehrmänner." Best hob die Metalltrommel hoch, drehte sie um und leerte dabei ein paar Tropfen trüben Wassers aus. „Diese Arbeit wäre ja so viel einfacher, wenn man niemals Feuerwehrbrigaden erfunden hätte. Die schieben die Dinge. Die hacken mit ihren Äxten auf den Sachen herum. Die setzen mit ihren Schläuchen alles unter Wasser. Man könnte meinen, sie werden dafür bezahlt, daß sie Beweise vernichten." Er stellte die Trommel wieder auf den Boden. „Ich nehme an, Sie erinnern sich nicht, ob sie leer war oder nicht."

„Nein. Wahrscheinlich nicht." Ich war immer zu faul gewesen, ihren Inhalt in die Abfalltonnen am Ende der Einfahrt zu leeren, hatte die ausrangierten Zeichnungen, alte Briefe und Zeitungen hineingestopft, bis für nichts anderes mehr Platz war. „Sie meinen, dort hat der Brand begonnen, in diesem Papierkorb?"

„Nach dem, wie die Balken zusammenbrachen, sieht es so aus, als wäre das Dach zuerst weg gewesen. Eine Stichflamme aus diesem Gefäß hat möglicherweise die Staffelei angezündet, und von dort ging es weiter nach oben."

Ich blickte auf die kalte Pfeife, die ich in der Hand hielt. Best betrachtete sie auch. „Das ist unmöglich." Ich steckte sie in die Tasche.

„Wenn ich meine Pfeife an jenem Morgen in den Papierkorb ausgeklopft hätte. Und ich hab's nicht getan. Ich hab' das niemals getan. Ein Gefäß voll mit trockenem Papier würde nicht zehn Stunden lang schwelen, bevor es in Flammen aufgeht."

„Nein. Nur ein sehr langsames Zündmittel würde das."

Best grinste mich in seiner beflissenen Art an. „Es sieht also so aus, als hätte jemand in jener Nacht ein Streichholz hineingeworfen."

„Ruth ist nicht hergekommen."

„Nein. Das hat sie mir gesagt."

„Sophie war im Bett. Das war ja das erste, was Ruth tat, als sie die Flammen aus dem Atelier kommen sah. Sie lief hinauf in Sophies Zimmer. Sogar noch bevor sie die Feuerwehr anrief. Sophie hat geschlafen."

„Ich habe nicht angedeutet, daß es jemand aus Ihrer Familie war. Und, bitte, glauben Sie nicht, daß das irgend etwas mit Ihrem Anspruch zu tun hat, diese Fragen, die ich Ihnen gestellt habe. Wenn irgend jemand in Ihr Atelier eingebrochen ist und es in Brand gesteckt hat, sind Sie durch Ihre Police gedeckt. Der einzige Grund, warum ich versuche, genau festzustellen, was geschah, ist, daß ich, falls irgendwer - ein Fremder - in jener Nacht hier einbrach, der Polizei Bericht erstatten muß."

„Natürlich, ich verstehe." Ich fing an, ihn wieder zu mögen.

„Sie meinen, irgendein Landstreicher -"

„Es war eine kalte Nacht. Vielleicht wollte jemand im Wald schlafen und sah das leere Atelier. Die Frage ist, wie ist er hereingekommen?" Er betrachtete das, was von den Fenstern übrig war. „Die Quadrate zwischen diesen Gittern sind zu klein, als daß jemand durchkriechen konnte, selbst wenn er das ganze Glas herausbrechen müßte."

Ich dachte mir, daß er überraschend schwer von Begriff sei. „Wenn er das Glas herausbrach, konnte er einfach hereinlangen und den Fensterriegel aufmachen."

„Ja, das könnte er." Nun sah Best mich an. „Nur, daß alle Fensterrahmen den Brand überstanden haben und sie sind alle noch verriegelt."

Ich sagte nichts.

„Sind Sie sicher, daß die Türe versperrt war?"

„Ja." Mir kamen Dinge in den Sinn, die nichts mit dieser Sache zu tun hatten - die Katze, der zerbrochene Krug für die Bleistifte, die plötzliche unnatürliche Stille im Zimmer, als ich es an jenem Abend betrat. „Ja, ich habe sie immer abgesperrt."

„Oh, na ja." Best seufzte. „Ich nehme an, er hätte es wieder hinter sich verriegeln können, als er fortging, als er vor dem Feuer davonlief."

Ich wußte, er glaubte das nicht. Ich konnte es ihm nicht übelnehmen. Es war schwierig, sich vorzustellen, daß irgend jemand so etwas tun würde.

5

Wir luden alles in den Fond des Kombiwagens.

Ich trug die Koffer einzeln hinaus, zwängte meine Kofferschreibmaschine zwischen sie; Ruth drapierte Kleider mit Plastiküberzügen darüber, Sophie tauchte immer wieder mit Tragetaschen voller Spielzeug auf und wählte spezielle, private Verstecke für ihre Besitztümer. Als ich die letzten Sachen hineingestopft hatte, Ruths Handköfferchen, die Katze in ihren Korb, blieb nichts mehr zu tun als die Hecktür zuzukriegen.

Ich hatte die Katze zurücklassen wollen. Seit jener Nacht im Atelier, als sie meinen Talisman zerbrach, den Krug für die Bleistifte, den Sophie für mich gemacht hatte, hatte ich eine unverständliche Abneigung gegen sie entwickelt. Das war völlig unvernünftig - der Brand hätte den Krug ohnehin zerstört - aber es behagte mir nicht, die verdammte Katze in meiner Nähe zu haben; sie beunruhigte mich. Anfangs hatte auch Sophie sie zurücklassen wollen; ich glaube, ihr gefiel die Vorstellung, daß die Katze dableiben und sie zu ihr zurückkommen würde; sie beschloß, sie bei ihrer Freundin Amanda zu lassen. Dann, in letzter Minute, änderte sie ihre Meinung; ich mußte mit ihr in die Stadt fahren und einen Reisekorb für die Fahrt nach New York kaufen.

Wir waren alle drei in freudiger Ferienstimmung, als wir losfuhren. Sophie war die einzige, die zurückblickte, als wir am Ende der Einfahrt wendeten. Sie hatte ein starkes Gefühl der Ortsverbundenheit, sie würde das Haus vermissen, ihr Zimmer, die Freiheit der Wälder, die kleine Stadt, in der jeder sie kannte. Aber die Erleichterung ihrer Eltern, das Gefühl, mit dem sie von uns angesteckt wurde, daß wir vor irgend etwas flüchteten, hatte auch sie erregt. Es war, als spielten wir ein Spiel.

Als die Ryders von dem Brand gehört und sich erbötig gemacht hatten, uns ihr Apartment in der 12. Straße zu leihen - „Wir werden es vor Weihnachten nicht benützen" -, hatte Ruth das Angebot sofort begierig annehmen wollen. Sie konnte jede Menge praktischer Gründe dafür finden. Es hatte keinen Sinn, weiter auf dem Land zu bleiben, wenn ich nicht einmal ein Atelier zum Arbeiten hatte; sobald Karen jemanden fand, der die Zeichnungen für *Miguel* machte, mußte ich in New York sein, um bei der Stange zu bleiben; es war furchtbar, jedesmal, wenn wir aus dem Fenster blickten, diese ausgebrannte Ruine drüben auf dem Hof zu sehen. Ich war mit allem, was sie sagte, einverstanden. Später, als wir eines unserer Gespräche hatten, zeigte sie sich etwas ehrlicher mir gegenüber. Sie versuchte ihr Bestes, um zu erklären, wie sie unser Leben in New York sah. „Wir werden nichts von diesen üblichen Dingen tun, Leute zum Abendessen einladen, diese ganze gesellschaftliche Routine." Sie wollte mit den neuen Gruppen in Berührung kommen, einige von den Leuten kennenlernen, deren aufregende neue Ideen in diesen Tagen geradezu in der Luft lagen, Yoga, Meditation, Gruppentherapie, Bewußtseinserweiterung. Ich erwähnte mit keinem Wort, daß die meisten dieser Ideen so alt waren wie das Geld. Ich wußte, Ruth legte lebhafte Hoffnungen in die Herausforderung, die Fremde bedeuteten, neue eigene Freunde, denen gegenüber sie sich frei benehmen konnte, ohne immer daran denken zu müssen, daß man in ihr meine Frau sah. In New York zu sein, zu tun, was sie wollte, mochte ihr vielleicht helfen, dieses Gefühl der Rebellion gegen mich zu überwinden. Es war nur bis Weihnachten. Danach, das hing von *Miguel* ab, würden wir konkretere Pläne für die Zukunft machen müssen.

Meine eigene Ungeduld, die ich beim Weiterfahren durch die Stadt empfand, war auch begreiflich. Die Veränderung würde mir zu neuen Ideen für *Miguel* verhelfen; ich freute mich darauf, Karens talentierten jungen Mann kennenzulernen, wer immer es war, und wieder zur Arbeit am Comic strip zurückzukehren. Ich setzte meine Hoffnungen auf die Klinik, die Dr. Sullivan mir empfohlen hatte. War ich erst einmal mit einer Handprothese ausgestattet, konnte ich sie dort am Ende meines Handgelenkes sehen, kleine, alltägliche Dinge mit ihr tun, dann würde ich vielleicht etwas von diesen Phantom-Schmerzen verlieren, wie Sullivan sie genannt hatte, dieses gespenstische Gefühl, daß meine eigene rechte Hand noch da sei.

6

Das Apartment der Ryders war die Dachterrassenwohnung eines zehnstöckigen Gebäudes gleich westlich der Fifth Avenue. Eine Glastür ging vom Eßzimmer hinaus auf die Terrasse, auf der sie einmal versucht hatten, sich einen Garten anzulegen. Sträucher und Grünpflanzen sprossen freudlos in Holzkisten; mutiger Efeu rankte sich am eisernen Geländer der Terrasse; ein kleiner Baum hatte seine hartnäckigen Wurzeln in einem grün bemalten Faß verankert. Ich pflegte manchmal da draußen zu sein, wenn ich da war.

Den größten Teil des Tages war ich allein. Ruth hatte schnell eine passende Schule für Sophie gefunden; sie setzte sie dort jeden Morgen ab, bevor sie zu ihren eigenen Kursen und Seminaren fuhr. Sie belegte mehrere Kurse am *Origin-Institut;* sie hatte sich einer Schar angeschlossen, die Gruppentherapie betrieb, und nahm an einem ihrer Workshops teil; sie nahm Unterricht in Meditation und in Yoga. All diese Aktivitäten bewirkten, daß sie sehr selten zu Hause war; die wenigen Male, die wir miteinander redeten, erzählte sie mir, wie sehr sie in all dem aufgehe; irgend etwas an ihrem Eifer erschien mir überstürzt und bedenklich.

Anfangs, wenn ich nachmittags Sophie von der Schule abholte, durchstreiften wir zusammen das *Village,* schauten uns die Plakate und den handgemachten Schmuck in den Schaufenstern an. Ich zeigte Sophie das Apartmenthaus ohne Fahrstuhl auf der Perry Street, in dem ich bis zu meinem zehnten Lebensjahr gewohnt hatte.

„Warum bist du fortgegangen? Wo hast du danach gewohnt? Was hat dein Vater gemacht?“ Sie interessierte sich immer für alles, was ich ihr aus meiner Kindheit erzählte.

Mein Vater war Chemielehrer. Ich stand ihm als Kind sehr nahe; er nahm mich nach dem Unterricht immer ins Schullaboratorium mit; dort verbrachten wir Stunden damit, gemeinsam Feuerwerke zu veranstalten. Als ich zehn war, nahm er einen Posten in einem Rüstungsbetrieb in New Jersey an, ich konnte mich an den Newark erinnern; sogar unsere eigenen Möbel schienen in der veränderten Umgebung fremd zu sein. Ich erzählte Sophie nichts über die Entfremdung von meinen Eltern nach dieser Übersiedlung.

Ich erzählte Sophie von einer anderen Zeit, die ich in der Stadt verlebt hatte, das Jahr, das Ruth und ich dort verbrachten, als wir frisch verheiratet waren, bevor wir nach Vermont gingen. Ich hatte eine Zeit in Erinnerung, die von Licht erfüllt war, das Wunder unserer gegenseitigen Entdeckung, der feierliche Glanz, den es allem verlieh, was wir taten. Die Frustrationen meiner Arbeit in der Werbung waren vergessen in der Erregung, jeden Abend zu ihr nach Hause zu gehen. All die einfachen Dinge, die wir taten, um die Freiheit unserer Wochenenden zu feiern - langes, spätes Frühstück, Bummel zum Tiergarten oder zum Modern Art Museum - waren verklärt von dem Glücksgefühl des Beisammenseins. Ein flüchtiger Blick, eine Berührung, Ruths Sanftheit; ihre begierige Unschuld; ich wußte, ich war noch nie zuvor verliebt gewesen.

Gegen Mitte dieses Jahres verkaufte ich *Miguel* an die *Village Voice.* Ganz plötzlich, mit fünfunddreißig, war ich eine kleine Berühmtheit geworden. Wir wurden zu Parties eingeladen von Leuten, denen wir nie begegnet waren. Ich wurde beglückwünscht, geschätzt, von Fremden beneidet. Eine Zeitlang genoß Ruth auf ihre schüchterne Art unsere Popularität. Sie war beeindruckt, als *Miguel* von anderen Zeitungen angekauft wurde, entzückt von unserer sich daraus ergebenden Freiheit. „Du bist der einzige Mensch, den ich je kennengelernt habe, der Dinge möglich machen kann", sagte sie mir.

„Was hat Mami damit gemeint?" fragte Sophie.

„Ich hatte *Miguel* möglich gemacht. Ich konnte meinen Job aufgeben. Wir konnten leben, wo wir wollten."

„Ich bin froh, daß ihr nach Vermont gegangen seid, bevor ich möglich geworden bin."

Es schien unmöglich, Sophie begreiflich zu machen, daß es in New York irgendeinen Zauber, ja, selbst irgendwelche Vorzüge geben könne.

Eines Nachmittags, als wir spazieren gingen, weigerte sie sich, beim Zeitungsstand an der Ecke neben der Untergrundbahnstation stehenzubleiben. „Ich hasse ihn", sagte sie immer wieder. „Ich hasse diesen Platz." Ich begriff, daß sie mir damit sagen wollte, sie haßte den Lärm und den Verkehr und das Gewirr der Menschen um sich herum; sie gaben ihr das Gefühl, bedroht und beengt zu sein. Danach gab ich unsere Spaziergänge auf; ich brachte sie in den Zoo und ins Naturhistorische Museum; ich durchforschte die Unterhaltungsspalten in den Zeitungen nach Kinderfilmen und -theatern. Es war überraschend schwierig, Dinge zu finden, die man in der Stadt gemeinsam tun konnte.

Am Ende der zweiten Woche in New York löste Sophie ihr Problem allein. Sie fand andere Kinder ihres Alters, die in dem Apartmenthaus wohnten. Ich war nicht fähig gewesen, sie an das Stadtleben anzupassen; nur die geheimen Rituale und das Verständnis ihrer Altersgenossen konnten das; sie klammerte sich an ihre neuen Freunde mit einer Abhängigkeit, die sie nie zuvor bei anderen Kindern gezeigt hatte. Sobald ich sie am Nachmittag nach Hause brachte und sie ihre Bücher in ihrem Zimmer verstaut hatte, lief sie zum Fahrstuhl und fuhr zum sechsten Stockwerk hinunter. „Ich geh' zu Angela und Terry. Ich hab's versprochen."

„Du gehst jeden Tag hin. Bist du sicher, daß ihre Mutter nichts dagegen hat?"

„Sie mag es", versicherte mir Ruth. „Ich hab' einmal in der Halle mit ihr gesprochen. Sie sagt, Angela und Terry streiten nicht so viel, wenn noch ein drittes Kind dabei ist."

Ich hatte viele alte Freunde, die ich anrufen hätte können; da gab es Mädchen, mit denen ich Verhältnisse gehabt hatte, bevor ich Ruth kennenlernte; einige von ihnen, das wußte ich, waren noch in der Stadt, noch immer unverheiratet oder geschieden. Ich wollte keine von ihnen sehen. Es war nicht so, daß ich Angst hatte, sie könnten sich verändert haben; ich wußte, wie sehr ich mich verändert hatte. Ich kam mir jetzt wie ein völlig anderer Mensch vor. Dieser junge Mann, der in der Werbung gearbeitet hatte, war rücksichtslos gewesen, er ließ sich für ein paar Monate mit einem Mädchen ein, dann ließ er sich zu einer anderen treiben, fest entschlossen, seine eigenen Regeln und Bedingungen festzusetzen, die ich in der Ehe aufgegeben hatte. Ruth hatte mich gezähmt. Es gab auch Ehepaare, die wir gekannt hatten, bevor wir nach Vermont zogen, mit denen wir in Kontakt geblieben waren, die zu uns aufs Land zu Besuch kamen. Ruth blieb bei ihrem Entschluß, mit ihnen keine Verbindung aufzunehmen. „Sie werden uns nur zum Abendessen einladen, und dann werden auch wir sie einladen müssen."

Da wir nie Gäste empfingen und es für uns allein einfacher war, in der Küche zu essen, übernahm ich das Eßzimmer als Atelier. Ich verbrachte dort die Morgenstunden; übte Schriften, Zeichnen und Maschineschreiben mit der linken Hand. So wie es mich früher zu dem Fenster und den Ahornbäumen auf dem Hügel hingezogen hatte, zog es mich jetzt zur Terrasse. Ich ertappte mich dabei, wie ich an dem eisernen Geländer lehnte, über die Dächer auf die Souvenirladen-Silhouette des Empire State Building, eineinhalb Kilometer weiter nördlich, starrte. Jetzt war es einfach, meine Rastlosigkeit zu rechtfertigen; die einfachsten Handlungen, Kaffee kochen, ein neues Blatt in die Schreibmaschine spannen, eine Tintenflasche öffnen, all die Dinge, die ich einst automatisch getan hatte, waren

Betätigungen geworden, die sorgfältig geplant werden mußten, sie ließen nur wenig Energie in mir übrig, mich auf meine Arbeit zu konzentrieren.

Ich machte einen Termin an der Rehabilitationsklinik an der Einundachtzigsten Straße aus und verbrachte dort einen Nachmittag mit dem Therapeuten. Von meinem rechten Unterarm und Handgelenk wurde ein Gipsabdruck gemacht.

„Dann werden wir eine feste Form machen und einen leichten Plastiküberzug konstruieren, der daraufpaßt."

Der Therapeut war ein zarter junger Mann mit schulterlangem Haar und einem leichten englischen Akzent. Er zeigte mir Muster der verschiedenen Vorrichtungen, unter denen ich eine Wahl treffen konnte.

„Die da ist bloß kosmetisch." Er nahm sie aus einem Glasbehälter und legte sie auf den Tisch zwischen uns. „Keine Arbeitshand, aber sie ist sehr bequem."

Ich hob sie auf; sie war erstaunlich leicht. Der hohle Plastikunterarm war an einem elastischen Strumpf befestigt, der über den Ellbogen paßte, um den Überzug festzuhalten. Bis auf ihre glatte, gleichmäßige Rosigkeit sah die gummiüberzogene Hand recht natürlich aus; auf der Handfläche waren Lebens- und Herzlinien; die Fingergelenke waren kreuz und quer von diskreten Fältchen durchzogen.

„Natürlich gleichen wir sie so genau wie nur möglich Ihrer anderen Hand an, und Sie können Haare auf dem Handrücken haben, wenn Sie wollen."

„Aber sie tut ja nichts? Man kann nichts mit ihr tun?"

„Sie können die Finger in jede natürliche Haltung bringen." Der Therapeut streckte den Zeigefinger aus und richtete ihn auf mich.

„Wollen viele Leute –?" Es fiel mir schwer, das zu glauben. „Wollen sie einfach nur etwas haben, das wie eine Hand aussieht?"

„Leider ja."

Das Bedauern machte seinen englischen Akzent noch deutlicher. „Viel zuviele. Sie wollen sich nicht mit einem Schultergurt herumplagen. Sie benutzen die Prothese nur, um Dinge auf ihren Platz zu rücken. Sie verlassen sich darauf, daß sie es erlernen, die Dinge mit einer Hand zu tun."

„Nein."

Ich schob den ausgestreckten Finger von mir weg. „Ich möchte etwas, das ich benützen kann."

Der Therapeut lächelte; beifällig, wie mir schien. Er legte die bloß kosmetische Vorrichtung wieder in ihr Kästchen und wählte eine andere aus, wobei er ein langes Kabel vom Handgelenk abwickelte, ehe er es über den Tisch legte.

„Sie tragen eine Batterie in der Brusttasche", erklärte er. „Oder um Ihren Brustkorb geschnallt, wenn Sie wollen, und die Bewegungen der Finger werden durch Elektroden am Unterarm in Gang gesetzt."

Nach kurzer Überlegung lehnte ich auch diese Prothese ab.

„Ich hätte lieber etwas Einfacheres." Es fiel mir schwer, zu erklären, was ich gegen seine Elektroden hatte. „Etwas das ich allein bewegen kann, ohne die Hilfe einer Batterie. Ich hätte nicht das Gefühl, daß ich dieses Ding wirklich beherrsche."

Schließlich wählte ich das, was er als Allzweck-Prothese bezeichnete. Äußerlich der kosmetischen Vorrichtung sehr ähnlich, war sie weitaus schwerer infolge ihres Funktionsmechanismus. Durch Anspannung einer Nylonschnur, die im Innern meines Ärmels vom Schultergurt bis hinunter zu einem Hebel auf dem Metall-Handgelenk verlief, konnte ich die Finger zusammenpressen. „Je stärker Sie ziehen, um so fester der Griff." Der Therapeut zeigte es mir. Eine Sperrklinke hielt die Finger zusammengepreßt, bis er wieder an der Schnur zog; sie schnellten auseinander.

„Wenn Sie den Gurt tragen, werden Sie den Vorgang bald lernen, indem Sie die Stellung Ihres Arms oder Ihrer Schulter verändern. Mit ein wenig Übung werden Sie erstaunlich kleine Gegenstände aufheben können." Diesmal war sein Lächeln vertrauensvoll. „Ich hatte letztes Jahr einen Mann hier, der damit Fliegenfangen lernte."

„Zumindest könnte ich meine eigenen Bleistifte spitzen."

„O ja, leicht."

Ich war erfreut, daß er anschließend der Meinung war, ich hätte eine kluge Wahl getroffen; nach einem kurzen Gespräch über die Wartung beschloß ich, keine Haare auf dem Handrücken zu haben.

„Wann wird es fertig sein?" fragte Ruth an diesem Abend beim Essen.

„Ich hab' übernächste Woche einen Termin für die Anprobe."

„Sieht sie aus wie eine richtige Hand?" wollte Sophie wissen.

„Nicht ganz, nein."

„Wie sieht sie aus?"

Ich dachte darüber nach, stocherte in dem braunen Reis auf meinem Teller, bevor ich antwortete. „Wie eine Hand mit einem sehr engen Gummihandschuh drauf."

„Ist sie rot?"

„Nein. Sie ist irgendwie hautfarben."

„Kannst du sie waschen?"

„Ja." Ich hatte das mit dem Therapeuten durchgesprochen, als er mir von der Wartung erzählte; eines der schwersten Dinge nach dem Unfall war, meine linke Hand sauberzuhalten. „Man kann den Handschuh abnehmen und ihn separat waschen, wenn man will."

„Ich werde zu spät kommen." Ruth stand auf und begann, die Teller abzuräumen. Sie hatte eine Verabredung zur Therapie mit irgendwem aus ihrer Gruppe; ich sagte ihr, sie solle sich nicht um das Abwaschen kümmern. „Sophie und ich können das machen." Es war wirklich die einzige Zeit, die ich jetzt mit Sophie allein verbrachte; wenn wir gemeinsam das Geschirr wuschen; und ich las ihr vor dem Einschlafen eine Geschichte vor.

Am nächsten Tag traf ich mich mit Karen. David Maddow, der junge Mann, den sie für das Zeichnen von *Miguel* ausgesucht hatte, war verreist gewesen. Ich sah ihn zum ersten Mal an diesem Nachmittag in ihrem Büro.

„Ich bewundere Ihre Arbeit ungemein, Sir." Maddow war sogar noch jünger, als ich erwartet hatte, klein und eher stämmig, mit einer Stupsnase und einem runden Gesicht.

„Danke." Ich lächelte auf eine, wie ich hoffte, herzliche Weise.

Wir saßen rund um den Kaffeetisch beim Fenster - Karens Art, anzudeuten, daß dies ein freundschaftliches Treffen sein sollte; wir würden über das Projekt im allgemeinen sprechen; Geld würde nicht erwähnt werden. Ich nahm meine Pfeife heraus, bereit, Maddow zuzuhören; er lehnte sich in seinem Stuhl zurück, starrte zur Decke hinauf; sein helles Haar, über Ohren und Stirn hinuntergekämmt, verlieh ihm das Aussehen einer holländischen Puppe.

„Seid nett zueinander." Er richtete sich auf und lächelte mich an. „Glänzend. So großartig wie irgendwas, das Feiffer oder Kelly je gemacht haben."

Es dauerte einen Augenblick, bevor ich verstand, wovon er redete. „Seid nett zueinander." Vor Jahren hatte ich eine Bilderfolge rund um diesen Satz aufgebaut, den Discjockeys und Komödianten von damals mit monotoner Unehrlichkeit wiederholten. In einem Abenteuer, in dem eine Reihe von Typen vom Central Park vorkamen, eine ältliche Schwarze, ein Schlitzohr, ein Polyp, hatte *Miguel* versucht, nett zu ihnen allen zu sein. Ich konnte mich nicht erinnern, wie diese Folge geendet hatte; meiner vagen Vorstellung nach hat sich *Miguel* verhaften lassen.

„Das war vor langer Zeit", sagte ich zu Maddow.

„Achtundsechzig."

„Sie wollen sagen, Sie erinnern sich daran?"

„Nein, es ist keine Erinnerung aus so lang vergangener Zeit." Maddows Offenheit war ebenso beabsichtigt wie sein Lob. „Ich habe bis zu dieser Woche Miguel nie gelesen. Ich hab' Norman Kaufman gebeten, mich Ihre ganze Sammlung durchlesen zu lassen."

„Alle elf Jahre?"

Maddow nickte; die weichen Ponyfransen schaukelten wie Quasten. „Ich hab' sie durchgeackert, seit ich von Kalifornien zurück bin. Ich muß sagen, es war ein faszinierendes Erlebnis. Es gab mir das Gefühl, daß ich Sie wirklich kenne, Sir."

Auf dem Heimweg in der U-Bahn wünschte ich mir, ich könnte das gleiche über Maddow sagen; ich hatte überhaupt nicht das Gefühl, ihn zu kennen; das einzige, was ich mit Sicherheit wußte, war, daß ich ihm nicht traute.

„Und ich wünschte, er würde aufhören, mich ‚Sir' zu nennen", sagte ich zu Ruth. „Es erinnert mich stets an einen Kellner, der auf sein Trinkgeld wartet."

„Vielleicht liegt es nur daran, daß er so jung ist und du – und er respektiert dich." Sophie war unten im sechsten Stock, wir saßen auf der Terrasse; ich genehmigte mir gerade einen Drink.

„Irgendwas geht da vor zwischen ihm und Karen. Sie hat irgendein besonderes persönliches Interesse an ihm." Ich dachte, wie jung und attraktiv Ruth aussah; seit sie in New York lebte, kleidete sie sich weniger nachlässig; sie gab sich mehr Mühe mit ihrem Haar. „Sie tut so, als wäre alles erledigt. Sie will, daß ich sofort einen Entwurf schreibe, damit er Zeichnungen dazu machen kann."

Ruth befühlte den Stengel einer verwelkten Kapuzinerkresse in der Holzkiste neben ihr. „Hast du irgendwelche Ideen für einen Entwurf?"

„Ich weiß es nicht. Ich hab' nicht darüber nachgedacht."

Ruth betrachtete mißmutig die Kapuzinerkresse. In letzter Zeit nörgelte sie an mir herum, an dem, was sie Mangel an Begeisterung in meiner Haltung zu den Dingen nannte, alle möglichen Dinge, von Astrologie bis zu ihren neuen Rezepten für braunen Reis. Jetzt zeigte ich einen Mangel an Begeisterung für David Maddow.

„Würdest du Gruppentherapie versuchen wollen, Martin?"

„Klar."

„Ich will sehen, ob ich jemanden finden kann, der es mit dir macht."

„O.k." Es hörte sich langsam wie eine gute Idee an, wie eine Möglichkeit, wenigstens ein Stück ihres neuen Lebens mit ihr zu teilen. „Ich würd's gern versuchen."

„Ich muß diese Pflanzen vor dem Abendessen gießen."
„Gehst du heute abend aus?"
„Nein." Sie stand auf. „Einige Leute aus meinem Bewußtseins-Kurs kommen her. Wir werden dich nicht stören, falls du im Eßzimmer an deinem Entwurf arbeiten willst."
„Das ist schon in Ordnung." Warum sollte sie nicht ihre neuen Freunde in die Wohnung einladen? „In der Achten Straße gibt es einen Film, den ich mir ansehen möchte."
„Hast du keine Lust zu bleiben und sie kennenzulernen? Wenigstens ein paar Minuten?"
„Vielleicht." Ich konnte schon jetzt spüren, wie sie mich taxierten und ausschlossen, den Reaktionär, der noch immer an Ehepaare glaubte, dessen Bewußtsein so beschränkt war wie das eines Molches. „Vielleicht, bevor der Film anfängt." Ich näherte mich ihr; sie verhielt sich so abwehrend, daß es eine Zudringlichkeit gewesen wäre, sie zu küssen; ich berührte ihre Schulter. „Ich werd' dir helfen, die Pflanzen zu gießen, wenn du willst."
Ich nahm die Gießkanne, die neben dem Verandafenster stand, und begann, sie über dem Ausguß in der Küche zu füllen. Hoffentlich gab es in der Achten Straße einen Film, den ich sehen wollte.
„Martin." Ruths Stimme klang bestürzt, angstvoll. Ich drehte den Wasserhahn ab und eilte auf die Terrasse zurück; sie stand, die Fingerknöchel gegen den Mund gepreßt, vor dem Baum in dem grün bemalten Faß.
Ich blieb neben ihr stehen.
„Wer kann das getan haben?" Sie zitterte. „Wer?"
Die Katze lag seitlich auf der Erde unter dem Baum. Wie Sophie hatte sie Schwierigkeiten gehabt, sich an die Stadt anzupassen, und sie verbrachte die meiste Zeit auf der Terrasse, unruhig und erfolglos auf der Jagd nach Tauben.
„Wer könnte sie hier oben vergiftet haben?" Ruth hatte die Hand vom Mund entfernt; sie rieb sich die Augen. „Niemand außer uns kommt jemals hier heraus."
Ich hob die Katze auf. Ihr Körper war kalt, aber noch weich; er war noch nicht steif geworden. Als ich sie unbeholfen mit einer Hand hochhob, fiel ihr Kopf in einem unnatürlichen Winkel zur Seite.
„Ich glaube nicht, daß sie vergiftet wurde." Ich legte sie über meinen rechten Unterarm und bog ihren Kopf gerade. „Das fühlt sich an, als wäre ihr das Genick gebrochen worden."

7

„Reich mir deine Hände."

Wir saßen einander in zwei Stühlen mit gerader Lehne im Eßzimmer gegenüber. Ich bemühte mich zu vermeiden, daß unsere Knie einander berührten.

„Meine Hände?" Schon wieder erlebte ich diesen schlechten Witz.

„Das ist das erste, was wir tun, wir halten uns an den Händen." Sie lächelte. Sie schien sich in einem Zustand unnatürlicher Heiterkeit zu befinden, seitdem sie in die Wohnung gekommen war. „Ich heiße Anne", sagte sie zwischen Lachanfällen, als ich ihr die Tür öffnete. „Anne mit einem *e.*"

„Ich hab' bloß eine Hand." Ich hielt sie ihr entgegen; sie umschloß sie, beugte sich zu mir vor und blickte mir in die Augen, als wollte sie durch sie hindurchsehen. Sie kicherte. Ich tat, als bemerkte ich es nicht, und schaute ebenfalls in ihre Augen, mit einem Blick, von dem ich hoffte, daß er einfühlende Aufmerksamkeit ausdrückte.

„Wieviel Zeit möchtest du dir nehmen?"

„Ich weiß nicht –"

„Jeder von uns – du hast doch noch nie so eine Aussprache gehabt, oder?"

„Nein. Aber ich verstehe die Sache mit der Zeit." Ruth hatte es mir erklärt; jeder von uns hatte eine festgesetzte Zeit, um über alles zu sprechen, was uns beunruhigte, während der andere zuhörte und ihm mit einer gelegentlichen Frage weiterhalf. Dann würden wir die Rollen tauschen. Als Ruth diese Vorgangsweise beschrieb, war es mir wie eine glänzende Idee erschienen, einfach das, was wir alle brauchten, jemand mit dem man reden konnte, freie Psychoanalyse.

„Fünfundvierzig Minuten?"

„Eine halbe Stunde?"

„In Ordnung." Sie lächelte ihre Uhr an. „Willst du anfangen?"

„Nein, du."

„Hm." Sie schien sich zu sammeln, sprungbereit; ich sah ihr immer noch ins Gesicht. „Du mußt wirklich zuhören", hatte Ruth gewarnt. „Sonst ist es völlig sinnlos." Ich war mehr als willig, zuzuhören; Anne sagte überhaupt nichts. Sie war um die fünfundzwanzig Jahre, hatte kurzes, lockiges Haar und ein eher langes Kinn. Sie gähnte.

Es war ein eindrucksvolles Gähnen, sie tat es mit dem ganzen Gesicht; sie öffnete den Mund wie ein lautlos brüllender Löwe und senkte die Lider, wie von Müdigkeit überwältigt. Ich wartete immer noch aufmerksam darauf, zu hören, was ihr Sorgen bereitete, sie gähnte weiter; ich konnte ihre Mandeln sehen, rosa und glänzend, kleine, lebendige Innereien.

Die Wirkung ihres Gähnens breitete sich auf ihren Körper aus und dehnte ihren Rumpf; ihre Schultern hoben sich erschauernd im Einklang mit ihrer überwältigenden Langeweile.

„Ich werd's nicht tun." Sie schüttelte sich; und zwar tat sie das ruckartig wie ein nasser Hund; das Schütteln begann beim Kopf und ging dann auf ihre Schultern über, auf die Brüste, die Hüften und schließlich auf die Beine. Ich konnte nicht anders als das Fortschreiten dieses Schüttelns zu beobachten; sie hatte Übergewicht, war aber eher kräftig als fett, mit einer massiven Taille, die ihr ein formloses Aussehen gab. Ich blickte verstohlen auf meine Uhr; fünf Minuten waren verstrichen. Sie hatte bisher nur vier Worte gesprochen.

„Ich werd's nicht tun." Sie sagte es noch einmal; sie sagte es immer wieder, zwischen Schütteln und Gähnen, einige Minuten lang; ihre Mandeln kannte ich nun schon so gut wie den braunen Reis; ich überlegte, ob ich ihr mit einer Frage weiterhelfen sollte.

„Was wirst du nicht tun?"

Sie kicherte. Ruth hatte mir erzählt, daß Anne Dolmetscherin bei den Vereinten Nationen gewesen war, bis es „ihr zu schwer fiel". Für einen solchen Job mußte sie rasch begreifen können, einfühlsam sein; wenn sie kicherte, konnte man sich weder das eine noch das andere vorstellen.

„Was wirst du nicht tun?" beharrte ich.

Sie sagte es mir schließlich. Es kostete sie den Rest ihrer halben Stunde und eine ganze weitere Reihe von Gähnen, Schütteln und Kichern, aber sie brachte es zuletzt doch heraus.

„Ich werde nicht Daddys Haushälterin sein."

Im selben Augenblick, als sie es gesagt hatte, sah sie auf ihre Uhr. Sie gab meine Hand frei und streckte die Arme über dem Kopf aus. „Das war gut", sagte sie mir. „Ich habe eine Menge abgeladen." Sie ließ die Arme sinken. „Willst du es jetzt versuchen?"

„Also . . ." Ich räusperte mich. „Macht es dir was aus, wenn ich dich vorher etwas frage?"

„Frag nur."

„Ich verstehe nicht." Ich hatte bereits erkannt, daß ihr Kichern nichts mit mir zu tun hatte; es war nur ein Reflex, wie die Bewegungen jenes abgetrennten Eidechsenschwanzes im Wald. „Ich glaube, ich verstehe nicht, was ich tun soll."

„Sag einfach alles, was du auf dem Herzen hast."

Ich versuchte es. Was mich quälte, war natürlich Ruth, meine Ehe. „Ich hatte vorher nie jemanden wirklich geliebt", erklärte ich. „Als ich ungefähr zehn Jahre alt war, übersiedelten meine Eltern nach New Jersey, und das zerriß irgendwie unser Familienleben. Sie gingen beide arbeiten, und ich war sehr viel allein. Wenn sie an den Abenden nach Hause kamen, waren sie müde und gereizt und ganz in ihre Arbeit versunken, und sie hatten nicht viel Zeit für mich. Ich fühlte mich plötzlich –, na ja, völlig zurückgewiesen. Danach hatte ich immer Angst, mich gefühlsmäßig an jemanden zu binden. Ich war eher zurückhaltend Leuten gegenüber, vor allem bei Mädchen. Ich entwickelte da ein ganzes Verhaltensmuster. Sobald ich mit einem Mädchen ein Verhältnis anfing, begann ich, mich nach einem anderen umzusehen, um mich vor einer engen Bindung zu schützen. Ich hab' auch nie daran gedacht, daß ich heiraten würde." Ich erzählte ihr, wie Ruth mich verändert hatte. „Es war ein ganz neuer Gedanke, die Vorstellung, daß ich nicht mehr allein war. Ohne es zu bemerken, hörte ich auf, als Ich zu denken. Ich dies. Ich das. Ich begann, als Wir zu denken." Ich ließ mich weiter darüber aus. „Es war das Gefühl, daß ein anderer alles mit einem teilte. Man erlebte nie etwas so vollständig, ehe man nicht der anderen Person davon erzählt hatte. Ich erlebte es mit ihr im Geist, auch wenn sie nicht da war. Ich tat nun alles auf einer doppelten Ebene, als ob ich ihr gleichzeitig davon erzählen würde." Ich erwärmte mich immer mehr für das, was ich sagte, ich vergaß Anne, vergaß alles, bis auf das Bedürfnis, meine Gefühle zu erklären. Es war schwierig, das mit Worten zu tun, denn dieses Gefühl des Teilhabens, des Zusammenschmelzens der individuellen Persönlichkeit mit einer anderen war ein emotionaler, kein rationaler Prozeß. Ich war nahe daran, zu sagen, daß ich es niemals ertragen könnte, wieder als ein zentrales, einzelnes Individium zu leben, daß ich niemals imstande wäre, diese leere Einsamkeit zu ertragen, als ich bemerkte, daß meine halbe Stunde um war.

Ich nahm meine Hand aus der ihren; ich streckte mich; sie kicherte. Ich fühlte mich wirklich besser, weil ich mit jemandem geredet hatte; es hatte mir geholfen, Dinge, die ich auf dem Herzen hatte, zu klären. Ich war mehr als bereit, eine weitere Sitzung mit Anne zu machen. Sie war auf dem halben Weg zur Tür.

Ich hörte sie in der Küche mit Ruth sprechen. Als ich meine Pfeife gestopft und angezündet hatte, waren ihre Stimmen verstummt. Als ich zu Ruth kam, war sie allein; Anne war gegangen.

Ruth fragte mich nicht, wie ich vorangekommen sei. Ich begann es ihr zu erzählen. „Am Anfang ist sie ein bißchen schwer auszuhalten. Dieses Gekicher und dieser plötzliche schwachsinnige Ausdruck, aber nach einiger Zeit mochte ich sie sogar. Soll ich sie anrufen und fragen, ob sie wieder einmal am Nachmittag kommen möchte?"

Ruth war beim Spülbecken beschäftigt, füllte einen Topf mit Wasser, maß eine volle Tasse braunen Reis ab.

„Leider will sie nicht wiederkommen."

„Warum nicht? Was ist denn los?"

„Als Anne sechzehn Jahre alt war, lief ihre Mutter mit irgendeinem Mann davon." Ruth stellte das Wasser auf den Herd. „Sie blieb allein mit ihrem Vater. Sie lebten in Chicago. Er wollte, daß sie bei ihm blieb. Sie konnte es nicht. Der bloße Gedanke gab ihr das Gefühl, gefangen zu sein. Er war so besitzergreifend und abhängig von ihr. Als du deine Analyse hattest, kam das alles in ihr hoch, und sie spürte das alte Schuldgefühl und den ganzen damit verbundenen Groll."

„Ist das nicht der wahre Sinn davon? Man soll doch eine schmerzliche Erfahrung dadurch klären, daß man sich darüber ausspricht?"

„Sie sagte, mit dir wäre es für sie zu arg. Sie spürte, daß du die ganze Zeit etwas zurückgehalten hast. Du hast nicht einmal versucht, etwas loszuwerden. Du hast ihr einen Vortrag gehalten. Die Art, wie du gesprochen hast, hat sie ständig an ihren Vater erinnert."

8

„Französisches Brot speziell für SIE aus Paris eingeflogen."

Das Reklamebild in einem nahen Delikatessenladen erregte meine Aufmerksamkeit wie eine herausgeschriene Obszönität. Die Vergeudung. Die schwindenden Ressourcen der Welt für die verschwenderischste Transportform, die je erfunden wurde, damit irgendein Snob seinen Gästen erzählen konnte, das Stück altbackenen harten Brots, das er ihnen servierte, sei „echtes" französisches Brot. Die Implikationen dieser Geschichte beschäftigten mich die ganze Zeit, während ich mit dem Camembert, den ich mir zum Mittagessen gekauft hatte, nach Hause ging. Die vollgestopften Kornspeicher Amerikas; die weitgehend ausgeschöpften Ölfelder des Mittleren Ostens; die Männer, die die „Spezial"-Holzkiste in Orly ins Flugzeug verladen hatten; der blanke Irrsinn des ganzen Unternehmens.

Als ich am Küchentisch mein Sandwich aß, kam mir in den Sinn, daß hier die Basis für einen Entwurf von *Miguel* war. Es paßte genau zu einer Idee, über die ich seit einiger Zeit nachgedacht hatte. Technik als unser Äquivalent zur Faustschen Legende; wir können, deshalb tun wir es; unsere teuflische Versuchung. Ich begann an jenem Nachmittag daran zu arbeiten. Ich tippte immer noch mit zwei Fingern der linken Hand im Eßzimmer, als Ruth nach Hause kam; an diesem Nachmittag war sie an der Reihe, Sophie von der Schule abzuholen; sie hatte sie im 6. Stock abgeliefert und bemühte sich, meine Arbeit nicht zu unterbrechen. Ich konnte sie in der Küche auf und ab gehen hören, und dann im Schlafzimmer; ich machte die Seite fertig, an der ich arbeitete, und ging dann zu ihr.

„Du hast beschäftigt gewirkt." Sie stand vor dem großen Wandspiegel und trug ein Kleid, das ich nie gesehen hatte.

„Gehst du aus?"

„Ich habe dir ein paar Lammkoteletts gekauft, und wenn du keine Lust auf braunen Reis hast, gibt es noch Idaho-Kartoffeln."

„Wohin gehst du?"

„Ich esse mit Pierre zu Abend." Sie schnallte den Gürtel enger und zupfte an dem Rock, rückte ihn um die Taille zurecht.

„Ist es einer von den Leuten, die neulich abends hier waren?"

„Du hast mir gesagt, du magst ihn."

„Ich erinnere mich nicht, welcher es war. Was treibt er?"

„Er arbeitet für die Air France." Sie zupfte immer noch an ihrem Kleid herum. „Meinst du, es sieht besser aus, wenn der Gürtel enger ist oder lockerer?"

„Enger." Ich setzte mich aufs Bett, sah ihr zu, als sie es auf beide Arten versuchte. Sie beschloß, ihn locker zu tragen; ich spürte eine vertraute Welle der Zuneigung für sie; ich hatte gewußt, daß sie es so machen würde.

„Was macht er bei der Air France?"

„Irgend etwas mit Computern." Sie setzte sich und begann ihre Augen zu schminken. „Aber das ist es nicht, was ihn wirklich interessiert."

„Was interessiert ihn?"

„Organische Nahrung. Die dritte Welt. Deswegen mochtest du ihn, hast du gesagt."

Ich erinnerte mich undeutlich an ihn, klein und dunkel, mit diesem Akzent, den die Franzosen anscheinend nie loswerden, egal, wie gut sie Englisch sprechen. Als Ruth mich vor dem Weggehen küßte, hielt sie mich einen Augenblick lang ganz fest, als ob sie mir für irgend etwas dankte.

Sophie kam um sieben Uhr herauf; ich machte Lammkoteletts und Kartoffeln; Sophie mochte auch keinen braunen Reis. Während ich abwusch, ertappte ich mich dabei, wie ich zu dem Baum in seinem Faß hinausblickte, der sich fahl gegen den Neonschein der Stadt abhob. Sophie hatte den Tod der Katze mit Gleichgültigkeit aufgenommen. Der Umzug hatte die Katze in ihren Augen verändert; sie war nicht mehr dasselbe Wesen, das in den Wäldern von Vermont ihr Gefährte gewesen war. Mit neuen Beziehungen, an denen sie hing, beschäftigt, hatte sie die Katze zurückgewiesen, und wie alles, was wir zurückweisen, war das Tier zur Last geworden, zu einem Vorwurf; sein Tod, dachte ich, war für sie vermutlich eine Erleichterung.

Ich beendete den Entwurf am nächsten Tag und schickte ihn an Karen; sie rief mich sofort an.

„Er ist gut, Martin. Ich glaube, manches davon ist ein wenig zu subtil. Aber ich liebe die echten mexikanischen Bohnen, die für dich den ganzen Weg von Somora hierhergehüpft sind. David meint auch, daß es gut ist. Er hat schon mit den ersten Zeichnungen begonnen."

An diesem Abend lud Ruth Pierre ein, uns nach dem Abendessen zu besuchen. Er kam auf seinem Fahrrad, sie brachte ihm einen Kräutertee, der, wie er sagte, köstlich schmeckte. Ich mochte ihn ganz gern; er behandelte mich mit aufmerksamem Respekt, wie einen entfernten Verwandten, der die Familie nicht oft besuchte. Wir sprachen über die Unlogik des Wirtschaftswachstums; er wütete verächtlich über die Concorde. „Obwohl ich Franzose bin, stößt es mich ab, vielleicht gerade weil ich Franzose bin." Sein besonderes Interesse galt der alternativen Landwirtschaft; *Small is Beautiful* war sein Lieblingsbuch. Ich war überrascht, als ich merkte, daß Ruth es gelesen hatte; ich hatte jahrelang erfolglos versucht, sie dazu zu bringen, es zu lesen. „Also arbeite ich jetzt mit Computern für die Firma, die jene Concorde einsetzt." Er lächelte Ruth an, schloß sie in die Ironien der Existenz mit ein. Sie begleitete ihn zum Lift, als er fortging.

„Siehst du, du magst ihn doch." Ich war halb ausgezogen, als sie ins Schlafzimmer kam.

„Er wirkt schrecklich jung."

„Das ist aber komisch, daß du das sagst."
„Warum?"
„Schließlich bist du zwölf Jahre älter als ich."
David Maddow sah nicht so jung aus, wie ich ihn in Erinnerung hatte, als er am Sonntag abend die Zeichnungen ablieferte. Ruth öffnete auf sein Klingeln und führte ihn ins Wohnzimmer. Er trug einen Rollkragenpullover, eine taillierte Wildlederjacke und sehr enge Hosen. Sie ließen ihn aggressiver und weniger wie eine holländische Puppe aussehen. Ich bot ihm etwas zu trinken an.
„Würden Sie sie gern gleich ansehen?" Das grüne gefütterte Kuvert mit den illustrierten Kartons hatte er an seine Knie gelehnt. Er blickte kurz zu Ruth hin, schloß sie in sein Angebot mit ein; der kurze Blick erinnerte mich an Pierre.
„Macht es Ihnen etwas aus, sie hierzulassen?" Ich wollte mich nicht dazu drängen lassen, sofort ein Urteil abzugeben. „Ich würde mir gern Zeit nehmen und sie sorgfältig betrachten."
„Es ist schwer, den Stil eines anderen nachzuahmen." Er sprach jetzt direkt zu Ruth. „Besonders, wenn es ein so herrlicher, individueller Stil ist." Warb er sie als Verbündete an, weil sie ihm altersmäßig näher stand als ich? Oder hatte er irgendeinen Grund, sich mir gegenüber verteidigen zu wollen?
„Ruth hat früher mit mir gearbeitet. Sie zog immer die Schrift mit Tusche aus."
„Das muß faszinierend gewesen sein."
„Es machte mir damals Spaß."
„Was tun Sie jetzt?"
„Ich belege Kurse im Origin-Institut."
„Sie meinen, Sie beschäftigen sich mit dem Neuen Zeitalter?" Er klang wie ein Mann, der einen grünen Baum in der Wüste gefunden hat. „Das ganze nichtkausale Paradigma?"
„Das interessiert mich wahnsinnig."
Er nahm sie beim Wort; er begann, eifrig über Koinzidenz, Jungs Synchronizitätstheorie, Psychokinese zu sprechen. Er hatte die ganze magische Mischung geschluckt, und sie hatte ihn vergiftet. Das war ein Aspekt seiner Persönlichkeit, den ich nicht erwartet hatte, diese Sehnsucht nach dem Übernatürlichen. Ich fand nicht, daß alles, was er sagte, Scheiße war, aber das meiste.
„Er ist blendend", entschied Ruth, nachdem Maddow gegangen war.
Ich sagte nichts. Ich wußte, daß ich bei diesem Thema der Überzählige war.
„Kann ich seine Zeichnungen sehen?"

„Sicher.“ Ich reichte ihr das Kuvert; sie begann es zu öffnen. „Warum nimmst du sie nicht mit ins Eßzimmer?“ Ich wollte sie mir nicht mit ihr ansehen, als Gefangener ihrer Begeisterung für Maddow.

Ich wartete, rauchte meine Pfeife, bis sie zurückkam.

„Sie sind wunderbar, Martin.“

„Wirklich?“

„Absolut wunderbar.“

Ich ging an ihr vorbei ins Eßzimmer und schloß die Tür.

Auf den ersten Blick hatte Ruth recht, es war Maddow bemerkenswert gut gelungen, meinen Stil nachzuahmen. Ich tat mein Bestes, das zuzugeben und seine Arbeit zu bewundern, aber als ich anfing, die Bildfolge zu betrachten, um der Geschichte zu folgen, wurde meine Bewunderung von Ärger hinweggeschwemmt. Er hatte meinen Entwurf zu nichts anderem als einem Sprungbrett verwendet; er hatte die Idee, die dahinterstand, völlig entstellt. Die Figur *Miguel,* wie ich sie im Lauf der Jahre entwickelt hatte, seine unschuldige Schlauheit, seine Unfähigkeit zu lügen, die ihn zum Spiegel der Unehrlichkeit anderer gemacht hatte, war völlig über Bord geworfen worden. Miguel war halb Gauner, halb leichtgläubiger Clown geworden. In meinem Zorn erinnerte er mich an David Maddow selbst.

Ich konnte die Zeichnungen nicht akzeptieren; ich wußte das sofort. Wenn ich Maddow jetzt, am Beginn unserer Verbindung, seinen eigenen Weg gehen ließ, würde ich bald jede Kontrolle über den Comic strip verlieren. Mein eigener Beitrag dazu würde ebenso nominell sein wie der Titel *Miguel* und meine Signatur mit dem Gummmistempel am Ende des Streifens.

„Findest du nicht, daß sie wunderbar sind?“ Ich hatte Ruth nicht hereinkommen gehört.

„Sie sind phantastisch. Aber sie sind nicht Miguel.“ Ich versuchte meinen Zorn vor ihr zu verbergen.

„Sie sind ganz genau wie Miguel. Er hat jeden Ausdruck eingefangen.“

„‚Sprich nicht so laut vor den Pflanzen.‘“ Ich zitierte eine Zeile des Dialogs, die mir besonders zuwider war. „‚Sie können dich hören.‘ – Meinst du, Miguel glaubt an so einen Mist?“

„Es wurde wissenschaftlich erwiesen, daß Pflanzen fühlen können ...“

„Die ganze Geschichte ist grotesk. Nicht einmal die Handlung ergibt einen Sinn.“

„Du hast den Entwurf geschrieben.“

„Maddow hat ihn verändert."

Ruth setzte sich mir gegenüber an den Tisch. „Vielleicht meinte er, er hätte Veränderung nötig."

Sie sagte es sanft, im Ton der Überredung; es brachte mich in Wut. „Es ist nicht seine gottverdammte Angelegenheit, Dinge zu verändern." Ich hätte am liebsten die Zeichnungen quer durchs Zimmer geworfen. „Dazu ist er nicht da. Dieser eingebildete kleine Scheißer wurde angestellt, um zu illustrieren, was ich geschrieben habe."

„Ich kann nicht mit dir reden, wenn du mich dabei anschreist." Ruth stand auf; sie hatte nie verstanden, wie unpersönlich mein Zorn war, welche wichtige Befreiung er manchmal für mich sein konnte, wie rasch er verraucht war. Ich streckte den Arm aus und berührte ihre Hand.

„Ich schrei' nicht *dich* an. Ich meine, nicht *dich.* Es ist David Maddow. Das ist nicht *Miguel.* Es ist eine Figur, die er erfunden hat."

„Warum läßt du ihn nicht?"

Ich antwortete nicht sofort. „Ich habe *Miguel* erfunden", sagte ich ihr schließlich. „Ich habe mehr als zehn Jahre mit ihm gelebt. Er gehört mir. Ich habe ihn geschaffen."

„Das heißt nicht, daß du ihn nicht aufgeben kannst."

„Warum sollte ich?"

„Du wirst ein gutes Einkommen dabei herausschlagen und keine Arbeit tun müssen."

Ihr Zynismus erstaunte mich. Dahinter war eine Skrupellosigkeit, die sie mir nie zuvor so offen enthüllt hatte. Ich betrachtete die Zeichnungen auf dem Tisch zwischen uns.

„Ich weiß nicht." Das sollte heißen, ich wollte mich nicht sofort entscheiden. Ich steckte die Illustrationskartons wieder in das Kuvert. „Ich werde mit Karen sprechen." Ich ließ das Kuvert auf dem Eßtisch liegen. „Ich werde sehen."

Wir trafen einander am nächsten Nachmittag in Karens Büro, zu dritt. Diesmal saßen wir nicht rund um den Kaffeetisch; ich legte das grüne Kuvert auf Karens Schreibtisch, lehnte mich zurück und beobachtete David Maddow. Ich hatte mir seine Zeichnungen absichtlich nicht mehr angesehen. Ich fürchtete, wieder würde Zorn in mir aufwallen; ich wollte liebenswürdige Reserve bewahren, Maddow verteidigen lassen, was er getan hatte. Solange ich mich nicht auf eine Entscheidung festlegte, nicht einmal auf eine private, blieb ich Herr der Lage.

Maddow trug einen hellblauen Anzug, ein gestreiftes Hemd und eine von diesen strahlenden kalifornischen Schönen-Tag-allerseits-Krawatten; er besaß offenbar eine reiche Garderobe.

„Na, was denkst du, Martin?“ Karen zündete sich umständlich eine Zigarette an. Seit jenem Abend in ihrer Wohnung hatte sich unsere Beziehung verändert; sie kümmerte sich nicht mehr so persönlich um mich.

Ich gratulierte Maddow zu seiner Imitation meines Stils, zu der Art, wie er Miguels physische Merkmale eingefangen hatte.

„Danke. Ich bemühte mich sehr, ihn aus den Mappen zu kopieren.“ Er war nicht so locker, wie er zu erscheinen versuchte. „Haben Sie irgendwelche - was halten Sie von der Linie der Story?“

„Warum haben Sie sie verändert?“

„Ich hatte nicht wirklich die Absicht, sie zu verändern. Ich versuchte nur, sie ein bißchen auf den modernen Stand zu bringen.“

„Wie?“

„Was war Ihrer Meinung nach der Sinn der Geschichte?“

„Vergeudung. Die verschwenderische Dummheit der Art, in der wir Dinge tun. Die Kurzsichtigkeit des Ganzen.“

„Ja. Das ist gut. Ich stimme mit alldem natürlich überein. Aber diese Art von direktem Protest gegen die Konsumgesellschaft ging in den sechziger Jahren zu Ende. Die Leute suchen heutzutage nach inneren Antworten. Sie versuchen, sich selbst zu erneuern, statt andere zu kritisieren. Sie ändern ihr ganzes Konzept vom Universum, erweitern ihr Bewußtsein ...“

„Wir wollen uns nicht auf Philosophien einlassen.“ Ich wollte mir diesen Scheiß nicht noch einmal anhören. „Bleiben wir bei *Miguel.* Ich spreche über *Miguel.* Der Comic strip muß die Haltung der Zeit widerspiegeln, und diese Haltung hat sich in den letzten zehn Jahren geändert.“

„Sie meinen also, *Miguel* auf den neuesten Stand zu bringen, bedeutet, ihn in einen abergläubischen Betrüger zu verwandeln.“ Weiß Gott, vielleicht hatte er recht; der Kult der profitbringenden Hexerei breitete sich wie Schlamm über das Land aus.

„Was meinen Sie mit abergläubisch?“

„Sie haben ihn tatsächlich an den Teufel glauben lassen.“

„Natürlich habe ich das getan. Sie können die Idee des Satanismus heutzutage nicht von der Hand weisen.“

„Ich kann es.“

„Walt Kelly hätte es nicht getan.“ Er sprach selbstbewußt, ohne zu zögern, für den Toten. „Pogo war absolut zeitgenössisch. Eben das machte ihn so großartig.“

„*Miguel* ist nicht Pogo.“

„Er könnte es sein. Er könnte ein Riesenhit sein, wenn wir den ganzen alten Plunder der sechziger Jahre vergessen und ihn für das sprechen lassen, was heute vor sich geht. Haben Sie eine Ahnung, wie viele Exemplare von Büchern wie Watsons *Supernature* verkauft wurden?"

„Genau das meint auch Norman Kaufman. Er mag die Art, wie David an den Comic strip herangeht."

Ich verstand sofort, warum Karen das gesagt hatte; sie versetzte ihre eigene Unterstützung von David Maddows mit dem Geschmack von Bestechung: Soll David es doch auf seine Weise machen und Kaufman wird sich hinter den Comic strip stellen und die Verbreitung steigern; wir werden alle eine Menge Geld verdienen.

„Du meinst, ich soll die ganze Sache einfach euch beiden überlassen?" Ich verabscheute alles, was Maddow gesagt hatte; ich spürte, daß ich David Maddow haßte; ich war stolz darauf, wie ich das aus meiner Stimme heraushielt. „Du meinst, ich sollte mich einfach zurücklehnen, entspannen und meinen Anteil an den Profiten einstecken?"

„Natürlich nicht, Martin." Erst mußte ein höfliches Ritual durchgespielt werden, ehe sie zugeben würde, daß sie gerade das meinte. „Das Problem ist, wir haben in Allgemeinplätzen gesprochen. Wir sollten einfach Davids Zeichnungen durchsehen, und wenn es etwas Bestimmtes gibt, das du ablehnst, irgend etwas, das du verändert haben möchtest, bin ich sicher, daß David mehr als bereit wäre ..."

„Natürlich." Maddow war mehr als bereit, die Formalitäten durchzuspielen, jeden Punkt im Detail zu diskutieren.

„Sollen wir das also tun?" Karen zog das Kuvert zu sich hin; sie öffnete den Verschluß und ließ die illustrierten Kartons herausgleiten.

Ich sah ihr in die Augen. Ich sah den Schock und dann den Zorn in ihnen. Ich stand auf, als sie den obersten Karton beiseite stieß, kurz auf den darunterliegenden blickte und ihn dann auch zur Seite stieß, bis alle vier über ihren Schreibtisch ausgebreitet waren. Erst dann blickte ich auf die Zeichnungen.

Es war sorgfältig und mit eindeutiger Absicht geschehen. Die geraden, dicken Linien, anscheinend mit einem *Magic Marker* gezeichnet, vermittelten den Eindruck gnadenloser Ablehnung, ein zorniges Nein!

Alle Raster auf dem Karton von Maddows Zeichnungen waren unrettbar mit einem großen schwarzen Kreuz durchgestrichen worden.

9

Ich lachte.

Ich konnte nicht anders. Ich fühlte mich diesen schwarzen Kreuzen gefühlsmäßig so nahe. Sie waren für mich so augenblicklich erkennbar. Am Abend zuvor hätte ich mir wenigstens mehrere Minuten lang den Genuß bereiten wollen, Maddows Travestien von *Miguel* mit einem *Magic Marker* durchzustreichen. Es kam ein langgezogenes kicherndes Lachen heraus; es war ein einziges Triumphgeheul der Rache.

Nach diesem Lachen war ich verurteilt, was immer ich auch sagte. Ich konnte nicht hoffen, Karen zu überzeugen, daß ich es nicht getan hatte, daß ich über die durchgestrichenen Zeichnungen ebenso überrascht und verblüfft war wie sie. Ich versuchte es wohl, kurz. In meiner Stimme lag sehr wenig Überzeugung und kein Bedauern. Karen beachtete mich nicht. „Es ist unverzeihlich", sagte sie immer wieder. „Absolut unverzeihlich."

Es gab einen furchtbaren Augenblick, als Maddow seine ruinierten Zeichnungen einsammelte und ich dachte, er würde zu weinen beginnen. Es brachte mich dazu, ihn zu verstehen; es brachte mich sogar so weit, daß ich ihn mochte, als ich zum ersten Mal sah, wieviel ihm dieser Job bedeutet hatte, die Hoffnung und der Ehrgeiz, die unter der kalkulierenden Keckheit zitterten, hilflos und verletzlich. Die Art, wie er seine verstümmelte Arbeit ansah, erinnerte mich an Sophie an einem Tag im Wald, als irgendwelche älteren Kinder ihren Wigwam zertrampelt hatten. Ich hatte Sophie umarmt und sie zu trösten versucht; ich konnte nur Maddows eingesunkenes Gesicht beobachten, als er seine Zeichnungen wieder in das Kuvert stopfte und aus dem Büro eilte.

„Wie konntest du *mir* das antun! Die Zeichnungen so *hierher* zu bringen?" Jetzt, da Karen und ich allein waren, war der unverzeihliche Akt zu einer persönlichen Sache zwischen uns geworden, ein Verrat an unserer langen Freundschaft. „Du bist hier gesessen, hast zugehört, wie er mit mir über seine Vorstellungen gesprochen hat, obwohl du genau wußtest . . ."

„Ich wußte nicht . . ."

Es war ein mechanischer, automatischer Protest. Als sie mit ihren Beschuldigungen fortfuhr, beschloß ich, nicht mehr meine Unschuld zu beteuern; ich wollte nicht erklären müssen, daß ich die Zeichnungen über Nacht auf dem Eßtisch gelassen hatte, daß jemand anderer sie dort gesehen und mit der gleichen Wut auf sie reagiert haben konnte wie ich. Meine Loyalität erlaubte es nicht; es war weniger verwirrend, die Schuld stillschweigend auf mich zu nehmen.

„Es ist der Egoismus. Die Arroganz. Du hättest Davids Arbeit nicht akzeptieren müssen. Aber du mußtest sie auch nicht zerstören. Ich weiß, du hast eine schwere Zeit hinter dir. Dein Unfall. Aber ich kann absolut nicht verstehen, wie man sich so verhalten kann."

Ich konnte nichts anderes tun, als dasitzen und ihr zuhören. Sie erwähnte den Abend in ihrer Wohnung nicht, meine Zurückweisung ihres Angebots, meine Mutter-Geliebte zu sein, aber es hatte eine Menge mit dem zu tun, was sie sagte. „Ich war immer der Meinung, daß du ein total egoistischer Mensch bist, die Art, wie du oftmals mit mir über Ruth gesprochen hast. Aber ich habe nie erkannt, wieviel verkrampfte Wut in dir steckt. Nein, hör mir zu."

Ich mußte mich bewegt haben, sie stand auf, ihre breiten Hüften über den Schreibtisch gebreitet, als sie sich zu mir beugte. „Es ist an der Zeit, daß dir jemand die Wahrheit über dich sagt. Du kannst es nicht ertragen, jemandem nachzugeben. Wenn du nicht alles genau nach deinem Willen haben kannst, benimmst du dich wie ein verzogenes Kind. Es ist dir egal, wem du weh tust. Es ist dir egal, wieviel sie für dich getan haben. Du hast keinen Sinn für Loyalität oder Dankbarkeit für irgend jemanden. Du denkst nie an irgendwen, außer an dich."

Ich war nicht wütend; ich versuchte nicht, mich zu verteidigen. Ich wußte, manches von dem, was sie sagte, würde später unangenehm in meinen Gedanken widerhallen; es würde ein Teil jenes großen Bodensatzes von Erinnerungen werden, die sich seit der Kindheit angesammelt hatten, an die ich nie zurückdenken konnte, ohne Schmerz zu empfinden. Aber im Augenblick sah ich vor allem Karens Selbstmitleid; sie war gut zu mir gewesen; ich hatte mich von ihr abgewendet; sie war ebenso wütend auf sich selbst wegen ihrer langjährigen, vergeudeten Zuneigung, wie sie auf mich wütend war. Ich konnte das verstehen, und sie tat mir leid.

„Das ist also das Ende." Ihr Blick streifte über den Schreibtisch. Sie suchte etwas, um es mir zu übergeben, eine Mappe mit Zeichnungen, irgend etwas Endgültiges; sie hatte mir nichts zurückzugeben. „Du wirst dir einen anderen Agenten suchen müssen. Und eine andere Firma, die deine Arbeit für dich an die Zeitungen verkauft, falls du jemals wieder zum Arbeiten kommst. Norman Kaufman wird darüber genauso denken wie ich. Er meinte, Davids Zeichnungen seien phantastisch. Besser als alles, was *du* jemals gemacht hast."

Ich nickte. Ich hatte ein Gefühl der Angst beim Hinausgehen, während Karens Augen jeden Schritt, den ich tat, mit Haß verfolgten; es war, als erwartete ich, geschlagen zu werden. Mit allem, was mir an Gleichgültigkeit noch geblieben war, gelang es mir, gar nichts zu sagen, nicht kurz zu ihr zurückzublicken, als ich die Tür schloß. Die Sekretärin, die aussah, als hätte sie nie mit einem Mann geschlafen, starrte auf ihre stumme Schreibmaschine, als ich vorbeiging. Ich wußte, dieses Büro würde ich nie wieder betreten. Es war, wie Karen über meinen Abschied von Vermont gesagt hatte, das Ende eines Lebensabschnittes.

Ich sah das angekettete Fahrrad im Korridor, sobald ich aus dem Lift stieg. Ruth und Pierre saßen auf dem Sofa im Wohnzimmer; sie hielten einander an den Händen; Ruths Augen und Wangen glitzerten vor Tränen. Sie weinte sich richtig und still aus, entlud weiß Gott welche vergangenen Kränkungen oder Empörungen. Sie blickte mich ungeduldig an, in die Gegenwart zurückgezerrt.

Ich war schockiert, wie betrogen ich mich fuhlte, als ich dastand und mich an die geschlossene Tür lehnte. Vor zwei Jahren hätte Ruth *mir* erzählt, was sie bedrückte, spät nachts, mit dem Rücken zu mir, meine Hände über ihren Brüsten. Es hatte damals nichts gegeben, was wir einander nicht sagen konnten. Worin hatte ich sie enttäuscht? Stimmten die Dinge, die Karen gesagt hatte?

Wie konnten sie stimmen? Sie waren alle auf eine falsche Anschuldigung gegründet. Ich hatte diese schwarzen Kreuze auf Maddows Zeichnungen nicht gemacht.

Ich betrachtete den Tisch und den Haufen von Skizzenblöcken, Töpfen und Plakatfarben, die Bleistifte und Pinsel. Ein *Magic Marker* lag dazwischen. Als ich ihn aufhob, fiel die Verschlußkappe hinunter. Die Tatsache, daß sie so locker angebracht worden war, schien nicht viel auszusagen, allenfalls schuldbewußte Hast. Ich sah eine Bewegung auf der Terrasse. Sophie stand neben dem grünen Faß und klopfte die Erde rund um den Baum fest. Ich würde sie früher oder später fragen müssen; ich war gerade dabei, mich dazu aufzuraffen, als Ruth hereinkam.

„Wie ist es bei dir gelaufen?"

„Ist Pierre weg?"

„Ich hab' dich nicht so bald zurückerwartet. Was ist passiert?"

Ich hatte keine Lust, jetzt schon darauf einzugehen; es gab etwas, das ich vorher wissen wollte. „Warum hast du geweint?"

„Wir haben uns gegenseitig ausgesprochen.“

„Ich weiß. Woran hast du dich denn erinnert?“

„Ich kann es dir nicht erzählen. Man darf nachher nicht darüber sprechen.“ Sie trug dasselbe Kleid mit dem Gürtel, das sie zum Abendessen mit Pierre getragen hatte. „Was hast du mit Karen Wager über *Miguel* gesprochen?“

Ich hätte ihr da die Wahrheit sagen können; es hatte eine Zeit gegeben, in der ich begierig gewesen wäre, es ihr zu erzählen, zu jener Zeit war sie nicht weinend und Händchen haltend mit jungen Franzosen dagesessen. Außerdem, entschied ich, wollte ich Sophie schonen, um es zuerst mit ihr auszumachen.

„Wir haben das Ganze besprochen und werden es fallenlassen.“

„Warum?“

„Ich könnte mit David Maddow nicht auskommen. Ich würde nie mit ihm arbeiten können.“

Ich erwartete, daß sie zornig sein, mich wegen meiner Intoleranz angreifen, mich zu überreden versuchen würde, meine Meinung zu ändern. Sie sagte eine Weile, die mir lang erschien, überhaupt nichts.

„Wo werden wir Geld hernehmen?“

„Darüber brauchen wir uns nicht sofort Sorgen zu machen.“

„Wird Karen Wager versuchen, jemand anderen für dich zu finden?“

„Ich weiß es nicht.“ Meine erste Lüge führte mich zu weiteren. „Wahrscheinlich nicht.“

„Wir werden vor Weihnachten eine andere Wohnung finden müssen.“ Sie dachte darüber nach, fügte die Miete zu unseren Ausgaben hinzu.

„Ich könnte vielleicht einen Job als Lehrer finden.“ Ich hatte das Angebot von Saraville, Kalifornien, nie endgültig abgelehnt, meine Pläne für die Zukunft, ihre Abhängigkeit von Maddows, waren so unsicher gewesen, daß ich geschrieben hatte, ich könnte möglicherweise irgendwann interessiert sein.

„Ist es für dieses Jahr nicht ein bißchen spät?“

„Wir haben das Versicherungsgeld für das Atelier.“ Ich wollte nicht mehr darüber sprechen. Nicht jetzt. Sophie war noch draußen auf der Terrasse. Ich fühlte ein Verlangen, mich ihr anzuschließen, mit ihr allein zu sein. Wenn Sophie zugab, die Zeichnungen beschädigt zu haben, mußte ich es dann Ruth erzählen? Ich fürchtete, ja, wegen Sophie; ich konnte sie nicht mit einer andauernden stillschweigenden Komplizität an etwas belasten, das so wichtig für so viele Erwachsene war.

„Soll ich versuchen, den Wagen zu verkaufen?“ Ruth war entschlossen, zu einer sofortigen Entscheidung zu gelangen, wie nebensächlich auch immer. „Wir benutzen ihn kaum jemals in der Stadt.“

„Einverstanden.“ Den Kombiwagen zu verkaufen, würde einen weiteren Bruch mit Vermont bedeuten; ohne Wagen konnten wir nicht dorthin zurückfahren. „Ich werde eine Annonce in den *Times* aufgeben. Ich besorge das morgen.“

Sie stand auf. Endlich. Sie würde mich jetzt in Frieden lassen. Ich wartete, bis ich sie in der Küche den Wasserhahn aufdrehen hörte, ehe ich die Verandatür öffnete und auf die Terrasse hinausging.

Sophie hatte die Erde rund um den ganzen Baum geglättet, scharrte und klopfte mit einem Stück Holz daran, bis sie so eben war wie eine Steinfliese.

„Warum tust du das?“

„Ich muß es tun. Für die Katze.“

„Warum?“

„Sie hat ihre Pfotenabdrücke hinterlassen.“

Das faszinierte mich. Sophie war normalerweise so sehr darauf bedacht, die logische Erwachsenenwelt um sie herum nachzuahmen, zu reflektieren, daß man leicht vergaß, wie grenzenlos ihre Phantasie sein konnte.

„Wollte sie nicht ihre Pfotenabdrücke hierlassen?“

„Nein. Nicht jetzt. Sie ist tot. Sie will gar nichts hinterlassen.“ Sie gab der Erde einen letzten Klaps und ließ das Holzstück neben das Faß fallen. „Sie will niemanden daran erinnern.“

Ich hatte nicht vor, das in Frage zu stellen; wenn die Katze nicht wollte, daß Sophie sich an sie erinnerte, so war das eine Sache zwischen den beiden; ich nahm ihre Hand.

„Liebling, hast du dir diese Zeichnungen auf meinem Tisch angesehen?“

„In dem grünen Kuvert?“

„Ja.“

Ich kniete nieder und versuchte, sie dazu zu bringen, mich anzusehen.

„Wann? Wann hast du sie dir angesehen?“

„Gestern abend.“

„Was hast du von ihnen gehalten, Sophie?“

„Ich mochte sie nicht.“

„Warum nicht?“

„Er hat *Miguel* verändert.“ Sie hatte das Holzstück aufgehoben; sie fing wieder an, die Erde plattzuklopfen.

„Liebling, bitte, hör zu.“

„Ich höre zu."

„Wußtest du, daß ich sie nicht mochte?"

Sie nickte wieder. „Ich hörte dich und Mami reden."

„Hast du – ?" Ich hatte in diesem Moment die Absicht, zu fragen, ob sie etwas an den Bildern gemacht habe. Aber der Moment ging vorbei. Ruth kam mit der Gießkanne auf die Terrasse. Sobald ich sie sah, wußte ich, daß ich Sophie diese Frage niemals stellen konnte.

Wenn Sophie diese Zeichnungen beschädigt hatte und ich Ruth davon erzählte, würde sie darauf bestehen, daß ich irgend etwas unternahm: Karen anrufen! Sie überzeugen, daß ich keine Schuld hatte, mich bei Maddow entschuldigen, versuchen, ihn zu einem neuen Anfang zu bewegen.

Und ich wollte das nicht. Ich empfand nichts als Erleichterung, als ich Sophie nachblickte, wie sie von mir weglief, um Ruth Pflanzen gießen zu helfen.

10

„Wenn Sie so freundlich wären, Jacke und Hemd abzulegen."

Die Plastikarmhülle mit ihrem Metallanschluß am Handgelenk und die gummiüberzogene Hand lagen vor dem jungen Therapeuten auf dem Tisch. Ich konnte meinen Blick nicht davon abwenden, während ich mich auszog. Vielleicht empfindet jemand, dem ein künstliches Gebiß angepaßt wird, Ähnliches wie ich, obwohl wir beinahe von Geburt an daran gewöhnt sind, unnatürliche Dinge in den Mund zu stecken, und wir sehen unsere Zähne nicht, es sei denn, wir schauen in den Spiegel. Die Hand würde meine Erscheinung so verändern wie eine Brille; sie würde für viele Fremde das erste sein, was sie an mir bemerkten. Das kümmerte mich wenig. Was mich überwältigte, war das plötzliche Begreifen der Intimität, die wir, dieses fremdartige klinische Ding und ich, mein ganzes Leben lang teilen sollten. Von nun an würde es ein Teil von mir sein.

Die diskreten Finger des jungen Therapeuten paßten die Hülle auf meinen Unterarm an und den elastischen Strumpf, der das Verrutschen verhüten sollte.

Ich starrte sie an, wie sie aus meinem Arm herausragte. Sie schien mich einzuzwängen wie eine Fessel. Diese Phantom-Hand, die für mich immer noch so lebendig war, fühlte sich darin zermalmt und sträubte sich in zornigem Schmerz.

„Wollen wir den Gurt anprobieren?“ Er schwang ihn über meine Schultern, um meinen Rücken und Brustkorb herum. Er zog die Nylonschnur an meinem Arm herunter und ließ die Spange durch den Ring hindurch an dem Metallhandgelenk zuschnappen.

„Probieren Sie, ob Sie die Finger krümmen können.“

„Wie?“

„Strecken Sie Ihren Arm vor.“

Ich dehnte das Ding über den Tisch; die Schnur spannte sich über meine Schulter; ich sah, wie die Gummifinger sich krümmten. Ihre Bewegung schien nicht zu mir zu gehören: Sie hatten aus eigenem Antrieb gehandelt.

„Gut. Nun öffnen Sie sie. Strecken Sie Ihren Arm wieder aus.“

Das tat ich. Die Schnur lockerte sich und ließ die Sperrklinke frei; die Finger wurden gerade.

„ Sie werden bald dahinterkommen.“

„Kann ich es anbehalten?“

„Ist es nicht unbequem?“

„Es geht schon.“

„Natürlich.“ Er war offensichtlich erfreut. „Je früher Sie sich gewöhnen, es zu tragen, um so besser.“

Ich hatte vergessen, Ruth zu bitten, den rechten Ärmel von meinem Hemd aufzutrennen. Er machte es schnell und geschickt mit einer Nagelschere; er hatte wundervolle Hände; ich spürte kaum, wie er den Knopf an meinem linken Ärmelaufschlag festmachte. Wir vereinbarten einen Termin für die nächste Woche.

„Natürlich sollen Sie bis dahin zu Hause üben, soviel Sie können.“ Als er mich hinausbegleitete, durchquerten wir eine Halle, wo Männer, indem sie sich zwischen Barren abstützten, auf ihren Plastikbeinen gehen lernten. Ich war nie zuvor durch diese Halle geführt worden; es war Teil der Therapie, ein Hinweis darauf, daß ich nicht allein war.

In der Halle stand kein angekettetes Fahrrad; dafür war ich dankbar; ich wollte Pierre nicht unter meinem Publikum haben. Ruth war auch nicht zu Hause; eine weitere Erleichterung; ich mußte allein sein, um mit meinem neuen, veränderten Ich einig zu werden.

Im Eßzimmer zog ich bei verschlossener Türe mein Jackett aus und rollte den Hemdsärmel hoch. Ich setzte mich zum Tisch und stützte den rechten Ellbogen auf.

Viele Jahre lang nach Sophies Geburt ging ich jede Nacht vor dem Schlafengehen in ihr Zimmer, stand neben ihrem Kinderbett, bestaunte das Wunder, das da schlafend vor mir lag, öffnete meine

Seele ganz ihrem Hiersein, versuchte, alles was ihre Existenz bedeutete, in mich aufzunehmen.

In gleicher Weise versuchte ich nun, dem Plastik-, Metall- und Gummiding, das sich von meinem Ellbogen aus fortsetzte, meine Seele zu öffnen. Nur wenn ich das Gefühl verlor, daß es mir fremd war, würde ich es benützen können. Ich untersuchte jeden Teil davon, die willkürlichen Linien von Liebe, Charakter und Schicksal auf der Handfläche. Die fabrizierten Fingerabdrücke, das lackierte Material der Nägel, den präzise ausgestalteten Mechanismus des Handgelenks. Ich versuchte, mir all das als „Ich" vorzustellen.

Nach ein paar Minuten fand ich eine Schachtel mit Küchenstreichhölzern und stellte sie auf den Tisch vor mich hin. Ich legte die Handfläche der künstlichen Hand daneben, preßte meine Schulter gegen die Schnur, um die Finger zu krümmen und die Schachtel aufzuheben. Immer und immer wieder stieß ich sie bloß um. Ich hatte nie zuvor begriffen, wie sehr ich mich auf den Tastsinn verließ, um meine Bewegungen zu kontrollieren; nun mußte ich ausschließlich mit der Sehkraft arbeiten; ich mußte hinschauen und sowohl sehen, wo die Streichholzschachtel war, als auch, wo die Hand war, ehe ich sie miteinander in Berührung bringen konnte.

Ich entschied, daß die Streichholzschachtel zu leicht war, allzu einfach zu verrücken. Ein Buch wäre besser. Auf dem Kaffeetisch im Wohnzimmer war ein Stapel von Ruths Büchern. Ziemlich weit unten in dem Stapel befand sich eine in Leinen gebundene Ausgabe von *Small is Beautiful.*

Ich nahm das Buch mit ins Eßzimmer und ließ es aufrecht auf dem Tisch stehen. Langsam, peinlich genau, brachte ich die Hand in eine solche Stellung, daß vier Finger auf der einen Seite des Buches waren, der Daumen auf der anderen. Der Trick dabei war, meine Schulter zu bewegen, ohne die Position der Finger zu verändern. Das erste Mal mißlang es mir; mein Arm schnellte nach vorn; das Buch fiel zur Seite, bevor Daumen und Finger einander trafen.

Und dann gelang es mir. Ich packte das Buch. Ich konnte es hochheben; ich trug es durch das Zimmer: eine Trophäe. Der nächste Schritt bestand darin, es wieder zurückzustellen. Ich senkte es, bis das Buch aufrecht an der Tischkante stand; ich krümmte die Schulter und öffnete die Sperrklinke. Das Buch fiel zu Boden.

Als ich es mit der linken Hand aufhob, glitt ein Briefbogen heraus. Ich hatte nicht die Absicht, den Brief zu lesen. Zuerst einmal nicht; ich legte ihn in das Buch zurück, als ein Wort meine Aufmerksamkeit erregte. Liebe. Meine Augen schweiften zu dem vorangegangenen Wort. Ewige. Ewige Liebe. Ich ging zum Anfang zurück und las das Ganze.

Ruth, der erste und größte Anspruch an Dich ist der Anspruch Deines Geistes, mit anderen Worten, Deines Ich. Du mußt jenem strahlenden Geist treu sein, der Dein wahres Ich ist. Laß Dich durch nichts vom Streben Deiner Seele nach Wahrheit und Licht und ewiger Liebe ablenken. *Auf ewig Pierre*

Meine unmittelbare Reaktion war Verachtung. Die Briefe, die ich Ruth geschrieben hatte, wenn wir getrennt waren, waren der echte, spontane Ausdruck von Zärtlichkeit gewesen, nicht diese scheinheilige Heuchelei. „Jener strahlende Geist, der Dein wahres Ich ist." Wie konnte sie diese Worte lesen, ohne davon peinlich berührt zu sein? Dann begriff ich, daß ihre Anmaßung möglicherweise ein Zeichen ihrer Ehrlichkeit war; Pierre und Ruth mochten einander tatsächlich in diesen Begriffen sehen; vielleicht *war* ihr wahres Ich für ihn ein strahlender Geist? Der Gedanke erschreckte mich; im Laufe des vergangenen Jahres war es mir immer schwerer gefallen, Ruth irgendwie klar zu sehen, auch wenn ich in ihr Gesicht starrte; aber wenn ich über sie nachdachte, dann immer noch über das sanfte, eher unsichere Mädchen, das ich geheiratet hatte. Ich liebte dieses Mädchen immer noch; ich wollte sie wiederhaben, physisch und vertraut, nicht einen strahlenden Geist. Mein erster Impuls war, den Brief in meiner Hand zusammenzuknüllen. Ich legte ihn wieder zwischen die Buchseiten.

Ich rollte den Hemdsärmel herunter, knöpfte die Manschette zu und zog mein Jackett an. Ehe mir bewußt war, die Verandatüre geöffnet zu haben, war ich draußen auf der Terrasse. Ich stand neben dem Baum und starrte auf die Erde im Faß hinunter.

Die glatte, ebene Oberfläche, die Sophie mit so viel Mühe der Erde gegeben hatte, in ihrer Entschlossenheit, alle Spuren der toten Katze zu verwischen, war weg. Sie war ganz zertrampelt. Die Spuren in der Erde - sie sahen wie Krallenspuren aus - waren zu wirr, als daß man sie als Fußspuren eines bestimmten Wesens identifizieren konnte. Aber irgend etwas, irgendein Tier, eine Ratte vermutlich, hatte dort unter dem Baum herumgescharrt.

Ich fand das Holzstück, das Sophie benützt hatte, stampfte die Erde wieder fest und glättete sie sorgfältig.

Ein Licht ging hinter mir in der Küche an und warf meinen Schatten über das Faß. Sophies Stimme drang zu mir, neugierig, aufgeregt. Ich verbarg das Holzstück hinter einer der Blumenkisten, als sie auf die Terrasse kam.

„Was tust du?"
„Nichts Besonderes."
„Hast du sie gekriegt?"
„Ja."
„Kann ich sie sehen?"
„Natürlich." Ich nahm sie aus der Tasche, wohin ich sie gesteckt hatte, während ich die Erde ebnete. „Gehen wir ins Eßzimmer." Als wir nun hineingingen, war es immer noch automatisch meine linke Hand, die ich auf ihre Schulter legte und die ich gebrauchte, um die Verandatür zu schließen und zu verriegeln.

Sie schaltete die schwenkbare Lampe auf dem Tisch ein. In dem Lichtkreis hätte es ebensogut etwas sein können, das ich an einem Strand gefunden hatte und ihr zum Anschauen hinhielt.

„Kannst du damit umgehen?"

Ich konnte ein Buch hochheben. *Small is Beautiful* lag auf dem Tisch, der Brief von Pierre zwischen seinen Seiten versteckt; ich schob es außer Sichtweite, unter einen Haufen loser Zeichnungen.

„Ich kann sie zusammenballen."
„Zeig's mir."

Ich krümmte die Schulter; Sophies Kopf schnellte zurück; das abrupte mechanische Zusammenballen der Finger hatte sie erschreckt.

„Wie?" Sie senkte wieder ihren Kopf. „Wie machst du es?"

Ich zog meine Jacke aus und zeigte ihr die Schnur; ich ließ sie selbst daran ziehen und sie lockern. Bis zum Abendessen hatte sie gelernt, dieses faszinierende neue Spielzeug, das ich mit nach Hause gebracht hatte, so geschickt zu bedienen, daß es meine Pfeife aufhob. Ich versenkte mich bald ebenso in das Spiel wie sie, wetteiferte mit ihr durch immer exaktere Bewegungen meiner Schulter.

Nach dem Abendessen spielte ich eine Partie Backgammon mit ihr. Sie bestand darauf, daß ich würfelte und meine Steine bewegte, ohne die linke Hand zu benützen. Als sie mich beobachtete, wie ich das immer geschickter tat, begann ich die Zärtlichkeit hinter ihrer Ermutigung zu spüren; ich hatte das gleiche Interesse in ihren Augen gesehen, wenn sie ihre Puppen auszog, die starren Glieder aus den Kleidern zwängte. Es war eines der außergewöhnlichen Dinge an ihr; im Alter von acht Jahren war sie vollkommen; kein menschliches Gefühl war ihr fremd. Mir fiel ein, wie sie nach dem Schwanz der Eidechse gestoßen hatte; Sachlichkeit, Rücksichtslosigkeit hatten damals so natürlich Besitz von ihr ergriffen wie jetzt das Einfühlungsvermögen.

Ich las ihr eine Geschichte vor, ehe ich das Licht ausschaltete.

Der krampfhafte Schmerz in meinem Handgelenk war wieder da. Als ich ins Schlafzimmer ging, zog ich Jacke und Hemd aus, öffnete den Gurt und ließ die Armhülle heruntergleiten. Ich hatte sie länger als sechs Stunden getragen; der junge Therapeut wäre zufrieden, wenn er das wüßte. Ich wickelte die Schnur um die Hülle und räumte das ganze Ding in die Metallschachtel. Als ich mit geschlossenen Augen auf dem Bett lag, konnte ich spüren, wie meine Phantom-Hand sich mit Genuß der Freiheit überließ.

„Möchtest du Sophie morgen zum Abendessen ausführen oder soll ich dir etwas mitbringen?"

Ich öffnete die Augen. Ruth saß am Frisiertisch und tunkte die Finger in eine Dose Cold Cream.

„Warum? Gehst du fort?"

„Ich habe doch gesagt, daß ich mit Pierre zu Abend esse."

Auf ewig Pierre. Den ganzen Abend lang hatte ich mich bemüht, nicht an seinen Brief zu denken. Ich hatte ein plötzliches Verlangen nach meiner Pfeife; sie war in meiner Jackentasche am Fußende des Bettes. Seit Ruth nicht mehr rauchte, hatte sie mir mehrmals gesagt, wie sehr der Geruch meiner Pfeife sie störte; ich hatte schließlich eingewilligt, nur im Eßzimmer zu rauchen; ich griff trotzdem nach der Pfeife und steckte sie in den Mund. Nur wenn ich sie da hatte und daran kauen und saugen konnte, fühlte ich mich ruhig genug, um über Pierre zu sprechen.

„Hast du ein Verhältnis mit ihm?"

„Nicht ein Verhältnis." Ruth massierte Cold Cream in ihr Gesicht. „Nicht auf diese Art. Nein."

„Nicht auf welche Art?"

„Du willst immer so genau sein."

„Bist du mit ihm ins Bett gegangen?"

„Verstehst du nicht?" Ihr Gesicht, das sie mir jetzt zuwandte, hatte einen bleichen Glanz von der Creme; das ließ ihre Augen unnatürlich dunkel wirken, wie bei einem Pandabär. „Wenn du es so ausdrückst, verzerrst du alles."

Ihr wahres Ich verzerren? „Ich frag doch nur."

„Du redest in der gleichen alten Art. Als ob du mich besitzen würdest. Wie *Miguel*."

„Was hat *Miguel* mit Pierre zu tun?"

„Du mußt immer die Zügel in der Hand halten."

Schmerzhaftes Echo dessen, was Karen mir gesagt hatte. „Alles muß nach deinem Willen gehen. Als ich wollte, daß sie mit *Miguel* weitermachten. Es war das einzig Vernünftige, was man tun konnte. Nein. Nein, du konntest das nicht ertragen. Du hast *Miguel* geschaffen. Er gehört dir.“ Sie betupfte ihr Gesicht ärgerlich mit einem Kleenex-Tüchlein. „Nun, mich hast du nicht geschaffen.“

Ich wußte, mit einem undeutlichen Gefühl, daß sie gerade das am meisten fürchtete; ich *hatte* sie geschaffen; ich hatte ihre Einstellungen und Meinungen jahrelang geformt; sie zu dem Bild, das ich von ihr hatte, geformt. Aber sie hatte nur zu bereitwillig die Rolle der Schülerin übernommen.

„Natürlich habe ich dich nicht geschaffen. Ich wollte dich sogar niemals anders. Ich wollte nie, daß du etwas anderes tust als das, was du tun willst.“

„Warum willst du dann wissen, ob ich mit Pierre im Bett war?“

„Ich habe nur gefragt. Warum kannst du mir nicht antworten?“

Sie wandte sich zum Spiegel zurück, wischte den Rest der Cold Cream aus ihrem Gesicht. „Ich kann nicht mit dir reden, wenn es dir soviel ausmacht.“

„Natürlich macht es mir etwas aus. Ich kann nichts dagegen tun, daß es mir etwas ausmacht.“

„Weil ich deine Frau bin?“

Es versetzte mir einen Schock, wieviel Bitterkeit sie in diese Worte hineinlegte.

„Weil ich dich liebe.“ Ich sagte es langsam und bedächtig, in der Hoffnung, sie zu überzeugen, daß es stimmte. „Weil ich dich liebe“, wiederholte ich.

„Du liebtest diesen Hügel hinter deinem Atelier. Das ganze Land, das wir ständig kauften.“

„Mach dich nicht lächerlich.“

„Du hattest immer Angst, jemand würde es dir wegnehmen.“

Ich hatte keine Angst, Pierre könnte Ruth mir wegnehmen; er war zunächst einmal zehn Jahre jünger als sie, und aus dem wenigen, was ich von ihm gesehen hatte, entnahm ich, daß er ein junger Mann war, der viel zu sehr mit sich selbst beschäftigt war, um die Verantwortung für das Leben eines anderen Menschen zu übernehmen.

Ruth stand auf und streifte ihr Kleid ab. Sie war einen Augenblick lang nackt, als sie nach ihrem Nachthemd griff. Das vertraute Versprechen ihres Körpers erregte mich. Ich dachte daran, sie zu berühren, sie ans Bett zu ziehen, mit ihr zu schlafen, zärtlich, mit Überzeugungskraft. Es würde, außer für wenige Minuten, nichts ändern; sobald wir körperlich wieder getrennt waren, wäre von unserer Intimität nichts mehr vorhanden gewesen.

„Du hast Verhältnisse gehabt, seit wir verheiratet sind.“

Warum war ich zu ihr so aufrichtig gewesen und hatte zugegeben, mit irgendeinem Mädchen gelegentlich eine Nacht verbracht zu haben?

„Nur wenn ich von dir fort war. Du warst nicht in der Nähe, als ich es tat." Das schien mir ein großer Unterschied zu sein. „Ich hab' sie nicht mit nach Hause gebracht."

„Was ist mit Karen?"

„Ruth. Um Gottes willen."

„Es hat mich jedesmal krank gemacht, wenn ich eines von ihren blauen Kuverts im Postkasten sah."

„Es waren Geschäftsbriefe."

„Jedesmal bist du aus dem Haus geschlichen, um sie anzurufen."

„Ich hatte niemals irgend etwas mit Karen zu tun." Ich sprach wieder langsam und bedächtig.

„Es ist mir egal, ob du mit ihr ins Bett gegangen bist oder nicht." Sie setzte sich in ihrem Nachthemd hin und begann sich das Haar zu bürsten. „Es fiel mir viel schwerer, mich mit dieser ganzen Heimlichkeit zwischen euch abzufinden."

„Sie war meine Agentin. Sonst nichts."

„Du hast dich nie darum gekümmert, wie sehr es mich verunsicherte."

„Du hast es mir nie gesagt. Jedenfalls lud ich Karen nie ins Haus ein."

„Ich dachte, du magst Pierre."

„Ich wußte nicht, daß du ein Verhältnis mit ihm hast."

„Ich habe kein Verhältnis. Das habe ich dir gesagt."

„Du warst doch im Bett mit ihm, nicht?"

„Welchen Unterschied macht das für dich aus? Warum kannst du das nicht einfach akzeptieren?"

Der Stumpf meines Handgelenks lag auf der Bettdecke neben mir; ich hätte ihn ihr hinhalten können, als Beweis dafür, daß ich ohnedies schon genügend Umstellungen zu überwinden hatte. Ich schob ihn unter das Kissen, versteckte ihn vor ihr, als sie auf das Bett zukam.

„Was akzeptieren?"

„Daß ich ihn auch gern habe."

„In Ordnung." Ich stand auf und fing an, meinen Pyjama anzuziehen. „Aber ich will ihn nicht sehen. Ich will nicht, daß er hierher kommt. Ich will nicht jedesmal sein gottverdammtes Fahrrad in der Halle sehen, wenn ich nach Hause komme."

Ruth war dankbar und liebevoll im Bett, lag nahe an meinem Rücken und legte ihre Hand auf meine Brust.

Ich konnte es nicht über mich bringen, mich umzudrehen und sie zu berühren.

11

Am nächsten Tag mußte ich bis ein Uhr warten, zehn Uhr dort drüben, bevor ich Kalifornien anrief.

Mir scheint, ich habe in meinem Leben sehr wenige Entscheidungen getroffen. Ich wurde nicht durch meine Entscheidung Comic-Zeichner, ich fuhr einfach in der Richtung fort, die ich einmal eingeschlagen hatte. Es war nicht mein Entschluß, Ruth zu heiraten. Ich entdeckte allmählich, daß hier endlich jemand war, dem ich vertraute, und ich war von Tag zu Tag stärker mit ihr verbunden, bis es undenkbar war, nicht mit ihr verheiratet zu sein. Sogar mit Sophie war es so; wir hatten niemals beschlossen, ein Kind zu haben, auch das schien natürlich, unvermeidlich.

Aber ich beschloß, Lloyd Hammond am Städtischen College in Saraville, Kalifornien, anzurufen.

Ich konnte nach Ruths Geständnis über Pierre nicht schlafen. Ich lag neben ihr und hatte das Gefühl, als würde eine riesige, amorphe Spinne ihre Fäden immer enger um mich schlingen. Wenn ich nicht handelte, nicht die träge Hinnahme des Lebens, das ich jetzt führte, durchbrach, würde ich bald hilflos dastehen. Es würde zu spät sein, irgend etwas zu tun. Das bißchen Geld, das wir hatten, zerrann mir zwischen den Fingern; ich verdiente nicht einen Cent; ich machte keine realistischen Pläne, etwas zu verdienen. Ruth ging ihren eigenen Weg, immer unerreichbarer für mich. Das schlimmste von allem, Sophie war gefährdet. Die Sicherheit, die ihr die Familie gegeben hatte, ging in Scherben, früher oder später würde es auch mit ihrer materiellen Sicherheit vorbei sein. Gegen drei Uhr morgens begann ich mir Sorgen zu machen, ob ich als Einwohner von Vermont Anspruch auf Wohlfahrt in New York hätte.

Allein, im Tageslicht der Wohnung, nachdem Ruth Sophie zur Schule gebracht hatte, ehe sie zu ihren eigenen Kursen ging, konnte ich realistischer denken. Wir hatten das Haus in Vermont; wenn wir pleite gingen, konnten wir es so teuer verkaufen, daß wir noch drei oder vier Jahre davon leben würden. Diese Gedanken halfen mir nicht wirklich. Ich war entschlossen zu handeln, irgend etwas für mich geschehen zu lassen, aus meiner Untätigkeit auszubrechen.

Lloyd Hammond war in seinem Büro. Seine Sekretärin verband mich mit ihm, als ich meinen Namen sagte.

„Martin! Wie schön, von Ihnen zu hören, Martin." Ich hätte ein alter Freund sein können, mit dem er ungewollt den Kontakt verloren hatte. „Ich hoffe, dieser Anruf bedeutet das, was ich mir denke."

„Ich bin an diesem Job interessiert - diesem Lehrerjob, von dem Sie mir geschrieben haben."

„Es wird großartig sein, Sie hier bei uns in Saraville zu haben, Martin."

„Können Sie mir ein wenig mehr darüber erzählen, was ich unterrichten soll, das Gehalt ..."

„Wie bald können Sie herkommen?"

„Vielleicht nächste Woche?"

„Kommen Sie so bald wie möglich. Ich werde von hier aus alles für Sie ins Rollen bringen. Ich kann Ihnen nicht sagen, was das für uns bedeutet, Martin Trask in unserem Team zu haben."

Er sagte tatsächlich Team. Ich versuchte wieder, ihn wegen des Gehalts festzunageln; er war optimistisch und ungenau. „Machen Sie sich darüber keine Sorgen. Es wird kein Problem sein, die Anmeldungen für Sie zu bekommen."

„Anmeldungen?"

„Wir werden sehen müssen, wie viele Studenten Ihre Vorlesungen belegen. Aber ich weiß, daß sie es tun werden, Martin. Es wird eine Flut von Anmeldungen geben."

Ebenso hoffnungsvoll war er in bezug auf eine Wohnung für uns. Wenn ich ihn wissen ließ, welchen Flug wir buchten, würde er uns in Reno treffen und alles erledigen. Es gab einige Fragen, die ich ihm trotzdem stellen wollte, hauptsächlich, wieviel ich verdienen würde, wenn die Anmeldungen so ausfielen, wie er es erwartete, wieviel Miete ich für ein möbliertes Haus zu zahlen hätte. Es war offenbar unmöglich, in einem Ferngespräch über diese Fakten aus ihm irgend etwas herauszuziehen. Alles, was ich zu tun hatte, war, hinzukommen, und alles würde großartig sein. „Wiedersehen bis nächste Woche, Martin."

Die Entscheidung, nach Saraville zu fahren, hatte mich sofort in eine ganze Reihe von Aktionen verstrickt. Ich mußte das Material zusammenstellen, das ich für meine Vorlesungen brauchen würde, ältere Ausgaben von *Miguel,* Beispiele aus der Arbeit anderer Comic-Zeichner, Bücher über Perspektive und Anatomie; ich mußte etwas finden, um das alles zu verpacken, ich mußte die Fluglinien anrufen. Ich mußte es Ruth sagen.

Ich holte eine hölzerne Lattenkiste vom Delikatessengeschäft an der Ecke und legte sie mit dickem braunem Papier aus. Ich brachte sie ins Eßzimmer und hatte schon begonnen, sie anzufüllen, als Ruth nach Hause kam.

„Was tust du?“ Als sie im Türstock stehenblieb, sah sie bestürzt, ein wenig erschrocken drein.

„Ich packe.“

„Warum?“ Ich konnte aus ihrem zaghaften, versöhnlichen Lächeln erraten, daß sie mein Packen sofort mit Pierre in Verbindung gebracht hatte; sie dachte, ich wolle sie verlassen.

„Wir fahren nach Kalifornien. Alle drei. Ich hab' da einen Job bekommen.“

„Aha.“ Sie setzte sich. Ich verließ sie nicht; sie war mit der Aussicht konfrontiert, mit mir gehen zu müssen.

„Wann ist das alles passiert?“

„Heute morgen. Ich rief das College in Saraville an. Sie wollen, daß wir nächste Woche kommen.“

„Warum hast du dich plötzlich dazu entschlossen?“

„Sie werden eine Wohnung für uns finden.“ Mein eigenes Zielbewußtsein, mein geschäftiger Nachmittag, hatten mich in Schwung gebracht; ich wollte ihn nicht verlieren. „Ich habe ihnen gesagt, wir würden kommen.“

„Ich dachte, wir würden bis Weihnachten hierbleiben.“

„Ich hab' einen Job. Wir brauchen das Geld.“

„Wir haben den Kombiwagen verkauft.“ Sie klammerte sich an jeden Strohhalm.

„Wir können uns nicht weiter so treiben lassen. Ich muß einen Lebensunterhalt verdienen.“

„Ist es wegen Pierre? Ist das der Grund, warum du plötzlich New York verlassen willst?“

„Nein.“ Die Entdeckung, daß Ruth mit ihm schlief, hatte meine Entscheidung gewiß beschleunigt; es war ein Glück für uns alle, daß es so war. „Nein, es ist nicht wegen Pierre.“

„Ich verspreche dir, er wird nicht mehr herkommen.“

„Kannst du es nicht einsehen?“ Ich war nicht bereit, mich auf weitere Diskussionen über das Ganze einzulassen. „Wir müssen etwas tun.“

„Du mußt dich nicht auf den ersten Job stürzen, der sich ergibt. Wir sind nicht in einer so verzweifelten Lage.“

„Ich stürze mich nicht. Ich will unterrichten.“ Das war eines der Dinge, das mir seit dem Telefongespräch nach Saraville Auftrieb gegeben hatte; mich erregte der Gedanke an den Kontakt mit jungen Leuten. Ich stellte mir Szenen mit einer Klasse voll Studenten vor, die mich mit Fragen bestürmten, Forderungen an mich stellten, meine Erfindungsgabe anregten, und diese Vorstellungen bereiteten mir Freude. Ihre eifrige Neugierde würde mich erfrischen.

„Warum könntest du nicht in New York unterrichten?"
„Man hat mir in New York keinen Job angeboten."
„Du hast nicht danach gesucht."
Das brachte mich auf. Wir mußten New York verlassen; ich mußte Ruth von ihren Gruppen und Workshops losbringen, solange noch etwas übrig war von dem Menschen, der sie gewesen war, solange es noch überhaupt ein Einvernehmen zwischen uns gab. Ich konnte ihr das nicht sagen. Sie wollte sich ändern, weiter „wachsen". Mir entwachsen.
„Was meinst du, was nach Weihnachten geschehen wird? Was meinst du, was wir tun werden, wenn die Ryders ihre Wohnung wollen? Nach Vermont zurückgehen?"
„Nein." Es war ein spontaner Protest. „Das werde ich nicht tun. Es wäre absolut hoffnungslos."
„Wenn wir nicht jetzt irgendeinen Plan für die Zukunft machen, irgend etwas tun", sagte ich, „kann es uns passieren, daß wir in Vermont steckenbleiben, weil wir nirgendwo anders hingehen können."
„Ich hab' hier schon einmal ein Apartment gefunden. In Brooklyn Heights." Sie erinnerte mich daran, daß sie diese Gelegenheit mir zuliebe geopfert hatte.
„Damals arbeitete ich. Wir hatten ein regelmäßiges Einkommen."
Sie stand auf und ging zum Fenster; es dunkelte; ich konnte ihr Spiegelbild im Glas sehen; ihre Augen waren geschlossen.
„Was haben sie dir über diesen Job in Kalifornien erzählt?" Sie begann mich darüber auszuquetschen, all die Dinge zu fragen, die ich am Telefon hatte fragen wollen. Ich war ebenso absichtlich optimistisch, wie Lloyd Hammond es gewesen war. Aber ich konnte nicht vermeiden, ihr etwas von seiner Ungenauigkeit zu vermitteln.
„Meinst du nicht, du solltest erst allein hinfahren und sehen, wie es ist? Das Haus ansehen und so, und eine Schule für Sophie finden, bevor wir alle umziehen?"
Es war schwer, Argumente dagegen zu finden. In einer fremden Stadt mit einem Kind anzukommen, das Versprechen eines Fremden zu akzeptieren, daß alles großartig sein werde, war kein sehr praktisches Unterfangen. Hammond hatte nicht einmal gefragt, wie viele Kinder ich hatte. Jetzt, da Ruth nachgegeben, sich mit der Idee, nach Saraville zu ziehen, abgefunden hatte, wollte ich es ihr so leicht machen wie nur möglich. Sie würde Zeit brauchen zum Pakken, zum Saubermachen der Wohnung, dafür, ihren Freunden hier Lebewohl zu sagen. Pierre. Das wichtigste war, daß ich aus meiner

Hilflosigkeit ausgebrochen war; alles andere würde sich ergeben, solange ich meinen Schwung behielt.

„O. k. Ich werde Montag fahren." Ich legte einen Stapel Comic-Bücher in die Kiste. „Du und Sophie, ihr könnt später kommen, sobald ich für euch ein Haus gefunden habe."

In den nächsten fünf Tagen waren wir wieder eine Familie. Ruth hörte auf, Pierre zu treffen; sie sah meine Anzüge durch, schickte Sachen in die Reinigung, half mir meine Koffer packen. Sie war sanft und liebevoll und sagte dauernd, ich würde ihr fehlen. Sophie ging nicht mehr zu ihren Freunden vom sechsten Stock, um sich mit mir in Buchläden nach alten gebundenen Ausgaben von *Pogo* und *Krazy Kat* umzusehen. Der Gedanke, nach Kalifornien zu gehen, erregte sie.

Wir suchten uns Saraville auf der Landkarte heraus; es war in den Sierras, 1500 Meter über dem Meeresspiegel. Es gab mehrere Seen in dem Gebiet, und auf den Bergen würde Schnee liegen.

„Richtig hoher Schnee?" fragte Sophie. „So wie wir ihn in Vermont hatten?"

„Ja, richtig hoher Schnee, Liebling."

Die Speditionsfirma holte am Freitag die Kiste ab, um sie per Luftfracht nach Reno zu schicken. Erst nachdem ich sie an diesem Morgen sorgfältig zugenagelt hatte, bemerkte ich verstreute Spuren von Erde auf dem Teppich.

Sie überraschten mich nicht. Sophie hatte am Abend zuvor auf der Terrasse gespielt, während ich die letzten Sachen in die Kiste packte. Ich dachte, wahrscheinlich hatte sie die Erde mitgeschleppt, als sie ins Zimmer zurückkam.

12

Wir hatten zwei Stunden Aufenthalt in Las Vegas. Ich schickte Sophie eine Ansichtskarte vom Sunset Strip; ich aß im Flughafencafé einen faden Hamburger, üppig garniert wie ein Blumenbukett.

Der Flughafen von Reno war ein bescheidenerer Außenposten als der McCarran-Airport. Als ich vom Flugzeug über das Rollfeld ging, erinnerte mich das flache Holzgebäude an alle kalifornischen Motels, in denen ich jemals gewesen war. Wie würde Lloyd Hammond aussehen? Seine Stimme hatte eine Weihnachtsmann-Fröhlichkeit vermuten lassen; ich prüfte die Gesichter der Fremden in der Halle nach irgendeinem Zeichen von Herzlichkeit. Einer meiner Koffer erschien auf dem Fließband; ich hob ihn auf den Boden hinunter.

„Martin Trask?“ Ein Mann in einem Holzfällerhemd stand vor mir. „Ich bin Brian Mellor vom College. Von Saraville.“ Die Stimme paßte zum Hemd; sie klang stark nach Berg. „Der alte Hammond mußte nach Sacramento. Er bat mich, Sie zu treffen. Hatten Sie eine angenehme Reise?“

Ich blickte vom Hemd hinauf in das Gesicht. Mein erster Eindruck von Brian Mellor war, daß er aussah wie Li'l Abner mit Bart*. Er erschien mir als riesiggroßer, gutmütiger Hinterwäldler, langsam und leutselig, so augenfällig wie eine Fichte.

Ich sagte ihm, ich hätte eine sehr angenehme Reise gehabt, sei aber trotzdem froh, nun am Ziel zu sein.

„Ihre Familie mit dabei?“

„Nein, die kommt später nach. Sobald ich mich irgendwo eingerichtet habe.“

Mein zweiter Koffer kam; er hob ihn für mich herunter. Wir fanden das Frachtbüro und verlangten nach der Kiste.

„Es sieht aus, als planten Sie, ein Weilchen hierzubleiben.“ Brian Mellor hievte die Kiste ohne viel Getue auf seine Schulter und trug einen meiner Koffer hinaus zum Parkplatz; ich ging mit dem anderen neben ihm.

„Tut mir leid wegen des ganzen Gepäcks.“ Ich merkte, daß ich auf ihn so reagierte wie manchmal auf Bauern in Vermont, mit einem Respekt, der eingestand, daß ich einer von diesen weichlichen Stadtmenschen war. Es war das letzte Mal, daß einer von uns etwas sagte, bis wir durch Reno fuhren.

„Das ist Harold's Club.“

Ich warf gehorsam einen Blick darauf.

„Sie haben von Harold's Club gehört, schätze ich.“

„Klar.“ Guter alter Harold's Club. Mir fiel nichts ein, was ich dazu sagen konnte. Wir verließen die Stadt am Rand der Wüste.

„Haben Sie etwas mit dem College zu tun?“ Ich war später immer froh, daß ich die Frage in dieser Form gestellt hatte.

„Ich halte Vorlesungen.“

„Was unterrichten Sie?“

„Alles, wofür ich fünfzehn Studenten dazu kriegen kann, sich einzuschreiben.“ Er lächelte. „Sie werden's nicht glauben, aber ein Jahr lang unterrichtete ich Bombenschutz-Management.“

Seit ich an diesem Morgen New York verlassen hatte, war es mir

* Li'l Abner ist eine populäre amerikanische Comic-Figur. Anm. d. Übers.

gelungen, in der Spannung der Bewegung, in der Heiterkeit, von einem Ort zum anderen zu fliegen, nicht über meine Zukunft in Saraville nachzudenken. Nun war ich mit ihr konfrontiert.

„Wenn Sie fünfzehn Studenten dazu kriegen können, daß sie sich einschreiben ...“ Ich fing an, Hammonds Ungenauigkeit bezüglich des Gehaltes zu verstehen, sein Gerede von Anmeldungen. „Dann wird man für den Kurs bezahlt. Ist das so?“

„So ist es.“

„Dann nehme ich an, ich werde es tun wie Sie. Einfach Vorlesungen halten?“

„Bei Ihnen sollte es schon klappen. Die Studenten haben von Ihnen gehört. Die haben immer Ihren Comic strip gelesen.“ Er lächelte. „Führen Sie bloß keine Anwesenheitslisten.“

„Warum nicht?“

„Also, überlegen Sie: Das College verlangt zwanzig Dollar pro Woche für jeden Studenten, der sich in eine Vorlesung eingeschrieben hat. Und Sie wollen doch den Steuerzahlern nichts rückvergüten, oder? Nur weil irgendeine Puppe zu Hause im Bett besprungen wird.“

„Zwanzig Dollar pro Student.“ Ich fing an, auch Hammonds Begeisterung zu verstehen; wenn mein Name fünfzehn Studenten in ein Klassenzimmer locken konnte, waren das dreihundert Dollar die Woche für das College. „Wieviel davon kriegen wir?“

„Fünfundvierzig Scheine.“

Zwei Vorlesungen; neunzig Dollar die Woche.

„Sie müssen begreifen, daß das College eine Menge Kosten hat.“ Jetzt, da er seine Li'l-Abner-Zurückhaltung aufgegeben hatte, entpuppte sich Brian Mellor als bärtiger Zyniker im Holzfällerhemd. „Was die Hilfspersonal nennen. Wir Lehrer sind wie Infanteristen. Es erfordert eine Menge Hilfstruppen, um uns in der vordersten Linie zu halten. Sekretärinnen, Karteikräfte und diese ganzen Administratoren. Dann gibt es Inventar, Erhaltung und Ausrüstung. Und vergessen Sie nicht den Reservefonds. So nennen gemeinnützige Organisationen ihre Profite. So wachsen die. Aus dem Reservefonds. Saraville hat heute tausend Studenten. Vor fünf Jahren waren es weniger als sechshundert.“

„Wie lange sind Sie schon da?“

„Bei mir wird es das achte Jahr.“

„Es muß Ihnen gefallen.“

„Ja.“

Wir durchquerten die Wüste, Salbei, Steine und fahler, geborstener Boden, hie und da ein überraschendes grünes Feld, wo jemand

Bewässerung hingeleitet hatte. Eine ausgefranste Linie von graublauen Bergen bildete den Horizont; manche Gipfel waren mit Schnee bedeckt.

Brian wies mit dem Kopf in ihre Richtung. „Das ist der Donner-Paß dort oben, die andere Seite der Bergkette."

Er schien bewußt das Thema zu wechseln; ich ließ es freudig zu; die Möglichkeit, daß ich umsonst so weit gekommen war – wie konnten wir von neunzig Dollar pro Woche leben? –, war etwas, woran ich noch nicht denken wollte. Wir sprachen über die Donner-Gesellschaft, das Inzesttabu, das ihren Kannibalismus gemildert hatte, über den unergründlichen Deutschen Keseberg, über Tamsen Donners rätselhaften Tod.

„Eine Geschichte besagt, daß man ihren Körper skalpiert fand", erzählte mir Brian Mellor. „Aber nicht von den Indianern. Die Indianer hier in der Gegend waren ein passiver Haufen. Die hatten nie was vom Skalpieren gehört, bis die Weißen hierherkamen. Sie waren entsetzt darüber. Besonders über die Art, wie wir ihre Frauen skalpierten. Wissen Sie was davon?"

Ich sagte gar nichts.

„Es war nicht immer der Kopf, von wo die Weißen ihr Haarbüschel und ihren Streifen Haut nahmen. Nicht, wenn sie ein Indianermädchen erwischten."

„Meinen Sie damit, daß Keseberg das Tamsen Donner antat?"

„Vielleicht hat er gern Geschlechtsteile gegessen."

„Vielleicht." Ich kann mir nie obszöne Geschichten dieser Art anhören, ohne mir ihrer persönlichen Drohung bewußt zu sein, einer Drohung gegenüber Ruth und jeder anderen Frau, die mir etwas bedeutet hat.

„Ich hab' oft daran gedacht, im Sommer über den ganzen Pfad zu wandern." Brian Mellor reagierte auf meine Zurückhaltung, indem er wieder bewußt das Thema wechselte. Er erzählte mir vom Ski-Langlauf rund um Saraville, mit Rucksack und Camping in den Bergen.

„In dieser Hinsicht ist es großartig", gab er zu. „Es ist eine großartige Stadt, wenn man aus ihr herauskommt."

Mittlerweile fuhren wir nach Saraville hinein, und ich konnte sehen, was er meinte. Stadt war ein irreführendes Wort dafür; Saraville war ein Streifen, eine der Landschaft entrissene Unterbrechung. Mehr als sechs Kilometer weit war die Autobahn von unregelmäßig verstreuten Industriebetrieben flankiert. Längs der ersten fünf Kilometer war die Streuung spärlich, weitgehend Ableger der Automobilindustrie: Tankstellen, Zubehör- und Reparaturwerkstätten, Gebrauchtwagenverkaufsplätze, Reifen. Handel entlang der letzten eineinhalb Kilometer, wo die Autobahn einen zunehmend steiler werdenden Hügel hinaufkletterte, war konzentrierter und persönlicheren Bedürfnissen gewidmet. Kleiderläden, Kneipen, zwei einander gegenüberliegende Juweliere, Gewehre und Sportartikel, eine Pizzastube. Hier war für mehrere Häuserblocks ein Gehsteig gebaut worden; er sah aus wie ein unnötiger nachträglicher Einfall, ein symbolischer Abstand zwischen der Autobahn und den Gebäuden. Die einzigen Fußgänger, die ich sah, stiegen in oder aus parkenden Autos.

Brian fuhr bei einem Hotel vor, einem dreistöckigen, roten Ziegelgebäude mit blinden Fenstern.

„Erwartet Hammond, daß ich hier wohne?"

„Es ist das beste von dem ganzen miesen Haufen."

„Er sagte, er würde ein Haus für mich finden."

„Vielleicht wird Goody etwas für Sie arrangieren." Er stieg aus dem Wagen. Ich gesellte mich zu ihm.

„Wer ist Goody?"

„Sekretärin vom alten Hammond." Er öffnete den Kofferraum und hob die Kiste heraus. „Sie hält in der Schule so ziemlich alles in Schwung." Ich nahm den kleineren Koffer und folgte ihm ins Hotel.

Die Hotelhalle war kahl wie eine Amtsstube; ältliche Männer saßen in hölzernen Armstühlen herum, ihre Westernstiefel vor sich ausgestreckt. Sie redeten nicht miteinander, sie lasen keine Zeitungen; sie taten überhaupt nichts; sie waren einfach da. Brian Mellor stellte die Kiste und den Koffer neben das Pult.

„Danke, daß Sie mich abholen gekommen sind." Ich meinte es ehrlich; ich wollte ihm dafür danken, daß er mir vom College erzählt hatte; sein Gesichtsausdruck hielt mich davon ab. Er blickte auf meine künstliche Hand, nicht mit Neugier, sondern mit einer Andeutung von Spott, als wäre sie ein vertraulicher Scherz zwischen uns. Ich fühlte mich gezwungen, irgendeine Bemerkung darüber zu machen. „Ich weiß nicht, wie ich das viele Gepäck ohne Sie hergebracht hätte."

„Yeah, also –" Als er zögerte, lächelte, bemerkte ich, wie asymmetrisch sein Gesicht war; hätte man die Hälften paarweise zusammengefügt, so wären zwei verschiedene Menschen herausgekommen. „Sie wären wohl nicht hier in Saraville, wenn Sie beide Hände hätten, oder?"

Er wartete nicht auf meine Antwort; er mußte sich ein wenig bücken, als er zur Türe hinausging.

Als er mich anmeldete, reichte mir der Portier ein Kuvert mit einem Schlüssel. Darin war eine Nachricht von Lloyd Hammond; er entschuldigte sich für seine Reise nach Sacramento; er freute sich ungeheuer darauf, mich morgen früh um elf Uhr in seinem Büro zu begrüßen. Ich gab die Kiste und den größeren Koffer am Empfangspult ab. Es gab keinen Hotelpagen, keinen Lift; ich trug den zweiten Koffer die Treppe hinauf.

Mein Zimmer war im zweiten Stock am Ende eines kahlen Korridors, nach einem Emailschild, „Bad“, und einem anderen „Toilette“. Der altmodische Schlüssel drehte sich schwerfällig im Schloß; zwei Betten, getrennt durch ein lackiertes Gestell mit einem Aschenbecher und einer Bibel darauf; ein Waschbecken; ein Wandschrank; eine heruntergezogene Jalousie über dem Fenster. Ich war froh, daß ich allein gekommen war; ich hatte mich auf nichts anderes eingelassen als ein Retourticket. Ich konnte immer noch zurück.

Zurück zu wem? Zu Ruth und ihren Gruppen, zu ihrem neuen Ich und zu Pierre, zu einer Situation, in der ich mich unerwünscht und hilflos fühlte, von der ich wußte, daß ich ihr entfliehen mußte. Meine ganze Identität, mein Überleben als Individuum hing davon ab, daß ich nicht dorthin zurückging.

Ich stellte meinen Koffer ab und setzte mich auf das Bett. Mein Schwung war fort. Hier, in diesem Zimmer, war ich auf dem toten Punkt angelangt.

13

„Ha'm Sie die ‚Biene' gesehen, Mr. Trask?“

Der Angestellte in der Rezeption schenkte mir ein freundliches Lächeln, als ich am nächsten Morgen auf dem Weg zum Café meinen Schlüssel ablieferte.

„Ob ich was gesehen habe?“

„Sie sind in der Zeitung.“

Ich hatte meinen alten Witz mit Karen vergessen, daß ich weltbekannt in der *Sacramento Bee* sei; der Angestellte schob die Zeitung über das Pult und deutete auf die Schlagzeile im Blattinneren. „Schöpfer von *Miguel* soll in Saraville unterrichten.“ Ich lieh sie mir, um sie beim Frühstück zu lesen.

Es waren zwei Spalten; die langjährige Popularität von *Miguel,* die diversen Preise, die er gewonnen hatte, die Geschichte vom Unfall. „Überwindet Handicap“ hieß der Zwischentitel. Lloyd Hammond hatte beinahe soviel Raum bekommen wie ich: sein guter Ruf wegen der Neuerungen im College; sein Interesse an Geisteswissenschaften. Ich entdeckte, „seine enge persönliche Freundschaft mit dem Comic-Zeichner“ habe zu der Schaffung eines speziellen Lehrerpostens für mich geführt. Für mich? Ich konnte mich mit nichts von alledem identifizieren; die Gründe dafür, daß ich an jenem Morgen in dem Café saß, hatten nichts mit diesem Martin Trask zu tun, dessen „Prestige, das er in seinem Beruf erwarb, nun unser College bereichern wird“. Die pochierten Eier, als sie kamen, waren lauwarm und leimig; ich aß sie nicht zu Ende.

„Klar doch“, sagte der Angestellte, als ich mich bedankte, daß er mir die Zeitung geliehen hatte. Er erklärte mir, wie ich das College finden könne.

„Klar doch“, wiederholte er, als ich ihm noch einmal dankte.

Klar. Doch. Ich merkte, daß ich im Rhythmus der Worte ging, während ich die Autobahn überquerte und die Nebenstraße zum Campus einschlug.

Ich war etwa eineinhalb Kilometer gegangen, als ich ein wenig weiter unten etwas entdeckte, das wie eine Großbaustelle aussah; ein riesiges, ebenes Stück Land war in unregelmäßigen Abständen von Gruppen von Fertigteilhäusern, Baracken, asphaltierten Parkplätzen und einem Flechtwerk von Betonwegen durchbrochen. Erst als ich die Tennisplätze sah, die H-förmigen Torpfosten, wurde mir klar, das war es. Das war das Städtische College von Saraville.

Ich wußte nicht, wie ich Hammonds Büro finden sollte; es schien kein klares Zentrum in diesem Labyrinth zu geben; die einzigen Schilder, auf denen etwas stand, lauteten Parken verboten.

Zwei junge Männer in Jeans und großkarierten Hemden saßen nebeneinander auf der vorderen Stoßstange eines Autos; keiner von beiden sah mich an, als ich näher kam.

„Entschuldigung.“ Ich blieb einige Schritte von ihnen entfernt stehen.

Die einzige Antwort war eine rosa Blase, die langsam aus dem Mund von einem der beiden quoll.

„Ich suche Lloyd Hammond.“

Die Blase platzte und wurde in Fasern wieder von den Lippen eingesaugt.

„Ich könnte es sagen.“ Der mit dem Kaugummi stand auf. „Aber zuerst müßten Sie mir etwas versprechen.“

„Gern.“

„Wenn Sie ihn finden, erzählen Sie Goody nicht, daß Sie uns gesehen haben.“

„Wir haben Arbeitsunterricht", erklärte der andere. „Forstwirtschaft."

„Und sie könnte vorbeischauen, damit ein paar Blätter zusammengerecht werden."

„Und das würden wir doch nicht wollen, oder?"

„Ich glaube nicht." Ich mochte die beiden jungen Männer, ich konnte nicht anders; in ihrer Lässigkeit war eine Erfahrungsqualität, eine Gleichgültigkeit, wie sie ein Soldat durch Ausdauer erreicht. Kaugummi zeigte auf ein Fachwerkhaus mit einem Pagodendach, ein wenig abseits von den anderen Gebäuden. „Das ist der Maulwurfsbau."

Eine Frau mittleren Alters mit dicht gekräuseltem, blondem Haar tippte im äußeren Büro auf einer Schreibmaschine. Sie lächelte mich an, ohne ihre ungeduldigen Fingerbewegungen zu verlangsamen; ich wartete, während sie eine Karteikarte aus der Maschine zog und sie in eine Metallschachtel neben sich einordnete.

„Sie müssen Martin Trask sein, willkommen in Saraville." Ihre Stimme hatte den gleichen eiligen Rhythmus, als wäre jemand hinter ihr her, wie ihr Tippen. „Ich bin Jean Goodwell, Mr. Hammond telefoniert gerade mit Sacramento, aber er wird gleich wieder da sein, setzen Sie sich, Martin, Himmel, wir sind froh, daß wir Sie hierhaben, Mr. Hammond hat so lange versucht, eine Berühmtheit wie Sie ans College zu locken, haben Sie die ‚Biene' gesehen?"

„Ja." Ich setzte mich und nahm die zusammengefaltete Zeitung entgegen, die sie mir reichte.

„Haben Sie schon einen Platz zum Wohnen gefunden, Himmel, Sie können nicht in diesem furchtbaren Hotel bleiben, Sie sind doch verheiratet, nicht wahr, haben Sie Kinder?"

Nach dieser letzten Frage machte sie schließlich doch eine Pause. Ich nickte rasch. „Eins."

„Es gibt da ein hübsches kleines Häuschen auf der Pine Street, drei Schlafzimmer möbliert mit rustikaler Täfelung im Wohnzimmer, natürlich ist es ein wenig weit, Pine Street, aber ich nehme an, Sie werden ein Auto haben." Sie blickte munter zu ihrem Telephon, als das Lämpchen darauf blinkte. „Sie können jetzt hineingehen, Mr. Hammond erwartet Sie."

Ich betrat ein größeres Büro mit einem Schreibtisch am anderen Ende. Ein kleiner, grauhaariger Mann im Straßenanzug eilte auf mich zu; seine Arme waren ausgebreitet wie die eines Stürmers beim Football.

„Martin!"

Ich schloß die Tür hinter mir und stand reglos da. Falls Hammond mich umarmte, war ich entschlossen, seine Umarmung nicht zu erwidern. Er tat es nicht; er umklammerte meine Schultern und schaukelte mich einen Augenblick lang wie eine Wiege, dann ging er zurück zu seinem Schreibtisch.

„Willkommen in Saraville. Es ist großartig, Sie hier bei uns zu haben, Martin. Setzen Sie sich. Haben Sie die ‚Biene' gesehen?"

„Ja. Ja, das hab' ich." Ich hielt Jean Goodwells Exemplar hoch. Er reichte mir schon ein weiteres; ich nahm es und setzte mich, mit Blick zum Schreibtisch. Hammond stand dahinter. Ich konnte verstehen, warum der junge Mann auf dem Parkplatz ihn Maulwurf genannt hatte. Sein Gesicht mit der fliehenden Stirn, der eifrigen Nase, erreichte den vorspringendsten Punkt in einem glänzenden schwarzen Schnurrbart; darunter wich alles wieder zurück, ein halbverdeckter Mund, ein nichtssagendes Kinn; die Ähnlichkeit mit einem Maulwurf wurde durch die kleinen Schlitzaugen hinter dick umrandeten Brillen noch betont.

„Die Reaktion war verblüffend." Er machte eine Kunstpause und beugte sich nach vorne über den Tisch. „Ich meine nicht, daß es mich erstaunte, Martin. Mich nicht. Ich war seit einiger Zeit der Ansicht, daß städtische Colleges paraprofessionelle Kurse über die Geisteswissenschaften bieten müssen, die mit dem Besten konkurrieren können, das die bundesstaatlichen Universitäten zu bieten haben. Hier in Saraville gibt es eine Chance für die Geisteswissenschaften." Er ließ sich eine Zeitlang darüber aus, wie viele Möglichkeiten es da gab; er beabsichtige keineswegs, das Büchsenmachen herabzusetzen; auch dafür gebe es Möglichkeiten. „Aber wir sind keine Berufsschule, Martin. Wir sind ein College. Wir verwenden hier nicht einmal das Wort ‚beruflich'." Er benutzte wieder das Wort „paraprofessionell"; er ließ sich des langen und breiten über seine Bedeutung aus.

Ich lehnte mich zurück, umklammerte beide Exemplare der „Biene". Ich wartete darauf, daß Hammond zum Thema komme; endlich machte er wieder eine Kunstpause.

„Wie viele Vorlesungen erwarten Sie von mir?"

„Vier." Er hätte ebensogut die Gewinnzahl in einer Lotterie verkünden können. „Ich habe in Sacramento Hilfs-Beglaubigungsschreiben für Sie organisiert. Ich habe volle Studentenanmeldungen für vier Vorlesungen."

Sollte ich das gleiche Fach viermal in der Woche unterrichten, oder die Vorlesungen variieren? Ich hatte nie die Chance, zu fragen.

„Sie sehen also, Sie brauchen sich über das Gehalt keine Sorgen zu machen. Wenn Sie bereit sind, zusätzliche Arbeit in den Abendklassen anzunehmen, werden Sie weit mehr als eine fünfstellige Summe verdienen.“ Er ging um den Schreibtisch herum und baute sich vor mir auf. „Sie sind doch froh, daß Sie hierhergekommen sind, Martin. Denn ich bin es. Ich schon.“

Aufgrund dessen, was Brian mir erzählt hatte, konnte ich verstehen, warum Hammond sich freute, daß ich gekommen war; Comic-Zeichnen erforderte weniger Geräte als Büchsenschmieden; es würde mehr Geld von den Steuerzahlern für den Reservefonds übrigbleiben.

„Es wird Ihnen hier gefallen, Martin. Sie werden großartige Arbeit leisten. Jean wird Ihnen Ihren Stundenplan geben.“

Ich stand auf und ließ mich wieder vorwärts- und rückwärtsschaukeln. Der Stundenplan, den Jean Goodwell mir gab, war ein hektographiertes Blatt, das durch Vorlesungen und Wochentage in Quadrate eingeteilt war. Mein Name war in vier Quadrate hineingetippt; darunter standen die Worte „kommerzielle Kunst - paraprofessionell“ und die Nummer meines Klassenzimmers, 23.

„Es ist neben die Versammlungshalle hineingezwängt“, sagte sie noch. „Wissen Sie, wo das ist, und hier ist der Immobilienmakler, der das hübsche Haus in der Pine Street hat, und Sie werden das ausfüllen, nicht wahr, vor Montag, wenn Ihre Vorlesungen anfangen?“ Sie reichte mir ein gedrucktes Formular, das nach meiner Sozialversicherungsnummer fragte, verheiratet oder ledig, Anzahl der Angehörigen. Es würden von meinen hundertachtzig Dollar pro Woche Steuern einbehalten. Ich ließ die beiden Ausgaben der „Biene“ auf ihrem Schreibtisch zurück.

14

„Howdy.“

Der junge Mann im großkarierten Hemd, der im Sierra hinter der Bar arbeitete, grüßte mich, als ich hereinkam. Ich nickte und bestellte einen Whisky mit Wasser. Ich hatte das Sierra an meinem ersten Abend entdeckt; bestrebt, den Geschmack des Hotelabendessens loszuwerden, ging ich in die erste Bar, auf die ich stieß; seither hatte ich jeden Abend dort verbracht.

Von außen war das Sierra so zurechtgemacht, daß es wie eine Blockhütte aussah; innen war es so funktionell wie ein Warenlager; der einzige Versuch, es zu schmücken, bestand in einem billigen 22er-Gewehr, das an der Wand hinter einer langen Theke hing, und einer Menge Rinderbrandzeichen, die auf Sperrholzstücken, rund um das Gewehr, eingebrannt waren. Was mir an dem Lokal gefiel, war der Billardtisch; ich konnte auf einem Hocker sitzen, meine Pfeife rauchen, mich an die Bar lehnen und zusehen, wie die Kugeln über den grünen Filz rollten, in die Löcher fielen. Ihre Bewegung lenkte mich gerade genug ab, um mich nicht an etwas anderes denken zu lassen. Es gab bei mir eine Menge Dinge, über die ich nicht nachdenken wollte. Ich hatte Schritte unternommen, um das Haus auf der Pine Street zu mieten. Obwohl ich vereinbart hatte, am Wochenende einzuziehen, wollte ich nicht glauben, daß ich etwas Derartiges tun würde. Ich hatte Schritte unternommen und eine Testfahrt in einem gebrauchten Ford mit automatischer Schaltung gewagt. Obwohl ich vereinbart hatte, ihn am Samstag in Empfang zu nehmen, wollte ich nicht recht glauben, daß ich das tun würde. Seit meiner Unterredung mit Lloyd Hammond hatten alle meine Handlungen eine zwanghafte, tranceähnliche Qualität angenommen.

Vor allem waren sie von meinen Gedanken über Ruth isoliert. Ich hatte ihr einen kurzen, liebevollen Brief geschrieben und ihr gesagt, der Lehrerjob sei schon geregelt. Du fehlst mir so sehr, schrieb ich. Das tat sie. Wenn ich allein im Hotel erwachte, empfand ich einen körperlichen Verlust; jeden Tag rief ich mir ein dutzendmal ihre Gegenwart wie eine Berührung ins Gedächtnis zurück. Ich schrieb, ich wolle sie Samstag abend anrufen. Wieviel würde ich ihr dann von Saraville erzählen? Wann immer ich mir gestattete, daran zu denken, fühlte ich einen Drang, zu laufen, aus der Wirklichkeit um mich herum zu entfliehen; meine Gedanken klammerten sich an die Phantasie, daß wir drei beisammen seien, Ruth, Sophie und ich, nicht hier in Saraville, sondern in einer kleinen Stadt in der Provence: eine Villa am Meer, Weinranken auf einer sonnenweißen Terrasse, ein altes, rotes Ziegeldach.

Die Kugel schnellte über den Tisch, schlug zu hart am Rand des Loches auf und schnellte wieder zurück.

„Scheiße." Als der Spieler sich aufrichtete, blickte ich ihn zum ersten Mal an; es war Brian; er hob sein Queue zum Gruß.

„Wie geht's?" Als das Spiel vorbei war, kam er zu mir an die Bar.

„Ich sitze fest."

„Spielen Sie Billard?"

„Früher spielte ich." Ich wollte ihm einen Drink spendieren; er bestellte ein Coors.

„Was hatte Ihnen der alte Maulwurf zu sagen?" Brian trank sein Bier aus der Flasche.

„Er sagte mir, ich erfüllte einen Bedarf."
„Verdammt richtig, tun wir auch. Diese Kinder hier in der Gegend, wenn die nicht aufs College gingen, wären sie arbeitslos. Wie viele Vorlesungen halten Sie?"
„Vier."
„Das ist toll." Er klang nicht erfreut. „Ich hab' in diesem Semester nur Anmeldungen für drei."
„Was ist Ihr Gebiet?"
„Ich hab' mein Diplom in Psychologie gemacht. Wer gibt denn noch einen Pfifferling für Psychologie? Die meisten von den Jungen befassen sich mit Zen."
„Nehmen sie es ernst?" Ich hoffte, Ruth würde etwas finden, das sie an Saraville interessierte.
„Weiß der Himmel. Das ist das einzige, was sie dir nie sagen – was sie ernst nehmen." Er trank sein Bier aus. „Scheiße, es war anders, als ich in Berkeley war. In den Sechzigern nahmen wir alles ernst."
Ich bestellte noch etwas zu trinken; er bestand darauf, zu bezahlen. Ein Mädchen ging mit einer Plastiktüte voll Wäsche an uns vorbei. Sie trug Jeans, aber statt eines karierten Hemdes hatte sie eine kurze Windjacke an, die an der Taille eng anliegend war. Sie betonte die Schlankheit ihrer Hüften, die zarten Rundungen ihres Hintern. Ein dicker schwarzer Zopf hing ihr den Rücken herunter. Einige der Männer an der Bar streckten die Hände aus, versuchten, sie aufzuhalten, als sie vorbeiging; sie ignorierte sie alle. Als sie sich am Ende des langen Raumes durch die Schwingtüren schob, sah ich eine Reihe von Waschautomaten unter fluoreszierenden Lichtern; in dem tranceartigen Zustand dieser letzten wenigen Tage hatte ich nie bemerkt, daß dort hinten eine Schnellwäscherei war.
„Zu schade, daß Sie nicht Billard spielen können." Brian hatte sie auch beobachtet. „Vielleicht könnten Sie sonst in ihre Hosen greifen. Letzte Woche war sie hier und hat ihren Arsch gegen fünf Scheine pro Spiel verwettet. Sie muß an die fünfzig Scheine gemacht haben. Sie nahm mir zwanzig ab, bevor irgend so ein beschissener Cowboy sie schlug, und sie fuhr alsbald ab mit ihm in irgendein Motel."
Er rechnete auf meine männliche Komplizenschaft; ich spürte den üblichen Impuls, sie ihm zu versagen.
„Ist sie eine Studentin?"
„Vor drei, vier Jahren ist sie von New Mexico hierhergeraten, und seit damals hat sie Vorlesungen besucht, von der Wohlfahrt gelebt und von Teilzeitjobs." Brians Lächeln unterstrich das asym-

metrische Aussehen seines Gesichts. „Voriges Jahr schrieb sie sich in meine Foto-Klasse ein. Sie konnte keine Linse von einem Lichtmesser unterscheiden. Aber, mein Gott, ich hätte ihr glatt eine Eins gegeben, hätte sie sich in der Dunkelkammer von mir die Hosen ausziehen lassen. Das Problem mit dieser – diese jungen Leute von hier kümmern sich einen Dreck um Noten. Von einem städtischen College kann man ohnehin kein Diplom kriegen. Ich dachte mir also, ich ..."

Einer der Billardspieler war herübergekommen und hatte ihm sein Queue gereicht. Er ging zum Spiel zurück; ich stopfte wieder meine Pfeife und rauchte sie an, beobachtete, wie die Kugeln über die grüne Fläche rollten und laut aneinanderknallten. Nach einiger Zeit kam das Mädchen in der Windjacke aus dem Hinterzimmer, die Tasche voll reiner Wäsche. Sie hatte gerade, dunkle Augenbrauen und breite Backenknochen; ich dachte, sie könnte Halbblutindianerin sein: diese selbstbewußte Strenge in ihrem Gesicht. Ich beobachtete sie, als sie die Tür aufstieß und hinausging. Der Gegensatz zwischen ihrer sanften Zurückhaltung und Brians Geschichte über sie irritierte mich; für eine Weile, nachdem sie gegangen war, konnte ich sie mir nicht aus dem Kopf schlagen.

Am nächsten Tag holte ich den Wagen ab. An diesem Nachmittag zog ich in das hübsche Haus auf der Pine Street. Brian half mir, meine Koffer und die Kiste aus dem Hotel abzuholen, und folgte mir mit seinem eigenen Wagen dorthin. Obwohl mich der Makler durch das Haus geführt hatte, sah ich es jetzt wie zum ersten Mal, und ich sah es sofort mit Ruths Augen.

Sie, die gegen Vermont rebelliert hatte, mußte von der Isoliertheit dieses Hauses entsetzt sein. Eineinhalb Kilometer von der Autobahn entfernt, war es das letzte Haus an einer Serpentinenstraße. Dahinter war ein leeres Grundstück, und dann stieg ein langer Hang zu einem Fichtenwäldchen empor, anfangs schütter, wo die Bäume wohl achtlos hingepflanzt worden waren, dann verschmolzen sie mit den dicht bewaldeten Vorbergen. Es gab auch hinter dem Haus Fichten, die es von seinem Nachbarn trennten. Ein kleines Haus im Wald, hatte der Makler es genannt: aber man hatte nicht das Gefühl, durch die Bäume rundherum abgeschirmt zu sein; sie schienen es eher zu entfremden, wie Zaunlatten eines Grenzgebietes.

Das Haus selbst war ein braunes, verschaltes Gebilde, in den Hügel hineingebaut, das hervorspringende Vorderzimmer wurde von den Betonmauern der Garage gestützt. Eine Treppe aus ungehobeltem Holz mit nur einem Geländer führte zu einer schmalen

Veranda und zur Eingangstür hinauf. Ruth hatte einmal die perfekte Symmetrie unseres Hauses in Vermont geliebt; dieses ganze Gebäude sah aus, als wäre es aus Ersatzteilen zusammengeklittert.

Brian trug die Kiste und den einen Koffer die Treppen hinauf auf die Veranda. Der Schnapper der Fliegengittertür war kaputt und mit einer Schnur geflickt worden; die mußte er aufbinden, ehe ich die Eingangstür aufschließen konnte.

„Wo wollen Sie sie haben?" Ein paar Stufen führten uns über einen schmalen Korridor hinunter in die Küche; sie war durch eine Art von Eßpult geteilt; dahinter war der Herd, der Spülstein und der Kühlschrank. Der Rest des Raumes war mit einem Tisch und Stühlen, an eine Fensterbank gestellt, beinahe voll. Ich stellte den Koffer ab, den ich vom Wagen mitgebracht hatte, und öffnete die Tür zur Linken. Brian folgte mir ins Wohnzimmer und ließ die Kiste zu Boden sinken. Ich dankte ihm, daß er mir geholfen hatte.

„Jetzt haben Sie also alles geregelt."

Alles geregelt. Ich hatte einen Job und ein Haus, in das meine Familie kommen sollte. Ein Haus mit rustikaler Täfelung im Wohnzimmer, einer Couch mit schäbigem Überzug, zwei Kunstledersesseln, einer Stehlampe, der Lampenschirm mit Quasten. Ich versuchte, mir vorzustellen, wie Ruth an den Abenden dort sitzen würde.

Ich durchforschte den Rest des Hauses, nachdem Brian gegangen war. Hinter der Küche war ein geräumiges Zimmer mit Doppelbett, daran anschließend das Badezimmer. Ich wollte nicht allein dort schlafen. Eines der kleineren Schlafzimmer, den Gang hinunter, hatte gleich daneben eine Dusche und eine Toilette; ich stellte es mir sofort als Sophies Zimmer vor und beschloß, es selbst zu benützen, bis sie und Ruth ankamen.

Zwei Minuten vor vier wählte ich die Nummer in New York. Das Wohnzimmer der Ryders, das Telefon am Kaffeetischchen, schien näher zu sein als der Lampenschirm mit den Fransen neben mir, als ich dem Klingeln lauschte.

„Hallo."

„Hallo Liebling, hier spricht Martin."

„Ja, ich weiß. Ich hab' erwartet, daß du anrufst. Wie geht es dir? Ist alles in Ordnung?"

„Ja, alles bestens." Ich begann von dem Haus zu erzählen. „Es ist groß genug für uns alle, bis wir etwas Besseres finden, und ich hab' ein Auto ..." Aber ich wußte es bereits. Ich hatte es an dem argwöhnischen, gefaßten Klang jenes Hallo erkannt. Ich sprach trotzdem weiter. „Das Land ist herrlich. Sophie wird es mögen."

„Martin."

Hatte sie sich entschlossen, bevor ich New York verließ? Mich ermuntert, allein hierherzufahren, weil das der leichteste, am wenigsten schmerzhafte Weg war? Sie konnte sicher sein, daß ich nicht zurückkam. Sie brauchte mir nur einmal in einem Ferngespräch entgegenzutreten. Oder hatte sie sich anders entschlossen, seit ich fort war? Wegen Pierre?

„Es kommt mir so dumm vor, wenn wir diese freie Wohnung haben."

„Wann?" Das war das einzig Wichtige für mich. „Wann kommst du mit Sophie hierher?"

„Wir müssen die Wohnung ohnehin zu Weihnachten aufgeben."

„Das sind drei Monate."

„Es ist so eine herrliche Gelegenheit, zu tun, worauf wir uns geeinigt haben, daß nämlich jeder von uns eine Zeitlang allein bleibt."

Sie hatte nie die Absicht gehabt, sofort zu mir zu kommen.

Ich hätte versuchen können, ihr begreiflich zu machen, wie unerträglich diese drei Monate für mich hier allein sein würden. Kein Appell würde sie berühren. Ihr eigenes Leben in New York war voller Interesse und Verheißung; es war meine eigene Schuld, wenn meines nicht so war.

„Versuch, auszugehen und mit Leuten zusammenzukommen." Ihre einzige Sorge war, sich selbst von jedem Rest des Schuldgefühls wegen meiner Einsamkeit zu befreien. „Willst du mit Sophie sprechen?"

„Hallo Daddy." Sie kam sofort, ihre Stimme klang unnatürlich laut und schrill am Telefon.

„Hallo Liebling. Wie geht's dir?"

„Gut."

„Du fehlst mir."

„Du fehlst mir auch."

„Ich liebe dich."

Sie sagte irgend etwas zu Ruth.

„Möchtest du wieder mit Mami reden?"

Ich wollte nein sagen. Ich wollte Ruth verletzen. Es würde sie nicht verletzen. Sie würde einen Augenblick über meinen kindischen Zorn verärgert sein. Sonst nichts. Die schreckliche Macht des Gleichgültigen.

„In Ordnung. Gib deiner Mutter wieder den Hörer. Wiedersehen, Liebling."

„Wiedersehen. Hier ist Mami."

„Du wirst doch auf dich aufpassen, nicht wahr, Martin?"

„Ich komm schon zurecht, keine Sorge.“ Sie würde beruhigt sein, nicht verstört durch meine zur Schau getragene Gleichgültigkeit. „Ich werd’ schon zurechtkommen.“

„Du fehlst uns wirklich. Sophie spricht sehr viel von dir.“ Jetzt, da sie hatte, was sie wollte, mich für drei Monate los war, klammerte sie sich ein wenig an mich.

„Gib ihr von mir einen Kuß.“

„Sie schickt dir alles Liebe. Wir beide.“

„Laß es dir gut gehen in New York.“ Es gelang mir sogar, das ohne Bitterkeit zu sagen.

In dem Augenblick, da ich auflegte, waren das Wohnzimmer der Ryders, Ruth und Sophie verschwunden. Ich war allein mit den Kunstlederarmsesseln, der rustikalen Täfelung. Dies waren die Gegebenheiten meines Lebens. Bis ich den Wagen erreichte, hatte ich einen Vorwand für meine Flucht gefunden: Es gab weder Essen noch Alkohol im Haus.

Gibt es irgendeinen Platz auf der Welt, der so öde ist wie ein leerer Supermarkt? All die ungewollte Üppigkeit. Als ich einen Wagen durch den Mittelgang schob, verließ mich jedes Gefühl von Zweckmäßigkeit; wie konnte ich zum Haus zurückkehren, mit diesen in Cellophan verpackten Lammkoteletts, der Dose mit Löskaffee? Endlich zwang ich mich, nicht über mein Tun nachzudenken, jede Erwerbung als sinnlosen Akt zu betrachten. Das Roggenbrot in Scheiben, das ich in meinen Wagen legte, war etwas, das ich niemals essen würde. Es gehörte nicht mir.

Der Parkplatz war düster von der Dämmerung, als ich die Sachen, die ich gekauft hatte, zum Auto hinaustrug. Der Ford hatte einen Knopf, der die Türschnalle blockierte. Während ich die schweren Papiertüten gegen meine Brust drückte, konnte ich nicht nach unten blicken, um ihn ausfindig zu machen. Aber ich wußte genau, wo er war, gleich unter dem rechten Ende des Türgriffs. Ich tastete mit meiner künstlichen Hand danach; selbstverständlich spürte ich nichts. Ich verdrehte den Hals, um über die Lebensmitteltüten schauen zu können. Da war er. Ich versuchte, auf ihn zu drücken. Sowie ich den Arm ausstreckte, ballte sich die Hand zu einer Faust. Ich riß die Schulter zurück, um die Sperrklinke zu öffnen. Die Finger streckten sich ein wenig, aber sie blieben gegen den Daumen gepreßt; sie wollten sich nicht von ihm trennen. Ich stieß mit halb gekrümmten Fingern nach dem Knopf; ich konnte sie gegen den Griff schlagen hören. Ich konnte sie nicht darunter bekommen.

Dann erlebte ich einen Augenblick absoluter Hoffnungslosigkeit.

Ich gab auf. Ich stand da, bewegungslos, sah nichts, alles Denken von Verzweiflung zum Schweigen gebracht.

Allmählich trat Zorn an ihre Stelle. Ruth wollte nicht hierher nach Saraville kommen; ich konnte hier allein verrotten. Sie erwartete noch immer, daß ich sie in New York aushalten würde; sie erwartete, daß ich ihr jeden Monat einen Scheißscheck schicken würde.

Sie konnte zur Hölle gehen; ich würde es nicht tun. Warum sollte ich für sie bezahlen, damit sie mit dem kleinen französischen Bastard bumste? Sie würde hierherkommen *müssen,* wenn ich ihr kein Geld schickte.

Der Zorn half. Er brachte mich wieder zu Bewußtsein, zu meinem eigenen Bewußtsein. Ich, mit meinen eigenen Augen schauend, mit meinen Sinnen fühlend, nicht länger verzweifelnd. Ich wußte natürlich, daß ich Ruth weiter Geld schicken würde. Ich empfand zuviel Zärtlichkeit für sie und Sophie, um den Gedanken zu ertragen, daß es ihnen an etwas fehlte.

Ich stellte die Lebensmitteltüten auf das Autodach und öffnete die Tür mit der linken Hand. Das Handikap war überwunden. Ich fuhr zum Haus zurück.

Sobald ich die Dinge in der Küche verstaut hatte, machte ich mir einen Drink und nahm ihn mit ins Wohnzimmer. Ich wußte, das Schlimmste, was ich tun konnte, war, herumzusitzen und nichts zu tun. Die Aussicht auf die nächsten drei Monate allein an diesem Ort würde aufhören, eine vage Angst zu sein, würde zu einer konzentrierten, beinahe unerträglichen Realität werden. Ich beschloß, die Kiste auszupacken und die Bücher und Zeichnungen auszuwählen, die ich für meine erste Vorlesung am Montag brauchen würde.

Die Kiste stand aufrecht auf dem ausgefransten Teppich, wo Brian sie hingeworfen hatte. Ich legte sie flach hin. Sie war während der Reise nicht gerade sanft behandelt worden, zwischen zwei Latten war ein Loch in das dicke braune Papierfutter gerissen worden.

Es war ein ziemlich großes Loch, ungefähr so groß wie meine Faust.

15

Neunzehn Studenten erschienen in meiner ersten Vorlesung.

Ich saß hinter dem langen Tisch unter der Tafel, beobachtete, wie sie sich versammelten. Die zuerst Angekommenen füllten die hinteren Reihen; die später Eintreffenden waren gezwungen, immer näher heranzurücken. Wie die meisten Studenten, die ich in der Stadt gesehen hatte, war nichts Jugendliches an ihnen; viele von ihnen sahen aus wie Mitte Zwanzig, und selbst den wenigen, die noch im Teenager-Alter waren, merkte man eine Vorsicht an, die auf reife Erfahrung schließen ließ. Dies galt auch für das halbe Dutzend Mädchen in der Klasse. In ihren Jeansuniformen sahen sie aus wie eine Gruppe arbeitender Mütter, die zu einem Gewerkschaftstreffen zusammengepfercht worden waren.

Es gab nur eine Ausnahme von dieser Schwerfälligkeit. Sie kam mit der gleichen selbstbeherrschten Zurückhaltung herein, die ich im Sierra bemerkt hatte, und wählte ein Pult auf der Seite, nahe der vordersten Reihe. Ihr Haar war an diesem Morgen zu zwei Zöpfen geflochten und hing vor ihren Schultern herunter. Sie sah dadurch nur noch indianischer aus. Ihr Anblick irritierte mich ebenso wie damals in der Bar; ihre Schlankheit hatte etwas sexuell Verletzliches: Sie erinnerte mich an ein Bild, das ich irgendwo gesehen hatte, ein nacktes, kaum halbwüchsiges Mädchen zu Pferde. Ich bemühte mich, sie nicht anzusehen, während ich darauf wartete, daß es zehn Uhr werde.

Lloyd Hammond kam eine Minute vor zehn eilig herein. Ich stand auf, als er zu mir hinter den Tisch trat. Er zeigte nichts von der überschwenglichen Herzlichkeit unserer ersten Zusammenkunft. Er begrüßte mich mit einem geistesabwesenden Nicken.

„Ich bin gekommen, um die Einschreibung zu überprüfen." Er hatte einen Stapel Karteikarten in den Händen, hielt sie weit unten vor sich hin, wie ein Zauberer, der sich auf einen schwierigen Trick vorbereitet.

„Möchte bitte jemand die Tür schließen?"

Ein bärtiger junger Mann in der hinteren Reihe stieß sie mit seinem Holzfällerstiefel zu, ohne sich von seinem Pult zu erheben.

„Boyd, Walter." Hammond begann, die Namen auf den Karten aufzurufen. „Clark, Thomas."

„Yeah", antworteten die Studenten, oder „Das bin ich."

Einige nickten nur.

„Roche, Stella."

Es gab eine knisternde Bewegung, als der Name aufgerufen wurde. Sie saß mit verschränkten Beinen da, blickte geradeaus, ihre Entferntheit umhüllte sie wie eine Decke.

„Yeah." Es war das erste Mal, daß ich ihre Stimme gehört hatte; sie war von herausfordernder Direktheit. Stella Roche. Ich war froh, daß ich ihren Namen kannte.

„Zweiundzwanzig." Hammond war zur letzten seiner Karten gekommen. „Neunzehn anwesend, drei fehlen aus Krankheitsgründen. Das ist eine sehr befriedigende Anmeldung." Er wandte sich wieder der Klasse zu, wartete auf Aufmerksamkeit. „Es ist nicht notwendig, euch Martin Trask vorzustellen." Hammond tat es trotzdem. „Wenn ihr nicht seinen guten Ruf auf diesem Gebiet schon kennen würdet, hättet ihr euch nicht für seinen Kurs angemeldet. Ihr wäret heute morgen nicht hier." Er wandte sich zu mir. „Ich überlasse es Ihnen, weiterzumachen."

Also, dann, laßt uns weitermachen, beschloß ich, als die Tür hinter Hammond zuging und ich mit der Klasse allein blieb.

Es war leichter, als ich erwartet hatte. Das Tolle war, als ich über die Geschichte des Comic-Zeichnens vom Anbeginn, von den Felszeichnungen an, zu sprechen begann, daß ich mich nicht zu kümmern brauchte, ob mir jemand zuhörte oder nicht. Es war schwierig, sicher zu sein. Manche Studenten sahen mich an, als ich sprach, aber ihre Augen waren so ausdruckslos, daß sie an alles in der Welt gedacht haben mochten oder an nichts..

Ich traf auf keinen offenen Widerstand, bis ich meine Rede beendete und versuchte, eine Diskussion zu beginnen.

„Lesen Sie Comic strips?" Ich wählte einen jungen Mann mit schmalem Gesicht in einer der vordersten Reihen.

„Kann sein. Manchmal."

„Welchen mögen Sie am liebsten?"

Keine Antwort.

„Haben Sie einen Lieblings-Comic strip?"

„Nein." Ich sah das Aufblitzen von Ärger in seinen Augen. Mir fiel ein, ich könnte vielleicht den Misanthropen der Klasse erwischt haben. Ich probierte es bei einigen anderen; ihre Reaktion war die gleiche.

Also dann, laßt uns weitermachen, beschloß ich nochmals. Ich begann, über die Entwicklung der populären Presse zu sprechen, Hearst, das goldene Zeitalter des Comic strip, Krazy Kat, die Katzenjammer Kids. Ich hatte gebundene Ausgaben von diesen Strips mitgebracht: Ich las Teile davon laut vor, beschrieb die Handlung und die Figuren. Meine Studenten lümmelten auf ihren Pulten; mir zuzuhören schien sie zu beruhigen.

Um elf Uhr dreißig war eine Pause. Ich fand das Buffet und trank eine Tasse Kaffee. Es war leicht, die Fakultätsmitglieder von den Studenten zu unterscheiden; sie waren ebenso zwanglos gekleidet, aber ihre Jeans sahen sauberer aus, und sie wirkten weniger erfahren, weniger reif, mit ihren munteren Jungengesichtern.

Vierzehn meiner Studenten waren um zehn vor zwölf ins Klassenzimmer zurückgekehrt. Vielleicht hatten die anderen fünf

Transportprobleme; der junge Mann mit dem schmalen Gesicht, der aufgemuckt hatte, als er gefragt wurde, ob er Comic strips lese, gehörte zu den Abwesenden. Ich unternahm einen weiteren Versuch, die übrigen zur aktiven Teilnahme zu bringen; nach einem kurzen Vortrag über die Anatomie des Gesichtsausdrucks versuchte ich, sie zu überreden, zu lächeln, traurig auszusehen oder zornig, damit sie ihre Gesichter gegenseitig beobachten konnten. Es war hoffnungslos; sie blieben so ausdruckslos wie Steine, sie sahen nicht einmal verlegen aus. Nach ein paar Minuten gab ich auf und zeichnete eine Reihe von Ovalen an die Tafel. Als ich sie mit Augen, Brauen, Mündern verzierte, sie lächelnd, erschrocken oder zornig aussehen ließ, war ich mir Stella Roches zunehmend bewußt. Die abwesenden Studenten hatten im hinteren Teil des Raumes freie Plätze hinterlassen, die von den anderen eifrig ausgefüllt wurden; ihre Isoliertheit im vorderen Teil war jetzt deutlicher erkennbar. Jedesmal, wenn ich mich von der Tafel abwandte, sah ich sie als erste. Welches Interesse konnte sie an meinem Tun haben?

Als ich alle Ovale an der Tafel ausgefüllt hatte, war ich müde vom Stehen. Ich setzte mich und las die restliche Zeit über Dick Tracy vor. Um ein Uhr war es vorbei. Ich beobachtete, wie die Studenten sich davonmachten; sie zeigten keine Erleichterung darüber, daß sie befreit worden waren.

Ich fuhr zurück in die Pine Street. Die Lammkotelettes, die ich gekauft hatte, waren noch im Kühlschrank. Ich hatte mich nicht dazu zwingen können, sie am Wochenende zu essen; meine Einsamkeit wurde weniger beansprucht, wenn ich in die Stadt ging, um einen Hamburger in einem Restaurant zu essen. Ich nahm sie heraus und legte sie auf den Tisch; wie sie dalagen, rosig und eisig, betrügerisch verpackt, so daß das Preisschild das wächserne Fett verbarg, waren sie für mich eine Herausforderung. Die nächsten drei Monate würde ich Essen kaufen und es für niemanden außer mir zu kochen brauchen; ich würde es allein essen müssen. Ich konnte ebensogut jetzt damit anfangen.

Als ich bei Tisch saß, bedächtig das widerstrebende Fleisch kaute und schluckte, wurde mir das Gefühl der Erwartung bewußt. Erst als ich fertig war, den Teller und die Bratpfanne abwusch, erkannte ich, was ich fortwährend erwartete. Ich wartete jede Sekunde darauf, daß das Telefon klingelte; daß Ruth mich anrief und mir sagte, sie habe es sich anders überlegt; sie werde in ein paar Tagen hierherkommen. Minute um Minute dauerte die Stille an, und mein Warten auf das plötzliche Klingeln des Telefons wurde immer lebhafter, bis ich es beinahe läuten hören konnte.

Ich stand auf und ging ins Badezimmer. Ruth kannte meine Nummer nicht, sie konnte sie auch nicht über die Vermittlung bekommen; das Telefon war noch nicht auf meinen Namen eingetragen worden.

Das brachte mich wieder ein wenig zur Vernunft.

Den restlichen Nachmittag über saß ich beim Küchentisch, gab einer Idee für einen Witz, die mir eingefallen war, die erste Form. Ein Geschäftsmann, der vom Büro nach Hause kommt und an der Tür seine achtjährige Tochter trifft. „Pssst, pssst, Mutter meditiert."

Um sechs Uhr machte ich mir einen Drink, wärmte ein Paar Frankfurter und tiefgekühlte Gartenbohnen. Ich aß sie am Tisch und las ein Buch über amerikanische Indianer.

„Versuch, auszugehen und mit Leuten zusammenzukommen." Wie? Was erwartete Ruth von mir? Daß ich meine Kollegen besuchte? Ich wußte nicht, wo sie wohnten, nicht einmal ihre Namen.

Es war unmöglich, noch länger im Haus zu bleiben. Jetzt, da ich zu arbeiten aufgehört hatte, ertappte ich mich wieder beim Warten – nicht darauf, daß das Telefon klingelte; nicht einmal darauf, daß es Zeit zum Zubettgehen war – auf nichts, das ich definieren konnte.

Brian stand im Sierra an der Mitte der Bar; ich war froh, ihn zu sehen, er ließ sich von mir ein Coors spendieren.

„Wie viele haben Sie bekommen?"

„Neunzehn."

„Wie viele haben sich eingeschrieben?"

„Zweiundzwanzig."

„Und neunzehn sind gekommen. Das ist eine Art Rekord."

„Nur vierzehn kamen nach der Pause wieder."

„Die müssen Sie mögen." Er stellte die leere Flasche auf die Theke. „Sie haben soeben dem städtischen College von Saraville vierhundert Mäuse eingebracht."

Das hatte ich mir bereits selbst ausgerechnet. „Meinen Sie, die würden etwas davon für Ausrüstung ausgeben?"

„Was zum Teufel brauchen Sie, um paraprofessionelle Kunst zu unterrichten?"

„Einen Projektor." Mit einem Kontrastprojektor würde ich Dick Tracy nicht laut vorlesen müssen.

„Fragen Sie Goody."

„Wird sie lang genug mit dem Reden aufhören, um zuzuhören?"

„Nein." Er lächelte sein asymmetrisches Lächeln. „Aber sie wird Sie sowieso hören. Wenn sie Lust hat, könnte sie Ihnen sogar besorgen, was Sie wollen."

Er ließ sich von mir auf einen weiteren Drink einladen; es gab noch etwas, das ich ihn fragen wollte.

„Sie müssen mittlerweile schon eine Menge Freunde hier haben."

„Die Jungen fraternisieren sich nicht gern mit den Lehrern."

„Wie steht's mit den anderen Fakultätsmitgliedern?"

„Die bleiben auch unter sich."

„Sie sind einer von ihnen, oder?"

„Ich bin nicht im Club. Ich bin bloß ein Teilzeit-Ersatzlehrer. Ich habe keine fixe Anstellung. Und dazu kommt, sie werden verdammt gut dafür sorgen, daß ich keine bekomme." Er drehte die Bierflasche in seiner riesigen Hand, untersuchte das Etikett, als ob er es nie zuvor gesehen hätte. „Die mögen Leute wie uns nicht. Wir sind so eine Art Bedrohung für die. Scheißamateure. Teufel, die haben sich von Anfang an vorgenommen, College-Professoren zu sein. Sie schuften sich ab, bis sie ihre Verträge haben. Die finden nicht, daß wir ein Recht dazu haben, überhaupt zu unterrichten."

Diese knabenhaften jungen Männer im Buffet; sie hatten vermutlich an meiner künstlichen Hand erkannt, wer ich war; es hatte keine „Howdies", kein Willkommen in Saraville von ihnen gegeben.

„Es ist komisch." Brian hatte aufgehört, die Bierflasche anzustarren; er sah mich an. „Als ich in Berkeley war, waren Sie für mich damals ein großer Mann. Viele von uns haben damals Ihren Strip gelesen. Dieser Mexikaner, *Miguel,* bedeutete uns etwas, so eine Art, die Dinge ohne Tricks zu betrachten. Und nun sind Sie hier, Martin Trask persönlich, in dem gleichen Scheißloch wie ich."

„Tja." Er hatte recht. Für ihn war es komisch. Vielleicht für jeden außer mir. Wenige Minuten später spazierte er davon, um Billard zu spielen. Ich war froh, allein zu sein. Ich saß da und beobachtete die Kugeln, wie sie über den Tisch rollten. Um zehn Uhr fuhr ich nach Hause.

War ich für immer in dem Loch hängengeblieben? Würde ich jemals wieder als Comic-Zeichner gut genug sein, um eine Karriere zu starten? Bevor ich zu Bett ging, beschloß ich, mir die Zeichnung anzusehen, an der ich am Nachmittag gearbeitet hatte. Der erste Blick darauf verblüffte mich; einen Moment lang schien etwas daran verändert. Dann erkannte ich, daß mir vorher, nachdem ich die gleichen Linien immer wieder überarbeitet hatte, die Fähigkeit abhanden gekommen war, zu beurteilen, ja auch nur klar zu sehen, was ich gemacht hatte.

Der Ausdruck leichter Irritiertheit auf dem Gesicht des Geschäftsmannes, als er seiner kleinen Tochter gegenüberstand, war genau richtig.

16

Bis zur Mitte der folgenden Woche hatte sich bei meinen Vorlesungen Routine herausgebildet.

Als ich Jean Goodwell sagte, ich wolle einen Projektor, kam sie mir dafür mit einer Story von ihrer Cousine in Sacramento, die Ronald Reagan gekannt hatte. Am nächsten Tag fand ich genau jenes Instrument, das ich brauchte, in meinem Klassenzimmer auf mich wartend vor. Danach konnte ich Bilder von Comic strips auf eine Leinwand projizieren, und jene, die Lust dazu hatten, ließ ich sie in ihren Skizzenblöcken abzeichnen. Anfangs versuchte ich zu helfen, ging herum, machte Vorschläge, zeigte den Studenten, was sie falsch gemacht hatten; das nahmen sie übel, so wie sie meine Fragen übelgenommen hatten. Ich begann statt dessen mit der Praxis, ihre Skizzenhefte am Ende jeder Vorlesung einzusammeln, sie mit nach Hause zu nehmen, um sie zu korrigieren und zu kommentieren. Es klappte viel besser; sie entfalteten ein dankbares Interesse an allem, was ich neben ihre Zeichnungen schrieb, lasen meine Kommentare immer wieder, zeigten sie einander. Jene, die keinen Hang zum Zeichnen hatten, forderte ich auf, ihre eigenen Comic-Hefte zu den Vorlesungen zu bringen; sie saßen an ihren Pulten und lasen sie. Gelegentlich drehte ich den Projektor ab und hielt einen kurzen Vortrag über irgendeinen Aspekt des Comic-Zeichnens; der Aspekt, der sie am meisten interessierte, war die geschäftliche Seite. Sie befragten mich darüber; sie wollten etwas über Agenten wissen, Veröffentlichungsrechte, Tantiemen; sie wollten wissen, wieviel ich an *Miguel* verdient hatte, wieviel Al Capp an *Li'l Abner* verdiente. Es gab einen Studenten namens Pulham, ein zu klein geratener junger Mann, der *wußte,* daß man mit Pornographie Geld machen konnte; er saß stundenlang da und produzierte Zeichnungen von Paaren, die in zahlreichen Positionen kopulierten. Das Auffallende an seinen Bemühungen war, daß sie nichts mit Erotik zu tun hatten. Er lernte nach einiger Zeit, wie man ein Bein, eine Brust, einen Penis zeichnet, so daß sie erkennbar waren; sie blieben so leblos wie die Teile einer Maschine.

Die Zahl der Studenten meiner Klasse variierte mit dem Wetter; an trüben, aber trockenen Tagen waren es bis zu fünfzehn; an sonnigen oder regnerischen Tagen nur sieben. Ich führte keine Anwesenheitslisten; Lloyd Hammond fragte mich nie danach. Stella

Roche kam pünktlich zweimal die Woche, montags und donnerstags. An diesen Tagen freute ich mich beim Aufwachen darauf, sie zu sehen; der Anblick, wie sie über ihrem Skizzenblock saß, erregte mich. Wie absurd es mir auch mit sechsundvierzig vorkommen mochte, für mich besaß sie ein körperliches Geheimnis, das mich daran erinnerte, was ich in der High School bei Mädchen empfunden hatte, in dem Alter, in dem ich ständig versuchte, sie in Gedanken auszuziehen. Äußerlich konnte ich keinen Kontakt zu ihr anknüpfen; wenn sie mich ansah, war in ihren Augen keine Erwiderung auf meine Blicke. Sie sprach nie, außer wenn sie eine Frage beantwortete, und dann war es nur ein herausforderndes Ja oder Nein. Ihre Zeichnungen faszinierten mich; sie erinnerten mich an die von Sophie. Sie zeichnete wie ein Kind, mit der gleichen großzügigen Mißachtung der Proportionen, dem inneren Selbstvertrauen, daß ihre erbsenköpfigen Riesen oder ballonköpfigen Zwerge die Essenz ihrer eigenen, drängenden Vision waren.

Ich zwängte mein Leben außerhalb des Unterrichts auch in eine Routine; ich saß jeden Nachmittag drei oder vier Stunden lang in der Küche, korrigierte die Skizzenblöcke der Studenten und arbeitete danach an meinen eigenen Zeichnungen. Langsam, hartnäckig, machte ich Fortschritte mit der linken Hand, die Linien wurden flüssiger und ausdrucksvoller. Neben der „Mutter meditiert“-Karikatur machte ich ein halbes Dutzend, die mir gut genug schienen, um sie einem Agenten, einem Freund von Charlie Ryder, zu schikken. Ich hatte nicht viel Zuversicht, daß er sie verkaufen konnte; ich hoffte, er würde sie wenigstens vielversprechend genug finden, um mich als Kunden anzunehmen.

Nach der Arbeit spazierte ich für gewöhnlich hinauf in den Wald, bevor ich mich dazu zwang, das zu kochen und zu essen, was ich mich gerade gezwungen hatte, zum Abendessen einzukaufen. An den meisten Abenden fuhr ich hinunter zum Sierra, saß da und beobachtete die Kugeln auf dem Billardtisch, bis ich müde genug war, um nach Hause und schlafen zu gehen.

Die ganze Zeit hatte ich das Gefühl, auf etwas zu warten; die Empfindung von freudloser Erwartung überwältigte mich jeden Tag ein dutzendmal. Es war nicht speziell Weihnachten, Ruth und Sophie, worauf ich wartete. Ich hatte einfach absichtlich mein Bewußtsein der Gegenwart blockiert; nur in diesem Zustand, abgestumpft und abwesend, während ich eher auf das Ende des „Jetzt“ als auf den Anfang irgendeines „Dann“ wartete, konnte ich die Leere meines Alltagslebens ertragen: das Zölibat, das wie ein physischer Verlust war; das Verlangen nach gebotener und erwiderter Zärtlichkeit, nach jener emotionalen Sicherheit und Zuneigung, die ich in meiner Familie gefunden hatte. Zum ersten Mal seit über zehn Jahren hatte ich niemanden, den ich an mir teilhaben lassen konnte. Allein war ich nicht mehr vollkommen lebendig.

Eines Nachmittags gegen Ende meines ersten Monats in Saraville arbeitete ich gerade in der Küche, als ich draußen auf der Holztreppe Schritte hörte. Ich stand nicht auf; ich dachte, es sei vermutlich Brian, niemand sonst war jemals ins Haus gekommen. Der Klang der Türglocke überraschte mich; Brian klopfte immer und kam sofort herein. Ich ging zur Tür und schob den schäbigen Vorhang beiseite, der die Glasscheibe verdeckte.

Stella Roche stand auf der Veranda.

Ich hantierte am Knauf herum; ich brauchte einen Augenblick, um mich zu erinnern, in welche Richtung ich ihn drehen mußte.

„Tag."

„Hallo." Ich war ihrer Nachlässigkeit nicht gewachsen. „Kommen Sie herein." Ich trat auf die Veranda und hielt die Fliegengittertür für sie auf; sie schlüpfte an mir vorbei ins Haus.

Ich folgte ihr in die Küche; sie stand neben dem Küchentisch und reichte mir ihr Skizzenheft. „Ich dachte, Sie wollten das vielleicht wiederhaben." Sie lächelte, als teilte sie irgendeinen intimen Scherz mit mir.

„Sicher, ich würde es gern sehen." Ich öffnete es wahllos, eine Seite mit *Orphan Annies,* mit Spinnenbeinen und Stäbchenfingern. „Haben Sie das jetzt gemacht?"

„Nein. In Ihrer Vorlesung. Die haben Sie schon alle gesehen."

„Oh." Was wollte sie hier? Ich dachte daran, sie zu bitten, sich zu setzen; sie war bereits auf einen der Hocker am Küchentisch gerutscht. „Möchten Sie was zu trinken oder so? Kaffee?"

„Haben Sie ein Coors?"

Im Kühlschrank waren ein paar Dosen; ich sah mich nach einem sauberen Glas um.

„Ich mag es aus der Dose."

Man mußte an einem Ring ziehen, um sie zu öffnen; ich war bereits geschickt genug, um einfache Dinge dieser Art zu tun, ohne zu denken. Als Stella Roche mich beobachtete, war ich zu befangen, um irgend etwas automatisch zu tun. Ich reichte ihr die ungeöffnete Dose.

Sie trank wie Brian, warf ihren Kopf nach hinten. Es war leichter, sie mit dem Tisch zwischen uns zu betrachten, der ihre Beine verbarg. Wenn ich an sie dachte, war das zierliche Zusammentreffen ihrer Oberschenkel immer Mittelpunkt meiner Vorstellung.

Sie setzte die Dose ab und schüttelte sie, um sicherzugehen, daß sie leer war, bevor sie sie abstellte.

„Meinen Sie, daß ich jemals Comic-Zeichnerin werden könnte?"

„Schon möglich."

„Ja?" Wieder ein Lächeln; es war wie ein Zwinkern. „Ich zeichne doch miserabel, nicht?"

„Nein." Ich wollte ihr sagen, in ihren Zeichnungen sei eine Unschuld, die kostbar und reizend war; aber nur der Stella Roche meiner Phantasie konnte ich solche Dinge sagen.

„Von allen Kursen, die ich besucht habe, war ich nur in einem einzigen gut, in Buchhaltung. Wer möchte schon Buchhalter sein?"

„Was möchten Sie sein?"

„Alles beschissen."

„Immer?"

„Ich schätze, deswegen hab' ich mir diesen Platz ausgesucht. Man braucht hier überhaupt nichts zu wollen."

„Sie können doch nicht Ihr ganzes Leben lang Vorlesungen belegen, oder?" Ich gab ihr noch eine Dose Bier und mixte mir einen Drink.

„Ich will mein ganzes Leben lang überhaupt nichts tun."

„Ich weiß. Das wollen sie im Grunde alle nicht."

„Pferde mag ich gern."

„Sie meinen reiten?"

„Ich schätze, Sie wissen schon alles über mich, oder?"

„Nein."

„Ich hab' Sie mit Brian gesehen. Hat er Ihnen nicht von diesem Cowboy erzählt?" Sie öffnete die Dose und trank. „Eins, möcht' ich wetten, hat er nicht erzählt. Dieser Cowboy war ein miserabler Billardspieler. Hat er Ihnen das erzählt?"

„Nein."

„Ich wollte mich nicht von Brian bumsen lassen. Das wäre schlimmer, als es mit diesem verrückten Pulham zu treiben. Ich steh nicht auf diesen Scheiß."

„Welchen Scheiß?"

„Diese ganzen großen Schwänze, die der immer wieder zeichnet."

„Er meint, da ist Geld drin."

„Yeah? Das ist seine Story." Sie trank wieder. „An diesem Abend, als ich mit Brian Billard spielte, zog er immer seine Hosen hoch, um mir zu zeigen, wie groß sein Ding war. Der hat sich nicht mal meinen Arsch angesehen. Wenn ein Typ ganz auf sich selber abgefahren ist, warum wichst er dann nicht?"

Obwohl alles, was sie sagte, auf ihre Weise vernünftig war,

konnte ich mich des Gedankens nicht erwehren, ob sie nicht wirklich verrückt war. Ich nippte an meinem Glas, wartete darauf, daß sie fortfuhr.

„Zumindest weiß ich bei Ihnen, daß Sie an meinen Arsch denken. Nicht an Ihren eigenen Schwanz." Sie lächelte, während sie den Reißverschluß ihrer Windjacke öffnete. Sie zog sie über den Kopf, ihr Gesicht tauchte stirnrunzelnd wieder auf; einer ihrer langen schwarzen Zöpfe hatte sich im Reißverschluß verfangen. Sie brauchte eine Minute, um ihn zu befreien.

„Ich mach's gern im Bett. O. k.?"

Sie *war* verrückt. Ich wollte es ihr sagen; ich wollte sie dazu bringen, einen Augenblick lang stillzuhalten und vom Anfang an zu erklären, warum sie gekommen war, was zum Teufel das alles bedeutete. Sie hatte sich bereits auf den Weg zum hinteren Teil des Hauses gemacht. Ich folgte ihr ins Doppelzimmer, das ich beschlossen hatte, nicht zu benutzen, bis Ruth kam. Sie trug einen lockeren Pullover, den sie auch auszog; sogar bevor sie noch ihr Jeanshemd öffnete, konnte ich sehen, daß sie erstaunlich große Brüste hatte.

„Großer Busen." Sie schob ihren BH herunter und zeigte ihn mir, bedauernd, ohne Stolz. „Wenn Typen wissen, du hast einen großen Busen wie ich, dann grapschen sie immer danach. Deswegen trag' ich diese Windjacke."

Sie faltete das Jeanshemd über einem Stuhl zusammen. Als sie niederkniete, um ihre Turnschuhe aufzuknüpfen, hoben sich ihre Brüste und schwangen sanft gegen ihr Gesicht, als würden sie durch Wasser hindurch auftauchen. Sie schob sie ungeduldig aus dem Weg, ihre Ungeduld rührte mich; die Jungen hatten vermutlich nach diesem Busen gegrapscht, seit sie zwölf Jahre alt war.

Ihre Jeans und Höschen wurden gemeinsam ausgezogen; sie behielt ihre Socken an; ich beobachtete sie, wie sie auf Händen und Knien über das Bett kroch; in dieser Position war ihr Hintern absurd klein. Sein Weiß ließ ihn gegen die Bräune ihrer Beine und ihres Rückens wie abgeschält aussehen.

„Wo sind die Bettücher?"

„Ich habe dieses Zimmer nicht benützt."

„Wenigstens hast du Decken." Sie zog sie hoch und krabbelte darunter.

Sie lag auf dem Rücken und wartete auf mich.

Ich zog mein Hemd aus, und als ich dann an meinem Gürtel zog, bemerkte ich, daß sie die glatte, rosige Hülle auf meinem Unterarm betrachtete.

„Das solltest du lieber auch ausziehen."

Sie hatte recht; es wäre obszön, sie mit diesen leblosen Fingern zu berühren. Ich legte den Gurt ab und schlüpfte aus der Hülle; der Stumpf meines Handgelenks stand plötzlich ab wie ein übler Scherz. Ich versuchte, ihn nicht vor ihr zu verbergen, als ich um das Bett herumging und auf der anderen Seite hineinkletterte, so daß ich sie mit meiner linken Hand erreichen konnte.

Ich berührte nicht ihre Brüste; ich streichelte ihre Hüfte, ihren kühlen, flachen Bauch. Ihre Haut war schön, glänzend wie Bernstein, aber sie erweckte kein Verlangen in mir; ich war zu verwirrt, um etwas anderes zu empfinden als Unsicherheit. Sie war nicht das Mädchen, das ich in meinen Phantasien ausgezogen hatte; es bestand keine Verbindung zwischen der erotischen Verheißung jener imaginären Wehrlosigkeit und dieser wartenden Unbekannten. Ich wartete nicht einmal darauf, daß irgend etwas passierte; ich wußte, daß letztlich ein Augenblick kommen würde, in dem ich das erkannte. Der Augenblick würde beschämend sein, ein rasches, wortloses Akzeptieren würde ihm folgen, wenn wir uns beide wieder anzogen. Ich küßte sie auf die Wange; ich fuhr fort, ihre Hüfte zu streicheln.

Sie packte mein Handgelenk; ich dachte, sie wollte, daß ich meine Hand zurückziehe: Sie drängte sie nach unten, zwischen ihre Schenkel. Dort packte ich sie, eine Handvoll Haare und Schleimhäute; ich reagierte sofort darauf mit einer unbekümmerten Spontaneität, die ein neues und verblüffendes Erlebnis für mich war. Wenn ich mit Ruth schlief, war es immer sie als Ganzes, die ich wollte, die totale weibliche Mischung aus nicht unterscheidbaren Dingen; Ruth als Ganzes: konkret und persönlich; ganz und gar; gleichzeitig. Bei Stella war ich mir nicht eines Ganzen bewußt; ich kümmerte mich nicht um den Rest ihres Körpers; ich wollte nur diesen einen Teil davon. Ich wollte ihn mit einer zielstrebigen Intensität, die mehrere Minuten lang unersättlich zu sein schien.

Sie war überraschend passiv. Ich hatte mehr oder weniger eine gierige Offenheit erwartet; sie unterwarf sich ohne Widerstand, aber auch ohne Leidenschaft. Einmal reagierte sie doch laut. „Mach weiter, mach weiter", drängte sie mich. „Halte es nicht zurück."

Ich hielt es nicht zurück. Ich konnte nicht.

Erschöpft und atemlos empfand ich ein klein wenig Schuldgefühl. Ich behielt sie in meinem Arm, drückte meine linke Hand gegen ihren Rücken. Es war, als ob ich Sophie umarmte, nachdem sie gefallen war und sich weh getan hatte; ich hatte das gleiche Verlangen, sie mit Beruhigung aus einer in mir angespeicherten Zärtlichkeit zu versorgen.

„O. k.?“ Sie setzte sich auf und beugte sich über mich; ihre Brust berührte mein Gesicht – sie lächelte, mit sich selbst zufrieden.

Ich küßte ihre Schulter. Sie schlüpfte aus dem Bett und zog ihr Hemd an; ich folgte ihr, und bevor sie ihre Jeans auflesen konnte, hob ich ihr Hemd vorne bis zu ihrer Taille hoch. Noch während ich nach dem weichen Jeansstoff griff und ihn hochzog, staunte ich über mich; es schien eine Trennung zwischen dem sofort befolgten Impuls und dem zu geben, was ich immer für mein eigenes rationales Bewußtsein gehalten hatte. Ich blickte auf ihre Möse. Ich betrachtete sie, als ob sie eine dringende Bedeutung für mich hätte.

Sie war vor mir angezogen. „O. k., wenn ich mir noch ein Coors hole?“

Ich bat sie, sich zu bedienen, froh, ein paar Minuten allein zu sein; ich brauchte Zeit, um genauer über sie nachzudenken. Nichts an ihrem Verhalten ergab in meinen Augen irgendeinen Sinn. Es genügte nicht als Erklärung, daß ich für sie, ebenso wie dieser Cowboy, der ein miserabler Billardspieler war, so anziehend war, daß sie mit mir ins Bett gehen wollte. Es erklärte nicht ihre Komplizenschaft. Von dem Augenblick an, als sie hereinkam, verhielt sie sich, als ob es ein stillschweigendes Einverständnis zwischen uns gäbe. Als ich meine Hand einpaßte und den Gurt anlegte, begriff ich, daß mir die Erklärung ihres Verhaltens egal war; ich war belustigt, in meiner Belustigung war etwas Neues. Zum ersten Mal in Saraville war mir bewußt, daß ich glücklich war.

Ich war immer noch glücklich, nachdem Stella fort war.

„Möchtest du, daß ich irgendwann wiederkomme?“ fragte sie, als ich mit ihr an der Tür stand.

„Morgen?“

„O. k.“

Ich beobachtete, wie sie die Holztreppe hinunterhüpfte; beobachtete sie, bis sie auf der Straße außer Sicht war.

Ihr Skizzenblock lag auf dem Tisch. Ich begann, ihn durchzublättern; diese kindlichen Zeichnungen hatten jetzt einen neuen Zauber für mich. Sie waren schwer mit der Art, in der sie redete, in Einklang zu bringen; aber nicht unmöglich; sogar wenn sie Brian vorwarf, von seinem eigenen Schwanz besessen zu sein, lag eine gewisse Unschuld in ihrer Direktheit.

Manchmal sieht man die Dinge nur mit den eigenen Augen. Ich mußte die Zeichnung mehrere Sekunden lang betrachtet haben, bevor sie irgendeinen Eindruck auf mich machte. Später, als ich daran dachte, erschien mir diese verzögerte Wahrnehmung bezeichnend. Vielleicht erwartete ich so halb und halb, was ich sah.

Die Zeichnung war so unterschiedlich von den anderen in dem Zeichenblock wie Worte von Geräusch. Ein Mädchen, ein lobenswert ähnliches Ebenbild von Stella, saß nackt, mit gespreizten Beinen, auf einem Stuhl. Miguel, ebenfalls nackt, kniete vor ihr. Er berührte sie nicht; er starrte sie mit einer Bewunderung an, die an Vergötterung grenzte.

Es war nicht Stellas Werk. Es war eine gekonnte, absolut professionelle Zeichnung, so gut wie alles andere, was ich je gemacht hatte. Es bestand kein Zweifel, daß sie von mir war. Ich hatte meinen Namen darauf geschrieben.

Ich betrachtete die Unterschrift mit dem gleichen widerstrebenden Begreifen, mit dem ich die Zeichnung betrachtet hatte. Sie schien mir gleichzeitig vertraut und fremd, wie ein Brief, der vor langer Zeit abgeschickt worden war.

Das war nicht die Art, wie ich meine Unterschrift jetzt machte. Es war die Art, wie ich vor dem Unfall signiert hatte.

17

An diesem Abend war ich zeitig im Sierra. Eine langsame Stunde verging, ehe Brian hereinkam.

Ich versuchte, ihn so beiläufig wie üblich zu begrüßen. Wir saßen nebeneinander, mit dem Rücken zur Bar, beobachteten zwei Frauen in Lockenwicklern, die sich über den Billardtisch streckten und nach der Billardkugel stachen, als hätten sie Angst, sie würde auf sie losgehen. Sie warteten vermutlich nur darauf, daß ihre Wäsche trockengeschleudert wurde. Ich war nicht sicher, worauf ich wartete; ich hatte geübt, was ich Brian fragen wollte, seitdem ich meine Unterschrift auf der Zeichnung in Stellas Skizzenblock gesehen hatte.

„Sie haben Ihren Magistertitel in Psychologie gemacht, nicht wahr?“ begann ich schließlich.

„Bloß das Bakkalaureat.“

„Wissen Sie irgend etwas über Gedächtnisschwund?“

„Welche Art von Gedächtnisschwund?“

Die Antwort darauf war eine von denen, die ich eingeübt hatte. „Ich hab’ in der Zeitung von einer Frau gelesen. Sie entdeckte oft plötzlich, daß sie irgendwas getan hatte, die Vorhänge in die Wäscherei geschickt, einen Brief geschrieben, und sie konnte sich überhaupt nicht daran erinnern.“

„Irgendwer meint, sie leidet an Gedächtnisschwund?“

„Ja.“

„Das war alles, was sie tat?“

„Meinen Sie nicht, daß es möglich ist?“

„Alles ist möglich. Besonders in der Psychologie.“ Sein Pionierbart sollte einmal gestutzt werden. „Sie werden es nicht glauben, aber in einer meiner Vorlesungen in Berkeley war ein Junge, der einen Orgasmus dadurch kriegen konnte, daß er an seinem Ohrläppchen zog. Der saß da, sein Schwanz explodierte fast durch die Hosen.“

„Ihr passierten verschiedene Dinge. Sie bekam Briefe beantwortet, von denen sie nicht wußte, daß sie sie geschrieben hatte.“

„Warum machen Sie sich so viel daraus?“

„Es hat mich interessiert.“

„Haben Sie Gedächtnisschwund?“ Er legte mit gekünstelter Sorge die Hand auf meine Schulter.

„Die ganze Zeit.“ Ich gab vor, auf den Witz einzusteigen. „Im Unterricht weiß ich nicht, was ich sage, und nachher habe ich nicht die leiseste Idee, was ich gesagt habe.“

„Jemals versucht, an Ihrem Ohrläppchen zu ziehen?“

„Was könnte eine solche Sache auslösen? Sie war eine ganz normale Frau. Verheiratet. Zwei Kinder.“

Er machte dem Barmann ein Zeichen, daß er ein weiteres Bier wolle. „Trauma. Schock irgendwelcher Art könnte es verursachen. Man erlebt den gleichen Gedächtnisverlust-Effekt bei Gehirnerschütterung. Ein Hockeyspieler erhält einen Schlag auf den Kopf. Er geht in den Umkleideraum, duscht sich, zieht sich um, ißt einen Hamburger, und dann findet er sich plötzlich beim Nachhausefahren wieder, und er kann sich nicht dran erinnern, das Spiel verlassen zu haben.“

Wenn ich Gehirnerschütterung gehabt hätte, wäre das in den Untersuchungen aufgetaucht, die sie unmittelbar nach dem Unfall gemacht hatten.

„Was für ein Trauma?“

Er hob sein Bier von der Theke, ohne sich von mir abzuwenden er sah auf meine rechte Hand. „So eine Sache könnte es auslösen.“

„Sie hatte nichts dieser Art.“

„Sind Sie immer noch bei dieser Frau in der Zeitung?“

„Ja.“

„Sind Sie sicher?“

„Ganz sicher.“ Ich lächelte, überlegte, ob er wußte, wie unsympathisch er mir in diesem Augenblick war.

Er erwiderte das Lächeln nicht; diesmal sah die Sorge in seinen Augen echt aus. „Was haben Sie in Momenten dieses Gedächtnisschwunds getan?"

„Gezeichnet. Ich fand ein paar Skizzen, die ich gemacht hatte, und ich erinnere mich nicht daran, sie gemacht zu haben."

„Waren sie obszön?"

„Nein." Sein schneller Stimmungswechsel zurück zur Spöttelei brachte mich in Wut. „Können Sie nie an was anderes als ans Bumsen denken?"

„O. k., o. k., was für Zeichnungen waren es?"

„Eine davon war eine Karikatur, an der ich gearbeitet hatte. Ich könnte sie nicht richtig hinkriegen. Und als ich sie dann das nächste Mal ansah, war die Zeichnung fertig und ich hatte sie gut hingekriegt."

„Warum unterdrücken Sie es?"

„Es ist irgendwie irre."

„Sie meinen, Sie haben Angst?"

„Nein." Seit ich auf die Erklärungen dieser Zeichnungen gekommen war, hatte ich mich beruhigt gefühlt. „Es gab nichts, wovor ich Angst zu haben brauchte. Ich war nur müde, versuchte, die Karikatur fertigzuzeichnen, und so eine Art automatischer Führer übernahm das. Was mich dabei interessierte ..." Ich dachte an diese Signatur. „Es war wie die Arbeit, die ich vor dem Unfall machte. Absichtlich, bewußt, könnte ich jetzt mit meiner linken Hand nichts so Gutes zuammenbringen."

„Man weiß nie, was man anrichten kann."

„Wie?"

„Wir machten in Berkeley ein paar Experimente. Typen unter Hypnose. Eine Versuchsperson konnte fließend Deutsch sprechen. Seine Großeltern sprachen Deutsch, als er ein Kind war, und das Ganze war irgendwie noch da. Im Normalzustand konnte er kein Wort Deutsch."

Es war die Bestätigung, die ich wollte. Mein Wissen darüber, mit meinem Namen so zu signieren, wie ich es mit meiner rechten Hand getan hatte, war noch da. Ich hatte die automatische Verbindung zwischen meinem Gehirn und meinen Fingern verloren, die den Akt des Schreibens oder Zeichnens vorher so spontan gemacht hatte. Wenn mein Bewußtsein abgeschaltet war, entdeckte ich diese Verbindung wieder.

„Ich hätte eine Scheißangst, wenn ich Sie wäre."

„Warum?"

„Mit Gedächtnisschwund kann man nicht spielen."

„Es war nur wenige Minuten lang, und ich habe nichts anderes gemacht, als eine Zeichnung fertiggestellt." Zwei Zeichnungen. Zu verschiedenen Zeiten.

„Woher wissen Sie, daß Sie nur das getan haben? Sie können nächstes Mal so ziemlich alles tun."

Ich hatte versucht, zu glauben, daß es Sophie war, die David Maddows Arbeit beschädigt hatte. Viel wahrscheinlicher hatte ich selbst es getan, hatte der Gedächtnisschwund vor so langer Zeit angefangen. Es war sogar gut möglich, daß ich mein eigenes Atelier in Brand gesteckt hatte. Ein sehr langsamer Zündstoff, hatte dieser Versicherungsmann, Best, gesagt. Ich hatte eine Menge über Zündstoff gewußt, als ich zehn Jahre alt war und mit meinem Vater Feuerwerke abbrannte.

„Ich würde nichts tun, was ich nicht tun wollte."

„Woher wissen Sie, was Sie wollen?"

„Worauf wollen Sie hinaus?"

„Nicht nur das Wissen baut sich im Unterbewußten auf. Alles, was Sie jemals gedacht haben, ist immer noch da, Ihre ganzen Halbwüchsigenphantasien und -begierden."

„Sie meinen, ich könnte das Gedächtnis verlieren und jemanden vergewaltigen?" Ich kannte mich dazu viel zu gut.

„Sie können alles tun, was Sie jemals tun wollten – wenn auch nur eine Sekunde lang."

Es war mir ziemlich bewußt gewesen, daß ich Stella wollte; ich war wochenlang von ihrer Sexualität gelinde gesagt besessen gewesen. Die Rolle, die mein Unbewußtes gespielt hatte, war, sie zu verstehen, zu versuchen, was sie über Männer und über sich selbst dachte. „Wenigstens weiß ich, es ist mein Arsch, an den *du* denkst, nicht dein eigener Schwanz." Diese Zeichnung war der perfekte, direkte Weg gewesen, um ihr das mitzuteilen. Wann hatte ich sie gemacht? Vermutlich eines Abends, nachdem ich vom Sierra nach Hause fuhr. Ich war in die Küche gegangen und hatte ihren Skizzenblock auf dem Tisch gesehen, dann plötzlich, ohne zu denken, setzte ich mich nieder und zeichnete sie nackt, wie sie ihre Möse dem bewundernden Miguel zeigte. Bis ich ihr den Skizzenblock am nächsten Tag zurückgab, hatte ich jede Erinnerung an diese Tat verloren. Ich fand diese Erklärung immer noch beruhigend.

„In Berkeley gab es ein Mädchen . . ." Brians Finger, die am Markenschild seiner Bierflasche zupften, sahen so geschwollen und übertrieben aus, wie etwas, das man im Zerrspiegel anschaut. „Ich war total scharf auf sie. Aber ich war mir sicher, ich würd's nie schaffen. Sie war eine der ersten Aktivistinnen in der Protestszene.

Ich dachte immer an sie. Ich schätze, ich glaubte, daß ich in sie verliebt war. Wie sich dann herausstellte, war es leicht. Ich fragte sie ganz einfach. Wir schliefen monatelang miteinander. Das Komische war, ich bumste nie so gern mit ihr. Im Bett war sie eine beschissene Turnlehrerin. Tu dies. Tu das. Auch außerhalb vom Bett. Sie war eine kastrierte Hure, wenn Sie's wissen wollen. Die brauchte nichts anderes als einen Schwanz, der in ihre Scheide paßte." Er hatte fast das ganze Markenschild von der Bierflasche heruntergezupft. „Ich träume immer noch von diesem Mädchen. Regelmäßig wiederkehrende Träume. Und ich bin immer ganz am Anfang und habe Angst, sie werde sich nie von mir bumsen lassen. Das ist die Geschichte mit dem Unbewußten, es verändert sich nicht. Die Dinge, die wir tun, verändern es nicht. Es sortiert sich nicht aus. Es wächst einfach, Schicht für Schicht. Also, seien Sie lieber vorsichtig."

„Warum?"

„Ich sag es Ihnen doch, um Himmels willen. Sie wissen nicht, was Sie anrichten können, wenn Sie Gedächtnisschwund haben. Alles, was Sie jemals eine Sekunde lang tun wollten."

Ich glaubte ihm nicht. Ich dachte an Stella. Ihr Eintreten in mein Leben hatte ich in meinem einsamen Zölibat am meisten gewollt und gebraucht. Ich konnte diesem unbewußten Prozeß, was immer es auch war, der sie an jenem Nachmittag zu meiner Türe, in mein Bett gebracht hatte, nur dankbar sein.

18

Stella kam fast jeden Nachmittag in mein Haus. Ihre Gegenwart hier wurde ein Teil meiner Existenz und verwandelte sie völlig. Ich starrte nicht mehr aus einem lautlosen Raum nach draußen, abgeschnitten von allem, außer von meinen eigenen Wahrnehmungen. Ich verlor dieses schmerzhafte Gefühl der Einsamkeit.

Sie war erstaunlich häuslich: Sie kochte für mich; wir räumten alle Zimmer im Haus gemeinsam auf; sie half mir, das Wohnzimmer mit bunten Teppichen und einigen Plakaten im *Art-Nouveau*-Stil aufzuhellen, die ich in der Stadt fand und die sie für mich auf Hartfaserplatten anbrachte.

Sie machte gern Dinge mit den Händen. Sie hatte in New Mexico gelernt, Leder zu bearbeiten, und sie verbrachte Stunden damit, Geldtaschen und Gürtel zu stanzen und zu nähen, die ein Laden in

Santa Fé gelegentlich für sie verkaufte. Wir saßen immer beim Küchentisch, sprachen kaum, während sie mit dem Messer, das eine dünne Klinge hatte, peinlich genau das Leder schnitt und zurechtstutzte, und ich mit meinen Karikaturen beschäftigt war. Sie interessierte sich für meine Arbeit; ich zeigte ihr die Zeichnungen, an denen ich gerade arbeitete. Sie sagte mir ehrlich, ob sie sie lustig fand. Ihre Urteile waren völlig persönlich; ihr fehlte die Vorstellungskraft, irgend etwas anders zu sehen als mit Bezug auf sich selbst. Ich akzeptierte das bei ihr, so wie ich alles andere akzeptierte, weil ich von Anfang an erkannte, daß Kritik oder alle Vorbehalte gegen Stella den Genuß und das Glück zerstören würden, das sie mir schenkte.

Sie hing sentimental an Souvenirs: Sie bat mich, ihr die Zeichnung zu geben, die ich von ihr zusammen mit Miguel gemacht hatte; sie verpackte sie sorgfältig und nahm sie mit nach Hause. Trotz ihrer ganzen impulsiven Bereitwilligkeit, mit mir zu schlafen, war ihr sexueller Geschmack engstirnig und bürgerlich; sie machte es gern im Bett auf dem Rücken liegend, kein Cunnilingus, keine Fellatio, keine Tricks, nichts Ausgefallenes. Sie war bescheiden. Sie zog sich im hinteren Schlafzimmer jedesmal splitternackt aus, wenn ich es vorschlug, aber sie saß nie so im Haus herum.

Wir saßen am Küchentisch, Lederreste und halbfertige Zeichnungen zwischen uns verstreut, und dann kam mir plötzlich zu Bewußtsein, daß sie *da* war, unter dem glatten engen Jeansstoff zwischen ihren Beinen. Drei Minuten später lagen wir schon unter den Decken; ich durchbohrte sie, während sie mich drängte: „Mach weiter. Mach weiter. Halte es nicht zurück."

Anfangs beunruhigte es mich, daß sie niemals kam. Ich war immer so bedacht darauf gewesen, Lust zu spenden. Ruths Orgasmen waren für mich befriedigender gewesen als meine eigenen. Ich versuchte mit Gewalt und Geschick, mit Zärtlichkeit, Stella zu einem Höhepunkt zu bringen. Nichts klappte; bis auf ihre gestammelten Ermunterungen blieb sie unterwürfig und passiv. Nach einiger Zeit erkannte ich, daß die Möglichkeit der Erfüllung jenseits ihrer Phantasie lag. Ihre Vorstellung von Befriedigung lag darin, begehrt zu werden. Was ich für Zurückhaltung gehalten hatte, war ein erschreckendes Gefühl der Isoliertheit. Nur wenn ich in meiner unbekümmerten Lust nach ihr verloren, unerreichbar war, konnte sie sich mit mir verbunden fühlen.

Wir hatten als Paar kein gesellschaftliches Leben. Ohne darüber reden zu müssen, vermieden wir es, zusammen gesehen zu werden. In der Klasse trafen wir uns als Fremde.

Ich hatte keine Angst, daß Ruth eifersüchtig sein würde; da sie sich in New York mit Pierre vergnügte, hatte sie jeden Anspruch auf Eifersucht verloren. Aber ich wollte nicht, daß sie von meiner Beziehung zu Stella wußte. Ich konnte mir zu deutlich vorstellen, wie es in ihren Augen aussehen würde. Sie würde mein Bedürfnis nach einer Gefährtin verstehen, aber was war mit Stellas Bedürfnissen? Ruth würde sie sofort mit ihren eigenen identifizieren. Nutzte ich Stella nicht einfach egoistisch aus? Sie kocht und putzt für dich, und du fickst sie, wann immer du Lust dazu hast. Meinst du nicht, daß das ein wenig entwürdigend ist? Für sie. Für euch beide.

Dazu brauchte ich nicht Ruth, um mir das zu sagen. Ich sagte es mir ununterbrochen selbst. Es gab Zeiten, normalerweise gleich nachdem wir miteinander im Bett gewesen waren, in denen ich mich niedergedrückt fühlte, die Erkenntnis, wie erniedrigend ich Stella ausnutzte, jagte mir Angst ein.

Ich konnte Ausreden für mich finden. Ich hatte Stella nicht in diese Rolle hineingedrängt; sie hatte sie gewählt; es lag in ihrem Wesen, sich als Sexualobjekt zu betrachten. „Großer Busen." Ihn ungeduldig aus dem Weg zu schieben, wenn sie niederkniete, um ihre Turnschuhe aufzuknüpfen. Sie hatte vermutlich mehr Zärtlichkeit und Rücksicht mit mir erlebt als mit den anderen, die nach diesem großen Busen gegriffen hatten, seit sie zwölf Jahre alt gewesen war.

Der Dezember kam, ohne daß es schneite. Charlie Ryders Freund, der Agent, verkaufte den Meditations-Comic strip. Er machte mir Hoffnungen auf andere und war interessiert, alles zu sehen, was ich ihm schicken wolle. Ich war immer noch weit entfernt davon, mir mein Brot als Comic-Strip-Zeichner zu verdienen, aber ich hatte einen Anfang gemacht. Früher oder später würde ich mir einen neuen Strip ausdenken, dorthin zurückkehren, wo ich gewesen war. Was die Gegenwart betraf, würde ich weiter unterrichten müssen.

Die Gegenwart; das war Stellas großes Geschenk für mich. Wenn sie da war, gab es keinen Grund vorauszudenken. Wir hatten keine Zukunft miteinander; das wußten wir beide. Mit Stella lebte ich wie sie, von einem Tag auf den anderen.

Ich hatte keine Momente des Gedächtnisschwunds mehr; vermutlich, dachte ich, weil ich keine Phantasien mehr hatte; es gab nichts, was ich wollte. Solange ich Stella akzeptierte, ohne sie in Frage zu stellen, konnte ich die Illusion genießen, daß ich nicht länger allein war. Wir teilten miteinander die Zeit, die verging, die gemeinsame Anwesenheit im gleichen Zimmer, den ungleichartigen Lohn unserer beiden Körper, so wie ich einmal empfunden hatte, daß ich mein ganzes Sein mit Ruth teilte.

Es genügt nicht, zu sagen, daß ich Stella nicht verstand. Ich erkannte erst später, als es zu spät war, wie verborgen, wie uneingestanden meine eigenen Emotionen waren.

19

„Wann kommt sie denn?“

„Morgen.“

„Für wie lange?“

„Ich weiß es nicht.“ Darauf hatte es keinen Hinweis gegeben in irgendeinem von Ruths fröhlichen, mit sich selbst beschäftigten Briefen. Ich sah Stella an, die neben mir auf ihren Absätzen kauerte. „Was wirst du zu Weihnachten tun?“

„Scheißweihnachten.“

Wir schmückten miteinander den Baum im Wohnzimmer. Wir hatten ihn bereits mit bunten Lichtern behängt. Stella zerriß Watte in kleine Büschel und legte sie über die Äste, um Schnee nachzuahmen. Draußen war der Schnee, der letzte Woche gefallen war, zu zerklüfteten Böschungen und Furchen mit schmutzigem Eis gefroren, die die Auffahrt und die Straße säumten. Ich war froh gewesen, daß es so gekommen war; eines meiner Geschenke für Sophie war ein Schlitten; Stella hatte ihn in rotes Papier verpackt, mit einer kunstvollen Schleife aus grünem Band. Ihre Haltung zu meiner Frau und meinem Kind war so ambivalent wie viele andere Äußerungen ihrer Persönlichkeit; sie mochten ein interessanter, aber unpersönlicher Umstand gewesen sein, wie Reichtum. Wir hatten meine Zeichensachen aus der Küche in das Zimmer neben dem von Sophie am Ende des Korridors getragen; sie hatte mir geholfen, das Hinterzimmer sauberzumachen und das Doppelbett mit sauberen Bettüchern für Ruth zu beziehen. Mit der Frage, wie lange Ruth bleiben würde, war sie näher daran als je zuvor, anzudeuten, daß die Existenz meiner Familie ihr eigenes Leben beeinflussen könnte.

Stella hatte aufgehört, Wattebäusche auf den Baum zu tun; sie schaltete die Lichter an, und, auf ihren Absätzen sitzend, bewunderte sie den Effekt. Der Glanz des Baumes machte ihr Gesicht weich. Sie saß mit leicht gespreizten Knien da, ihre Jeans umspannten den sanften Hügel zwischen ihren Schenkeln, so knapp, daß sich die Spalte dazwischen zeigte. Ich wußte, wenn ich meine hohle Hand über diesen Hügel legte, würde er sich warm auf meiner Haut anfühlen. Wir waren an diesem Nachmittag schon früher im Bett gewesen; das schreckte mich nicht ab, ich wollte sie wieder. Es war ein irrationales, undefinierbares Gefühl, das mich meine Hand im Zaum halten ließ: diese sauberen Bettücher, die wir auf das Bett gelegt hatten, nachdem wir darin gelegen waren; obwohl sie nie darin geschlafen hatte, war es jetzt Ruths Bett geworden.

Ich rückte eines der Lichter auf dem Baum zurecht. „Fährst du über die Feiertage fort?"

„Ich fahre vielleicht nach Los Angeles."

„Hast du dort Freunde?"

„Ja. Freunde." Sie ließ das Wort wie eine Beschuldigung klingen. „Ich geh' jetzt lieber." Sie stand auf.

„Warum?" Ich hatte es für selbstverständlich gehalten, daß sie bleiben und mit mir zu Abend essen würde. Unsere letzte Nacht.

„Ich muß im Supermarkt sein."

„Heute abend?" Es war keiner ihrer üblichen Arbeitsabende. „Es ist Mittwoch."

„Sie haben mir wegen Weihnachten einen anderen Tag gegeben." Sie zögerte, und dann ergänzte sie das mit der Wahrheit. „Damit ich morgen wegfahren kann."

Sie ging in die Küche. Ich schaltete die Lichter des Baumes ab und folgte ihr. Sie zog ihre Windjacke an und machte den Reißverschluß zu. Es kam mir zum Bewußtsein, daß es Wochen dauern konnte, bevor ich sie wiedersah. Wenn Ruth hierblieb, dann würde ich sie nur mehr bei den Vorlesungen sehen können.

Ich wußte, daß ich Stella nicht liebte. Was dem am nächsten gekommen war, war meine Dankbarkeit dafür, daß sie meine Einsamkeit linderte. Meine Gefühle für sie waren primitiv, unerklärlich und durch und durch egoistisch. Die kalte Ehrlichkeit, mit der ich das begriff, beschämte mich ein wenig. Mir fiel ein, ich hatte zumindest eine aufmerksame, nicht egoistische Bemühung für Stella erbracht; ich hatte ihr ein Geschenk gekauft. Es war hinter dem Küchentisch, ich holte es und gab es ihr.

„Was ist es?" Sie betrachtete die flache weiße Schachtel, die mit einem blauen Band zusammengebunden war. Ich hatte ihren Namen darauf geschrieben. „In Liebe von Martin."

„Es ist für dich."

„Klar. Aber was ist es?" Sie drehte die Schachtel wie ein Rad, besah ihre Kanten.

Es war ein Nachthemd. Ich wollte ihr das nicht sagen; ich hatte einige Zeit damit verbracht, es in Reno zu kaufen, eines auszusuchen, von dem ich meinte, es werde ihr gefallen: Ich wollte, daß sie selbst entdeckte, was es war, daß es sie überraschte und erfreute. „Warum öffnest du es nicht?“

„Yeah.“ Aber das tat sie nicht; sie drehte die Schachtel weiter in ihren Händen. „Du meinst, es ist ein Geschenk?“

Die Sinnlosigkeit ihrer wiederholten Fragen ärgerte mich. Und dann blickte ich in ihre Augen. Den gleichen Ausdruck hatte ich schon früher in ihnen gesehen, flüchtig, wenn ich zwischen ihren Beinen war und sie mich drängte, weiterzumachen, mich gehenzulassen. Es war ein flehender Blick, der dem Ausbrechen aus der Isolation, in der sie lebte, näher kam, als es ihr je möglich gewesen war. Ich legte meine Arme um sie und küßte ihre Wangen. „Es ist nur ein Geschenk“, sagte ich ihr. „Es ist nur ein Weihnachtsgeschenk. Das ist alles.“

Sie sagte nicht Scheißweihnachten; sie küßte mich auf den Mund und drückte sich an meinen Hals. Außer im Bett waren wir körperlich nie gefühlvoll miteinander gewesen; ihre plötzliche Zuneigung berührte mich.

„Stella. Liebling.“ Ich hatte ihr noch nie vorher dieses Wort gesagt.

„Ich werde später zurückkommen, wenn du magst.“

„Um wieviel Uhr bist du fertig?“

„Neun.“

„Ich werde dich abholen.“

„Nein.“ Sie entschlüpfte mir. „Ich muß nach der Arbeit nach Hause gehen. Ich werde gegen zehn hierherkommen.“ Sie legte mein Geschenk auf den Tisch. „Ich mach’ es auf, wenn ich zurückkomme. O. k.?“

„Klar.“

Draußen waren die Stufen von Eis überkrustet; ich hielt ihre Hand, als wir über sie zum Wagen hinunterbalancierten. Nachdem ich sie am Parkplatz des Supermarkts abgesetzt hatte, hatte ich keine Lust, nach Hause zurückzufahren, allein zu kochen und zu essen. Ich aß einen Hamburger in einem Café und ging dann ins Sierra. Ich war in gehobener Stimmung, fühlte mich frei, fürchtete nicht mehr, von Ruth verletzt zu werden.

Um halb neun würde ich nach Hause gehen und auf Stella warten.

Es war kurz nach acht, als Brian hereinkam. Ich bot ihm etwas zu trinken an.

„Ich bin an der Reihe. Nebenbei bin ich am Feiern.“ Er zahlte von einem Bündel neuer Zwanzigdollarscheine.

„Was wird gefeiert? Weihnachten?"

„Scheißweihnachten." Er hob seine Flasche, als ob die Worte ein Trinkspruch wären. „Ich komme für ein paar Wochen aus diesem Loch heraus."

„Wohin fahren Sie?"

„L. A."

„Haben Sie dort Freunde?" Warum fragte ich? Ich kannte die Antwort.

„Ich habe einen Traum", sagte Brian. „Ich habe ihn seit Jahren. Ein Hotelzimmer. Eines dieser Apartments, die sie da unten haben, mit einer Küche. Jede Menge Essen und Bier einlagern und zwei Wochen lang zusammenleben und ficken. Ihre Möse bumsen, wann immer ich Lust darauf habe."

Ich konnte nicht einmal trinken, aus Angst, ich würde es wieder auskotzen.

„Ich werd' ihre Hosen runter- und raufholen wie eine Flagge auf einem Fahnenmast. Was ich so höre, ist sie in der Beziehung irre. Sie fickt gern nackt, aber sobald es vorbei ist, zippt sie wieder ihre Hosen zu."

„Wer?"

„Dieses Stück Arsch, das ich nach L. A. mitnehme."

„Wer ist sie?" Es war, als ob ich mein Gesicht hinhalten und darauf bestehen würde, geschlagen zu werden.

„Diese Billard spielende Närrin, die sich von dem Cowboy bumsen ließ. Zum Teufel, Sie kennen sie. Stella Roche."

Irgendwie vermochte ich es, sitzen zu bleiben, während Brian weiterredete und seinen Traum ausschmückte. Er nannte nie wieder Stellas Namen; es war immer diese Möse, dieses Stück Arsch; sie war ein Objekt, eine Funktion, kein Mensch für ihn. In seinem Eifer von ihr Gebrauch zu machen, war ein Anflug von Haß.

Um halb zehn sagte ich ihm, ich hoffte, er werde schöne Weihnachten haben; ich sagte ihm gute Nacht und verließ das Sierra. Es hatte zu schneien begonnen, ein beständiges, senkrechtes Fallen, das auf dem Boden dreißig Zentimeter frischen Schnee vor dem Morgen anhäufen würde. Mein Wagen war wenige Meter weiter geparkt; ich stieg hinein und startete den Motor. In einer halben Stunde würde Stella beim Haus eintreffen, die Stufen hinaufklettern, die Glocke läuten, wie immer.

Wenn ich nicht ins Sierra gegangen wäre, wenn ich Brian nicht getroffen hätte, hätte ich ihr die Tür geöffnet, ihr ein Coors gegeben, wäre mit ihr in der Küche gesessen, während sie ihr Geschenk auspackte, bis das Bewußtsein von ihrem so leicht zu habenden Sex sich meiner bemächtigte, zu einem unwiderstehlichen Impuls wurde, für meinen Willen so irrelevant wie die Schwerkraft.

Später würde ich sie das Nachthemd anziehen lassen, das ich ihr gekauft hatte. Es würde ihren mir so vertrauten Körper in faszinierende Fremdheit hüllen.

Ich brauchte nur zu vergessen, zu ignorieren, daß Brian morgen nacht an meiner Stelle sein würde.

Ich konnte es nicht. Ich wußte, ich konnte nicht. Ich traute mir nicht zu, es zu versuchen. Stella war meinem Verlangen nach ihr so gehorsam gewesen, daß ich das Gefühl bekommen hatte, sie gehöre in einer Weise zu mir, wie Ruth mir nie gehört hatte. Ob Ruth es glaubte oder nicht, ich hatte ihre Unabhängigkeit von mir, ihre individuelle Freiheit, immer anerkannt. Wie sehr es auch schmerzte, ich hatte es zustande gebracht, mich mit Pierre abzufinden. Ich konnte mich nicht mit Brian abfinden. Es war, als ob Stella, indem sie sich einem anderen Mann hingab, irgendeinen wesentlichen Teil von mir zerstören würde, irgendein Bild, das ich in den Monaten unserer Beziehung von mir geformt hatte, ein Bild, bei dessen Entstehung sie mir eifrig geholfen hatte. Als ich im Auto saß – es schneite noch immer – verstand ich die sizilianische Raserei bei sexuellem Betrug und fühlte mit ihr. Ich verstand den Wahnsinn Othellos.

Ich hätte zurück nach Hause fahren und mit Stella sprechen können. Ich hätte versuchen können, sie zu überreden, nicht nach Los Angeles zu fahren. Ich konnte sie nicht so sehr bitten. Meine Empörung, meine Eifersucht konnte ich ihr nicht gestehen. Sie konnten nur darin Befreiung finden, daß ich ihr ebenso weh tat, wie sie mir weh getan hatte. Ich wollte sie anschreien, sie schlagen, sie völlig unterwerfen. Ich rannte aus Angst vor meiner eigenen Gewalttätigkeit davon, als ich über die Autobahn Richtung Reno losfuhr.

Nach einer Stunde war das Schneien vorüber, ich konnte Gas geben; eine Stunde später war ich in Reno. Um halb zwölf war dort Hochbetrieb. Ich schlenderte durch Bars und Casinos. Ich wollte nicht spielen, aber ich fand etwas Ablenkung im Umdrehen von Karten, im Drehen von Rouletterädern. Irgendwann gegen zwei war ich in einer Kneipe; eine Frau saß auf einem Hocker neben mir. Ihr Gesicht ohne Züge im beabsichtigten Halbdunkel des Lokals. Sie trug einen engen schwarzen Hosenanzug aus irgendeinem glitzernden Material; sein Kunststoffglanz lenkte meine Aufmerksamkeit auf ihre gekreuzten Schenkel. Sie fragte mich, ob ich sie auf einen Drink einladen wolle. Ich sagte ihr, es würde mir nichts ausmachen, solange es nicht „Cold Duck“ war. Nach dem, was ich aus ihrem Gesicht erkennen konnte, schien sie das komisch zu finden; ihre Schenkel schimmerten, als sie sie aus der Kreuzlage brachte; ihre Plumpheit war unregelmäßig; ausgezogen würde sie schwammig aussehen. Sie trank „Alexanders Brandy". Nach dem zweiten fragte sie, ob ich ein bißchen Spaß haben wolle.

„Spaß? Wozu?" Die Frage war mehr an mich als an sie gerichtet. Die Vorstellung, mit dieser Nutte ins Bett zu gehen, schien für den Schmerz meiner Gedanken über Stella so belanglos wie ein Heftpflaster.

„Du weißt schon, zum - Vergnügen. Alles ist drin", erzählte sie mit einer schrecklichen, widerstrebenden Fröhlichkeit. „Ich meine, ich tu alles, was Sie wollen, Mister."

Ich wollte sie bemitleiden; ihr etwas Freundliches sagen. Ich konnte mich nicht darauf konzentrieren; meine Gedanken wechselten zu schnell, glitten in Assoziationen hinein, die ich nicht kontrollieren konnte.

Sie saß immer noch mit ihren übereinandergeschlagenen Beinen da, als ich von der Türc her zurückblickte. Zum ersten Mal sah ich ihr Gesicht deutlicher, als sie sich eine Zigarette anzündete; es war so ungerührt wie Wachs.

Mittlerweile fühlte ich mich müde genug, um zu schlafen. Ich fuhr herum, bis ich ein Motel mit einem „Zimmer frei" fand. Das *Sunshine Inn.* Ein Mann in Pyjamahosen und einer gestreiften Strickweste kam aus dem Büro.

„Haben Sie ein Zimmer?"

„Ja." Er spähte in meinen Wagen. „Sie sind allein?"

„Natürlich bin ich allein."

Ich folgte ihm ins Büro und trug mich ein. Er bat mich, meine Autonummer auf die Karte zu schreiben; Leute, die ein Bett wollten, nur um darin zu schlafen, waren offenbar nicht vertrauenswürdig für ihn.

In diesem Augenblick, als ich die Nachttischlampe abschaltete, war ich hellwach. Ich lag mit offenen Augen auf dem Rücken. Von draußen kam ein weit entferntes Wirrwarr von Musik; Radios und Musikboxen kämpften in klagendem Schmerz miteinander, selbstmitleidige Stimmen, die jemand beschuldigten und begehrten. Quälende Erinnerungen an Stellas Nackheit brachen immer wieder durch die Dunkelheit; ihre kleinen, wie geschält aussehenden Hinterbacken, als sie über das Bett kroch; Stella mit Brian; weiter, weiter, halte es nicht zurück. Warum war ich nicht zum Haus zurückgefahren und ihr entgegengetreten, warum hatte ich sie nicht angeschrien, geschlagen? War es nicht das, was ich wollte?

Ich hatte Angst, meine Vorstellungskraft weiter als bis hierher gehen zu lassen. Ich drehte das Licht auf und versuchte mich zu beruhigen. Warum sollte ich Stella weh tun wollen? In all den Stunden, die ich mit ihr verbrachte, hatte sie niemals etwas anderes als Dankbarkeit und Zuneigung von mir verdient. Warum sollte sie nicht mit Brian nach Los Angeles gehen? Was konnte ich von ihr erwarten? Ruth und Sophie kamen, um ihren Platz einzunehmen. Ich wollte, daß sie ihren Platz einnahmen. Ich wollte sie, nicht Stella. Ich hoffte, sie würden bis zum Ende meines Lebens bei mir bleiben.

Es war das erste Mal, daß ich mir das ehrlich eingestanden hatte; es erfüllte mich mit einer plötzlichen Beklemmung, die mich sogar noch mehr hellwach machte.

Ich mußte Ruth jetzt bei mir haben. Ohne Ruth und Sophie hatte ich niemanden, nichts.

20

Ich sah Sophie als erste. Sie kam die Stufen des Flugzeugs herunter und sah wie ein verpacktes Geschenk aus in ihrem grünen Mantel und der roten Strumpfhose. Sie trug eine Flugtasche, die sie an die Brust drückte. Zwei andere Passagiere folgten ihr, bevor Ruth auftauchte. Ich beobachtete vom Eingang der Halle aus, wie Sophie auf Ruth wartete und sie gemeinsam auf mich zugingen.

In der Minute, die sie brauchten, um mich zu erreichen, wechselten Vergangenheit und Gegenwart in meinen Gedanken wie Schnappschüsse auf den eilig umgeblätterten Seiten eines Albums ab. In einem Augenblick erschienen mir diese beiden Gestalten so vertraut wie meine eigenen Sinne, im nächsten schien sogar Sophie eine Fremde zu sein, jemand, von dem ich nur gehört hatte und den ich nun zum ersten Mal sehen sollte.

Sie erblickte mich und fing zu laufen an; sie klammerte sich an meine Beine. Die Flugtasche rutschte zu Boden; ich sah die Puppe, die Steppdecke, die Spielzeug-Registrierkasse, ihre unzertrennlichen Vertrauten. Ich kniete mich nicht nieder, um sie zu umarmen, ich blickte Ruth an; sie durfte nicht das Gefühl haben, daß ich sie nur Sophies wegen wieder willkommen hieß. Ich umarmte sie ungeschickt, während Sophie, zwischen uns eingeschlossen, ungeduldig zappelte.

„Daddy, ich hab' zwei Dollar gewonnen." Sie zog an meiner Jacke. „Ich hab' in einem Spielautomaten zwei Dollar gewonnen."

Für Sophie waren die Wochen der Trennung vergessen; nur ihr allerneuestes Erlebnis zählte.

Andere Passagiere versuchten, sich an uns vorbeizudrängen, ich war gezwungen, Ruth loszulassen; der Augenblick der Begegnung war vorbei; ich hatte sie nicht einmal geküßt.

Schweigen trennte uns noch mehr, als wir auf das Gepäck warteten. Ich war fest entschlossen, Ruth nicht zu fragen, ob sie eine gute Reise gehabt hatte; sie war nicht irgendeine Fremde, die zu treffen man mich hierhergeschickt hatte.

„Seid ihr hungrig? Haben sie euch im Flugzeug was zu essen serviert?"

„Wir haben im Café in Las Vegas einen fürchterlichen Sandwich gegessen."

„Ich hab' zwei Dollar gewonnen."

„Wirklich, Liebling?" Es war leicht, mit Sophie zu sprechen. Ich beugte mich hinunter und umarmte sie. Sie erzählte mir vom Flugplatz in Las Vegas, von den Spielautomaten, dem Weihnachtsbaum. „Da hingen Geschenke dran. Sie waren alle in Goldpapier eingewickelt. Mami sagte, wahrscheinlich war gar nichts drin."

Ruth hatte drei große Koffer für sich mitgebracht, zwei kleinere für Sophie; es war wie ein gutes Zeichen. Sie hatte einen Träger gefunden, während ich mit Sophie sprach. Ich führte den Marsch zum Wagen an, Sophie hielt sich an meiner Hand fest; Ruth folgte.

„Ist es ein neues Auto?" Für Sophie war alles aufregend.

„Es ist neu aus zweiter Hand." Ich gab dem Träger zu viel Trinkgeld.

Wir hatten alle drei auf dem Vordersitz Platz. Ich fuhr; Sophie, die sich zwischen uns niederließ und sich unser beider gleichermaßen bewußt war, schien uns zu vereinen. Als ich aus dem Parkplatz herausfuhr, dachte ich wieder über jene drei Koffer von Ruth nach; was konnten sie anderes bedeuten, als daß sie vorhatte, zu bleiben?

„Wie geht's deiner Hand, Martin?"

„Gut." Ich lockerte sie. „Ich hab' mich so an sie gewöhnt, daß ich kaum mehr darüber nachdenke. Sie ist jetzt wie ein Teil von mir." Es stimmte nicht ganz. Ich war nie fähig gewesen, Stella damit zu berühren, nicht einmal, sie auf ihrer Schulter ruhen zu lassen, wenn ich ihr ins Schlafzimmer folgte.

„Das ist wunderbar." Sie blickte kurz zu Harolds Club hinüber, als wir daran vorbeifuhren. „Es ist wunderbar, daß es dir gelungen ist, dich so schnell anzupassen."

„Kannst du jetzt damit zeichnen?“ Wieder war ich froh, daß Sophie in das Gespräch hineingepiepst hatte. Ich erklärte ihr, daß ich nie mit ihr zeichnen könne, weil ich keine Geschmeidigkeit im Handgelenk besäße. Das veranlaßte sie zu einem Experiment mit einem imaginären Bleistift, sie zeichnete Figuren in die Luft. „Du hast recht. Siehst du? Ich bewege wirklich mein Handgelenk.“ Sie wollte wissen, welche neuen Dinge ich mit der rechten Hand tun könne. Ich erzählte ihr, ich könne ein Paket Spielkarten mischen, eine Banane schälen, Schnee schaufeln. Das Versprechen von Schnee erregte sie. Ich erzählte ihr von den Bergen rund um die Stadt, vom Rotwild im Nadelwald. Ich hob die Stimme, damit Ruth mich hören könne, und versuchte, es auch für sie attraktiv klingen zu lassen.

Bis wir die lange Autobahnstrecke bei Reno erreichten, wußte ich keine angenehmen Dinge mehr über Saraville zu sagen; ich fuhr schweigend weiter, Sophie schlief ein. Sie setzte sich dazu nicht zurecht wie ein Erwachsener. Natürlich und mühelos fand jeder Teil ihres Körpers seinen eigenen Ruheplatz. Sie schlief.

Als ich Ruth flüchtig anblickte, schüttelte sie lächelnd den Kopf. Ich lächelte zurück, beglückt durch unsere Komplizenschaft; es erinnerte mich an die vielen Male, die sie behutsam die Treppen heruntergekommen war, als Sophie ein Baby war. „Pst, sie schläft.“

Sophie erwachte erst, als wir an der ersten Tankstelle vorbeifuhren, die den wenig überzeugenden Anfang der Stadt anzeigte. „Sind wir da?“

„Beinahe.“ Es gab nichts, worauf man hinweisen konnte, nichts, was eines Wortes, eines Kommentars wert gewesen wäre, bis wir die Lebkuchenhäuschen am Gipfel des Hügels erreichten. „Sie wurden von den Leuten gebaut, denen Saraville damals gehörte. Die ersten richtigen Häuser in der Stadt.“

Ruth betrachtete die Berge. Sie umschlossen die Autobahn von drei Seiten, boten Aussichtsplätze am Ende der Querstraßen und hätten den Eindruck umringender Größe erwecken können; mit ihrem schäbigen, ausgeplünderten Nadelwald schienen sie nur zu dem allgemeinen unordentlichen Aussehen der Stadt beizutragen.

Ich bog in den vertrauten Weg ein, fuhr hinein und hielt an. Ich hatte diesen Augenblick so oft vorausempfunden, in dem Ruth zum ersten Mal das Haus sehen würde; jetzt, da ich ihn erlebte, schien ich keine Empfindungen mehr übrig zu haben.

„Ist das unser neues Haus?“ Sophie beugte sich über meine Knie, um einen Blick darauf zu werfen.

„Es ist neu aus zweiter Hand.“

Ruth sagte nichts. Ich nahm einen ihrer Koffer heraus und trug ihn die Treppen hinauf. Sophie war vor mir oben und zog an der Fliegengittertür. Stella hatte mir geholfen, sie zu reparieren; sie war nicht mehr mit einer Schnur befestigt. Ich drückte für Sophie die Klinke herunter. Die Eingangstür war versperrt; als ich nach dem Schlüssel in meiner Tasche griff, dachte ich an Stella, die in der Nacht davor hierhergekommen war, geläutet, auf mich gewartet hatte.

Mein Schuldgefühl dauerte nur einen Augenblick. Ihr Geschenk. Die weiße Schachtel, auf der ihr Name geschrieben stand. Sie hatte sie auf dem Tisch in der Küche gelassen.

Ruth begann hinter mir die Treppe hinaufzusteigen. Ich steckte den Schlüssel in das Yale-Schloß und drehte ihn herum. Sophie stieß die Tür auf und lief ins Haus. Mein Gehirn gab mir bereits Instruktionen. Laß den Koffer in der Diele fallen, nimm die Schachtel vom Tisch, dann den Gang hinunter, als würdest du ins Badezimmer gehen, versteck sie im Schrank des Gästezimmers am Ende des Ganges. Ich ließ die Fliegengittertür hinter mir zuschwingen; Ruth würde den Koffer abstellen müssen, den sie trug, um das Schnappschloß wieder zu öffnen. Ich trat in die Küche.

Es lag nichts auf dem Tisch.

Sophie stand in der Tür zum Wohnzimmer und betrachtete den Weihnachtsbaum. Stella hatte sie nicht genommen. Der gesunde Menschenverstand sagte mir, die flache Schachtel mit dem Nachthemd könne nicht vom Tisch gefallen sein. Ich beugte mich hinunter und untersuchte trotzdem den Küchenfußboden. Sie war nicht heruntergefallen. Ruth öffnete die Fliegengittertür.

„Wo möchtest du das haben?" Ich ging zurück, um den Koffer zu holen, den ich aus dem Auto mit hereingebracht hatte.

„Im Schlafzimmer, nehme ich an. Wo immer das sein mag."

Ich führte sie hinein. Die Fichten hinter dem Haus wuchsen so nahe ans Fenster, daß das Zimmer bereits dunkel war. Ich knipste das Licht an. Ruth blickte kurz auf die Vorhänge, auf die zerknitterte Tapete, und hatte einen schnellen Blick für die häßlichsten Züge des Zimmers. Ich öffnete die Tür des geräumigen Schranks; sie nickte wie eine Touristin, die man durch eine Fabrik führt.

„Ich werde die anderen Sachen aus dem Auto hereinbringen." Ich wollte fort von ihr, um nachzudenken; gab es irgendeinen Weg, wie Stella ins Haus hereingekommen sein konnte und ihr Geschenk genommen hatte? Ich probierte die Tür aus, die in die Garage hinunterführte. Sie war versperrt; der Schlüssel war auf meiner Seite. Ich ging zum Wagen zurück und zerrte noch einen Koffer heraus.

„Tut mir leid, daß er so schwer ist." Ruth war mir die Treppe hinuntergefolgt.

„Ist schon gut."

Sie betrachtete das Haus, wieder eine gleichgültige Touristin.

„Ich weiß, daß es furchtbar ist." Ich hatte es so oft mit ihren Augen gesehen. „Aber ich hab' es nur auf Monatsbasis gemietet. Wir können etwas Besseres finden, jetzt bist du ja da."

Sie schien mich nicht gehört zu haben.

„Sogar der Schnee sieht irgendwie wie aus zweiter Hand aus." Sie ging an mir vorbei und zog Sophies Sachen vom Rücksitz hervor.

Ich beschloß, den Wagen in der Garage zu verstauen, ehe ich Ruths letzten Koffer hineintrug. Der Schnee, der über Nacht gefallen war, mußte zuerst aus der Einfahrt geräumt werden. Ich hatte niemals erwartet, daß ihr das Haus gefalle, sagte ich mir selbst, als ich mit der breiten Schaufel hineinstieß und die dreißig Zentimeter Schnee zu beiden Seiten der kurzen Einfahrt zu Wällen aufhäufte. Ich hatte immer gewußt, daß es scheußlich war. Bis ich den Koffer im Schlafzimmer neben die anderen stellte, war ich nicht mehr ärgerlich; ich wollte mit Ruth fühlen, darüber sprechen, was für ein Haus wir gemeinsam zu finden versuchen sollten.

Sie saß vornübergebeugt auf dem Bett, in irgend etwas versunken, das auf dem Kissen lag.

„Ist das für mich?"

Ich konnte nicht sehen, was sie anschaute.

„Das." Sie hielt es mit beiden Händen hoch; ein Streifen weißer Gaze, der langsam länger wurde, als er sich durch sein Eigengewicht entfaltete; sie breitete es auf dem Bett aus. Das Spitzenoberteil, der lange weite Rock. Es war das Nachthemd, das ich für Stella gekauft hatte.

„Selbstverständlich." Ich konnte sie nicht ansehen, aber meine Stimme klang natürlich genug. „Selbstverständlich ist es für dich." Wo war die Schachtel? „Gefällt es dir? Ich habe es in Reno für dich gekauft."

„Es ist sehr hübsch." Sie faltete es wieder über dem Kissen zusammen.

Wo war die Schachtel mit Stellas Namen? Ich drehte mich so, daß ich den Fußboden auf der anderen Seite des Bettes sehen konnte. Nichts da. „Es ist eine Art von Willkommens-Geschenk." Ich stellte mir vor, wie Stella das Haus betrat. Wie? Sie wartete. Sie packte ihr Geschenk aus. Sie wartete, bis sie wußte, ich würde nicht kommen. Sie ließ das Nachthemd auf Ruths Bett zurück: eine Leck-mich-am-Arsch-Geste. Was hatte sie mit der Schachtel getan?

Ruth räumte die zwei größeren Koffer in den Schrank; sie öffnete den kleineren. Hatte Stella die Schachtel und das Band in den Abfalleimer in der Küche geworfen?

Das hatte sie nicht getan. Ich sah im Wohnzimmer nach. Der Abfallkorb war leer.

„Was ist es?“ Sophie spielte mit dem Band, das Stella um den Schlitten gebunden hatte, und hoffte, es könnte durch einen absichtlichen Irrtum aufgehen. „Was *ist* es?“

„Es ist für Weihnachten, Liebling.“

„Ist es ein Schlitten?“

„Liebling, du wirst bis Weihnachten warten müssen.“ Ich fühlte mich ihr sehr nahe, als sie ihn wieder unter den Baum zurücklegte; dieses scherzhafte Einverständnis zwischen uns war so vertraut, so tief verwurzelt: Unsere Trennung hatte es nicht geändert.

„Ich habe ein Geschenk für dich.“

„Ich warte bis Weihnachten.“

„Es ist kein richtiges Geschenk.“ Sie hatte ihre Hand in der Tasche und umklammerte etwas darin. „Rate, was es ist.“

„Das Geld, das du im Spielautomaten gewonnen hast.“

„Nein.“ Die Aufregung über ihr Geheimnis zog an ihren Lippen, bis ihr ganzes Gesicht ein Lächeln geworden war.

„Tier, Stein oder Pflanze?“

„Das.“ Sie konnte es nicht mehr für sich behalten. Ihre zusammengeballte Hand kam aus der Tasche. Sie streckte sie mir hin, öffnete die Faust und zeigte mir, was auf ihrer offenen Handfläche lag.

Ich sah, was es war, erkannte es sofort; mein Wiedererkennen schien in einer anderen Zeitdimension stattzufinden, so wie eine plötzlich durch die Sinne stimulierte Erinnerung.

„Woher hast du das, Sophie?“

„Ich hab' es in meinem Zimmer gefunden.“

„In New York?“ Es war absolut unbegreiflich.

„Nein.“ Sie hatte erwartet, daß ich mich freuen würde; meine Fragen beunruhigten sie. „In meinem neuen Zimmer hier, am Ende des Korridors.“

Ich griff danach und nahm es in die Hand. Diese einfache Handlung war wie ein Zugeständnis an all das, was meine Vernunft immer zurückgewiesen hatte, der Übergang einer Reihe von Glaubenssätzen, einer Denkungsart in eine andere.

Ich hielt ihn in meiner Hand, klein, schwer, endgültig. Den goldenen Ring, den Ruth mir an dem Tag, als wir heirateten, geschenkt hatte, und den ich bei dem Unfall an meiner rechten Hand getragen hatte.

21

„Hast du den Wagen abgestellt?"

Ruth war hinter mir hereingekommen. Ich ließ den Ring in meine Tasche gleiten.

„Werden wir ihn nicht brauchen?"

„Was?" Die Bedeutung dieses Ringes, der Tatsache, daß Sophie ihn hier gefunden hatte, fast fünftausend Kilometer von einer Autobahn in Vermont entfernt, explodierte ständig in meinem Kopf wie eine Reihe von Röhrenblitzen.

„Den Wagen."

„Ich hab' ihn in die Garage gestellt. Ich dachte, es könnte wieder schneien."

„Sollten wir nicht in die Stadt fahren und ein paar Sachen kaufen?"

„Ich habe alles." Die Explosionen verlangsamten sich, sie hörten auf; ich versuchte, mich darauf zu konzentrieren, wo ich war, daß ich mit Ruth sprach, was ich sagte. „Es ist alles in der Küche. Im Kühlschrank sind Steaks."

„Ich esse kein Fleisch mehr."

„Es gibt auch Fisch. Lachs. Ich fürchte, er ist gefroren."

„Ich nehme nicht an, daß du hier braunen Reis finden könntest."

„Doch." Ich ging in die Küche, um ihr zu zeigen, wo er war. Sophie folgte mir. Ich reichte Ruth die Packung. „Ist das die richtige Sorte?"

„Ja, das ist in Ordnung."

„Ist das alles, was du jetzt ißt, brauner Reis?" Die Explosionen fingen wieder an. Ich hörte Ruth über rohes Gemüse und Mandeln oder Obst sprechen, ohne daß ich irgendeine Verbindung zwischen den Worten herstellen konnte.

„Es ist viel besser für dich."

Ich nehme an, sie redete immer noch über fleischlose Nahrung; ich versuchte, mich zu einem Interesse an dem Thema zu zwingen. Später würde Zeit genug sein, an diesen Ring zu denken; mehr Zeit, als ich durchstehen konnte, glaubte ich. Konzentriere dich auf die Gegenwart; bewältige sie Sekunde für Sekunde.

„Brauchst du kein Protein?" fragte ich Ruth.

„Es gibt eine Menge Protein in Linsen. Und im Käse. Und in Sojabohnen."

„Einige afrikanische Stämme haben zwei Worte für Hunger." Ich stellte keine perfekte Nachahmung eines Mannes dar, der in einer normalen Welt von Ursache und Wirkung lebt, aber ich tat mein Bestes. „Eins davon heißt Fleisch-Hunger."

„Willst du ein Spiel mit mir spielen?" Sophie stand auf einem Bein beim Fenster; sie versuchte, das andere über ihren Hinterkopf zu ziehen.

„Sicher. Was würdest du gern spielen?"

„Was können wir spielen?" Sie konnte den Fuß nicht höher als bis zur Schulter heben; sie setzte ihn wieder auf den Boden.

„Hast du irgendwelche Spiele mitgebracht?"

„Karten."

„O. k."

Sie wandte sich zum Gang. Ich hielt sie zurück, schroffer als ich gewollt hatte.

„Wo sind sie?"

„In meinem Koffer."

„In deinem Zimmer?"

„Ja."

„Ich hol' sie dir."

Der Koffer stand offen auf dem Stuhl. Nachdem ich die Karten gefunden hatte, ließ ich mich auf Hände und Knie nieder und schaute unter das Bett. Ich kroch herum und suchte den ganzen Fußboden ab; ich fand nichts. Aber ich machte mir nicht vor, daß ich nicht wisse, was ich suchte.

Während Sophie die Karten aus der Schachtel nahm und die Joker beiseite legte, schenkte ich mir etwas zu trinken ein. Ruth beobachtete mich, als ich Wasser aus dem Wasserhahn dazutat.

„Hättest du gern einen?"

„Nein, danke."

„Du trinkst noch immer nicht?"

„Es verzerrt die Dinge nur."

Ich nahm meinen Drink mit zum Tisch. Wir spielten Poker und verwendeten Streichhölzer anstelle von Chips. Es war ein langweiliges Spiel zu zweit; ich hatte das Gefühl, daß auch Sophie es immer so empfunden hatte. Sie versuchte es mit zahlreichen eingeschummelten Karten zu beleben und steigerte die Chancen auf einen reichen Triumph eines Royal Flush. Kein Royal Flush konnte an diesem Abend für mich spannend genug sein, um mich davon abzulenken, was der goldene Ring bedeutete. Ich begann zu mogeln, stahl heimlich Karten aus dem Spiel, wenn Sophie nicht zusah. Es war jämmerlich: ein Mann, der seine achtjährige Tochter beim

Pokern betrog. Mein Wissen darüber, die empörende Absurdität dessen, was ich tat, half mir so, wie mir laut Ruths Warnung das Trinken geholfen hätte: Es verzerrte die Dinge. Ich brauchte sie verzerrt; die Wirklichkeit war unerträglich.

„Was willst du essen, Sophie?"

Ruths Frage bewirkte einen raschen Blick auf mich. Sophies zarte Augenbrauen waren auf die halbe Höhe ihrer Stirn hochgezogen; sie wandte sich um Unterstützung an mich. Sie wollte ein Steak; sie fürchtete sich vor dem Tadel ihrer Mutter, wenn sie das aussprach.

„Oh, also, ich nehme an, das eine Mal wird es dir nicht schaden." Ruth hatte den Blick aufgefangen und sich entschlossen, aus Sophies Unlust am Vegetarismus kein Problem zu machen.

Als Kompromiß aßen wir alle etwas von dem brauen Reis. Sophie und ich hatten uns dazu Lendenstücke gegrillt, Ruth aß rohen Blumenkohl und geschabte Karotten; sie aß mit zwei hölzernen Eßstäbchen, die sie von New York mitgebracht hatte. Als wir alle fertig waren, ging sie ins Schlafzimmer und kam mit einem kleinen Metallkegel an einer Kette zurück. Sie schlang die Kette um ihren Finger; Sophie streckte mit einem raschen Lächeln ihre Hand aus; es war offensichtlich ein Spiel, das sie schon früher miteinander gespielt hatten.

Ruth ließ den Metallkegel über Sophies Handfläche baumeln, bis er zum Stillstand kam.

„Braucht Sophie heute abend Vitamin B?"

Sie schien sich an den Kegel zu wenden; ich beobachtete ihr Gesicht. Es war von überzeugter Andächtigkeit. Langsam begann der Kegel hin und her zu schwingen; das Schwingen wurde zu einer kreisenden Bewegung.

„Nein, braucht sie nicht."

„Vitamin C?" schlug Sophie hoffnungsvoll vor; sie wollte nicht, daß das Spiel aufhörte.

Ruth wartete, bis der Kegel wieder zur Ruhe kam. „Braucht Sophie heute abend Vitamin C?" Diesmal schwang der Kegel rascher, immer rundherum.

„Er sagt ja." Sophie war entzückt. „Ich brauche Vitamin C."

„Es ist auf der Kommode im hinteren Zimmer."

„Wer hat sich das ausgedacht?" Ich betrachtete Ruth, wie sie die dünne Kette um den Kegel wickelte.

„Es ist kein Spiel. Viele Ärzte benützen diese Pendel heute zur Diagnose."

„Du glaubst wirklich, ein Stück Metall kann dich hören, kann deine Fragen beantworten?"

„Es hat nichts damit zu tun, daß Metall irgend etwas hören kann.“ Ruth meinte es wirklich ernst, ihre Stimme klang entrüstet, tadelnd. „Sophies Körper weiß intuitiv, was sie braucht. Das Energiefeld in ihrer Hand lenkt die Bewegungen des Pendels. Schwingt es im Uhrzeigersinn, dann ja. Gegen den Uhrzeigersinn, dann nein.“ Mein Erstaunen brachte sie zum Lächeln; sie hatte in den Wochen, die wir getrennt waren, ein neues Lächeln entwickelt: es erinnerte mich an mittelalterliche Gemälde von Heiligen, die Heiterkeit des Glaubens konfrontiert mit Ketzerei.

„Ich hab' zwei genommen.“ Sophie war zurück. Ruth umarmte sie und sagte ihr, sie solle zu Bett gehen. „Weißt du, wie spät es jetzt in New York ist?“ Sophie wollte bleiben und raten. Ich versprach, ihr vorzulesen, nahm das Buch, das ich für sie aufgehoben hatte, und führte sie den Gang hinunter.

Während sie duschte und die Zähne putzte, durchsuchte ich wieder das Zimmer, sorgfältiger. Die inneren Wände waren mit bemalten Holzfaserplatten verschalt; im Gegensatz zur rustikalen Täfelung des Wohnzimmers reichten sie gleichmäßig bis zum Plafond: Es war unmöglich, daß ich etwas sehen konnte, wenn es dahinter war. Ich schaute unter das Bett und unter die Kommode; das Drahtgitter draußen vor dem Fenster saß fest an seinem Platz. Ich schüttelte die Vorhänge, bevor ich sie zuzog. Das ließ nur das Bett übrig; ich zog Laken und Decken zurück und hob das Kissen.

Das Geräusch von fließendem Wasser im Badezimmer hatte aufgehört. Bis Sophie im Pyjama hereinkam, hatte ich das Bett wieder in Ordnung gebracht.

Ich hatte eine Sammlung italienischer Märchen in der Collegebücherei gefunden; ihr frivoler Zynismus, niederträchtige Hexen und spitzbübische Helden begeisterten Sophie. Ich las ihr zwei davon vor, bevor ich ihr einen Gutenachtkuß gab.

„Läßt du die Tür offen, damit ich das Licht in der Diele sehen kann?“

„Nein.“ Es gelang mir zu lächeln. „Du wirst besser schlafen, wenn ich die Türe schließe, Liebling.“

„Bitte, ich will das Licht sehen.“

Ich stellte die Nachttischlampe auf die Kommode. „Ich laß das für dich brennen.“

„Es ist zu hell.“

Ich öffnete das Märchenbuch, stellte es aufrecht vor die Lampe, so daß es das Licht vom Bett abschirmte.

„Kannst du Mami bitten, daß sie hereinkommt?“

„Sie hat dir bereits gute Nacht gesagt, Liebling.“ Ruth würde die

Lampe ausschalten und die Tür offenlassen, wenn Sophie sie darum bat. „Sie will wahrscheinlich auch zu Bett gehen." Ich küßte Sophie auf die Wange. „Schlaf jetzt ein. Wir sehen einander morgen früh."

Sie drehte sich zur Seite, ihre Augen waren argwöhnisch, nachdenklich. Ich wartete, bis sie die Augen zumachte, bevor ich ging. Ich schloß die Tür fest hinter mir.

„Will sie nicht, daß ich hineingehe?" Ruth wusch das Geschirr.

„Sie schläft." Ich bot Ruth an, ihr zu helfen.

„Es gibt nicht viel zu tun." Sie legte einen Teller auf das Gestell. „Ich muß sagen, du hast alles sehr sauber gehalten. Hast du ein Mädchen hier gehabt?"

„Nein." Ich schüttelte vage den Kopf. Hatte sie irgend etwas von Stella gefunden? Eine Brosche, eine Haarspange? Die Schachtel mit Stellas Namen darauf?

„Ich dachte, daß eine deiner Studentinnen vielleicht für dich saubergemacht hat."

„Nein." Ich setzte mich ihr gegenüber an die Küchentheke. „Ich habe alles selber gemacht. Ich habe eine Menge Zeit gehabt." Ich begann, ihr von meinen Vorlesungen zu erzählen, von meinen Fortschritten im Zeichnen. Sie beugte sich zu mir und hörte zu. Das rundliche Kinn, die zarte, gebogene Nase, die feinen, noch immer ein wenig scheuen Augen glitten immer wieder von mir ab, wie ein Gesicht, das man mehr in Erinnerung hat als sieht. Einfach da beisammenzusein, in diesem gewöhnlichen, schäbigen Zimmer, über alltägliche Dinge zu reden, über die Umstände meiner Alltagsexistenz, war grotesk. Vor zwei Stunden, als Sophie mir diesen Ring reichte, hatte sie das Alltägliche für immer zerstört.

Wir gingen früh zu Bett. Während Ruth im Badezimmer war, versuchte ich zu lesen. Ich war zur Hälfte mit dem Leben von Emerson fertig; wie ich ihn um seine normale Welt in Neu-England beneidete. „Denn schließlich ist das Beste, was man tun kann, wenn es regnet, es regnen zu lassen."

„Du solltest nicht im Bett lesen." Ruth trug Stellas Nachthemd.

„Warum nicht?"

„Es stimuliert die Beta-Wellen. Du wirst nicht einschlafen können."

„Wer hat dir das erzählt?"

„Ich las ein Buch darüber."

„Hast du es im Bett gelesen?"

„Nein." Aber sie lächelte, als sie neben mir ins Bett kletterte. Ich drehte das Licht ab; wir lagen auf dem Rücken, berührten einander nicht. Nach all den Jahren konnte ich immer spüren, wann sie wollte, daß ich mit ihr schlafe. Sollte ich? Es erschien mir so weit hergeholt. Dann streckte sie die Hand aus und berührte meinen Schenkel, und ich reagierte aus einer alten Gewohnheit heraus. Meine Reaktion, die als stillschweigendes Hinnehmen begann, wurde zu einem verzweifelten Drang. Wenn ich nur diese ganze starre Abwehr ihrer neuen Identität durchbrechen könnte, diese kultivierte Mißbilligung, dieses maskenhafte Lächeln, diesen Rückzug in den Dogmatismus, und sie wiederfinden könnte, von Angesicht zu Angesicht, Ruth, könnten wir unser Leben immer noch miteinander teilen. Dann könnte ich ihr von der Kiste erzählen, die ich von New York abgeschickt hatte, von dem Loch, das in die braune Papiereinfassung gerissen worden war, von dem Ring.

Ich schlief mit ihr, wie ich nie zuvor mit jemandem geschlafen hatte, mit einer Zärtlichkeit und Achtung vor ihr, die wie ein primitiver Akt der Anbetung waren, mit einer Intimität, die aus all den Jahren, die ich sie geliebt hatte, gewachsen war.

Es schien, als hätte ich Erfolg. Sie kam mir willig entgegen; sie hieß mich mit jenen sanften, verwunderten Schreien willkommen, die ihr vertrauter Ausdruck von Hingabe waren.

Wir lagen wieder auf dem Rücken und hielten uns an den Händen.

Ruth sprach als erste.

„Ich habe unseren körperlichen Kontakt vermißt, Martin."

Ihre Stimme war gleichmäßig, so objektiv wie die einer Turnlehrerin.

„Wirklich." Sie lehnte sich mit dem Rücken an mich; sie führte meine Hand zu ihrer Brust. Ich hielt sie fest, bis ich fühlen konnte, daß sie eingeschlafen war, dann befreite ich langsam meine Finger von ihrem Arm.

Mein Frotteeschlafrock hing über einem Stuhl. Draußen vor der Tür zog ich ihn an und eilte leise in die Küche, rund um die Theke, bis ich über den Gang zur Tür von Sophies Zimmer blicken konnte. Sie war geschlossen, ein schwacher Lichtstreifen schimmerte darunter.

Ich öffnete ganz leicht die Tür und schaute hinein. Sophie schlief auf dem Rücken, die locker geballten Hände neben dem Kopf erhoben. Das Atemgeräusch in ihrer Kehle war mehr ein Schnurren als ein Schnarchen; im Schlaf hatte ihr Gesicht nichts von der leeren Schlaffheit eines Erwachsenen: Seine Ruhe war von einer latenten Munterkeit, als ob es jeden Augenblick in einen lebhaften Ausdruck ausbrechen könnte. Als ich die Tür hinter mir schloß und wieder den Korridor hinunterging, fühlte ich mich wie damals in Sophies Alter, wenn ich am Sonntagmorgen die Kirche verließ. Alles war in Ordnung; ich hatte das Unbekannte besänftigt. Zumindest für heute nacht.

Schlafen war unmöglich. Ich mixte mir einen Drink und setzte mich an den Küchentisch.

„Ich habe unseren körperlichen Kontakt vermißt, Martin." Die Worte waren wie das endgültige Knirschen von hart werdendem Eis. Die ganze Zärtlichkeit, die ich für Ruth empfand, hatte nicht einmal die Oberfläche gekratzt. Dieser frostige Jargon, den sie sich da angeeignet hatte, um ihre Identität vor mir zu schützen, hatte unsere Umarmung zu einer therapeutischen Übung eingefroren.

22

„Liebling, es ist entzückend."

„Gefällt es dir wirklich?"

„Ist es auch für mich?"

„Du kannst es umtauschen, wenn es nicht sitzt."

Der Weihnachtsrummel wiederholte sich jedes Jahr. Wir überstanden ihn, indem wir unsere Aufmerksamkeit auf Sophie konzentrierten. Sie liebte das alles. In einem Alter, in dem sie nicht mehr an den Weihnachtsmann glaubte, aber ohne Verlegenheit so tun konnte als ob, war sie darauf bedacht, zwischen den Gaben des Weihnachtsmannes zu unterscheiden, dem Sack mit Bonbons und kleinen Spielsachen, den sie am Fußende ihres Bettes fand, wenn sie am Weihnachtsmorgen aufwachte, und den Geschenken, die wir ihr später unter dem Weihnachtsbaum überreichten. Sie war begeistert von dem Schlitten, den sie von mir bekam. „Du hast ihn schön eingepackt", sagte mir Ruth. Am frühen Nachmittag aßen wir uns durch das Weihnachtsfestmahl; Ruth verzichtete auf ihre Prinzipien und nahm ein Stück Truthahn. Nach der Obsttorte, wie betäubt vom Essen, brachte ich Sophie zu einem Schneehang auf dem Hügel und sah ihr beim Hinunterrodeln zu. Ich hatte ständig Angst, ihre Erregung könnte abklingen und sie plötzlich leer und voll Tränen zurücklassen. Es geschah nicht; es blieb so, bis es Zeit für sie war, zu Bett zu gehen, und sie einschlief, die neue Puppe an sich gedrückt, die Ruth ihr geschenkt hatte.

Nachdem ich Sophies Zimer durchsucht hatte, nun schon eine allabendliche Zwangshandlung, und ihre Tür geschlossen war, ging ich direkt zu Ruth. Sie war im Wohnzimmer und schrieb einen Brief. An Pierre? Sie beugte sich vor und bedeckte die obere Seite mit dem Unterarm.

„Meinst du nicht, wir sollten anfangen, uns ein anderes Haus zu suchen?“ Ich versuchte, zwanglos und überzeugend zu sprechen.

„Das hängt von dir ab.“

„Wir könnten morgen früh ein paar Grundstücksmakler aufsuchen.“

„Wir haben einen wunderschönen Tag gehabt, Martin. Wir wollen ihn jetzt nicht mit einem Haufen von praktischen Plänen verderben.“

Ich durfte meinen Zorn nicht zeigen. Ich hatte die Ferien durchlebt wie ein Mann, der über ein Minenfeld geht. Nun mußte ich uns alle aus diesem Haus herausholen. Sofort. Und diesmal würde ich jedes Gepäckstück, jeden Winkel des Wagens durchsuchen, bevor wir abfuhren. Was das Ganze um so quälender machte, war, daß ich Ruth nicht sagen konnte, warum wir fort mußten. In den vier Tagen, seit sie wieder bei mir war, hatte ich eine Menge über diese neue, sich selbst erkennende Ruth gelernt: Sie war wie jemand, der eine religiöse Bekehrung erlebt hatte; ihre Einstellung zu allem, zu jeder Facette des Lebens, war dadurch verwandelt worden. Sogar wenn ich ihr jemals nahe genug kommen konnte, um sie dazu zu bringen, mich anzuhören, würde sie sich weigern, irgend etwas zu akzeptieren, das nicht in ihre neuen Konzepte hineinpaßte. Ihr Geist würde keine Widersprüche zu ihren eigenen Überzeugungen zulassen; er warf sie wie ein Spiegel in die Welt zurück. Hätte ich ihr gesagt, wie meiner Meinung nach der Brand im Atelier ausgebrochen war, dann würde sie es nur als Audruck meines falschen Denkens aufnehmen. Würde ich darauf beharren, sie fragen, „wie kannst du dir erklären, daß dieser Ring hierherkam?“ würde sie sofort anfangen, über die Notwendigkeit an mir zu arbeiten zu reden. „Du mußt lernen, dieses ganze üble Zeug zu entladen, Martin. Du darfst dich nicht davon auffressen lassen.“

Ich versuchte es noch einmal. „Es gibt mehrere angenehme Häuser auf der Südseite der Stadt. Du hast den Teil nicht gesehen ...“

Sie hatte ihre Schreibfeder wieder aufgehoben. „Laß uns beim Heute bleiben. Ich weiß, daß wir es tun sollten. Es ist wichtig für uns beide.“ Ihre Augen baten mich schüchtern. „Kannst du das nicht spüren? Wir werden morgen darüber sprechen, was wir tun werden.“

„In Ordnung.“ Morgen würde es früh genug sein müssen; ich hatte mich nicht einmal niedergesetzt. „Ich gehe ein wenig fort.“

Sophies Tür war sicher verschlossen; ich konnte ein bis zwei Stunden von meinem Minenfeld fort, ohne allzuviel Schuldgefühl oder Besorgnis.

Ich erwartete, das Sierra menschenleer zu finden; aber Saraville war eine Gemeinde von Leuten, die zu Weihnachten nirgends hinzugehen hatten. Studenten tranken in Dreierreihen ihr Bier an der Bar; sie sahen aus, als wären sie den ganzen Tag dagewesen. Eine gewisse Atmosphäre hing über dem Lokal, so wahrnehmbar wie Rauch, so bedrohlich wie Feuer. Ich nahm meinen Drink mit zu einer Bank an der Wand, von der aus ich den Billardtisch beobachten konnte. Ein junger Mann mit hochhackigen Stiefeln und in einem breitschultrigen Texashemd rieb sein Queue mit Kreide ein, ein breiter Ledergürtel mit silberner Schnalle; er war wie ein Cowboy in einer Alamo-Parade ausstaffiert; vielleicht war er tatsächlich ein Cowboy. Ein Point-Ball lag über dem Eckloch, er versuchte, ihn hineinzutreiben, und verfehlte ihn.

Meine Aufmerksamkeit verlagerte sich langsam nach innen, fort von ihm, wie ein schrumpfender, heller werdender Lichtkreis. Ich konnte meine Angst nicht länger wegschieben. Ich ertappte mich plötzlich dabei, wie ich „daran" dachte.

„Es."

Damit kam ich so nahe wie nur möglich an das Eingeständnis seiner Existenz in einem Wort heran, doch konnte ich es mir ganz deutlich ausmalen. Obszön, krabbenartig, vernarbt von seinen Begegnungen mit anderen räuberischen Kreaturen, seine Haut verfärbt, schmutzverkrustet, den Stumpf des Handgelenks hinter sich herschleifend, während es dahinkroch und mit seinen Krallen den Weg über den Fußboden von Sophies Zimmer bezwang. Waren seine Nägel weitergewachsen, mittlerweile zu schwarz gewordenen Klauen verhärtet? Wie ernährte es sich? Indem es, wie manche Pflanzen, aus der Feuchtigkeit und dem Stickstoff der Luft Nahrung bezog? Es war offenbar stark, es hatte sich seinen Weg durch die feste Verkleidung dieser Kiste gebahnt, sich gegen eine ausgewachsene Katze verteidigt. Es war geschickt, rechtshändig; es konnte schreiben, zeichnen. Es war verschlagen, konnte sich rasch verstekken; in all diesen Monaten hatte ich es nie auch nur flüchtig erblickt. Was trieb es an, was motivierte es?

Ich?

Gab es immer noch irgendeine Verbindung zwischen „ihm" und meinem eigenen Gehirn? Offenbar besaß es einen wilden, primitiven Selbsterhaltungsinstinkt. Es hatte ihn bewiesen, als es der Katze das Genick brach. Aber in all seinen anderen Handlungen, dem Niederbrennen des Ateliers, der Verunstaltung von Maddows Arbeit, der Zeichnung in Stellas Skizzenblock, die ihr so eindrucksvoll vermittelt hatte, wie sehr ich sie begehrte, hatte es da meinem Willen gehorcht, meine eigenen uneingestandenen Wünsche ausgeführt?

„Hali-halo."

Ich blickte auf. Brian stand über mich gebeugt.

„Was ist geschehen?" Es war wie die Rückkehr von einer langen Reise, um festzustellen, daß es immer noch vorige Woche war. „Ich dachte Sie wären in L. A."

„Ich bin hier." Er setzte sich auf die Bank, streckte seine massiven Beine aus, trank aus der Bierflasche, die er in der Hand hielt. „Im gleichen beschissenen Loch."

„Warum sind Sie nicht gefahren?"

„Scheiße. Darum."

Ich wartete. Er hatte offensichtlich seit Stunden getrunken, vermutlich den ganzen Tag; die ganze Geschichte würde aus ihm hervorquellen, wenn ich wartete.

„Ich werd's Ihnen sagen, warum ich nicht gefahren bin." Er besah sich die Flasche in seiner Hand; sie war leer; er drehte sie nach unten, um sicherzugehen. „Ich erzähl's Ihnen, sobald ich noch was zu trinken hab'." Er stand auf. „Wollen Sie einen?"

„Danke." Ich reichte ihm mein Glas. Während er fort war, schweifte mein Blick über die Menge der Studenten an der Bar, halb hoffte, halb fürchtete ich, Stella unter ihnen zu sehen.

„Hier." Brian reichte mir meinen Drink und setzte sich wieder. „Wo waren wir?"

„Wir waren hier. Sie sind nicht nach L. A. gefahren."

„Das stimmt. Sie ist gefahren, aber ich nicht."

„Sie ist allein nach L. A. gefahren?" Warum fühlte ich mich so erleichtert?

„Zum Teufel, was weiß ich, wohin sie gefahren ist."

Ich erinnerte mich an die Bilder, die mich in jener Nacht in Reno verfolgt hatten, Bilder, so deutlich wie die Großaufnahmen in einem pornographischen Film. Warum empfand ich diese Dankbarkeit, diesen Triumph, daß sie nie Wirklichkeit geworden waren?

„Hat sie sich's anders überlegt mit dem Wegfahren?"

„Ich schätze, ja." Er nahm vor der Zurückweisung Zuflucht zu seiner Hillibilly-Rolle. „Ich schätze, irgend etwas passierte, was dieses Mädchen dazu brachte, es sich einfach anders zu überlegen."

„Was sagte sie?"

„Sie sagte gar nichts. Ich sollte sie am Donnerstagmorgen abholen und nach L. A. fahren. Teufel, es war alles abgemacht. Sie freute sich schon darauf.“ Ich hätte ihm sagen können, daß sie sich nicht freute. Hast du Freunde dort? Yeah. Freunde. Die trostlose Bitterkeit in ihrer Stimme. „Sie war nicht zu Hause. Ich wartete in der Nähe. Ihre Zimmerwirtin sagte, sie kam Mittwoch abend von der Arbeit nach Hause und erzählte ihr, daß sie ausgehe, sie werde am Morgen zurück sein, um ihre Sachen zu packen ...“

Sie dürfte gegen zehn Uhr zu meinem Haus gekommen sein und es versperrt und dunkel vorgefunden haben. Dieser senkrecht fallende, schwere Schnee. Wie lange hatte sie gewartet? Ich hatte ihr Bild vor Augen, wie sie zusammengekauert unter der Veranda Schutz suchte.

„Kam sie an diesem Abend überhaupt nicht mehr in ihr Zimmer zurück?“

„Ich hab's Ihnen doch gerade erzählt. Ihre Vermieterin hörte sie hinausgehen, und das ist das letzte, was sie von ihr gesehen hat.“

Als ich nicht zurückkam, war sie da einfach impulsiv weggelaufen, auf den ersten Wagen oder Lastwagen gestiegen, der ihretwegen stehenblieb?

„Was zum Teufel macht es Ihnen aus?“

„Was?“

„Was mit ihr geschah?“ Er sah mich mit der gleichen zornigen Intensität an, die er dem Bierflaschenetikett gewidmet hatte.

„Haben Sie's je mit ihr getrieben?“

„Nein.“ Ich war sicher, Stella hatte nie mit irgendwem über mich gesprochen. „Ich hab kaum je mit ihr geredet, außer in der Vorlesung.“

„Wenn ich ihre kleine Möse nur ein einziges Mal hätte ficken können. Ich hab ihr nie auch nur die gottverdammten Hosen runtergezogen.“ Sein Zorn war jetzt auf den Billardtisch gerichtet. Der Cowboy reihte die Kugeln für ein neues Spiel auf. Ein dünner junger Mann mit einem schmächtigen Bart schlängelte sich um den Tisch herum auf ihn zu; es war Pulham, der unermüdliche Illustrator lebloser Kopulationen, der Student, der wußte, daß mit Pornographie Geld zu machen war. Ich erinnerte mich an Stellas Verachtung für seine Zeichnungen.

Es geschah so plötzlich, wie wenn eine Glasscheibe zerspringt. Es gab keine erhobenen Stimmen; keine drohenden Gesten. Pulham wurde mit dem Rücken gegen den Billardtisch gedrängt, seine Hände hilflos, flehend hochgehoben. Seine Brille war hinuntergefallen. Die Fäuste des Cowboys waren so unkörperlich wie Licht, als sie an den flehenden Händen vorbeiflogen, und dann waren sie plötzlich knochenhart, als sie auf die blassen, zerbrechlichen Gesichtszüge einschlugen. Er versuchte nicht, Pulham niederzuschlagen; er fügte ihm systematisch Schmerz zu.

Brian stellte seine Bierflasche neben mich auf die Bank; er stand auf; ich hörte ihn etwas in der Art sagen, daß er schon seit Monaten darauf gewartet habe: Seine Stimme war verzerrt von freudiger Erregung. Der Cowboy stand mit dem Rücken zu ihm, sein breiter Rücken bewegte sich mit mechanischer Präzision, während er in Pulhams Gesicht hämmerte. Brian legte beide Hände auf die Schultern des Cowboys. Seine Bewegungen hatten die solide Bedächtigkeit eines Drehkrans, als er ihn hochhob, umdrehte und ihn erneut an den Armen packte. Beinahe zärtlich, mit furchtbarer Sanftheit, hob er den Cowboy hoch und warf ihn gegen die Wand. Der Cowboy schien dort wie an einem Haken zu hängen, bis Brian ihn wieder an den Armen zusammenpreßte. Diesmal, als er ihn gegen die Wand warf, ließ er ihn nicht los; er knallte ihn immer wieder zurück, immer wieder; es sah aus, als wolle er ihn durch die Wand durchquetschen - es sah aus, als würde ihm das gelingen.

Ich hatte mich nicht entschlossen zu gehen - ich stand auf; ich entfernte mich von der ekelhaften Idiotie, der Vergeudung und Direktheit und Sinnlosigkeit von Gewalt. Ich hatte nicht die Absicht, von der Tür zurückzublicken; ich war durch ein Gefühl dazu genötigt, das mich überraschte - Mitgefühl. Der Körper des Cowboys hatte das gewichtlose Aussehen eines Anzugs an einem Kleiderhaken; sein Kopf pendelte, wie an den Schultern eingehängt, vor und zurück und prallte von der Wand ab. Nicht mit dem Cowboy identifizierte ich mich. Es war Brian. Ich wußte genau, wie ihm zumute war. Ich verstand seinen Zorn. Ich selbst hatte die gleiche Wut empfunden bei dem Gedanken an ihn und Stella.

Eine Nachricht erwartete mich auf dem Küchentisch, als ich nach Hause zurückkam.

Ich schlafe in dem Zimmer am Ende des Gangs - falls Du lesen möchtest. Alles Liebe, Ruth.

Ich ließ die Nachricht liegen, ging in das hintere Schlafzimmer und zog mich aus. Als ich meine Jacke in den Schrank hängte, sah ich die zwei größeren Koffer von Ruth unterhalb ihrer Kleider, die dort hingen. Ich beugte mich hinunter und betrachtete sie, prüfte die Schlösser.

Ich hob jeden einzeln hoch, eine Sekunde lang, bevor ich den Kasten schloß.

Sie hatte nicht ausgepackt; sie hatte keinen von ihnen auch nur aufgesperrt.

23

„Ich hab' dir über die Versammlung geschrieben, bei der ich war."

Ich nahm an, daß sie das getan hatte, sie hatte mir über so viele Workshops, Seminare, Zusammenkünfte geschrieben; ihre Briefe hatten sich mit fast nichts anderem beschäftigt. Ich nickte, sah zurück, zum Hügel, wo Sophie mit einer Gruppe von Kindern Schlitten fuhr. Sie beendete ihre Fahrt in einem Wirbel von zappelnden Beinen und Schnee und begann, ihren Schlitten wieder den Hang hinaufzuziehen. Ich winkte ihr; sie winkte nicht zurück.

„... sind auf ein paar ganz schön starke Sachen gekommen. Ich möchte, daß du teilhast an dem, was wir erarbeitet haben." Ruth sprach immer noch über ihre Versammlung. Als sie vorgeschlagen hatte, daß wir spazierengehen sollten, hatte ich zugestimmt. Die zwei unausgepackten Koffer machten klar, daß sie, als sie in Reno aus dem Flugzeug gestiegen war, bereits über die Zukunft entschieden hatte. Sie hatte ihre Absicht vor mir verborgen, damit wir Weihnachten als Familienfest feiern konnten, Truthahn und Geschenke und körperlichen Kontakt, ohne jegliches sachliches Gespräch über Pläne, das die Stimmung verderben könnte. Bei Sophie hatte es geklappt. Das mußte ich Ruth zugestehen. Wir konnten nicht länger heucheln.

„... gingen auf die ganze Frage der Zweierbeziehungen ein."

„Du hattest doch nie die Absicht, hier zu bleiben, nicht wahr?"

„Bitte, laß es mich dir auf meine eigene Art sagen, Martin."

„Mir was sagen?"

„Ich versuche es. Wir können nicht darüber sprechen, wenn du einen so anklagenden Ton anschlägst."

Sie meinte, wir könnten nur darüber sprechen, wenn sie ganz allein redete. Ich ging neben ihr weiter auf die Bäume zu. Sie trug Skihosen und einen gerippten Pullover, den ich ihr zu Weihnachten geschenkt hatte; er hatte einen hohen Rollkragen, der das perfekte Oval ihres Gesichts betonte wie ein Rahmen rund um ein Bild. Er ließ sie fremd und auffallend hübsch aussehen.

„Solange zwei Menschen eine Beziehung zueinander haben, müssen sie sich zwangsläufig in ihrer Entwicklung gegenseitig hemmen. Sie behindern gegenseitig ihr Wachstum. Sie können ihre vollen potentiellen Fähigkeiten nicht erkennen. Weil niemals zwei Menschen zur gleichen Zeit am gleichen Punkt sind."

„Was meinst du mit – Punkt?“

„Die gleiche Stufe in ihrer Entwicklung. Wir alle machen andauernd verschiedene Stadien durch. Manche dieser Stadien sind ganz schön schwierig. Wir können nur über sie hinaus zu einer anderen Bewußtseinsebene gelangen, wenn wir zuerst den Bezug zu unserem Ich begriffen haben ...“

Nicht ein Wort von dem, was sie sagte, war in ihrem eigenen Ich entstanden. Es war alles etwas, das sie gelesen oder gehört hatte. Ich konnte sie auf ihrem Klappstuhl sitzen sehen, wie sie sich Notizen machte, sie später studierte, diese Jargonphrasen auswendig lernte. Warum? Was war mit ihr geschehen? Was gab es in unserem Zusammenleben, das sie dazu gebracht hatte, zu dem Bedürfnis, ihre spontanen Gefühle, sogar ihre Gefühle des Protests, durch nachgeplapperte Dogmen zu ersetzen?

„Wer hat dir das alles erzählt?“ Ich konnte nicht länger schweigen. „Diesen ganzen ...“ Ich wollte Mist sagen. „Wer war es, wer hat euch das alles erzählt auf der Versammlung?“

„Niemand erzählte uns irgend etwas. Ich hab doch versucht, es dir zu erklären. Es war keine Vorlesung. Es war ein Gruppentreffen. Wir saßen alle auf dem Fußboden.“ Ich hatte mich in bezug auf den Klappsessel also geirrt. „Und wir ließen einen Stein herumgehen. Er war aus einem ganz speziellen Harz gemacht, das die Maoris verwenden, und jeder, der den Stein hatte, sprach für die anderen. Genau das war das Phantastische daran. Die ganze Gruppe kam sich so unglaublich nahe. Niemand widersprach jemandem. Wir bestärkten jeder des anderen Ideen. Du kannst dir nicht vorstellen, wie es ist, solange du es nicht erlebt hast. Die Gruppenenergie. Sie ist so hilfreich. Dadurch habe ich verstanden ...“

„Was habt ihr verstanden?“

Sie schüttelte den Kopf; sie sammelte sich, bevor sie darlegte, was die Gruppe entdeckt hatte.

„Die Kleinfamilie funktioniert nicht.“

Sie stand da: eine attraktive Frau in den Dreißigern, die Skihose, die um die Hüften ein wenig zu eng war, betonte ihre Schenkel, ihr Geschlecht, in einer Weise, die mich an all die intimen, miteinander verbrachten Jahre erinnerte. Für sich selbst war sie nicht mehr diese Frau, sie war Galilei, der verkündete, daß die Erde sich bewegt. *E pur si muove.* Die Kleinfamilie funktioniert nicht.

„Du hast das auf eurer Versammlung beschlossen?“

„Ich hab’ es nicht beschlossen. Das ist so, als wüßte man etwas über eine Sache, statt sie zu kennen.“

„Vielleicht glaubst du nicht an Kleinfamilien, wie du sie nennst.

Aber Sophie tut es. Sie glaubt daran, daß sie eine Mutter und einen Vater hat, und sie glaubt daran, daß sie beide zusammen hat."

„Nur weil wir ihr unsere Werte aufgezwungen haben. Es ist ebenso mein Fehler wie deiner. Wir haben Sophie mit der Idee der Familie großgezogen. Wir haben ihr das Gefühl gegeben, daß es keine Alternative gibt."

Alternative. Das neue Modewort; in den letzten Jahren ist es an die Stelle von „irrelevant" gesetzt worden.

„Jetzt willst du ihr also deine neuen Werte aufzwingen. Alle diese - diese neuen Ideen, die du aufgeschnappt hast."

„Du klagst schon wieder an."

„Hast du Sophie gefragt, was *sie* denkt - ob sie ihre Werte ändern will?"

„Kinder sind von Natur aus sippenbezogen." Sie war wieder auf sicherem Boden, konnte wieder zitieren. „Sie sind ebenso unterdrückt wie wir, wir Erwachsenen es sind, durch unsere strukturellen Konzepte."

„Woher weißt du das?"

„Ich habe es dir gesagt, es offenbarte sich uns allen in der Versammlung."

Mir kam der Gedanke, daß sie nicht mehr ganz zurechnungsfähig sei. Unter dem Einfluß dieser alles begründenden Gruppenenergie war sie in eine Phantasiesphäre aufgestiegen, wo Worte, wie Offenbarungen, eine magische Kraft für sie hatten; sie ersetzten jeden rationalen Gedanken.

„Glaubst du ehrlich, Sophie wäre ohne mich glücklicher? Daß sie keinen Vater, keine Familie mehr braucht?"

„Natürlich nicht. Es geht nicht um dich, Martin. Nicht um dich persönlich. Es ist einfach so, daß Kinder intuitiv auf Gruppenleben orientiert sind."

Sophie nicht. Bis sie der Gruppenlärm von New York erschreckt hatte, hatte sie das Alleinsein oder Mit-uns-Sein der Gesellschaft von anderen Kindern vorgezogen.

„Sobald wir das auf der Versammlung begriffen hatten, es als Teil unseres Bewußtseins verstanden, begannen wir, die Alternative der Gemeinschaftsstrukturen zu erforschen und zu erkennen."

„Du meinst, du möchtest irgendwohin gehen und dich einer Kommune anschließen?"

„Wir werden unser eigenes Zentrum einrichten." Sie fing an, mir davon zu erzählen. Die Führer ihrer Gruppe - sie nannte sie *focalizers* - waren bereits in San Francisco; sie hatten dort ein Haus gemietet. „Wir werden am Anfang zwölf sein, acht Erwachsene und vier Kinder. Wir werden die Hausarbeit und die Versorgung der Kinder aufteilen, und wir werden Gruppentherapie und gegenseitige Abstimmung anwenden, um die schwierigen Probleme zu lösen, die auf uns zukommen, aber es ist nicht das gesellschaftliche Erlebnis, das wir miteinander teilen wollen. Es ist das spirituelle."

„Wovon werdet ihr denn alle leben?"

„Organische Ernährung. Wir glauben alle ..."

„Ich meine Geld. Wer wird die Miete zahlen, den Strom, und den braunen Reis kaufen?"

„Wir alle. Wir werden alle unseren Anteil zahlen."

„Ich will nicht, daß Sophie von einem Haufen von Spinnern erzogen wird."

Ich erwartete, daß sie das wütend machen würde; sie lächelte immer noch ihr gelassenes Lächeln. „Du darfst nicht so von ihr sprechen, als ob sie dir gehörte."

„Sie ist doch mein Kind, oder nicht?"

„Menschen gehören niemandem, außer sich selbst."

Eine weitere vereinfachende Ausflucht; Sophie mochte sich selbst gehören, aber sie war in einer ganz hilflosen Weise von uns abhängig; was immer wir in den nächsten Jahren taten, würde ihr ganzes späteres Leben bestimmen.

Ich versuchte, mich selbst in Ruths Gemeinschaft vorzustellen. Diese scheinheilig lächelnden, selbstgerechten Leute. Dinge kennen; niemals etwas über sie zu wissen. Die Dinge, die sie so kennen würden, daß es Ketzerei wäre, sie anzuzweifeln, Veden und Feen und Gespenster und Astrologie, der ganze Weg zurück zu den Prophezeiungen des Nostradamus und der historischen Tatsache von Atlantis. Ihre gemeinsame Hypothese, daß alle gewöhnlichen Interessen, Geschichte, Politik, Filme, Theaterstücke, Bücher, außer den Propagandisten des neuen Zeitalters, völlig bedeutungslos seien, nicht der Rede wert. Mit Stäbchen essen. Getreidekaffee und Kräutertee trinken. Wenn ich rauchen wollte, würde ich nach draußen gehen müssen. Ich würde akzeptieren müssen, daß ich mit der Hausarbeit an der Reihe war, und ich müßte braunen Reis kochen lernen. Und ihn essen. Was wäre mit meiner eigenen Arbeit? Ich war jetzt wieder so nahe daran, mir damit meinen Lebensunterhalt zu verdienen. Vielleicht konnte ich einen Arbeitsraum in der Nähe finden, wo ich ein paar Stunden täglich mit meinen Zeichnungen weitermachen könnte.

Zumindest würde ich bei Sophie sein. Ich könnte mich um sie kümmern, mich gegen diese vegetarischen Verrückten auf ihre Seite stellen, wenn sie sich dem hilfreichen Druck widersetzte.

Und San Francisco war mehr als dreihundert Kilometer entfernt. „Es“ konnte uns niemals dorthin folgen.

„In Ordnung.“ Ich nahm Ruths Arm und begann mit ihr den Hang hinunterzugehen. „Ich habe nichts dagegen, es für eine Weile zu versuchen und zu sehen, wie es funktioniert.“

„Du wirst uns doch besuchen kommen, nicht wahr, Martin? So oft du kannst.“

Sie hatte meine Einwilligung mißverstanden. Absichtlich?

„Ich werde mit dir kommen“, erklärte ich ihr. „Du brauchst dir keine Sorgen zu machen. Ich werde alles tun, was ich kann, um mich euren Ideen anzupassen und mich in eure Gemeinschaft einzufügen. Ich werde mich ihr nicht widersetzen. Ich will es wirklich versuchen.“

Fünf, sechs schlitternde Schritte den Abhang hinunter und sie hatte noch immer nicht geantwortet. Wir gelangten zu einer ebenen Stelle mit einem anderen Baumstumpf. Sie löste sich von mir und zwang mich, ihr in die Augen zu sehen.

„Wir würden dich nicht akzeptieren, Martin.“

Es hätte nicht so weh getan, wenn sie „sie“ gesagt hätte statt „wir“.

„Warum nicht?“

„Deine ganze Einstellung.“

„Was ist mit meiner Einstellung nicht in Ordnung?“

„Du willst nicht, daß Sophie von einem Haufen von Spinnern erzogen wird. Wenn du dich selbst gesehen hättest, als du das sagtest. Die Voreingenommenheit und der Zorn in deinem Gesicht. Du hast deinen Geist vor jeder Möglichkeit, dein Bewußtsein zu erweitern, verschlossen.“

Sie streifte mich, als sie sich zum Weitergehen anschickte. Ich wollte sie packen und schütteln. Sie beeilte sich nun, hüpfte und rutschte. Ich holte sie hundert Meter weiter unten ein. Sie blieb wieder stehen, als ich sie erreichte. Ihre Augen waren vernebelt. Worüber, zum Teufel, hatte *sie* zu weinen?

„Ich liebe dich, Martin. Du mußt versuchen, das zu glauben und einzusehen.“

Noch mehr Worte. Vielleicht glaubte sie. Ich nicht.

„Das letzte, was ich will, ist ein endgültiger Bruch zwischen uns.“

Des Geldes wegen? Ich fragte nicht; es hätte für sie anklagend geklungen.

„Deswegen habe ich das Gefühl, daß es so wichtig für uns ist, eine Weile getrennt zu sein.“

„Wir *sind* drei Monate getrennt gewesen.“

„Damit wir unsere Liebe füreinander wiederfinden und auf anderer Ebene wieder zusammenkommen können."

Es kostete mich physische Anstrengung, meinen Zorn zu beherrschen, ruhig und vernünftig zu sprechen.

„Was erwartest du von mir? Daß ich hier allein bleibe?"

„Niemand kann dein Leben für dich leben, Martin. Du mußt tun, was immer du tun willst."

„Du erwartest, daß ich weiterhin für deinen Lebensunterhalt aufkomme, nicht wahr? Daß ich dir jeden Monat einen Scheck schicke?"

„Du warst vorher einverstanden damit – als ich dieses Apartment in Brooklyn Heights nehmen wollte. Es wird viel billiger sein, in der Gemeinschaft in San Francisco zu leben."

„Ich habe dich drei Monate lang in New York erhalten. Du hast deinen ..."

„Mami." Sophie kam, ihren Schlitten hinter sich herziehend, den Hügel hinauf auf uns zugelaufen. „Mami, kann ich mit Melanie nach Hause gehen?"

„Wer ist Melanie, Liebling?" Ich beugte mich hinunter, um sie zu begrüßen. Ihre erhitzte, japsende Anwesenheit war eine Bestätigung dafür, daß es doch noch Licht, Farbe und natürliche Wahrheit auf der Welt gab.

„Kann ich, Mami?" Sie eilte weiter zu Ruth. „Sie will, daß ich mit ihr nach Hause gehe, und ich kann dort essen." Sie hatte ein kleines Stück Papier in der Hand. „Ihre Mutter sagt, es ist in Ordnung, und du kannst mich später von ihrem Haus abholen. Hier."

„Natürlich, Sophie." Ruth nahm ihr den Zettel ab. „Um wieviel Uhr sagt sie, soll ich dich abholen?"

„Um fünf." Sophie rodelte wieder den Abhang hinunter. „Nicht vor fünf", rief sie uns beiden zu.

Ruth schob Melanies Adresse in die Tasche ihrer Skihose. Ich wußte, was sie dachte, bevor sie es sagte.

„In der Gemeinschaft wird es Kinder geben, mit denen Sophie die ganze Zeit beisammen sein kann."

Ich schritt schnell fort von ihr, zurück zum Haus. Ich hatte Angst, daß ich, würde ich bleiben, etwas Unwiderrufliches tun könnte, sie schlagen, sie ein dummes Weib nennen. Kein einziges Mal hatte sie in unserem Gespräch einen Hinweis gegeben, daß sie sich meiner als Menschen bewußt war, ganz zu schweigen als des Mannes, der sie geliebt und zwölf Jahre lang mit ihr gelebt hatte. Durch Gruppentherapie, Workshops und Meditation war sie so auf sich selbst zentriert worden, daß sie halbblind war, sie konnte nur nach innen schauen. Ich. Ich. Ich. Alles, was sie tun wollte, mußte richtig sein, weil es der Ausdruck ihres eigenen inneren Seins war. Niemand sonst war wichtig; niemand sonst existierte für sie.

Das dachte ich, als ich das untere Ende der Auffahrt erreichte. Die Klappe des Postkastens stand offen. Es lag nur ein Brief drin. Für Ruth. Ich erkannte sofort Pierres Handschrift nach der Notiz, die ich in der Wohnung in New York gefunden hatte.

Als ich den Brief die Stufen zum Haus hinauftrug, sah ich den Poststempel. San Francisco.

24

Mein Verlangen, allein zu sein, war überwältigend wie ein plötzliches Erschrecken. Ich ließ Pierres Brief an Ruth auf dem Küchentisch liegen und schloß mich im Zimmer ein.

Ich saß beim Tisch, umgeben von meinen Farbtöpfen, meinen Tintenflaschen, meinen Pinseln, Federn und Bleistiften, einen Skizzenblock vor mir. Ich schob diese Dinge hin und her, hob sie auf und legte sie wieder hin. In meinem Bleistiftbehälter fand ich Stellas Messer; ich mußte es mit meinen eigenen Sachen hierhergebracht haben, an dem Nachmittag vor Ruths Ankunft. Obwohl ich Stella so oft dabei beobachtet hatte, wie sie es verwendete, hatte ich es nie zuvor in der Hand gehalten. Es schien irgendeine vertraute Bedeutung für mich zu haben; ich untersuchte es sorgfältig; es war geschliffen worden, bis es dünn wie ein Stilett war; die Klinge war mit einer dunkelbraunen Substanz verklebt, die wie erstarrter Leim aussah. Sie hatte den Griff mit einer einfachen Schnur zusammengebunden, um ihn besser zu befestigen. Ich stellte den Krug zurück.

Nach einiger Zeit öffnete ich den Skizzenblock. Ich zeichnete Linien, Kreise, Spiralen, mit peinlich genauer Sorgfalt, wobei ich verschiedenfarbige Tuschen verwendete. Es war keine Absicht dahinter; wie das Hin- und Herschieben der Farbtöpfe waren es kleine, stille Protestschreie.

Wie war ich dazu gekommen? Was hatte ich getan? Vor einem Jahr war ich im absoluten Zentrum meines Lebens gestanden: ein Heim, eine Familie, ein Beruf, Freunde, Kollegen, die mich wie beschützende Kreise umgaben. Alles war jetzt verloren, zerstückelt. Das Zentrum hatte nicht standgehalten. Warum? Weil ich ein egoistischer, gemeiner Hurensohn war?

Gegen vier Uhr klopfte Ruth an meine Tür. „Möchtest du nicht essen?“ Ich wollte nicht. Ich wollte auch nicht, daß sie hereinkomme. Ich wollte sie nicht sehen. Die Tür ging auf. Sie lächelte, nun nicht gelassen, sondern zaghaft, ein Kundschafter, der die feindlichen Linien überquert und um einen Waffenstillstand bittet. Sie stellte sich hinter mich und legte ihre Hände auf meine Schultern. Sie fühlten sich wie Lasten an, die sie mir auferlegte; ich schob sie fort.

„Was willst du? Ich versuche zu arbeiten.“

„Ich hatte das Gefühl, wir sollten miteinander sprechen.“

„Schon wieder?“

„Wir haben nichts wirklich geregelt.“

Wir? Was hatte ich damit zu tun? Sie hatte alles geregelt, bevor sie New York verließ. Mit Pierre.

„Ich weiß, daß die Dinge für dich schwierig sind, Martin.“

Ich klappte meinen Skizzenblock zu, verbarg diese in Linien ausgedrückten Schreie.

„Ich werde nicht viel zum Leben brauchen.“

Es überraschte mich, daß ich weiter hier sitzen konnte, daß die Empörung mich nicht zu gewalttätigen Schritten trieb.

„Erwartest du von mir, daß ich Pierre auch aushalte?“

„Pierre hat nichts damit zu tun, Liebling.“

„Du wirst mit ihm in San Francisco leben.“

„Nicht so, wie du meinst.“

Die gleiche Ausflucht, zu der sie in New York gegriffen hatte, als ich sie fragte, ob sie miteinander ins Bett gingen; es war ein Lehrsatz jener neuen Welt, die sie betreten hatte, daß Handlungen keine objektive Realität besaßen.

„Bitte, sieh mich an, Martin.“

Sie preßte ihre Finger gegen meine Schläfen, versuchte, meinen Kopf zu sich zu drehen. Ich stieß beinahe den Tisch um, als ich mich von ihr losriß und aufstand. Ein Element der Angst war dem Abscheu beigemischt, den ich bei ihrer Berührung empfand. Ich hatte ein Bild von uns beiden, wie unsere Willenskräfte, nicht unsere Körper, wie wilde Bestien miteinander rangen und jeder den anderen zu zerstören suchte.

„Pierre wird ein Teil von eurer Gemeinschaft sein.“ Pierre, aber nicht ich. „Du wirst ihn dort akzeptieren.“

„Er ist einer unserer *focalizer.* Meine Gefühle für ihn, die Art, in der ich ihn mag – es ist genau dieselbe wie bei allen anderen Gruppenmitgliedern. Ich sagte dir doch, wir glauben nicht ...“

Sie sprach wieder über Zweierbeziehungen. Ich hörte nicht zu.

„Hat Pierre in der Wohnung in New York mit dir gewohnt?"
„Nein. Nicht gewohnt ..."
„Willst du mir einmal einfach eine Frage beantworten. Hat er dort geschlafen?"
„Nur ein- oder zweimal."
„Wußte Sophie das?"
„Natürlich wußte sie es. Du weißt, wie sie immer am Morgen ins Schlafzimmer kommt. Es wäre das allerschlimmste gewesen, ihr zu sagen, sie dürfe nicht kommen, sie auszuschließen. Sie dachte sich nichts dabei. Kinder sind so, wenn wir ihnen nicht unsere eigenen Schuldgefühle aufbürden."
Es gibt Zeiten, da sind emotionale Reaktionen so heftig, daß man überhaupt nichts empfindet, vielleicht ist es so, wie wenn man vor Schmerz in Ohnmacht fällt. Ich sah sie schließlich an, diese Fremde in geripptem Pullover und Skihose. Ich empfand nicht einmal Feindseligkeit ihr gegenüber, nur eine ruhige Entschlossenheit, mich nicht von ihr zerstören zu lassen.
„Ich werde nicht zulassen, daß du mir Sophie wegnimmst. Für immer wegnimmst."
„Du brauchst uns kein Geld zu schicken, wenn du nicht willst. Du mußt tun, was du für richtig hältst ..."
„Wirst du jetzt machen, daß du hier rauskommst?"
„Siehst du, ich glaube, was immer wir brauchen, wenn wir richtig darüber nachdenken, wird sich zeigen ..."
„Mach doch, daß du rauskommst."
Ich hielt ihr die Türe auf. Sie wollte an mir vorbei, zögerte, blieb stehen. Sie hielt einen Zettel in der Hand.
„Wo ist die Spruce Street?"
„Bitte."
„Sag mir nur, wo die Spruce Street Nr. 25 ist, damit ich Sophie abholen kann."
„Eine Seitengasse der Hauptstraße. Nach dem Hotel."
Ich schloß die Tür hinter ihr, ging zum Tisch zurück, setzte mich nieder. Es war totenstill. Ich wartete. Der Schmerz würde jetzt sogleich kommen. Sophie, die mit ihrer morgendlichen Lebhaftigkeit ins Schlafzimmer stürmte. Pierre und Ruth im Bett. Pierre auf meiner Seite des Bettes. Auf dem Platz ihres Vaters. Ich empfand noch immer nichts. Weil ich endlich einen Entschluß gefaßt hatte? Ich werde nicht zulassen, daß du mir Sophie wegnimmst. Wie sollte ich sie aufhalten? Indem ich gerichtliche Schritte unternahm? Irgendein verschmitzt lächelnder hiesiger Richter, der Sophie ausfragte? Nichts, nicht einmal die Gefahr, sie niemals wiederzusehen, konnte

mich dazu bringen, Sophie dem auszusetzen. Ich wußte, wenn es dazu kam, würde ich Ruth weiterhin jeden Monat einen Scheck schicken. Wenn nicht, könnte ich meine letzte schwache Verbindung zu meiner Familie verlieren.

Warum also, um Himmels willen, empfand ich statt ohnmächtiger Wut immer noch diese kühle Zuversicht?

Irgend jemand lebt mein Leben, und ich weiß nichts von ihm.

„Entschuldige, daß ich dich wieder störe." Ruth hatte die Tür geöffnet. „Ich kann den Wagen nicht starten."

„Du mußt das Schalterding auf P lassen."

„Das hab' ich versucht."

Ich ging an ihr vorbei, den Gang hinunter. Die Tür der Innentreppe zur Garage war offen. Ebenso die Autotür. Als ich mich hinter das Lenkrad setzte, spürte ich eine kalte Feuchtigkeit durch mein Hosenbein sickern; eine Schneeflocke auf dem Sitz; ich dachte nicht weiter darüber nach. Der Schalthebel war locker; ich mußte ihn nach oben drücken, hielt ihn fest in der Stellung zum Parken, bis der Motor ansprang. Ich ließ ihn laufen und rückte auf den Nebensitz, um Ruth Platz zu machen.

„Der Sitz ist naß." Sie zuckte protestierend zusammen.

„Leg den Rückwärtsgang ein, und er wird jetzt ohne Schwierigkeiten laufen."

Sie bewegte den Hebel, als würde er sich heiß anfühlen, und fuhr mit dem Wagen im Rückwärtsgang die Auffahrt hinunter. Ich stieg aus. Als ich mich umdrehte, um die Tür zu schließen, blickte ich auf den Rücksitz.

Ich sah sie sofort. Die helle Bespannung der Sitze bestand aus irgendeinem Kunststoff, wasserabstoßend, und sie hatte sie nicht absorbiert. Fünf kleine feuchte Flecken. Vier davon waren fast rund, in Halbkreis gruppiert, zwei bis drei Zentimeter voneinander entfernt. Der fünfte war tiefer, ein wenig links von den anderen, oval in der Form. Hätte ich eine rechte Hand gehabt, dann hätte ich mich hinunterbeugen können, und meine Fingerspitzen und der Daumenballen hätten draufgepaßt.

Ich stand da und hielt die Wagentür offen.

Vorsichtig. Ich wußte sofort, was ich zu tun hatte. Verstör sie nicht. Sag ihr, sie soll aus dem Auto steigen. Sag, daß du Sophie abholen wirst. Fahr auf irgendeinen ruhigen Platz an der Straße und fang an zu suchen. Reiß den ganzen verdammten Wagen in Stücke, wenn es sein muß und wenn's nicht anders geht.

„Liebling." Ruth sah mich an, senkte den Kopf, um mein Gesicht zu sehen.

„Bitte, mach dir keine Sorgen um Sophie. Ich will sie dir nicht wegnehmen."

Sag ihr, sie soll aus dem Wagen steigen.

„Ich will nur sehen, daß sie mit teilnahmsvollen, hilfreichen Leuten aufwächst, damit sie sich zu einem freien menschlichen Wesen entwickeln kann."

Du *kannst* sie nicht losfahren lassen. „Es" wartete vielleicht oder war handlungsunfähig oder tat das, wozu es in diesen Wagen gekrochen war, wenn Ruth Sophie abgeholt hatte, wenn sie gemeinsam auf dem Weg nach Hause waren.

Nein. Das war nicht zu befürchten. Bei allem, was „es" getan hatte, sogar bei der Brandlegung in meinem Atelier, hatte es einen verborgenen Wunsch von mir ausgeführt. Es würde Sophie niemals etwas zuleide tun. Ich liebte sie. Ich hatte ihr in keinem Augenblick ihres Lebens etwas Böses gewünscht.

„Sie mag Pierre. Er ist nett zu ihr. Aber er wird sie dir nicht *wegnehmen.*"

Ich schlug die Wagentür zu.

Sie richtete sich auf, setzte eine Miene geduldiger Gutgelauntheit auf, eine Lehrerin, die am Ende die ermüdende Widerspenstigkeit eines Schülers brechen wird.

Ruhig, zuversichtlich beobachtete ich, wie sie die Straße hinunterfuhr.

25

Was kann der Angeklagte tun, wenn das Gericht abwesend ist? Jede Entscheidung ist ihm genommen. Keine seiner Handlungen kann jetzt irgend etwas ändern. Wie verbringt er die Wartezeit?

Ruth hatte schmutziges Geschirr im Spülbecken zurückgelassen; ich wusch es; trocknete es ab; räumte es fort. Als ich den Küchentisch wischte, sah ich ein Buch, das sie von New York mitgebracht hatte. Es war ihr von einer ihrer Gruppen empfohlen worden. Sie hatte jeden Tag hingebungsvoll und gehorsam ein Kapitel daraus gelesen. Ich schlug wahllos irgendeine Stelle auf.

> In der Verwirklichung ist das absolute Bewußtsein von der inneren Gegenwart des Wunderbaren. Verwirklichung enthüllt die Wahrheit, daß in der Gegenwart alle Dinge sind. Verwirklichung ist der Weg der Vollendeten Freiheit in der Gegenwart, in der es

weder Mangel noch Grenzen gibt. Verwirklichung weiß, und weiß, daß sie weiß; und damit gestattet sie dem Gesegneten, in die Absolute Gewißheit gehoben zu werden …

Ich klappte das Buch zu. Die Worte bedeuteten mir absolut nichts; sie waren leere Worte. Ich wußte, wenn ich sie jeden Tag bis zum Ende meines Lebens lesen würde, würden sie dennoch keinen Sinn für mich ergeben. Für Ruth waren sie offenkundig eine magische Beschwörung. Genügend oft wiederholt, würden sie Ruth mit spirituellem Verständnis erfüllen. Warum waren Spinner von Großbuchstaben so hingerissen?

Ich machte mir einen Drink. Ich saß damit auf der Fensterbank, nippte sorgfältig und rational daran und rauchte meine Pfeife. Ruth würde nicht gern sehen, daß ich in der Küche rauchte.

Das Telefon klingelte. Es hatte in diesem Haus so selten geklingelt, daß ich mich nicht sofort erinnern konnte, wo es stand; ich mußte dem Klang ins Wohnzimmer nachgehen.

„Daddy.“ Sophies Stimme war am Telefon immer unnatürlich schrill. „Ist Mami da?“

„Hallo, Liebling. Geht's dir gut?“

„Ist Mami da?“

„Sie ist dich abholen gefahren, Sophie.“ Sie schien nicht zu verstehen. „Sie ist mit dem Auto weggefahren, um dich nach Hause zu bringen.“

„Sie ist hier nicht angekommen.“

Empfand ich Triumph? Mitleid? Schuld? Vielleicht alles auf einmal. Gefühle sind manchmal undefinierbar; sie verlieren jegliche Beziehung zu den Worten, die wir bei ihrer Beschreibung verwenden.

„Sophie, du solltest es Melanies Mutter sagen - Sophie?“

Keine Antwort, ein wirres, schlingerndes Geräusch, unverständliches Gemurmel.

„Hallo.“ Eine Frauenstimme, lebhaft, streng. „Kommt Mrs. Trask ihr Kind abholen?“

Ich erklärte, daß Ruth unterwegs sei.

„Sie hätte um fünf Uhr hier sein sollen. Ich habe sie extra gebeten, nicht nach fünf zu kommen.“

Ich blickte auf meine Uhr; es war kurz nach halb sechs. „Meine Frau fuhr vor mehr als einer halben Stunde von hier fort. Sie fuhr geradewegs zu Ihrem Haus. Sie sollte jetzt schon dort sein.“

Sollte sie? Ich mußte vorgeben, daß ich an Ursache und Wirkung glaubte.

„Ich muß Melanie zum Gitarreunterricht bringen." Die Frau ließ sich weiter darüber aus; es war jetzt schon spät für den Unterricht; sie würde für die volle Stunde zahlen müssen. Ich wartete, bis die jammernde Stimme verstummte.

„Könnten Sie Sophie mit einem Taxi nach Hause schicken?"

Widerwillig gab sie zu, daß sie das konnte. Ich versicherte ihr, ich würde es bezahlen, und gab ihr meine Adresse; ich mußte langsam wiederholen, während sie notierte. Sie fing wieder damit an, daß sie die volle Stunde bezahlen müsse, als ich den Hörer einhängte.

Wieder warten. Das Gericht war noch draußen. Wie würde mir der Urteilsspruch überbracht werden? Gab es etwas in Ruths Handtasche, wo diese Adresse draufstand? Pierres Brief? Die Autoversicherung war im Handschuhfach. Sobald Ruth gefunden war, würde die Polizei mich anrufen oder ins Haus kommen. Was würden sie mir sagen? Was wollte ich von ihnen hören? Wünschte ich mir, daß Ruth tot sei? Nicht insgeheim, sondern zugegebenermaßen. Was würde ihr Tod für mich bedeuten?

Ich würde mit Sophie allein sein. Es gab nichts, das uns in Saraville halten würde. Sophie und ich konnten mit dem Geld auskommen, das ich noch hatte, bis ich wieder anfing, mir als Comic-Zeichner meinen Lebensunterhalt zu verdienen. Wir konnten irgendwohin gehen, überallhin.

Von draußen war ein Auto zu hören. Ein Taxi blieb an der Einfahrt stehen. Als ich die Treppe hinuntereilte, öffnete Sophie die Tür des Fonds; sie sah sehr klein und wichtig aus, als sie so allein aus dem Taxi stieg. Ich bezahlte den Fahrer.

„Wo ist Mami?"

„Es ist alles in Ordnung, Liebling." Ich folgte ihr in die Diele und half ihr aus dem Mantel. „Du mußt sie gerade verpaßt haben."

„Was ist geschehen?"

„Nichts." Versuchte ich, sowohl mich selbst als auch Sophie zu beruhigen? „Der Wagen wollte nicht starten. Ich nehme an, er ist in der Stadt steckengeblieben, und sie mußte zu einer Werkstatt gehen. Hast du Hunger?"

„Wir haben Hot dogs gekocht."

„Hast du dich gut unterhalten?"

„Sie nimmt Gitarreunterricht."

„Ich weiß."

„Kann ich Gitarreunterricht nehmen?"

„Warum denn nicht? Irgendwann, Liebling."

„Wann?"

„Wenn wir wissen, wo wir sein werden, wo wir wohnen werden."

„Geh ich nicht mit Mami nach San Francisco?"

Mit Ruth? Diese nassen Abdrücke auf dem Rücksitz des Wagens waren da, jede Sekunde, wie etwas, das ich aus dem Augenwinkel flüchtig sehen konnte.

„Ich nehme es an. Ja. Natürlich gehst du."

„Willst du mit mir spielen?"

Ein Spiel? Konnte ich da sitzen und Poker zu zweit spielen, während ich auf das Klingeln des Telefons wartete, darauf, daß die Polizei kam und mir sagte - mir was sagte? Sophie brachte die Karten und eine Schachtel Küchenstreichhölzer. Ich teilte die Streichhölzer in zwei Haufen, für jeden vierundzwanzig, und beobachtete Sophie, wie sie die Karten mischte und ausgab.

„Fünf Karten ziehen." Wir nahmen beide unser Blatt auf. „Neun wild", fügte sie hastig hinzu.

„Du kannst jetzt nicht wild machen."

„Ich kann. Ich hab ausgeteilt."

„Es ist zu spät. Du hast deine Karten schon angeschaut."

Ich sagte das. Als ob es mir wichtig wäre. Ich war bereit, darauf zu bestehen. Es ist erstaunlich, auf wie vielen verschiedenen Spannungsebenen ein Mensch gleichzeitig handeln kann. Ich hatte drei Könige; ich setzte ein Streichholz und legte zwei Karten ab.

„Mami."

Sophie sprang auf; sie zwängte sich um das Tischende herum und versuchte, aus dem Fenster zu sehen.

„Setz dich, Sophie."

„Ich hab den Wagen gehört."

„Setz dich." Ich hatte ihn auch gehört. Ich hatte ihn gesehen, ein Polizeiauto, das die Straße herauffuhr. Sophie versuchte noch immer, das Fenster zu erreichen. „Setz dich."

„Es ist Mami."

„Sie ist es nicht."

Sophie kümmerte sich nicht um mich; sie war an der Tür, drehte am Knauf. Was immer ihrer Mutter passiert war, sie durfte es nicht hören, plötzlich, unerbittlich, von einem Fremden. Ich erwischte sie, bevor sie die Tür aufbringen konnte.

„Es ist nicht deine Mutter."

„Ich hab sie gesehen." Sie weinte, empört, daß ich ihr nicht glauben wollte. „Ja, doch. Ich hab sie gesehen."

Ich hielt sie fest, streichelte ihren Rücken und versuchte, sie darauf vorzubereiten, was die Polizei uns zu sagen gekommen war, als Ruth hereintrat.

„Was ist denn mit euch beiden?"

„Er sagte, das wärst nicht du.“ Sophie lief zu ihr. Ich richtete mich auf, stolperte ein wenig.

„Gott sei Dank, daß du o.k. bist.“ Ich fühlte mich körperlich schwach, erschöpft vor Erleichterung.

„Warum?“

„Wo warst du? Ich glaubte, dir wäre etwas zugestoßen.“

„Der Wagen blieb stecken, gleich als ich in die Stadt kam. Bei der ersten Ampel.“ Sie strich über Sophies Haar. „Ich konnte ihn nicht mehr starten.“

„Ich hab dir gezeigt, wie man's macht.“

„Das tat ich. Ich tat genau das, was du mir gesagt hast. Ich hab dauernd diesen Hebel hinaufgeschoben.“ Es kang abwehrend, sie war verärgert durch meine Aufregung. „Ein Polizist kam vorbei. Er konnte ihn auch nicht starten.“

„Wo ist er jetzt?“

Ich dachte nicht an den Wagen.

„Er hat ihn auf den Parkplatz neben dem Drugstore geschoben.“ Sie strich immer noch Sophies Haar glatt. „Er war reizend. Er brachte mich nach Hause.“

An diesem Abend durchsuchte ich nicht Sophies Zimmer. Ruth hatte den Wagen mehr als drei Kilometer entfernt stehen lassen. Trotz seiner ganzen Kraft und List würde „es“ lange brauchen, um mehr als drei Kilometer Autostraße, die auf beiden Seiten von Schnee umsäumt war, den Weg zurück zu mir zu kriechen. Ich fühlte mich endlich sicher davor, zumindest für heute nacht, vielleicht für immer.

Ruth schlief wieder in dem Zimmer am Ende des Ganges. Ich versuchte zu lesen. Meine Gedanken waren wie laute Stimmen, die Aufmerksamkeit von mir forderten. Gott sei Dank, daß du o. k. bist. Ich meinte es so. Ich wußte in dem Augenblick, als Ruth hereinkam, daß ich ihr nicht den Tod wünschte. Gott sei Dank, daß Ruth gerettet war. Ich wiederholte die Worte wie eine rituelle Beschwörung, bis sie, wie Ruths Beschwörungen, nur noch Formeln waren und ich es vor mir nicht länger verbergen konnte, daß meine Erleichterung nichs verändert hatte.

Ich fand später heraus, daß ich nur eine halbe Stunde geschlafen hatte, bevor Ruths Schreie mich weckten.

26

Die Schreie hatten aufgehört, als ich die verschlossene Tür am Ende des Ganges erreichte. Hastig öffnete ich die Tür und fand den Lichtschalter.

Das plötzliche Licht war wie eine Explosion im Raum, enthüllte und beendete gleichzeitig alles. Ich sah zuerst das Blut; es schien lebendig zu sein, breitete sich über den Rücken von Ruths weißem Nachthemd aus. Sie lag mit dem Gesicht nach unten, den Kopf in das Kissen gedrückt, die halb geballten Hände zum Kopfende des Bettes ausgestreckt. Bettuch und -decke waren bis zu ihrer Taille heruntergezogen. Neben ihrer linken Hand lag Stellas Messer, die Klinge blutbefleckt.

Eine verzettelte Sekunde lang war ich wieder in der Kindheit, starrte auf irgendein geliebtes, zerbrochenes Ding aus meinem Besitz und wünschte mir verzweifelt, ich könnte die Zeit zurückdrehen, ungeschehen machen, was geschehen war. Dann beugte ich mich über sie, aus dem Zwang heraus, etwas zu tun, hilflos, nicht wissend, was ich tun sollte. Sie lebte noch. Ich konnte ihren mühsamen Atem hören. Ich hatte Angst, sie zu berühren; jeder Druck oder jede Bewegung konnte die Blutung verschlimmern. Ich hob ihren Kopf, versuchte, ihren Mund vom Kissen zu befreien. Es war, als bewegte man den Hals einer Puppe; der Widerstand darin war wie künstlich.

„Laß Mami in Ruhe."

Sophie stand in der Tür.

Mein einziger Gedanke war, ihr mit meinem Körper den Blick auf Ruth zu verstellen; sie durfte dieses Blut nicht sehen. Ich beugte mich tiefer über Ruths Rücken.

„Nicht." Sophie rannte zu mir. „Hör auf." Verwirrte Gefühle verzerrten ihr Gesicht, Angst, der Impuls, ihre Mutter zu schützen und die Weigerung, zu sehen, was ihre Augen sahen. „Hör auf, Mami weh zu tun."

„Das tu ich nicht." Ich trat zur Seite. „Ich tu ihr nicht weh, Liebling. Ich hab sie schreien gehört." Es war mir gelungen, Sophie zu erreichen, sie an meine Beine zu ziehen. „Ich bin gekommen, um Mami zu helfen." Ich mußte sie davon überzeugen; wenn nicht, konnten Zweifel, Verdacht den Rest ihres Lebens zerstören. „Ich war es nicht, Sophie. Ich war es nicht, der ihr weh getan hat."

Wie war es „ihm“ gelungen, so schnell wieder herzukommen, drei Kilometer durch den Schnee zu krabbeln und zu kriechen? Wovon gezogen, gelenkt? War es noch hier im Zimmer? Wo?

Ich spürte das Frösteln wie eine hinterhältige, stumme Antwort. Das Fenster war offen. Ich sah Spritzer auf dem weißen Fensterbrett. Der Daumen und vier Finger. Blutspritzer diesmal.

Ich streichelte den kleinen, runden Kopf, der sich an meine Beine drückte. „Komm schon, Sophie. Wir müssen den Doktor anrufen. Komm doch.“

Ich fühlte, wie sie nachgab. Sie glaubte mir. Sie ließ sich von mir an der Hand nehmen, als wir den Korridor hinunter zum Telefon eilten.

„Du hältst den Hörer.“

Ich reichte ihn ihr, statt ihn auf den Tisch zu legen, während ich mit der linken Hand wählte. Ich wollte sie in das einbeziehen, was ich tat.

„Halt ihn an mein Ohr.“

Sie gehorchte mir sofort. Ich kannte den Notruf nicht; es hatte nie ein Telefonbuch im Haus gegeben; ich wählte die Vermittlung.

Der sanfte Ton des Rufzeichens schien sich endlos zu wiederholen. Ich blickte Sophie an. Ihr Gesicht war verschlossen, ihre Lider verbargen die Augen vor mir.

„Vermittlung!“

„Bitte verbinden Sie mich mit der Polizei.“

„Wählen Sie die Nummer ...“

„Bitte, verständigen Sie sie für mich. Es ist ein Notfall.“

„Ich verbinde Sie.“ Ich hörte das Rufzeichen wieder.

Die Polizei hob nach dem dritten Klingeln ab. „Sheriffbüro.“ Ich empfand mich auf unpersönliche Art dramatisch, als ich meinen Namen und meine Adresse angab. Ich sagte, meine Frau sei überfallen worden. „Von einem Herumtreiber überfallen“, improvisierte ich, und sagte, ihr Zustand sei kritisch. „Bitte, schicken Sie sofort einen Ambulanzwagen.“

Als ich Sophie sagte, sie solle den Hörer wieder auflegen, war ich sicher, daß das Sheriffbüro kein Wort von dem, was ich gesagt hatte, gehört hatte, meine Adresse ganz gewiß nicht niedergeschrieben hatte.

„Du hast gesagt, du würdest den Doktor anrufen.“

„Sie werden einen Doktor schicken, Liebling. Die tun das schneller, als ich es könnte.“

Ich machte mich auf den Weg in die Küche. Sophie folgte mir. Sie würde mir bis zu Ruth folgen. Ich konnte ihr nicht sagen, sie möge im Wohnzimmer bleiben. Das erneuerte vielleicht ihre Zweifel, ihre Angst, ich könnte ihrer Mutter weh tun. Wie zerbrechlich das Vertrauen zwischen uns doch war!

Ich würde Sophie als abstraktes Problem betrachten müssen, sie ablenken. Ich nahm sie mit mir ins Schlafzimmer und zog Schlafrock und Pantoffeln an.

„Liebling, nun zieh dir lieber etwas an."

Sie folgte mir zu ihrer Zimmertür.

„Zieh dir auch Socken an, Sophie."

Das gab mir eine Minute mit Ruth allein. Sie atmete immer noch in der gleichen, angestrengten Weise. Ein Handtuch hing über einer Stuhllehne. War es sauber? Würde es die Wunde infizieren? Hilflos in meiner Unwissenheit faltete ich es zusammen und drückte es auf Ruths Rücken. Ich zog das Bettuch hoch und schlug es mit der linken Hand ungeschickt auf beiden Seiten unter ihrer Brust ein, band es so fest um sie herum, als ich nur konnte.

„Ich hab' ein Handtuch auf Mamis Rücken getan."

Ich hatte Sophie nicht hereinkommen gesehen oder gehört. Ich wußte, daß sie hinter mir stand.

„Ich hab' eine Art von Verband gemacht." Zumindest verbarg er das Blut.

Sie antwortete nicht. Ihre Augen zwangen mich, weiterzureden, zu erklären.

„Irgend jemand muß hier eingebrochen sein, Sophie. Durch das Fenster. Ein Einbrecher." Es war die Geschichte, die ich vor den Männern vom Sheriffbüro wiederholen mußte. „Deshalb habe ich die Polizei angerufen."

„Warum hat er Mami verletzt?"

„Ich weiß es nicht. Vielleicht hat er etwas gestohlen, und Mami wachte auf und sah ihn und erschreckte ihn." Der eingebildete Einbrecher wurde für mich so deutlich wie eine Erinnerung.

Wie konnte er sie in den Rücken gestoßen haben, wenn sie erwacht war und ihn gesehen hatte? Hätte sie sich nicht aufgesetzt? Ihn angesehen? Er hatte sie umgedreht, ihr Gesicht in das Kissen gepreßt, um ihr Schreien zu ersticken.

„Wir sollten lieber wieder in die Küche gehen, Liebling. Wir werden dort auf den Krankenwagen warten."

Die Polizei traf in einem grellen Glanz kreisender Lichter ein: zwei Männer in Uniform, die unten auf der Straße aus dem Auto stiegen. Sophie und ich gingen ihnen zum Treppenabsatz entgegen.

„Sind Sie der Mann, der angerufen hat?"

„Worum handelt es sich?"

Keiner von beiden wartete auf eine Antwort, sie drängten an uns vorbei ins Haus. Ich folgte ihnen in die Küche und behielt einen Arm auf Sophies Schulter. Als sie herumwirbelten, wachsam, wie auf einen Angriff vorbereitet, sah ich sie nur als zwei sich bewegende Uniformen. Kurze Lederjacken, Koppel und Pistolenhalfter, Hüte wie Smoky, der Bär.*

„Was ist geschehen, Mister?" fragte eine der Uniformen.

„Meine Frau wurde überfallen. Ein Einbrecher stieg ein ..."

„Wo ist sie?"

Ich wollte sie zum Korridor führen, Sophie an mich geschmiegt. Ich zeigte auf die Tür am Ende des Korridors, aus der Licht drang.

Sobald die Uniformen an mir vorbeigeeilt waren, kehrte ich zum Fenster zurück. Wo war dieser Krankenwagen? Warum brauchte er so lange?

Hatte die Polizei einen gerufen?

Worum handelt es sich? Was ist geschehen, Mister? Ein Dutzend vage erinnerter Filme ließ annehmen, daß diese Männer in ihrem Auto herumgekreuzt waren und einen Funkspruch erhalten hatten, der ihnen befahl, zu dieser Adresse zu kommen. Das war alles, was man ihnen gesagt hatte. Ruf dir doch den Krankenwagen selber. Jetzt, sofort. Ich rührte mich nicht vom Fenster weg. Die Polizei wird einen schicken, Sophie. Sie mußte glauben, daß ich sie belogen hatte.

„Haben Sie sie berührt?" Die Uniformen waren wieder da.

„Ja." Vor *ihnen* hatte ich nichts zu verbergen. Die Wahrheit lag jenseits ihrer Vorstellungskraft. „Ihr Gesicht war in das Kissen gedrückt. Ich bewegte ihren Kopf, damit sie leichter atmen könne. Und ich legte ihr ein Handtuch auf den Rücken und wickelte das Bettuch um sie herum." Ich blickte kurz zu Sophie; sie beobachtete mich. „Wo ist der Krankenwagen? Haben Sie einen gerufen?"

„Lassen Sie uns beim Anfang beginnen." Eine der Uniformen hatte nun einen zusammengekniffenen Mund, eine Miene gut einstudierter Bestürzung.

„Haben Sie einen Krankenwagen gerufen?" brüllte ich.

Die bestürzten Augen bewegten sich wie ein in Gang gesetzter Mechanismus.

„Wo ist das Telefon?" Es war der andere, der fragte.

Ich öffnete die Tür zum Wohnzimmer; die Uniform flitzte an mir vorbei.

* Amerikanische Comic strip-Figur.

„Lassen Sie uns beim Anfang beginnen", wiederholte der zusammengekniffene Mund.

„Meine Frau schlief allein in diesem Zimmer." Sollte ich erklären, warum? „Sie war müde und wollte früh zu Bett gehen. Ich schlief dort hinten in unserem Schlafzimmer." Um wieviel Uhr war es geschehen? Ich blickte auf meine Uhr. „Kurz nach Mitternacht hörte ich sie schreien. Dadurch wachte ich auf. Ich lief zu ihrem Zimmer. Ich drehte das Licht an, und da war sie. Da habe ich sie nicht berührt, nur ihren Kopf bewegt. Ich rief sofort die Polizei."

„Haben Sie jemanden gesehen?"

„Nein."

„Die Schreie deiner Mutter haben auch dich aufgeweckt?"

„Ja." Ich antwortete für Sophie.

„Wie alt bist du, Kleine?"

„Sie ist achteinhalb."

„Lassen Sie sie für sich selbst sprechen."

„Sprich nur, Liebling."

„Achteinhalb."

„Du hast deine Mutter schreien gehört, nicht?"

„Ja."

„Was hast du getan?"

„Bin in Mamis Zimmer gegangen."

„Was hast du gesehen, als du da ankamst?"

„Daddy versuchte, Mami zu helfen."

Es kam zu fließend heraus; sie wiederholte etwas, das man ihr gesagt hatte. Die perplexen Augen schienen es nicht zu bemerken.

„Hast du sonst noch wen da drin gesehen?"

„Nein."

„Er ist unterwegs." Die andere Uniform war wieder da. Jetzt gab es auch ein Gesicht darüber: gutaussehend, rötlichgelb, jung, eifrig.

„Irgendeine Idee, wie er hereinkam?" Der ältere Polizist hatte seine Aufmerksamkeit wieder mir zugewandt.

„Mein Gott, das Fenster war weit offen." Der Jüngere berührte Sophies Kopf mit seiner sommersprossigen Hand; die natürliche Art, in der er es tat, ließ vermuten, daß er selbst Kinder hatte. „Er ließ auf dem ganzen Fensterbrett Blut zurück, als er hinauskletterte." Er sah mich an. „Haben Sie das Messer auf dem Kissen gesehen?"

„Ja."

„Ist es Ihres?"

Konnten sie es bis Stella zurückverfolgen?

„Ja, es ist meines."

„Hatten Sie es in diesem Zimmer?“

„Ja.“ Wie konnte es irgendein Einbrecher im Dunkeln in jenem Bleistiftkrug gefunden haben? „Es lag wahrscheinlich auf dem Tisch.“

„Yeah.“ Er streichelte immer noch sanft Sophies Kopf. „Ihre Familie ist noch nicht lange hier, oder?“

„Nein. Sie kamen kurz vor Weihnachten zu mir.“

„Ich hab’ Ihre Frau heute nachmittag in der Stadt mitgenommen. Sie sagte, sie sei noch nicht lange hier. Sie hatte Schwierigkeiten mit dem Auto. Ich hab’ sie hierher zurückgefahren.“

„Sie erzählte es mir. Danke. Das war sehr nett von Ihnen.“

„Hatte sie vor, zu bleiben?“

„Ich weiß nicht.“ Ich konnte vor Sophie nicht lügen. „Sie wollte nach San Francisco weiterfahren. Wir sprachen darüber.“

„Ihr wolltet euch trennen, meinen Sie?“

„Nein. Es handelte sich nicht um Trennung. Es gab keine Meinungsverschiedenheiten zwischen uns.“ Warum redete ich in der Vergangenheit? „Meine Frau will in der Stadt leben. Um einige Kurse fortzusetzen, die sie in New York besucht hat. Ich werde hier noch mindestens ein Semester unterrichten. Wir haben versucht, den besten Weg für uns beide herauszufinden. Deshalb dachten wir an San Francisco. Ich könnte dort die Wochenenden mit ihr verbringen.“

„Klar.“ In seinen Augen war kein Glauben.

„Lassen Sie mich mal Ihre rechte Hand ansehen, ja?“

Wie immer, wenn ich meine Prothese nicht trug, hatte ich mein Gebrechen verborgen gehalten. Ich zog den Ärmel aus der Tasche meines Schlafrocks und streckte den Stumpf meines Handgelenks aus.

Er war ein Mann, der seine Reaktionen sorgfältig unter Kontrolle hatte. „Wie haben Sie das abbekommen?“

„Bei einem Autounfall.“

„Auf dem Fensterbrett im Schlafzimmer ist ein blutiger Abdruck.“ Er sprach zu seinem Kollegen, als belehrte er einen schwerfälligen Studenten. „Daumen und vier Finger, so deutlich wie nur möglich. Es ist ein Abdruck einer rechten Hand.“

„Stimmt.“ Der ältere Polizist nickte gleichgültig. Er holte eine Zigarette aus seiner Jackentasche und zündete sie an. Als er sie angezündet hatte, merkte ich, wie er seine Aufmerksamkeit wieder mir zuwandte. Ich beneidete ihn. Seine Gedanken konnten sich nur auf eine einzige Sache konzentrieren. Meine waren seit Tagen so geteilt wie Stengel einer Efeupflanze, und jeder versuchte, auf seine eigene

Art zu überleben. Der Polizist begann mich zu fragen, ob ich jemanden draußen vor dem Haus herumstreunen gesehen hatte, jemanden, der langsam vorbeifuhr, irgendwelche unbekannten Autos, die auf der anderen Straßenseite parkten. Er interessierte sich nicht für meine Antworten; wir spielten ein Ritual durch. Der jüngere Polizist war in Ruths Zimmer zurückgekehrt. Ich saß auf der Fensterbank, hielt Sophie auf meinem Schoß und wartete auf den Krankenwagen.

Sie hörte die Sirene früher als ich, machte sich von mir los, um aus dem Fenster zu schauen, als der Krankenwagen jaulend haltmachte.

Sie waren zu dritt, zwei Männer in karierten Jacken mit einer zusammengefalteten Tragbahre und ein jüngerer Mann in weißer Hose und einem Schaffellmantel, der eine kleine Tasche trug. Sie füllten den Raum mit ihrem wichtigtuerischen Durcheinander. Der gleichmütige Polizist führte sie den Korridor hinunter. Ihre Abwesenheit schuf ein weiteres Vakuum des Wartens. Ich sprach sanft zu Sophie, sagte ihr, mit Mami werde alles gut werden. Sophies schnelle Kopfbewegungen, während sie Daumen lutschte, mochten ein zustimmendes Nicken gewesen sein.

Sie waren wieder da. Ruth war mit dem Gesicht nach unten an die Tragbahre geschnallt, wie etwas, das sie zwischen sich balancierten. Sophie strampelte in meinen Armen. Sie waren schon an uns vorbei, im Korridor.

„Ich will mit Mami gehen."

Sie riß sich von mir los. Ich versuchte, ihren Arm zu erwischen.

„Nein, Sophie."

Ich erwischte sie, bevor sie den Korridor erreichte.

„Ich will gehen." Sie wehrte sich gegen mich. „Ich will gehen."

„Hör zu, Sophie. Hör zu. Wir können jetzt nichts anderes tun als warten. Hör mir zu." Sie war ein sich windender blauer Schlafrock, ein Wille, zu entkommen. Ich wußte, daß sie mich nicht hören konnte.

„Dein Papa hat recht." Der junge Mann in der weißen Hose beugte sich über sie. „Du solltest lieber hierbleiben." Er hatte einen breiten Mund mit vollen Lippen und hervorstehenden Zähnen. „Du willst doch nicht die ganze Nacht im Krankenhaus warten."

Der unpersönlichen Stimme gelang, was ich nicht erreicht hatte. Sie hörte ihm zu. „Du brauchst dir gar keine Sorgen zu machen. Gar keine. Deine Mutter wird bald wieder gesund. Dein Papa wird mir deine Telefonnummer geben, und wir werden dich anrufen, sobald Mutter sich wohl genug fühlt, um mit dir zu sprechen."

„Sie ist doch in Ordnung, nicht wahr?“ Ich wollte, daß er Sophie noch weiter beruhige.

„Es ist nur eine oberflächliche Wunde.“

„Ist sie bei Bewußtsein?“

„Nein.“ Das schien ihn zu verwirren. „Ich hab' ihr eine Spritze gegeben, also wird sie eine Zeitlang ohnehin nicht wieder zu sich kommen.“ Er blickte wieder Sophie an und ging darüber hinweg, was auch immer ihn verwirrt hatte.

„Du kannst deine Mutter morgen früh besuchen, o.k.?“ Er holte ein Notizbuch aus seiner Tasche. Ich gab ihm meine Telefonnummer. Sophie lief zum Fenster, um den Krankenwagen abfahren zu sehen. Nach der schlaffen Art, in der sie dastand, das Gesicht gegen das Glas gedrückt, schien er jede Hoffnung ihres Lebens mit sich genommen zu haben.

„Es ist merkwürdig.“

Der jüngere Polizist stand neben mir. Ich hatte ihn nicht aus Ruths Zimmer zurückkommen gesehen.

„Es ist merkwürdig, wenn er aus diesem Fenster gestiegen ist.“

„Warum?“

„Auf dem Pfad darunter ist eine Menge Schnee. Eine Menge Schnee und keine Fußspuren.“

Ich sagte nichts. Sollte er doch selber die Erklärung dafür finden. Er würde sie nie finden. Nur ich konnte mir vorstellen, wie „es“ in der Dunkelheit über Ruths Bett kroch und Stellas Messer hinter sich herschleifte, eine Pause machte, den Griff packte, auf dem Stummel seines Handgelenks balancierte, und dann brutal, entschlossen die dünne Klinge in Ruths Rücken stieß. Wie mein Schuldgefühl gehörte dieses Wesen nur mir allein.

„Rühren Sie nichts in diesem Zimmer dort hinten an, bitte.“

„Natürlich.“

Endlich ging er fort. Sein Kollege folgte ihm in die Diele. Ich hörte die Türe auf und zu gehen, Schritte draußen auf der Treppe, ein Wagen startete, das Knirschen von Schnee, als die Reifen drüberfuhren.

Sophie und ich waren mit „ihm“ allein.

27

Sie stand noch immer am Fenster. Ich kniete hinter ihr nieder.

„Du solltest lieber wieder zu Bett gehen, Liebling. Ich bleib' bei dir, bis du eingeschlafen bist."

Sie antwortete nicht; mir schien es, als schüttelte sie den Kopf; es mochte eine unwillkürliche Bewegung gewesen sein. Ich versuchte, sie an mich zu ziehen. Sie fiel schnell zurück, mit dem Rücken zum Fenster. Ich sah ihr Gesicht, die unbeherrschte Heftigkeit darin.

„Geh weg." Sie schrie. „Geh weg. Wir wollen dich nicht. Geh weg."

Sie war einer Panik erlegen, mit jener hervorbrechenden Hemmungslosigkeit, die bei Kindern so natürlich ist. Ich versuchte, das zu glauben. Das war nicht ich, den sie attackierte. Sie ließ nur den Ängsten und Zweifeln der vergangenen Stunden freien Lauf. Wenn ich sie nur in meine Arme schließen könnte. Sie umarmen könnte. Ich rückte unbeholfen auf den Knien über den Linoleumboden vorwärts. Sie stand da, mit dem Rücken ans Fenster gepreßt; sie konnte nicht weiter zurückweichen. Meine ausgestreckte linke Hand streifte den Ärmel ihres Schlafrocks.

Mit einer raschen, ruckartigen Bewegung war sie hinter mir. Als ich auf die Beine kam, war sie am anderen Ende der Küche; sie schien von der Lade abzuprallen, dann lief sie weiter, ein kleiner verschwommener Fleck von Entschlossenheit, den Korridor hinunter zu der offenen, erhellten Türöffnung an seinem Ende.

Als ich dort ankam, war sie auf das Bett geklettert. Die Bettücher waren abgezogen worden. Auf Händen und Knien, unbeweglich, starrte sie auf das fleckige Laken. Ich griff mit dem linken Arm unter sie und riß sie von dort weg. Sie trat, krümmte sich, drosch mit den Armen, als ich sie auf den Gang zurücktrug. Die Tür zu ihrem Zimmer war offen. Ich trug sie hinein und stieß die Tür mit der Schulter hinter mir zu. Ich ließ sie auf das Bett fallen, sie wand sich noch immer.

„Sophie."

Sie rollte auf den Rücken. Ihre Füße bewegten sich in kurzen, schnellen Stößen, traten nach mir, um mich nicht herankommen zu lassen. Einer ihrer Pantoffeln fiel herunter. Die spasmischen Bewegungen ihrer Beine gingen unermüdlich weiter.

„Geh weg. Geh weg. Geh weg."

„Hör auf, Sophie.“ Ich brüllte sie an. „Halt den Mund.“

Ich trat zurück, lehnte mich an die Wand, gequält, erschrocken, beschämt von meinem eigenen Zorn. Ich war nie zuvor wütend auf Sophie gewesen. Nie? Jedes Gefühl, das ich jemals für sie empfunden hatte, besaß nun eine direkte, bedrohliche Bedeutung. Ich konnte mich nicht erinnern, daß ich je wütend auf sie gewesen war.

Mein Zorn hatte sie erreicht. Ihre Beine wurden ruhiger. Sie starrte mich mit unerschütterlicher Feindseligkeit an.

„Du wolltest mich nicht mit Mami gehen lassen.“

„Geh ins Bett, Sophie. Leg dich unter die Decke.“

„Mami und ich gehen weg. Du kommst nicht mit uns. Wir wollen dich nicht.“

„Geh ins Bett.“

„Wir wollen dich nicht.“

Aber sie tat, was ich ihr gesagt hatte, zog ihren zweiten Pantoffel aus, warf ihn auf den Boden und verkroch sich unter der Decke. Die Lampe war eingeschaltet, durch das Märchenbuch abgeschirmt. Ich drehte das Deckenlicht ab.

„Gute Nacht, Liebling.“

Sie antwortete nicht.

Ich schloß die Tür zu ihrem Zimmer und blieb auf dem Gang stehen.

Ich empfand nichts. Ich durfte es nicht zulassen, etwas zu empfinden. Dieser Augenblick des Zorns hatte mir das bewußt gemacht. Ich war wie ein Mann, der an eine Bombe angeschlossen war. Schon die allerwinzigste Bewegung konnte sie hochgehen lassen. Ich mußte mich in einem Zustand ruhiger Neutralität, im Gleichgewicht halten. Wir wollen dich nicht. Sie hatte das nicht so gemeint. Es hatte nicht mehr Bedeutung als die kleinliche Gehässigkeit, die Kinder so oft aneinander auslassen. Du kannst nicht mit uns spielen. Geh weg. Ich war Sophie nicht böse.

Geh weg. Wir wollen dich nicht. Wir würden dich nicht akzeptieren. Ruth hatte ihren subtilen, boshaften Einfluß auf Sophie ausgeübt. Sie ließ sich von Sophie mit Pierre im Bett finden. Verführte sie dazu, daß auch sie mich ablehnte.

Was zum Teufel hatte ich getan? Was hatte ich jemals einer von ihnen getan? Warum? Warum wollten sie mich loswerden, mir das Gefühl geben, unnütz, unnötig zu sein?

Ich wußte, was ich getan hatte. Ich hatte mich ihnen gegeben, mich an sie gebunden, erst an Ruth, dann an Sophie. Jeder verachtet früher oder später einen, der das tut. Sie beginnen, die Bindung als Forderung anzusehen, als Abhängigkeit von ihnen. Hätte ich

Ruth mit derselben egoistischen Gleichgültigkeit behandelt, die ich allen den Mädchen vor ihr gezeigt hatte, würde sie sich noch heute an mich klammern. Und versuchen, mich durch Ergebenheit, Gehorsam zufriedenzustellen. Die absoluten Schweine dieser Welt haben recht. Sie kümmern sich um niemanden außer sich selbst und zwingen andere, sich um sie zu kümmern. Für Frauen ist Schwäche das einzige Verbrechen. Die Schwäche, die darin besteht, daß man sie braucht.

Ich hatte sogar angefangen, diesen Fehler bei Stella zu machen. An dem letzten Abend, den wir miteinander verbrachten, begann ich, meinen Ehegewohnheiten nachzugeben, ihr gegenüber sanfte, zärtliche Gefühle zu hegen. Gott sei Dank hatte ich nicht jene letzte Nacht mit ihr verbracht. Gott weiß, welche Gefühle, welchen Teil meines Selbst ich ihr dann preisgegeben hätte. Nach *ihrer* Treue und Zuneigung würde ich mich wenigstens jetzt nicht mehr sehnen. Das einzige, was ich jemals an Stella vermissen würde, war ihre Möse.

Ich stand immer noch im Korridor. Die Ruhe, die ich verspürte, als ich in Ruths Zimmer hineinging, hatte die Reinheit einer Katharsis. In all den Jahren mit Ruth hatte ich meine Natur unterdrückt, meine Freiheit für den trügerischen Lohn der Zuneigung aufgegeben. Vertrautheit war zu einer Sucht geworden. Jetzt hatte ich endlich mein wahres Wesen, ein isoliertes, ungebundenes Wesen wiedergewonnen. Ich fühlte mich leicht, hoffnungsvoll, zuversichtlich, als ich den großen roten Fleck auf Ruths Bett betrachtete.

Stellas Messer war fort. Dieser junge Polizist mußte es genommen haben. Ich ging zum Fensterbrett hinüber. Die Blutflecken darauf sahen immer noch feucht aus, vier von ihnen in einem annähernden Halbkreis, und der fünfte, der Daumenabdruck, wenige Zentimeter weiter unten links. Auf der weißbemalten Holzfläche waren keine anderen Spuren. Ich konnte sehen, daß es ein Irrtum gewesen war, „es" mir kriechend vorzustellen; es konnte sich in Sprüngen bewegen.

So war es vom Auto hierher zurückgekommen. Es hatte keine drei Kilometer lange Reise unternehmen müssen. Es war nicht im Wagen gewesen, als Ruth losgefahren war. Es war durch die offene Tür herausgesprungen, als sie kam und mich bat, den Motor zu starten. Warum? Weil es wußte, daß ich in die Garage kommen würde?

Das wußte es? Wie konnte es irgend etwas *wissen?* Es hatte kein Gehirn.

Bis auf meines. Es war mit meinem Geist, meinen Impulsen

ebenso direkt und gehorsam verbunden wie damals, als es noch an meinem Handgelenk, als Teil meines Körpers, befestigt war.

Dann konnte ich es kontrollieren. Konnte ich das? Ich hatte es damals kontrolliert. Wirklich? Sicher nicht bewußt oder nur sehr selten. Ich erinnerte mich, wie es immer eine eigenständige Energie zu haben schien, wenn ich arbeitete, die Linien zeichnete, die Miguel schufen. Die Instruktionen, die es von mir erhalten hatte, schienen nie aus irgendeinem bewußten Bereich meines Geistes zu stammen. Galt das nicht für den Großteil unserer Handlungen? Der Wille war es, der sie lenkte, und der Wille war nicht gedacht - war Reaktion oder ein Impuls. Auch das Verlangen, auf das „es" reagierte, war häufiger unbewußt als bewußt.

Gott sei Dank, daß es dir gut geht. Nur durch diese überwältigende körperliche Schwäche, diese Erschöpfung, die ich fühlte, als ich sie erblickte, wußte ich, daß ich Ruth nicht tot sehen wollte.

„Es" hatte trotzdem versucht, sie zu töten.

Warum? Wieso hatte ich das gewollt? Wie konnte ich dieser Dunkelheit entrinnen, wenn ich nur wußte, daß ich nicht wußte, was ich wollte, bis ... Bis „es" meinen Willen offenbarte? Bewußtseinserweiterung. Ruths Allheilmittel. Es war schon zu spät für mich. Mein Wille war die Synthese ungezählter Erlebnisse, Phantasien, Triebe, Frustrationen, Sehnsüchte. Das bedeutete nicht, daß ich abnormal, anders als die anderen war. Ich war nicht der einzige, dessen Leben von jemandem gelebt wurde, von dem ich nichts wußte. Vielleicht stimmte das für uns alle.

Ich beugte mich aus dem Fenster. Das Licht aus dem Zimmer war zu undeutlich, der schneebedeckte Weg zu dunkel für mich, um zu sehen, ob „es" dort irgendwelche Spuren hinterlassen hatte. Ich blieb in der Diele stehen, um eine Taschenlampe mitzunehmen und meine Pantoffeln gegen Wildlederstiefel zu vertauschen, die ich am Morgen bei dem Spaziergang mit Ruth getragen hatte. Der Schnee auf den Stufen hatte sich zu Eis verhärtet. Ich mußte mich am Geländer festhalten, um nicht auszurutschen und zu fallen. Unten machte ich einen Bogen um die Garage und ging zum hinteren Teil des Hauses. Ich paßte auf, um keine Fußspuren auf dem Weg zu hinterlassen, und stolperte durch den seitlichen tiefen Schnee, bis ich gegenüber dem erleuchteten Fenster von Ruths Zimmer stand. Ich kauerte mich dort nieder und ließ den Strahl der Taschenlampe über den Pfad unter dem Fensterbrett gleiten. Die Oberfläche des Schnees war rauh und kristallin, aber bald fand ich die Stelle, wo „es" nach seinem Sprung durch das Fenster gelandet war, vier zartrosa Eindrücke, im gleichen Abstand wie die Blutflecken auf dem Fensterbrett verteilt. Ich bewegte den Lichtkegel langsam nach links. War es rund um diese Ecke des Hauses weiter zu dem Hügel gegangen? Ich durchsuchte den Schnee mit wachsender Verzweiflung.

Ich wollte, daß es diesen Weg gegangen sei. Daß es der Schuld an der grausamen Tat entfloh. Meiner Schuld? Meiner Tat? Widerstrebend, mit einer Ahnung, die wie Wissen war, schwenkte ich den Lichtkegel nach rechts, wieder auf den Pfad.

Ich brauchte nicht weit zu suchen. Weniger als dreißig Zentimeter von der Stelle, wo „es" gelandet war, befand sich eine weitere deutliche Garnitur von Eindrücken im Schnee.

Ich kauerte dort, studierte sie, versuchte noch immer zu leugnen, daß „es" ins Haus zurückgegangen sei, als ich Sophie schreien hörte.

Zum Teufel mit Fußspuren auf dem Pfad. Ich war weit davon entfernt, an etwas so Flüchtiges zu denken. Ich dachte überhaupt nichts. All die fragwürdigen Auseinandersetzungen, die ich vorher mit mir selbst gehabt hatte, waren sofort entschieden. Mein ganzes Sein war in einem einzigen Drang konzentriert. Zu Sophie zu eilen. Sie zu beschützen.

Ich rutschte den Pfad hinunter und griff nach dem Fensterbrett. Es war dreißig Zentimeter über meinem Kopf. Ich sprang und bekam mit der linken Hand den Fensterrahmen zu fassen. Mich seitwärts emporschwingend, kam ich mit der rechten Schulter hoch und stieß den Ellenbogen ins Zimmer.

Sophie schrie noch immer. Die hilflosen, unbeherrschten Schreie eines entsetzen Kindes.

Ich hatte jetzt eine Art von Hebel. Ich stemmte mich vorwärts, bis ich mit beiden Schultern oben war und über das innere Fensterbrett hineinkriechen konnte. Die untere Hälfte meines Schlafrocks war naß vom Schnee. Er verfing sich im Fensterrahmen. Ich mußte rückwärts greifen und ihn hinter mir herziehen, als ich mich weiter voran kämpfte und zu Boden fallen ließ.

Sophies Schreie hatten aufgehört. Ich krabbelte auf die Beine und lief zu ihrem Zimmer.

Die Tür war noch immer geschlossen. Ich drehte am Knauf und stieß sie auf. Die Lampe hinter dem abschirmenden Buch brannte noch immer. Sophies Pantoffel lag neben dem Bett, wo sie ihn so trotzig hingeworfen hatte. Eine kleine Delle in dem Kissen, die der Druck ihres Kopfes hinterlassen hatte. Darunter die Umrisse ihres Körpers im Bettzeug abgedrückt. Alles in dem Zimmer schien so unberührt, wie ich es verlassen hatte. Alles bis auf die Stille.

Stille kann so unumstößlich sein wie Entsetzen. Ich trat ans Bett und raffte die Decke mit der Hand zusammen. Sie fühlte sich in meinen gekrümmten Fingern warm an. Ich konnte mich nicht dazu zwingen, sie loszulassen. Das Bild dessen, was ich unter ihr finden könnte, war zu deutlich. Die zerfleischte Roheit dessen, was unter unserer Haut verborgen ist.

Dann rührte Sophie sich, und ich zog die Decke herunter. Sophie wirbelte mit einer zuckenden Bewegung herum und klammerte sich an mich. Ich spürte sie, streichelte sie, hob ihr Kinn und blickte in ihre Augen. Sie war unverletzt.

„Warum? Warum? Warum?"

Sie kam über dieses einzige Wort nicht hinaus. Sie wiederholte es immer wieder. Es war keine Frage, sondern eine Forderung. Die Erleichterung darüber, daß sie gerettet war, hatte sie noch nicht beruhigt. Sie erlebte noch das Entsetzen der vorangegangenen Minute. Allmählich, während ich sie im Arm hielt, begann sie zu fühlen, zu sehen und schließlich zu verstehen, daß ich da war. Die Forderung verwandelte sich in Anklage. Nur indem sie mir vorwarf, was sie durchgemacht hatte, konnte sie eine Möglichkeit finden, darüber zu sprechen, aus ihrer Panik herauskommen, indem sie erzählte.

„Du hast mich allein gelassen. Ich habe dich gerufen, und du hast nicht geantwortet."

„Ich habe dich nicht gehört. Du weißt, ich wäre sofort gekommen."

„Du hast mich allein gelassen und hast draußen vor der Tür herumgescharrt."

Ich durfte ihr nicht zeigen, wie sehr mich das erschreckte.

„Ich hörte dich schreien, Liebling. Ich kam sofort, als ich dich schreien hörte."

Ich saß da und hielt Sophie an mich gedrückt. Ihre Arme waren um meinen Hals. Ihr Ellbogen war mit winzigen braunen Sommersprossen besprenkelt; ich hatte das nie vorher bemerkt. Diese Sommersprossen würden mich überleben. Wenn ich tot war, würden sie immer noch da sein, eine Fortsetzung meines Seins.

Dann sah ich, wie verhängnisvoll meine gehobene Stimmung war. Ich hatte, was ich wollte. Sophies Vertrauen und Abhängigkeit. Das „Herumscharren" draußen vor ihrer Tür hatte das wirkungsvoller zustande gebracht als alles, was ich geplant und durchgeführt haben könnte. Wenn ich meine Gefühle nur als eine Folge von Reaktionen interpretierte – Verlust, Zorn über Zurückweisung, Empörung über die Ungerechtigkeit, die ich darin sah –, hatte „es" meinem unausgesprochenen Willen gehorcht. Es hatte Sophie dazu gebracht, mich zu brauchen.

Was wollte ich jetzt? Das erschien mir als die beängstigendste Frage, mit der ich je konfrontiert gewesen war. Die schlimmste Angst von allen ist die Angst vor sich selbst. Ich erinnerte mich daran, wie ich auf dem Korridor gestanden war, an meine wilden Schlußfolgerungen. Schwäche ist das einzige Verbrechen. Wie heftig hatte ich die trügerischen Belohnungen der Zuneigung abgelehnt. Wie ruhig und selbstsicher hatte ich mich danach gefühlt. Die Freiheit und Kraft, wieder im Mittelpunkt meines eigenen Lebens zu sein.

Wollte ich das immer noch in irgendeinem dunklen Winkel meines Geistes? Diese ungebundene Freiheit. Hatte ich mich deshalb geweigert, Sophie zum Krankenhaus zu bringen? War hier noch immer etwas Unvollendetes? Wartete „es" darauf, nach irgendeinem endgültigen Entschluß meines Willens zu handeln?

Ich mußte „es" finden und zerstören. Ich würde das ganze Haus danach absuchen. Jetzt.

Das war nicht mehr als eine kurze Phantasie. Ich würde „es" niemals finden. Es konnte sich überall vor mir verstecken. Es konnte durch die Spalten in der rustikalen Täfelung im Wohnzimmer schlüpfen. Es konnte von dort offensichtlich zur Garage hinunterklettern. Es konnte sich in den hohlen Wänden des Hauses sogar von einem Zimmer ins andere bewegen. Es war zu schlau, zu unvorhersehbar für mich, um eine Konfrontation damit zu erzwingen.

„Zieh dir etwas an, Sophie."

„Warum?"

„Wir fahren ins Krankenhaus."

„Warum?"

„Weil du es wolltest."

Ich konnte meinen eigenen Impulsen nicht trauen. Aber ich konnte denen von Sophie vertrauen. „Es" würde auf *ihren* Willen nicht reagieren. Indem ich tat, was sie wollte, konnte ich mich selbst besiegen. Jenen Bereich meines Geistes enttäuschen, in dem Gedanken und Gefühle zusammenhanglos miteinander verschmolzen zu der Forderung, die „es" fähig war, so schnell zu erkennen und zu befolgen.

„Zieh dich jetzt an, Liebling."

„Wie werden wir dorthin kommen? Das können wir nicht." Sie wollte nicht mehr fahren. „Wir haben den Wagen nicht." Erschöpft, wollte sie nur mit mir dableiben, warm und sicher. Sie wollte schlafen.

„Zieh dich an. Ich werde ein Taxi rufen."

Ich war entschlossen, sie ihren Willen haben zu lassen. Die Absurdität dessen, die ihm innewohnende Gefahr, kam mir plötzlich in den Sinn. Mein eigener Wille setzte sich wieder durch.

„Können wir Mami sehen, wenn wir ins Krankenhaus fahren?"

Sie zog ihren Pyjama aus, beeilte sich, ihr Hemd und ihre Jeans zu finden. Ich sah ihr untätig zu, während sie sich anzog. Als ich mit ihr in mein Zimmer ging, versuchte ich mich von ihr führen zu lassen. Ich legte meine künstliche Hand an, zog mich an, handelte, als ob Sophie mich dazu aufgefordert hätte.

Ich fand die Nummer des Taxifahrers auf der Liste in der Zellophanhülle, die neben dem Telefon gelegen war, als ich einzog. Installateur, Spirituosenladen. Taxi. Diesmal ließ ich Sophie wählen, während ich den Hörer hielt. Das Klingelzeichen ertönte immer wieder, höhnischer, als jeder menschliche Klang sein konnte, unversöhnlicher in seiner Weigerung, aufzuhören.

„Ich nehme an, er ist zu Bett gegangen." Für Sophie war der Taxifahrer eine Person; er hatte sie am Nachmittag von Melanie nach Hause gefahren. „Ich nehme an, er schläft." Die Energie, die sie beim Anziehen in Gang gehalten hatte, war erschöpft. Als ich den Hörer wieder auflegte, waren ihre Augen halb geschlossen. Sie lehnte sich gegen mich.

„Wir fahren ins Krankenhaus."

Ich wollte sie wachrütteln. Sie verließ mich jetzt, da ich sie am meisten brauchte, brauchte, um mich zu führen.

Hör auf. Hör auf, Forderungen an sie zu stellen. Forderungen konnten nur von meinem eigenen flackernden Willen kommen. „Es" könnte auf sie reagieren. Es könnte diesmal nicht beim „Scharren" haltmachen. Es könnte sich zeigen. Sophie in die Flucht schlagen, die ich ihr aufdrängte.

Ich wußte, ich war dem Wahnsinn nahe, als ich das dachte. Das unaufhörliche, unentrinnbare Kreisen meiner Ängste hatte jede Logik sinnlos gemacht. Im Kampf gegen diese Sinnlosigkeit, gegen das Chaos in meinem Geist, sah ich mehr Hoffnung als in der Trägheit. Es nützte nichts, zu versuchen, meinen Willen in Sophies Willen umzusetzen. Ich hatte mich zu einem unmittelbaren Ziel zu entschließen und all meine Emotionen, jeden Zufallsgedanken darauf zu konzentrieren.

Sophie aus diesem Haus fortbringen. Aus seiner Reichweite. Sie dorthin bringen, was ich nun für die Zufluchtsstätte hielt, ins Krankenhaus.

Wie? Das Krankenhaus lag außerhalb des Campus, mehr als

sechseinhalb Kilometer entfernt. Konnte sie überhaupt so weit gehen? Wenn wir zu Fuß gingen, wenn ich sie stützte und trug, wie konnte ich „es“ davon abhalten, uns zu folgen.

Ich mußte Hilfe holen. Gab es niemanden in dieser Stadt, in der ich drei Monate lang gewohnt und gearbeitet hatte, den ich bitten konnte, mich zum Krankenhaus zu fahren? Die Antwort stand auf der zellophanumhüllten Liste. Ich hatte sie selbst an dem Abend niedergekritzelt, als ich verabredet hatte, Stella dort anzurufen. Die Sierra-Bar. Ich blickte auf meine Uhr. Es war zwanzig vor zwei. Er konnte vielleicht noch dort sein.

Eine undeutliche Stimme vermutete, daß er da war. Ich hörte, wie sein Name wiederholt wurde, weit entfernt, gleichgültig; wer immer abgehoben hatte, rief ihn nun zum Telefon.

„Hallo.“

„Brian?“

„Yeah.“

„Hier spricht Martin.“

„Yeah.“

„Können Sie hierherkommen?“

„Wozu?“

„Es ist etwas geschehen. Ich muß Sophie ins Krankenhaus bringen.“

„Wer ist Sophie?“

„Meine Tochter.“

„Was ist mit ihr?“

„Ich muß sie sofort ins Krankenhaus bringen.“

„Rufen Sie ein Taxi.“

„Die antworten nicht.“

„O. k., ich komme.“

Bis Brian ankam, hatte ich aufgehört, ihn zu erwarten.

„Was ist los mit Ihrem Kind?“ Als er in die Küche trat, sah er Sophie auf der Fensterbank. „Ist sie krank?“

„Nein. Heute abend ...“

„Warum wollen Sie dann, daß ich sie ins Krankenhaus bringe?“

„Heute abend - meine Frau schlief im Hinterzimmer ...“ Ich wiederholte die Geschichte, die ich der Polizei erzählt hatte; irgend jemand war ins Haus eingebrochen und hatte sie überfallen. Brian kaute irgend etwas. Die gleichmäßige Bewegung seiner Kiefer war seine einzige Reaktion auf meine Stimme. Er hörte mir nicht zu. Er war nicht zum Zuhören hierhergekommen. Er hatte mir etwas zu sagen. Er wartete nur darauf, daß ich zu sprechen aufhörte, um es zu sagen.

„Sie haben sie doch herumgekriegt, nicht wahr?"

Ich schüttelte den Kopf, um ihm zu sagen, daß ich nichts verstand.

„Sie und Stella. Sie haben's doch mit ihr getrieben."

Stella? Was hatte sie damit zu tun? Was hatte sie jetzt überhaupt mit irgendwas zu tun?

„Ich war ein blödes Arschloch, nicht? Ich dachte, es wäre dieser Cowboy, auf den sie scharf war. Sie waren es, der sie gefickt hat."

„Um Himmels willen. Sehen Sie, ich muß Sophie zu ihrer Mutter bringen."

„Wo ist sie hingegangen? Was haben Sie getan? Ihr Geld gegeben, damit sie irgendwo hingehe, bis Ihre Frau abreiste?"

„Ich hab' ihr überhaupt nichts gegeben. Ich weiß nicht, wohin sie gegangen ist." In meinem Leugnen war kein Schuldgefühl; ich empfand nichts als Ungeduld bei diesem ganzen Gerede über Stella. „Ich weiß gar nichts von ihr."

„Ich hab' den ganzen Tag darüber nachgedacht." Er kaute immer noch gleichmäßig. „Ich ging heute morgen in ihr Zimmer, um nachzusehen, ob sie zurückgekommen sei, und ich sah diese Zeichnung, die Sie von ihr gemacht haben." Seine Schultern bewegten sich, als versuchte er, seinen Zorn abzuschütteln. „O. k., sie hatte einen tollen Arsch, und Sie haben sie gebumst. Wer würde das nicht tun. Aber das genügt Ihnen nicht, oder?"

„Hören Sie, Brian. Bringen Sie uns doch zum Krankenhaus ..."

„Sie wollten nicht, daß sie ein anderer haben sollte. Sie haben ihr ausgeredet, mit mir nach L. A. zu fahren." Er schüttelte seinen Zorn jetzt nicht mehr ab; er zeigte ihn mir. „Ihre Frau sollte zu Weihnachten zu Ihnen kommen. Aber Sie ließen es nicht zu, daß ich Stella fickte, wenn Sie es nicht konnten. Sie wollten ihre Möse ganz für sich allein haben."

„Ich wußte nicht einmal, daß sie mit Ihnen wegfuhr ..."

Er glaubte mir nicht. Es war mir egal; aber ich mußte ihn überzeugen; ich brauchte seine Hilfe. Ich brauchte seinen Wagen.

„Als ich an diesem Abend von Ihnen fortging, fuhr ich direkt nach Reno."

„Das haben Sie also getan. Sie haben Stella mitgenommen."

„Ich fuhr allein." Wie konnte ich ihn dazu bringen, das zu glauben? „Ich ging in ein Motel." Wie hieß der verdammte Laden? Es überraschte mich, daß ich mich erinnerte. „Das *Sunshine Inn.* Es war niemand bei mir. Sie können dort anrufen und fragen, wenn Sie wollen. Es war in der Nacht von Mittwoch auf Donnerstag. Ich hab' mich mit meinem eigenen Namen eingetragen."

Das überzeugte ihn nur einen Augenblick lang; er war zu fest entschlossen, zu glauben, es sei jemand anderer, nicht Stella, gewesen, der ihn um seinen Traum betrogen hatte, seine Woche, die er zusammen mit einem tollen Arsch in einem Hotelzimmer leben wollte.

„Natürlich hat Stella Ihnen erzählt, daß sie mit mir wegfahren wollte. Zum Teufel, wenn sie es nicht getan hat. Sie haben sie seit Wochen gebumst. Ihr müßt über irgend etwas geredet haben, wenn Sie nicht gerade auf ihr lagen. Sie wollen mir erzählen, Sie hätten sie nicht gefragt, was zum Teufel sie zu Weihnachten vorhabe?"

„Um Gottes willen, lassen Sie das, ja?" Ich hatte Angst, er könnte Sophie aufwecken. „Sie hat mir nie erzählt, daß sie mit Ihnen irgendwohin fährt. Wenn ja, hätte ich nicht versucht, sie aufzuhalten." Ich hätte sie anschreien, sie schlagen wollen, als ich es erfuhr; mein eigener Zorn hatte mich erschreckt. „Warum sollte es mir etwas ausmachen?"

„Wo ist sie?"

„Ich weiß es nicht."

Er starrte mich an, riesig, unzerstörbar; Li'l Abner, umgewandelt durch einen Alptraum. Es gab keine Möglichkeit, ihm jemals seine Autoschlüssel abzunehmen.

„Ich weiß es nicht", wiederholte ich geduldig. Ein unmittelbares Ziel; laß dich durch nichts davon abbringen. Überzeuge ihn. Überrede ihn. „Sie war an jenem Nachmittag hier, am Mittwoch vor Weihnachten. Wir hatten eine Verabredung. Sie sollte am Abend wiederkommen. Dann sah ich Sie im Sierra, und Sie erzählten mir von Ihnen und Stella und was Sie in L. A. tun würden, und ich fühlte ..." Ich würde nie vergessen, was ich gefühlt hatte. „Ich dachte, o. k. Ich wollte sie einfach nicht sehen. Also stieg ich ins Auto und fuhr direkt nach Reno. Allein."

„Das taten Sie nicht. Sie waren fuchsteufelswild. Ich seh' das an der Art, wie Sie jetzt darüber reden. Sie kamen hierher zurück und warteten auf sie, und als sie auftauchte - wie zum Teufel soll ich wissen, was Sie mit ihr getrieben haben, aber Sie sorgten verdammt gut dafür, daß sie nicht mit mir nach L. A. fuhr ..."

„Ich kam nicht hierher zurück, Brian."

Er wollte nicht hören. Er ging an mir vorbei auf die Diele zu. Ich packte ihn am Arm. Seine Größe und Massivität, die ich durch den Ärmel seiner karierten Jacke spürte, erschreckte mich.

„Brian, hören Sie, Sie sind jetzt hier. Bringen Sie uns ins Krankenhaus, bitte."

Er löste sich sanft von mir; diese furchtbare Sanftheit, die ich in seinen Bewegungen gesehen hatte, als er den Cowboy hochhob und ihn gegen die Wand warf. Wenn er mich schlagen wollte, konnte ich nur darauf warten. Statt dessen ergriff er meine künstliche Hand. Spielerisch, als wäre sie ein interessantes Spielzeug, bog er die Finger gerade und legte sie an die seinen. Immer noch spielerisch, um meine Hilflosigkeit zu verhöhnen, schüttelte er mir die Hand.

„Ich scheiß auf dich, Martin Trask.“

Er ließ meine Hand los; sie fiel langsam seitlich an mir herunter. Ich beobachtete ihn, wie er in die Diele ging, die Tür öffnete. Sophie bewegte sich auf der Fensterbank. Es war nur so eine abwehrende Bewegung, wie sie Kinder im Schlaf machen, aber es war, als ob sie sich an mich gedrückt und um meine Hilfe gebeten hätte.

Ich konnte ihr nicht helfen. Ich war wieder allein mit ihr, konfrontiert mit meiner eigenen quälenden Ungewißheit, über jenen anderen, der mein Leben lebte. Ich hatte versucht, meinen Willen auf ein einziges Ziel einzuengen. Es war mir nicht gelungen. Weil ich das nicht wollte? Nein. Ich weigerte mich, das zu akzeptieren. Worauf wartete ich dann jetzt, als ich zum Fenster hinaus auf Brians Wagen starrte? In der Garage war eine Axt. Wenn ich die Innentreppe hinunterlief, konnte ich sie ergreifen, ihn noch aufhalten, bevor er losfuhr, ihn töten, wenn es sein mußte. Weiß Gott, ich haßte ihn genügend.

Ich hatte die Tür geöffnet, die zur Garage hinunterführte, als ich Brian fallen hörte.

Es war kein einzelnes Geräusch. Es war wie eine Spirale von Klängen, schnelle heftige Fußtritte, dreschende Schläge auf Holz, und mittendrin, ein langer, tierischer Angstschrei.

Ich lief auf die Veranda hinaus. Er lag unten beim Treppenabsatz auf dem Rücken im Schnee. Er hatte sich im Fallen umgedreht, die Arme ausgebreitet, ausgestreckt, wie in einem Akt der Kapitulation, mit den Handflächen nach oben.

Bis ich ihn erreichte, hatte er sich nicht gerührt. Ich kauerte mich neben ihm hin. Es war nicht nötig, nach seinem Puls zu fühlen oder nach seinem Herzen. Ich konnte im Lichtschein des Küchenfensters den Nebel seines Atems sehen, wie kleine, schnelle Rauchwölkchen. Wo waren seine Autoschlüssel? Ich griff in die rechte Tasche seiner karierten Jacke; fand ein zusammengerolltes Kleenex-Tuch, ein paar Münzen, ein Päckchen Kaugummi. Ich wollte über ihn hinweg zur anderen Tasche greifen. Irgend etwas glitzerte auf seiner Brust. Ich hob es auf. Ein Metallring, ein Plastikanhänger, zwei Schlüssel.

Er hatte sie vielleicht aus der Tasche genommen, als er auf den vereisten Stufen ausrutschte. Er hatte sie vielleicht im Fallen verloren.

Ich glaubte das nicht. Ich glaubte nicht, daß er ausgerutscht war. Es war kein Zufall, daß die Schlüssel zu seinem Wagen hier auf seiner Brust lagen. Sie waren aus seiner Tasche genommen worden. Sie waren für mich dort hingelegt worden.

Es war wie ein Zeichen, wie eine Rettung. In meiner Absicht, meinem Willen, hatte es keine Ambivalenz gegeben. Ich hatte nur das eine gewollt. Ich hatte es mit einer unveränderlichen und klaren Entschlossenheit gewollt. Um Sophie zu schützen. Um sicherzugehen, daß der Rest der Nacht, die ganzen Jahre, die wir vor uns hatten, keinen weiteren Schrecken für sie enthielten. Kein Blut, keine Schreie, keine Panik, alleingelassen worden zu sein. Vor allem keine Gegenüberstellung mit *ihm.* Ich hatte gewollt, was sie wollte: sie sicher zu Ruth bringen. Und „es" hatte mir gehorcht.

Meine Augen überflogen rasch die Schneeoberfläche um mich herum. Sie war von zu vielen Füßen durcheinandergetrampelt worden. Es bestand keine Chance, „seine" feinen Spuren hier zu finden. Es hatte mir gehorcht und sich zurückgezogen. Es war nicht mehr mein Fèind. Ich konnte ihm gegenüber Dankbarkeit empfinden.

Brian war nun mein einziger Feind. Er konnte sich jede Sekunde bewegen. Ich eilte in die Garage, die inneren Treppen hinauf. Ich packte Sophie in ihren grünen Mantel und trug sie auf dem gleichen Weg wieder hinunter. Als ich sie in den Vordersitz von Brians Wagen hob, sah ich, daß seine Arme nicht mehr ausgebreitet waren; er hatte sich zur Seite gedreht; ein Knie war hochgezogen. Die nächste Bewegung würde ihn auf die Beine bringen.

Ich kletterte hinter Sophie hinein und knallte die Tür hinter mir zu. Als ich den Wagen im Rückwärtsgang fuhr, um auf der Straße zu wenden, strichen die Scheinwerfer über das Haus, über Brian hinweg, der wie ein riesiger, regloser Bär unten am Stiegenaufgang stand.

28

Der Arzt war ein vorsichtiger Mann, mit schmalem Gesicht, um die Vierzig. Seine Vorsicht zeigte sich in seinen tastenden Bewegungen, der leisen Stimme.

Es war früher Nachmittag. Mein stundenlanges Warten fand schließlich ein Ende. Wir standen im Gang des Krankenhauses, bemüht, einander nicht in die Augen zu sehen. Durch die offene Tür der Intensivstation konnte ich Ruth in dem Bett liegen sehen, das einer Maschine glich. Sophie stand hinter ihr, in nachdenkliche Betrachtung von Ruths schlafender Gegenwart versunken. An einem Fenstertisch entfernte eine Schwester ein Handtuch von einem Glas- und Chromgegenstand. Als sie ihn aufdeckte, sah ich, daß es ein Apparat für künstliche Ernährung war.

„Bei Rückgratverletzungen ...“ Der Arzt sprach zu mir. „In den Anfangsstadien ist es immer schwer zu beurteilen, ob es ein dauernder Schaden ist.“ Er fuhr fort, leise über das Zentralnervensystem zu sprechen, die Auswirkungen von Verletzungen der Wirbelsäule, die manchmal einem Schock ähnelten. Ich nahm mehr den Sinn als die einzelnen Worte auf. Er wollte nicht *niemals* sagen. Er wollte auch keine hoffnungsvollen Voraussagen machen.

Ich beobachtete, wie Sophie sich über das Bett beugte. Ungeschickt griff sie nach Ruths Hand. Sie hob sie hoch, so wie Brian gestern nacht die meine hochgehoben hatte. Als sie losließ, fiel die Hand mit der gleichen leblosen Schwere zurück.

„Die Chancen für eine vollständige Genesung ...“ Der Arzt glättete die Aufschläge seines weißen Mantels. „Man kann keine Möglichkeit ausschließen, aber natürlich, nach dem Röntgenbild zu urteilen ...“

Ich wartete, bis er zu Ende gesprochen hatte. Ich dankte ihm. Die Schwester zog Sophie vom Bett fort. „Morgen wieder“, hörte ich sie im professionellen neutralen Ton versprechen.

Wir gingen den Korridor hinunter, vorbei am Wartezimmer, in dem wir so viele Stunden verbracht hatten.

„Wann kann Mami nach Hause kommen?“

„Bald, Liebling.“

„Morgen?“

„Nein. Morgen nicht.“

Ich führte Sophie zu einem kattunbezogenen Sofa an der Wand.

„Setz dich, Liebling.“

„Gehn wir nicht nach Hause?“

„Ich möchte zuerst über etwas mit dir sprechen.“ Wie sollte ich anfangen? Meine Zuversicht, meine optimistische Stimmung drang durch mein Zögern hindurch. „Würdest du gern nach Vermont zurückgehen, Sophie? Wieder zu Hause wohnen?“

„Gehen Mami und ich nicht nach San Francisco?“

„Nicht jetzt, Liebling.“

„Warum nicht?“

„Deine Mutter wird noch nicht so gesund sein, daß sie sich dort um dich kümmern könnte. Sie wird eine gute Weile, lange Zeit, nicht für sich selbst sorgen können. Vielleicht ...“ Wie der vorsichtige Arzt vermied ich das Wort *niemals*. „Vielleicht erst, wenn du viel älter bist. Wir werden jetzt alle zusammenbleiben und auf deine Mutter aufpassen müssen.“

Der Gedanke an jene Morgenstunden im Winter, an denen ich Sophie zur Schule fahren müßte, bedrückte mich nicht mehr. Ich hatte wieder ein Lebensziel, eine Familie, die auf mich angewiesen war, auf meine Entschlossenheit und Energie.

„Würdest du gern nach Vermont zurückgehen, Sophie?“

Sie antwortete nicht sofort. Machte sie sich Sorgen um ihre Mutter?

„Kann ich meinen neuen Schlitten mitnehmen?“

„Natürlich.“

Ich zog sie an mich und umarmte sie. Meine Hoffnung und Zuversicht waren bestätigt worden. Ich hatte jetzt alles, was ich wollte.

Ich hatte Brians Wagen auf dem Parkplatz vor dem Krankenhaus gelassen. Als Sophie und ich durch die Schwingtür hinausgingen, sah ich den Mann, der neben dem Wagen stand. Ich bemerkte die kurze Lederjacke, die er trug, ohne überrascht zu sein, ohne ihn wiederzuerkennen. Erst als ich wenige Meter von ihm entfernt war, sah ich den „Smoky the Bear“-Hut, den er in der Hand hielt. Es war der jüngere der beiden Polizisten, die zu uns ins Haus gekommen waren.

„Ist das Ihr Wagen?“

Seine gute Laune war ebenso gekünstelt wie die Frage. Er wußte, daß es nicht mein Auto war. Er war wie ein Mann, der in einem schwierigen Spiel seinen Gegner anlächelt.

„Er gehört einem Freund, der auf dem College unterrichtet.“

„Brian Mellor?“

„Ich habe ihn mir gestern nacht von ihm geliehen.“

„Richtig.“ Darüber wußte er auch Bescheid. Er hielt die Tür auf der Beifahrerseite für mich auf. Ich ließ Sophie zuerst einsteigen. Als ich zögerte, ihr zu folgen, sah ich das rasche Aufblitzen von Wachsamkeit in seinen Augen.

„Ich bringe Sie nur zu Ihrem Haus zurück, Mr. Trask.“

Er behielt mich weiter im Auge, als er die Tür schloß und vorne um den Wagen herumging. Sobald er sich auf den Fahrersitz niedergelassen hatte, kehrte seine gute Laune zurück, wie eine Kunstfertigkeit, an die er sich erinnerte. Er lächelte Sophie an.

„Ich weiß, wie du heißt.“

„Wirklich?“

„Sophie. Stimmt's?“

„Ja."

„Magst du gern Sahnebonbons, Sophie?"

Sie reagierte darauf gar nicht. Er bog auf der Autobahn links ab.

„Wohin fahren wir?" Mein Haus lag rechts.

„Ich meine, wir setzen zuerst Sophie ab."

„Wo? Wozu?"

Er blickte flüchtig in den Rückspiegel. Als ich zurückblickte, sah ich einen Streifenwagen hinter uns.

„Wo wollen Sie Sophie absetzen? Warum? Was treiben Sie …"

„Es ist so, wie ich's Ihnen vorausgesagt habe, Mr. Trask." Seine Hände rückten ein wenig auf dem Volant herum. „Diese Leute vom Labor aus Sacramento sind jetzt in Ihrem Haus. Meine Frau würde gern auf Ihre Kleine aufpassen, bis wir die Dinge dort geklärt haben."

Er blieb vor einem ebenerdigen Fachwerkhaus stehen. Mit seinen Weihnachtsgirlanden an den Fenstern, der Rauchfahne, die aus dem Kamin kam, sah es aus, als stünde es als Bild für etwas da. Ein Mädchen kam sofort auf dem von Schnee freigeschaufelten Pfad zum Gehsteig heraus: ausgebleichte Jeans und ein flauschiger blauer Pullover; schulterlanges Haar, breite Backenknochen. Ebenso wie das Haus schien sie eher die Verkörperung eines Typs als real zu sein; die personifizierte Robustheit, Zuverlässigkeit. Ich stieg aus dem Wagen. Mit abrupter, linkischer Befangenheit vermied sie es, mich anzusehen, als sie sich in den Wagen hineinbeugte.

„Ich hab einen kleinen Jungen, ungefähr in deinem Alter, Sophie. Wir machen Sahnebonbons. Würdest du hereinkommen und uns helfen?"

Sophie sah mich fragend an und wartete, daß ich für sie entschied.

„Das ist meine Frau, Marie." Der junge Polizist sprach zu Sophie; ich war in die Vorstellung nicht einbezogen.

„Komm und mach mit uns Sahnebonbons, Sophie." Ihre Stimme, die Art, wie sie die Hand ausstreckte, hatten etwas Gezwungenes, Eingeübtes an sich; wie die gute Laune ihres Mannes schien ihre Freundlichkeit Teil einer schwierigen Rolle zu sein, die sie spielte.

„Geh nur, Liebling. Es wird dir Spaß machen." Auch mich hatte man in das Spiel hineingezwungen; es war der einzige Weg, wie ich Sophie heraushalten konnte. Sie zwängte sich widerstrebend aus dem Auto.

„Ich hol dich ab, sobald es geht."

Wir klammerten uns aneinander. Warum wurden wir auf diese Weise getrennt? Welchen Zweck hatte dieser Vorwand? Hatte Brian Anzeige gegen mich erstattet? Daß ich sein Auto gestohlen, ihn die Treppe hinuntergestoßen, versucht hätte, ihn zu töten?

„Ich bin in ein, zwei Stunden wieder zurück, Liebling."

Der Gedanke an die Zukunft erfüllte mich immer noch mit ruhiger Heiterkeit. Ich hatte in den vergangenen Monaten so viele Dinge geschehen lassen. Jetzt, da ich alles hatte, was ich wollte, meine Familie, dieses Gefühl, daß ich selbst wieder im Mittelpunkt meines Lebens stand, war ich zuversichtlich, daß nichts meine Sicherheit bedrohen könne.

„Gut." Meine Zuversicht hatte sich auf Sophie übertragen und sie beruhigt. Ich beobachtete sie, wie sie mit Marie zur Haustür ging. Sie blickte zurück und hob rasch ihre Hand. Sie lächelte, freute sich schon darauf, mit Maries kleinem Jungen zu spielen. Als ich wieder auf meinen Sitz rutschte, sah ich den Streifenwagen, der an der Ecke des Häuserblocks geparkt war.

„Keine Sorge, wir werden gut auf sie aufpassen. Mr. Trask."

Er fuhr jetzt schneller, als wäre das Schlimmste vorbei; er war bestrebt, den Rest rasch hinter sich zu bringen. Zum ersten Mal bemerkte ich eine gewisse Achtung in seiner Stimme; es war nicht Respekt. Ich versuchte noch immer, diese ganze gezwungene Haltung mir gegenüber zu verstehen, als mein Haus in Sicht kam.

Es war umstellt. Das war mein unmittelbarer Eindruck. Überall waren Männer, manche in Uniform, andere in Regenmänteln und Windjacken, Männer mit Kameras, mit Plastikschachteln, mit dünnen Metallruten, mit Spaten.

Wir verlangsamten zum Anhalten. Zwei uniformierte Polizisten näherten sich dem Wagen, auf jeder Seite einer. Sie bückten sich und spähten durch das Glas. Die Männer in der Einfahrt und auf dem Hügel dahinter standen ganz still da, mitten in der Bewegung, und beobachteten uns. Einer der Polizisten nickte erleichtert, verwirrt. Wir fuhren wenige Meter weiter, schlängelten uns bis zur Mitte des Labyrinths verstreuter Fahrzeuge durch.

„O. k., Mr. Trask, dann wollen wir hineingehen." Wieder dieses gezwungene Lächeln.

Der Polizist, der uns zugenickt hatte, hielt bereits den Schlag für mich geöffnet. Ich stieg hinaus in die Kälte, in das Schweigen, in die wachsame Stille der Gestalten rund um das Haus. Als ich zu den Stufen ging, folgten mir die beiden Polizisten. Keiner von ihnen berührte mich, aber ich wußte, daß sie mich zwangen, weiterzugehen.

Die gleiche gespannte Stille im Haus, als ich eintrat. Nur der Polizist mit dem rötlichgelben Gesicht folgte mir in die Diele. Ich konnte ihn hinter mir spüren, als die drei Männer in der Küche sich langsam umwandten und mich ansahen.

„Martin Trask?“ Einer von ihnen trat vor. Er war mittleren Alters, übergewichtig, sein dunkler Anzug und sein Überzieher wirkten wie Eindringlinge aus der Stadt.

„Ja.“

„Ich bin Leutnant Owen.“ Er bot mir keinen Händedruck an; nach dem ersten raschen Blick schien er jeden weiteren zu vermeiden. Wie Marie. „Was dagegen, wenn wir Ihnen Fragen stellen?“

„Nein. Nein, natürlich nicht.“

„Sie müssen sie nicht beantworten. Das wissen Sie?“

„Ich werde Ihnen gern alles sagen, was ich weiß.“

„Schön. Dann wollen wir bei Ihrer Frau beginnen. Was geschah gestern nacht?“

Ich warf einen Blick hinter mich. Warum hatte es der junge Polizist ihnen nicht bereits erklärt? Hatte er ihnen nicht gesagt, was er in Ruths Zimmer gefunden hatte, das offene Fenster, diese blutigen Abdrücke auf dem Fensterbrett? Er war ein wenig weggerückt. Ich bemerkte, daß auch zwei der anderen Männer weggerückt waren. Ich stand vor dem Fenster, mit dem Rücken zum Tisch, die vier Männer in einem Halbkreis um mich herum. Sie bedrängten mich nicht, sie isolierten mich.

Zum dritten Mal trug ich vor, was in der Nacht geschehen war, Ruths Schreie, meine eigenen Handlungen, als sie mich aufweckten. Sie hörten mir mit einer Aufmerksamkeit zu, die wie Erstaunen wirkte; sie hätten ebensogut Forscher sein können, die den ersten Kontakt mit einem fremden Volk aufnahmen.

Einer der Männer seufzte, als ich fertig war.

„Warum haben Sie die blutigen Abdrücke vom Fensterbrett im Zimmer Ihrer Frau abgewischt?“

„Das habe ich nicht getan!“

„Sie haben mit einem nassen Tuch darübergewischt.“

„Nein. Das habe ich nicht. Natürlich hab ich das nicht getan.“

Dann fiel mir ein, wie ich mich in meinem feuchten Schlafrock über das Fensterbrett ins Zimmer gezogen hatte.

„Ich kletterte durch das Fenster. Ich wollte die Abdrücke nicht berühren. Ich wollte sie ganz gewiß nicht abwischen.“

Sie mußten doch einsehen, daß es das allerletzte gewesen wäre, was ich getan hätte. Es war dieser Abdruck der rechten Hand auf dem Fensterbrett, der den jungen Polizisten sofort von meiner Unschuld überzeugt hatte.

„Sie sind durchs Fenster hereingeklettert?“ Das gleiche Erstaunen; sie sahen mich immer noch an, nachdenklich, intensiv.

„Wann?“ fragte einer von ihnen.

„Nachdem die Polizei fort war.“ Wie konnte ich erklären, warum ich auf den Pfad hinausgegangen war? Die Wahrheit war nicht zu erklären. „Ich glaubte, ich hätte draußen jemanden gehört. Ich ging rundherum, zur Rückseite des Hauses. Ich war da draußen, und Sophie, meine Tochter - sie wachte auf und meinte, ich wäre fortgegangen. Sie dachte, ich hätte sie allein im Haus gelassen. Sie schrie.“ Würde ich lauschen, dann könnte ich noch immer die Schreie hören. „Ich dachte an nichts anderes, als auf schnellstem Wege zu ihr zu kommen. Ich kletterte durch das Fenster herein.“

„Würde es Ihnen etwas ausmachen, Ihre rechte Hand herzuzeigen, Mr. Trask?“

Ich hob sie gehorsam hoch und bot sie ihnen dar.

„Die Innenseite.“

Ich drehte die Handfläche nach oben. Keiner von ihnen berührte sie, aber einige Sekunden lang standen sie dicht um mich herum, besahen sie, prüften sie: sonderbares künstliches Ding aus dem unerforschten Land. Ihre Neugierde bewirkte, daß ich sie selbst wie zum erstenmal sah, diese höhnische Imitation einer lebendigen Hand, die willkürlichen Lebenslinien, diskreten Fältchen, die Fingerabdrücke, die in den Gummiüberzug eingeprägt waren.

„Danke.“ Der Leutnant trat ein paar Schritte zurück. Zum erstenmal, seit ich hereingekommen war, sah ich einen Ausdruck von Bestimmtheit auf seinem ernsten Gesicht. Er war wieder auf vertrautem Boden, befaßte sich mit ihm bekannten Dingen.

„Sie haben diese Blutspuren auf dem Fensterbrett selbst gemacht, mit dieser Handprothese.“

„Nein.“

„Sie wußten, daß die Laborleute das prüfen konnten. Also wischten Sie sie weg.“

„Nein.“

„Sie fuhren mit einem nassen Tuch darüber.“

„Nein.“ Wie konnte ich sie nur jemals davon überzeugen? „Ich kniete im Schnee. Mein Schlafrock war naß.“

Es war still. Sie schienen sich von mir noch weiter zurückzuziehen, behaupteten wieder ihre Identität als Gruppe, ihr gegenseitiges Einverständnis. Draußen vor dem Haus, vom Fenster aus zu sehen, hatten sich andere Gruppen von Männern rund um eine Mulde neben der Einfahrt gesammelt. Sie photographierten, durchsiebten den Schnee, sondierten ihn mit ihren dünnen Metallruten.

„Sie kennen Stella Roche."
„Sie ist eine meiner Studentinnen."
„Sie hatten ein Verhältnis mit ihr."
Brian war ein eifriger Informant gewesen. Er war vermutlich direkt zur Polizei gegangen, nachdem ich in seinem Wagen weggefahren war. Ich konnte mir die Gehässigkeit in seiner Stimme vorstellen, als er ihnen erzählte, daß ich es mit einer meiner Studentinnen getrieben hätte.
„Nein."
„Sie hatten ein Verhältnis mit Stella Roche."
Warum es weiter ableugnen? Ein sturer, irrationaler Drang, Stellas Privatleben zu schützen.
„Nein."
„Ihre Frau wußte davon. Sie entdeckte es. Deshalb wollte sie Sie verlassen."
„Es gab nichts zu entdecken." Ich mußte auch Ruths Privatleben schützen. „Und meine Frau wollte mich nicht verlassen."
„Gib mir diese Zeichnung."
Einer der Männer öffnete eine Aktenmappe, die auf der Lade lag. Ich sah eine weiße Schachtel daneben. Er kehrte mit einem Skizzenblatt zurück, das er behutsam hielt.
„Das haben Sie gezeichnet."
Miguel auf den Knien; Stella mit gespreizten Schenkeln; die liebevoll detaillierte Wiedergabe ihres entblößten Geschlechts. Ich wußte, daß ich es nicht gezeichnet hatte. Ebenso wie meine Gründe, den Weg draußen vor Ruths Fenster zu untersuchen, war das ein Teil der Wahrheit, die zu erklären außerhalb jeder Möglichkeit lag.
„Ja, ich habe es gezeichnet." Ich sah die Nagelstiche in den Ecken des Blatts; Stella hatte es in ihrem Zimmer mit Reißnägeln an der Wand befestigt. „Ich schenkte es ihr."
„Warum?"
„Sie bat mich darum."
„Wann haben Sie Stella Roche zum letztenmal gesehen?" Die Bestimmtheit war in Selbstvertrauen umgeschlagen.
„Vorigen Mittwoch. Vor einer Woche."
„Um wieviel Uhr?"
„Sie kam gegen zwei Uhr her. Wir verbrachten den Nachmittag miteinander."
„Um wieviel Uhr ging sie fort?"
„Sie mußte in den Supermarkt zur Arbeit. Ich brachte sie gegen sechs Uhr in die Stadt."

„Sie sahen sie an diesem Abend wieder."

„Nein."

„Sie verabredeten mit ihr, daß sie wiederkommen solle, sobald sie mit der Arbeit fertig sei."

Brian hatte ihnen auch das erzählt. Stella war nicht da: Ich wußte, wo sie war.

„Ich verabredete mich mit ihr, aber ich hielt mich nicht daran."

„Warum nicht?"

„Fragen Sie Brian Mellor."

„Sie erzählen uns Ihre Geschichte." Wieder beobachteten sie mich alle mit dieser gespannten Neugierde.

„Ich lief in der Sierra-Bar Brian Mellor über den Weg. Er erzählte mir, Stella Roche werde mit ihm zu Weihnachten nach Los Angeles fahren. Ich fühlte mich nicht ... Ich dachte, es wäre besser, sie nicht zu sehen."

„Es machte Sie wütend." Sie sahen erleichtert aus; das konnten sie verstehen.

„Nicht besonders."

„Was taten Sie?"

„Ich stieg in mein Auto und fuhr nach Reno."

Der Leutnant nickte; er wollte, daß ich ihm mehr darüber erzähle.

„Ich ging in ein Motel und verbrachte dort die Nacht."

„Um welche Zeit verließen Sie die Sierra-Bar?"

„Neun. Halb zehn."

„Sie gingen nicht vor zwei Uhr morgens in das Sunshine Inn in Reno."

„Vorher fuhr ich herum, ging in einige Bars."

Er schüttelte den Kopf; die dicken Backen zitterten. „Sie kamen hierher zurück und warteten auf Stella."

„Nein."

„Sie leiden doch an Gedächtnisschwund, nicht wahr? Schon seit einiger Zeit?"

„Nein."

„Sie erzählten Brian Mellor, Sie hätten Momente des Gedächtnisschwunds."

„Es war ein Mißverständnis. Ich erzählte ihm von jemand anderem. Er dachte, ich redete über mich selbst."

„Sie litten in jener Nacht vielleicht an Gedächtnisschwund. Nachdem Sie das Sierra verließen. Sie kamen hierher zurück und warteten auf Stella Roche. Sie hatten einen Streit mit ihr." Er machte eine verwirrte Geste; er tastete sich seinen Weg wieder durch dieses unbekannte Land, zwischen Gründen, die über sein Verständnis hinausgingen. „Sie waren zornig. Wütend. Durchgedreht.“ Er schien das Gefühl zu haben, daß auch das keine ausreichenden Erklärungen waren.

„Sie haben sie umgebracht.“

„Nein.“

„Sie haben sie mit demselben Messer umgebracht, mit dem Sie auf Ihre Frau losgingen.“

„Nein.“

Er blickte an mir vorbei, zum Fenster hinaus. Ich drehte mich um und sah ebenfalls hinaus. Die Männer standen noch immer um diese Schneemulde herum. Sie hatten aufgehört zu sieben, zu sondieren und zu photographieren. Sie schienen mit ihrer Arbeit dort fertig zu sein.

„Vielleicht hatten Sie einen Anfall von Gedächtnisschwund und wußten nicht, was Sie taten. Es mußte etwas von dieser Art sein. Sie haben sich nicht einmal bemüht, sie zu begraben. Ließen sie einfach dort draußen neben der Einfahrt liegen, damit der Schnee ihren Körper bedecke.“

„Nein.“

„Bring mir die Schachtel.“

Einer der Männer reichte ihm die weiße Pappschachtel von der Theke. Ich sah Stellas Namen darauf. Ich hatte ihn selbst geschrieben – In Liebe von Martin.

„Gehört das Ihnen?“

„Nein.“

„Sie haben sie in dem Schrank im Zimmer Ihrer Frau versteckt.“

„Nein.“

Er öffnete die Schachtel. Hielt sie mir hin. Zeigte mir, was drinnen lag. Hob sie wie einen Spiegel, damit ich hineinsehen könne.

Da begriff ich. Ich begriff, was ich für Achtung gehalten hatte. *Es war* etwas wie Achtung. Es war jener widerstrebende Tribut, den wir dem Unbekannten zollen, dem Unglaublichen, einer zu perversen Kreatur, jenseits menschlichen Begreifens, der man nur mit einem Gefühl protestierender und entsetzter Scheu entgegenzutreten vermochte.

Nein. Ich spürte, wie ich lautlos schrie. Nein. Es in einen lautlosen Raum hineinbrüllte. Nein.

Ich leugnete nicht. Ich protestierte gegen mich selbst, gegen jenen latenten, unzugänglichen Bereich meines Geistes, in dem sich Phantasien und Begierden und geheime Triebe aufgehäuft hatten, Schicht um Schicht, Jahr um Jahr, bis sie sich als Ausdruck meines Willens, meiner Wut manifestierten, in jener Nacht, als Stella in der Dunkelheit und im Schneefall vor meinem Haus auf mich wartete.

In der Schachtel waren Streifen getrockneter Haut, ein Büschel schwarzen Haars.

29

Ich stehe hier, starre aus dem Fenster.

Wieder geht ein Sommer zu Ende. Bald werden die Blätter auf den Ahornbäumen ihr strahlendes, rituelles Sterben beginnen. Da sie niemals gleichzeitig dieselbe Farbe haben, war ich mir nie der genauen Reihenfolge sicher, in der sie sich verfärben, ehe sie abfallen. Purpur, rot, gold, gelb, und dann schließlich braun? In diesem Oktober werde ich ein bestimmtes Blatt auf dem Baum, das dem Fenster am nächsten ist, wählen, und es jeden Tag studieren.

Ich muß gehen. Ich muß in die Stadt fahren, um die Post abzuholen. Es muß jetzt fast eine Stunde her sein, seit ich damit fertig wurde, das letzte Bild auf dem Comic strip mit Tusche auszuziehen. Ich habe nicht das Gefühl, etwas vollbracht zu haben. Der Comic strip wird in dreimal soviel Zeitungen veröffentlicht wie *Miguel* je zuvor, aber es ist nicht mein eigenes Produkt. Walter Glen, der ihn in den fünfziger Jahren erfand, schickt mir jeden Monat einen Entwurf der Geschichte, und ich mache alle Zeichnungen. Ich habe gelernt, seinen Stil mittlerweile beinahe automatisch nachzuahmen; es ist ein ganz gut bezahlter Job; er hat es mir ermöglicht, dieses Atelier wieder aufzubauen; er stellt nicht allzu hohe Ansprüche an mich. Ich brauche nichts zu erfinden, jene unbewußten Zonen des Geistes nicht zu stimulieren, wo, wie Jung glaubt, alle ursprünglichen Ideen sich entwickeln.

Ich muß gehen. Ich bin in letzter Zeit immer mehr in die Gewohnheit plötzlicher Trägheit verfallen. Ruth sagt, es sei eine verspätete Reaktion auf den Streß während des Prozesses. Sie irrt. Ich empfand sehr wenig Streß in jenen Wochen im Gerichtssaal von Sacramento. Ich wußte, ich war gesetzlich unschuldig. Die Beweise gegen mich waren nicht bloß Indizien, sie waren weitgehend negativ.

Die Staatsanwaltschaft konnte nicht beweisen, daß ich in der Nacht, als Stella ermordet wurde, in mein Haus an der Pine Street zurückgekehrt war. Niemand sah mich dort. Auf der groben Schnur, die Stella um den Griff ihres Messers gewickelt hatte, waren keine identifizierbaren Abdrücke. Der Staatsanwalt beharrte darauf, daß der blutige Abdruck der rechten Hand, den der junge Polizist auf dem Fensterbrett in Ruths Zimmer gesehen hatte, zu den künstlichen Linien und Windungen auf meiner Handprothese gepaßt hätten. „Sie wußten das", brüllte er mir anklagend zu. „Und weil Sie es wußten, wischten Sie ihn absichtlich ab." Er hatte keine Möglichkeit, das zu beweisen. Es war nichts als eine Mutmaßung.

Er tat sein Bestes, um mich vor Gericht als ein Monstrum an Perversion und sadistischer Gewalttätigkeit hinzustellen. Er konnte keinen einzigen Zeugen bringen, der aussagen konnte, ich hätte jemals in meinem ganzen Leben irgendwen verletzt oder auch nur bedroht. Mein Anwalt rief ein halbes Dutzend Zeugen auf, die absolut ehrlich aussagten, daß ich ein ungewöhnlich sanfter und freundlicher Mensch sei. Mein eigenes Verhalten im Zeugenstand hatte geholfen, die Geschworenen davon zu überzeugen. Ich gab zu, daß ich ein Verhältnis mit Stella gehabt hatte. Sie war einige Wochen lang zu mir nach Hause gekommen; wir waren häufig miteinander ins Bett gegangen; unsere sexuelle Beziehung war durchwegs „normal" gewesen. Wir hatten uns keinen ungewöhnlichen Praktiken oder auch nur unüblichen Positionen hingegeben. Ich hatte nie vorgegeben, in sie verliebt zu sein; sie hatte nie irgendwelche Ansprüche an mich gestellt. Ich mochte sie gern; wir waren beide einsam; wir genossen die Beruhigung, die uns die Gesellschaft und Zuneigung des anderen gab. Unser Verhältnis war ruhig, beinahe emotionslos. Wir stritten nie. Später, im Prozeß, bestätigte Stellas Vermieterin das meiste davon. Stella hatte ihr anvertraut, daß sie „mit einem älteren Mann schlafe". „Es ist toll", so erinnerte sich die Vermieterin, hatte Stella gesagt, „weil, wissen Sie, er ist wie ein Freund. Es gibt keinen Ärger. Er fällt mir nicht auf den Wecker."

Ich antwortete bereitwillig auf alle Fragen meines Anwalts über Ruth. Ich war unglücklich über die Entfremdung meiner Frau von mir, aber ich hatte mich ihr gegenüber nie in einer eifersüchtigen oder besitzergreifenden Art verhalten. Ich hatte Ruths Verhältnis mit einem anderen Mann in New York geduldet, solange sie einverstanden war, ihn nicht zu uns nach Hause einzuladen; ich hatte einer zeitweiligen Trennung zugestimmt. Drei Monate lang waren meine Frau und mein Kind in New York geblieben, während ich in Saraville unterrichtete; ich hatte sie in jener Zeit finanziell ausgehalten. Als sie mich zu Weihnachten besuchten, hatten Ruth und ich wieder normale sexuelle Beziehungen aufgenommen. Mit Ausnahme von einigen Nächten, als sie müde war und ich lesen wollte, teilten wir dasselbe Zimmer. Sie plante, irgendwann im neuen Jahr mit unserem Kind nach San Francisco zu ziehen; es war kein definitives Datum festgesetzt worden; wir stimmten überein, daß ich sie dort so oft wie möglich besuchen würde. Ich teilte nicht alle Ansichten meiner Frau, manches schien mir mehr auf Aberglauben als auf Vernunft begründet zu sein; aber ich hatte mich bemüht, für ihre Ideen Verständnis aufzubringen, und wir hatten nie darüber gestritten.

Ich liebte meine Tochter, und sie fehlte mir, als ich von ihr getrennt war, aber ich erkannte, daß Kinder, wenn sie älter wurden, eher bereit sind, sich mit der Trennung von ihren Eltern abzufinden. Ich hatte mein Bestes getan, mich nach meinem Unfall umzustellen; ich hatte mir beigebracht, mit meiner linken Hand gut genug zu zeichnen, um wieder anzufangen, Karikaturen zu verkaufen. Ich schlief gut; ich wurde nicht von unheimlichen oder bedrohlichen Träumen sexueller Natur belästigt; ich hatte keine Phobien, deren ich mir bewußt war; ich trank mäßig; ich hatte nie Drogen genommen. Ich hatte, meines Wissens, nie an Gedächtnisschwund gelitten. Ich hatte niemals meine Frau geschlagen; ich hatte Stella niemals geschlagen. Ich hatte gewiß keine von beiden angegriffen. Ich besaß keine Theorie dafür, wer Ruth mit dem Messer attackiert haben mochte; ich besaß keine Theorie dafür, wer Stella umgebracht und zerstückelt haben mochte. Ich stimmte zu, daß beide Verbrechen „abscheulich" und, in Stellas Fall, „monströs und abnormal" seien.

Obwohl er mich mehr als sechs Stunden im Kreuzverhör hatte, konnte mich der Staatsanwalt nicht soweit reizen oder einschüchtern, daß ich irgendwelche belastenden Zugeständnisse über mich selbst gemacht hätte. Ich hielt mich an die äußerlichen Fakten, von der Sorte, wie sie Geschworene verstehen und akzeptieren konnten; er konnte das Bild eines durchschnittlichen, anständigen Menschen, das jene zwölf durchschnittlichen, anständigen Leute sich von mir gebildet hatten, nicht zerstören.

Brian war natürlich der Hauptbelastungszeuge. Sein Zorn, seine Eifersucht, sein Haß auf mich waren so kraß, daß seine Aussage gegen ihn sprach. Hier war, im Gegensatz zu mir, ein gewalttätiger, verbitterter, labiler Mensch. In seinem Kreuzverhör machte mein Anwalt deutlich, daß Brian ebensoviel Gelegenheit gehabt hätte, Stella zu töten, und ein weitaus stärkeres Motiv als ich. In seiner abschließenden Beweisführung hackte er auf diesem Punkt herum.

Obwohl er Brian nicht namentlich erwähnen konnte, bezog er sich immer wieder auf „jenen anderen Mann“, der plötzlich entdeckt hatte, daß das Mädchen, das ihn zurückgewiesen hatte, ein Verhältnis mit mir hatte. Dieser andere Mann, gab er zu verstehen, hatte Stella in jener Nacht bis zu meinem Haus verfolgt, während ich nach Reno fuhr. Nachdem er diesen bestialischen Mord begangen hatte, war seine eifersüchtige Wut auf mich noch immer so groß, daß er versucht hatte, den Verdacht auf mich zu lenken, indem er den abscheulichen Beweis seiner Schuld in meinem Haus versteckt hatte. Er war einige Nächte danach zu diesem Haus zurückgekehrt, in einer plötzlichen Panik, um den Beweis zurückzuholen, hatte meine Frau schlafend in dem Zimmer vorgefunden, wo er ihn versteckt hatte; und aus Angst, gesehen und erkannt zu werden, auf sie eingestochen. Mein Anwalt erinnerte die Jury dann an „jenen gewalttätigen Weihnachtsabend“ in der Sierra-Bar, als ein junger Cowboy, den eine Zeitlang intime Beziehungen mit Stella Roche verbunden hatten, von demselben „anderen Mann“ bewußtlos geschlagen wurde. Er erwähnte die Überraschung des jungen Polizisten, als dieser entdeckte, daß es keine Fußspuren im Schnee vor dem Fenster des Zimmers gab, wo meine Frau schlief, als sie angegriffen wurde. Er demonstrierte, daß nur ein sehr großer Mann, „ein Mann von ungewöhnlichem Körperbau“, von dem Schneewall draußen durch das Fenster hereingeklettert sein konnte, ohne den Pfad zu betreten. Als er fertig war, hatte er die Geschworenen halb überzeugt, daß es, „wenn man gerecht sein wollte, jener andere Mann und nicht Martin Trask wäre, der heute in diesem Gerichtssaal wegen Mordes anzuklagen sei.“

Das Gericht beriet weniger als zwei Stunden, ehe es auf „nicht schuldig“ befand.

Der Prozeß war in Wirklichkeit ein Schwindel. Kaum ein Wort, das in diesem Gerichtssaal über mich gesprochen wurde, stimmte. Alles dort Gesagte war Teil einer Vorspiegelung: meine Handlungen, mein Charakter, mein ganzes Leben, alles wurde nur in Form von Stereotypen und beobachtbaren Phänomenen dargestellt. Der Martin Trask, der bei meiner Verhandlung verhört und beurteilt wurde, besitzt so viel Ähnlichkeit mit mir wie ein Scherenschnitt.

Gesetzlich war das Urteil gerecht. Ich hatte nicht die Verbrechen begangen, deren ich angeklagt war; ich hatte mich ihrer nur schuldig gemacht. Der Angriff auf Ruth, der sie zum Krüppel gemacht hatte, die Ermordung und Verstümmelung Stellas, beides war Ausdruck meines Willens. Als ich in die flache, weiße Pappschachtel blickte, sah ich mehr als den grausigen, kläglichen körperlichen

Beweis. Wut auf Stella. Ich sah mich selbst. Ich sah die besessene Eifersucht und die Besitzgier, die in meiner Beziehung zu Stella enthalten waren. Ich sah die Phantasien sexueller Aggression und Domination, von denen es in meiner Nachpubertät gewimmelt hatte; den rücksichtslosen Egoismus meiner frühen Jahre in New York, bevor ich Ruth begegnete. Auch damals *benutzte* ich Mädchen; ich gab und hielt zurück, was ich wollte, immer darauf bedacht, die Kontrolle zu behalten. Ich unterdrückte jene Arroganz bei Ruth, gezähmt durch meine Zärtlichkeit zu ihr; aber ich zwang sie, mein Leben zu teilen, statt daß ich sie ermutigt hätte, ihr eigenes zu leben.

Und die ganze Zeit, normalerweise sogar vor mir selbst verborgen, aber manchmal für einen Augenblick sichtbar - wie in jener Nacht mit dem Mädchen in der Bar für einsame Männer auf der Third Avenue - war dieses doppelte Ich da. Das Ich, das glaubte, was es nicht glauben konnte, das nicht loswerden konnte, was es verdammte.

Ich glaube nicht, daß ich grundsätzlich anders bin als die meisten anderen Männer. Ich wurde einfach in einer außergewöhnlichen, aber durchaus nicht übernatürlichen Weise mit einem Instrument ausgestattet, durch das mein unterdrücktes Ich sich ausdrücken konnte.

Das Haus in Saraville ist beinahe fünftausend Kilometer von mir hier in Vermont entfernt. Ich habe seit jenen Klauenabdrücken dort draußen im Schnee vor dem Fenster von Ruths Zimmer keine Spur von *ihm* gesehen. Aber wie groß die Entfernung auch sein mag, die mich vom letzten Beweis *seiner* Existenz trennt, ich kann kein Risiko eingehen. Meine einzige Sicherheit liegt in ständiger Selbstbeherrschung ...

Ich muß gehen. Ich knipse die Lichter aus und verschließe die Ateliertür hinter mir. Auf Wiedersehen bis zum Montag. Ruth liegt auf der Couch im Wohnzimmer. In ihrer Reichweite ist alles, was sie braucht, Bücher, Zeitschriften, das Telefon, eine Thermosflasche mit Kräutertee, ein Topf Joghurt, die Reste des Mittagessens, das ich für sie bereitet habe, die Klingel, die ich gebastelt habe, damit sie mich jederzeit aus dem Atelier rufen kann.

Sie blickt auf, während ich eintrete. „Wie bist du vorangekommen?"

Ich halte das gefütterte Kuvert hoch, das ich bei mir trage; es ist die ganze Antwort, die sie haben will. Ich schiebe ihren Rollstuhl aus dem Weg und setze mich neben sie.

„Kann ich dir irgend etwas bringen, bevor ich in die Stadt fahre?"

Sie schüttelt den Kopf; sie hört nicht richtig zu. Ihre Gedanken sind noch mit dem Buch beschäftigt, das sie auf dem Schoß hält.

„Hast du einen Augenblick Zeit, Martin?"

„Natürlich."

„Hör dir das an." Sie fängt an, laut zu lesen. „Menschen sind dazu da, um Gott zu antworten, Gott zu gehorchen, nicht, um von Gott zu fordern. Ob ein Mensch Forderungen an das stellt, was er als Gott ansieht, oder ob er Forderungen an seine Frau oder seine Freunde stellt, es ist alles dasselbe, weil Menschen auf Erden da sind, um Fragen zu beantworten, um die Wahrheit zu sagen, um die Wahrheit auszudrücken, um die Wahrheit sichtbar zu machen, um die Wahrheit zu enthüllen ..."

Ich versuche, zuzuhören, aber ich kann mich nicht auf die Worte konzentrieren. Ich denke an all die Dinge, die ich tun, die ich in der Stadt kaufen muß. Blumenkohl und Zucchini für das heutige Abendessen. Wir haben fast kein Geschirrspülmittel mehr. Ich sollte auch noch etwas Alkohol zum Einreiben kaufen; manchmal ist Ruth nach ihrer Elektrotherapie davon überzeugt, daß sie, wenn ich ihre Beinmuskeln stark genug einreibe, ein Gefühl darin spürt. Doktor Bater meint, das sei unwahrscheinlich, sie wird immer querschnittsgelähmt bleiben, wird in der unteren Körperhälfte nie mehr wieder ein Gefühl erlangen.

Ihre Stimme ist verstummt. Sie schweigt erwartungsvoll.

„Es ist schön. Es ist wirklich schön, Liebling."

Ich sehe die Enttäuschung in ihren Augen. Ich habe nicht spontan reagiert.

Sie hebt das Buch hoch, zeigt es mir. „Es heißt *Die richtige Antwort.*"

„Ich würde später gern mehr davon hören."

„Ich weiß, du mußt in die Stadt und rechtzeitig zur Post." Ihre Stimme ist flach, resigniert, aber es ist kein Vorwurf darin. Sie gibt mir nicht die Schuld an ihrer Hilflosigkeit. Mit jener beneidenswerten Gabe der Selbsttäuschung, die es ihr ermöglichte, ihre Beziehung zu Pierre als geistig anzusehen, hat sie die Vergangenheit verzerrt, damit sie zur Zukunft paßt. Sobald ihr klar wurde, daß Pierre nicht die Verantwortung übernehmen würde, sich um sie zu kümmern, entschied sie, daß sich ihre Gefühle zu mir nie wirklich verändert hatten, daß sie immer gewollt hatte, wir würden als Familie beisammen bleiben. Sogar noch vor dem Prozeß war sie von meiner Unschuld überzeugt. Danach war sie sicher, daß es Brian gewesen sei, der sie überfallen hatte. Sie hat mir meinen Seitensprung mit Stella verziehen.

Was empfinde ich für sie? Anteilnahme? Mitleid? Zuneigung? Es wäre unmöglich, mit ihr zu leben, wenn ich sie noch liebte. Aus Liebe könnte Begierde entstehen, Bedürfnis, ein Zwang, mich ihr anzuvertrauen, sie zu meiner Kenntnis der Wahrheit zu bekehren, und, wenn es mißlang, Ärger, Zorn.

„Soll ich Sophie mitnehmen?"

„Sie ist zu Amanda gegangen. Gleich nach dem Mittagessen."

„Zu Fuß?"

„Amandas Mutter kam sie holen."

„Ich werde sie abholen."

„Nicht vor sechs. Sie bat mich, es dir zu sagen, nicht vor sechs."

Ich werde allein einkaufen gehen, bevor ich anhalte, um Sophie zu holen. Ich stehe auf.

„Bist du sicher, daß du gar nichts brauchst?"

„Nichts."

„Irgend etwas Besonderes, das du gern aus der Stadt hättest?"

„Nein." Sie hatte bereits ihr Buch geöffnet.

„Ich möchte wirklich, daß du mir später etwas mehr davon vorliest."

Sie schaut nicht auf, während ich das Zimmer verlasse. Sie ist wieder in *Die richtige Antwort* vertieft.

In der Stadt gibt es ein neues Einkaufszentrum. Nachdem ich den Comic strip abgeschickt habe, schiebe ich meinen Einkaufswagen durch die Gänge, belade ihn mit den Dingen, die wir brauchen. Das Mädchen am Kassenschalter begrüßt mich namentlich. Wie die meisten Leute in der Stadt ist sie neugierig, interessiert an dem, was geschehen ist, aber nicht ohne Anteilnahme. Viele von ihnen machen sich die Mühe, mir persönlich zu versichern, daß sie niemals geglaubt hätten, ich hätte „diese abscheuliche Sache" getan. Ich kenne dieses Mädchen seit Jahren; ich erinnere mich an sie als an ein unscheinbares, formloses Kind; sie hat sich zu einer unscheinbaren, formlosen jungen Frau entwickelt. Es ist unvorstellbar, daß sie bei mir jemals irgendeine Phantasie erregen könnte. Ich kann einen Augenblick lang mit ihr über die Sommergäste plaudern. Sie wird froh sein, wenn der „Tag der Arbeit" kommt und sie in die Stadt zurückkehren kann.

„Es ist angenehm, wenn gerade die Leute da sind, die man kennt."

Ich stimme mit ihr überein. Ich werde auch erleichtert sein. Fremde sind unberechenbar; manchmal bemerke ich, wie ich sie flüchtig anblicke, mir Gedanken über sie mache, voll von aufflackernden Sehnsüchten, bevor ich mich wieder in der Hand habe.

Es ist knapp nach sechs Uhr, als ich vor dem Haus vorfahre, in dem Amanda wohnt. Ihre Mutter kommt zur Tür; sie lädt mich ein, hereinzukommen.

Als ich ihr danke, den Kopf schüttle, vermeide ich es sorgfältig, ihr ins Gesicht zu sehen. Sie ist eine attraktive Frau Mitte Dreißig, die sich vor kurzem von ihrem Mann getrennt hat. Ich starre auf ihre Schuhe hinunter, abgenutzte Pantoffeln, unschön viereckig über den Zehen. Nichts ist an ihnen, was mein Interesse wecken könnte, meine Neugierde, womit sich meine Phantasie beschäftigen könnte. Ich sage etwas in der Art, daß ich nach Hause zu Ruth müsse.

„Ich werde Sophie herausbringen." Ihre Stimme ist ein klein wenig ärgerlich. Ich kann nicht Verständnis von ihr dafür erwarten, daß ich nur versuche, sie zu schützen.

Und dann ist Sophie da, Licht und Farbe, ihr Lachen streift mich, als sie auf Wiedersehen ruft, danke. Ich folge ihr zum Wagen. Wir steigen ein. Ich ziehe sie an mich; ich küsse ihre warme, rosige Wange.

„Daddy." Sie entzieht sich mir, lächelt aber, freut sich über meine liebevolle Begrüßung. Wenigstens dafür bin ich Ruth dankbar: Ihr eigener Glaube an meine Unschuld hat Sophie mit der Gewißheit erfüllt, daß das alles ein Irrtum war, dort unten in Kalifornien, als sie ihren Vater verhafteten. Sie scheint diesen ganzen Abschnitt ihres Lebens vergessen zu haben; sie spricht nie davon.

Sie redet über ihren Nachmittag. „Wir spielten Tennis. Ich hab sie geschlagen. Es war so lustig." Sie erzählt mir von Amandas Backhand. „Sie macht es mit den Füßen falsch. Sie versucht, um den Ball herumzurennen, deshalb kann ich immer gewinnen, wenn ich nur trachte, ihn nach ihrem Backhand zu treffen."

Sophie war im letzten Juni zehn. Wie viele Jahre wird sie noch mit mir so reden, Dinge mit mir teilen? Fünf? Sechs?

Ich will nicht daran denken. Einige Minuten lang, während wir nach Hause fahren, bin ich vollkommen glücklich. Noch wichtiger sogar, als die einfache, anspruchslose Kameradschaft, die ich immer bei ihr empfunden habe, ist die Gewißheit, daß ich bei Sophie sicher bin. Ich kann sie lieben, auf sie reagieren, Dinge für sie wollen.

Ich habe ihr niemals, in keinem Augenblick ihres Lebens, etwas Böses gewünscht.

Hanns Heinz Ewers

Geschichten des Grauens

MOEWIG

MOEWIG Band Nr. 1800
Moewig Taschenbuchverlag Rastatt

Genehmigte Taschenbuchausgabe
Umschlagillustration: Franz Berthold
Umschlagentwurf und -gestaltung: Franz Wöllzenmüller, München
Verkaufspreis inkl. gesetzl. Mehrwertsteuer
Auslieferung in Österreich:
Pressegroßvertrieb Salzburg, Niederalm 300, A-5081 Anif
Printed in Germany 1984
Druck und Bindung: Elsnerdruck GmbH, Berlin
ISBN 3-8118-1800-7

Inhalt

[illegible]

[illegible] so [illegible] Gnen [illegible] ist [illegible]

[illegible] Dinnis [illegible] Ge- [illegible] Schlech- [illegible] so [illegible] Nachen, [illegible] Aber [illegible] daß sie [illegible] Durch- [illegible] Und [illegible] der doch ir- [illegible] weile [illegible]

[illegible] dir ge- [illegible] Ägyp- [illegible] zu [illegible] ge- [illegible] sie nicht wollen, wenn sie streiken, dann läßt der Herr Maschinengewehre auffahren. Schießt ein paar Dut-

Der schlimmste Verrat

Man nannte ihn: Stephe. Das kam, weil sein Vorgänger so hieß; da hatte der alte Totengräber, viel zu faul, sich an einen andern Namen zu gewöhnen, dem neuen Gehilfen gesagt: „Ich nenn' dich Stephe."

In Ägypten geschah das. Nicht am Nil – im Staate Illinois. Im südlichen Teil: der heißt „Ägypten", weil ein wildes Gemisch schlechter Rassen dort durcheinander wohnt. Schlechter, niederer Rassen – oder doch, was der Amerikaner so ansieht: Kroaten, Slowaken, Ungarn, Tschechen, Walachen, Slowenen, Russen, Griechen, Italiener und Ukrainer. Aber der Yankee kennt diese Namen nicht; er hört nur, daß sie alle nicht englisch sprechen, sondern irgendein wirres Durcheinander – das ist wie in Babel nach dem Turmbau. Und Babel, ja, das war in Ägypten, nicht wahr? Oder doch irgendwo daherum in der Nähe. Darum nennt er das weite Land Ägypten.

Der Amerikaner ist der Herr. Ihm gehört das Land, ihm gehören alle die Bergwerke und Hütten und Zechen. Die „Ägypter" sind seine Sklaven. Die Negersklaven im Süden sind frei seit einem halben Jahrhundert – sie brauchen nicht mehr zu arbeiten; die Weißen aber, die Europa ausspie, die müssen arbeiten. Und wenn sie nicht wollen, wenn sie streiken, dann läßt der Herr Maschinengewehre auffahren. Schießt ein paar Dutzend tot, sperrt andere ins Zuchthaus – im Namen der Freiheit. In Ägypten und überall im Land.

Freilich, einige der Ägypter sind klug. Sie scharren ein wenig Geld zusammen, dann mehr und noch mehr. Werden schließlich selbst Amerikaner und Herren. Freigelassene: nicht sozial gleichberechtigt, o nein – aber doch wirtschaftlich. Und die sind die schlimmsten; die verstehn es am besten, auch den letzten Saft aus den Sklaven herauszupressen.

Der Name der kleinen Stadt, vor der Stephe wohnte, klang gar nicht ägyptisch. Auch nicht englisch, auch nicht indianisch. Klang deutsch: Andernach. Hier hatten einmal pfälzische und rheinische Bauern gesessen vor langen Jahren – kein Mensch wußte mehr, wann das gewesen war. Aber sie waren längst fortgezogen, eine Familie um die andere, als die Industrie kam und mit ihr die Ägypter. Und nur ganz wenige der alten Siedler waren zurückgeblieben, zwei, drei deutsche Namen: Die waren auch längst Amerikaner geworden. Reiche Herrn.

Dennoch: Die Stadt sah anders aus, als alle anderen ringsum. Keine Holzbaracken, keine Wellblechhütten. Richtige Ziegelsteinhäuser, mit Reben bewachsen; Gärten drumherum, Apfelbäume, Birnbäume, Kirschbäume. Die niederen Rassen begriffen recht gut den Unterschied; zerstörten nichts; bauten hinzu, Häuser und Gärten; fühlten sich ein wenig als Menschen in Andernach – viel, viel mehr, als irgendwo sonst im Ägypterland.

Draußen, vor der Stadt, lag der Friedhof. Der war noch deutscher als die Stadt. Große Eichen standen da und manche Trauerweiden. Fast in der Mitte, einen kleinen Hügel hinauf, lagen die deutschen Gräber, und man las die Namen: Schmitz, Schulze und Huber. Sehr einfach alle Steine, aber gut gepflegt, so daß der Efeu, der allen Boden deckte, sie nirgends überwucherte. Eigentlich gehörte der Friedhof niemandem, keiner Glaubensgemeinschaft und keinem der Stämme der Ägypter. Die benutzten ihn alle – und bezahlten dafür an den alten Totengräber: Der war der Herr. Zweimal im Jahr zahlte ihm die Bank der Stadt einen Scheck aus, aus Chicago überwiesen, oder war es aus San Francisco? Als die Deutschen wegzogen, verkauften sie, einer um den andern, Haus und Garten – aber den Friedhof nicht. Den konnte keiner verkaufen – und so erwarb ihn auch niemand. Aber einer aus Andernach, irgendein Schmitz oder Huber oder Schulze, der längst gestorben war, hatte ein gutes Vermächtnis gemacht: Dessen Zinsen erhielt für seine Arbeit der alte Totengräber. So war er der Platzhalter von Toten, die für sich selber zahlten, war der Herr in seinem Land – und als solchen betrachteten ihn die Ägypter. Er verkaufte ihnen Grabstätten, nahm viel oder wenig, wie er grade wollte, schrieb Kreuze und Steine und Säulen nach seinem Geschmack und aus seiner Werkstatt vor.

Ein Böhme war er, Pawlaczek hieß er. War früh hinüber gekommen, hatte hier noch gehaust mit den Deutschen und war nun lange schon der älteste in der Stadt. Sein Tschechisch hatte er vergessen durch vierzig lange Jahre, dann mühsam wiedergefunden, als die Ägypter kamen. Und sein Deutsch und Englisch warf er in einen Topf und machte einen fettigen Brei daraus. Er hatte eine Werkstatt für Grabsteine und darin fünf italienische Steinmetzen. Hatte sechs Gärtner und ebenso viele Totengräber.

Einer davon war Stephe.

Stephe war kein Ägypter. Stephe war Amerikaner. Er hieß eigentlich Howard Jay Hammond, stammte aus Petersham, Mass.; zählte dreiundvierzig Jahre, als ihm dies geschah.

Der, der es niederschrieb, bruchstückweise, wie er es herausholte von Stephe, der es zum Teil selbst miterlebte, war Jan Olieslagers aus Limburg. Holländischer Nationalität also – doch ein Vlame. Und, in Kultur und Erziehung, deutsch. In deutschem Interesse hatte er während des Krieges gearbeitet, galt dann, als die Vereinigten Staaten auch losschlugen, als sehr verdächtig. Rechts und links wurden die Deutschen im Lande verhaftet und ins Gefängnis geworfen, viele davon seine guten Freunde. Jan Olieslagers sehnte sich wenig nach dem Zuchthaus – hielt es für angebracht, eine Zeitlang von Neuyork zu verschwinden.

So kam er nach Andernach ins Ägypterland. Große Farbwerke waren bei der Stadt, dort stellte sich Olieslagers vor. Er verstand nur herzlich wenig von Chemie – aber er verstand es gut, den Anschein zu erwecken, als ob er etwas verstehe. Er kannte, sehr oberflächlich nur, den leitenden Direktor von Neuyork her; der wußte, daß er „Doctor" angeredet wurde und irgendwas mit der deutschen Sache zu tun hatte. So glaubte er einen sehr guten Fang zu tun: einen großen deutschen Chemiker, der manches Geheimnis kannte. Dafür konnte man schon eine Weile die Hand über ihn halten – was lag an dem einen Deutschen? Hier in Andernach konnte er gewiß kein Unheil anrichten. Freilich, seinen Vorteil nutzte er aus, zahlte dem neuen Chemiker nur knapp das, was zum Leben eben notwendig war, wies ihm ein kleines Zimmer in der Fabrik an.

Jan Olieslagers lungerte im Laboratorium herum, rührte nicht eine Hand. Endlich zur Rede gestellt, erklärte er, daß er nicht daran denken würde, unter jemandem zu arbeiten. Er müsse seine eigenen Räume haben – und niemand dürfe ihm hineinpfuschen. Und so groß war, hier wie überall im Land, die Hochachtung vor deutscher Wissenschaft, daß man seinen

Wünschen nachkam, alles tat, um baldmöglichst große Erfolge durch ihn zu erzielen.

Ein gutes Gedächtnis hatte der Vlame. Schnappte schnell Worte auf, griff ein paar schöne Phrasen; las sich bald aus den Büchern der Fabriksbibliothek eine buntlappige Gelehrsamkeit zusammen. Dann sandte er Bestellungen aus – aus aller Welt mußte dieses und jenes besorgt werden. So zog er die Wochen hin und die Monate.

Er verkehrte mit niemandem. Nur zum Abend ging er aus, sich die Beine zu strecken – kam dann gewöhnlich zum Friedhof.

Dort hatte er Stephe kennengelernt.

Aus dem, was Jan Olieslagers niederschrieb, ist diese Geschichte gemacht.

Jan Olieslagers saß mit Stephe manchen Abend auf der Steinbank unter dem alten Lindenbaum. Stephe hatte ein Geheimnis – das ärgerte den Vlamen. Er fühlte: Es war ein Besonderes; so wollte er's gerne wissen. Aber Stephe sagte überhaupt nicht viel; durch Stunden saßen die zwei, ohne ein Wort zu sprechen. Olieslagers konnte nicht recht heran an den Kerl. Er suchte, suchte und fand nirgends eine Tür. Stephe trank nicht, rauchte nicht, kaute nicht, und mit Weibern hatte er schon gar nichts. – Was kann man machen mit so einem?

Was Jan Olieslagers hinzog zu Stephe, hätte er in diesen Monaten schwer sagen können. Es war nichts Auffallendes an ihm. Wenn er jemals einen Paß gebraucht hätte, hätte man hineingeschrieben: Haar – braun. Stirne, Nase, Kinn, Ohren – gewöhnlich. Doch war er hübsch – etwas war da, das ihn hübsch machte.

Eines war gewiß: Etwas gab es, das diesen Menschen unablässig beschäftigte. Das war immer da, stärker manchmal und oft nur ganz schwach – aber es verließ ihn nie. Oder nur dann, wenn es, in seltenen Intervallen, Jan Olieslagers gelang, Stephes Gedanken auf etwas anderes zu lenken. So, wenn Stephe, abgebrochen, ohne Zusammenhang, seinem schwachen Gedächtnis kleinste Brocken aus seinem früheren Leben sich entreißen ließ.

Ja, aus Massachusetts stammte er; von methodistischen Eltern. Hatte nicht viel gelernt, kam früh weg, trieb sich überall im Lande herum. War alles gewesen, was man so sein kann, ohne etwas zu können. Liftjunge, Geschirrwäscher, Zettelverteiler, Heizer auf einem Dampfer der großen Seen, Kuhjunge in Arizona, Platzanweiser in Kinos. Er hatte in allen möglichen Fabriken gearbeitet und in ebenso vielen Farmen, von Vancouver bis San Augustin und von Los Angeles bis Halifax. Nirgends hatte er es lange ausgehalten; war dazwischen immer wieder herumgezogen als Streikbrecher und als Landstreicher. Jetzt aber, seit über zwei Jahren schon, hatte er seinen Beruf entdeckt: Dieser Job in Andernach gefiel ihm gut, hier würde er bleiben sein Leben lang.

Wie Stephe das sagte, flackerten kleine Flämmchen in seinen Augen, und über die Lippen kroch mühsam ein Lächeln. Dann saß er wieder und sann und sprach kein Wort.

Olieslagers begriff: Hier war es. War das schwere siebenmal vergitterte Tor – und dahinter kauerte das seltsame Tier.

Dann kam die Musterung. Alle Männer mußten sich melden zum Militär, von achtzehn bis zu fünfundvierzig Jahren.

Stephe wurde unruhig – und diese Unruhe steigerte sich mit jedem Tag. „Warum willst du nicht Soldat werden?“ fragte Olieslagers. Stephe schüttelte den Kopf, sehr entschlossen.

„Nein", brummte er, „nein."

Und ein andermal sagte er: „Das ist es – ich will nicht weg von hier."

Sonntag morgens klopfte er an die Tür des Laboratoriums, schloß sie sorgfältig, überzeugte sich, daß der Vlame allein war. Dann kam er heraus mit seinem Anliegen. Am Mittwoch müsse er sich stellen. Da möge der Doktor ihm was geben, daß er krank erscheine. Untauglich. Er wolle nicht fort von hier. Könne nicht.

Jan Olieslagers überlegte nicht lange, sagte ihm zu im Augenblick. Nur eine Bedingung stellte er: Zum Entgelt müsse Stephe ihm sagen, was denn eigentlich ihn hier festhalte.

Stephe schielte zu ihm hinauf; mißtrauisch genug. „Nein", sagte er endlich. Und ging. Am nächsten Tag suchte ihn Olieslagers auf dem Friedhof auf. Diesmal sprach er lange auf ihn ein, versuchte ihn zu überreden mit allen Künsten. Aber Stephe wollte nicht.

„Schau!" rief der Vlame. „Du hast ein Geheimnis. Ich bin neugierig, ich will es wissen. Also sag mir's. Das kostet nichts. Und am Mittwoch ist kein Mensch zum Soldaten untauglicher als du." Stephe schüttelte ruhig den Kopf. Stand auf von der Bank.

Aber am andern Morgen war er sehr früh im Laboratorium. Er zog Scheine aus der Tasche, zweihundertdreißig Dollar, erspartes Geld. Der Vlame wies ihm die Tür.

Dann, zum Abend, kam der wieder auf den Friedhof. Er traf Stephe nicht auf der gewohnten Bank, so wartete er eine Zeitlang, ging dann, ihn zu suchen. Fand ihn endlich, auf einem frischen Grab sitzend, vor sich hinbrütend. Er rief ihn an: „Komm, Stephe."

Stephe rührte sich nicht. Da ging der Vlame nahe heran, schlug ihm auf die Schulter. „Steh auf! Komm! Ich will dir geben, was du haben willst!"

Langsam erhob sich der Totengräber. „Gleich?“ fragte er. „Morgen ist Ziehung.“

Der Vlame nickte. „Wächst Digitalis irgendwo?“ – Stephe verstand ihn nicht. – „Fingerhut, meine ich.“ Stephe führte ihn, brach die Blüten auf das Geheiß des Vlamen.

„Wo wohnst du?“ fragte Jan Olieslagers.

Stephe ging voraus. Sie kamen, mitten im Totengarten, an das kleine steinerne Beinhaus. Stephe zog einen großen Schlüssel aus der Tasche, schloß auf.

Sie traten ein. In einer Ecke standen ein paar Spaten, Hacken und Schaufeln, hinten lagen leere Säcke. Sonst war nichts in dem Raum. –

„Hier wohnst du?“ fragte der Vlame.

Stephe schloß eine zweite Tür auf, die in ein kleines Zimmer führte. „Hier“, nickte er.

Ein Feldbett, ein kleiner Tisch, ein paar Stühle, ein Waschbecken auf einem. Ein alter Koffer, ein zerbrochener Kleiderständer, ein kleiner Eisenofen. Nichts hing an den Wänden.

„Hast du Spiritus?“ fragte Olieslagers. „So koch dir einen Tee von dem Zeug. Trink ihn, ehe du zu Bett gehst.“ Er erklärte ihm genau, wie er es machen solle, auch wie er sich benehmen müsse bei der ärztlichen Untersuchung.

Stephe wiederholte alles, laut und mehrmals. Dann sperrte er den Koffer auf, nahm sein Geld, bot es ihm nochmals.

Der Vlame schüttelte den Kopf. „Laß nur, Stephe. Ich tu’s für dich, weil ich dein Freund bin!“ Ging hinaus.

Draußen lief ihm Stephe nach. Seine Hand hielt ein kleines Korallenhalsband. – „Wollen Sie das, Herr?“ Jan Olieslagers betrachtete es.

„Wo hast du’s her?“ lachte er. „Von einer Braut?“

Stephe nickte.

„Und wo ist sie?“ fragte der Vlame.

„Tot“, sagte Stephe.

Olieslagers gab es ihm zurück. „Neapolitanerin“, murmelte er, „eine aus Ägypterland.“ Aber er fragte nicht weiter. „Behalt’s Stephe, als Andenken! – Ich will nichts, ich sagte dir’s ja! Nicht einmal dein Geheimnis – wenn du’s nicht von selber sagst. Vergiß nicht, was du tun mußt – und viel Glück auf morgen. Komm zu mir ins Laboratorium und erzähl mir.“

Dann ging er fort mit langen Schritten.

Spät genug kam Stephe zu ihm hinauf. Er war bleich und zitterte, aber ein zufriedenes Grinsen lag über seinem Gesicht. „Frei!“ rief er.

Der Vlame beglückwünschte ihn. „Setz dich, mein Junge! Und nun wollen wir das Gift möglichst schnell wieder herausbekommen aus dem Leib – oder doch unschädlich machen!“ Er hatte keine Ahnung, ob das nötig sei, oder was er zu diesem Zweck tun solle. Aber er dachte sich: Alkohol kann gewiß nichts schaden. Und vielleicht auch wird’s ihn gesprächig machen.

So mischte er Whisky. Stephe trank, schluckte ein Glas nach dem andern wie Medizin. Aber er sprach kein Wort. Der Vlame war enttäuscht genug, doch ließ er sich’s nicht merken. Er redete ihm zu, wie einer kranken Kuh, schenkte ihm immer von neuem ein; zwang ihn, erstaunliche Mengen hinunterzugießen. Stephe trank. Als er ging, bedankte er sich. Seine Zunge lallte, und sein Leib torkelte, seine Beine versagten den Dienst. Aber nur sein Leib war betrunken; was er sagte, war ganz vernünftig. Olieslagers hörte ihn auf der Treppe hinfallen, kam ihm nach und richtete ihn auf. Dann faßte er ihn fest um den Leib und schleppte ihn mühsam nach Hause.

Als sie am Friedhofstor waren, riß sich Stephe zusammen. „Danke, Herr“, sagte er.

Nie las Stephe ein Buch, nie eine Zeitung. Alles, was außerhalb des Friedhofs zuging, war ihm vollständig gleichgültig. Er wußte: Irgendwo in der Welt war Krieg. Wer Krieg führte und warum und wozu, das interessierte ihn nicht.

Doch hatte er von nun an für alles, was seinen Freund anging, ein gewisses Interesse, das schließlich so weit ging, daß er sogar Fragen stellte. Was er in der Stadt treibe? Warum er hier sei? Ob er viel Geld verdiene?

Olieslagers gab ihm Bescheid. Klar, einfach, so daß Stephe es bald begriff. Sicher fühlte er, daß der nie ihn verraten würde.

Aber es war bei dem Vlamen nicht etwa ein Wunsch, sich auszusprechen. Es war etwas anderes. Stephe war besessen von einem Gedanken – und jeden Tag mehr kitzelte es Jan Olieslagers, den herauszufinden. Es war, als ob er selbst von dieser Sucht besessen sei. Er fühlte, daß ihm sein Fragen nichts helfen würde, so hütete er sich wohl, diese verrückte Lust zu zeigen, die dennoch das einzige war, das ihn tagtäglich zum Friedhof trieb. Nie stellte er eine Frage, nie machte er eine leiseste Anspielung. Als aber der Totengräber ihn fragte, gab er ihm genau Antwort, gab sich ihm ganz in die Hand. „Sieh, Stephe“, sagte er, „das ist mein Geheimnis. Ich sag' dir's, weil du mein Freund bist und weil ich dir traue.“

Stephe nickte. Er begriff recht gut: Wenn man einen Freund hat, muß man ihm vertrauen. Aber er sagte dennoch nicht ein Wort.

Dann kam der Tag, da es aus war mit der Herrlichkeit im Laboratorium. Der Direktor hatte den Vlamen rufen lassen und ihm gesagt, daß er nun endlich Resultate sehen müsse. Nichts sei bisher geschehn, rein gar nichts! Er stellte ihm das glatte Ultimatum: Entweder müsse er in der nächsten Woche beweisen, daß er arbeiten wolle – daß er das könne, daran zweifelte der Direktor auch jetzt keinen Augenblick. Oder aber er werde ihn verhaften lassen. Er habe sich genau erkundigt in Neuyork, wisse gut, was er getrieben habe in den letzten Jahren.

Also, er möge sich entscheiden. Und er möge bedenken, daß die Fabrik noch eine neue Anzeige gegen ihn machen würde: daß er nämlich sich hier eingeschmuggelt habe, um chemisch-militärische Geheimnisse herauszubekommen. Das sei schon nötig – irgendwie müsse man ja seinen Aufenthalt erklären.

Jan Olieslagers, eigentlich nur verwundert, daß sich diese Unterredung nicht schon vor Monaten abspielte, blieb sehr gelassen.

„Sie haben recht, Herr!" sagte er. „Und da ich nur wählen kann zwischen dem Zuchthaus und der Möglichkeit, Ihnen etwas Positives zu leisten, so müßte ich ein Narr sein, wenn ich das Zuchthaus vorziehn würde. Nur: Eine Woche ist zuwenig. Ich benötige vier Wochen."

„Ich gebe Ihnen zwei Wochen, Herr, und nicht einen Tag länger", sagte der Direktor. „Guten Morgen!"

Noch vierzehn Tage also – der Vlame war ganz zufrieden damit. Nur Zeit – und jeder Tag war ein Gewinn. Er schloß sich ein in sein Laboratorium. Rauchte. Las.

Am Abend war er auf dem Friedhofe. Er erzählte Stephe alles, Wort für Wort, wie es sich zugetragen hatte.

„Ich muß fort!" schloß er. „Wenn ich nur eine Ahnung hätte, wie und wohin!"

Er überlegte laut; Stephe nickte zuweilen oder schüttelte den Kopf. Warf auch wohl ein Wort ein oder stellte eine Frage.

„Kanada?" schlug er vor.

Olieslagers lachte. „Ist auch im Kriege. Auf derselben Seite wie die Staaten – die beiden sind eins heute. Und die mexikanische Grenze ist so besetzt, daß kein Hund durchkommt! Nein, ich muß schon im Lande bleiben, irgendwo unterkriechen in einer großen Stadt. Wenn ich nur nicht so gottverdammt bekannt wäre! Hunderttausend bezahlte Geheimagenten arbeiten im ganzen Lande – und ein paar Millionen freiwillige Spione helfen ihnen – mich suchen sie schon seit fast einem Jahr."

Die beiden fanden nichts. Als der Vlame ging, preßte ihm Stephe – zum ersten Male – die Hand.

Am andern Abend wartete Stephe auf ihn auf der Bank. „Ich hab's durchgedacht, Herr", sagte er. „Sie müssen nicht weg. Sie müssen hier bleiben!"

Der Vlame sah ihn erstaunt an. „Hier? Wo hier?"

Stephe fuhr mit dem Arme im Kreis herum. „Hier!" wiederholte er. „Drei Gehilfen sind eingezogen worden. Der Alte nimmt Sie sofort; wird froh sein, eine Hilfe zu bekommen."

„Als was?" fragte Olieslagers. „Als – Totengräber?"

Stephe nickte.

Der Vlame lächelte. Das schien so dumm nicht. Totengräber? Nun, dazu waren wenigstens keinerlei Spezialkenntnisse notwendig wie zum Chemiker!

Und im Augenblicke sah er die Art, wie er den Sprung machen konnte.

Zwölf Tage Zeit – bah, das war übergenug!

Sie sprachen lange an diesem Abend. Ließen keinen kleinsten Umstand außer acht. Und nur über einen Punkt stritten sie hin und her: das war, wer die neuen Kleider bezahlen sollte, die Stephe kaufen sollte. Der Vlame wollte es nicht zugeben, aber Stephe setzte seinen Willen durch: Er würde sie zahlen mit seinem eigenen Gelde. Würde sie dem Freunde schenken.

Früh am Morgen machte der große Chemiker Dr. Jan Olieslagers eine kleine Explosion in seinem Laboratorium, die wenig Schaden anrichtete, aber recht laut knallte. Die Leute liefen zusammen und schlugen an die verschlossene Tür; auch der Direktor war mit ihnen. Als die Türe endlich geöffnet wurde, fanden sie den Vlamen mit völlig verbundenem Kopfe; nur Nase, Augen und Stirne schauten heraus.

„Was ist geschehen?“ fragte der Direktor.

Olieslagers hielt die Tür in der Hand. „Kommen Sie herein“, antwortete er. „Aber keiner außer Ihnen!“ Er drängte die andern zurück und verschloß die Tür. „Was geschehn ist? Was in jedem Laboratorium jeden Tag geschehen kann! Verbrannt hab' ich mich!“

„Ich werde den Arzt schicken“, rief der Amerikaner.

„Sie werden den Teufel schicken!“ entgegnete ihm der Vlame. „Glauben Sie, ich habe jetzt Zeit, mich mit Ärzten abzugeben? – Zwölf Tage habe ich noch – zwölf Tage –, und ich bin fertig dann, verlassen Sie sich drauf! Alles andere geht Sie nichts an – ob ich mir die Schnauze verbrenne, kann Ihnen verdammt gleichgültig sein!“

„Gut, Herr, gut!“ lachte der Direktor. „Ganz wie Sie wollen! – Brauchen Sie Hilfskräfte?“

„Keine Katze soll mir reinkommen!“ schrie der andere. „Das fehlte mir noch gerade!“ – Dann besann er sich. „Eins wäre mir lieb, Herr! Ich gehe nun zwölf Tage lang nicht hinaus aus diesen Räumen, geben Sie Anweisung, daß mir Essen, Trinken und was ich wünsche, hierhergebracht wird. Und daß alle meine Anordnungen gleich befolgt werden – vor allen andern.“

Der Direktor nickte. „Soll geschehn, Herr!“ – Er ging zur Türe, wandte sich noch einmal zurück. „Wenn Sie das fertigbringen – es soll Ihr Schade nicht sein, Herr!“

Jan Olieslagers schloß sorgfältig hinter ihm. „Aber wenn du's nicht herauspressen kannst – sperrst du mich ins Zuchthaus, was?“

Er verhängte die Fenster sorgfältig, dann nahm er das Tuch vom Gesicht.

Zwölf Tage lang saß Jan Olieslagers in seinem Zimmer, aß, trank, rauchte und las. Er hatte nicht viele Wünsche; aber der Direktor schickte ihm Whisky, Wein, Zigaretten und allerhand Delikatessen. Der Verband lag ihm stets dicht zur Seite, und er legte ihn sorgfältig um, jedesmal, ehe er die Tür öffnete.

Nichts rührte er an, von all dem Zeug, das herumlag auf dem Tisch. Nur einen kleinen Spiegel hatte er hinübergenommen vom Schlafzimmer. Den griff er auf, alle paar Stunden; beobachtete sorgfältig, wie die Bartstoppeln ihm auf dem Kinn, den Lippen, den Wangen sprossen. Mit Genugtuung stellte er fest, daß sie viel dunkler waren als das blonde Haupthaar und viel schneller wuchsen, als er geahnt hatte.

Am Freitag nachmittag schickte er dem Direktor einen kurzen Brief. „Kommen Sie morgen zwölf Uhr zu mir ins Laboratorium.“

Der Direktor kam – und fand nichts. Jan Olieslagers war fort mit ein paar Sachen. Die Anzeige wurde sofort erstattet, und man suchte sehr scharf nach dem Vlamen, überall in den achtundvierzig Staaten.

Überall – nur nicht auf dem kleinen Friedhof von Andernach.

Jan Olieslagers war in der Nacht übersiedelt, kurz vor Sonnenaufgang. Stephe erwartete ihn, half ihm sofort beim Umkleiden. Ein paar plumpe Soldatenschuhe, dicke Hosen, blauer Sweater, Jacke, Mütze und Overall lagen bereit.

Sie verbrachten ein paar Stunden damit, das alles ein wenig angeschmutzt, gebraucht erscheinen zu lassen. Sowie der alte Totengräber aus seinem Hause kam, ging Jan Olieslagers auf ihn zu, bot ihm seine Dienste an.

„Wo kommst du her?“ fragte der Alte. „Wer hat dich hergeschickt?“ – Aber er erwartete keine Antwort, fuhr schnell fort: „Sprichst du Deutsch?“

„Ja!“ sagte der Vlame.

Der Alte rieb sich die Runzelhände. „Dacht’ ich mir’s doch! Willst unterkriechen, was, für die Kriegszeit? – Mir soll’s recht sein! – Zwanzig die Woche – ich nenn’ dich Mike.“ – Dann rief er durch die Büsche: „Stephe! Stephe!“

Der kam, und der Alte sagte: „Da ist ein Neuer. Heißt Mike, wie der frühere. – Du kannst ihn gleich mitnehmen zur Arbeit.“

Stephe grinste: „Ja, Herr!“

Aber noch einmal hielt sie der Alte zurück. „Wo wohnst du, Mike?“

Der Vlame sagte: „Weiß nicht. Kann ich nicht das Zimmer des andern Mike haben?“

„Eben angekommen?“ brummt der Alte. „Frühzug? – Das ist gescheit – und gleich hier hin?! Nein, das Zimmer von Mike kannst du nicht haben – der wohnte in der Stadt bei seiner Frau! – Mußt heute abend herumsuchen, wirst schon was finden.“ Der neue Mike fragte: „Ist nicht hier draußen irgendein leerer Raum?“

Aber der Alte schüttelte den Kopf. „Nein. Gar nichts. Alle wohnen in der Stadt. Nur Stephe wohnt hier.“

Da sprang Stephe ein: „Er kann bei mir wohnen.“

So zog Jan Olieslagers zu Stephe, in den kleinen Raum bei dem Beinhause, mitten auf dem Friedhofe von Andernach im Ägypterland.

Etwas wohnlicher richtete er den Raum ein. Schickte Stephe in die Stadt, ließ ein Feldbett kaufen und ein paar andere Dinge. Auch zog er Drähte, verband sie mit denen im Beinhause, daß er eine kleine Lampe andrehn konnte. So konnte er lesen im Bett.

Stephe zeigte gut, daß er sein Freund war. Er war stets eine halbe Stunde früher auf, besorgte Wasser, reinigte Kleider und Schuhe. Er machte alle die kleinen Besorgungen in der Stadt.

Da sie stets zusammen arbeiteten, so schaffte Stephe für zwei, erleichterte, wo es nur ging, dem Freunde die ungewohnte Arbeit. In diesen Wochen beobachtete Jan Olieslagers nichts Besonderes an Stephe.

Dann, eines Abends, bemerkte Jan Olieslagers eine gewisse Unruhe an Stephe. An diesem Nachmittag hatte er Freizeit; war, zum ersten Male, ein wenig herausgelaufen, durch die Straßen der Stadt geschlendert. Sein Bart war stark geworden inzwischen; er brauchte nicht mehr zu fürchten, erkannt zu werden. Als er zurückkam, saß Stephe auf seinem Bett, redete vor sich hin. Vor ihm stand, entkorkt, eine volle Whiskyflasche.

„Du trinkst, Stephe?“ fragte er.

„Nein, Mike“, stotterte Stephe. Er nannte ihn nun zuweilen Mike, wie die andern taten. Dann, nach einer Weile, fuhr er fort: „Für Sie, Herr!“

Er stand schwerfällig auf, völlig unfähig, seine Aufregung zu unterdrücken.

Olieslagers dachte: Trinken soll ich. Er will mich trunken machen. Er lächelte. „Komm, Freund, laß uns trinken.“

Sie setzten sich, mischten die Gläser, tranken. Stephe nippte kaum, es schmeckte ihm gar nicht. Aber Olieslagers tat dem Freunde den Gefallen, trank tüchtig drauflos. Er plauderte, erst von der Stadt, was er dort gesehen hatte. Sprach dann von allerhand, erzählte von Neuyork und manchen Städten. Stephe gab sich große Mühe, zuzuhören, ließ es dann gehn; das, was ihn beschäftigte, gab ihn nicht einen Augenblick frei. Langsam fühlte der Vlame eine leichte Trunkenheit, übertrieb die nach Herzenslust. Er lachte, sang, stand auf und torkelte. Endlich tat er sehr müde, warf sich aufs Bett. Er ließ sich ein Buch reichen, erklärte, noch lesen zu wollen; auch mußte ihm Stephe noch ein volles Glas neben das Bett stellen. Das leerte er gemächlich, las dazu, während Stephe sich langsam auszog. Olieslagers fühlte, wie er ihn beobachtete, nicht einen Blick von ihm ließ. Endlich ließ er sein Buch fallen, schloß die Augen, gähnte, seufzte, drehte sich herum.

Spielte Opossum; tat als ob er schliefe.

Stephe setzte sich zu ihm ans Bett. Nahm seine Hand, hob sie, ließ sie wieder fallen. Blies ihn leicht auf die Augenlider. Dann, überzeugt, daß sein Freund nun sehr fest schlafe, drehte er die Lampe aus.

Langsam öffnete Olieslagers die Augen. Aber er sah nichts – es war finster im Raume.

Doch hörte er gut, wie Stephe, Stück um Stück, sich wieder anzog. Hosen erst, dann Stiefel – leise, ganz leise –, Sweater und Jacke.

Nun ging Stephe durch den Raum, öffnete die Tür, zog den Schlüssel ab. Ging hinaus und schloß zu von der andern Seite. Seine Schritte hallten, wie er durch das Beinhaus schritt – und hinaus von dort auf den Friedhof.

Dann war alles still.

Der Vlame überlegte. Sollte er ihm nachgehen? Die Tür war verschlossen, aber er hätte durchs Fenster steigen können. Doch bis er sich angezogen hätte, würde Stephe längst hinaus sein aus dem Kirchhofe. Und dann: Das war klar, daß Stephe sich schützen wollte vor jeder Beobachtung. Darum hatte er den Whisky angeschafft, darum –

Und er brauchte Stephe – der war sein Schutz nun. Mußte sein Freund bleiben, nicht sein Feind werden. Wenn er ganz sicher wäre, daß Stephe nichts merken würde –

Aber der würde es merken. War argwöhnisch ohnehin und dazu nüchtern, während er selbst doch angetrunken genug war, um nicht sicher zu sein, Lärm zu vermeiden.

Nein, es war schon besser, er bliebe ruhig liegen.

Dann hörte er wieder Schritte draußen, lauschte scharf auf. Die Tür zum Beinhause öffnete sich, schloß sich wieder. Etwas geschah da drinnen.

Ein Gehen. Ein Schlurfen. Und wieder nichts. Ein Sprechen, halblaut, er konnte nicht verstehen, was es war. Still wieder.

Das ging so durch Stunden. Ab und zu ein Geräusch, das er nicht enträtseln konnte. Und dann ein Sprechen. Er glaubte, daß es Stephes Stimme war, aber vielleicht war das nur, weil er den dort vermutete. Er konnte auch nicht feststellen, wie viele Menschen es waren. Die Worte, die sein Ohr griff, waren abgerissen, manchmal mußte er eine halbe Stunde auf eines warten. Und verstehn konnte er nicht ein einziges.

Endlich wieder das Tappen schwerer Schritte, ein Öffnen der Türe zum Friedhofe – diesmal blieb sie offen. Und, verhallend, die Schritte da draußen –

Jan Olieslagers hatte aufrecht gesessen im Bett, sehr angespannt gearbeitet mit dem einen Sinne. Als er nichts hörte, nichts, gar nichts mehr, seufzte er auf. Atmete schwer, wie befreit. Starrte ins Dunkel, minutenlang. Ließ sich dann zurückfallen. Schlief ein.

Stephe stand vor ihm, als er aufwachte. Er hatte die Decke ein wenig zurückgezogen, berührte unendlich vorsichtig seinen Arm.

„Aufstehn, Herr!" bat er. „Es ist höchste Zeit."

Er reichte ihm die Kleider, stellte ihm Wasser hin zum Waschen. Jan Olieslagers betrachtete ihn beim Ankleiden: Stephe sah rein aus und frisch gewaschen. Als sie hinausgingen zur Arbeit, warf er einen raschen Blick über das Beinhaus – es sah genauso aus, wie am Abend vorher. Die alten Säcke hinten in der Ecke und vorne ihre Hacken und Spaten, die sie stets dort hinstellten und morgens wieder mit hinaus nahmen.

Nichts sprach von Stephes nächtlichem Erlebnis. Doch – ein paar Blütenzweige lagen da herum.

Sie hatten an diesem Morgen stramm zu arbeiten, drei neue Gräber mußten ausgeworfen werden. Während der Spaten einsetzte, die lehmigen Klöße auswarf aus der Grube, Stich um Stich sich tiefer hineinfraß in die Erde, dachte Jan Olieslagers nach. Suchte sein Gedächtnis durch, von dem Augenblicke an, in dem er nach Hause gekommen war gestern abend. Aber wie er suchte – er fand kaum etwas Greifbares. Stephe wollte ihn trunken machen, das war völlig klar, wollte das zu dem einzigen Zweck, daß er recht fest schlafen sollte und nichts merken von dem, was vorging nebenan in der Nacht.

Aber was ging dort vor? Stephe ging fort – und kam zurück nach geraumer Zeit. Mit jemandem? Mit einem? Mit zweien? Er hatte Schritte gehört – aber er hätte nicht sagen können, wie viele Menschen es waren. Er hatte sprechen gehört – aber nur ein paar unverständliche Laute in langen Pausen –, und nur ein einziges Mal hatte er Stephes Stimme genau erkannt, Immerhin: Stephe hatte Besuch. Denn ob es schon richtig war, daß Stephe oft genug vor sich hinredete, mutterseelenallein –

so war es doch ebenso gewiß, daß dies stets nur ein leisestes Flüstern war, vielmehr nur eine Bewegung der Lippen zur Unterstützung schwerfälligen Denkens.

Stephe hatte Besuch, das stand fest, und einen Besuch dazu, den er durchaus verheimlichen wollte. Das war auch der Grund, der ihn festhielt auf diesem Gräberpark im Ägypterland – dieser nächtliche Besuch im Beinhaus!

Wie das klang – ‚dieser nächtliche Besuch im Beinhause!' Jan Olieslagers lächelte – wenn man dicht daneben wohnte, war nichts Grauliches daran. Die Leichen wurden stets in der kleinen Kapelle aufgebahrt, am anderen Ende des Friedhofes. Nur in sehr seltenen Fällen, bei Unglücksfällen, Selbstmorden oder Verbrechen wurde das Beinhaus benutzt. Solange er nun hier war, hatte es nur ein einziges Mal die Leiche eines alten Mannes beherbergt – und das auch nur auf zwei Stunden an einem Nachmittage. Das Beinhaus war also im Grunde nichts anderes als ein leerer Raum, der gelegentlich benutzt werden konnte zu – Aber welcher leere Raum hätte das nicht können?

Jan Olieslagers überdachte alles, was er wußte von Stephe. Nie hatte er ihn je mit einem Fremden sprechen sehn. Freilich blickte er auf jede Frau und jedes Mädchen, lächelte dabei still vor sich hin – aber er redete nie mit einer und kannte keine. Er sprach gelegentlich mit dem alten Totengräber und mit den andern Gehilfen, aber auch da nur das Allernotwendigste, das, was eben nötig war zur Arbeit. Nur mit ihm allein hatte er hier und da über andere Dinge geredet.

Dennoch, das stand fest: Er war nicht Stephes einziger Freund. Stephe hatte noch andere. Seltene, geheimnisvolle.

Und stärker als je faßte den Vlamen die heiße Sucht: Er mußte es finden. Mußte ergründen, was dieses Hirn ausfüllte, das neben ihm grub.

In dieser Woche sprach er wenig mit Stephe. Der Gedanke ließ ihn nicht, krallte sich fest, gab ihn nicht mehr frei. Tagsüber lief er herum wie ein Schlaftrunkener, nachts lag er schlaflos in seinem Bett, immer besessen von der quälenden Idee: Ich muß es finden. Und diese Qual wurde stärker mit jeder Stunde; das Geheimnis des andern fraß ätzend in seinem Schädel.

Stephe merkte es wohl. Starrte ihn an, ängstlich, minutenlang.

Einmal, mitten in der Arbeit, stieß er den Spaten in die Erde. Fragte plötzlich: „Was quält Sie, Herr?"

Da sagte Jan Olieslagers: „Was soll ich lügen? Es ist dasselbe, das dich quält, Stephe!"

Stephe antwortete nicht. Stand da, unbeweglich. Endlich rang sich ein Stöhnen aus seiner Brust.

Aber kein Wort. Kein kleinstes Wort.

Am Abend, während Stephe das Essen bereitete, hob der Vlame seinen Handkoffer auf das Bett. Er schloß auf, suchte herum, nahm seinen Rasierapparat heraus. Er öffnete das Kästchen, schraubte den Apparat ineinander, spielte damit. Ein hübsches Ding, vergoldet, hell blinkend –

Dann besann er sich: Was wollte er nur damit? Er mußte nachdenken, ehe es ihm einfiel – ach ja, für Stephe!

„Stephe!" rief er. „Komm her!" – Er schob ihm das Ding in die Hand. „Da, nimm, das wird dir Freude machen. Ich brauch' es jetzt nicht. Du aber rasierst dich jeden Tag, und dein Messer ist schlecht und sehr schartig."

„Nein, nein!" stammelte Stephe.

Olieslagers bestand darauf. „Doch, du mußt es nehmen. Gabst du mir nicht alles, was ich am Leibe trage? Bin ich denn nicht dein Freund?"

Stephe dankte nicht. Sie aßen schweigend, gingen schweigend zu Bett. Aber am andern Morgen sah der Vlame vom Bett aus, wie Stephe sein Kästchen öffnete, wie er eine neue Klinge nahm, sich sehr wohlgefällig rasierte. Jedes einzelne Teilchen reinigte er sorgfältig.

„Gib meinen Koffer her!“ sagte Jan Olieslagers. Dann nahm er die Puderbüchse und die Seifenschachtel heraus. „Hier, Stephe, das vergaß ich. Es gehört dazu.“

– Sie mußten fest zugreifen in diesen Tagen; noch ein Gehilfe war zu den Soldaten gekommen, und es schienen mehr Leute zu sterben als sonst. Sie mußten früh hinaus, die offenen Gräber zuwerfen, dann neue Löcher schaufeln und die Särge hinablassen bei kurzen Totenfeiern. Sehr spät wurden sie fertig. Sie merkten sich die Namen derer, die sie begraben hatten den Tag über; wiederholten sie beim Abendessen, wie ein Zeichen für die tüchtige Arbeit, die man geschafft hatte. Dann vergaß man sie wieder.

„Orlando Sgambi, 58 Jahre; Jan Srba, 22 Jahre; Ferencz Kovacz, 60 Jahre – “, sagte Jan Olieslagers.

Stephe nickte: „Anka Savicz, 19 Jahre; Alessandro Venturini, 78 Jahre, Ossip Si – “

„Ja, ja!“ brummte Stephe und goß den Tee auf. „Elf heute, elf.“

Der Vlame fühlte die Arbeit in allen Knochen. Er hatte wenig geschlafen in dieser letzten Woche, nun war er müde zum Umfallen.

„Wollen wir noch ein wenig auf unserer Bank sitzen?“ fragte Stephe.

„Nein!“ antwortete er. „Ich will zu Bett.“

„Gut!“ sagte Stephe. „Ich auch.“

Sie zogen sich aus. Olieslagers sah Stephe noch herumarbeiten, die Kleider bürsten, die Stiefel reinigen. Dann legte auch er sich nieder; der Vlame hörte seine stillen Atemzüge, schließlich, wie stets, ein leises Flüstern im Schlaf.

Und er schlief selbst ein, sehr fest.

Mitten in der Nacht wurde er wach. Er hörte etwas – lauschte auf, rieb sich mühsam den Schlaf aus den Augen. Etwas sprach. Er hörte hin zu Stephes Bett – nein, es kam nicht daher. Nichts wieder – dann, plötzlich, zwei, drei abgerissene Worte. Nebenan, aus dem Beinhause. Und es war Stephes Stimme, die sprach. Er riß die Decken fort, warf die Beine heraus, saß auf der Bettkante. Nun Schritte daneben, ein Schlurfen und Schleifen. Und noch einmal ein helles Wort von Stephe –

Was sagte der nur?

Dann ging die Tür des Beinhauses – er hörte draußen die Schritte. Im Nu war er auf, lief ans Fenster, riß es auf. Da sah er, durch die Sommernacht, Stephe schreiten. Der trug ein Schweres in seinen Armen, eingehüllt in weiße Laken – ah, eine Frau!

Und Jan Olieslagers begriff, im Zehntel der Sekunde –

„Anka Savicz", murmelte er, „19 Jahre. Anka Savicz –"

Er preßte das Fensterkreuz mit beiden Händen, festgebannt. Er fühlte die Kühle der Nacht auf dem bettwarmen Leibe, schauerte, klapperte mit den Zähnen. Lauschte hinaus.

Endlich wieder – Stephes Schritte. Er wandte sich halb um, aber Stephe kam noch nicht – die Schritte gingen herum um das Beinhaus. Dann ein Heben und Knirschen – der Schwengel der alten Pumpe. Und das Wasser, das hell in den Eimer sprang.

Ein Reiben und Bürsten. Wasserplätschern.

Und wieder Schritte. Nun öffnete sich die Türe des Beinhauses – nun schloß sie sich. Drei Schritte – und die Türe ging auf.

Er sah Stephe nicht, erkannte nichts in der Dunkelheit.

„Anka Savicz –“, flüsterte er. „Wo ist sie?“

Aus der Finsternis sprach es: „Zu Hause.“

Er verstand es gut. Zu Hause – bei sich – im Sarg – und im Grabe –

Er antwortete nicht. Er ging zu Bett, grub den Kopf in die Kissen, zog die Decke hoch. Seine Schläfen trommelten, und seine Lippen zuckten. Dann biß er die Zähne zusammen. Schlafen, dachte er, schlafen, schlafen!

Stephe begriff, daß er nun sprechen müsse. Doch geschah das nicht, weder am nächsten noch am übernächsten Tage; dennoch schien es dem Vlamen, als ob er nur warte, ja, darum bitte, gefragt zu werden. Aber er fragte ihn nicht. Er schenkte ihm ein paar seidene Halsbinden, einen Ledergürtel, ein schönes Messer, allerhand Kleinigkeiten, die Stephes Augen strahlen machten. Er saß mit ihm auf der Bank, am Abend nach der Arbeit, erzählte ihm lange Geschichten – es war, als ob sein Freund, verschlossen durch so viele Jahre, nun langsam lerne, zuzuhören. Und endlich – selbst zu sprechen.

Dann, als Stephe zu erzählen begann, war es schwer und unendlich mühsam. Was Jan Olieslagers später auf wenigen Seiten niederschrieb, war das Ergebnis langer Wochen. Stephe mangelte völlig jedes Empfinden für Zusammenhänge – und die einfachsten Zwischenfragen, die ihm der Vlame stellte, verwirrten ihn oft so, daß er nicht imstande war, den Faden wieder aufzunehmen. Obwohl sich das Phänomen seines Seelenlebens ganz folgerichtig entwickelt hatte – begriff doch Stephe von dieser ganzen Entwicklung kein bißchen.

Er stand da nicht etwa vor einem merkwürdigen Rätsel: Das allein schien ihm ganz natürlich und als das allein Verständliche und Richtige. Aber er hatte kein leisestes Gefühl für Ursache und Wirkung, vermochte oft kaum das, was wirklich geschehen war und was er nur in seinem Hirn erlebt hatte, auseinanderzuhalten. Dazu kam, daß manche ganz nebensächlichen Vorgänge sich in seinem Gedächtnis festgesetzt hatten, während andere höchst wichtige Geschehnisse ihm so völlig entschwunden waren, daß es gänzlich hoffnungslos erschien, sie ihm wieder zurückzurufen. Weder seines Vaters noch seiner Mutter Namen konnte sich Stephe erinnern, wohl aber des Namens eines der Lehrer seiner Schule – der dabei ihm selbst niemals Unterricht gegeben hatte. Einer Beschäftigung als Geschirrwäscher in einem Hotel in St. Louis – eine Stellung, in der er nicht drei Tage blieb, während welcher Zeit auch nicht das allergeringste Außergewöhnliche vorfiel – erinnerte er sich ganz ausgezeichnet, konnte genau beschreiben, wie der Raum aussah, in dem er beschäftigt war, wer mit ihm arbeitete, ja, er konnte die Marke auf den Tellern aufzeichnen – obwohl das nun vor elf Jahren geschehn war. Dagegen konnte er nicht zwei Sätze erzählen über sein Leben als Kuhjunge in Arizona, obwohl er dort es fast ein Jahr ausgehalten hatte, und das erst kurz, ehe er seinen Beruf als Totengräber fand.

Über das, was Stephe ihm erzählte, machte sich Jan Olieslagers allabendlich Notizen, und allnächtlich ordnete und sichtete er das wachsende Material. Es schien ihm, als ob er an einer uralten Handschrift arbeitete, die in einem seltsamen Code geschrieben war, dessen Schlüssel kein Mensch kannte. Buchstabe auf Buchstabe mußte er mühsam erraten – fand dann ein Wort – und endlich einen Satz –

Es ist wahr, daß dem Vlamen diese Arbeit eine große Freude machte – wie einem Forscher, dem es gelang, in tropischem Urwalde eine seltsame grauenvolle Blume zu finden. Eine, deren Name nur wenige wissen – und die nur selten in Jahrhunderten einmal einer gesehen hatte. *Νεκροιχηφ* hieß seine Blume.

Der Staatsanwalt hätte von Verbrechen gesprochen, der Mediziner von Wahnsinn. Für Jan Olieslagers war es weder das eine noch das andere. Der Gedanke, die Taten Stephes moralisch oder gar ästhetisch zu werten, kam ihm gar nicht. Er begriff, daß, um sie zu verstehn, es nur eine Möglichkeit gab: die, mit Stephes Hirn zu denken und mit seiner Psyche zu fühlen.

Und das versuchte er.

So ist das, was der Vlame niederschrieb – ob es auch lückenhaft ist, ob es auch manche Fehler enthalten mag –, dennoch viel mehr aus der Seele Stephes entwachsen, als aus der Jan Olieslagers.

Howard Jay Hammond aus Petersham, Mass., wußte wenig von Frauen. In der Zeit, als er noch als Heizer auf dem Michigansee fuhr, hatte er einmal mit Kameraden ein Bordell besucht. Jahre später, als er auf einer Kohlenmine in Kansas arbeitete, war er wieder in Beziehung zu einer Frau getreten. Er wohnte damals in dem einzigen Zimmer eines verheirateten Kameraden; der war richtiger Bergmann und hatte stets Nachtschicht tief in der Grube. Hammond aber arbeitete über Tage und tagsüber. Und es machte sich so, wie selbstverständlich, daß die Frau zur Nacht zu ihm ins Bett fand, wie zu ihrem Mann am Morgen. Sie war keineswegs jung oder schön – ganz und gar nicht.

Noch ein- oder zweimal in seinem Leben hatte er, auf ganz kurze Zeit, eine Frau gekannt. Aber nie war ein Gefühl des Genusses, der Freude, der Liebe in ihm wach geworden.

Das atmete erst und lebte – als aus Howard Jay Hammond der Totengräber Stephe wurde. – Eines Morgens – und die zarte Frühlingssonne küßte die jungen Blätter – stand Stephe in der Grube, in die er eben einen Sarg hinabgelassen hatte. Sonst hörte er nie zu, was der Geistliche sagte – an diesem

Morgen lauschte er aufmerksam. Es schien ihm, als ob der Mann eine besondere Botschaft habe – gerade für ihn. Der Pastor sprach, was man so spricht am offenen Grabe. Aber dann kam das, was für Stephe bestimmt war.

Oh, des Kummers der Eltern und des untröstlichen Witwers! Oh, der beiden kleinen, zurückgebliebenen Waisen! Oh, diese Blüte der Frauenschaft, von rauhem Sturmwinde gebrochen in jungen Jahren! Der fromme Mann überschlug die Stimme, wischte die Lippen, schluchzte sehr rührend und malte den Schmerz der Verwandten und Freunde und der ganzen Gemeinde. Gab ein Bild dieser jungen Frau, schilderte die Tugenden ihrer Seele: Wohltätigkeit und Frömmigkeit, Kindesliebe, Gattenliebe, Mutterliebe. Pries in glühenden Farben die Güte und die Schönheit und den seltenen Liebreiz der Verblichenen –

Das war es.

(Jan Olieslagers schrieb nieder: ‚Ob diesem Seelenhirten wohl jemals die Erkenntnis dämmern wird, daß er der große Galeotto war? Er, der infamste Kuppler aller Zeiten?')

– Diese Phrase haftete in Stephes Hirn: ‚Die Güte und die Schönheit und der seltene Liebreiz der Verblichenen.' – Er sollte das Grab zuwerfen an diesem Abend. Er stand in der Grube, hob die Kränze und Blumen hinaus, die einstweilen auf dem Sarge lagen. Und bemerkte, daß ein, zwei Schrauben am Sarge lose waren.

Das kam öfter vor. Er nahm mechanisch seinen Schraubenzieher aus der Tasche, sie fester anzuziehen. Aber er setzte sein Instrument an andere Schrauben, schraubte nicht fest, sondern los. Er tat das nicht – etwas in ihm tat es. Er schraubte alle Schrauben los und hob den Deckel vom Sarge.

Dann starrte er auf die Tote.

Wie sie ausschaute? Das hatte Stephe längst vergessen, vermutlich schon in der nächsten Viertelstunde. In seinem Gedächtnisse lebten nur die banalen Worte des Geistlichen, und nur mit denen vermochte er dem Freunde sie zu beschreiben: ‚Die Güte und die Schönheit und der seltene Liebreiz der Verblichenen'.

Stephe starrte auf die tote Frau. Eine Locke war ihr über das Gesicht gefallen, die strich er zurück (Die Farbe? – O nein, die Farbe wußte er nicht.) Aber seine harten Finger berührten diese bleiche Wange. Fuhren auf und nieder über das Gesicht. Eine Hand erst, dann beide.

Dann schloß er den Sarg. Schraubte alle Schrauben fest zu. Stieg hinaus aus dem Grabe, warf es zu.

Das war Stephes erstes zartes Abenteuer in dem Garten der Liebe.

Bis dahin war es Stephe völlig gleichgültig gewesen, wer begraben wurde. Etwas Totes lag da in dem Sarge, und das mußte man zuschaufeln.

Nun aber lauschte er auf die Worte, die man am Grabe sprach. Oder auch, oft genug, nicht am Grabe, sondern in der kleinen Kapelle am Nordende des Friedhofes. Viele Feierlichkeiten fanden dort statt; dann blieben die aufgebahrten Särge oft über Nacht stehn, um erst am Morgen von den nächsten Angehörigen beerdigt zu werden.

Und manchmal waren es junge Frauen und Mädchen –

Er war der einzige Gehilfe, der auf dem Friedhofe hauste; es war seine Pflicht, jeden Abend vor dem Schlafengehn noch einen letzten Rundgang zu machen. Auch: in die Kapelle zu sehn.

Er ging in die Kapelle. Er trat nahe heran an den Sarg, schaute die toten Frauen an. Er schob die Blumen zurecht, glättete irgendeine Falte des Hemdes.

Und langsam, unendlich langsam, in langen Nächten, lernte er wie ein halbwüchsiger Knabe die Zärtlichkeiten der Liebe.

Lernte von stillen Lehrerinnen. Stillen, sanften, sehr gütigen.

Aus dem rauhen Tappen seiner harten Hände wurde ein zartes Streicheln; von seinen Lippen kamen, unbewußt, zärtliche Laute. Manchmal gar ein Wort.

Er berührte liebkosend diese bleichen Wangen, die Stirne, auch die Hände.

Aber nie hob er die Augenlider.

Ganz von selbst kam das alles. Nie nahm er sich vor, dies zu tun oder jenes: Er tat es – und es kam ihm erst zum Bewußtsein, wenn es geschehen war.

Seine Hand streichelte den Hals und den Nacken. Seine Finger schoben zitternd das Leilach zurück, tasteten furchtsam über die quellenden Brüste –

Dann, einmal, bog sich sein Kopf herab. Und sein Mund küßte –

Er wußte nicht, was das war, was er zum ersten Male küßte. Die Schulter vielleicht – oder die Wange – oder –

Das wußte er nicht. Es war ein sehr Großes in seinem Leben – aber er wußte nicht, was es war.

Stephe schnitt Blumen im Friedhofe und brachte sie zur Nacht den Geliebten. Er schob die andern zur Seite und gab ihnen *seine* Blumen in die Hand –

Einmal, als sie noch lebten, gehörten diese Frauen andern Menschen. Eltern, Gatten, Verlobten. Jetzt aber niemandem mehr. Nur: ihm. Stephe hatte ein sehr starkes Gefühl hierfür: Sie kamen zu ihm, gehörten ihm, ihm allein auf der Welt.

Doch war das nicht herrschsüchtig, nicht tyrannisch. Es waren nicht Geschöpfe, denen seine Laune befahl – waren seltene Wesen, denen er diente.

Und die – dennoch – sein waren. Ihm gehörten, ihm ganz allein.

Die erste, die ihn zur Brautnacht lud, war eine junge, schwarze. Das wußte er, daß sie schwarzes Haar hatte – aber ihren Namen hatte er vergessen. Sie lag nicht in der Kapelle in ihrem Sarge. Lag schon in der offenen Grube.

Stephe ging zu ihr in der Nacht. Machte den Deckel los – und es war eine sehr mühselige Arbeit, weil es ein billiger schlechter Sarg war und weil neben den Schrauben schlechte Nägel verwendet waren, die sich krümmten.

Die Schwarzlockige lag da. Er gab ihr seine Blumen. Er streichelte sie und bedeckte sie mit zarten Küssen. Er sprach leise zu ihr.

Da bat sie ihn: „Nimm mich mit!"

„Wie bat sie dich?" hatte Jan Olieslagers gefragt. Und Stephe sagte:

„Sie bat."

„So bewegten sich ihre Lippen?"

Stephe schüttelte den Kopf.

„Dann bat sie mit den Augen?"

Aber nein, nein – er hatte nie einer die Augenlider geöffnet, niemals.

„Wie denn bat sie dich, Stephe? Wie denn?"

Aber es kam keine andere Antwort. „Sie bat mich – sie bat."

Sie bat ihn – – da hob er sie auf. Trug sie durch die stillen Wege des Friedhofes, hinein in das Beinhaus. Legte sie nieder auf die alten Säcke –

Das war ihr Hochzeitsbett.

Aber viele Narzissen streute er darüber.

Tote Frauen lieben die Blumen –

Sie war die erste, diese Schwarze. Dann kam eine, die hieß Carmelina Gaspari – das war die, die ihm die Korallenkette gab.

„Sie gab sie dir?“

Stephe nickte.

„Wie denn? Wie gab sie dir die Kette?“

Das wußte er nicht. Hilflos suchten seine Blicke umher. „Sie – gab – sie – mir – “

Und eine Blonde kam. Und eine mit roten Haaren. Eine, die Milewa hieß, eine –

Sie brauchten nicht mehr zu bitten; Stephe wußte nun. Er ging hinaus in der Nacht, zu einem Grabe oder zur Kapelle. Nahm seine Beute, trug sie hinüber ins Beinhaus. Hielt sie für diese eine Nacht.

Nie vergaß er, Blumen zu streuen. Und das war seltsam: Sie sagten ihm, welche Blumen sie wollten. Rosen wollte die eine, aber nur sehr rote. Und die andere: Lilien, hochstämmige, schneeweiße, die hinter des alten Pawlaczek Hause wuchsen. Jasmin verlangte eine, und wieder eine große Glocken von Wysterien, die rankten über die Steinmetzwerkstatt. Tiefblaue Iris von den alten Gräbern der Deutschen, Lindenblüten von dem Baume über ihrer Bank, Goldregen, der neben dem Tore wuchs –

Aber nie, nie wollte eine Tuberosen.

Sie ‚sagten‘ es ihm – wie sie ihn ‚baten‘, wie sie ihm ‚gaben‘. Sie sprachen die Sprache der Toten – und Stephe verstand.

Stephe war ein Kind, als er nach Andernach kam ins Ägypterland.

Eine Frau machte einen Knaben aus ihm – die lebte fort in seinem Herzen – mit ihrer ‚Güte und Schönheit, mit dem seltenen Liebreiz der Verblichenen‘. Da sah er zum erstenmal mit staunenden Augen.

Und ein Jüngling wuchs aus dem Knaben in den stillen Nächten in der Kapelle. Er lernte der Toten Träume.

Nun war Stephe ein Mann – nun wußte er. Wußte sicher und stark.

Da draußen – da mochte es anders sein. Das verstand er nicht. Das ging ihn nichts an, mochte es sein, wie es wolle. Seine Welt war hier – auf dem Friedhof von Andernach.

Und diese Welt war nur für ihn geschaffen und gehörte nur ihm allein. Unbedingt und ohne Widerspruch.

Er, Stephe, war ihr einziger Herr.

Dann aber erschloß sich ihm ein neues Geheimnis.

Er suchte nie, grübelte nie, wie das sein Freund tat, der Vlame. Wie die Blumen des Gräberparkes rings um ihn, so erschlossen sich ihm alle Rätsel. Die offene Rose lächelte ihn an, zu irgendeiner Stunde, eines guten Tages.

Nie schien ihm etwas seltsam und wunderbar. Es war alles so einfach, so offenbar. Nur Blüten brachen auf: Das war alles.

Und der Vlame dachte:

Manche gibt's, deren Liebe ist so stark, daß sie hinauswächst über das Leben, mitten hinein in das Reich des Todes. So stark, daß sie, für eine kleine Weile, die Toten wieder zurückruft ins Leben. Viele Dichter haben das besungen. Helge, der Hundingtöter, mußte zurück aus dem Totenland, zurück in den Hügel, in dem ihn Sigrun erwartete. Mußte, mußte, gezogen von ihrer großen Liebe. Einen Toten herzte die Gattin für eine Nacht.

Und die Mutter im „Totenhemdchen" fiel ihm ein, die ihr totes Söhnchen zurückrief Nacht um Nacht – grade wie Sigrun den Gatten. Lenore, die ums Morgengrauen aus wilden Träumen emporfuhr und den toten Wilhelm zurücksehnte ins Leben. Poes Schattengestalten Ligeia und Morella, die – seltsam! – nur andere Namen waren für seine „Lost-Lenore".

Jan Olieslagers brauchte die Sage nicht und die Dichtung. Er hatte oft genug gehört von solchen Fällen und kannte wenigstens einen selbst recht gut. Den seiner Base. Die war jung, kaum achtzehn, als ihr Mann, ein hübscher Leutnant, starb, beim Rennen verunglückte. Sie war als Witwe sehr still und ruhig, machte kein großes Getue, lebte so ihr Leben hin. Nur, an jedem Zwanzigsten des Monats, wenn der Abend fiel, schloß sie sich ein in dem kleinen indischen Zimmer ihres Elternhauses. Das war der Tag und war der Raum, da sie einst sich verlobt hatte. Und dann, wenn die Dämmerung sank, kam der Geliebte. Ihre Liebe zog ihn hervor aus dem Totenreiche, machte ihn lebend für eine kurze Stunde. Wenige nur wußten darum: ihre Eltern, ihr Vetter und wenige Freunde.

Sie war völlig gesund und normal, seine Base. Nicht ein kleinster Gedanke flog jemals hinaus über Alltägliches. Nur diese eine Stunde im Monate –

Später, zehn Jahre später, lernte sie einen andern kennen, heiratete ihn – seither kam sie nicht mehr in das Zimmer. Sie bekam drei Kinder, wurde glücklich genug.

Aber sie vergaß es nicht. Wenn sie, in langen Pausen, einmal den Vetter wiedersah, sprach sie davon mit ihm. Nur mit ihm.

Dann sprach er ihr, leise, die Zeilen Novalis':

„O sauge, Geliebter, gewaltig mich an,
daß ich entschlummern und lieben kann.
Ich fühle des Todes verjüngende Flut,
zu Balsam und Äther verwandelt mein Blut.
Ich lebe die Tage voll Glauben und Mut
und sterbe die Nächte in heiliger Glut."

Sie antwortete nicht. Schweigend reichte sie ihm die Hand.

Jan Olieslagers dachte oft daran in diesen Nächten. Das alles baute sich auf einem starken Empfinden, das kein anderes Denken und Fühlen neben sich aufkommen ließ. Unglückliche – ach, waren es nicht vielmehr sehr Glückliche? – waren besessen von diesem einen wilden Feuer, leugneten den Tod, schmiedeten einen stählernen Willen, gebaren aus sich heraus von neuem das verlorene Tote, fanden, wie Orpheus, den Schlüssel zum Tore der Schatten, Eurydike zu suchen.

Der große Wille des Lebens griff hinein in das Reich der Toten. Das war das Geheimnis.

Hier aber war es ein sehr anderes.

Stephe war Herrscher in den Gärten des Todes. Nun aber wuchs er, wuchs – und seine Macht ward so groß, daß sie weit hinübergriff in alles Leben.

Das kam, als man die Brüder Stolinsky beerdigte, zwei polnische Erdarbeiter, die bei einer Sprengung umgekommen waren. Da fiel Stephes Blick auf ein sehr junges Mädchen, das dicht am Grabe stand. Er sah sie lange an, dann lächelte er.

Wußte: ‚Sie wird zu mir kommen. Sie gehört mir.‘

Von nun an betrachtete er genau die Reihen der Leidtragenden, denen er sonst nie den kleinsten Blick geschenkt hatte. Mochte sich eine verstecken hinter schwarzen Jacken und Röcken – Stephe fand sie doch.

Und er sah die Frauen und Mädchen, die zum Friedhofe kamen, die Gräber zu schmücken. Schaute jede an, maß sie lange. Manchmal lächelte er; das war, wenn er fühlte: ‚Die wird zu mir kommen.‘ Auch wenn er zu seltenen Besuchen in die Stadt ging, blickte er nach den Frauen. Die Straßen hinauf und hinunter, hinein in die Türen und Fenster. „Die da“, flüsterte er, „die da!“

Sein großer Tag aber kam vor Ostern; das war der Totentag. Alle Gräber wurden geschmückt, und an allen Gräbern standen weinende Frauen. Da ging Stephe durch die Wege, Stunde um Stunde, blieb stehn eine kleine Weile, blickte sich um, lächelte.

Ein großer Liebesmarkt – viel gute Ware. Aber nur einer wußte darum – er, Stephe.

Wirklich nur er?

Es war, als ob auch die andern es wußten – die Frauen und Mädchen.

Nicht wußten – nein. Aber fühlten, ahnten – irgendein Schreckliches. Und das hatte mit dem Blick des Totengräbers zu tun, und mit seinem Lächeln.

In der Folge sah Jan Olieslagers viele Male diesen Blick und viele Male dies Lächeln. Er beobachtete es genau, viel genauer als jeder andere. Obschon er aber der einzige war, der seine Bedeutung kannte, vermochte er doch nicht ein einziges Mal dahinterzukommen, wieso es möglich war, daß jemand auch nur den kleinsten Eindruck davon haben könnte. Denn sein Blick hatte nichts Grauenvolles, nichts Erschreckendes, sein Lächeln nichts Herzbeklemmendes oder Teuflisches. Es war ein freundlicher, stiller Blick und ein gütiges Lächeln.

Dennoch – mit einem besonderen Sinn begriffen die Frauen und Mädchen. Ja, halbe Kinder begriffen, kleine Dinger mit langflatternden Haaren und kurzen Röckchen.

In der Kapelle, während des Gebetes fiel eine junge Frau in Ohnmacht unter diesem Blick. Das war nur einmal, und Jan Olieslagers dachte, daß es vielleicht auch eine andere Ursache haben könnte. Vielleicht. – Aber das war ganz gewiß, daß die Mädchen auswichen, sowie Stephe daherkam. Daß die Kinder – o nein, nie die Buben – sich verkrochen hinter den Röcken ihrer Mütter, daß die jungen Mütter ein Kreuz machten, wenn sie ihn sahen. Selbst alte Weiber fürchteten sich, schraken auf, stießen einen kurzen Schrei aus.

Das ging so weit, daß die Mädchen in die Häuser liefen, wenn Stephe durch die Straßen ging. Ob man darüber sprach in der Stadt, konnte Jan Olieslagers nicht feststellen, da er es vermied, mit jemandem dort zu reden.

Nur ein einziges Mal hatte diese seltsame Furcht für Stephe eine kleine Verdrießlichkeit zur Folge. Stephe kam von der Arbeit heim, sah ein Pärchen an einem Grabe stehn, einen Rekruten und sein Mädchen. Sie wandten ihm den Rücken zu, brachen ein paar Efeuranken. Plötzlich, als ob es seinen Blick gefühlt hätte, richtete sich das junge Mädchen rasch auf, wandte sich um, schrie auf. Der Soldat, der den Angstschrei hörte, seine Braut erbleichen und zittern sah, fragte: „Was ist's?" Sie wies auf Stephe und flüsterte: „Der da! Der!" – Da ging er mit geballten Fäusten auf Stephe zu und schrie ihn an: „Du gottverdammter Schuft – wie wagst du es, meine Braut – meine – –" Aber er sprach seinen Satz nicht zu Ende. Stephe erwiderte kein Wort, und sein Blick war so still und milde, daß kein Mensch etwas Freches oder Beleidigendes hätte finden können. Der Soldat unterbrach sich, ließ die Arme sinken, stammelte: „Verzeihung, Herr – es tut mir leid!" – Stephe ging ruhig weiter.

Recht eigentlich bewußt war sich Stephe seiner seltsamen Macht kaum. Er wußte schon, daß es so war, aber er legte weiter keinen Wert darauf, bekümmerte sich nicht darum. Es ist wahr: Er lächelte – aber dieses Lächeln war sicherlich nicht das einer bewußten stolzen Befriedigung. Und nicht ein einziges Mal konnte Jan Olieslagers auch nur ein kleines Zeichen eines bewußten Herrscherwillens feststellen. Wenn er, in seinen Meditationen, Stephe den großen Herrscher im Totenlande von

Andernach, den unentrinnlichen Tyrannen nannte – so war das doch nur aus seinem Hirn heraus und nicht aus dem Stephes empfunden. Kompliziert erschien das alles nur, wenn er es überdachte, doch wurde es einfach und natürlich, je mehr er versuchte, sich in Stephes Ideenwelt einzuleben. Wenn er alle Hemmungen ausschaltete – und das war ganz gewiß, daß Stephe nicht eine einzige hatte –, dann wurden diese Gedanken und Handlungen zu denen eines Kindes, eines stillen Kindes, das seine eigenen Spiele spielte. So seltsame, so ungeheuerliche freilich, daß sie dem Weltmanne Jan Olieslagers wie die Taten eines schwarzen Gottes erschienen.

Wie Knospen waren alle diese Frauen und Mädchen. Sie wuchsen und reiften und erschlossen sich zur vollsten Blüte – – das war dann, wenn sie starben, heute eine und morgen wieder eine. War dann, wenn sie hinausfuhren aus der Stadt, hierher zu ihm, für den allein sie blühten, zu Stephe. Und Stephe, der die Blumen liebte, brach sie –

Dann welkten die Blüten – und Stephe warf sie fort. Vergaß sie, ganz und gar. Er kannte nicht einmal ihre Gräber, keines –

‚Das ist sehr seltsam,' dachte Jan Olieslagers. „Wo ruht die Carmelina Gaspari?" fragte er. Stephe schüttelte den Kopf: „Ich weiß nicht."

„Und wo die Milewa? – Oder die Anka Savicz?"

Nein, nein, nicht eines der Gräber kannte Stephe. Es fiel ihm nie ein, eines davon mit Blumen zu schmücken. Das war Sache der Gärtner – er war Totengräber. Aber: Er kannte gut die Ruhestätte des alten Deutschen Jakob Himmelmann oder die des Fabrikherrn J. T. Campbell – oh, eine ganze Reihe von Gräbern kannte er.

‚Sehr untreu ist er!' dachte Jan Olieslagers. Und überlegte:

‚Ist ein Kind treu seinen Spielsachen? Es liebt sie mit aller Liebe – und wirft sie fort im nächsten Augenblick.‘

Dann auch: ‚Ist je ein Gott treu dem Tand, mit dem er spielt?‘

Doch sich selbst ist der Gott getreu, wie es das Kind ist.

Und als, eines Tages, Stephe sich selbst untreu wurde, da fiel alle Göttlichkeit von ihm. Und alle Kindlichkeit.

Und er wurde ein Mensch. Und fühlte wie ein Mensch. Und tat wie ein Mensch.

Da zerbrach alles.

Das geschah im späten Indianersommer, der im Ägypterland sich bis tief in den November hineinzieht. Bis dahin lebte er, neben dem Menschen Olieslagers, sein eigenes Leben der Nacht.

Er fühlte sich leicht nach all seinen Beichten. Sein Freund war ein guter Beichtvater, und Stephe empfand wohl, daß er ihn lieb hatte grade um seiner Geheimnisse willen. Stets blieb er der Untergebene, stets erfüllte er dem Freunde jeden kleinsten Dienst, den er sich ausdenken konnte. Er suchte Pilze für ihn auf den Wiesen und große Brombeeren, stellte ihm Blumen auf seinen Tisch. Er merkte bald, wieviel Wert der Vlame auf alle Reinlichkeit legte, und sorgte dafür, daß alles stets blitzsauber war. Das ging soweit, daß Stephe, der durch zwanzig lange Jahre um Schmutz oder Nichtschmutz sich nie gekümmert hatte, nun auch seinen eigenen Leib wusch und rein hielt – nicht aus eigenem Instinkt, sondern nur dem Freunde zuliebe.

Sie lebten recht miteinander in dieser Zeit. Und allein blieb Stephe nur in solchen Nächten – Dann sagte er dem Freunde: „Sie wird zu mir kommen, heute nacht!“

Der Vlame fragte: „Welche Blumen will sie?“

„Seerosen“, sagte Stephe, „aus dem kleinen Teiche.“ – Oder auch: „Flieder, viel Flieder!“ Sie gingen zusammen aus, sie zu holen. Sie trugen sie in das Beinhaus, breiteten die alten Säcke auf den Steinboden und streuten die Blumen darüber.

Dann ging Olieslagers in das Zimmer. Legte sich zu Bett, versuchte zu schlafen. Las. Rauchte, spielte eine Schachpartie mit sich selbst. Lauschte auch – gegen seinen Willen –

Einige Male versuchte er das. Aber es ging nicht – ging gar nicht.

Dann lief er in einer solchen Nacht umher, durch den Friedhof und über die Wiesen. Und ein andermal trug er sein Bett hinaus, stellte es in der kleinen Geißblattlaube auf, legte sich dort hin. Aber er schlief nicht. Immer glaubte er die Laute zu hören, die aus dem Beinhause kamen. Glaubte zu sehn –

Einmal überlegte er: ‚Es ist nur, weil ich es *nicht* sah – so reizt es meine Einbildung. Ich habe schlimmere Dinge gesehn, als das – und es hat mir nichts ausgemacht. Ich werde hingehn, werde zuschaun – dann werden meine Nerven sich beruhigen.‘

Er eilte zum Beinhause. Er griff die Klinke und hielt sie in der Hand. Öffnete nicht. Ging vorbei – hörte Stephes Stimme – kam zurück. Fünfmal – sechsmal –

Fluchte endlich, öffnete die Tür kräftig genug. Die kleine Birne erhellte den Raum. Er sah eine Gestalt auf den Säcken liegen, zwischen gelben Rosen. Und Stephe kniete vor ihr.

Er rief ihn an. Aber Stephe hörte ihn so wenig, wie das Öffnen der Tür.

Er trat näher heran, nun sah er gut das Gesicht des Freundes.

Stephe starrte auf die Tote – angespannt waren alle seine Züge. Er krampfte die Hände zusammen – es war sichtlich, daß er angestrengt lauschte.

Dann kam ein leises „Ja“ von seinen Lippen und noch einmal „Ja“ –

Ah, die Tote erzählte ihm – und Stephe lauschte.

Eine Viertelstunde – eine halbe Stunde – Jan Olieslagers lehnte an der Wand, zählte leise, um sich einen Begriff von der Zeit zu machen. Aber es ging nicht.

„Ja“, flüsterte Stephe. – Und einmal hörte er: „Liebling.“

Dann kam ein Zucken in Stephes Körper. Er bog sich vor und zurück. Laute kamen von seinen Lippen, wirr, abgebrochen, unverständlich. Jan Olieslagers biß die Zähne zusammen, preßte die Hände, schloß die Augen, um alle Nervenkraft zu sammeln.

Etwas ging da vor, und er mußte finden, was es war.

Wieder klang es „Ja!“ Lauter als sonst.

Der Vlame blickte auf. Da sah er, wie die Tote sich aufsetzte, beide Arme Stephe entgegenstreckte. Aber er sah – zu gleicher Zeit –, daß sie still und steif auf den Säcken lag, wie zuvor. Daß sie sich nicht regte und sehr tot war.

Und bewegte sich dennoch und lebte dennoch und bot beide Arme dem Geliebten und die nackte Brust –

Jan Olieslagers griff sich mit beiden Händen an die Schläfen. Er sah das eine und zugleich das andere.

Beides sah er, beides –

Rückwärts ging er, der Türe zu, langsam, Schritt um Schritt –

Er sah, wie Stephe die Arme hob, ausbreitete, wie es die Tote tat, genauso. Wie er sich vorbeugte, wie sie, den Kopf langsam vorschob – wie sie es tat –

Sie – die dennoch unbeweglich, starr und steif auf dem Boden lag –

Dann schrie Stephe auf. Griff mit beiden Händen nach ihr, riß sie an sich, stürzte sich über sie –

Jan Olieslagers lief über die Wege, kam zum Tor, kletterte hinüber. Blieb stehn, schöpfte Atem. Ging dann, mit langen Schritten, rings um den Friedhof.

Umkreiste ihn, dreimal und noch einmal. ‚Wie ein Wachhund', dachte er.

Er überlegte das, was er gesehn; fand sehr bald die Erklärung.

Was er sah, Dr. Jan Olieslagers, das war das, was war. War die Tote, die tot dalag. Aber was er zugleich sah: die Tote, die sich aufrichtete, die die Arme öffnete und Stephe hinzog zu sich – das erblickte er nicht mit seinen Augen.

All diese Wochen über hatte er versucht, sich hineinzudenken in Stephes Seele, zu fühlen wie er, um so das Wunder zu begreifen.

Und er sah, in dieser Nacht, wie Stephe sah – empfand, wie er empfand.

Nun verstand er gut, wie Stephe das meinte, wenn er sagte: „Sie gab mir die Korallenkette." Oder: „Sie bat mich –" Oder: „Sie sagte –"

Es war schon so: Diese Toten sprachen zu Stephe. Und Stephe lauschte. Und tat, was sie verlangten.

Was machte es, daß er, Olieslagers, *auch* sah, daß diese Wahrheit eine Lüge war? *Zu gleicher Zeit das sah* – wie im Gangarausch. Eine Lüge nur für ihn – und dennoch die einzige Wahrheit für Stephe.

Und – vielleicht – die letzte. Denn nun geschah es, daß Stephe untreu wurde.

Es geschah das Lächerlichste, das Banalste, das Allerdümmste von allem: Stephe verliebte sich. Verliebte sich, recht und schlecht, wie ein Kaufmannslehrling oder ein Soldatenjunge, in ein lebendiges, gesundes, ziemlich hübsches Mädchen.

Gladys Paschitsch hieß sie. Ein Ägypterkind – aber eines von Eltern, die klug waren und darum bald sehr reich. Ihr Vater hatte schon ein hübsches Vermögen vor dem Kriege und hatte das während dieser Jahre verhundertfacht. Pesce Cane nannten ihn die italienischen Ägypter, und die andern hatten wohl ihre anderen Namen dafür. Die Amerikaner schalten ihn „Profiteer", und wenn noch Deutsche in Andernach gelebt hätten, hätten sie ihn vermutlich „Schieber" genannt. Seine Dollarnoten waren sehr fettig und schmutzig von dem Arbeitsschweiß und von Blut und Tränen seiner besonderen Landsleute wie aller andern Ägypter – aber sie waren darum nicht weniger vollwertig. Längst war die Paschitschfamilie sehr amerikanisch – darum hieß die einzige Tochter Gladys, und darum besuchte sie auch eine beliebte Damenhochschule in Neu-England.

Stephe hatte sie schon vor zwei Jahren gesehen, als sie noch auf die Schule ging. Nun war sie in den Ferien zu Hause.

Ein Flieger war abgestürzt; es gab eine kleine Feier in der Kapelle. Viele patriotische Reden für den Helden, der eigentlich noch kein Held war, aber doch einer hätte werden können und darum sicher all die Lorbeerkränze reichlich verdient hatte. Auch Gladys Paschitsch war dabei und überreichte einen großen Kranz mit riesigen Schleifen von einem Frauenklub.

Da sah Stephe sie wieder, und da verliebte er sich.

Nicht, daß er nun etwa gehandelt hätte, wie ein anderer Verliebter es vielleicht getan. Er tat nichts anderes, als was er immer tat. Er sagte seinem Freunde: „Sie wird kommen." Und darauf wartete er.

Aber – und das war es – er dachte nur an sie. Und vergaß die andern. Vernachlässigte sie, kümmerte sich nicht mehr um sie. Er scharrte ihre Gräber zu wie leere Gruben, warf zur

Nachtzeit kaum einen Blick in die stille Kapelle. Und das Beinhaus blieb leer.

Gladys Paschitsch fuhr zurück zu ihrem College, kam zu Weihnachten für eine Woche nach Hause und dann wieder zu Ostern.

Und Stephe blieb ihr treu all die Zeit über. „Sie wird kommen!“ sagte er.

Zur Osterzeit kam Gladys einige Male auf den Friedhof. Es waren mittlerweile eine ganze Reihe Rekruten aus dem benachbarten Übungslager gestorben – für diese Gräber sorgte der Frauenklub. So kam es, daß Stephe sie sah.

Es ist sicher, daß Gladys Paschitsch dasselbe Angstgefühl empfand, das alle Frauen überfiel, wenn Stephe in der Nähe war. Aber sie war ein „Collegegirl“, selbstbewußt, unabhängig und – gebildet. Und sie wußte, daß das – dummes Zeug war. So ging sie einmal festen Schrittes auf Stephe zu und sprach ihn an. Jan Olieslagers sah, wie sie sich zwang, ruhig mit ihm zu sprechen – völlig gleichgültige Fragen über die Soldatengräber an ihn richtete. Stephe blieb still, fast unterwürfig. Aber dennoch zitterten die Hände der Studentin, dennoch seufzte sie befreit auf, als sie nach wenigen Minuten „Guten Abend“ sagte.

„Was hat sie dir gesagt?“ fragte der Vlame.

Stephe murmelte: „Sie wird kommen –“

Aber es schien nicht, als ob Gladys Paschitsch sich damit beeilen wollte. Sie blieb sehr gesund, und ihr Schritt war fest und leicht.

– Jan Olieslagers war unzufrieden. Stephe langweilte ihn. Und am Ende war diese Geschichte mit Stephe noch das einzige, das ein klein wenig Abwechslung gebracht hatte in diese Rattenfalle, in der er steckte. Er versuchte einmal über das andere, Stephes lächerliche Treue zu erschüttern, erzählte ihm

Wundergeschichten, wie schön die tote Frau sei, die gerade in der Kapelle lag –

Stephe zuckte die Achseln. Was ging ihn das an?

Einmal kam Jan Olieslagers von der Stadt zurück. Er erzählte ihm, daß er Gladys gesehn habe mit einem Hauptmann. Sie habe sich verlobt, würde nächstens heiraten. Es war kein Wort davon wahr, aber er wollte seine Eifersucht wecken.

Aber Stephe blieb völlig gleichgültig. Das interessierte ihn kein bißchen. Mochte sie doch einen andern küssen, sich ihm hingeben. Sie würde doch zu ihm kommen.

Und der Vlame begriff: Stephe liebte Gladys Paschitsch, o ja! Aber: In der Lebenden liebte er dennoch nur – – die künftige Tote.

Die allein. Auf die wartete er durch den langen Winter, durch den Frühling und Sommer. Ihr blieb er treu, und für sie fastete er und kasteite seinen Leib. Denn sie würde kommen – sie mußte kommen. Das wußte er ganz gewiß.

Und sie kam, Gladys Paschitsch.

In diesem Spätsommer des letzten Kriegsjahres zog eine Seuche über den Kontinent, die die Leute die spanische Influenza nannten. Es sei nur eine Grippe, sagten die Zeitungen, freilich eine recht gefährliche. Viele Leichen wurden blauschwarz – davon schrieben die Zeitungen nichts. Aber jeder wußte es. Und die Menschen starben. Und die Totengräber hatten zu tun.

Auch ins Ägypterland kam die spanische Grippe. Auch nach Andernach. Hundert Soldaten gab man dem alten Pawlaczek zur Hilfe; die schnitten Bretter, schlugen Särge zusammen. Fuhren sie mit Karren durch die Stadt, sammelten die Leichen; gruben Gräber und scharrten sie zu. Tagsüber, nachtsüber – ununterbrochen. Und Stephe und Mike und die andern – jeder kommandierte ein Dutzend amerikanische Soldaten. Die lärmten und sangen, und der stille Friedhof hallte von ihrem Gebrüll. Es war nicht sehr patriotisch, was sie sangen.

Das alte Beinhaus war überfüllt von Gästen, wie die Kapelle; immer wurden Särge hineingebracht und andere herausgeholt.

Es war aus mit dem Frieden und aller Ruhe. Jan Olieslagers dachte, daß vielleicht eine stille Gefängniszelle besser gewesen wäre. Aber Stephe lächelte vor sich hin – das große Sterben war da, und sie würde kommen – sie mußte kommen.

Jeden Morgen und jeden Abend, wenn der Vlame die Zeitung las, mußte er nun die Spalten durchsehn mit den Namen der Verstorbenen, mußte sie laut vorlesen. Stephe kannte ihren Namen gut: Gladys Paschitsch.

Doch war es nicht in dieser Spalte, wo Olieslagers zuerst den Namen fand. Vielmehr vorn auf der ersten Seite – und es war ein ganzer Artikel, der von ihr sprach. So voll klang schon der Name in der Stadt. Sie sei erkrankt, hieß es. Doch sei nichts Ernstes zu befürchten.

Aber schon am Abend war sie tot.

Nun geriet Stephe in eine seltene Unruhe und Aufregung, die sich steigerte mit jeder Stunde. Sie mußte kommen – es war strengste Anweisung der Sanitätspolizei, daß alle Leichen sobald wie tunlich aus den Wohnungen herausgeschafft werden müßten. Aber der Morgen verging und der Nachmittag und der Abend –

Dann, nach zehn Uhr, kam der alte Pawlaczek zum Beinhaus. „Mike!“ rief er, „Stephe!“ Stephe stellte den siedenden Teekessel hin, seine Hände zitterten. „Sie kommt“, flüsterte er, „sie kommt.“ Rannte hinaus zum Baas.

Er hatte recht. „Sie kam“ – war schon im Anzuge von der Stadt her. So gewichtig war der schwere Reichtum des Paschitsch, daß sein Wille das Niedagewesene möglich machte: Eine Nachtfeierlichkeit in der Kapelle. Nun galt es, die Kapelle auszuräumen; der Alte nahm Stephe gleich mit, während er Mike ausschickte, ein Dutzend Soldaten zu holen, die in schnell aufgeschlagenen Zelten beim Kirchhoftor kampierten.

Man trug die vollen Särge aus der Kapelle ins Beinhaus, schichtete sie dort zu dreien und vieren übereinander, man schleppte die Kübel mit Pflanzen und Gewächsen heran, die zu jeder Feierlichkeit aufgebaut wurden, richtete alles her, wie es sich gehörte. Endlich kam die Trauergesellschaft, ein Wagen um den andern. Man bahrte den Sarg auf, der bereits geschlossen war. Stephe kannte ihn gut: Es war der reich mit Silber beschlagene Prachtsarg, der schon seit Jahren das Schaufenster des Leichenbesorgers in der Stadt zierte. Jetzt hatte er endlich einen Käufer gefunden, und es deuchte Stephe, als ob es so hätte sein müssen und als ob kein anderer in diesem Sarge hätte ruhen dürfen.

Aber noch fand die Feierlichkeit nicht statt. Man mußte erst auf den Geistlichen warten, dann auf die Vorsitzende des Frauenklubs, dann wieder – hin und zurück von der Stadt fuhren die Wagen.

Es war zwei Uhr vorbei, als man anfing; und dann dauerte es sehr lange. Stephe stand mit seinem Freunde in der Tür der Kapelle, wartete. Plötzlich wandte er sich: „Ich muß Blumen schneiden“, sagte er.

Jan Olieslagers fragte: „Hat sie dir's gesagt?“ Stephe nickte: „Ja. – Gladiolen. Viele Gladiolen.“

Er kam zurück, beide Hände voll von Blumen, verbarg sie vor der Tür unter einer Steinbank. „Sind sie noch nicht fertig?“ fragte er.

Aber noch jemand sprach und noch jemand – ach, diese

Feierlichkeit schien nie aufzuhören! Endlich kam der Geistliche heraus; er stieg mit den Eltern in den ersten Wagen. Unendlich langsam kamen dann die Leute, fuhren fort. Andere wieder mußten lange warten, bis die Wagen zurückkamen von der Stadt, sie abzuholen. Stephe war so aufgeregt, daß er nicht eine Sekunde ruhig stehen konnte, unaufhörlich vor sich hinredete. Sehr auffällig benahm er sich.

„Geh auf deine Bank, Stephe!“ riet ihm der Vlame. „Ich warte hier. Wenn der letzte fort ist, ruf’ ich dich.“

Jan Olieslagers setzte sich auf eine andere Bank gleich neben das Kirchhofstor, ging auch zuweilen den Weg zurück zur Kapelle, grade wie die letzten Leidtragenden taten. Er sah die Mitglieder des Frauenklubs einsteigen, dann sah er ein paar Soldaten einen starken gelben Kasten in ein Auto tragen und mit ihm davonfahren. Auch den Direktor der chemischen Fabrik sah er; der kam dicht an ihm vorbei, erkannte ihn nicht.

Da trat der alte Pawlaczek auf ihn zu. „Sie sind alle fort“, brummte er. „Schließ das Tor, Mike.“

Jan Olieslagers sprang über die Gräber. „Die Kapelle ist leer, Stephe“, rief er. „Komm – sie wartet.“

Stephe erhob sich, taumelnd. „Ich will – “, begann er.

„Was willst du?“ drängte der Vlame.

„Sie will es, sie – “, stotterte Stephe.

„Was will sie denn?“

Und Stephe sagte: „Nicht in der Kapelle – nicht im Beinhaus. In – in unserm Zimmer – “ Das war Olieslagers sehr wenig sympathisch. Er war müde genug, wollte schlafen ein paar Stunden – wenigstens versuchen zu schlafen. Aber die Augen Stephes bettelten und flehten wie Kinderaugen. Er klopfte ihm auf die Schulter: „Gut, Stephe, gut! Nur – eil dich, sieh, schon dämmert’s! – Ich nehme deine Blumen mit hinüber.“

„Danke, Herr, danke!“ sagte Stephe.

Stephe lief in die Kapelle; der Vlame nahm die Gladiolen. Er trug sie hinüber, streute sie über Stephes Bett und über den Boden hin. Sein Bett rückte er dicht an die Wand.

Dann kam Stephe, zitternd am ganzen Leibe – mit leeren Armen.

„Was ist geschehn?“ fragte Olieslagers.

Und Stephe flüsterte: „Der Sarg ist leer!“

Einen Augenblick besann sich der Vlame. Ah, das war es, was die Soldaten hinausgetragen hatten!

Der schöne große silberbeschlagene Sarg war nur ein Schaustück – und die Kiste darin barg die Tote! Sie sollte vermutlich irgendwo anders beerdigt werden –

Er sagte es Stephe; der verstand ihn nicht gleich. Er mußte es zweimal wiederholen, bis Stephe ihn begriff.

„Wo denn? Wo?“ fragte er. „Wo soll sie beerdigt werden?“

„Wie soll ich das wissen?“ antwortete sein Freund.

Stephe stammelte: „Ich – ich –“ Dann ging er zur Tür.

„Wo willst du hin?“ fragte der Vlame.

Stephe sagte: „Sie haben sie geraubt. Ich muß sie finden.“ Und ging.

Jan Olieslagers rief ihm nach, aber der andere hörte ihn nicht. Er überlegte: ‚Jetzt wird er eine gewaltige Dummheit machen. Ich muß ihn schützen – er ist mein Freund.‘

Aber was sollte er tun? Er zog sich aus, wusch sich; zog sich wieder an. Steckte ein paar Apfelsinen in die Taschen, setzte die Mütze auf, ging hinaus. Das Friedhofstor war geschlossen, er selbst hatte den Schlüssel in der Tasche – so war Stephe hinübergeklettert. Er schloß bedächtig auf und hinter sich zu. Schlug den Weg zur Stadt ein – dort mußte Stephe sein.

Er schälte seine Orangen und aß sie. Dachte nach. Wenn

Gladys Paschitsch irgendwo anders beerdigt werden sollte, so konnte es sicher nicht in Andernach sein. Dieser Friedhof war der einzige der kleinen Stadt; es gab keine andere Möglichkeit. Dann aber – ja, dann mußten sie den Frühzug benutzen, den, der hinauf nach Chicago fuhr. Er kannte gut jeden einzelnen der wenigen Züge, immer bereit, bei einer drohenden Entdekkung mit dem nächsten abzufahren. Fünf Uhr zweiunddreißig fuhr der Schnellzug.

Er sah auf die Uhr – er mußte sich eilen. Schritt schneller, lief manchmal ein Stückchen – blickte scharf über den geraden Weg, ob er vielleicht Stephe vor sich entdecken könnte. Aber er sah ihn nicht – der war gewiß gerannt bis zur Stadt hin. Er bog von der Hauptstraße ab, machte eine kleine Abkürzung zum Bahnhofsplatz. Es war hell genug nun, er blickte auf die große Bahnhofsuhr: noch achtzehn Minuten bis zur Abfahrt.

Er ging durch die Wartesäle und über die Bahnsteige. Es waren nur wenige Leute da, und er sah weder Stephe noch sonst einen Menschen, der etwas mit einer Leichenüberführung zu tun zu haben schien. Er ging wieder zurück zur Straße – da fuhren ein paar Autos vor. Schwarze Männer und Frauen in Trauerkleidung stiegen aus. Er erkannte den Vater Paschitsch und seine rundliche Frau, er erkannte auch Dan Bloomingdale, den ersten Anwalt der Stadt, den er öfter auf dem Kirchhofe gesehn hatte. Aus dem nächsten Auto stiegen ein Offizier und ein paar Soldaten, aus dem dritten einige Damen und Herren mit Totenkränzen. Und er sah, hinten über den weiten Platz her, Stephe heranlaufen. Er winkte ihm, ging dann der Trauergesellschaft nach, die in die Bahnhofshalle trat. Alle gingen in den Wartesaal, nur die Soldaten eilten in den Gepäckraum. Er sah, wie sie dort die große Kiste auf einen Karren luden und zum Bahnsteig fuhren.

Der Zug ratterte ein, die Soldaten schoben ihren Karren zum Gepäckwagen hin; drei Herren schritten hinterher, die Arme mit Kränzen behangen. Der Rechtsanwalt sprach mit dem Zugführer, zeigte ihm die amtlichen Dokumente für die Erlaubnis der Überführung.

In diesem Augenblick kam Stephe an, völlig außer Atem, unfähig ein Wort zu sprechen. Er stöhnte, schluchzte auf, griff mit beiden Händen nach der Sargkiste.

„Hände weg!" rief der Offizier.

Stephe riß an dem Sarge, als wollte er ihn fortschleppen. Schaum troff ihm von den Lippen, aus seiner Brust brach ein tiefes Röhren.

Zwei Soldaten faßten ihn an, Stephe stieß sie zurück.

„Räuber!" brüllte er, „Diebe! Hurensöhne!" Sie warfen sich auf ihn – ein Schreien, Zerren und Stoßen. Sie rissen ihn zu Boden – aber er brüllte weiter: „Räuber! Hurensöhne!"

Aber Dan Bloomingdale, der Rechtsanwalt, wollte keinen Skandal.

„Laßt ihn los, Leute!" befahl er. „Seht ihr nicht, daß er übergeschnappt ist? Ein verrückter Liebhaber!" Er wandte sich an Stephe: „Nun, mein Junge, was ist es? – Hast du sie geliebt?"

Im Augenblick schien Stephe zahm. „Ja, Herr", stammelte er, „ja, Herr!"

„Nun", beschwichtigte ihn der Anwalt, „das ist schon begreiflich, sie war ein hübsches Kind – werden wohl noch manche sie geliebt haben! Aber du mußt einsehn: Sie ist nun tot! Tot, wie eine Ratze! Mausetot!"

„Ja, Herr, ja!" flüsterte Stephe sehr sanft.

„Ja – – –" Dann besann er sich; bescheiden wie ein Knabe bat er: „Darf ich mitfahren, Herr?"

Der Rechtsanwalt schüttelte den Kopf, man sah ihm an, daß

er eine große Sympathie zu diesem wilden Liebhaber hatte. „Ich weiß nicht, mein Junge – wirklich, ich weiß nicht, ob sich das machen läßt – vielleicht –“

Stephe unterbrach ihn mit einem neuen Gedanken: „Herr – wenn Sie mir nur sagen wollen, wo sie beerdigt wird – ich will Blumen – Blumen hintragen.“

Der Anwalt griff seine Hand und drückte sie: „Du bist ein braver Bursche, wirklich, ein braver Junge! Beerdigt – nun, sie wird nicht beerdigt werden, siehst du! Wir fahren nach Chicago – zum Krematorium. Verbrannt wird sie werden!“

Es war, als ob einer eine schwere Axt ihm auf den Kopf geschlagen habe. Stephe taumelte, brüllte wie ein Stier, fiel um – einer der Soldaten fing ihn auf.

„Ver – – verbra – – !“ stöhnte er „Nein – nein! Sie darf nicht – sie will nicht – will nicht – “

Dan Bloomingdale hob die Mütze auf, die zu Boden gefallen war, setzte sie Stephe auf den Kopf. „Doch, mein Junge, gerade sie wollte es! Ich bin Rechtsanwalt, siehst du, und Notar – ich habe ihren letzten Willen aufgesetzt! Schau her“ – Er griff in die Tasche, nahm ein Aktenstück heraus. – „Schau her – das hat sie selbst diktiert! Sie bestimmte es, daß sie verbrannt werden sollte – “

Stephe riß die Augen weit auf – und die Lippen –, aber kein Ton kam heraus. Sie hoben die Sargkiste in den Gepäckwagen, setzten Stephe vorsichtig auf die Karre. Er ließ die Arme fallen, starrte gradeaus.

Das Abfahrtsignal – und die Leute drängten in die Wagen. Nur die Soldaten blieben zurück, gingen langsam fort. Und der Zug fuhr ab.

Jan Olieslagers trat hin zu Stephe, richtete ihn auf. „Komm,

Stephe komm!“ Er führte ihn in den Wartesaal, bestellte Kaffee. Aber Stephe rührte nichts an.

„Komm nach Hause!“ sagte der Vlame endlich. Stephe schüttelte den Kopf. Sprach dann, still und ruhig – nein, er würde nie wieder auf den Friedhof gehn.

„Wohin denn?“ fragte Olieslagers.

„Ich weiß nicht“, sagte Stephe.

„Wollen wir wegfahren?“ sagte Olieslagers. „Du und ich – zusammen? Irgendwohin!?“

Er wartete die Antwort nicht ab. Fuhr hinaus zum Friedhof, packte seine Sachen und die Stephes – zwei kleine Handkoffer. Kam zurück zur Stadt – fand Stephe unbeweglich auf demselben Stuhle.

„Sie hat mich verraten!“ murmelte er. „Verraten –“ Und dies Wort wiederholte er, als ob nichts anderes mehr Platz habe in seinem Hirn.

Jan Olieslagers nahm Karten für den Zehnuhrzug. Er zwang Stephe, ein wenig zu essen, führte ihm die Tasse zum Munde, fütterte ihn wie ein Kind –

„Verraten –“, flüsterte Stephe „verraten –“

Sie stiegen in den Zug. Jan Olieslagers sagte: „Wir fahren nach Chicago. Später nach Baltimore. Dort –“

Stephe antwortete: „Verraten – sie hat mich verraten –“

Sehr müde war der Vlame: Er rechnete nach – es waren nun dreißig Stunden, daß er nicht geschlafen hatte. Er lehnte sich zurück, nickte ein.

Immer wieder wachte er auf, blickte auf den Freund. „Verraten –“, hörte er. Und als er schließlich doch einschlief und sehr tief schlief, klang es in seinen Ohren: „Verraten – sie hat mich verraten – ver-ra-ten.“ –

Der Schaffner rüttelte ihn wach. „Chicago!“ rief er. „Aussteigen, Herr!“ Jan Olieslagers reckte sich hoch. „Wo ist Stephe?“ fragte er. „Wo ist mein Freund?“

„Ausgestiegen!“ sagte der Schaffner. „In – in –“ Er wußte die Station nicht mehr. Aber es war schon vor vier Stunden gewesen, oder vor fünf.

Jan Olieslagers blickte umher – auch Stephes Köfferchen fehlte. Das hatte er also mitgenommen –

Nie sah er ihn wieder.

Sibylla Madruzzo

Der Gendarm empfing Frank Braun lärmend, er saß mit dem Wirt am Tisch, während Teresa das Essen auftrug. Er zeigte stolz seinen neuen Helm und sagte, daß er die Nacht in seinem Leben nicht vergessen wolle, in der er den alten vertrank. Bewundernd sah er Frank Braun an – ja, das war ein Kerl!

Frank Braun war nicht in der Laune, zu singen und zu trinken. Die Reden Drenkers belästigten ihn, so lenkte er ab. „Die alte Bettlerin ist Ihre Freundin?"

Der Grenzer sagte: „Gewiß ist sie meine Freundin. Aber so alt ist sie gar nicht: ein paar Jahre jünger als ich und wenigstens zehn Jahre jünger als Raimondi!" Er wiederholte das dreimal, daß ihn der Wirt verstehen könne.

Der nickte bestätigend. „Sie sieht nur so alt aus."

Drenker lachte. „Die Sibylla sieht aus wie achtzig, oder hundert, oder hundertundzwanzig. Das ist alles eins. Und doch ist's wahr, daß wir alle drei verliebt in sie waren!"

Frank Braun war froh, daß der Wein und der Helm erledigt waren. Er hielt ihn fest. „Drei? Wer war in die Alte verliebt?" fragte er.

„Ho, nicht in die alte – in die junge Sibylla!" verbesserte ihn Drenker. „Wir drei waren in sie verliebt: Raimondi, Ussolo und ich – drei flotte Kaiserjäger! Bessere Liebhaber hatte nie eine Dirne in Val di Scodra – was Raimondi? – Aber schlimm ist's ausgelaufen, und die arme Sibylla schleppt noch heute ihr Kreuz herum. Denn damals, Herr, war sie schlank und gerade wie eine Tanne, und kein Mädel war hübscher in ganz Tirol. – Als der arme Ussolo so jämmerlich zugrunde ging, da bekam sie den Knacks."

„So erzählen Sie doch!" drängte Frank Braun.

„Erzählen – ja, es ist eine ganze Geschichte!" rief Drenker. „Aber trocken?" Er goß die letzten Tropfen aus der Flasche in sein Glas.

Frank Braun hieß den Wirt ein paar Flaschen Vino Santo holen, vom Tobliner Tal. Er baute sie dicht vor dem Gendarmen auf. Drenker wollte ihm einschenken, aber er wehrte ab. „Nein, danke, ich mag heute nicht trinken."

Drenker schüttelte den Kopf. „Komische Leute seid ihr gelehrten Herrn! Einmal trinken sie wie zehn alte Schiffskapitäne und dann wieder keinen Tropfen! – Es ist kein Sinn und Verstand darin."

„Nein", bestätigte Frank Braun, „es ist durchaus kein Sinn und Verstand darin. – Aber nun trinken Sie, Drenker, und erzählen Sie von den Liebhabern der jungen Sibylla Madruzzo." Der Gendarm schneuzte sich und brannte seine Pfeife an. Er hob das Glas an die Lippen, trank und schnalzte lobend mit der Zunge.

Dann begann er. Er erzählte laut, hastig, in zerhackten Sätzen. Immer wandte er sich schreiend an den Gastwirt: „War's nicht so, Raimondi?" Der nickte stumm oder brummte ein „Ja!" zwischen den Zähnen.

Aloys Drenker sagte: „Das sind wohl dreißig Jahre her. Wir standen in Bozen alle drei und waren die besten Freunde von der Welt. Ussolo – der war auch aus Val di Scodra; dort, wo es zur Kreuzplatte hinaufgeht, stand seiner Leute Haus. Nun ist das längst verfallen – der arme Ussolo liegt auf dem Kirchhof, und seine Verwandten sind alle drüben in Argentinien. Nichts ist mehr da von der ganzen Sippe! – Also, wir drei waren Kaiserjäger in Bozen; Ussolo und ich waren Unteroffiziere – aber Raimondi war gerade Feldwebel geworden. Was, Alter? – Nun gut, wenn die beiden Urlaub hatten, fuhren sie nach Hause, und da bin ich ein paarmal mit ihnen gewesen. Denn wissen Sie, ich hatte kein Heim, mich hat meine selige Mutter im Straßengraben gefunden und ist an dem Schreck schnell draufgegangen. So wurde ich herumgestoßen und geschlagen bei fremden Leuten, und wohl wurde mir erst, als ich in der Kompagnie war. Die Kaiserjäger – das war meine Familie – und eine fesche dazu, nicht, Raimondi? Hol's der Teufel, eine bessere Truppe gibt's auf der ganzen Welt nimmer! Also gut, ich fuhr ein paarmal mit meinen Freunden hinunter nach Val di Scodra – einmal mit Raimondi und zweimal mit Ussolo. Na, Sie können sich denken, wie die Leute schauten, wenn wir ankamen! Das ganze Dorf war vernarrt in uns. Und wir drei – alle drei – waren in die Sibylla vernarrt, und jeder tat sein Bestes, ihr zu gefallen.

Aber keiner von uns sagte etwas, weder den andern noch dem Mädchen. Jeder überlegte, und jeder faßte seinen Plan, aber heraus kam keiner damit. Wir schrieben ihr alle drei, und sie schrieb uns auch – aber, wissen Sie, immer zusammen an alle drei. Da, eines Winterabends, als wir zusammen in der Kantine beim Gossensasser sitzen, sagt der Ussolo, daß er seinen Abschied nehmen wolle und nicht weiter kapitulieren. Ich denke, der Schlag rührt mich, und ich frag' ihn, ob ihn der Teufel stäche. Da kommt's heraus! Er sagt, daß er die Sibylla liebe und sie heiraten und mit ihr leben und sein Land bebauen wolle in Val di Scodra. Er habe seiner Mutter schon geschrieben – denn der Vater war tot –, und die sei einverstanden, daß er den Hof übernehme. Da fuhr der Raimondi los! Brauchst dich nicht zu schämen, Alter, es war doch so! – Denn wissen Sie, damals kannte er die schöne Maria noch nicht, des Brixener Schulmeisters Tochter, die dann später seine Frau und Teresas Mutter wurde. Damals war sein Gedanke nur Sibylla und immer wieder Sibylla! – Na, war's nicht so, Alter? – Also, er fuhr los auf den Ussolo und sagte, daß er sich nicht unterstehen sollte, an das Mädchen zu denken. Er müsse sie haben und niemand sonst! Und er sei der ältere, und er sei Feldwebel – da konnte ich auch nicht mehr an mich halten. Älter oder jünger, Feldwebel oder nicht, das sei ganz gleichgültig, sagte ich. Und ich liebe die Sibylla auch, und ich wolle sie haben und kümmere mich den Teufel um die wälschen Fack'n. Ich schrie, und der Raimondi brüllte, und der Ussolo heulte, und ehe wir's uns versahen, lagen wir einander in den Haaren und prügelten darauf los, daß es eine Freude war. Ein Leutnant kam dazwischen und störte den Spaß; dann hatten wir im Mittelarrest alle drei genug Zeit, über unsere Liebe und unsere Dummheit nachzudenken. Als wir herauskamen, war unsere Aufregung merklich abgekühlt, und wir sahen nun ein, daß es herzlich dumm sei, uns wegen des Mädchens zu zanken, das doch nur einer haben konnte. Wir beschlossen also, der Sibylla selbst die Wahl zu überlassen und zu dem Zweck zum nächsten Septemberurlaub alle drei nach Val di Scodra zu fahren. Inzwischen war abgemacht, daß keiner ihr besonders schreiben sollte; so schrieben wir immer zusammen Briefe und schickten ihr auch zu Weihnachten und zu Ostern gemeinschaftlich ein Geschenk. Na, es war ja nicht viel, ein seidenes Kopftuch und eine silberne Schnalle – aber die Sibylla hat sie bis heute aufbewahrt und die Briefe auch. Also gut, der Frühling kam und der Sommer, und wir fühlten uns alle nicht recht wohl. Jeder war mißtrauisch auf die andern beiden, und alle paar Tage mußte einer dem andern schwören, daß er ganz gewiß nicht hinter dem Rücken doch einen Brief geschrieben habe. Endlich kam das Manöver und dann der Tag, da wir Urlaub bekamen. Es hielt schwer genug, daß wir alle drei loskamen, da Raimondi und ich bei derselben Kompagnie waren – aber schließlich ging's doch. – Die Fahrt werd' ich meiner Tage nicht vergessen! Keiner sprach ein Wort, und jeder machte ein Gesicht, als ob er die andern lebendig auffressen wollte. Ich glaube, es war nur die Uniform, die uns noch zusammenhielt, sonst hätten wir aufeinander losgeschlagen wie an dem Abend in der Kantine.

Damals fuhr noch keine Post ins Tal, und wenn es eine gegeben hätte, hätten wir doch nicht drauf gewartet. Wir marschierten los, und spät in der Nacht kamen wir an. Raimondi ging zu seinen Eltern, ich ging mit Ussolo nach Hause. Geschlafen aber habe ich keinen Augenblick, immer fürchtete ich, mein Kamerad möchte aufstehen, um zu dem Hause der Madruzzo zu gehen. Ihm aber ging's ebenso. Es war kaum hell, als wir aufbrachen, um Raimondi abzuholen, aus Angst, daß der uns zuvorkommen möchte. Kaum standen wir hier vor dem Hause, als er auch schon herauskam – offenbar mit demselben Gedanken wie wir. Nun sahen wir wohl ein, daß es noch viel zu früh wäre zu Sibylla zu gehen, zumal es gerade ein Sonntag war. Wir gingen wieder in Raimondis Haus, kochten Kaffee und frühstückten. Dann trat Ussolo vor den Spiegel – so sehr hatten wir uns beim Aufstehen geeilt, daß wir kaum die Haare gekämmt hatten. Er frisierte sich und machte sich schön – und da zeigte sich's, daß wir doch noch gute Freunde und Kameraden waren. Raimondi holte alles heran, was er hatte, Stiefelglanz, Bürste, Kämme, sogar Schnurrbartwichse, und wir halfen einander, uns so stattlich herauszuputzen wie nur möglich. Fesch muß der Kaiserjäger sein, was Raimondi? So ging die Zeit herum, schneller als wir geglaubt. Dann kamen Raimondis Eltern, und wir mußten noch einmal mit ihnen Kaffee trinken. Endlich brachen wir auf, schnitten im Garten noch ein paar Rosen für die Mützen, und dann ging's zum Hause der Madruzzo. Aber ehe wir noch da waren, rief Ussolo: „Da kommt sie!" Und wirklich, da stand sie vor uns im Olivengarten und lachte. Sie war im Sonntagsputz, und sie war so sauber und hübsch, daß mir das Herz lachte im Leibe. Aber dabei klopfte es doch so stark, und ich fühlte eine solche Angst, daß ich kaum wagte, einen Schritt weiter zu gehen. Aber auch den beiden Kameraden erging's nicht anders, und sie blieben stehn wie ich. Sagt der Raimondi: „Freunde, ich bin der älteste!" „Ja", sag' ich, „das bist du wohl – doch – –" Er aber flüsterte: „Sei still und hör, was ich sag'! Wir haben ausgemacht: Der, den sie will, der soll sie haben. Aber die andern beiden sollen ihm deshalb nicht feind sein, sondern gute Freunde wie zuvor." – ‚Bist du deiner Sache so sicher?' dachte ich. Aber ich war meiner Sache auch sicher, denn ich glaubte bestimmt, daß sie gerade mich anlachte und nicht die andern. Darum sagte ich: „Hand drauf!" und schlug ein. Der Ussolo sagte gar nichts, aber er gab auch seine Hand. „Gut denn", sagte Raimondi. „Vorwärts, marsch! – Und ich spreche, weil ich der ältere bin und Feldwebel!" – Das wollte mir nun gar nicht gefallen, aber es war nichts mehr zu reden, denn er ging mit langen Schritten vor, und wir mußten laufen, ihm beizubleiben. Wir grüßten mit der Hand an der Mütze, und Raimondi wollte eine Rede beginnen. Aber es kam nichts heraus. Wir standen stumm vor ihr und glotzten sie an. Da lachte die schwarze Sibylla und streckte uns die Hände hin und fragte, wie es uns gehe, und sagte, das sei nett, daß wir alle drei zusammen zum Urlaub gekommen. Sie bedankte sich für die Briefe und die Geschenke und sagte, daß sie für jeden von uns eine Uhrkette geflochten habe aus ihren Haaren. So plauderten wir, aber eigentlich sagten wir gar nichts, und nur die Sibylla lachte und schwatzte, und wir standen da wie die dummen Bauern und starrten sie an. Ich sah wohl ein, daß es eine Schmach wäre für uns Kaiserjäger und stieß den Raimondi an, daß er sprechen sollte. Aber der tat, als merkte er es gar nicht. Dann flüsterte ich dem Ussolo zu: „So red doch!" – Der Ussolo redete auch – aber was! Er erzählte stotternd, wo wir im Manöver gewesen. Da wollte ich sprechen, aber es ging auch nicht. Wenn nur die andern nicht dagewesen wären, hätte ich's ganz leicht gekonnt, das fühlte ich. Darauf also gründete ich meinen Plan. Ich sagte der Sibylla, wir drei hätten einen Augenblick etwas allein zu besprechen. Sie lachte und wollte gleich nach Hause gehen, ich aber sagte ihr, daß sie ein klein wenig warten möchte; da ging sie etwas abseits in den Olivengarten. Nun sagte ich den beiden, daß sie Esel seien – und ich auch: Alle drei seien wir Esel! Und so ginge es nicht weiter. Ich nahm drei Grashalme und hielt sie in der Hand: Wer den längsten ziehe, der solle zuerst mit ihr sprechen dürfen – allein. Damit waren sie einverstanden. Der Feldwebel zog zuerst, dann Ussolo: Er fand den längsten Halm. Ich aber hatte den allerkleinsten, kam also zuletzt daran. Nun, ich tröstete mich, war ich doch überzeugt, daß die beiden Wälschen einen Korb bekämen, und daß sie auf mich warten würde. Ussolo ging inzwischen zu der Sibylla, und wir beide setzten uns ins Gras, drehten ihnen den Rücken zu und warteten. Ein Soldat, wissen Sie, ist das Warten gewohnt, das lernt man schon beim Postenstehen. Aber obwohl wir zu zweit waren, ist mir doch nie ein Warten so lange geworden wie dieses. ‚Sind sie denn immer noch nicht fertig?' dachte ich. Keiner von uns sprach ein Wort; ich sah, wie der

Raimondi stier vor sich hinguckte. Plötzlich sagte er: „Nun halt ich's nicht mehr aus. Der Ussolo könnte doch längst fertig sein!" Wir drehten uns um, aber die beiden waren verschwunden. Wir standen also auf und gingen ein wenig hinein in den Olivengarten, spähten rechts und links, aber sahen niemanden. Ich rief halblaut und dann lauter: „Ussolo!" Aber niemand gab eine Antwort. Da brüllte Raimondi, als wenn er drei Regimenter vor sich hätte: „Ussolo! Ussolo!" – Jetzt antwortete der Kerl: „Ja! Ja! Wir kommen schon!" Und gleich darauf kamen sie auch angelaufen. Ussolo lachte über das ganze braune Gesicht und streckte uns beide Hände entgegen. „Verzeiht mir, Kameraden, wir beide hatten euch wirklich ganz und gar vergessen!" Dann, wie er unsere verdutzten und ärgerlichen Gesichter sah, nahm er vor Raimondi Stellung, legte die Hand an die Mütze und sagte: „Herr Feldwebel, melde gehorsamst: Unteroffizier Ussolo nebst Braut Sibylla Madruzzo." Und das Mädchen machte ein sehr ernstes Gesicht dazu und einen tiefen Knicks. Später habe ich einmal die Sibylla gefragt, wer von uns wohl ein dümmeres Gesicht gemacht habe, Raimondi oder ich. Aber sie hatte leider darauf nicht achtgegeben, und so wird sich das nie feststellen lassen. Dumm aber waren sie beide – das schwöre ich!

Raimondi faßte sich zuerst. Er griff in die Tasche und zog ein hübsches, silberbeschlagenes Portemonnaie heraus, das gab er der Sibylla und gratulierte beiden. Da holte ich auch die Ohrringe hervor, die ich für sie gekauft hatte, und gab sie ihr als Brautgeschenk. Ussolo schlug sich vor den Kopf und rief: „Herrgott – und ich habe ganz vergessen, ihr mein Geschenk zu geben!" Damit zog er eine hübsche kleine Uhr heraus. So hatten wir alle drei ihr heimlich etwas mitgebracht, aber nur dem Ussolo kam es zugute. – Der arme Kerl, wenn er gewußt hätte, wie kurz sein Glück sein sollte! Dann ließen wir die beiden allein, und ich ging mit Raimondi nach Hause. Wir waren recht niedergeschlagen, aber dennoch fühlten wir uns erleichtert, daß wenigstens der bisherige unerträgliche Zustand zu Ende war. Wir beschlossen, recht brüderlich zu den beiden zu sein, wie echte Kameraden, die so lange Jahre treue Freunde waren. Aber es ging nicht so leicht, wie wir dachten; jedesmal, wenn wir Ussolo und Sibylla sahen, in ihrem großen Glück, wurden wir neidisch, und man sah uns wohl an, wie wenig wir im Grunde es ihnen gönnten. So dachten wir, daß es wohl das beste wäre, wieder abzureisen nach Bozen, ehe der Urlaub zu Ende. Hätten wir's doch getan! Aber Ussolo drängte uns und quälte, wir möchten doch bleiben, wenigstens bis zum nächsten Sonntag. Da war Kirchweih in dem Nachbardorfe – in Cimego, wissen Sie, sieben Stunden über die Berge nach der Grenze zu. Jetzt ist die Gendarmeriestation dort, und ich wohne da. Dahin hatte uns Ussolo eingeladen; er hatte Verwandte dort, und denen wollte er seine schöne Braut zeigen – und zugleich uns, seine Freunde von den Kaiserjägern. Wir hatten nur wenig Lust, unser Sinn stand gar nicht nach Festen und Kirchweih. Aber Ussolo gab nicht nach, und die Sibylla half ihm mit Bitten, so ließen wir uns überreden. Wir wollten also nach Cimego, um dort Abschied zu feiern, ehe wir zurückfuhren zum Regiment. Wir beschlossen, nachts aufzubrechen, unterwegs in einer Köhlerhütte zu ruhen, um früh am Morgen im Nachbardorfe einzutreffen.

Nun muß ich sagen, daß Ussolo gerne trank. Nicht, daß er ein Säufer war, aber er konnte so wenig vertragen, und nach ein paar Glas schon wurde er sehr lustig und manchmal wild. Und jetzt in seiner Freude als Bräutigam, und daheim im Urlaub unter alten Bekannten und Freunden, die ihn einluden, ein Glas mit ihnen zu trinken, war er jeden Abend fidel und lärmte und randalierte durch die Gassen. Das mochte nun die Sibylla gar nicht leiden, denn was trinken heißt, das wußte sie von Kindesbeinen an. Ihr Vater nämlich, der alte Carlo Madruzzo, hatte die ausgepichteste Kehle im Dorfe, und da verging kaum ein Tag, an dem sie seine schweren trunkenen Fäuste nicht fühlte. So war es denn kein Wunder, wenn sie bei ihrem Bräutigam die Flasche nicht gerade gerne sah; sie machte ihm Vorwürfe, und er versprach ihr, kein Glas mehr anzurühren – – aber am Abend war er doch wieder betrunken. Daher kam es, daß Sibylla den Wein, den Ussolo trank, noch mehr haßte, als den, der durch ihres Vaters Gurgel floß. Als wir nun in der Nacht zum Sonntage – sie war finster und kein Stern war am Himmel – aufbrachen, richtete die Sibylla es so ein, daß sie mit mir ging, während Ussolo und der Feldwebel ein wenig voranschritten. Raimondi und Sibylla trugen Laternen; ihr Schatz schleppte einen schweren Korb, in dem er in frisches Laub Fische verpackt hatte, die er am Abend im See gefangen hatte und nun seinem Onkel in Cimego bringen wollte. Den Rucksack, den auch Ussolo eingepackt hatte, trug ich; es war Brot darin, Schinken und Wurst, dazu fünf Flaschen guten Weines. Darauf hatte nun die Sibylla es abgesehen. Als wir nach einer halben Stunde an eine Quelle kamen, blieb sie stehen und bat mich, ihr den Rucksack zu geben. Sie wartete noch eine Weile, bis sie die beiden andern genügend weit entfernt glaubte, dann nahm sie die Flaschen heraus und öffnete sie. Sie fragte, ob ich noch einmal trinken wolle, und ich nahm auch ein paar gute Züge. Dann schüttete sie den Wein aus, eine Flasche nach der andern. Ich wollte sie hindern, aber sie lachte und sagte, für diese eine Nacht könnte ich doch wohl verzichten auf den Wein, morgen gäbe es ja genug in Cimego. Sie füllte die Flaschen bis zum Rande mit Wasser voll und verkorkte sie wieder sorgfältig; beide freuten wir uns dabei auf das Gesicht, das Ussolo machen würde, wenn er entdeckte, daß sein Wein so zu Wasser geworden war.

Wir schritten rüstig aus und holten bald die andern ein. Wir brüllten unsere Soldatenlieder, und dazwischen sang die schöne Sibylla. So vergingen die Stunden. Ein paarmal schlug Ussolo vor, man solle nun ein Glas Wein trinken; aber ich rückte nicht heraus damit, sagte ihm, daß er warten müsse, bis zu dem Rastplatz in der Köhlerhütte.

Wir waren um neun Uhr abmarschiert und konnten so bequem gegen drei Uhr morgens in der Hütte sein. Dort wollten wir uns stärken und dann etwas ausstrecken; wir hatten ja unsere Mäntel, und für die Sibylla war eine warme Decke da, die Raimondi trug. Dann wollten wir nach ein paar Stunden das letzte Stückchen hinabsteigen ins Cimegotal. Es war kalt genug auf dem Wege, und Ussolo hängte seiner Braut seinen Mantel um. Aber wir waren alle froh und gut gelaunt, und wie wir so zusammen marschierten, hintereinander im Gänsemarsch, oder auch Arm in Arm, wenn der Weg etwas breiter war, kam es uns vor, als ob die schöne Rose nicht ihm allein gehöre, dem Ussolo, sondern gemeinsam allen drei Brüdern.

Es war ein Uhr vorbei, als wir durch die Schlucht des Bonzol schritten. Raimondi ging voran mit der Laterne, ich war hinter ihm. Dann kam Sibylla, und den Schluß machte Ussolo. Plötzlich hörte ich ihn fluchen; er war ausgeglitten und lag auf den Steinen. Aber er sprang gleich wieder auf. Ich wandte mich und sah nach ihm, Sibyllas Laterne beleuchtete ihn hell genug.

„Verdammtes Vieh!“ rief er, und ich sah, wie er in dem Lichtschein eine kleine Schlange in der Hand hielt. Er faßte sie am Schwanz und zerschlug ihr den Kopf an den Felsen.

„Hat sie dich gebissen?“ fragte das Mädchen ängstlich.

Er lachte und sagte, er habe jedenfalls nichts davon gemerkt. Wir waren alle zu ihm hingetreten und sahen, daß er sich Gesicht und Hände ein wenig zerschunden hatte bei dem Fall. Sibylla reinigte ihn mit ihrem Tuche. Dann nahm er seinen Korb wieder auf, und wir gingen weiter; diesmal schritt er hinter Raimondi, und ich war der letzte.

Noch keine fünf Minuten waren vergangen, als Ussolo zähneklappernd stehenblieb; er zitterte vor Frost und bat Raimondi, ihm seinen Mantel zu leihen. Er zog den Mantel an und legte noch die Decke, die für Sibylla bestimmt war, über die Schultern, aber es fror ihn immer noch. Ich rief ihm zu, tüchtig auszuschreiten, und das tat er denn auch. Nach einer Weile sah ich, wie er sich mit der Hand an den Felsen stützte, es war, als ob er betrunken wäre. Aber er sagte nichts, und so schwieg ich auch, um seine Braut nicht zu erschrecken. Das ging so eine Zeitlang, dann faßte ihn wieder ein Schwindel; er taumelte nach vorne über und wäre lang hingeschlagen, wenn Raimondi ihn nicht gestützt hätte. Er setzte den Korb nieder und hielt sich mühsam an der Felswand aufrecht.

„Was ist dir?“ schrie die Sibylla. Er schüttelte den Kopf und versuchte zu lachen.

„Nichts“, sagte er. „Ich weiß nicht – “

Der Feldwebel hielt ihm die Laterne ins Gesicht. Dann griff er seine linke Hand und betrachtete sie genau von beiden Seiten. „Da, du Esel“, rief er, „natürlich hat sie dich gebissen!“ Wir drängten heran, und ich bemerkte eine ganz kleine Wunde dicht am Puls; ein Blutströpfchen kam heraus, kaum größer als ein Nadelkopf. Die Hand und das Gelenk waren geschwollen und schwollen schnell immer mehr an, fast unter unseren Augen. Raimondi, der einen Samariterkurs durchgemacht hatte, griff schnell in seine Tasche und nahm ein Tuch. Dann fiel sein Blick auf den Rucksack, er steckte das Tuch wieder ein und befahl mir, die Schnüre abzuschneiden. Wir banden die Hand ab, oberhalb der Wunde, und zogen die Schnur zu, so fest es nur gehen mochte, so daß sie ihm tief in die Haut schnitt. Inzwischen taumelte Ussolo hin und her, und wir mußten ihn platt auf den Boden legen.

Raimondi sagte: „So, das wäre das erste. Nun müssen wir die Wunde aussaugen." Sofort warf sich Sibylla über ihren Bräutigam, aber Raimondi riß sie zurück. Er leuchtete ihr ins Gesicht und stieß sie gleich weg: Sie habe einen kleinen Sprung in der Lippe, da könne sie sich auch noch vergiften, sagte er. Dann zog er mich heran, hieß mich den Mund aufsperren und suchte mit seiner Laterne. „Du kannst es tun!" rief er.

Ich nahm also Ussolos Hand und sog aus Leibeskräften. Der Speichel lief mir zusammen, und ich spie aus zur Seite hin, es war mir, als schmeckte ich das Gift mit der Zunge. Aber es mag wohl nur eine Einbildung gewesen sein. Ich sog, bis mich Raimondi wegriß. „Jetzt muß er trinken", sagte er. „Je mehr, je besser. Alles, was wir haben. Da bleibt das Herz in rascher Tätigkeit."

Er griff in den Rucksack und entkorkte die erste Flasche. Ich hörte einen leisen Schrei der Sibylla, sie hielt sich fest an meinem Arm. Sie stammelte leise: „O Madonna – Madonna!" Und ich verstand, daß sie zur Mutter Gottes betete und sie bat, ein Wunder zu tun. Ich war so erschreckt und verwirrt, daß ich leise mit ihr betete, und ich weiß heute noch, daß ich in jenem Augenblick wirklich die Hoffnung hatte, das Wasser möchte sich wieder in Wein verwandeln. Aber leider geschehen heute keine Wunder mehr, wie auf der Hochzeit zu Kanaan!

Ussolo setzte die Flasche an die Lippen und trank gierig –

aber gleich spie er alles wieder aus. „Wasser!" stöhnte er. Raimondi trank selbst einen Schluck, schüttelte den Kopf und warf die Flasche in die Schlucht. Er glaubte wohl an einen zufälligen Irrtum und öffnete die nächste Flasche. Sibylla zitterte und wagte in ihrer Todesangst kein Wort zu sagen, und ich war auch von meiner Mitschuld so niedergedrückt, daß ich nicht eine Silbe über die Lippen brachte.

Wieder nahm Ussolo einen Schluck, und wieder spie er ihn aus. Raimondi nahm die nächste Flasche und schlug ihr den Hals ab, sah, daß auch diese voll Wasser war, und warf sie fort. Nun faßte ich mir ein Herz und sagte, was geschehen wäre. Aber ich sagte, daß ich den schlechten Witz gemacht hätte, und sprach kein Wort von Sibylla – – noch heute bin ich froh darüber, daß ich das tat. Raimondi schrie, ich wäre ein Verbrecher; aber Ussolo sagte schwach, daß er wohl wüßte, daß ich es nicht böse gemeint hätte. Er streckte mir die andere Hand hin zum Zeichen der Vergebung, und er sagte, daß es ja nicht so schlimm wäre und daß er wohl bald wieder auf könnte. Ich redete auch und versuchte ihn zu trösten, doch Raimondi riß mich auf und schrie, daß jetzt keine Zeit sei zu schwatzen. Er nahm sein Taschenmesser, steckte die schärfste Klinge in die Flamme der Laterne und befahl mir, meines zu nehmen und ein gleiches zu tun. Als sein Messer glühend heiß war, schnitt er in die Wunde und vergrößerte sie. Dann nahm er mein Messer, und ich mußte das andere in die Flamme halten; so wechselte er immer und schnitt und brannte in die Wunde. Der arme Ussolo litt entsetzlich, er versuchte seinen Schmerz zu verbeißen wie ein guter Soldat; es war jämmerlich, wie wir ihn quälten – so völlig nutzlos. Die Sibylla kniete vor ihm und hielt seinen Kopf, und er stöhnte und knirschte mit den Zähnen.

Endlich war der Feldwebel fertig. Wir sahen ein, daß wir

nicht einen Schritt mit ihm weiter konnten, da war es das beste, daß einer von uns nach Cimego lief, um Hilfe zu holen. Ich kannte den Weg nicht, so ging Raimondi; er hoffte, beim Pfarrer Ätzkali und Salmiakgeist zu bekommen. Er nahm seine Laterne und schritt rasch aus, nach einer kurzen Weile war er verschwunden.

Die Stelle, wo wir lagen, war mißlich genug. Rechts stieg die Felswand auf – links fiel die Schlucht ab, nicht gerade steil, aber doch unbequem genug in der Dunkelheit. Der Weg dazwischen war sehr schmal. Ich rollte einen Mantel zusammen und gab ihn Ussolo als Kopfkissen, auf dem andern Mantel lag er. Über ihn breitete ich die Decke und den dritten Mantel. Aber er fror trotzdem; ein Frostschauer schüttelte ihn über den andern. Nach einer Weile begann er nach Atem zu ringen, er schnappte, und es war, als ob die Lungen nur mühsam arbeiten könnten. Er sagte nichts, nur manchmal stöhnte er leise. Die Sibylla kniete vor ihm; auch sie sprach kein Wort, ganz erstarrt schien sie zu sein. So schwatzte ich denn drauflos, sagte ihm, daß ja nun die Quälerei vorüber wäre und daß der Feldwebel bald kommen werde mit guter Hilfe. Dann wußte ich nichts Rechtes mehr und sagte dasselbe noch einmal – – ich glaube, ich habe es wohl hundertmal gesagt in dieser gottverlassenen Nacht. Aber es war ja auch ganz gleichgültig, was ich sagte, es hörte doch keiner zu von den beiden. Manchmal ließ die Atemnot nach, dann befiel sie ihn wieder; auch die Schwindelanfälle kehrten regelmäßig zurück.

Eine Stunde verrann nach der andern. Die Nacht sank, und die Nebel krochen von den Bergen. Es wurde Tag, und der kalte, feuchte Frühwind strich durch die Schlucht. Zuweilen, wenn er ruhig dalag, glaubten wir, daß es besser würde, aber bald überfiel ihn wieder ein kräftiges Zittern; auch bewußtlos war er für Augenblicke. An der Handwurzel hatte er stechende, sehr heftige Schmerzen; die Hand war entsetzlich angeschwollen, und die wunde Stelle sah tief blaurot aus. Gegen sechs Uhr morgens bekam er Krämpfe, er hob den Leib hoch und ließ ihn schwer zurückfallen. Dann riß es ihn in den Muskeln, die Finger der gesunden Hand krampften sich, und die Beine stießen nach vorne in starken Zuckungen. Wir hielten ihn mit Mühe fest, und er wurde auch wieder ruhiger; aber bald fing die Atemnot von neuem an und mit ihr der Schüttelfrost.

Es wurde acht Uhr; Raimondi mußte längst zurück sein nach meiner Schätzung. Ussolo war um diese Zeit ein wenig stiller geworden und schien zu schlummern; so dachte ich, daß es das beste sei, wenn ich aufbräche, um den Feldwebel zu suchen. Ich sprang also auf und lief den Pfad entlang, der nach Cimego führte, so schnell mich nur meine Beine tragen mochten. Nach einer Stunde etwa kam mir Raimondi entgegen, mit ihm waren der Pfarrer und drei Burschen von Cimego.

„Lebt er noch?“ schrie der Feldwebel. Ich nickte und kehrte mit ihnen um. Raimondi sah aus wie ein Wilder, seine schöne Uniform war von oben bis unten voll Schmutz; Gesicht und Hände starrten von Blut und Schweiß. Er war fehlgetreten, abgestürzt und hatte dabei seine Laterne zerschlagen. Nun hatte er im Finstern seinen Weg gesucht, sich verirrt und erst bei Tagesanbruch gemerkt, daß er in ein falsches Tal geraten war. Er mußte also wieder zurück und fand nur mit Hilfe eines Geißbuben, den er unterwegs traf, den Weg nach Cimego. Dort hatte er gleich den Pfarrer geholt, von der Messe weg, und war dann zurückgelaufen mit den Leuten. Während er mir noch erzählte, hörten wir plötzlich einen wilden, gräßlichen Schrei. Wir erkannten Sibyllas Stimme und rannten nun wie rasend weiter. Raimondi weit voraus, hinter ihm sprang der Pfarrer von Cimego, die schwarze Soutane mit beiden Händen hochhebend. Er war ein braver Mann; konnte er mit seinen Doktormitteln nicht zur rechten Zeit kommen, so hoffte er doch, als Priester nicht zu spät zu sein, um dem Sterbenden die Letzte Ölung zu geben.

Aber es war zu spät für beides. Wie wir herauskamen aus der Schlucht, sahen wir dicht vor uns einen Toten liegen. Sein Gesicht war furchtbar verzerrt, die Augen quollen ihm weit aus den Höhlen. Die rechte Hand war festgekrallt in seinen Mantel, die Beine waren hoch an den Leib gezogen. Vor ihm stand Sibylla, aufrecht, aber den Leib vornüber gebeugt – so, wie sie jetzt geht und steht. Wir gaben zuerst wenig acht auf sie, beschäftigten uns nur mit Ussolo, rieben ihn, gossen ihm Wein in die offenen Lippen und hielten ihm Äther unter die Nase. Aber wir sahen bald ein, daß alles zu spät war und daß es aus war mit ihm. Wir breiteten einen Mantel über ihn und wandten uns zu seiner Braut.

Wir fragten sie, wie er gestorben sei, sie gab uns keine Antwort. Wir drängten sie und sahen wohl, daß sie uns verstand; ihre Lippen bewegten sich, aber ihr Mund war stumm; sie hatte die Sprache verloren. Ihre Augen blieben trocken, keine Träne fiel, und nicht einmal mehr in all den Jahren – selbst an seinem Grabe nicht – hat sie weinen können. Der Pfarrer nahm sie in die Arme und versuchte sie aufzurichten; es gelang ihm nicht, und er bat mich, ihm zu helfen. Alle halfen wir – – aber sie blieb steif wie sie war – den Oberkörper gerade nach vorne gerichtet. Wir wollten es nicht glauben, faßten sie rauh an und versuchten es mit Gewalt: Es war unmöglich.

Was da vorging in diesen letzten zwei Stunden, die Ussolo lebte, das weiß ich bis heute nicht. Ich habe später oft die Sibylla danach gefragt, bat sie, sie möchte es mir aufschreiben.

Aber sie schlug die Hände vor das Gesicht, schauderte und schüttelte den Kopf – so gab ich es endlich auf. Schrecklich muß es gewesen sein – das las man auf ihrem Gesicht! Ihre Züge waren verzerrt und starr, es war, als habe sie in die offene Hölle gesehen. Und dieser Schreckensausdruck wich nicht, er blieb; erst mit den Jahren, als ihre Haut runzlig und braun wurde, als sie alterte, weit vor ihrer Zeit, ist der Ausdruck allmählich geschwunden.

Aber der furchtbare Krampf, der ihren Körper brach, gab sich nicht, noch fand sie jemals die Sprache wieder. – Wir machten Bahren und trugen sie und Ussolo nach Cimego – dort liegt er begraben.

Das ist die Geschichte von der schönen Sibylla und ihrem armen Bräutigam."

Der Gendarm schnaufte und trank drei große Gläser Wein, um seine Rührung zu ersticken. Frank Braun fragte: „Und machte man keinen Versuch, sie zu heilen?"

„Keinen Versuch?" Drenker lachte. „Wir haben alles getan, was wir konnten, Raimondi und ich! – Als wir sie zurücktrugen in ihr Heimatdorf, war ihr Alter betrunken, wie gewöhnlich. Er schrie und schimpfte und hätte sie am liebsten geschlagen in seiner blinden Wut. Da nahm sie Ussolos Mutter auf. Später fuhren wir sie zur Stadt; aber der Arzt sagte, daß er nicht helfen könnte, sie müßte nach Innsbruck – da lag sie Jahr und Tag im Spital. Man quälte sie gehörig mit allen möglichen Mitteln und experimentierte so an ihr herum. Aber es war nichts zu machen, und endlich schickte man sie wieder nach Hause – krumm und steif, wie sie war. – Inzwischen war der Vater gestorben – ertrunken im See, als er wieder einmal völlig besoffen war; ihr Erbteil bestand aus Schulden. Sie wohnte dann wieder bei Ussolos Mutter und haust noch jetzt in der zerfallenen Hütte, obwohl die Alte auch schon lange tot ist. – Sie braucht ja nicht viel, und die paar Kreuzer bettelt sie auf der Landstraße zusammen an den Posttagen. – Sie ist eine krumme, alte, häßliche Bettlerin geworden, aber solange Aloys Drenker lebt, wird er gut zu ihr sein."

Der Spielkasten

An diesem Abend wartete ich lange genug auf Edgard Widerhold. Ich lag im Longchair, der Boy bewegte hinter mir langsam den Fächer. Der Alte hat indische Boys, die ihm gefolgt sind hierher vor mancher Zeit. Und deren Söhne und Enkel. Seine Boys sind gut erzogen; sie wissen, wie man uns bedienen soll.

„Geh, Dewla, sag deinem Herrn, daß ich warte."

„Atja, Sahib." Lautlos glitt er weg. Ich lag auf der Terrasse, träumte hinaus auf den Hellen Strom. Seit einer Stunde waren die wochenalten Wolken zerflossen, seit einer Stunde fiel kein lauer Regen mehr. Und die Abendsonne warf breite Streifen in die violetten Nebel von Tonkin.

Unten schaukelten die Dschunken, erwachten wieder zum Leben. Die Leute krochen heraus; mit runden Schaufeln, Wischlappen und Tamarindenbesen warfen sie das Wasser heraus, trockneten und reinigten den Sampan. Aber keiner sprach; still, unhörbar fast arbeiteten sie; kaum drang ein kleinstes Geräusch herauf zu den Blättern und Ranken. Eine große Dschunke fuhr vorbei, dicht besetzt mit Legionären. Ich winkte den Offizieren, die im Sampan lagen; sie dankten wehmütig. Hätten wohl auch lieber bei mir gesessen auf der breiten Veranda von Edgard Widerholds mächtigem Bungalow, als da hinaufzufahren, tagelang, wochenlang durch den heißen Regen, hinauf zu ihrer elenden Station. – Ich zählte – wenigstens fünfzig Legionäre waren auf der Dschunke. Gewiß ein paar Irländer und Spanier, Vlamen und Schweizer – – und der Rest: Deutsche. Wer mag dabei sein? Keine Wassertrinker, aber Jungen, an denen Tilly und der tolle Christian seine Freude gehabt. Sicher sind Brandstifter darunter, Räuber und Mörder – was will man Besseres zu solchem Krieg? Die verstehen ihr Handwerk, das mag man glauben. Und dann die, die von oben kommen, die, die verschwinden aus der Gesellschaft, untertauchen in die trüben Fluten der Legion. Pfarrer und Professoren, Hochadel und Offiziere. Fiel doch ein Bischof beim Sturm auf Aïn-Souf, und wie lange ist's her, daß ein deutsches Kriegsschiff von Algier die Leiche eines anderen Legionärs abholte und ihr alle Ehren erwies – eines königlichen Prinzen?

Ich beuge mich über die Brüstung: „Vive la Légion!" Und sie rufen zurück, brüllen laut aus schleimigen Trinkerkehlen: „Vive la Légion! Vive la Légion!" Sie haben ihr Vaterland verloren und die Familie, Haus, Heim, Ehre und Geld. Haben nur ein einziges, das das alles ersetzen soll: Korpsgeist – – Vive la Légion!

Oh, ich kenne sie. Trinker und Spieler, Beschützer von Dirnen, Deserteure, aus allen Lagern entwichen. Anarchisten alle – die nicht wissen, was Anarchismus ist, die sich empörten und flohen vor einem Zwang, der unerträglich war. Verbrecher halb und halb Kinder, kleine Hirne und große Herzen – – echte Soldaten. Landsknechte mit dem rechten Instinkt, daß Plündern und Schänden eine gute Sache sei und ihr ehrlich Handwerk – denn zum Totschlagen sind sie geworben, und wer das Große darf, dem ist auch das Kleine erlaubt. Abenteurer, die zu spät in diese Welt kamen, diese Welt von heute, die Individuen verlangt, stark genug, ihre eigenen Wege zu schlagen. Ein jeder von ihnen war zu schwach dazu, brach zusammen mitten im Dickicht, kam nicht weiter. Vom breiten Weg riß ihn längst ein flackernd Irrlicht, und den eigenen Weg konnte er nicht gehen – – irgendwo fehlte es, er weiß nicht wo. Jeder ist gescheitert, eine elende, hilflose Planke. Aber sie finden sich, schließen sich, bilden ein großes, stolzes Schiff: Vive la Légion! Sie ist Mutter und Heimat und Ehre und Vaterland. Hör doch, wie sie schreien: „Vive, vive la Légion!"

Die Dschunke zieht hinaus in den Abend, nach Westen zu, wo in der zweiten Biegung der Rote Fluß sich wälzt in den Hellen Strom. Dort verschwindet sie, lenkt tief in die Nebel, weit hinein in dieses Land der violetten Gifte. Aber sie fürchten nichts, diese blonden, bärtigen Männer, nicht Fieber und nicht Ruhr und noch weniger die gelben Rebellen; sie haben ja Alkohol genug und Opium und ihre guten Lebelbüchsen – was braucht man mehr? Vierzig gehen drauf von den fünfzig, aber wer wiederkehrt, nimmt doch einen neuen Vertrag: um den Ruhm der Legion, nicht um den Frankreichs.

– – Edgard Widerhold kam auf die Veranda.

„Sind sie vorbei?" fragte er.

„Wer?"

„Die Legionäre!" Er ging an die Brüstung und schaute auf den Fluß. „Gott sei Dank, sie sind fort. Mag sie der Teufel holen; ich kann sie nicht sehen."

„So?" machte ich. Ich kannte natürlich, wie jedermann im Lande, das eigentümliche Verhältnis, in dem der Alte zu der Legion stand, ich wollte versuchen hinter die Gründe zu kommen. Deshalb spielte ich den Erstaunten. „So? Und doch schwärmt die ganze Legion für Sie! Es war ein Kapitän der II. Legion, der mir vor Jahren schon in Porquerolles von Ihnen erzählte: Wenn ich je zum Hellen Strom käme, müßte ich Edgard Widerhold besuchen."

„Das war Karl Hauser aus Mühlhausen."

„Nein, es war Dufresnes."

Der Alte seufzte: „Dufresnes, der Auvergnate! Er hat manches Glas Burgunder hier getrunken."

„Wie alle andern, nicht wahr? Bis vor acht Jahren plötzlich das Haus, das man ‚Le Bungalow de la Légion' nannte, seine Pforten sperrte und Herr Edgard Widerhold, le bon Papa de la Légion, seinen Versorgungsplatz in Edgardhafen errichtete."

Das war der kleine Hafenplatz von Widerholds Farm, zwei Stunden weiter unten am Flusse. Der Alte hatte es durchgesetzt, daß sogar der Poststempel „Edgardhafen" druckte und nicht „Port d'Edgard". – Sein Haus war der Legion verschlossen seit dieser Zeit, aber nicht sein Herz und seine Gastfreundschaft. Jede Dschunke der Legion, die vorbeikam, hielt in Edgardhafen, und der Verwalter brachte ein paar Körbe Wein an Bord für Offiziere und Mannschaft. Stets lag eine Visitenkarte des Alten dabei: Herr Edgard Widerhold bedauert sehr, die Herren Offiziere diesmal nicht empfangen zu können. Er bittet beifolgende Gabe freundlichst annehmen zu wollen und trinkt selbst auf das Wohl der Legion. Und stets antwortete der Kommandant, er danke für die freundliche Gabe und hoffe, bei der Rückkehr seinen Dank dem Spender persönlich aussprechen zu können. Aber es kam nie mehr dazu, die Tür des weiten Hauses am Hellen Strom blieb der Legion verschlossen. Ein paarmal kamen Offiziere noch hin, alte Freunde, von deren trinkfrohen Stimmen oft genug die Räume gehallt hatten. Die Boys führten sie auf die Veranda, setzten ihnen die besten Weine vor – aber der Alte kam nicht zum Vorschein. So blieben sie weg; die Legion gewöhnte sich langsam an das neue Verhältnis. Schon waren so manche da, die ihn nie gesehen hatten, die nur wußten: In Edgardhafen hält man, nimmt Wein an Bord und trinkt auf das Wohl eines verrückten alten Deutschen. Jeder freute sich auf diese einzige Unterbrechung der trostlosen Regenfahrt auf dem Hellen Flusse, und Edgard Widerhold war in der Legion nicht weniger beliebt als früher.

Als ich zu ihm kam, war ich der erste Deutsche, den er in Jahren gesprochen. Gesehen – o gesehen hatte er wohl manche da unten im Flusse. Ich bin überzeugt, daß der Alte hinter irgendeiner Gardine steckt und hinausschaut, jedesmal wenn eine Dschunke der Legion vorbeifährt. Aber mit mir *sprach* er wieder Deutsch. Ich denke, das ist der Grund, weshalb er mich festhält, immer etwas neues erfindet, um meine Abreise hinauszuschieben.

Der Alte ist keiner, der hurra schreit. Er schimpft auf das Reich wie ein Rohrspatz. Uralt ist er, aber wenn er in Berlin lebte, müßte er zehnmal so alt werden, um all die Zeit abbrummen zu können, die ihm allein seine Majestätsbeleidigungen eintrügen. Auf Bismarck schimpfte er, weil er Sachsen leben ließ und Böhmen nicht einsteckte, und auf den dritten Kaiser, weil er sich Helgoland aufschwätzen ließ für das ostafrikanische Reich. – Und Holland! Wir müssen Holland haben, wenn wir leben wollen, Holland und seine Sundainseln. Das muß sein, es geht nicht anders; wir krepieren, wenn's nicht gemacht wird. Dann natürlich die Adria! Österreich ist ein ausgerechneter Blödsinn, eine Afferei, die jede anständige Landkarte blamiert. Uns gehören seine deutschen Länder, und da wir uns nicht die Tür vor der Nase zumachen lassen können, müssen wir auch die slawischen Brocken haben, die uns das Mittelmeer versperren, Krain und Istrien. „Hol mich der Teufel", schreit er, „ich weiß, daß wir da Läuse in den Pelz bekommen! Aber besser ein Pelz mit Läusen, als totfrieren – ohne Pelz!" – Heute schon fährt er unter schwarzweiß-roter Flagge vom deutschen Triest zum deutschen Batavia.

Dann frage ich: „Und die Herren Engländer?“

„Die Engländer?“ schreit er. „Die Engländer halten das Maul, wenn man sie draufschlägt!“

Er liebt Frankreich und gönnt ihm den breiten Platz an der Sonne; aber die Engländer haßt er.

Das ist so mit ihm. Wenn ein Deutscher Gift und Galle spuckt über Kaiser und Reich, freut er sich und schimpft mit. Wenn ein Franzose Witze macht über uns, so lacht er, doch er revanchiert sich gleich und erzählt die neuesten Dummheiten des Gouverneurs in Saigon. Wenn aber ein Engländer es wagt, über unseren albernsten Konsul die harmloseste Bemerkung zu machen, wird er wütend. Das war der Grund, weshalb er einst weg mußte aus Indien. Ich weiß nicht, was der englische Oberst sagte, aber ich weiß, daß Edgard Widerhold die Reitpeitsche nahm und ihm ein Auge ausschlug. Das ist nun schon vierzig Jahre her; es kann auch fünfzig sein oder sechzig. Er floh damals, ging nach Tonkin und saß auf seiner Farm, lange ehe die Franzosen ins Land kamen. Da hißte er die Trikolore am Hellen Strom, traurig, daß nicht die schwarzweißrote Flagge vom Mast wehte, aber doch froh, daß es wenigstens nicht der Union Jack war.

Kein Mensch weiß, wie alt er eigentlich ist. Wen die Tropen nicht fressen, mitten im jungen Leben, den dörren sie aus. Machen ihn wetterhart und fest, schaffen ihm einen Panzer aus gelbem Leder, der aller Fäulnis trotzt. So war Edgard Widerhold. Ein Achtziger, ein Neunziger vielleicht, aber er saß täglich sechs Stunden im Sattel. Das Haar war weiß, aber der lange spitze Bart hielt seine gelbgraue Farbe. Lang und schmal war sein Gesicht, lang und schmal waren seine Hände, und jeden Finger bewehrten große gelbe Nägel. Länger als ein Streichholz, hart wie Stahl, scharf und gebogen wie Raubtierkrallen.

Ich reichte ihm meine Zigaretten. Ich rauchte sie längst nicht mehr, sie waren schlecht geworden von der Seeluft. Aber ihm schmeckten sie – deutsche Marke.

„Wollen Sie mir nicht erzählen, weshalb die Legion verbannt wurde von Ihrem Bungalow?" Der Alte ging nicht weg von der Brüstung. „Nein!" sagte er. Dann klatschte er in die Hände: „Bana! Dewla! – Wein, Gläser!" Die Boys richteten den Tisch, er setzte sich zu mir, schob mir die Zeitungen hinüber. „Da", fuhr er fort, „haben Sie die Post schon gelesen? Die Deutschen haben das Automobilrennen in Dieppe gewonnen. Benz und Mercedes, oder wie die Wagen heißen. Zeppelin ist fertig mit seinem Ballon – fährt spazieren über Deutschland und die Schweiz, wohin er will! – Da, sehen Sie die letzte Seite an, Schachturnier in Ostende. Wer hat den Preis? Ein Deutscher! – Wirklich, es wäre ein Genuß, die Blätter zu lesen, wenn sie nur nicht von den Berliner Herrschaften berichten müßten. Lesen Sie, es ist ja himmelschreiend, welche –"

Aber ich unterbrach ihn. Ich hatte gar keine Lust zuzuhören „welche Dummheiten diese ungeheueren Schafsköpfe wieder angestellt hatten". Ich trank ihm zu: „Prosit! – Morgen muß ich fort."

Der Alte schob sein Glas fort. „Was – morgen?"

„Ja, Leutnant Schlumberger kommt vorbei mit einem Teil des dritten Bataillons. Er kann mich mitnehmen."

Er schlug mit der Faust auf den Tisch: „Das ist eine Gemeinheit!"

„Was?"

„Daß Sie morgen fort wollen, zum Teufel! Eine Gemeinheit ist es."

„Na, ich kann doch nicht ewig hierbleiben", lachte ich. „Am Dienstag werden's zwei Monate –"

„Das ist's ja gerade! Jetzt habe ich mich schon an Sie gewöhnt. Wenn Sie nach einer Stunde weggeritten wären, wär's mir gleichgültig gewesen."

Aber ich gab nicht nach. Herrgott, er habe doch oft genug Gäste hier gehabt und scheiden sehen, einen um den anderen. Bis eben neue kämen –

Da fuhr er auf. Früher, ja früher hätte er nicht den Finger darum gerührt, mich länger zu halten. Aber jetzt, wer käme denn jetzt? Zwei im Jahre und alle fünf Jahre ein Deutscher! Seit er die gottverdammten Legionäre nicht mehr sehen könne –

Da hatte ich ihn wieder. Und ich sagte ihm, daß ich noch acht Tage bleiben wolle, wenn er mir die Geschichte erzähle, warum –

Das war nun wieder eine Gemeinheit. Was – – ein deutscher Dichter handele seine Ware ein wie ein Kaufmann?

Ich ging darauf ein. „Roherzeugnis", sagte ich. „Hammelwolle vom Bauern. Aber wir spinnen die Fäden und weben bunte Teppiche."

Das gefiel ihm, er lachte. „Um drei Wochen will ich die Geschichte verkaufen!"

Ich habe handeln gelernt in Neapel. Drei Wochen für eine Geschichte – das sei ein ganz ungeheurer Preis. Und ich kaufe ja die Katze im Sack und wisse gar nicht, ob ich den Kram überhaupt brauchen könnte. Auch bekäme ich höchstens zweihundert Mark dafür und wäre nun schon zwei Monate hier und solle noch drei Wochen bleiben – dabei hätte ich noch keine Zeile geschrieben. Meine Arbeit müsse doch auch bezahlt werden, und ich komme sowieso nicht auf meine Kosten, er ruiniere mich und – –

Aber der Alte wahrte seinen Vorteil. „Am Siebenundzwanzigsten ist mein Geburtstag", sagte er, „da mag ich nicht allein sein. Also achtzehn Tage – das ist das äußerste! Drunter gebe ich die Geschichte nicht ab."

„Meinetwegen", seufzte ich, „abgemacht!"

Der Alte streckte mir die Hand hin. „Bana", rief er, „Bana! Nimm den Wein fort, räum die Gläser ab. Bring Kelche und hol uns Champagner."

„Atja, Sahib, atja."

„Und du, Dewla, hol den Kasten Hong-Doks und die Spielmarken."

Der Boy brachte den Kasten, stellte ihn auf einen Wink seines Herrn vor mich hin, drückte auf eine Feder, daß der Deckel aufsprang. Es war ein großer Kasten aus Sandelholz, dessen feiner Duft im Augenblick die Luft erfüllte. Das Holz war eingelegt mit kleinsten Blättchen Perlmutter und Elfenbein, die Seiten zeigten in dichtem Blattwerk Elefanten, Krokodile und Tiger. Aber der Deckel trug eine Darstellung der Kreuzigung; ein alter Druck mochte als Vorlage gedient haben. Nur war der Heiland bartlos, hatte ein rundes, fast volles Gesicht, das doch einen Ausdruck entsetzlichster Qualen hatte. Der Stich an der linken Seite fehlte, auch das Kreuz; dieser Christus schien auf einem flachen Brett gekreuzigt. Die Tafel zu seinen Häupten zeigte nicht die Buchstaben: I. N. R. I., sondern die anderen: K. V. K. S. II. C. L. E.

Diese Darstellung des Gekreuzigten war von einer unheimlichen Natürlichkeit; sie erinnerte mich unwillkürlich an Matthias Grunewalds Bild, obwohl sie nicht das geringste mit dem gemeinsam hatte. Die innerste Auffassung war vielmehr eine grundverschiedene: Diesem Künstler schien nicht das ungeheuere Mitgefühl und Miterleben die Kraft zu der bis ins Äußerste gehenden Wahrscheinlichkeit des Grauenhaften gegeben zu haben, sondern vielmehr ein leidenschaftlicher Haß, ein wollüstiges Sich-Versenken in die Qualen des Dulders.

Die Arbeit war mit unsäglicher Mühe gefertigt: das herrliche Meisterwerk eines großen Künstlers.

Der Alte sah meine Begeisterung. „Es gehört Ihnen", sagte er ruhig.

Ich faßte den Kasten mit beiden Händen. „Das wollen Sie mir schenken – "

Er lachte. „Schenken – nein! Aber ich habe Ihnen meine Geschichte verkauft, und der Kasten da – ist meine Geschichte."

Ich wühlte in den Spielmarken. Runde, dreieckige und rechteckige Perlmutterplatten von einem tiefen metallischen Glanze. Jede einzelne trug auf jeder Seite ein kleines Bild, ausgeschnitten in den großen, ziseliert in den feinen Linien.

„Wollen Sie mir den Kommentar geben?" fragte ich.

„Da spielen Sie ja mit dem Kommentar! Wenn Sie die Marken hübsch ordnen und nach der Reihe legen, so können Sie meine Geschichte lesen wie in einem Buch. Aber nun klappen Sie den Deckel zu und hören Sie. – Schenk ein, Dewla."

Der Boy füllte die Kelche, und wir tranken. Er stopfte die kurze Pfeife seines Herrn, reichte sie ihm und brannte sie an.

Der Alte zog und stieß den scharfen Rauch weit von sich. Dann lehnte er sich zurück und winkte den Boys, die Fächer zu nehmen.

„Sehen Sie", begann er, „das ist schon richtig, was Ihnen Hauptmann Dufresnes erzählt hat, oder wer es sonst war. Dies Haus hat es wohl verdient, der Bungalow der Legion genannt zu werden. Hier tranken die Offiziere – und die Leute unten im Garten; oft genug lud ich sie auch auf die Veranda ein. Sie wissen, daß die Franzosen unsre lächerlichen Standesunterschiede nicht kennen, außer Dienst ist jeder Gemeine so gut wie sein General. Und das gilt erst recht in den Kolonien, und noch mehr in der Legion, wo mancher Vorgesetzte ein Bauer und mancher Gemeine ein Gentleman ist. Ich ging hinunter, trank mit den Mannschaften im Garten, und wer mir gefiel, den ließ ich nach oben kommen. Glauben Sie mir, ich habe manch seltsamen Kauz da getroffen, manch ausgemachten Teufel und manches Kind, das sich nach Mutters schützendem Rock sehnte. Das war mein großes Museum, die Legion, mein dickes Buch, das mir immer neue Märchen und Abenteuer erzählte.

Denn die Jungens erzählten mir, sie waren froh, wenn sie mich allein erwischten, um mir ihr Herz auszuschütten. Sehen Sie, es ist wirklich wahr, daß mich die Legionäre liebten, nicht nur wegen des Weines und der paar Tage Ruhe, die sie hier hatten. Sie kennen die Leute, Sie wissen, daß ein jeder das, was er sieht, als sein gutes Eigentum betrachtet; daß kein Offizier und kein Gemeiner das geringste liegenlassen darf, ohne daß es im Handumdrehen verschwunden ist. Nun gut, in über zwanzig Jahren hat nur ein einziges Mal ein Legionär etwas bei mir gestohlen, und seine Kameraden hätten ihn totgeschlagen, wenn ich nicht selbst für ihn gebeten hätte. Sie glauben das nicht? – Ich würde es auch nicht glauben, wenn mir's ein anderer erzählte, und doch ist's buchstäblich wahr. – Die Leute liebten mich, und sie taten das, weil sie wohl fühlten, daß ich sie liebte. Wie das kam? Herrgott, so mit der Zeit. Keine Frau, kein Kind und allein hier draußen durch all die Jahre. – Die Legion – das war doch das einzige, das mir Deutschland wiedergab, das mir den Hellen Strom deutsch machte, trotz der Trikolore.

Ich weiß, daß die anständigen Bürger im Reich die Legion den letzten Abschaum und Auswurf der Nation nennen. Zuchthausfutter, nur wert, daß es zugrunde gehe. Aber dieser Abschaum, den Deutschland verächtlich an meine Ufer spie, dieser Auswurf, zu nichts mehr gut in dem schön geregelten Heimatherd, trug Schlacken so seltener Farbe, daß mein Herz lachte vor Freude. Schlacken! Nicht einen Heller sind sie wert für den Juwelier, der schwere Brillanten in dicken Ringen an Metzgermeister verkauft. Aber das Kind sammelt sie am Strand. Das Kind und alte Narren wie ich, und verrückte Dichter wie Sie, die beides sind: Kinder und Narren! Für uns haben diese Schlacken einen Wert, und wir wollen gar nicht, daß sie zugrunde gehen.

Aber sie gehen zugrunde. Ganz sicher, eines um das andere. – Und die Art, wie sie zugrunde gehen, jämmerlich, elend, qualvoll, das ist es, was nicht zu ertragen ist. Eine Mutter mag ihre Kinder sterben sehen, zwei oder drei. Sie sitzt da, die Hände im Schoß, und kann ihnen nicht helfen, kann nicht. Aber es geht vorbei, und einmal wird sie den Schmerz verwinden. Ich aber – der Vater der Legion – sah tausend Kinder sterben, jeden Monat, jede Woche fast starben sie weg. Und ich konnte nicht helfen, keine Schlacken mehr sammeln: Ich kann meine Kinder nicht mehr sterben sehen.

Und wie starben sie. Damals waren die Franzosen noch nicht so tief im Land wie heute. Nur drei Tagesreisen weit den Roten Fluß hinauf befand sich die letzte Station, in Edgardhafen selbst und rund herum lagen gefährdete Posten. Ruhr und Typhus waren selbstverständlich in diesen feuchten Lagern, daneben hier und da die Tropenanämie. Sie kennen diese Krankheit, wissen, wie man an ihr stirbt. Ein ganz kleines leichtes Fieber, das kaum den Puls schneller schlagen macht, Tag und Nacht. Man will nicht mehr essen, man wird launenhaft wie eine schöne Frau. Nur schlafen, schlafen will man – bis schließlich langsam das Ende naht, das man gerne kommen sieht, um endlich einmal ausschlafen zu können. Die an Anämie starben, zogen das große Los, die und die anderen, die im Kampf fielen. Gott, es ist gewiß kein Vergnügen, an einem vergifteten Pfeil zu sterben, aber es geht doch schnell, in wenigen Stunden. Aber wie viele starben so – kaum einer von tausend. Und das Glück, das sie hatten, mußten die anderen bitter genug bezahlen, die gelegentlich lebend den gelben Schweinehunden in die Hände fielen. Da war Karl Mattis, desertierter Deutzer Kürassier, Korporal der ersten Kompagnie, ein Prachtjunge, der vor keiner tollsten Gefahr zurückschreckte. Als die Station Gambetta von tausendfacher Übermacht angegriffen wurde, übernahm er es, mit zwei anderen, sich durchzuschleichen und die Nachricht nach Edgardhafen zu bringen. In der Nacht wurden sie angegriffen, einer wurde getötet. Mattis erhielt einen Schuß ins Knie. Da schickte er seinen Kameraden weiter und deckte gegen dreihundert Schwarzflaggen zwei Stunden lang dessen Flucht. Endlich fingen sie ihn, schnürten ihm Hände und Beine zusammen und banden ihn an einen Baumstamm, dort drüben an dem seichten Ufer des Stroms. Drei Tage hat er da gelegen, bis ihn die Krokodile fraßen, langsam, Stück für Stück, und doch mitleidiger als ihre zweibeinigen Landsleute. Ein halbes Jahr später fingen sie Hendrik Oldenkott aus Maastricht, einen Hünen von sieben Fuß, dessen unglaubliche Kraft sein Verderben wurde: Er hatte im schweren Rausch mit der blanken Faust den eigenen Bruder erschlagen. Die Legion konnte ihn vor dem Zuchthaus retten, aber nicht vor den Richtern, die er hier fand. Unten im Garten haben wir ihn gefunden, noch lebend: Sie hatten ihm den Leib aufgeschnitten, die Eingeweide herausgenommen, die Bauchhöhle mit Ratten angefüllt und kunstgerecht wieder zugenäht. Dem Leutnant Heudelimont und zwei Gemeinen stachen sie mit glühenden Nadeln die Augen aus, halb verhungert fand man sie im Wald; dem Sergeanten Jakob Bieberich hackten sie die Füße ab und ließen ihn dann Mazeppa spielen auf einem toten Krokodil. Bei Edgardhafen fischten wir ihn aus dem Flusse, drei Wochen noch hat sich der arme Kerl im Spital quälen müssen, ehe er starb.

Ist Ihnen die Liste lang genug? Ich kann sie fortsetzen, Namen an Namen reihen. Man weint nicht mehr hier draußen – aber hätte ich um jeden ein paar Tränen vergossen, sie würden ein Faß füllen, größer als eines in meinem Keller. Und die Geschichte da, die der Spielkasten birgt, ist nur das allerletzte Tränentröpflein, das das randvolle Faß zum Überlaufen brachte."

Der Alte zog den Kasten zu sich herüber und öffnete ihn. Er suchte mit den langen Nägeln in den Spielmarken, nahm eine und reichte sie mir. „Da, sehen Sie, das ist der Held!"

Die runde Perlmuttermarke zeigte das Bild eines Legionärs in seiner Uniform. Das volle Gesicht des Soldaten hatte eine frappierende Ähnlichkeit mit dem Christusbild des Deckels; die Rückseite der Marke trug dieselbe Inschrift, die sich zu Häupten des Gekreuzigten befand: K. V. K. S. II. C. L. E.

Ich las: „K. von K., Soldat zweiter Classe der Légion Etrangère."

„Richtig!" sagte der Alte. „Das ist er! Karl von Kö –" Er unterbrach sich: „Nein, lassen wir den Namen. Übrigens können Sie ihn in einer alten Marinerangliste leicht finden. Er war Seekadett, ehe er hierher kam. Er mußte den Dienst quittieren und das Vaterland zugleich; ich glaube, es war der alberne Paragraph 132 des Strafgesetzbuches, der ihm das Genick brach: Amtsanmaßung. Der blutjunge Bengel hatte mit einem ihm befreundeten Studenten eine sehr ausgedehnte Bierreise gemacht, dabei einen wackeren Schutzmann getroffen und unter den

Tisch getrunken. Man knobelte, wer nun Schutzmann spielen dürfe – der Seekadett gewann, zog dem Trunkenen die Uniform aus und sich selbst an. Dann stürmte er auf die stillen Gassen und verhaftete drauflos, was noch so herumschlich im nächtlichen Kiel. Inzwischen war in der Schenke der biedere Beamte mit Hilfe von vielen über ihn entleerten Kannen eiskalten Wassers wieder halbwegs wach geworden; er zog der Not gehorchend die Seemannsuniform an und versuchte sich still nach Hause zu verdrücken. Was ihm freilich gündlich mißlang: Der jüngste Jünger der christlichen Seefahrt erwischte ihn, verhaftete ihn und schleppte ihn mit großem Hallo auf die Polizeiwache, wo sich der in die Enge getriebene Schutzmann mittels der im Rock steckenden Papiere auswies als – der Seekadett. Sie mögen sich, Doktor, den weiteren Verlauf dieser schönen Geschichte von dem Seekadetten, der sich selber verhaftete, allein ausmalen – die gute Stadt Kiel lachte drei Tage lang darüber. Das Ende war ein recht betrübliches: Der Seekadett erhielt eine böse Anklage wegen Amtsanmaßung und durfte seine hübsche Uniform für immer ausziehn. Er wartete die Verhandlung nicht erst ab, floh weit weg vor dem glorreichen Paragraphen 132 des Strafgesetzbuches. Kein Paragraph in dem Buch ist zu dumm, um nicht für die Legion zu werben.

Ach, ein Kerl wie Samt und Seide war er, der Seekadett! Alle nannten ihn so, Kameraden und Vorgesetzte. Ein desperater Junge, der wußte, daß sein Leben verspielt war, und nun einen Sport daraus machte, immer „va banque“ zu spielen. In Algier hat er allein einen Korsar verteidigt; als alle Chargen gefallen waren, nahm er das Kommando über zehn Legionäre und ein paar Dutzend Goumiers, hielt das Loch, bis nach Wochen Ersatz kam. Damals erhielt er zum erstenmal die Tressen; dreimal bekam er sie und verlor sie bald darauf wieder. Das ist so üblich in der Legion: heute Sergeant, morgen wieder Gemeiner. So lange sie draußen sind, geht's gut, aber diese ungebundene Freiheit kann keine Stadtluft vertragen, irgendein wüster Streich ist im Augenblick ausgefressen. Der Seekadett war es auch, der im Roten Meer dem General Barry nachsprang, als er auf der Gangway ausglitt und ins Wasser fiel. Unter dem Jubel der Mannschaft fischte er ihn heraus, unbekümmert um die riesigen Haifische –

Seine Fehler? Er trank – – wie alle Legionäre. Und wie alle war er hinter den Weibern her und vergaß dabei manchmal, erst hübsch um Erlaubnis zu fragen. Und dann – nun ja, er behandelte die Eingeborenen noch ein gut Teil mehr en canailles als durchaus notwendig ist. Aber sonst ein prächtiger Junge, dem kein Apfel zu hoch hing. Gescheit war er; in ein paar Monaten sprach er besser das Kauderwelsch der gelben Bande, als ich in all der Zeit, die ich nun schon auf meinem Bungalow sitze. Und die Manieren, die er in der Kinderstube gelernt, hatte er selbst in der Legion nicht vergessen. Seine Kameraden meinten, ich habe einen Narren an ihm gefressen. Na, so schlimm war es nicht, aber gut leiden mochte ich ihn, und er stand mir auch wohl näher als die anderen. Ein Jahr lang war er in Edgardhafen und kam oft genug zu mir her; ein mächtiges Loch hat er in meinen Weinkeller getrunken. Der sagte nicht „Danke" beim vierten Glase schon – wie Sie es machen! So trinken Sie doch. – Bana, schenk ein!

Dann kam er nach Fort Valmy, das war damals die äußerste Station. Vier Tage fährt man mit der Dschunke hinauf, kriecht durch die ewigen Windungen des Roten Flusses. Aber in der Luftlinie ist es gar nicht so weit, auf meiner australischen Stute will ich in achtzehn Stunden hinreiten. Nun kam er selten genug hierher; aber ich sah ihn doch bisweilen, da ich manchmal hinritt, einen anderen Freund zu besuchen. Das war Hong-Dok, der Verfertiger dieses Kastens.

Sie lächeln? Hong-Dok – mein Freund? Aber er war es. Glauben Sie mir, Sie finden hier Leute, die Ihresgleichen sind, wenige, ganz wenige freilich. Aber er war einer, Hong-Dok. War mehr vielleicht.

Fort Valmy – wir wollen einmal hinreiten; jetzt liegen Marsouins da, nicht mehr Legionäre. Es ist eine uralte, unglaublich schmutzige Stadt; die kleine Feste der Franzosen überragt sie auf einem Hügel am Flusse. Enge, kotige Gassen, jämmerliche, elende Häuser. Aber das ist die Stadt von heute. Früher, vor manchen Jahrhunderten, muß es einmal eine große, schöne Stadt gewesen sein, bis die Schwarzflaggen von Norden kamen und es zerstörten, diese verdammten Schwarzflaggen, die uns immer noch so viel zu schaffen machen. Der Trümmerhaufen rings um die Stadt ist sechsmal so groß wie diese selbst; wer heute da bauen will, hat die Steine umsonst. Aber mitten in diesen jämmerlichen Ruinen stand, dicht am Fluß, ein großes altes Gebäude, ein Palast beinahe: das Haus Hong-Doks. Es stand da seit undenklicher Zeit, auch die Schwarzflaggen haben es verschont aus irgendwelcher religiösen Scheu.

Dort wohnten die Herrscher dieses Landes, die Vorfahren Hong-Doks. Hundert Ahnen hat er und noch hundert und wieder hundert, mehr als alle Herrscherhäuser Europas zusammen – doch er kannte sie alle. Wußte ihre Namen, wußte, was sie taten. Fürsten und Kaiser waren sie, aber Hong-Dok war Holzschnitzer wie sein Vater und sein Großvater und Urgroßvater. Denn die Schwarzflaggen ließen wohl das Haus stehen, aber nichts sonst, und die Herrscher wurden so bettelarm wie ihre letzten Untertanen. So verfiel das alte Steinhaus unter den rotblühenden Hibiskusbüschen.

Bis es wieder ein neuer Glanz erhellte, als die Franzosen kamen. Denn Hong-Doks Vater hatte die Geschichte seines Landes nicht vergessen, wie alle die, die seine Untertanen sein sollten. Und da die Weißen Besitz ergriffen von diesem Land, war er der erste, der sie begrüßte am Roten Flusse. Er hat den Franzosen außerordentliche Dienste geleistet, und zum Dank gab man ihm Land und Vieh, setzte ihm einen Sold aus und machte ihn zu einer Art Zivilpräfekt über die Stadt. Das war das letzte kleine Glück des uralten Hauses – heute liegt es in Trümmern wie seine Umgebung. Die Legionäre haben es zerschlagen und keinen Stein auf dem anderen gelassen; sie haben an ihm den Seekadetten gerächt, da ihnen der Mörder entflohen war.

Hong-Dok, mein guter Freund, der war sein Mörder. Hier ist sein Bild."

Der Alte reichte mir wieder eine Spielmarke. Sie trug auf der einen Seite in lateinischen Lettern den Namen Hong-Doks, auf der anderen Seite das Bild eines Eingeborenen der vornehmen Kaste in Landestracht. Aber die Ausführung war flüchtig und ungenau, nicht entfernt zu vergleichen mit der feinen Arbeit der ersten Marke.

Edgard Widerhold las auf meinem Gesicht. „Ja, sie ist nichts wert, diese Marke, die einzige unter allen. Seltsam, als ob Hong-Dok es verschmäht hätte, seiner eigenen Person auch nur das geringste Interesse zuzuwenden. Aber sehen Sie sich dieses kleine Kunstwerk an."

Er knipste mir mit der Kralle seines Zeigefingers eine andere Perlmutterplatte zu. Sie zeigte das Bild einer jungen Frau, die auch für unser Gefühl schön war; sie stand vor einem Hibiskusbusch, die linke Hand hielt einen kleinen Fächer. Es war eine Meisterarbeit von unerhörter Vollendung. Wieder trug die Rückseite den Namen des Modells: *Ot-Chen.*

„Das ist die dritte Figur des Dramas von Fort Valmy", fuhr der Alte fort. „Hier haben Sie einige handelnde Nebenfiguren, Statisten." Er schob mir ein paar Dutzend Marken hinüber, sie zeigten auf beiden Seiten große Krokodile. In allen Stellungen: Manche schwammen im Fluß, andere schliefen am Ufer, einige rissen das Maul weit auf, wieder andere schlugen mit dem Schwanz oder reckten sich hoch auf den Vorderbeinen. Einzelne waren stilisiert, die meisten aber natürlich dargestellt; alle Bilder zeigten eine außerordentliche Beobachtung der gefährlichen Panzerechsen.

Wieder glitten, geknipst von den gelben Krallen des Alten, neue Spielmarken zu mir hinüber. „Der Ort der Handlung", sagte er. Eine Marke zeigte ein großes Steinhaus, augenscheinlich das Heim des Künstlers; auf anderen waren Zimmer dargestellt und Ausschnitte eines Gartens. Die letzten zeigten Ausblicke auf den Hellen Strom und den Roten Fluß, eine davon von Widerholds Veranda aus gesehen. Jede einzelne der wundervollen Platten rief mein helles Entzücken hervor, ich nahm ordentlich Partei für den Künstler und gegen den Seekadetten. Ich streckte die Hand aus, um noch mehr Marken zu nehmen.

„Nein", sagte der Alte, „warten Sie. Sie sollen alles der Reihe nach sehen, hübsch wie es sich gehört. – Also, Hong-Dok war mein Freund, wie es sein Vater gewesen war. Beide haben für mich gearbeitet durch alle die Jahre hindurch, ich war wohl ihr einziger Kunde. Als sie reich wurden, pflegten sie doch weiter ihre Kunst, nur daß sie jetzt nicht mehr Geld nahmen. Der Vater ging sogar so weit, daß er darauf bestand, mir bis auf den letzten Heller das Geld zurückzugeben, das ich ihm im Laufe der Zeit bezahlt hatte, und ich mußte es nehmen, wollte ich ihn nicht beleidigen. So habe ich all die Schränke voll, die Sie so gerne bewundern, in der Tat umsonst erhalten.

Durch mich lernte der Seekadett Hong-Dok kennen, ich nahm ihn selbst einmal mit in sein Haus. – Ich weiß, was Sie sagen wollen: Der Seekadett war ein Weiberheld und Ot-Chen schon wert, daß man sie begehrte. – Nicht wahr? Und ich hätte mir denken können, daß Hong-Dok da nicht ruhig zusehen würde?

Nein, nein, ich konnte gar nichts voraussehen! Sie hätten das vielleicht gedacht, aber nicht ich, der ich Hong-Dok so gut kannte. Als das alles geschehen war und Hong-Dok es mir erzählte, hier oben auf der Veranda – o viel ruhiger und stiller, als ich jetzt spreche –, da schien es mir noch immer so unmöglich, daß ich ihm kaum glauben mochte. Bis dann, mitten auf dem Strom, ein Beweis anschwamm, der keinen Zweifel mehr duldete. Ich habe oft über die Sache nachgedacht und glaube, einige der seltsamen Gründe zu kennen, die Hong-Dok zu seiner Tat trieben. Einige – wer kann ganz in einem Hirn lesen, das durch tausend Generationen sich forterbte, bis zum Überfluß gesättigt von Macht, Kunst und der alles durchdringenden Weisheit des Opiums?

Nein, nein, ich konnte gar nichts voraussehen. Wenn mich damals einer gefragt hätte: ‚Was wird Hong-Dok tun, wenn ihm der Seekadett Ot-Chen verführt, oder eine andere seiner neun Frauen?‘ – so würde ich gewiß geantwortet haben: ‚Er wird nicht einmal aufblicken von seiner Arbeit! Oder aber, wenn er gut gelaunt ist, wird er Ot-Chen dem Seekadetten schenken.‘ Das mußte der Hong-Dok tun, den ich kannte, das und nichts anderes. Ho-Nam, eine andere seiner Frauen, erwischte er einmal mit einem chinesischen Dolmetscher: Er hielt es unter seiner Würde, den beiden nur ein Wort zu sagen. Ein andermal war es Ot-Chen selbst, die ihn betrog – Sie sehen also, daß nicht etwa eine besondere Vorliebe für gerade diese

Frau sein Tun leitete. Die Mandelaugen eines meiner indischen Boys, der mit mir nach Fort Valmy geritten war, hatten es der kleinen Ot-Chen angetan, und wenn die beiden auch kein Wort miteinander sprechen konnten, waren sie doch bald einig. Hong-Dok fand sie in seinem Garten; aber er rührte weder die Hand gegen seine Frau noch duldete er, daß ich den Boy bestrafte. Das alles berührte ihn so wenig, wie irgendein Hund, der ihn anbellte auf der Straße – kaum wendet man den Kopf zur Seite.

Es erscheint völlig ausgeschlossen, daß ein Mann von der unerschütterlichen philosophischen Ruhe Hong-Doks auch nur einen Augenblick seine Besinnung verloren und in einer plötzlichen Gefühlsaufwallung gehandelt hätte. Zum Überfluß hat die strenge Untersuchung, die wir nach seiner Flucht mit seinen Frauen und seiner Dienerschaft anstellten, durchaus festgestellt, daß Hong-Dok seine Handlung bis ins kleinste sorgsam erwogen und zur Ausführung gebracht hat. Demnach ging der Seekadett während dreier Monate in dem Steinhaus am Fluß aus und ein und unterhielt während dieser ganzen Zeit seine Beziehungen zu Ot-Chen, von denen Hong-Dok nach wenigen Wochen schon durch einen seiner Diener Kenntnis hatte. Trotzdem ließ er beide ruhig gewähren, benutzte vielmehr diese Zeit dazu, in sich die grauenhafte Art seiner Rache reifen zu lassen, die er selbst gewiß schon im ersten Augenblick beschlossen hatte.

Weshalb aber empfand er dieselbe Handlung als bittere Kränkung von seiten des Seekadetten, die ihm kaum ein Lächeln entlockte, als sie mein indischer Boy beging? Ich mag mich irren, aber ich glaube nach langem Suchen den verschlungenen Weg seiner Gedanken gefunden zu haben. Hong-Dok war ein König. Wir lachen, wenn wir auf Münzen und Kanonen die Buchstaben finden: D. G., Dei Gratia, und die meisten unserer europäischen Fürsten lachen nicht weniger über ihr Gottesgnadentum. Aber stellen Sie sich einen Herrscher vor, der daran glaubt, der wirklich felsenfest überzeugt ist, daß er der Auserwählte sei! Ich weiß wohl, der Vergleich stimmt nicht ganz, aber es ist eine gewisse Ähnlichkeit da. Hong-Dok glaubte natürlich nicht an einen Gott, glaubte nur an die Lehren des großen Philosophen; aber davon, daß seine Familie die auserwählte sei, himmelhoch hinausragend über alle anderen der Gegend, davon war er, und mit Recht, durchaus überzeugt. Durch unendliche Zeiten waren seine Ahnen Herrscher gewesen, unumschränkte Alleinherrscher. Ein Fürst bei uns, der nur einigermaßen vernünftig ist, weiß ganz genau, daß in seinem Lande viele Tausende von Menschen leben, die sehr viel klüger, sehr viel gebildeter sind als er. Hong-Dok und alle seine Ahnen aber wußten ebenso sicher das Gegenteil: Eine ungeheure Kluft schied sie stets von der Masse ihres Volkes. Sie allein waren Herrscher – alle anderen letzte Sklaven. Sie allein hatten Weisheit und Bildung – ihresgleichen sahen sie nur, wenn in langen Jahren einmal Gesandte kamen, von dem Nachbarreiche am Meer, oder weither von Süden aus Siam oder gar über die Berge der wilden Meos chinesische Mandarine. Wir würden sagen: Hong-Doks Ahnen waren Götter unter Menschen. Sie empfanden wohl anders: fühlten sich als Menschen unter schmutzigen Tieren. Verstehen Sie den Unterschied? Ein Hund bellt uns an – kaum wendet man den Kopf zur Seite.

Dann kamen die Barbaren aus Norden, die Schwarzflaggen. Sie nahmen das Land und zerstörten die Stadt und manche anderen Städte ringsum. Nur vor dem Hause des Herrschers machten sie halt und krümmten keinem ein Haar, der dazu gehörte. Aus einem stillen friedlichen Land wurde eines, das immerfort widerhallte von Mord und Totschlag, aber vor dem Palaste am Roten Flusse schwieg der Lärm. Und Hong-Doks Ahnen verachteten die rauhen Banden des Nordens genauso, wie sie ihr eigenes Volk verachtet hatten; nichts füllte den ungeheueren Abgrund aus. Tiere waren es, genau wie die anderen – sie aber waren Menschen, die die Weisheit der Philosophen kannten.

Bis ein Blitz in die Nebel des Flusses schlug. Von weltfernen Ufern kamen seltsame weiße Gesellen, und Hong-Doks Vater erkannte in freudigem Erstaunen, daß es Menschen waren. Er fühlte wohl den Unterschied zwischen sich und den Fremden, aber dieser Unterschied war verschwindend gering im Vergleich zu dem anderen, der ihn von den Leuten seines Landes trennte. Wie manche anderen Großen Tonkins empfand er sofort, daß er zu ihnen gehöre und nicht zu den anderen. Daher seine stets bereite Hilfe vom ersten Augenblicke an, die vor allem darin bestand, daß er die Franzosen unterscheiden lehrte zwischen der stillen, friedlichen Urbevölkerung und den kriegerischen Horden des Nordens. Und als sie ihn dann zum Zivilpräfekten über die Gegend ernannten, betrachtete ihn die Bevölkerung doch nicht anders, als den eigentlichen, angestammten Fürsten. Er hatte sie von dem Alp der Schwarzflaggen befreit, die Franzosen waren nur seine Werkzeuge, fremde Krieger, die er hergerufen: So galt er im Volke als Herrscher, genauso unbeschränkt wie einst seine Ahnen, von denen halb vergessene Geschichten erzählten.

So wuchs Hong-Dok auf, der Sohn des Fürsten, der selbst herrschen sollte. Wie sein Vater sah er in den Europäern Menschen und keine dummen Tiere. Aber er hatte mehr Muße, jetzt, da das Glück des alten Palastes neu gefestigt war, sich diese Fremden näher anzusehen, die Unterschiede kennenzulernen, die zwischen ihm und ihnen und unter ihnen selbst bestanden. In steter Berührung mit der Legion ward sein Blick so sicher wie mein eigener: den Gemeinen zu erkennen, der ein Herr war, und den Offizier, der ein Knecht war trotz der goldenen Litzen. Ist doch viel mehr noch als die Geburt die Bildung das, was im ganzen Osten den Herrn vom Knecht unterscheidet. Er sah wohl, daß alle diese Krieger turmhoch über seinem Volke standen – aber nicht über ihm. Wenn sein Vater jeden Weißen als sich gleichstehend betrachtet hatte, so tat Hong-Dok das nicht mehr, und je näher und genauer er sie kennenlernte, um so weniger Freunde fand er, die er sich gleichstellte. Sie waren gewiß wunderbare, unüberwindliche Krieger, ein jeder einzelne mehr wert als hundert der gefürchteten Schwarzflaggen – – war das ein Ruhm? Hong-Dok verachtete das Kriegshandwerk ebensosehr wie jedes andere. Sie konnten alle lesen und schreiben – ihre Zeichen freilich, das war ihm gleichgültig –, aber da war kaum einer, der wußte, was Philosophie sei. Hong-Dok verlangte nicht, daß sie den großen Philosophen kennen sollten, aber er erwartete irgendeine fremde, andere, aber gleich tiefe Weisheit zu finden. Und er fand nichts. Diese Weißen wußten von dem Grunde aller Dinge weniger als der letzte Opiumraucher. Eines aber war es, was ihn baß erstaunte und das seiner Achtung vor ihnen einen großen Stoß versetzte: ihre Stellung zu ihrer Religion. Nicht diese selbst mißfiel ihm, der christliche Kult dünkte ihm gerade so gut wie die anderen, die er kannte. Nun sind unsere Legionäre nichts weniger als fromm, und kein pflichttreuer Pfarrer würde nur einen von ihnen zum Sakrament zulassen. Und doch manchmal, in Minuten großer Gefahr, reißt sich aus ihrer Brust irgendein zerhacktes Hilfsgebet. Das fiel Hong-Dok auf – und er fand, daß diese Leute wirklich glaubten, daß ihnen vielleicht von irgendeiner unbekannten Seite eine unmögliche Hilfe kommen könne. Nun suchte er weiter – vergaß ich, Ihnen zu sagen, daß Hong-Dok besser Französisch sprach, als ich? –, er befreundete sich mit dem braven Militärpfarrer von Fort Valmy. Und das, was er da fand, befestigte in ihm immer stärker den Glauben von seiner eigenen Überlegenheit. Ich erinnere mich noch recht gut, wie er mir eines Abends in seinem Rauchzimmer davon sprach, wie er lächelte, als er mir erzählte, daß er nun wisse, wie *tatsächlich die Christen ihren Kult nähmen. Und daß selbst der Priester kein Verständnis habe für das Symbolische.*

Das schlimmste war, daß er recht hatte; ich konnte ihm kein Wort erwidern. Wir Europäer glauben – oder wir glauben nicht. Aber die Christen, die den Glauben ihrer Väter wohl aufheben als ein schönes Gewand tiefer Symbole, die können Sie in Europa mit der Laterne suchen, und hier in Tonkin finden Sie ganz gewiß nicht einen einzigen. Gerade das aber war für diesen Gelehrten des Ostens das natürlichste, das allerselbstverständlichste, unerläßlich für einen Mann wirklicher Bildung. Und als er es so ganz und gar nicht fand, selbst von dem Priester nicht einmal verstanden wurde in seinen Gedanken, die ihm die einfachsten dünkten, verlor er einen großen Teil seiner bewundernden Achtung. In manchem waren ihm die Europäer überlegen – aber in Dingen, denen er kaum einen Wert beilegte. In andern wieder waren sie ihm gleich: In der großen Hauptsache aber, in der tiefsten Erkenntnis alles Lebens, standen sie tief, tief unter ihm. Und diese Verachtung ließ in den Jahren in ihm einen Haß entstehen, der langsam wuchs, je mehr die Fremden zu wirklichen Herrschern wurden in seinem Lande, je mehr sie Schritt um Schritt vordrangen, alle Macht in ihre starken Hände nahmen. Schon brauchten sie in seiner Gegend nicht mehr die vermittelnde Scheinherrschaft, die sie seinem

Vater und später ihm gegeben hatten; er fühlte wohl, daß sich sein Vater geirrt hatte und daß die Rolle des alten Steinhauses am Roten Fluß für immer ausgespielt war. Ich glaube nicht, daß sich jemals deshalb eine Bitterkeit in das Gefühl dieses Philosophen senkte, der das Leben lebte wie es war; im Gegenteil mag ihm das Bewußtsein seiner eigenen Überlegenheit eine Quelle freudiger Genugtuung gewesen sein.

Die Plattform, die er sich mit den Jahren für seinen Verkehr mit den Europäern schuf, war eine sehr einfache: Er zog sich nach Möglichkeit zurück, behandelte sie aber in allem Äußern mit Überzeugung als durchaus gleichstehend. Nur in das Haus, das hinter der eckigen, gelben Stirne verschlossen war, ließ er keinen mehr hineinsehen, und wenn er es mir doch zuweilen öffnete, so geschah es aus einer Anhänglichkeit heraus, die er fast mit der Muttermilch eingesogen hatte und die mein reges Interesse für seine Kunst stets wach erhielt.

So war Hong-Dok. Nicht einen Augenblick lang konnte es ihn berühren, als seine Frauen sich mit dem chinesischen Dolmetscher oder meinem Boy einließen. Hätten diese kleinen Extravaganzen Folgen gehabt, so hätte Hong-Dok die Kinder einfach ersäufen lassen, aber nicht aus Haß oder Rache, sondern nur so, wie man junge Hunde ersäuft – – man will sie eben nicht haben. Und hätte der Seekadett, als er Gefallen fand an Ot-Chen, ihn gebeten, sie ihm zu schenken, Hong-Dok hätte es sofort getan.

Aber der Seekadett kam in sein Haus als ein Herr – und er nahm ihm seine Frau wie ein Knecht. Am ersten Abend schon merkte Hong-Dok, daß dieser Legionär aus edlerem Holze geschnitzt war, als die meisten seiner Kameraden; ich ersah das daraus, weil er ihm gegenüber ein wenig aus seiner höflichen Reserve herausging. Und im weiteren Verkehr – das alles schließe ich nur – wird der Seekadett Hong-Dok gegenüber genauso gehandelt haben wie etwa einem Schloßherrn in Deutschland, dessen Frau ihm gefallen hätte. Er ließ alle Register seiner glänzenden Liebenswürdigkeit spielen, und es gelang ihm gewiß, Hong-Dok genauso zu bestechen, wie er stets mich und alle seine Vorgesetzten bezauberte: Man mußte schon diesen gescheiten, frischen und prächtigen Menschen lieb gewinnen. Und das tat Hong-Dok, tat es in dem Maße, daß er hinabstieg von seinem hohen Throne, er, der Herrscher, der Künstler, der weise Schüler des Konfuzius, daß er Freundschaft schloß mit dem Legionär und ihn liebte, sicher mehr liebte als je einen anderen Menschen.

Dann brachte ihm ein Diener die Botschaft – und er sah vom Fenster aus, wie sich der Seekadett mit Ot-Chen im Garten vergnügte.

Also deshalb kam der zu ihm! Nicht, um ihn zu sehen – nur wegen ihr, um einer Frau, eines Tieres willen! Hong-Dok fühlte sich schmählich betrogen – – o durchaus nicht wie ein europäischer Ehemann. Aber daß dieser Fremde ihm Freundschaft geheuchelt und daß er ihm wieder Freundschaft geschenkt hatte – das war es. Daß er in all seiner stolzen Weisheit der Dumme gewesen war gegenüber diesem niedrigen Krieger, der heimlich, wie ein Diener, seiner Frau nachstellte. Daß er seine Liebe verschwendet hatte an etwas, das so jämmerlich tief unter ihm stand.

Sehen Sie, das war es, was dieser stolze gelbe Teufel nicht verwinden konnte.

Ein Boy kam vom Garten herauf, brachte in silberner Schale frisch gepflückte Mangostmen. Der Alte schob sie mir hinüber, aß auch selbst eine der köstlichen Früchte – langsam und schweigend. Dann fuhr er fort:

Eines Abends trugen ihn seine Diener zum Bungalow. Er stieg aus der Sänfte und kam lächelnd hinauf auf die Veranda. Wie immer brachte er ein paar Geschenke mit, kleine Elfenbeinfächer, köstlich geschnitzt. Es waren noch ein paar Offiziere da, Hong-Dok begrüßte sie sehr liebenswürdig, setzte sich zu uns und schwieg; kaum drei Worte sprach er, bis nach einer Stunde die Herren sich verabschiedeten. Er wartete, bis der Trab ihrer Pferde sich am Flusse verlor, dann begann er ganz ruhig, ganz süß, als habe er mir die allerbeste Nachricht mitzuteilen: „Ich bin hergekommen, um Ihnen etwas zu sagen. *Ich habe den Seekadetten und Ot-Chen gekreuzigt.*“

Obwohl Scherze zu machen durchaus nicht die Art Hong-Doks war, hatte ich bei dieser verblüffenden Mitteilung doch nur die Empfindung: Dahinter steckt ein Ulk. Und mir gefiel sein trockener, selbstverständlicher Ton so gut, daß ich gleich darauf einging und ihn ebenso ruhig fragte: „So? Und was haben Sie sonst noch mit ihnen gemacht?“

Er antwortete: „Ich habe ihnen die Lippen zugenäht.“

Diesmal lachte ich: „Ach, was Sie nicht sagen! – Solche Liebenswürdigkeiten haben Sie den beiden erwiesen? – Warum denn?“

Hong-Dok sprach ruhig und ernst, aber das süße Lächeln verließ seine Mundwinkel nicht. „Warum? Ich habe sie – ‚in flagranti‘ erwischt.“

Das Wort gefiel ihm so gut, daß er es wiederholte. Er hatte es irgendwo gehört oder gelesen, und es erschien ihm ungeheuer lächerlich, daß wir Europäer besonderen Wert darauf legen, wenn man einen Spitzbuben gerade bei seiner Tat entdeckt: Als ob es nicht vollkommen gleichgültig wäre, ob man ihn dabei, oder vorher oder nachher erwischt. Er sagte das mit einer wichtigen Hervorhebung, mit einer leicht herausklingenden Übertreibung, die seine spöttische Verachtung so recht zeigte: „In flagranti. – Nicht wahr, da hat in Europa der betrogene Ehemann das Recht, den Räuber seiner Ehre zu strafen?"

Dieser süße Hohn war so sicher, daß ich nicht Worte fand, ihm zu antworten. Er fuhr fort, immer mit demselben freundlichen Lächeln, als erzähle er die einfachste Sache von der Welt: „Ich habe ihn also bestraft. Und da er ein Christ ist, so hielt ich es für das beste, eine christliche Todesart zu wählen; ich glaubte, das würde ihm am meisten zusagen. – War das recht?"

Diese seltsame Art zu scherzen gefiel mir gar nicht. Ich dachte nicht einen Augenblick daran, daß er die Wahrheit spräche, aber ich hatte ein unbequemes Gefühl, wünschte, daß er bald zu Ende käme mit seinem Geschwätz. Ich glaubte ihm natürlich, daß sich der Seekadett mit Ot-Chen eingelassen habe, und ich meinte, daß er mir an diesem Beispiel wieder einmal unsere europäischen Begriffe von Ehre und Moral ad absurdum führen wolle. So sagte ich nur: „Aber gewiß! Vollständig recht. Ich bin überzeugt, daß der Seekadett diese kleine Aufmerksamkeit sehr anerkannte."

Aber Hong-Dok schüttelte fast traurig den Kopf: „Nein, das glaube ich nicht. Wenigstens hat er kein Wort davon gesagt. Nur geschrien hat er."

„Geschrien hat er?"

„Ja", sagte Hong-Dok mit seinem süßen melancholischen Bedauern, „er hat sehr geschrien. Viel mehr als Ot-Chen. Er hat immer gebetet zu seinem Gott, und dazwischen hat er geschrien. Viel schlimmer als ein Hund, den man schlachtet. Es war wirklich sehr unangenehm. Und deshalb mußte ich ihm den Mund zunähen lassen."

Ich hatte übergenug von diesen Witzen, wollte ihn zum Schlusse drängen. „Ist das alles?" unterbrach ich ihn.

„Eigentlich alles. – Ich ließ sie ergreifen und binden, dann ausziehen. Denn sein Gott war ja auch nackt, als er am Kreuze starb, nicht wahr? Dann nähte man ihnen die Lippen zu und kreuzigte sie; dann ließ ich sie in den Fluß werfen. Das ist wirklich alles."

Ich war froh, daß er zu Ende war: „Na, und was soll das?" Ich wartete auf eine Erklärung. Hong-Dok sah mich groß an, tat, als verstände er nicht recht, was ich wolle. Er deklamierte in einem gemachten Mitleid mit sich selbst, das er doch wieder verspottete: „Oh, es war nur die Rache des armen betrogenen Ehemannes."

„Schon gut", sagte ich, „schon gut! Aber nun sagen Sie mir endlich, worauf Sie hinaus wollen! Wann kommt die Pointe?"

„Die Pointe?" Er lächelte vergnügt, als ob ihm dieses Wort ungeheuer gelegen komme. „Oh, bitte, warten Sie nur ein wenig." Er lehnte sich zurück in den Stuhl und schwieg. Ich fühlte nicht die geringste Lust, noch weiter in ihn zu dringen, so folgte ich seinem Beispiele; mochte er seine alberne Mordgeschichte zu Ende erzählen, wann er wollte.

So saßen wir eine halbe Stunde lang da, keiner sprach ein Wort. Drinnen im Zimmer schlug die Wanduhr sechsmal.

„Jetzt, jetzt muß sie kommen", sagte Hong-Dok leise. Dann wandte er sich zu mir: „Wollen Sie bitte von dem Boy Ihre Gläser holen lassen?" – Ich winkte Bana, er brachte meine Ferngläser. Aber ehe Hong-Dok noch eines ergriffen hatte, sprang er auf, lehnte sich weit über die Brüstung. Er streckte den Arm aus, nach rechts, dem Roten Flusse zu, und rief triumphierend: „Sehen Sie, sehen Sie, da kommt sie – – *die Pointe!*"

Ich nahm meinen Feldstecher und schaute angestrengt hindurch. Ganz, ganz oben bemerkte ich mitten im Strome ein kleines Pünktchen treiben. Es kam näher, ich sah ein kleines

Floß. Und auf dem Floße zwei Menschen, zwei nackte Menschen. Ich lief unwillkürlich an das äußerste Ende der Veranda, um näher sehen zu können. Auf dem Rücken lag eine Frau, die schwarzen Haare fielen gelöst ins Wasser – ich erkannte sie, es war Ot-Chen. Und auf ihr ein Mann – sein Gesicht sah ich nicht, wohl aber die rotblonde Farbe seiner Haare – – ah, der Seekadett, der Seekadett! Lange eiserne Haken hatten Hände auf Hände, Füße auf Füße geheftet, staken tief in den Planken; dünne dunkle Blutstreifen liefen über das weiße Holz. Da sah ich, wie der Seekadett den Kopf hob, schüttelte, wild schüttelte. Gewiß, er machte mir ein Zeichen – – – sie lebten noch, lebten noch!!

Ich ließ das Glas fallen, einen Augenblick lang verlor ich die Besinnung. Aber nur einen Augenblick, dann schrie ich, brüllte ich, rief wie ein Rasender nach meinen Leuten: „Hinunter in die Boote!" Ich rannte zurück über die Veranda – – da stand Hong-Dok, süß, liebenswürdig lächelnd. So als wollte er fragen: „Nun, ist der Spaß nicht gut?"

Wissen Sie, man hat mich oft ausgelacht wegen meiner langen Nägel. In dem Augenblicke aber, das schwöre ich Ihnen, wußte ich, wozu sie gut sind! Ich faßte den gelben Schuft an der Gurgel, schleuderte ihn hin und her. Und ich fühlte, wie meine Krallen tief eindrangen in diese verfluchte Kehle –

Dann ließ ich ihn los, wie ein Sack fiel er zur Erde. Ich jagte die Treppe hinab wie besessen, all meine Leute hinter mir her. Lief das Ufer hinunter zum Strome, löste die erste Kette vom Pflock. Einer der Boys sprang in das Boot, aber er sprang gleich durch den Boden, stand bis zu den Hüften im Wasser: Die mittlere Planke war herausgebrochen. Wir liefen zum nächsten Boote, zum dritten – zu einem nach dem andern – alle standen bis zum Rande voll Wasser, aus allen waren lange Planken herausgeschnitten. Ich rief den Leuten zu, die große Dschunke klarzumachen. Hals über Kopf kletterten wir hinauf. Aber wie in den Nachen fanden wir auch hier große Löcher im Boden, wir wateten tief im Wasser; es war völlig ausgeschlossen, die Dschunke auch nur einen Meter vom Ufer fortzubringen.

„Die Diener Hong-Doks!" schrie mein indischer Aufseher. „Sie haben es getan, ich habe sie herumschleichen sehen am Flusse."

Wir sprangen wieder ans Ufer. Ich gab Befehl, eines der Boote ans Land zu ziehen, auszuleeren und schnell eine Planke auf den Boden zu schlagen. Die Leute liefen ins Wasser, zogen, schoben, drückten, brachen fast zusammen unter der Last des mächtigen Bootes. Ich schrie ihnen zu, dazwischen sah ich hinaus auf den Fluß.

Ganz dicht kam das Floß vorbei, ach, kaum fünfzig Meter vom Ufer entfernt. Ich reckte den Arm aus, als ob ich es hätte fassen können, so mit der Hand – –

– – Was meinen Sie? – Schwimmen?? O ja, auf dem Rhein oder der Elbe! Aber im Hellen Strome? Und es war im Juni, sage ich Ihnen, im Juni! Der Fluß wimmelte von Krokodilen, gerade jetzt, als die Sonne unterging. Dicht schwammen die ekelhaften Bestien um das kleine Floß herum, ich sah eine, die sich hinaufhob mit den Vorderbeinen, mit der langen schwarzen Schnauze anstieß an die gekreuzigten Körper. Sie witterten ihren Raub, begleiteten ihn ungeduldig hinab, stromabwärts –

Und wieder schüttelte der Seekadett verzweifelt den blonden Kopf, ich schrie ihm zu, daß wir kämen, kämen – –

Aber es war, als ob der verfluchte Fluß im Bunde stehe mit Hong-Dok; er hielt das Boot fest in zähen Lehmfingern und wollte es nicht herausgeben. Ich sprang auch ins Wasser, zog mit den Leuten. Wir rissen und schoben, kaum Zoll um Zoll hoben wir es heraus. Und die Sonne sank, und das Floß schwamm herab, weiter und weiter.

Da brachte der Aufseher die Pferde. Wir legten Seile um das Boot und peitschten die Tiere. So ging es. Noch einmal anziehen und noch einmal – schreien und peitschen! Der Kahn lag auf dem Ufer. Das Wasser floß heraus, die Leute schlugen neue Planken auf den Boden. – Aber es war längst dunkle Nacht, als wir ausfuhren.

Ich nahm das Ruder, zwölf Hände lagen schwer in den Riemen. Drei Mann knieten am Boden, schaufelten das Wasser, das immer von neuem eindrang. Trotzdem stieg es, wir saßen bald bis zu den Waden im Wasser; ich mußte zwei und noch zwei von den Riemen wegschicken und Wasser schöpfen lassen. Unendlich langsam kamen wir weiter –

Ich hatte große Pechfackeln, damit suchten wir. Aber wir fanden nichts. Ein paarmal glaubten wir in der Ferne das Floß zu sehen, wenn wir näher kamen, war es ein treibender Baumstamm oder ein Krokodil. Nichts fanden wir. Wir suchten stundenlang und fanden nichts.

Ich landete in Edgardhafen und schlug Lärm. Fünf Boote sandte der Kommandant aus, auch zwei große Dschunken. Sie suchten drei Tage lang den Fluß ab. Aber sie hatten nicht mehr Glück als wir. Wir sandten Telegramme an alle Stationen unten am Flusse. Nichts – Niemand hat ihn mehr gesehen, den armen Seekadetten.

– – Was ich glaube? Ja nun, das Floß hat sich festgefahren irgendwo am Ufer. Oder es ist gegen einen Baumstamm getrieben und zerschellt. So oder so: Die schwarzen Reptile bekamen ihre Beute.

Der Alte leerte sein Glas, hielt es dem Boy hin. Trank noch einmal aus, schnell, in einem Zuge. Dann strich er langsam mit den riesigen Nägeln durch den schmutziggrauen Bart.

„Ja“, fuhr er fort, „das ist die Geschichte. Als wir zurückkamen zum Bungalow, war Hong-Dok verschwunden und mit ihm seine Diener. Dann kam die Untersuchung – ich sprach Ihnen schon davon – sie ergab nichts Neues.

Hong-Dok war geflohen. Und nie wieder habe ich etwas von ihm gehört, bis eines Tages dieser Spielkasten ankam; in meiner Abwesenheit brachte ihn jemand. Die Leute sagten, es sei ein chinesischer Kaufmann gewesen; ich ließ ihm nachspüren, aber vergeblich. Sehen Sie sich doch die Bilder an, die Sie noch nicht kennen.“

Er schob mir die Perlmutterplatten hinüber: „Die hier zeigt Hong-Dok, wie ihn seine Diener in der Sänfte zu mir tragen. Hier sehen Sie mich und ihn selbst auf unserer Veranda, hier sehen Sie, wie ich ihn an der Gurgel fasse. Da sind mehrere Marken, die darstellen, wie wir versuchen, das Boot flottzumachen, und andere, die unsere nächtliche Bootsfahrt wiedergeben. Ein Bild zeigt, wie Ot-Chen und der Seekadett gekreuzigt werden, und andere, wie man ihnen die Lippen zunäht. Da ist die Flucht Hong-Doks; hier haben Sie meine krallenbewehrte Hand und auf der Rückseite seinen Hals mit den Narben.“

Edgard Widerhold winkte dem Boy, ließ sich eine frische Pfeife machen. „Nehmen Sie nun Ihren Kasten“, sagte er. „Mögen Ihnen die Marken recht viel Glück bringen am Pokertisch – Blut klebt genug daran.“

Und diese Geschichte ist sehr wahr.

Der letzte Wille der Stanislawa d'Asp

Es ist wahr, daß Stanislawa d'Asp den Grafen Vincenz d'Ault-Onival durch zwei volle Jahre erbärmlich behandelte. Er saß allabendlich im Parkett, wenn sie ihre sentimentalen Lieder sang, und reiste ihr nach, jeden Monat in eine andere Stadt. Seine Rosen gab sie den weißen Kaninchen zu fressen, mit denen sie auf die Bühne trat, seine Brillanten versetzte sie, um die Kollegen einzuladen und die schmarotzende Bohème. Einmal hob er sie aus der Gosse auf, als sie betrunken mit einem kleinen Journalisten nach Hause torkelte. Da lachte sie ihm ins Gesicht: „So kommen Sie doch mit! Sie können uns dann das Licht halten!"

Es gab keine gemeinste Beleidigung, die sie dem Grafen ersparte. Worte, aufgelesen aus verpesteten Betten stinkender Hafenbordelle, Gesten, so schamlos, daß sie jeden Zuhälter erröten machten, Szenen, die ein sicherer Dirneninstinkt aus Büchern witterte, die ein Aretin verleugnete – das war ihm gewiß, wenn er nur wagte, in ihre Nähe zu kommen.

Die Leuchten am Varieté liebten ihn, hatten ein unendliches Mitleid mit dem armen Narren. Sie nahmen wohl das Geld, das die Dirne verschleuderte, aber sie haßten sie um so gründlicher und verachteten sie, diese Hure, die ihren ehrlichen Artistenstand kompromittierte, deren Kunst ein Schmarrn war und die nichts hatte als ihre blendende Schönheit. Und der ältere der

„Five Hobson Brothers“, Fritz Jakobskötter aus Pirna, zerschlug ihr einmal die Rotweinflasche auf dem Kopfe, daß die blonden Haare dick troffen von klebrigem Blut.

Dann, eines Abends, als sie wieder einmal so heiser war, daß sie kaum einen Ton über die trockenen Lippen bringen konnte, als der Theaterarzt nach einer flüchtigen Untersuchung ihr grob erklärte, daß sie schwindsüchtig wäre im letzten Stadium – was sie längst wußte – und daß sie in ein paar Monaten beim Teufel wäre, wenn sie so weiter darauf loslebe, ließ sie den Grafen in ihre Garderobe rufen. Sie spuckte aus, als er eintrat, und sagte ihm, daß sie jetzt bereit sei, seine Mätresse zu werden. Als er sich herabbeugte, ihr die Hand zu küssen, stieß sie ihn weg und lachte. Aber die kurzen Wellen giftigen Lachens rissen in ihren Lungen, und sie bog sich in erstickendem Husten. Dann, kaum wieder still, vornübergebeugt über Schminken und Puderquasten, schluckte sie wimmernd über dem seidenen Taschentuche. Der Graf legte ihr leise die Hand auf die Locken; da sprang sie auf: „Also, nehmen Sie mich nur!“ Sie hielt ihm das Tuch unter die Nase, voll von Blut und gelbem Schleim. „Da, mein Herr – das bin ich noch wert!“

So war Stanislawa d'Asp. – Aber es läßt sich nicht leugnen, daß die Dirne eine Dame wurde von heute auf morgen. Der Graf trug sie durch Europa, brachte sie von einem Sanatorium ins andere. Sie tat, was er sagte und was die Ärzte sagten; klagte nie und gab nie ein kleinstes Widerwort. Sie starb nicht; sie lebte Monate und Jahre und erholte sich, ganz langsam, aber mehr und immer mehr. Und allmählich ließ sie auch ihren Blick zuweilen auf dem Grafen ruhen. Mit dieser Ruhe, mit diesem stillen, ewig gleichen Leben wuchs in ihr eine Dankbarkeit.

Als sie von Algier abfuhren, sagte der Arzt, es sei wohl möglich, daß sie einmal ganz wieder gesund würde. Der Graf wandte sich ab, aber sie sah wohl seine kleine Träne. Und plötzlich, um seine Freude noch größer zu machen, berührte sie seine Hand. Sie fühlte, wie er zitterte, da lächelte sie: „Vincenz, ich will für dich gesund werden." Das war das erstemal, daß sie seinen Namen sprach, das erstemal, daß sie ihn du nannte, und das erstemal, daß sie ihn berührte. Er blickte sie an – dann stürzte er fort, nicht mehr Herr über sich. Aber als sie ihm nachsah, stieg die bittere Galle in ihr hoch. – „Ah, wenn er nur nicht weinen wollte."

Und doch wuchsen ihre Dankbarkeit und ihr Mitleid mit ihm. Ein Schuldbewußtsein dazu, ein Pflichtgefühl, diese ungeheure Liebe erwidern zu müssen. Und dazu eine Art Respekt, eine große Bewunderung vor dieser merkwürdigen Liebe, die eine Sekunde gebar für ein ganzes Menschenleben. Wenn sie im Strandstuhl saß und auf die Wogen hinausträumte, dachte sie wohl darüber nach. Da wurde ihr zur Gewißheit, daß dieser Liebe nichts unmöglich sei; daß sie etwas gefunden habe, so herrlich, so wunderbar, wie es Jahrhunderte nur einmal geben. Und als sie dann anfing zu lieben – und als sie liebte – – *liebte sie doch nicht ihn, sondern nur seine große Liebe.*

Sie sagte ihm das nicht, sie wußte, daß er sie doch nicht verstehen würde. Aber sie tat nun alles, ihn glücklich zu machen. Und nur ein einziges Mal gab sie ein: Nein!

Das war, als er sie bat, seine Frau zu werden.

Aber der Graf ließ nicht nach, und es gab ein Ringen durch Monate. Sie sagte, sie würde an seine Familie schreiben, wenn er nicht aufhöre, sie zu bitten; da schrieb er selbst und teilte seine Verlobung mit. Erst kam ein Vetter, dann ein Onkel; sie nannten sie charmant und sehr verständig, ihn aber einen dickköpfigen Dummkopf. Der Graf lachte und sagte, er würde doch tun, was er wolle. Dann kam seine alte Mutter; da spielte

Stanislawa d'Asp ihren großen Trumpf aus. Was sie gewesen sei, das wisse er ja und könne es selbst seiner Mutter sagen. Aber dann zeigte sie ihre Papiere, sagte, daß sie Lea Lewi heiße und ein unehelich Kind sei. Und Jüdin sei sie und würde es bleiben ihr Leben lang. So, und wenn Graf Vincenz d'Ault-Onival, der Marquis von Ronval, der fromme Sohn des christlichsten Hauses der Normandie, sie nun noch heiraten wolle, so möge er es tun. Dann ging sie hinaus und ließ ihn allein mit der Gräfinwitwe.

Das war wohlüberlegt, was sie da tat. Sie kannte den Grafen gut und wußte, wie sehr er in seinem Kinderglauben lebte, wußte, daß er nicht aufstand und nicht zu Bette ging, keine Mahlzeit nahm, ohne sein Gebet zu sprechen. Oh, ganz leise, ganz unauffällig, und kein Fremder würde es merken. Sie wußte, daß er zur Messe ging und zur Beichte, wußte auch, daß er das alles tat aus tiefstem, innerstem Gefühl. Und sie wußte auch, wie er an seiner Mutter hing, wie er sie liebte und verehrte. Die würde nun zu ihm sprechen, eine kluge alte Frau, und ihm noch einmal sagen, wie unmöglich diese Ehe sei, wie er sich lächerlich mache vor seinen Leuten und sich versündige gegen seine Mutter und seinen Glauben – –

Sie stand auf ihrem Balkon und wartete. Sie kannte jedes Wort, das die Mutter sprach, sagte es selbst. Sie hätte dabei sein mögen und ihr soufflieren, daß sie nur recht deutlich, recht überzeugend alle die Gründe gab. Ja, es sollte ein Weltmeer von Unmöglichkeiten zwischen ihr stehen und seiner Liebe und dann – dann sollte er doch – –

Da fiel ihr etwas ein. Sie lief durch das Zimmer und hinüber in das des Grafen. Sie riß die Türe auf und drang in die Dämmerung, hastig, atemlos, keuchend nach Worten. Sie blieb stehen vor der alten Dame; kantig und hart sprangen die Silben:

„Und meine Kinder – wenn ich je Kinder habe – sollen jüdisch sein, jüdisch, wie ich es bin!"

Sie wartete nicht auf Antwort, rannte hinaus in ihre Räume, fiel schwer auf das Bett. So, jetzt war es entschieden! O gewiß, das mußte ihn niederwerfen, diesen dummen großen Jungen, diesen sentimentalen Aristokraten aus fremder Welt, diesen christlichen Krankenwärter mit seinem Glauben und seiner Liebe. Und sie empfand eine große Genugtuung, daß sie endlich ein Tor gefunden hatte, zu eisern, zu stark für diese ungeheure Liebe, die sie immer fühlte und doch nie ganz verstand.

Sie wußte, sie würde ihn jetzt lassen, würde fortgehen, wieder aufs Varieté, ins Bordell, oder dort hinunter springen die Sorrentiner Felsen – das alles war ganz gleich. Aber sie fühlte sich stark und groß in ihrem frühen Instinkte, der sie einst ihn bespeien ließ und ihn ohrfeigen mit schmutzigen Worten. Der Graf hatte verspielt, und sie war wieder eine Dirne, eine erbärmliche, jämmerliche Dirne, und keine Macht des Himmels konnte je sie herausreißen aus all dem Schmutz.

Dann ging die Türe auf. Sie sprang auf vom Bett, sicher in ihrem alten Lachen. Kottriefende Phrasen, die sie längst vergessen, zuckten in ihrem Hirn, o sie wußte, wie sie den Grafen empfangen wollte.

Es war die alte Dame. Ganz still kam sie zu auf die junge Frau, setzte sich aufs Bett, zog sie hin zu sich. Stanislawa hörte ihre Worte, aber verstand sie kaum. Es war ihr, als ob ferne irgendwo eine leise Orgel spiele. Und diese Töne sprachen zu ihr, und sie fühlte nur, was sie wollten.

Sie möge tun, was sie wolle; alles, alles. Nur möge sie ihren Sohn heiraten, möge ihn glücklich machen. Sie selbst, die Mutter, komme, um für ihn zu bitten. Denn seine Liebe sei so groß – –

Da stand Stanislawa auf und sagte: *„Denn seine Liebe ist so groß."*

Sie ließ sich hinüberführen zu dem Grafen. Sie ließ sich küssen von ihm und von seiner Mutter. Sie fühlte: Das war die Erlösung und die Genesung. An Leib und an Seele. *Denn ihr Leben war nun ein Gefäß für einen kostbaren Inhalt: den Glauben an seine große Liebe.*

Stanislawa heiratete den Grafen. Es war ein seltsames Leben, das sie führte in diesen Monaten. Sie liebte ihn nicht, das verstand sie wohl. Aber es war, als ob sie still kauere, auf weichen Fellen vor dem Kamin; und diese leichte Glut streichelte sanft ihr kühles Fleisch. Sie war immer müde, so wohlig müde; sie träumte so dahin in dem Halbschlaf seiner wärmenden Liebe. Er küßte ihre Hände, wenn sie zufrieden lächelte, so leise vor sich hin; er meinte, sie sei nun wohl glücklich. Aber es war nicht ein Glück, das sie lächeln machte, es war immer wieder der Gedanke an diese unbegreifliche Liebe, die unendlich war wie die Welt, und in der sie schwebte, leicht getragen von warmem Hauche, ein spielendes Blatt in Mittagswinden. In dieser Zeit starben in ihr alle Sehnsüchte, versanken alle fernen Vergangenheiten. Und ihr Glauben wuchs, und sie wußte wohl, wo sie lag, und daß es in allen Tagen nichts geben würde, das seine Liebe nicht tun könne für sie.

Bisweilen, o nur ganz selten, pochte sie auf diese seltsame Liebe, diese geheimnisvolle Kraft, die alles tun konnte. In Auteuil setzte sie ein paar Goldstücke auf irgendein schlechtes Pferd. „Nimm es nicht", sagte der Graf, „es ist nichts wert." Da sah sie ihn an, voll, mit langem Blicke: „Aber nicht wahr, Vincenz, es wird doch gewinnen? – Ich möchte, daß es gewinnt." Und als man das Rennen lief, schaute sie nicht auf die Pferde; sah nur zu ihm hinunter auf den Sattelplatz. Sie sah, wie er die Hände verschränkte, wie seine Lippen sich leise bewegten. Da wußte sie, daß er betete. Als dann die Favoriten ausbrachen rechts und links und der jämmerliche Außenseiter den ersten Platz belegte, verstand sie, daß es sein Werk war und die Macht seiner großen Liebe.

Dann kam die Zeit, als Jan Olieslagers in ihr Leben trat. Er war ein Freund des Grafen von der Schule her und es auch so geblieben die Jahre durch. Er lief durch die Welt, und nie wußte man, wo er war. Aber dann kam eine Postkarte von ihm irgendwoher, aus Cochinchina, aus Paraguay oder Rhodesia. Nun war er in Europa, und der Graf hatte ihn eingeladen in sein Schloß zu Ronval.

Das kam alles sehr rasch. Dem Vlamen gefiel diese Frau, und er war es gewohnt, das zu nehmen, was ihm gefiel. Einmal, viel später, machte ihm jemand Vorwürfe, daß er sie so nahm, seines guten Freundes Frau, die er nicht einmal liebte. Da sagte er: „Er war mein Freund – aber war er deshalb kein Esel? Und dann: Hat je eine Frau meine Lippen allein besessen? Weshalb sollte er einziger Herr über die ihren sein?“ – Er nahm Stanislawa so, wie er des Grafen Pferd ritt, wie er seine Maschine fuhr, wie er sein Brot aß und seinen Wein trank. Das, was er tat, war selbstverständlich und ohne Interesse. Und im Grunde war es ebenso natürlich, daß sich die Frau ihm gab, ohne Sträuben, ohne Widerstand, von heute auf morgen.

Nicht als ob, auch nur eine Sekunde lang, die alte Dirne in ihr erwacht wäre. Jan Olieslagers eroberte die Gräfin d'Ault-Onival und nicht Lea Lewi. Und vielleicht würde diese sich kaum um ihn bekümmert und sich gewiß nicht in ihn verliebt haben, während er die Gräfin bis in den kleinsten Puls in Flammen setzte. Nicht, weil er ein guter Reiter war – der Graf ritt viel besser als er. Aber weil er zu Pferde ein anderer Mensch war, oh, ein ganz anderer als der, den sie eben gesehen. Der Graf war immer derselbe, ob er zur Jagd war oder am Bridgetische saß. Und dieser Mann war immer ein anderer, was er auch tat. Alles war ihm ein Spiel, aber er spielte alles gleich gut. Nichts in der Welt nahm er ernst; obwohl ihn alles interessierte, schien ihm doch nichts wirklich wert dieses Interesses. Nur daß er da war und lebte. Das war ihm der Mittelpunkt, und dieser einzige Instinkt war so eingewurzelt und stark, daß er sich, unbewußt, übertrug auf seine Umgebung.

Vielleicht war das der Grund seiner Siege. Man vergaß ihn schnell, wenn er fern war; aber wenn er da war, war er der Herr.

Stanislawa d'Asp fand in ihm eine neue und weitere Welt. Eine Welt voller Rätsel und Geheimnisse, voll verschlossener Türen und Tore, die er keine Miene machte, zu öffen. Bei dem Grafen war alles einfach und klar; wie in dem stillen Schloßpark wandelte sie da. Jedes Beet kannte sie und jeden Rosenbusch, und hinten die gewaltige Eiche, die kein Weststurm entwurzeln konnte, stolz und aufrecht: seine große Liebe. Bei dem andern aber lief sie in einem verhexten Irrgarten. Sie ging einen Weg dahin, der ihr schön schien, schöner als einer vom Schloßpark. Unendlich weit schien er zu führen und war doch zu Ende nach wenigen Schritten, abgeschnitten durch undurchdringliche Stechpalmhecken. Sie bog einen anderen Pfad ein, und ihn versperrte irgendein närrisches Tier. Und sie fand nicht heraus und taumelte fast in den schweren Düften, die ihre verschlafenen Sinne seltsam weckten – –

Der Vlame aber suchte nichts bei dieser Frau. Und eines Abends, beim Nachtmahl, sagte er, daß er entzückende Wochen verlebt habe auf dem stillen Schloß und daß er von Herzen dankbar sei seinem Freunde und der liebenswürdigen Gräfin. Aber daß er nun fort müsse, wieder hinaus in die Welt, und daß er morgen abreise, nach Bombay. Er sprach das alles leichthin, aber es war wohl so wahr, wie er es sagte. Der Graf drängte ihn, doch zu bleiben, aber die Gräfin sagte kein Wort. Nur als sie aufstanden und der Graf den Dienern Befehle gab für die Abreise, bat sie den Gast, ihr in den Garten zu folgen.

Und dort sagte sie ihm, daß sie mitfahre. Jan Olieslagers war auf eine Szene gefaßt, doch nicht darauf; so kam es wohl, daß er, ein wenig nur, aus seiner Sicherheit fiel und, suchend nach Worten und Gründen, die irgendeinen Schein von Vernunft tragen möchten, etwas sprach, das er sonst vielleicht vermieden hätte. Er mochte ihr nicht sagen, daß er ihre Begleitung nicht wünsche, daß sie ihm gar nichts sei und höchstens in dem großen Schloß seiner Erinnerungen ein kleines, verlorenes Kämmerlein bewohne. Daß sie irgendeine Blume sei, abgepflückt so im Vorübergehen für das Knopfloch, gut für den Nachmittag, bis man zum Abendessen den Anzug wechsele. – Da fand er eines, das ihm deshalb brauchbar schien, da die Gräfin wissen mußte, daß etwas daran wahr sei. Und dann mochte auch das andere gelten. So schickte er denn mit Gefühl und mit gutem Anstand erst ein paar Phrasen voraus: daß er lange gekämpft habe und daß ihm fast das Herz breche. Aber er sei nun einmal das große Leben gewöhnt und wisse bestimmt, daß er es nicht mehr missen könne. Sein Vermögen aber reiche kaum für ihn aus und würde nicht entfernt genügen für die Ansprüche der Gräfin. Sie seien beide so verwachsen mit Luxus und Komfort, und jede Entbehrung würde – Und einmal müsse man sich doch trennen, und eben darum gehe er jetzt, um nicht den Abschied noch schmerzlicher – –

Wie immer glaubte er im Moment an das, was er sagte; so überzeugt war er, daß die Gräfin in jeder Silbe ihn ernst nahm. Sie schwieg, da legte er seinen Arm um sie. Ein wenig verzog sich seine Oberlippe, nur noch ein paar Worte – nicht weinen – Schicksal – Wiedersehen – Seufzer und Tränen – – so und dann wäre es gut.

Aber die Gräfin entwand sich ihm. Sie hob sich hoch, sah ihm voll ins Gesicht; dann sagte sie ruhig: „Vincenz wird uns das geben, was wir brauchen." Er war sprachlos, starrte sie an, gurgelte halbe Worte: „Wa – ? – Du bist ja wahn – –" Aber sie hörte ihn nicht mehr, schritt langsam dem Schlosse zu. Und so gewiß war sie ihrer Sache, so sicher in ihrem starken Glauben an die allmächtige Liebe des Grafen, die auch dieses Opfer, das größte, ihr bringen würde – so felsenfest in ihrem unerschütterlichen Vertrauen, daß sie sich umwandte auf der Freitreppe und lächelnd ihm zurief: „Warte nur auf mich!"

So königlich war ihre letzte Geste, daß Jan Olieslagers diese Frau beinahe wieder reizvoll fand. Er ging da im Mondschein auf und nieder, blickte auf das Schloß, ob er irgendein erleuchtetes Fenster sähe. Aber er sah keins. Er ging nahe heran, irgendwelche Stimmen zu hören, einen Schrei, ein hysterisches Schluchzen. Aber er hörte nichts. Keinen Augenblick dachte er daran, hineinzugehen, er hatte eine instinktive Abneigung vor allem, was unangenehm war. Er überlegte nur, wie er es anstellen könne, um doch diese Frau loszuwerden, wenn der Graf wahnsinnig genug sein sollte, sie ihm zu geben und auszustatten dazu. Wie er sie loswerden könne, ohne roh, ohne brutal zu werden. Ein paarmal lachte er auf, das Komische der ganzen Geschichte kam ihm wohl zum Bewußtsein. Aber es war nicht stark genug, um es wirklich zu genießen. Dann langweilte er sich; nachdem er alles erwogen hatte von allen Seiten und doch keine Lösung fand – verlor er allmählich das Interesse. Und endlich, nachdem er stundenlang herumgeirrt war in dem stillen Park, war es ihm, als ob ihn das alles gar nichts mehr anginge. Als ob es schon vor undenklicher Zeit passiert wäre, oder aber irgendeinem andern und nicht ihm. Er gähnte nun, dann ging er ins Schloß, durch lange Gänge und Treppen hinauf in seine Zimmer. Kleidete sich aus, pfiff leise einen Gassenhauer und legte sich zu Bett.

Früh weckte ihn der Kammerdiener, sagte, daß das Auto bereit sei, half ihm beim Packen. Jan Olieslagers fragte ihn nicht nach der Herrschaft, setzte sich aber hin, um dem Grafen zu schreiben. Drei Briefe hintereinander – aber er zerriß sie wieder. Und als der Wagen durch das Parktor prustete, hinaus in die Morgennebel, seufzte er ein erlöstes „Gott sei Dank!"

Er reiste nach Indien. Diesmal schrieb er keine Postkarten mehr. – Aber nach anderthalb Jahren traf ihn ein Brief, der ihm monatelang nachgereist war. Das Kuvert trug seine Pariser Adresse von des Grafen Hand, es enthielt die gedruckte Anzeige des Todes der Gräfin. Jan Olieslagers antwortete sogleich, schrieb einen schönen, klugen Brief, mit dem er sehr zufrieden war. Er vergab sich nichts darin und war doch offen und ohne Rückhalt, es war ein Brief, der schon den Eindruck machen mußte, für den er bestimmt war. Und er empfand eine Genugtuung, als er ihn in den Kasten gab, so, als habe er eine Tat getan. Aber er erhielt keine Antwort; ein Jahr später erst, als er nach Monaten wieder in Paris war, erreichte ihn ein zweiter Brief des Grafen.

Er war kurz, aber aufrichtig, herzlich fast, wie in alter Zeit. Der Graf bat ihn bei ihrer Jugendfreundschaft, so bald wie nur möglich zu ihm zu kommen nach Ronval. Es handelte sich um den letzten Willen der Gräfin.

Jan Olieslagers stutzte, was Angenehmes konnte diese Reise gewiß nicht bringen. Er empfand keine Spur von Neugierde für den Ausgang dieses Familiendramas, das ihn längst nicht mehr berührte. Es war wirklich ein Rest von Kinderfreundschaft, wenn er sich endlich doch entschloß.

Der Graf war nicht am Bahnhof. Aber der Diener, der ihn zum Schlosse fuhr, bat ihn, gleich in die Bibliothek zu kommen, der Graf erwarte ihn dort. Jan Olieslagers war nach diesem Empfang gewiß, daß ihm der neue Aufenthalt im Schlosse kaum Vergnügen bereiten würde. So ging er nicht gleich zum Grafen, begab sich in dem Gefühl, daß man alles Unangenehme immer noch früh genug erlebe, in seine Zimmer, die ihm der Kammerdiener anwies, badete sehr langsam, kleidete sich um und ließ sich dann, da er Hunger spürte, auf seinem Zimmer servieren. Es war schon reichlich spät am Abend, als er sich seufzend entschloß, seinen alten Freund aufzusuchen.

Er fand ihn vor dem Kamine sitzend. Kein Buch, keine Zeitung lag in der Nähe, und doch mußte er schon stundenlang da gesessen haben; übervoll von Zigarettenresten stand vor ihm die Aschenschale.

„Ah, da bist du endlich", sagte er leise, „ich warte schon lange auf dich. Willst du trinken?" Diese Begrüßung war dem Vlamen leidlich sympathisch, er stieß an mit dem Freunde. Drei, vier Gläser schweren Burgunder – dann fand er seine alte Sicherheit wieder. Er blies den Zigarettendampf ins Feuer, kam sich ganz behaglich vor in dem weiten Klubsessel. Und es klang beinahe wohlwollend, als er sagte:

„Nun erzähle!"

Aber er bedauerte gleich diesen großen Ton, wurde fast mitleidig, als er die verschüchterten Worte hörte: „Verzeih – – aber willst du mir nicht lieber erst erzählen?" Da war Jan Olieslagers drauf und dran, sentimental zu werden, sich zu entschuldigen – mea culpa.

Der Graf bewahrte ihn davor. Ehe der andere nur eine Silbe stottern konnte, begann er wieder: „– Nein, nein! Verzeih mir, ich will dich nicht quälen. Stanislawa sagte mir ja alles."

Etwas unsicher wiederholte der Vlame: „Sie sagte dir alles?"

„Ja, freilich, als sie von dir aus dem Parke kam. Übrigens – hätte ich mir das alles selbst sagen müssen. Es wäre ja ein Wunder gewesen, wenn du sie nicht geliebt hättest."

Der Freund rückte in seinem Sessel.

„Schweig nur. Und daß sie dich lieben mußte, war ebenso natürlich. Es war also meine Schuld; ich hätte dich damals nicht herbitten sollen. So habe ich euch beide unglücklich gemacht. – Und mich dazu. – Verzeih mir."

Dem Vlamen wurde sehr unbehaglich. Er warf die eben angebrannte Zigarette ins Feuer und steckte eine neue an.

„Stanislawa sagte, daß ihr euch liebtet. Sie bat mich, euch die Mittel zu geben, die dir fehlten. War das nicht groß von ihr?"

Der andere verschluckte die Worte, die sich auf seinen Lippen bilden wollten. Kaum brachte er stotternd heraus: „Herrgott –"

„Aber ich konnte es nicht. Verstand auch wohl zuerst gar nicht, wie stark und groß ihr Wunsch war. Ich schlug es ihr ab und ließ dich ziehen. Wie unglücklich mußt du gewesen sein, mein armer Freund – kannst du mir vergeben? Ich weiß, wie man um sie leidet, und ich weiß, wie man sie lieben mußte, diese Frau!"

Jan Olieslagers beugte sich vor, ergriff die Feuerzange und stieß in die Scheite. Seine Rolle in diesem Spiel war unerträglich, er wollte ein Ende machen. Brüsk sagt er:

„Zum Henker, ich weiß es auch."

Aber der Graf fuhr fort, immer in dem stillen, leidenden Tone: „Das glaub' ich dir, daß du es weißt. Aber ich konnte es nicht – konnte sie nicht lassen. Ich hatte nicht die Kraft dazu. Willst du mir verzeihen?"

Der andere sprang auf, fuhr ihm brutal ins Gesicht: „Wenn du jetzt nicht aufhörst mit deinen Albernheiten, geh' ich sofort hinaus."

Doch der Graf ergriff seine Hände: „Verzeihung, ich will dich nicht weiter quälen. Ich wollte nur – –"

Da sah Jan Olieslagers wohl, daß sein Freund besessen war, so gab er sich drein. Er erwiderte kräftig den Händedruck und seufzte: „In Gottes Namen denn, ich vergebe dir!"

Und jener: „Ich danke dir." Dann schwiegen sie.

Nach einer Weile stand der Graf auf, nahm von einem Tische ein großes, gerahmtes Foto. Er reichte es seinem Freunde: „Hier, für dich."

Es war ein Bild der Gräfin auf dem Totenbette. Aufgebahrt; zu beiden Seiten die herrlichen getriebenen Silberleuchter, ein Geschenk des dreizehnten Ludwig an irgendeinen Vorfahren. Ein schwarzer Perlenkranz hing über dem Bettpfosten, er warf einen leichten Schatten über das Gesicht der Toten. Vielleicht war es eben dieser Schatten, der den Eindruck hervorrief, als ob eine Lebende da liege. Freilich waren die Augen geschlossen, die Züge starr und der Ausdruck durchaus nicht der einer Schlummernden. Aber über den halboffenen Lippen spielte ein seltsames, höhnisches Lächeln –

Das Spitzenhemd war dicht am Hals geschlossen, die weiten Ärmel fielen bis über die Knöchel. Und die langen schmalen Hände, über der Brust gefaltet, umschlossen leicht mit fast durchsichtigen Fingern ein elfenbeinernes Kruzifix.

„Sie ist katholisch geworden?" fragte der Vlame.

„Ja, am letzten Tage hat sie sich bekehrt", bestätigte der Graf. „Aber weißt du", fuhr er leiser fort, „ich glaube, sie tat es nur, um meines Eides noch gewisser zu sein."

„Welchen Eides?"

„Oh, schon am Tage vor ihrem Tode ließ sie mich schwören, daß ich ihren letzten Willen buchstäblich ausführen wolle. Es ist gar nichts Besonderes, es betrifft nur ihre Beisetzung in der Schloßkapelle; sie sagte mir das gleich, obwohl ich ihr Testament erst heute eröffnen soll."

„Ist sie denn noch nicht beigesetzt?"

„O nein! Bist du nie im Parke in der Kapelle gewesen? Fast alle meine Vorfahren wurden zuerst begraben auf dem kleinen Friedhof, der sie umgibt. Erst nach Jahren hat man sie dann wieder ausgegraben und die Knochen aufbewahrt in großen Urnen aus gebrannter Erde. Es ist ein alter normannischer Brauch, den die Chronik auf Roger den Roten zurückleitet; ich denke, er wurde eingeführt, weil ja kaum einer dieser Abenteurer zu Hause starb. Da brachten die Kameraden wenigstens die Knochen der Witwe. In unserem Beinhause ruht Philipp, der vor Jaffé fiel, und Autodorn, den man den Provencalen nannte, weil seine Mutter eine Gräfin von Orange war. König Harold erschlug ihn bei Hastings. Auch der Bastard Richardet ruht da, den der calvinistische Heinrich hinrichten ließ, weil er um zwanzig Jahre zu früh den Dolchstoß versuchte, der später dem Ravaillac besser glückte. Vom Rad hat sein eigener Vater zur Nachtzeit den zerbrochenen Leichnam herabgeflochten, der ihm später zur Sühne die Grafschaften La-Motte und Croixau-Bailly eintrug, als der König in Paris einzog und katholisch wurde. Alle ruhen sie da, meine Ahnen, Männer und Frauen, und keines fehlt. – Ich hätte Stanislawa gewiß dort beigesetzt, auch ohne ihren Wunsch. Aber sie mißtraute mir – nachdem das passiert war –, glaubte vielleicht, ich würde ihr diese Ehre verweigern. Deshalb ließ sie mich schwören."

„Sie mißtraute dir?"

„Ja. So sehr, daß ihr mein Versprechen und mein Schwur in

ihre Hand nicht sicher genug erschienen. Sie wälzte sich in ihren Kissen und seufzte und knirschte mit den Zähnen stundenlang. Dann plötzlich schickte sie mich fort, den Priester zu holen. Ich sandte nach ihm, sie konnte kaum erwarten, daß er kommen würde. Als er endlich kam, fragte sie, welcher Schwur für einen Christen der heiligste sei; er antwortete: ‚Der auf das Kruzifix.' Dann fragte sie ihn weiter, ob die Kirche von einem Schwur entbinden könne, den man einer Ungläubigen geleistet habe. Der alte Landpfarrer geriet in Verlegenheit, er stotterte, sagte, daß jeder Schwur heilig sei, daß aber die Kirche vielleicht, unter gewissen Umständen – – Da griff die Gräfin mit beiden Händen nach ihm, zog sich hoch und schrie: ‚Ich will Christin werden!' Der Pfarrer zauderte, gab nicht gleich eine Antwort. Aber die Gräfin zerrte ihn, schüttelte ihn beinahe und schrie wieder: ‚Hören Sie nicht? Ich will Christin werden!'

Der Graf hatte keinen Augenblick die Stimme gehoben, aber er würgte, und ein kleiner Schweiß stand ihm auf der Stirne.

Er nahm das Glas, das ihm der Freund reichte, und leerte es. Dann fuhr er fort:

„Der Pfarrer unterwies sie, gütig, still, in wenigen Worten. Er sprach ihr leise von unserem Glauben, ohne die Todkranke zuviel zu quälen. Dann taufte er sie und gab ihr zugleich die Letzte Ölung. Als die heiligen Handlungen zu Ende waren, nahm sie noch einmal des Pfarrers Hände. Ihre Stimme klang so sanft, so glücklich wie die eines Engels, als sie ihm nun sagte: ‚Ich bitte Euch, schenkt mir das Kruzifix.' Der Pfarrer gab es ihr, sie faßte es fest mit beiden Händen. ‚Pfarrer', sagte sie, ‚was mir nun ein Christ auf dieses Kruzifix schwört, das muß er halten?' – ‚Ja!' – ‚Unverbrüchlich?' – ‚Unverbrüchlich!' – Sie ließ sich schwer zurückfallen in die Kissen. ‚Ich danke

Euch, Pfarrer. – Geld habe ich nicht, aber ich gebe Euch all meinen Schmuck. Verkauft ihn für Eure Armen.'

An diesem Abend sprach sie kein Wort mehr. Aber am Morgen winkte sie mich an ihr Bett. Sie sagte mir wieder, daß ihr letzter Wille verschlossen liege in ihrer Schreibmappe. Ich solle ihn eröffnen, nach drei Jahren erst, und in deiner Gegenwart."

„In meiner Gegenwart?"

„Ja. Sie ließ mich knien und verlangte, ich solle ihr noch einmal schwören, ihren Willen getreulich zu erfüllen. Ich versicherte ihr, daß ich meinen Schwur von gestern gewiß halten werde, aber sie gab nicht nach. Sie ließ mich die rechte Hand hochheben und die Linke auf das Kruzifix legen, das sie festhielt; langsam sprach sie mir die Worte vor, die ich nachsprach. So habe ich zweimal geschworen."

„Dann starb sie?"

„Ja, nach wenigen Stunden. Der Priester kam noch einmal und sprach ihr zu. Aber ich weiß nicht, ob sie hinhörte. Nur einmal, als er sagte, daß es ein Auferstehen gäbe auch nach der Todestrennung und daß sie mich wohl wiedersehen werde, wandte sie sich halb um. ‚Ja, Pfarrer, das dürfen Sie glauben: *Mich wird er gewiß wiedersehen.*' Das waren ihre letzten Worte. Sie lächelte leise dabei; und dieses Lächeln behielt sie, als sie einschlief."

Der Graf erhob sich und ging zur Türe: „Nun will ich ihr Testament holen."

Jan Olieslagers sah ihm nach. „Armer Kerl", murmelte er, „da wird eine schöne Teufelei drinstehn." Er nahm die Karaffe und goß die Gläser hoch voll.

Der Graf brachte eine lederne Schreibmappe und schloß sie auf. Er nahm ein kleines Kuvert und reichte es dem Freunde.

„Ich?" fragte dieser.

„Ja. Die Gräfin wollte, daß du es öffnen solltest."

Einen Augenblick zögerte der Vlame, dann zerbrach er die Siegel. Er riß das Kuvert auf und las laut die steilen Züge auf dem violetten Bogen:

Der letzte Wille
der Stanislawa d'Asp.

Ich will, daß man das, was noch von mir übrig ist, drei Jahre nach meinem Begräbnis aus dem Sarge herausnimmt und beisetzt in einer Urne der Schloßkapelle. Dabei soll keinerlei Feier stattfinden, auch soll außer den Gärtnern niemand zugegen sein als der Graf Vincenz d'Ault-Onival und sein Freund Herr Jan Olieslagers. Doch soll es ein Nachmittag sein, an dem die Sonne scheint; und ehe sie untergeht, sollen meine Reste in der Urne der Kapelle ruhn: *ein Andenken an des Grafen große Liebe zu mir.*
Schloß Ronval, 25. VI. 04.

Stanislawa, Gräfin d'Ault-Onival.

Der Vlame reichte das Blatt dem Grafen: „Hier – das ist alles."

„Ich wußte es ja; genauso sagte sie es mir. Glaubtest du, es würde noch etwas anderes enthalten?"

Jan Olieslagers ging mit langen Schritten durch den weiten Raum. „Offen gestanden – ja! – Sagtest du nicht, daß diese Art von Beisetzung eine uralte Gewohnheit eurer Familie sei?"

„Ja."

„Und daß du unter allen Umständen Stanislawa diese Ehre erwiesen hättest?"

„Ganz gewiß!"

„Wozu denn in aller Welt läßt sie dich etwas, das so selbstverständlich ist, zweimal schwören und in so feierlicher Form?"

Der Graf nahm das Bild und blickte lange darauf. „Meine Schuld", sagte er, „meine große Schuld. – Komm, setze dich,

ich will es dir erklären. – Sieh, die Gräfin glaubte an meine Liebe zu ihr. Wie dann diese Liebe das erste Mal versagte, als sie ein Großes von mir verlangte, war es, als ob sie in einen Abgrund fiele. Als ich ihr abschlug, um was sie mich bat in jener Nacht, wollte sie gar nicht glauben, was ich sagte, meinte, ich scherze nur. So sehr war sie überzeugt, daß meine Liebe tun müsse, was sie verlange. Und als sie dann sah, wie schwach ich war, und wie ich nicht lassen konnte von ihr; als sie dies einzige verlor, an das sie glaubte, da ging eine seltsame Veränderung mit ihr vor. Es schien, als habe ich ihrem Leben den Inhalt genommen; sie schwand dahin, langsam, wie ein Schatten, wenn die Sonne sinkt.

So wenigstens glaubte ich das alles zu verstehen.

Monatelang verließ sie ihr Zimmer nicht. Sie saß auf ihrem Balkon, schweigend, träumend, blickte hinaus in die hohen Bäume. In dieser Zeit sprach sie kaum mit mir, sie klagte nicht; es war, als ob sie alle Tage grübele über irgendeinem Geheimnis. Einmal traf ich sie dann hier in der Bibliothek, sie lag auf dem Boden und suchte eifrig in allen möglichen Büchern. Aber ich weiß nicht, was sie las; sie bat mich hinauszugehen. Dann schrieb sie viel, jeden Tag ein paar Briefe; und bald kamen Pakete von allen Seiten. Die ersten enthielten nur Bücher, ich weiß nicht welcher Art; sie verschloß sie und hat sie verbrannt noch vor ihrem Tode. Aber ich weiß, daß sie alle von Toxikologie handelten. Sie studierte eifrig darin; durch ganze Nächte lief ich im Parke umher und sah den matten Schimmer ihrer erleuchteten Fenster. Dann schrieb sie wieder, und diesmal kamen kleine seltsame Kisten an, meist eingeschrieben und als Warenproben gesandt. Sie trugen die Namen der Absender: Es waren Merck in Darmstadt und Heusser in Zürich und andere bekannte Giftfirmen. Mich faßte eine große Angst, ich fürchtete, daß sie sich vergiften wolle. Endlich faßte ich mir ein Herz und fragte sie. Da lachte sie: ‚Sterben? Nein, das ist nicht zum Sterben! Es ist nur – um mich besser zu erhalten!‘ – Ich fühlte wohl, daß sie die Wahrheit sprach, und doch beruhigte mich ihre Antwort nicht. Zweimal kamen Postpakete, die in der Stadt beim Zoll abgeholt werden mußten; ich bat, ob ich sie selbst holen dürfe. Ich glaubte, sie würde es abschlagen, aber sie antwortete leichthin: ‚Warum denn nicht? Hol sie nur!‘ – Das eine Paket, dem ein außerordentlich scharfer, aber nicht unangenehmer Duft entströmte, enthielt einen Extrakt aus bitteren Mandeln, das andere, das aus Prag kam, eine glänzende Pasta, die sich ‚Porzellanschminke‘ nannte. Ich weiß, daß die Gräfin diese Glasur benutzte; monatelang hat sie täglich Stunden damit zugebracht, sie aufzulegen. Und es ist gewiß dieser seltsamen Schminke zu danken, daß ihr Gesicht, obwohl die Schwindsucht in erschreckendem Maße zunahm, doch seine alte Schönheit behielt. Starr wurden die Züge, wie die einer Maske, unbeweglich und ewig gleich; aber sie blieb gleich schön und rein bis auf dem Totenbette. Selbst der Tod vermochte sie nicht zu ändern.“

Er reichte dem Freunde wieder das Bild hinüber.

„Das alles, scheint mir, ist ein Beweis, wie sehr sie gebrochen hatte mit diesem Leben. Nichts beschäftigte sie mehr, und auch von dir, verzeih mir, sprach sie nie mit einem Wort. Nur ihr eigener, schöner Leib, von dem sie doch wußte, daß er nun zerfallen mußte in kurzer Frist, schien ihr noch wert eines Interesses. Auch mich beachtete sie kaum mehr, seit ihr Glaube an meine Liebe erloschen war; ja, es schien mir manchmal, als ob in ihrem Blicke ein seltsamer, wilder Haß aufleuchtete, viel schlimmer, viel schrecklicher als der, mit dem sie mich früher verfolgte. – Ist es da ein Wunder, daß sie mir mißtraute? Wer den Glauben an nur einen Heiligen verliert, der wird bald den Gekreuzigten verleugnen und die allerheiligste Jungfrau! – Deshalb, glaube ich, ließ sie mich diese seltsamen Eide schwören!"

Aber Jan Olieslagers war nicht befriedigt. „Das mag alles sein", sagte er, „es erklärt zur Not deine Liebe. Aber nicht im geringsten erklärt es den seltsamen Wunsch, beigesetzt zu werden in deiner Schloßkapelle."

„Sie war eine Gräfin d'Ault-Onival – "

„Ach, geh doch, sie war Lea Lewi, die sich Stanislawa d'Asp nannte! Und die sollte plötzlich eine solche Sehnsucht gehabt haben nach den Urnen deiner feudalen Ahnherren?"

„Aber du siehst doch, daß es so war und nicht anders!"

Der Vlame nahm wieder das Testament und betrachtete es von allen Seiten. Er las es noch einmal und wieder, aber er vermochte nicht das geringste Absonderliche darin zu finden. „Nun gut", sagte er, „ich verstehe es nicht."

Jan Olieslagers mußte vier Tage warten im Schlosse von Ronval. Jeden Tag quälte er, man solle die Beisetzung vornehmen. „Aber es geht nicht", sagte der Graf, „du siehst doch, wie bedeckt der Himmel ist." – Jeder Buchstabe dieses Testamentes war ihm ein strenges Gesetz.

Endlich, am Nachmittag des fünften Tages, schwanden die Wolken. Der Vlame drängte, und der Graf gab seine Anweisungen. Niemand von der Dienerschaft durfte das Schloß verlassen, nur der alte Gärtner und die beiden Gehilfen mußten Schaufel und Spaten nehmen. Sie gingen durch den Park, rings um den stillen Weiher. Die Sonne strahlte von den schwarzen Schiefern der Kapelle, spielte auf den weißen nickenden Birken und warf die flirrenden Schatten ihrer Zweige auf die glatten

Wege. Sie traten durch die offene Türe, der Graf nahm einen Tropfen aus dem Weihwasserbecken und bekreuzigte sich. Die Leute hoben eine schwere Steinplatte, dann stieg man hinab in die Gruft. Da standen in Reih und Glied zu beiden Seiten die großen roten Urnen mit dem Wappen der Grafen d'Ault-Onival. Hohe Kronen schlossen sie, und alle trugen um den Hals an silbernen Ketten eine schwere Kupferplatte mit dem Namen und den Daten der Toten.

Hinten standen einige leere Urnen. Schweigend deutete der Graf auf eine, die Leute nahmen sie und trugen sie aus der Gruft heraus.

Sie gingen hinaus aus der Kapelle, schritten zwischen den Gräbern unter den Birken. Ein Dutzend mächtiger Steinplatten lag da, sie trugen die Namen getreuer Diener des gräflichen Geschlechts, dessen Ruhe sie noch im Tode von allen Seiten bewachten. Aber das Grab der Gräfin trug keinen Stein; hier blühten in üppiger Pracht viele hundert tiefrote Rosen.

Vorsichtig gingen die Gärtner ans Werk. Mit tiefen Stichen lösten sie ganze Stücke der Oberfläche, hoben sie sorgsam heraus mit all den wurzelnden Rosen und stellten sie zur Seite, neben die Urne hin. Dem Vlamen kam es vor, als ob sie vom Grabe die lebende Haut ablösten, wie ein Blutstropfen fiel hier und da eine Rose abgerissen zur Erde.

Nun lag die schwarze Erde da, und die Leute gruben. Jan Olieslagers nahm des Grafen Arm: „Komm, wir gehen auf und ab derweilen." Aber der Graf schüttelte den Kopf, nicht einen Augenblick wollte er das Grab verlassen. Da ging der andere allein.

Er wandelte langsam um den Weiher, von Zeit zu Zeit trat er zurück unter die Birken. Es schien ihm, als ob die Gärtner ungeheuer langsam arbeiteten, die Minuten krochen dahin. Er ging in den Obstgarten, pflückte Johannisbeeren und Stachelbeeren; suchte auf den Beeten nach einer verspäteten Erdbeere.

Als er wiederkam, sah er zwei der Leute bis zu den Schultern im Grabe stehen; nun ging es schneller. Er sah zwischen ihnen den Sarg liegen, sie nahmen mit den Händen die letzten Reste feuchter Erde davon. Es war ein schwarzer Sarg mit starkem Silberbeschlag, aber das Silber war längst schwarz geworden und das Holz morsch und klebrig, stark angegriffen von der warmen Feuchtigkeit des Bodens. Der Graf nahm aus der Tasche ein großes weißes Seidentuch, gab es dem alten Gärtner; da hinein sollte er die Knochen sammeln.

Die beiden anderen da unten drehten an den Schrauben; es gab einen häßlichen kreischenden Ton, wenn das Werkzeug ausglitt. Aber die meisten saßen lose genug in dem verfaulten Holze, mit den Fingern konnte man sie herausheben. Dann hoben sie ein wenig den Deckel, schoben leicht die Stricke darunter und knoteten sie fest. Einer sprang aus der Grube und half dem Alten den Deckel heraufziehen.

Auf einen Wink des Grafen nahm der andere das weiße Leintuch ab, das die Leiche bedeckte, und noch ein zweites kleineres Tuch, das nur den Kopf verhüllte.

Da lag Stanislawa d'Asp – *und sie lag so da, wie sie auf ihrem Totenbette lag.*

Das lange Spitzenhemd, das den ganzen Körper umhüllte, schien feucht und zeigte schwarze und rostrote Flecken. Aber wie aus Wachs geformt ruhten die feinen Hände auf der Brust, hielten eng das elfenbeinerne Kruzifix. Und so wenig wie dieses selbst, war auch das Gesicht verändert. Nicht wie eine Lebende lag sie da, wie eine Schlummernde – und doch gab auch nichts den Ausdruck des Todes. Sie schien eine Wachspuppe, von Künstlerhand geformt. Diese Lippen atmeten nicht, aber sie lächelten. Und sie zeigten eine leichte rote Farbe, wie die Wangen, wie die Ohrläppchen, von denen zwei große Perlen tropften.

Aber die Perlen waren gestorben.

Der Graf hielt sich an dem Birkenstamm, dann setzte er sich schwer auf den hohen Haufen aufgeworfener Erde. Aber Jan Olieslagers war mit einem Sprung in dem Grabe. Er beugte sich tief nieder und knipste leicht mit dem Nagel auf der Toten Wange. Es gab einen ganz feinen leisen Ton, als ob er altes Sèvres berühre.

„Komm herauf", sagte der Graf, „was machst du da?"

„Ich habe festgestellt, daß die Prager Porzellanglasur deiner Gräfin eine ausgezeichnete Sache ist; man soll sie jeder Kokette empfehlen, die noch mit achtzig Jahren eine Ninon vorstellen will!" Seine Stimme klang roh, fast gehässig.

Der Graf spang auf, trat dicht an den Rand der Grube.

„Ich verbiete dir, so zu sprechen! – Bei allen Heiligen, siehst du denn nicht, daß diese Frau das tat für mich? – Und für dich auch – für uns beide! – Wir sollten sie wiedersehen, schön wie sie war – noch im Tode!"

Der Vlame biß die Zähne aufeinander. Er zauderte, aber er verschluckte seine Worte.

Dann sagte er trocken: „Es ist gut; wir haben sie gesehen. – Legt nun den Deckel wieder auf, Leute, und werft die Grube zu."

Aber der Graf fiel ihm ins Wort: „Bist du närrisch? Vergißt du, daß wir sie beisetzen müssen?"

„Diese Frau verdient nicht in der Kapelle der Grafen d'Ault-Onival zu ruhen." Er sprach ruhig, aber herausfordernd, jedes Wort betonend. Der Graf war außer sich:

„Das, das sagst *du* – an dem Grabe dieser Frau? Dieser Frau, deren Liebe hinausging über das Grab – –"

„Ihre Liebe? – Ihr Haß!“

„Ihre Liebe, sage ich! Sie war eine Heilige –“

Da schrie der Vlame mit lauter Stimme dem Grafen ins Gesicht:

„Sie war die infamste Dirne in ganz Frankreich!“

Der Graf kreischte, er ergriff einen Spaten und schwang ihn in der Luft. Aber ehe er sich auf den Freund stürzen konnte, faßten ihn die Gärtner.

„Laßt los!“ brüllte er. „Laßt los!“

Der Vlame verlor seine Fassung nicht.

„Warte nur einen Augenblick“, sagte er, „dann magst du mich totschlagen, wenn du willst.“

Er beugte sich nieder, öffnete den Knopf am Halse und riß weit das Hemd von dem Leibe der Toten. „Da Vincenz, schau her!“

Verzückt schaute der Graf hinunter. Nackt lagen die schlanken Arme vor ihm, bog sich dieser unendlich feine Nacken, ruhte da die weiße kleine Kinderbrust. Und die Lippen lächelten, lächelten immer, schienen ihn einzuladen zu Hochzeitslust – –

Er kniete nieder am Rande des Grabes, faltete die Hände und schloß die Augen. „Heiliger Gott im Himmel, ich danke dir, daß du mich noch einmal dieses Bild schauen ließest.“

Jan Olieslagers warf das Tuch wieder über die Leiche. Er stieg aus dem Grabe und legte seine Hände auf des Freundes Schultern. „Komm, Vincenz, nun wollen wir ins Schloß gehen.“

Der Graf schüttelte den Kopf. „Geh du, wenn du willst. – Ich muß sie beisetzen.“

Da drückte der Vlame mit aller Kraft seinen Arm. „So erwache doch endlich, Vincenz! Begreifst du denn noch immer nicht? – Wie *willst du das denn machen* – – sie beisetzen?“

Der Graf starrte ihn verständnislos an, da fuhr der andere fort: „Da steht deine Urne – und ihr Hals ist ziemlich schmal. Und da liegt die Gräfin – – “

Der Graf erblaßte. „Ich muß sie beisetzen“, murmelte er tonlos.

„Aber du kannst sie nicht beisetzen.“

„Ich habe es geschworen.“ Ganz dumpf klangen die Worte: „Ich habe es geschworen. Ich muß das, ‚was von ihr übrig ist, heute vor Sonnenuntergang in der Urne in die Kapelle bringen‘. So steht es in ihrem Testament. Ich habe es auf das Kruzifix geschworen.“

„Aber du kannst es nicht, zum Teufel, du kannst es nicht.“

„Ich muß es tun, ich habe zwei heilige Eide geleistet.“

Da platzte der Vlame heraus: „Und wenn du hunderttausend Eide geschworen hättest, du kannst es nicht tun. Wenn man ihren Leib nicht zerschneiden will in kleine Fetzen – – “

Der Graf schrie, seine Finger krampften sich um den Arm des Freundes: „Was – sagst du da?“ Begütigend, wie um abzuwehren, daß der Gedanke seinem Hirne entsprungen, antwortete der andere: „Nun ja, anders ist es doch nicht möglich. – Und das war ja ihre Absicht – – das wollte sie doch mit ihrem – letzten Willen.“ Er legte den Arm um des Freundes Schultern. „Ich bitte dich, Vincenz, komm nun.“ Wie ein Trunkener ließ sich der Graf führen, aber nur ein paar Schritte weit.

Dann blieb er stehen, machte sich los. Kaum lösten sich die Zähne, so leise sprach er. „Es war ihre Absicht – und man muß sie ausführen; ich habe es geschworen.“ Und der Vlame fühlte wohl, daß er nun schweigen müsse, daß jedes Wort hier nutzlos sei.

Der Graf wandte sich, sein Blick fiel auf die rote Sonne, die tief im Westen lag. „Vor Sonnenuntergang“, rief er, „vor Sonnenuntergang! Es drängt." Er ging auf den Gärtner zu. „Hast du ein Messer?" Der Alte nahm ein langes Messer aus der Tasche. „Scharf?"

„Ja, Herr Graf."

„So geh und zerschneide sie."

Der Alte sah ihn entsetzt an. Er zauderte, dann aber sagte er: „Nein, Herr Graf, ich kann es nicht."

Der Graf wandte sich an die beiden Burschen. „So tut ihr es." Aber sie blieben stehen, senkten die Augen und rührten sich nicht.

„Ich befehle euch, es zu tun, hört ihr nicht?" Sie schwiegen. „Ich jage euch heute noch aus dem Dienste, wenn ihr nicht gehorcht."

Da sagte der Alte: „Herr, verzeiht, ich kann es nicht. Vierundfünfzig Jahre bin ich im Schlosse und – "

Der Graf schnitt ihm das Wort ab: „Ich gebe tausend Franken dem, der es tut."

Sie rührten sich nicht.

„Zehntausend Franken."

Keine Antwort.

„Zwanzigtausend."

Der jüngste der Burschen, der noch im Grabe stand, blickte zum Grafen auf.

„Wollt Ihr auch alle Verantwortung übernehmen, Herr?"

„Ja!"

„Beim Richter?"

„Ja!"

„Und beim Pfarrer?"

„Ja, ja!"

„Gib mir das Messer, Alter, und reich mir die Axt her! Ich tu's."

Er nahm das Messer und riß das Tuch fort. Er beugte sich nieder und hob den Arm. Dann aber sprang er auf, warf das Messer in den Sand. „Nein, nein!“ schrie er. *„Sie lacht mich aus.“* Mit einem Sprung war er hinaus aus der Grube und lief, lief mit langen Schritten in die Büsche.

Der Graf wandte sich an seinen Freund: „Glaubst du, daß du sie mehr liebtest als ich?“

„Nein, ganz gewiß nicht.“

„Dann wirst du es leichter können als ich.“

Aber der Vlame zuckte die Achseln. „Ich bin kein Metzger. – – Und außerdem – – war das wohl auch nicht ihre Absicht.“

Von des Grafen Mundwinkel tropfte der Speichel. Und doch waren seine Lippen trocken, fahl, bleicher als das Leintuch. Es klang wie die letzte Frage eines Verurteilten, bittend, flehentlich: „Ihre Absicht war – daß ich – ich selbst – – – ?“

Es kam keine Antwort. Er sah nach Westen. Immer tiefer sank die blutrote Sonne. „Ich muß, ich muß, ich habe es geschworen.“

Dann sprang er in die Grube. Seine Hände krampften sich: „Heilige Mutter Gottes, gib mir die Kraft.“ Er hob die Axt und schwang sie hoch über dem Kopf, er schloß die Augen und ließ sie schwer niedersausen mit aller Wucht.

Der Streich war gefehlt. Die Schneide schlug in das morsche Holz, zersplitterte, spaltete es zum Grunde.

Und die Gräfin lächelte.

Der alte Gärtner wandte sich; zögernd erst, dann immer schneller lief er davon. Der andere Bursche folgte ihm auf dem Fuße. Jan Olieslagers sah ihnen nach, dann ging auch er, langsam, Schritt für Schritt, dem Schlosse zu. Graf Vincenz d'Ault-Onival war allein. Er zögerte, wollte schreien, rufen nach den anderen. Aber irgend etwas verschloß ihm die Lippen.

Und die Sonne sank und sank – sie rief ihm zu – er hörte sie rufen.

Und die Gräfin zu seinen Füßen lächelte.

Aber es war dieses Lächeln, das ihm die Kraft gab. Er kniete nieder und nahm das Messer von der Erde. Seine Hand zitterte, aber er stieß zu, stieß zu, in den Hals, den er so liebte, über alles liebte in dieser Welt.

Da war es, als ob eine Befreiung über ihn käme und ein großes Lachen. Er lachte so laut, so kreischend hinein in den stillen Abend, daß die Zweige der Birken zitterten, sich hin und her wanden in tödlicher Angst. Es war, als ob sie seufzten und schluchzten, sich wegsehnten von diesem gräßlichen Orte. Und sie konnten doch nicht, mußten bleiben, mußten sehen und hören, festgehalten von mächtigen Wurzeln – Jan Olieslagers blieb stehen, dort am Weiher. Er hörte dieses Lachen und Lachen, das kein Ende nahm, hörte die Axt fallen und spalten und das Messer knirschen. Er wollte weiter, aber es hielt ihn fest, unwiderstehlich fest, als ob er angewurzelt sei wie die Birken. Sein Gehör schärfte sich ins Unglaubliche, und durch das laute Lachen hindurch glaubte er zu hören, wie die Knochen krachten, wie die Sehnen sprangen und die Muskeln rissen –

Aber dazwischen – ein anderer Ton. Leicht, silberhell, wie von Frauenlippen. Was war es nur?

Jetzt wieder – und jetzt – – das war schlimmer als die Schläge der Axt, schlimmer als das wahnsinnige Gelächter des Grafen.

Es kam wieder und wieder – öfter und deutlicher – – was war es nur?

Und dann, plötzlich, wußte er es: – – *die Gräfin lachte.*

Er schrie auf, sprang in die Büsche. Er steckte die Finger in die Ohren, öffnete den Mund und lachte halblaut, um jedes andere Geräusch zu ersticken. So hockte er da wie ein angeschossenes Wild, wagte es nicht, diese tierischen Töne zu lassen, wagte nicht die Hände vom Kopfe zu nehmen. Riß die Augen weit auf, starrte hinaus auf den Weg, auf die Treppe, auf die offene Tür der Kapelle – –

Regungslos, unbeweglich.

Er wartete, atemlos; aber er wußte wohl, diese Angst mußte einmal ein Ende nehmen. Wenn sich hinten die letzten Schatten im Dunkel der Ulmen verloren – wenn die Sonne, endlich, gesunken war – –

Länger und immer länger wurden die Schatten, er sah sie wachsen. Und mit ihnen wuchs sein Mut. Dann wagte er es: Er schloß die Lippen. Nichts hörte er. Er ließ die Arme sinken. Nichts.

Still, alles ganz still. Aber noch blieb er stehen, wartete in den bergenden Zweigen. Da hörte er Schritte. Nah und näher – dicht zur Seite.

Und er sah, in dem letzten tiefleuchtenden Rot der sinkenden Sonne, den Grafen Vincenz d'Ault-Onival gehen. Er lachte nicht mehr, aber auf seinem starren Gesicht lag ein einziges, über die Maßen zufriedenes Grinsen. So, als habe er eben einen wundervollen, ungeheuren Witz gemacht.

Mit starken festen Schritten schritt er über den Weg, in den hocherhobenen Armen die schwere, rote Urne. Trug in die Gruft seiner Väter die Reste seiner großen Liebe.

Kirby McCauley

Stille Nacht, grausame Nacht

MOEWIG

Originalausgabe

MOEWIG Band Nr. 1816
Moewig Taschenbuchverlag Rastatt

Titel der Originalausgabe: Dark Forces
Aus dem Amerikanischen von Elisabeth Simon

Lizenzausgabe mit Genehmigung
Umschlagillustration: Franz Berthold
Umschlagentwurf und -gestaltung: Franz Wöllzenmüller, München
Verkaufspreis inkl. gesetzl. Mehrwertsteuer
Auslieferung in Österreich:
Pressegroßvertrieb Salzburg, Niederalm 300, A-5081 Anif
Printed in Germany 1985
Druck und Bindung: Elsnerdruck GmbH, Berlin
ISBN 3-8118-1816-3

Inhalt

Gahan Wilson

Der verhängnisvolle Job

TRAPS

Gahan Wilson, der in Evanston, im Staat Illinois geboren ist, hat einmal gesagt, er sei der einzige anerkannte Karikaturist mit Hochschulabschluß. Seine Karikaturen – eine Kombination von Charles Addams und James Thurber – sind im New Yorker, im Playboy, im Magazine of Fantasy and Science Fiction und im National Lampoon erschienen. Im Vergleich zum allgemeinen Niveau dieser Zeitschriften sind seine Beiträge sehr viel ernster und positiver. Wilsons Interesse am Makabren geht weit über den komischen Aspekt seiner Karikaturen hinaus. Er kennt sich in der übernatürlichen Tradition der Literatur fabelhaft aus, respektiert sie und hat hervorragende Kurzgeschichten geschrieben. Da seine Karikaturen sehr gefragt sind, hat sich Wilson bisher leider nur für ein halbes Dutzend Kurzgeschichten Zeit genommen. Das vorliegende, auf köstliche Weise makabre und lustige Beispiel ist die letzte davon.

Lester rückte die nagelneue, mit roten Lettern bestickte Mütze zurecht: UNGEZIEFERVERNICHTUNGSANSTALT ROSE & CO.

Das darf doch nicht wahr sein, dachte er, als er die letzte der vor einer Woche gelegten Fallen inspiziert hatte.

„Ich habe es Ihnen doch gleich gesagt, Lester Bailey", zischte Miß Dinwittie. „Zu schlau sind sie. Viel zu schlau."

Ihr Kommentar hatte ihm gerade noch gefehlt. Er stierte auf die Falle, die er im Auftrag seines Chefs im Keller aufgestellt hatte.

Es war ein beeindruckender Mechanismus. Berührte man den Köder, schnappten gezahnte Kinnbacken zusammen und verhinderten nicht nur ein Wegkommen, sondern garantierten, daß man verblutete. Wenn man eine Ratte war. Als Mensch verlor man wahrscheinlich einen Finger.

In diesem Fall war der Köder nicht mehr an seinem Platz; das Maul mit den glänzenden Zähnen, das die kleine Plattform bewachen sollte, stand aber nach wie vor weit auf.

Gekränkt schüttelte Lester den großen, ziemlich quadratischen Kopf.

Daß die Falle nicht funktioniert hatte, war peinlich genug. Daß aber auch der mit Gift präparierte Köder verschmäht worden war, war beschämend. Ein winziges, von einem Zahn stammendes Loch bewies, daß er verlockend roch. Dessen ungeachtet lag er wie unberührt neben der Falle.

„So etwas ist mir noch nie passiert, Miß Dinwittie", sagte Lester und stieß einen Seufzer aus.

„Mir auch nicht", sagte Miß Dinwittie in höchst vorwurfsvollem Ton. „Im ganzen Haus steht Ihr Schnickschnack herum, und was kommt dabei heraus? Daß sie nur noch aufdringlicher geworden sind."

Wütend stieß sie mit einem Schnürstiefel gegen die Falle. Diese machte einen kleinen Satz, schnappte nach dem Angreifer und klappte zu.

Typisch, dachte Lester.

Miß Dinwitties geringschätzige Art erstaunte ihn nicht im mindesten. Die alte Jungfer bildete sich ein, auf alles und jeden herunterschauen zu können. Ihr Vater war ein bemerkenswert habgieriger Mann gewesen. Als er starb, hatte er fast alles besessen, was es in der kleinen Stadt zu besitzen gab, und Miß Dinwittie hatte keinen Zoll davon abgegeben. Die Kinder hielten sie für eine Hexe.

„Sie werden von Tag zu Tag raffinierter", stichelte sie.

Sie drehte den Kopf hektisch nach allen Seiten.

Wie ein Huhn, dachte Lester.

„Bitteschön, hören Sie sich das an", sagte Miß Dinwittie.

Lester stand neben ihr und horchte. Nach einer Weile hörte auch er es. Um ihn herum ein Kratzen und Scharren und Schleppen. Er betrachtete die alten Rohre und Leitungen, die an den Wänden entlangliefen und im Kellerboden verschwanden.

„Lustig machen sie sich", sagte Miß Dinwittie. „Und zwar über Sie, Lester Bailey."

Sie stieß ein abfälliges Schnauben aus und stieg die Kellertreppe hinauf. Lester folgte ihr pflichtschuldigst, den Blick auf ihren sexlosen Hintern gerichtet.

In der Küche mußte er sich auf einen der rachitischen Stühle setzen, die um den Tisch mit dem Wachstuch herumstanden und bekam bitteren Kaffee eingegossen. Er trank ihn, ohne die Miene zu verziehen. Schließlich wollte er sie nicht noch mehr kränken.

Sie lief eine Weile geschäftig hin und her und setzte sich zu seinem Schrecken plötzlich dicht neben ihn. Sie roch trocken und süßsauer.

„Sie haben sich zusammengetan", flüsterte sie in vertrauensvollem Ton und legte eine knochige Hand auf das glänzende Wachstuch.

Lester hörte die Luft in ihrer Nase rasseln. Sie runzelte die Stirn. Die düstere Offenbarung bewirkte, daß es in ihren Augen funkelte und blitzte.

„Sie haben sich zusammengetan", wiederholte sie. „Bisher hat man sie noch auseinanderhalten können. Jede Ratte war für sich. Aber jetzt hat sich das geändert."

Sie beugte sich noch näher zu ihm und bohrte ihm sogar einen dünnen Finger in die Brust.

„Jetzt gehen sie mit System vor!"

Lester musterte sie. Darauf hatte ihn sein Chef nicht vorbereitet.

Miß Dinwittie lehnte sich zurück und verschränkte zufrieden die Arme. Sie lächelte mit heruntergezogenen Mundwinkeln und nickte.

„Mit System", sagte sie.

Lester kramte in seinem Gedächtnis. Irgendwann einmal hatte er gelernt, wie man mit Irren umgeht. Es war nicht viel hängengeblieben. Lediglich, daß man sie bei Laune halten mußte, wenn man nicht riskieren wollte, daß sie zur Axt oder dem Brotmesser griffen.

„Wie beim Militär", sagte Miß Dinwittie und beugte sich wieder nach vorn. Sie war zu sehr mit sich selbst beschäftigt, um Lesters spontanen Rückzug zu bemerken. „Ich glaube, sie haben Offiziere und alles. Auf jeden Fall *weiß* ich, daß sie Pioniere haben."

Sie sah ihn erwartungsvoll an.

„Na?" fuhr sie ihn an. „Wollen Sie denn nicht wissen, *woher* ich das weiß?"

„Woher Sie was wissen, Miß Dinwittie?"
„Woher ich weiß, daß sie Pioniere haben, Sie Dummkopf."
„Woher wissen Sie es, Miß Dinwittie?"
Sie stand auf, sagte Lester, er solle ihr folgen und ging über den kalten Linoleumboden. Als er neben ihr in einer besonders düsteren Ecke der Küche stand, deutete sie nach unten.
Lester zwickte die Augen zusammen und glaubte, über der Fußbodenleiste etwas zu entdecken. Er bückte sich und betrachtete es genauer. Auf die brüchige Wand war etwas mit einem Fettstift gezeichnet: ein winziger Pfeil, ein Kreuz und ein Schnörkel, der aussah, als stamme er von einem Miniaturalphabet.
„Es sind Anweisungen", erklärte Miß Dinwittie. „Zur Orientierung der anderen."
Lester stand auf, wie von ungefähr.
Du mußt vorsichtiger sein, Mann, dachte er. Wenn du vor ihr kniest, kann sie dir leicht eine Bratpfanne über den Kopf ziehen.
Miß Dinwittie deutete mit spitzem Finger nach unten.
„Im ganzen Haus sind solche Zeichen", sagte sie. „In den Wandschränken auf der Treppe, in den Zimmern – überall."
Völlig unvermittelt stieß sie ein rachsüchtiges Lachen aus und bohrte Lester erneut den Finger in die Brust.
„Damit bleibt keine Frage mehr offen", erklärte sie. „Da ist aber *noch* etwas! Ich gehe nach oben und hole es, und Sie nehmen es mit in Ihre blöde Firma und zeigen Ihrem Chef, worum es hier geht. Schließlich habe ich keine Lust, mein Geld zum Fenster hinauszuwerfen. Ich will etwas dafür haben, verstanden?"
Sie legte einen knöchernen Finger an die Lippen, schlich aus der Küche und zog lächelnd die Tür hinter sich zu.
Lester stierte hinter ihr her und fuhr herum, als plötzlich ein Zischen hinter ihm laut wurde. Der Kaffee kochte über. Mit klopfendem Herzen zog er die Blechkanne von der Kochplatte und schaltete sie aus. Er hätte etwas darum gegeben, eine Zigarette rauchen zu können, wußte aber, daß Miß Dinwittie Nikotin und dergleichen Suchtmittel strikt ablehnte.
Er hörte die Ratten.

So einen Rattenstall habe ich mein Lebtag noch nicht gesehen, dachte er.

Eine scharrte in der Wand vor ihm herum. Er schlug mit den Fäusten dagegen. Ohne Erfolg. Die Ratte ignorierte ihn und machte weiter.

Lester stieß einen Seufzer aus und setzte sich auf einen der unbequemen Stühle.

Hinter der Wand mit den kleinen merkwürdigen Zeichen scharrte die nächste Ratte, dann irgendwo eine dritte und schließlich auch noch eine vierte. Lester versuchte abzuschätzen, wie viele Ratten es in diesem alten Haus geben mochte und brach mitten in der Überlegung ab. Er saß allein in dieser düsteren Küche, und es war wohl kaum von Vorteil, sich jetzt Gedanken darüber zu machen.

Er wischte sich mit dem Handrücken über den Mund.

Wenn ich doch wenigstens rauchen könnte, dachte er.

Er stand auf, ging zur Tür, öffnete sie und sah die Treppe hinauf. Der Läufer auf den Stufen war schmutzig braun.

Er ging in die Küche zurück, zog seine Zigaretten aus der Tasche und zündete sich eine an. Miß Dinwittie konnte ihm gestohlen bleiben. Außerdem würde er sie kommen hören und die Zigarette dann sofort ausmachen. Die alte Treppe knarrte unter Garantie.

Es sei denn, die Ratten machen einen solchen Krach, daß man es nicht hört, dachte er.

Er hätte schwören können, daß sie immer lauter wurden.

Er ließ den Rauch aus dem offenen Mund rieseln und horchte. Es wurde schließlich immer behauptet, daß man mit offenem Mund besser hört. Er preßte ein Ohr gegen die häßliche Blumentapete und fuhr entsetzt zurück. Das Rattengeräusch hatte sich sofort von der Stelle entfernt, an der er die Wand berührt hatte. Er trat die Zigarette einfach mit dem Schuh aus, warf den Stummel in den Mülleimer unter dem Ausguß, ging erneut zur Tür und machte sie auf.

„Miß Dinwittie?“ rief er in die Diele hinaus.

Er sah nach oben. Alles dunkel. Hatte sich da etwas bewegt?

„Miß Dinwittie? Ist was?“

Er ging in die Diele hinaus.

Der braune Läufer sieht wie Rattenfell aus, dachte er.

Raschelte es da oben?

„Miß Dinwittie? Ich komme rauf!"

Jetzt reagiert sie bestimmt, das alte Luder. Jemanden wie ihn ließ sie doch nicht einfach in den ersten Stock hinauf.

Keine Antwort – nichts. Er rieb sich die Nase und stieg langsam die Treppe hinauf. Das Geländer war ekelhaft glatt.

Wie der Schwanz einer Ratte, dachte er.

„Miß Dinwittie?"

Verdammt finster war es hier. Er zog die Taschenlampe aus dem Etui an seinem Gürtel, knipste sie an, leuchtete in beide Richtungen und rief ihren Namen, während er den Lichtstrahl in offene Türen richtete. Als er zu ihrem Schlafzimmer kam, rief er ihren Namen dreimal, ehe er es wagte, hineinzugehen.

Auf der Frisierkommode zwischen silbernem Kamm und silberner Bürste lag auf einem hübschen Spitzendeckchen der vertrocknete Körper einer Ratte, gekrümmt im Todeskampf. Die ausgedörrten Pfoten griffen in die Luft, die spröden Lippen waren von stumpfen Zähnen zurückgezogen. Sie sah wütend aus.

„Scheiße!" sagte Lester.

Der Schädel der Ratte war eingedrückt, wahrscheinlich durch einen Absatz von Miß Dinwitties Schnürstiefeln. Um den Leib der Ratte war eine graue Schnur gebunden, an der mit Tesaband ein winziger Glasscherben befestigt war.

Ein Minidolch!

Die Alte spinnt total, dachte Lester. Macht die halbtote Ratte zurecht wie ein Kind seine Puppe.

Er hörte draußen ein schwaches Geräusch und drehte sich um. Trotz der widerlich feuchten Kälte rann ihm der Schweiß über den Rücken. Stand sie da draußen, ebenfalls mit einem Dolch bewaffnet, und wartete auf ihn? Zu welchen gräßlichen Taten Irre fähig waren, las man fast täglich in der Zeitung.

Er ging auf Zehenspitzen aus dem Zimmer, spähte den Gang entlang, und sein Atem stockte. Der Lichtstrahl seiner Taschenlampe war auf die Tür gerichtet, hinter der eine Treppe in den Speicher führte, und traf auf Miß Dinwitties Schnürstiefel, die mit der Spitze nach oben zeigten. Noch ehe er begriffen hatte, was er sah, rutschten die Schnürstiefel ruckweise aus seinem Gesichtsfeld, begleitet von schwachem Scharren und Kratzen.

Herr im Himmel, dachte Lester, Heilige Maria Mutter Gottes, steh mir bei und sorge dafür, daß ich verschont bleibe.

Auf Zehenspitzen schlich er zur Treppe. Er hätte am liebsten laut geheult, wußte aber, daß er nicht heulen durfte, weil er sonst die Ratten nicht hörte. Er ging die Treppe hinunter. Auf halbem Weg drehte er sich instinktiv um und sah hinauf.

Auf der obersten Stufe hockte eine einzige Ratte. Sie hatte eine Stricknadel in der rechten Vorderpfote und sah stolz zu ihm herunter. Die Stricknadel stand aufrecht. An ihrer oberen Spitze hing ein kleines Stoffdreieck.

Ihre Flagge, dachte Lester voll Entsetzen.

„Ich habe nichts gegen euch", flüsterte er, ging weiter, zog die Mütze mit den rot gestickten Lettern vom Kopf und warf sie heulend von sich. „Es war doch bloß mein Job!"

Seine Entschuldigung kam nicht an. Das Rattenregiment hatte in der Diele Aufstellung genommen. Es beobachtete, wie der Feind Stufe für Stufe näher kam und wartete auf die Befehle seines Generals.

T. E. D. Klein

Kinder der Finsternis

CHILDREN OF THE KINGDOM

T. E. D. Klein, ein junger New Yorker Schriftsteller, für seinen Kurzroman „The Events at Poroth Farm“ für den World Fantasy Award vorgeschlagen, hat viele Artikel für die New York Times geschrieben. Während seiner Studienzeit an der Brown University in Providence, Rhode Island, interessierte er sich in zunehmendem Maße für die Arbeiten des in Providence geborenen H. P. Lovecraft, der kosmische Horrorgeschehnisse mit der Atmosphäre Neuenglands zu verbinden pflegte. Die folgende Geschichte verdankt viel Lovecraft, mehr jedoch noch New York, beziehungweise Manhattan, wo Klein jetzt lebt. Unbarmherziger Humor, das Leben in der Großstadt mit seinen krassen Unterschieden zwischen Schmutz und Luxus, wirtschaftliche und ethnologische Spannungen und ständig lauernde Gefahr bilden das Gerüst, auf dem er aufbaut. Er zeichnet New York als Stadt, die Geheimnisse aufgibt und fasziniert, als eine Art Bühne, auf der alte Schrecken neuen begegnen.

Unheil anzurichten, ist ihr Job, Haß ihr täglich Brot, Mord ihr Sport und Blasphemie ihr Hochgenuß.
  Maturin, *Melmoth, der Wanderer*

Sie sind überall, diese Kreaturen.
  Derleth, *Das Haus in der Curwen Street*
Es hat mich den Wahnsinn gelehrt, furchtlos zu sein.
  Opfer einer Vergewaltigung, New York City

Ich glaubte, den Job bereits in der Tasche zu haben, das erfolglose Interview in Boston bewies mir aber das Gegenteil. Da ich im Anschluß daran auch noch den letzten Zug nach New York versäumte, sah ich mich gezwungen, den Bus um halb zwölf Uhr nachts zu nehmen. Und so juckelte ich vor einigen Jahren im Frühling durch die schäbigen kleinen Nester der südlichen Staaten von Neuengland und wurde durch eine Reihe von schlecht beleuchteten Greyhound-Stationen geschleust, weit von der Autobahn entfernt, meistens im älteren Teil der Ortschaft gelegen, in abbruchreifen Vierteln, in den Slums, den Ghettos. Ich hatte höllische Kopfschmerzen und schlief bald ein. Als ich wieder aufwachte, war ich verwirrt. Alle anderen Mitreisenden schliefen. Ich hatte keine Ahnung, wie spät es war, wollte aber das Licht über mir nicht anknipsen, um auf die Armbanduhr sehen zu können, weil ich den Mann neben mir nicht stören wollte. Ich sah statt dessen zum Fenster hinaus.

Wieder fuhren wir gerade durch den nächsten namenlosen Ort, vorbei an ausgehöhlten Kadavern von Gebäuden, die schon die ganze Nacht meine Träume durchzogen, vorbei an Mauerbrüstungen und Dächern, leeren Fenstern und gähnenden Hauseingängen. In der Uneinheitlichkeit der Dunkelheit wirkten bekannte Umrisse fremd. Briefkästen und Hydranten sprossen wie tropische Pflanzen. Stellen, die vom Licht der Straßenbeleuchtung erhellt waren, muteten noch merkwürdiger an. Dort warfen Mülltonnen lange Schatten auf den Gehsteig, auf leeren Grundstücken glitzerten zwischen Unkraut Glasscherben. Ich mußte daran denken, was ich über die großen Städte der Mayas gelesen hatte, die stumm und verlassen im zentralamerikanischen Urwald standen und keinen Hinweis darauf gaben, wohin ihre Bewohner verschwunden waren. An meinem Fenster glitten Reihen von in sich zusammenfallenden Wohnungen vorbei, ein häßlicher Mietblock aus rotem Backstein, dunkle, verwahrlost aussehende Geschäfte mit Toreinfahrten, die durch Eisengitter verriegelt waren. Hier und dort drehte sich eine einsame Gestalt um und sah dem Bus nach. Zwei kleine Kinder hockten hinter einer Festung aus Abfall und bewarfen uns mit Steinen; ein ausgewachsener Mann stand pissend wie ein Tier auf der Straße und sah grinsend zu, wie wir an ihm vorbeifuhren. Ich wollte die finstere Ortschaft hinter mir haben und betete zu Gott, daß der Fahrer uns schnell erlösen möge. Ich sehnte mich danach, wieder in New York zu sein.

Kurz darauf fiel mein Blick zufällig auf ein Straßenschild, und ich merkte, daß ich bereits angekommen war. Ich war in meinem eigenen Viertel. Nur noch drei Blocks, und ich war zu Hause. Im Vorbeifahren sah ich kurz das Appartementhaus, in dem meine Frau auf meine Rückkehr wartete. Es stand auf der anderen Seite der Avenue, keinen halben Block entfernt.

Ein halber Block kann in New York viel ausmachen. Völlig verschiedene Welten können nebeneinander und sich kaum berührend existieren. Es gibt Stellen in Manhattan, an denen moderne, hohe Gebäude mit Terrassen und eleganten Eingangshallen weiß und makellos auf verrußte kleine Überreste aus der Vergangenheit der Stadt herunterblicken – auf ein während der Depression erbautes Mietshaus mit Mülltonnen davor, auf ein Backsteingebäude der Jahrhundertwende, die Vorderfront mit Sprüchen verunstaltet, die Haustür ohne Füllung, der Eingang dunkel, schmal und abstoßend wie ein Grab. Möglicherweise trennt ein Durchgang die beiden Gebäude; vielleicht nicht einmal das. Der Schatten des höheren fällt auf das andere, verdeckt die Sonne. Das andere mag die Nachbarn mit lauter Musik stören, mit im Streit erhobenen Stimmen, mit eventuellem Verbrechen. Allem Anschein nach werden jedoch die Menschen beider Gruppen ihr Leben leben, ohne sich einzugestehen, daß die andere Gruppe existiert. Die Armen werden ihre Ratten wie Geheimnisse für sich selbst behalten; der Essensgeruch, der Geruch von Armut, Krankheit und verstopften Abflußrohren wird selten über ihre Fenster hinausgehen. Auf dem Gehsteig vor ihrem Haus lungert vielleicht der Unrasierte, der Nichtstuer herum, Männer mit T-Shirts und dunkler Haut und klingenscharfem Blick, singend oder sich rempelnd oder vielleicht auf spanisch diskutierend, oder sie sitzen eisern schweigend auf den Steinstufen vor der Eingangstür und lassen eine Flasche herumgehen. Sie sehen brutal und hitzig aus, diese Männer, aber sie werden ihr Reich selten verlassen, selten in die fremde Welt nebenan eindringen. Und diejenigen, die jene fremde Welt bewohnen, werden behutsam an den anderen vorbeieilen und deren Blick meiden, wenn sie gezwungen sind, sich auf die Straße zu begeben.

Mein Großvater, Herman Lauterbach, gehörte zu den Leuten, die sich in beiden Welten bewegen konnten. Seine Wohnung in Brooklyn war schon immer ein Zufluchtsort mittelständischer Anständigkeit gewesen, zumindest solange ich ihn kannte. Die dort herrschende gepflegte Atmosphäre war jedoch in Wirklichkeit Vermächtnis seiner zweiten Frau; Hermann fühlte sich unter den Armen mehr zu Hause. Er war selbst den größten Teil seines Lebens arm und vermutlich etwas radikal gewesen und hatte meinen Vater, seinen Schwiegersohn, für einen „lächerlichen Bürohengst" gehalten, weil mein Vater Beamter war. (Als einziges Kind seiner geliebten Tochter blieb mir dergleichen Kritik erspart, aber ich bin überzeugt davon, daß ihn meine glanzlose akademische Karriere enttäuschte und ihn das von mir gewählte Fachgebiet, Das puritanische Erbe nämlich, anödete.) Seine Einstellung änderte sich nie, auch dann nicht, als er, Witwer von zwei erzürnten Ehefrauen und fast siebzig, gezwungen war, auch eine Krawatte umzubinden und in einer Firma zu arbeiten, die dem Bruder eines alten Freundes gehörte und Uhrengehäuse herstellte.

Er war zeitlebens ein humorvoller, umgänglicher Mann gewesen und hatte Frauen, Schabernack und Ferien geliebt. Vierzigstundenwochen waren ihm zuwider und verdarben ihm die Laune. Der Tod meiner Mutter im darauffolgenden Jahr gab ihm den Rest. Anschließend war er nicht mehr der alte; sein Charme ließ nach. Wie bei einem Kind, das auf der Straße aufgewachsen ist, kam eine egoistischere Ader, eine gewisse Härte zutage. Dennoch nahm man ihm nichts übel, wegen seines Alters wahrscheinlich und seiner Inkonsequenz. Und weil er einen Witz ausstrahlte, als sei es an ihm, anderen Menschen Material für ihre Anekdoten zu liefern. Der heftige Streit mit dem Fahrer eines Gravesend Bay Busses zum Beispiel, in den mein Großvater in dem festen Glauben eingestiegen war, er führe zum Bay Ridge; oder die Geschichten in der *Marinaro's Bar,* in der es unangebracht war, Witze über die Mafia zu machen; einige Wochen später kam es zu einem höchst unüberlegten Disput mit dem nicht einmal halb so alten Sohn des Firmenbosses. Der für Senioren erst kürzlich erhöhte Tarif der öffentlichen Verkehrsmittel und die von meinem

Großvater vertretene Ansicht, diese Maßnahme rechtfertige eine entsprechende Aufbesserung seines Lohns, waren der Anlaß. Als sich die beiden wegen einer ebenso lächerlichen Meinungsverschiedenheit fast prügelten – es ging um den Oberbürgermeister und dessen Schuld oder Nichtschuld am bevorstehenden Bankrott New York Citys –, kam man überein, daß es für den alten Mann an der Zeit sei, sich zur Ruhe zu setzen.

Während der nächsten drei Jahre lebte er recht und schlecht von seinen bescheidenen Ersparnissen, einem Zuschuß des Sozialamts und regelmäßigen Schecks meines Vaters, der inzwischen wieder verheiratet war und in New Jersey wohnte. Und dann plötzlich wurde mein Großvater vom Alter eingeholt: Während er am 4. Mai 1977 in seiner Küche saß und das erste der Frost-Nixon-Interviews verfolgte (und mit Sicherheit in den Bildschirm hineindrohte), erlitt er einen Herzinfarkt, fiel rückwärts von seinem Stuhl und lag fast vier Wochen im Krankenhaus. Er war damals dreiundachtzig Jahre alt.

Zumindest behauptete er es. Genau wußte man es nie, denn es war bekannt, daß er in früheren Zeiten bis zu zehn Jahren und mehr dazugezählt hatte, als er beim Kino um die Ecke einen Seniorenpaß beantragte, der ihm den Eintritt zum halben Preis garantierte.

Jedenfalls wurde es uns während seiner Gesundung klar, daß er nicht nach Brooklyn zurückkehren konnte, wo er im dritten Stock eines Mietshauses ohne Lift wohnte. Wie seine ehemals robuste Konstitution hatte sich das Viertel außerdem im Verlauf der letzten Jahre zum Schlechten hin verändert. Banden von farbigen und puertorikanischen Jugendlichen lauerten alten, besonders alleinlebenden Menschen aller Rassen auf, und ein gebrechlicher Witwer war die ideale Beute. Andererseits war er noch nicht reif für ein Pflegeheim, schon gar nicht für eines mit Sauerstoffzelt und Apparaten zur Aufzeichnung gewisser Körperfunktionen.

Was er brauchte, war ein Platz in einem Altenheim. Wie sein Arzt mir und meiner Frau bei unserem zweiten Besuch erklärte, war mein Großvater keineswegs für den Rest seines Lebens behindert. Man denke doch nur an Pasteur, der nach achtundfünfzig Schlaganfällen eine seiner größten Entdeckungen machte.

„Wer weiß“, sagte der Arzt. „Vielleicht macht auch Ihr Großvater diese oder jene Entdeckung.“

Laut Prognose sollte mein Großvater in ein bis zwei Wochen wieder auf den Beinen sein. Die Möglichkeit eines zweiten Herzinfarkts während dieser Zeit war nicht auszuschließen. Wahrscheinlich kam dies aber erst später auf ihn zu, und dann höchstwahrscheinlich mit tödlichem Ausgang. Bis dahin allerdings würde er geistig und körperlich bei so guter Verfassung sein, daß er sich weitgehend selbst versorgen konnte. Natürlich würde alles etwas langsamer gehen als früher, aber es würde gehen.

Mein Großvater drückte sich drastischer aus. „Wofür haltet ihr mich eigentlich?“ fragte er mit altersgrießiger Stimme, als wir das Thema Altenheim angeschnitten hatten. „Für einen Klumpen Fleisch in einem Rollstuhl?“

Er quälte sich in seinem Krankenhausbett in die Höhe und erklärte uns in einem ausgedehnten Monolog, daß er lieber einsam und vergessen in der Bowery sterben, als sich in ein „Heim“ stecken lassen würde. Trotz aller Bravour klang seine Rede jedoch unecht, und ich hatte den Eindruck, daß er sie schon vor Jahren auswendig gelernt hatte. Zweifellos ging es um seinen Stolz. Als ich ihm versicherte, daß wir weder an ein Pflegeheim noch an eine Anstalt für Senile und Gebrechliche dachten, sondern an eine Art Pension, in der er mit Menschen seiner Altersgruppe zusammen sein würde, Menschen also, die noch ebenso aktiv waren, wie er, beruhigte er sich sofort. Ich merkte, daß ihm die Idee zusagte; er hatte schon immer gern geredet und geschwätzt, und die Aussicht auf Gesellschaft – vor allem von Leuten, die ebenfalls Rentner waren und den ganzen Tag Zeit hatten – war verlockend. In Brooklyn wäre er mit Sicherheit einsam gewesen, was er natürlich nie zugegeben hätte. Ich hatte ein ziemlich schlechtes Gewissen, denn ich hatte ihn nicht oft genug besucht. Von jetzt an, versicherte ich ihm, würde alles anders sein: Ich würde ihm etwas in Manhattan suchen, wo ich ihn dann ein- bis zweimal die Woche besuchen konnte. Ich versprach ihm sogar, ihn ab und zu zum Essen auszuführen.

Er schien über den Vorschlag nachzudenken. Mir zuliebe, glaube ich (und empfand es als schrecklich deprimierend), verzog er wie ein Kind, das vor einem Erwachsenen prahlen will, das Gesicht zu einem verschmitzten Grinsen.

„Wenn du dafür sorgst", sagte er, „daß es von gutaussehenden Weibsbildern wimmelt, bin ich einverstanden."

Von diesem fachmännischen Segen begleitet, machten Karen und ich uns am darauffolgenden Wochenende daran, einen geeigneten Platz zu suchen. Die Presse hatte erst vor kurzem mehrere Altenheime und die dort herrschenden Mißstände unter die Lupe genommen, und wir wollten etwas Anständiges ausfindig machen. Am Samstag nachmittag wußten wir bereits, daß viele der privaten Heime für unsere Verhältnisse zu teuer waren – bis zu dreihundert Dollar die Woche – und die meisten zu streng geführt wurden: Sie glichen kleinen, lächelnden Gefängnissen. Großvater würde es nicht aushalten, den ganzen Tag eingesperrt zu sein; er flanierte gern in der Gegend herum. Ein von Nonnen geführtes Heim machte einen guten, sauberen Eindruck, und es wurden auch Nichtkatholiken aufgenommen, aber die Bewohner waren nicht mehr in der Lage, ohne fremde Hilfe auszukommen, geschweige denn sich mit anderen zu unterhalten. Sie waren in einer Verfassung, die keine Hoffnung auf Besserung zuließ. Mein Großvater hätte in ihrer Mitte wie das blühende Leben ausgesehen.

Auf die Empfehlung eines Freundes sahen wir uns schließlich am Sonntag ein Heim in der 81. Straße an. Es lag westlich vom Broadway, keine zwölf Blocks von unserer Wohnung entfernt. Es hieß *Park West Manor for Adults,* in etwa „Westparkpalais für Erwachsene", obwohl von einem nahegelegenen Park oder einem Stadtpalais nicht die Rede sein konnte. Der Besitzer war ein gewisser Mr. Fetterman, den wir nie zu Gesicht bekommen haben; es stellte sich später heraus, daß auch er krumme Touren machte, was wir jedoch nie zu spüren bekamen. Meine Frau, die als Verlagsbuchhalterin mehr mit dem Geschäftsleben zu tun hat als ich, brachte irgendwie in Erfahrung, daß das Heim Teil eines über den ganzen Staat verbreiteten bürgerrechtlichen Unternehmens war, das vage Verbindungen zur Regierung unterhielt. Laut Abmachung – und das sei allgemein üblich, meinte sie – sollte das Taschengeld meines Großvaters vorerst seinen inzwischen sehr mageren Ersparnissen entnommen werden; wenn diese aufgebraucht seien (was in etwa einem Jahr der Fall sein mußte), sollte es ihm für den Rest seines Lebens vom *Medicaid* zur Verfügung gestellt werden.

Das Haus selbst, aus schmutzigroten, zum Teil behauenen Backsteinen gebaut, liegt an der Südseite der Straße zwischen Broadway und Amsterdam Avenue, einen halben Block vom *Museum of Natural History* entfernt. Es hat zwei Flügel von je neun Stockwerken, die durch einen schmalen, etwas zurückgesetzten Eingang verbunden sind, zu dem ein paar Steinstufen hinaufführen. Da die Sonne gerade hinter dem Hudson unterging und lange Schatten auf der Straße lagen, war das Heim nicht gerade beeindruckend, schien jedoch ordentlich zu sein. Das Pflaster davor war erst vor kurzem wegen Arbeiten an der Kanalisation aufgebrochen worden, riesige braune Rohre lagen wie Munition herum, und der Hauseingang war nur über einen Brettersteg zu erreichen.

Man kam zuerst in einen kleinen gewölbten Vorraum, in dem ein abgegriffener Schreibtisch stand. Dahinter saß ein alter, faltiger, offensichtlich zu Tode gelangweilter Mann in Wachuniform – eine von den Gestalten, die man heutzutage in allen Banken antrifft und die einen lustlos an diesen oder jenen Schalter verweisen. Er nickte und ließ uns passieren. Er bildete sich allem Anschein nach ein, uns zu kennen. Es heißt ja, daß für uns Weiße alle Farbigen gleich aussehen, und jahrelange Erfahrung in den verschiedensten Klassenzimmern hat mich davon überzeugt, daß es umgekehrt genauso ist.

Die Halle war auch nicht viel besser. Wie die meisten Hallen war sie düster, bedrückend und kalt. Die rückwärtige Wand bestand aus einem einzigen großen Spiegel, wodurch meine Frau und ich ein Paar auf uns zukommen sahen, das einen ziemlich entmutigenden Eindruck machte. Der Mann, der ständig auf die Uhr sah, mußte etwas Unerhebliches gesagt haben, denn die Frau sah ihn kopfschüttelnd an. Zur linken des Paares lief ein verzierter Sims über die ganze Wand, die darüber weiß gestrichen und darunter ohne Kamin war. Vor dem nicht vorhandenen Kamin standen im Halbkreis sechs Ledersessel und zwei staubige Gummibäume, deren hängende Blätter sich in dem Bild widerspiegelten, das über dem Sims hing: eine gerahmte Reproduktion von Rousseaus *Großvater,* der vor einem flächig gemalten, an eine Pflanzentapete erinnernden Hintergrund auf einer Bank sitzt, eine Zigarette in der linken Hand hält und einem nachdenklich in die Augen sieht. Die Farben waren verblaßt, als sei ihnen von Generationen von Heimbewohnern durch ewiges Betrachten die Leuchtkraft genommen worden.

Es war Abendessenszeit. Die Halle war leer. Irgendwo von rechts kam Stimmengewirr und das Klappern von Tellern und Besteck, begleitet vom Scharren von Stuhlbeinen und Suppenfleischgeruch. Wir gingen darauf zu, kamen durch einen Gang und schließlich zu einer Doppeltür mit Fenstern in der oberen Hälfte. Karen war so müde, daß sie den Mut aufbrachte, einfach durchzugehen. Vor uns lag der Speiseraum, kaum halb besetzt, mit Tischen verschiedener Größe und Form. Er erinnerte mich an den Speisesaal eines Ferienlagers. Die Kinder, die mit mir zusammen den Sommer dort verbracht hatten, schienen auf ihren Stühlen gealtert und zusammengeschrumpft zu sein, ohne je eine normale Größe erreicht zu haben. Selbst die Kellner wirkten alt: einige eilten zwar geschäftig zwischen den Tischen hin und her und hatten gescheitelte, pomadige Haare, die meisten jedoch hätten gut und gern den Platz mit denen tauschen können, die sie bedienten. Weißes Haar, durch das rosa Kopfhaut schimmerte, war die Regel. Das galt sowohl für die Männer als auch für die Frauen, denn in dem hohen Alter gingen die Geschlechter bereits wieder ineinander über. Wie bei Säuglingen konnte man die einzelnen Personen nur noch schwer unterscheiden. Und wiederum wie bei Kindern machten sie keine Anstalten, ihre Neugier zu verbergen.

Als wir in der Tür standen, drehten sich Dutzende von alten rosa Köpfen nach uns um. Wir waren Eindringlinge; ich hatte das Gefühl, in eine andere Welt hineingestolpert zu sein. Als ich die Erwartung auf den Gesichtern sah, war mir doppelt elend zumute; jeder hatte wahrscheinlich gehofft, von einem Sohn, einer Tochter oder einem Enkel besucht zu werden und mußte bei jeder Ankunft, die nicht das Erwartete brachte, bitter enttäuscht sein. Ein kleiner ausgemergelter Mann kam auf uns zu und stellte sich uns vor. Er war der stellvertretende Geschäftsführer und wollte offensichtlich schimpfen, weil auch er uns für Besucher hielt und wir in die Essenszeit hineingeplatzt waren, doch sein Gesicht hellte sich spontan auf, als er den Grund unseres Hierseins erfuhr.

„Wenn Sie mir bitte folgen", sagte er und trottete wie ein Hund voraus. „Ich zeige Ihnen das Haus vom Keller bis zum Dach."

Ich hatte im Stimmengewirr des Speisesaals seinen Namen nicht mitbekommen, sobald wir jedoch, meine Frau und ich, in seinem Schlepptau auf den nächsten Ausgang zusteuerten, erklang hinter uns ein einstimmiges, klagendes „Mr. Calzone". Er ignorierte es und stieß die Tür auf; meiner Meinung nach freute er sich über die Abwechslung.

Einen Moment später befanden wir uns in der Küche, umgeben von Töpfen und Dampf, von Köchen in weißen T-Shirts und weißbefrackten Kellnern, die sich gegenseitig spanische Brocken zuriefen.

„Früher wurde hier koscher gekocht", schrie Calzone, „aber das haben sie schon längst aufgegeben."

Ich versicherte ihm, daß mein Großvater sogar sehr gern Speck esse.

„Speck kriegen sie selten", entgegnete Calzone, der meine Bemerkung wörtlich aufgefaßt hatte. „Aber Schweineschnitzel, das mögen sie alle gern."

Meine Frau machte einen sehr zufriedenen Eindruck und bewunderte Spülmaschinen und Aluminiumschränke, während ich nicht so recht wußte, was ich bewundern sollte, jedoch zum Glück berichten kann, daß ich keine Küchenschaben und nicht eine tote Katze sah.

Calzone hielt Wort. Nach der Küche zeigte er uns den neunten Stock. Wir fuhren mit einem alten klappernden Lift hinauf. Die Zahlen neben den Druckknöpfen waren so groß, daß ein Blinder sie hätte lesen können. Über die Geschwindigkeit ließe sich sagen, daß einer von den schwächlicheren Heimbewohnern zur selben Zeit angekommen wäre wie wir, hätte er es vorgezogen, zu Fuß zu gehen. Die meist unbewohnten Zimmer im neunten Stock waren mehr als bescheiden, aber sauber, hatten ein dazugehöriges Bad und einen großen begehbaren Wandschrank. Großvater konnte im Grunde nicht daran herummeckern. Da die Bewohner alle im Speisesaal waren, wirkte das Haus nicht wie ein Alten-, sondern fast wie ein Studentenheim. Wenn man die übergroßen Zahlen im Lift und die an den Wänden der Gänge und in den Bädern und Toiletten angebrachten Handläufe übersah, schien die einzige Konzession an das Alter eine im zweiten Stock am Schwarzen Brett angeheftete Liste zu sein, in die sich diejenigen eintragen konnten, die an einer Reihenuntersuchung des zuständigen Gesundheitsamtes teilnehmen wollten.

Unsere Tour endete mit der Besichtigung des Waschraumes im Keller. Es war heiß wie im Maschinenraum eines Frachters, und man glaubte, das Gewicht des Gebäudes auf den Schultern zu spüren. Die Luft war zum Schneiden dick, von einem Gewirr von Rohren tropfte Feuchtigkeit. An einer Wand standen vier Trockner und glotzten auf vier Waschmaschinen an der gegenüberliegenden Wand. Die hinterste Waschmaschine schien den Geist aufgeben zu wollen. Sie wackelte auf ihrem Betonsockel hin und her, als wolle sie fliehen. Aus ihrem Innern kam ein Stöhnen, als müsse sie sich von einem Parasiten befreien oder etwas gebären. Davor kniete ein Mann in einem verschwitzten T-Shirt und schraubte eine Verschlußklappe ab. Der Blechkasten neben ihm war aufgezogen, Werkzeug lag auf dem Boden herum. Er war der Hausmeister und wurde uns als Reynaldo Frits Ley vorgestellt, hatte aber nur einen kurzen Blick für uns übrig.

„Die spinnt schon wieder einmal“, sagte er mit stark spanischem Akzent zu Calzone. „Da hat bestimmt jemand daran herumgemacht.“

Er griff um die Maschine herum und zog den Stecker aus der Dose, womit das Stöhnen und Zappeln ein Ende hatte.

„Vielleicht waren es Ratten“, sagte ich.

Er sah mich vorwurfsvoll an, und ich lächelte, um ihm zu verstehen zu geben, daß es ein Witz hatte sein sollen.

„Unter Garantie nicht“, erklärte Calzone sofort und fuhr sich mit den Fingern durch die schütteren Haare. „Ab und zu ein Silberfisch, das kommt schon einmal vor. In einem Altbau ist das normal. Aber Ratten – nie! Wir achten auf Sauberkeit.“

„Von wegen Ratten!“ Der Hausmeister schüttelte den Kopf. „Das waren *Losninos*. Die Kinder.“

„Die Kinder?“ fragten meine Frau und ich wie aus einem Mund.

„Kinder aus der Nachbarschaft?“ fügte Karen hinzu. Sie hatte gerade gelesen, daß nach über zehn Jahren Ruhe im Westen von Manhatten wieder Banden von Jugendlichen ihr Unwesen trieben. „Doch nicht in einem Altenheim. Außerdem, wie kommen sie denn überhaupt herein?“

Der Hausmeister zuckte mit den Schultern. „Keine Ahnung. Man sieht sie nie. Aber sie kommen. Sie sind hinter Geld her. Wenn sie nichts erwischen, machen sie vor Wut etwas kaputt. Ein Wasserschlauch wird durchgeschnitten oder ein Kabel oder so. Ein gemeines Pack.“

Calzone schaltete sich ein. „Machen Sie sich kein falsches Bild, Mrs. Klein“, sagte er. „Frits hat sich nicht richtig ausgedrückt. Es ist folgendermaßen: An den Wochenenden kommen natürlich Verwandte zu Besuch und bringen gelegentlich auch ihre Kinder mit, und die Kinder langweilen sich schon nach kurzer Zeit und laufen im ganzen Haus herum und spielen mit dem Lift. Wir versuchen, es zu unterbinden, aber im Grunde ist es ja ganz harmlos. Kinderstreiche, weiter nichts.“

Er ging zur Tür, machte sie auf und schob uns hinaus. Der Hausmeister hinter uns wirkte verlegen. Als meine Frau sich zu ihm umdrehte, sah er schnell weg.

„Dummes Gerede“, sagte Calzone, als er uns zum Lift führte. „In dieser Gegend kommt hin und wieder schon einmal etwas vor mit Jugendlichen, aber nicht hier bei uns. Klar hat jeder Probleme, aber Einbruch oder so hat es bei uns noch nie gegeben. Außerdem haben wir erst vor kurzem unsere Sicherheitsmaßnahmen verschärft. Bei uns kommt keiner rein, der hier nichts zu suchen hat. Sie können es mir glauben. Ihr Opa ist hier gut aufgehoben.“

Als wir uns von Calzone verabschiedeten, kamen die ersten Gruppen von alten Männern und Frauen aus dem Speisesaal gewackelt.

„Wenn Sie uns das nächstemal besuchen“, rief Calzone hinter uns her, ehe er sich in sein kleines Büro neben der Treppe verzog, „zeige ich Ihnen unseren neuen Fernsehraum.“

Als sich die Tür hinter ihm geschlossen hatte, sprach ich zwei wohlgenährte Frauen an, die Arm in Arm durch die Halle schlurften. Die stattlichere von beiden hatte Haare, die so blau waren wie die

Venen, die sich über ihre Stirn zogen. Sie sah mit einem etwas verschreckten Lächeln zu mir auf.

Ich räusperte mich. „Verzeihen Sie – eine Frage. Fühlt man sich hier sicher? Ich meine, was die Jugendlichen aus der Nachbarschaft anbelangt.“

Schweigen. Blick und Lächeln waren wie erstarrt.

„Mrs. Hirschfeld hört nicht so gut“, erklärte die andere Frau, den Blick scheu auf den Boden gerichtet. „Sie müssen lauter sprechen.“

Sie hatte die Haare zu einem koketten kleinen Schopf zusammengebunden. Wer weiß, dachte ich, vielleicht gefällt sie Großvater.

„Ich bin Mrs. Rosenzweig“, fuhr sie fort. „Mrs. Hirschfeld und ich wohnen in einem Zimmer. Elsie ist sehr gern hier, und ich kann mich auch nicht beklagen. Wir sind schon drei Jahre im Heim und hatten nie Schwierigkeiten. Aber wir wagen uns natürlich nicht raus.“

Sich gegenseitig stützend gingen sie weiter zum Lift.

„Also, was meinst du?“ fragte ich meine Frau, als wir Calzones Sicherheitsmaßnahme, den verschlafenen, zu Tode gelangweilten Wachmann, passiert hatten und wieder auf der Straße waren.

Sie zuckte mit den Schultern.

„Er ist *dein* Großvater“, sagte sie.

Inzwischen war es dämmrig geworden. Im Westen standen dunkel die Bäume und Bänke des Broadway mit seinen Kinos, Banken und chinesischen Restaurants. In Zabars Schaufenster glitzerten kupferne Kochtöpfe und Espresso-Maschinen; sonntägliche Spaziergänger standen schwätzend neben einem Kiosk an der Ecke.

„Jedenfalls besser als Brooklyn“, sagte ich.

Als wir uns auf den Weg machten, war ich mir allerdings nicht mehr so sicher. Das Gebäude daneben war ein sechsstöckiges Mietshaus mit einem Gerippe von Feuerleitern und bröckelndem Verputz. Auf den obersten Stufen der Treppe, die zu seinem Eingang führte, lungerten ein paar junge Kerle herum, einer mit einem goldenen Ring im Ohr. Ein anderer drehte an einem Radio von der Größe eines Aktenkoffers. Ich ging ungern an ihnen vorbei.

„Sie sitzen da, als würde eine Gruppenaufnahme von ihnen gemacht“, sagte ich zu meiner Frau und nahm ihre Hand.

Sie verfolgten uns mit feindseligen Blicken. Aus dem Radio plärrte Rockmusik. An der Ecke 81st Street und Amsterdam Avenue entdeckten wir vor einem leeren Laden die nächste Gruppe von Jugendlichen. An den stumpfen, vom Staub grauen Schaufenstern klebte ein Zettel: *Essensmarken werden entgegengenommen.*

Stell dich nicht an, dachte ich. So mies ist die Gegend nun auch wieder nicht. Eben andere Leute, das ist der Grund. Wo wir wohnen, ist es auch nicht viel anders.

Mein Blick streifte die alte Leihbibliothek, eine Schuhreparaturwerkstatt, ein Leihhaus mit Gitarren und Uhren im Schaufenster, einen Schreibwarenladen, in dem es Zeitschriften aus Haiti gab, einen puertorikanischen Klub und einen Friseur, über dessen Ladentür *Barberia* stand. In einem Geschäft daneben waren hinter vergitterten Fenstern Plastikfiguren ausgestellt: Jesus und die Jungfrau Maria, ein bärtiger schwarzer Mann, der eine Schlange beschwörte, ein Engel mit Schwert. Alle hatten einen Heiligenschein.

Von den Leuten dieser Gegend konnte man das nicht behaupten. Die Zahl der Verbrechen war im vergangenen Jahr wieder in die Höhe geschnellt. Das Altenheim machte zwar keinen schlechten Eindruck, aber sicher kam man sich in dieser Gegend nicht vor. Während meine Frau und ich an jenem Abend die Columbus Avenue hinaufgingen, das Scheinwerferlicht des Sonntagsverkehrs in den Augen, dachte ich an das alte, von Hauseingängen, Steintreppen und Straßenecken umgebene Backsteingebäude in der 81st Street, in dessen Nähe dunkelhäutige Jugendliche herumstanden und bedrohlich wirkten. Ich stellte mir vor, wie sie sich einschlichen und Unheil anrichteten. Gemessen an dem, was dann wirklich geschah, waren meine Ängste geradezu lächerlich.

Mittwoch, 8. Juni 1977

Falls der Himmel tatsächlich von den Toten bevölkert ist und deren irdische Persönlichkeit wie auch ihr Intellekt intakt sind, muß es dort ähnlich deprimierend sein wie in einem Altenheim. Man könnte sich vorstellen, daß die Engel mit den neuen Flügeln recht gut zurecht kommen, und ihre Heiligenscheine glitzern wie Gold, aber die Köpfe darunter müssen fast ebenso leer sein wie die Köpfe derer, die mir begegnet sind, als ich meinen Großvater zum ersten Mal im *Park West Manor* besucht habe. Im Spielzimmer vertrieben sich alte Männer und Frauen die Zeit mit Canasta oder Poker oder Rommé, oder sie saßen bloß da und sahen schweigend zwei Mitbewohnern zu, die um einen Billardtisch herumschlurften, dessen abgenutzte, verschossene Oberfläche über ihrer Augenhöhe war. Ein alter Mann stand in einer Ecke und redete mit sich selber; andere dösten vor sich hin. Entgegen meinen Erwartungen bemerkte ich nirgends pfiffige alte Yankeetypen, die Pfeife rauchten und Dame spielten, geschweige denn patriarchalische vollbärtige Juden, die in eine Partie Schach vertieft waren. Nicht einer las ein Buch. Die meisten, die an diesem Tag da waren, saßen wie Puppen in Klubsesseln und starrten geradeaus, als laufe der Film ihres Lebens vor ihnen ab. Mein Großvater war nicht unter ihnen.

Wenn es so klingt, als empfände ich keine Ehrfurcht vor Leuten, die älter sind als ich, so hat das seinen guten Grund: *Ich empfinde keine Ehrfurcht vor ihnen.* Sicherlich werde ich mich eines Tages zu ihnen gesellen (es sei denn, ich bin bereits das Opfer einer Sucht oder eines Verkehrsunfalles und damit Wurmfutter) und wahrscheinlich auch meine Zeit damit zubringen, wie jeder andere vor mich hinzustieren und zu phantasieren. Im Moment finde ich es aber noch schwer, den Respekt aufzubringen, den man vor dem Alter haben sollte. Alte Menschen haben mich schon immer durch ihr reichlich kindisches Verhalten erstaunt. Trotz ihres Rufs fand ich sie nie sonderlich weise.

Vielleicht neige ich dazu, an der falschen Stelle nach Weisheit zu suchen. Ich erinnere mich an eine von der Fakultät veranstaltete Party, wo ich einem gefeierten Gasttheologen eine Reihe ernstgemeinter Fragen stellte und dann aber schnell begriffen hatte, daß er nur daran interessiert war, mich anzumachen. Einmal habe ich gespannt die Unterhaltung von zwei bekannten Schriftstellern belauscht und mußte zu meiner Enttäuschung feststellen, daß sie sich stritten, welcher Wagen schneller fährt, ein Thunderbird oder ein Porsche. Ich habe das Buch von Dr. Kübler-Ross gekauft, in dem sie Patienten mit Krebs im Endstadium interviewt, und habe zu meinem Bedauern herausgefunden, daß die Sterbenden ebensowenig Einsicht in das Leben oder den Tod haben, wie wir anderen.

Alte Menschen waren für mich schon immer die größte Enttäuschung. Noch nie habe ich einen etwas Tiefgründiges sagen hören. Ich muß oft an diesen zweiundneunzigjährigen Universitätsprofessor von Oxford denken, der von einem Studenten ehrerbietig gefragt wurde, welche Weisheit er nach einem fast ein Jahrhundert währenden Leben kundtun könne. Er hat einen Moment überlegt und schließlich gemeint, man dürfte vor allem Fußnoten nicht übersehen. Ich fand alte Menschen noch nie weiser als andere und habe von ihnen noch nie etwas erfahren, was ich noch nicht wußte.

Aber Pater Pistachio . . . Er war vielleicht eine Ausnahme. Vielleicht war er auf dem besten Wege.

Anfangs hielt ich ihn für einen liebenswürdigen alten Aufschneider. Ich lernte ihn am 8. Juni kennen, als ich meinen Großvater besuchte. Es war Frühjahr 77, gegen Ende des Semesters. Ich hatte mittwochs am Nachmittag frei und hatte meinem Großvater gesagt, daß ich kommen werde. Nachdem wir einige Dinge von Brooklyn ins Heim geschafft und den Rest weggeworfen hatten, hatten wir ihn am Wochenende zuvor im Park West einquartiert. Jedenfalls war ich um halb zwei da, fand ihn aber weder in seinem Zimmer im neunten Stock noch im Spiel- oder Fernsehraum und ging zu Miß Pascua hinunter, einer kleinen Filipina, die in der Heimleitung als Sekretärin tätig war.

„Mr. Lauterbach verbringt seine Zeit gern draußen“, erklärte sie mit vorwurfsvollem Unterton. „Wir lassen sie natürlich tun, was sie wollen und mischen uns da nicht ein.“

„Aha.“

„Er kommt sehr gut zurecht“, fuhr sie fort, „und hat schon eine Menge Freunde. Wir mögen ihn alle sehr.“

„Das höre ich gern. Haben Sie eine Ahnung, wo er sein könnte?“

„Er scheint sich mit Leuten aus der Nachbarschaft angefreundet zu haben. Sie stecken den ganzen Tag zusammen und schwätzen.“

Ich sah meinen Großvater bereits auf einer sonnigen Bank am Broadway sitzen und ernsthafte Gespräche mit irgendwelchen Rentnern führen, aber Miß Pascua zerstörte die Illusion.

„Versuchen Sie es doch einmal auf der anderen Seite der Amsterdam Avenue“, fügte sie hinzu. „Da sitzt er gewöhnlich mit ein paar Puertorikanern auf einer Treppe.“

Mit gerunzelter Stirn ging ich aus dem Heim. Ich hätte es wissen müssen. Wenn er die Wahl hatte zwischen Broadway und dem Dschungel östlich der Amsterdam Avenue mit seinen Feuerleitern, seinen finsteren Durchgängen und rattenverseuchten Tiefgeschossen, dann hatte der Broadway keine Chance.

Die Gegend, die er sich ausgesucht hatte, war besonders scheußlich. An der Ecke *Davey's* Bar, ein übel aussehender Schuppen, der inzwischen von der Polizei geschlossen war. Ein Stück Harlem, eines von den Lokalen, wo man jeden Samstagabend mit einer Schießerei rechnen mußte. Die Häuser daneben schwarz vor Ruß, die Mauern feucht, die Betonsockel mit etwas gespickt, das wie Wurmlöcher aussah. Ich kam an einem Hauseingang vorbei, in dem junge Kerle herumlungerten, die in der Schule hätten sein müssen. Wie Figuren aus einer Geschichte von Damon Runyon zündeten die einen etwas an, was ich nicht sehen konnte, während die anderen Knallfrösche auf den Gehsteig warfen. Im gedämpften Licht eines geöffneten Fensters im ersten Stock bewegten sich plumpe Gestalten hin und her. Ein Mann mit dunkler Brille kam auf mich zugeeilt, ein Kind wütend hinter sich herziehend. Das Kind, das höchstens fünf Jahre alt war, sagte etwas.

„Laß mich mit deiner Mutter zufrieden“, schimpfte daraufhin der Mann. „Sie ist ein Miststück, eine Hure ist sie.“

Ich war froh, daß Karen nicht dabei war. Mir schlug sich alles bereits aufs Gemüt.

Mein Großvater saß auf der dritten Treppe nach der Eckkneipe, eine Farbige neben sich, die gut doppelt so dick war wie er. Auf dem Geländer rechts von ihm hockte ein alter Mann mit schlohweißen Haaren und einer Haut wie Pergament. Er hatte schwarze Hosen an und ein schwarzes kurzärmeliges Hemd mit Priesterkragen. Sein Mund war zur Hälfte hinter einem zottigen weißen Schnurrbart versteckt. Die Unterlippe war unnatürlich rot, fast wie geschminkt. Auf seinen Oberschenkeln lag eine weiße Papiertüte.

Als mich Großvater sah, lächelte er und stand auf.

„Wo ist denn deine hübsche Frau?“ fragte er.

„Im Büro“, antwortete ich.

Er sah mich erstaunt an. „Was – *heute?*“

„Klar, es ist doch Mittwoch.“

„Großer Gott, stimmt!“ Er brach in erstauntes Gelächter aus. „Mir ist es wie Sonntag vorgekommen.“

„Ich habe dich erst suchen müssen“, sagte ich, „und wo finde ich dich? Hier im Schatten versteckst du dich, und einen Block weiter zwischen Museum und Broadway gibt es haufenweise bequeme, sonnige Bänke.“

„Bänke sind für Frauen da“, entgegnete er mit einer Überzeugung, die keinen Widerspruch zuließ.

Derselbe Ton, wie vor vielen, vielen Jahren in einem kleinen Restaurant – ich war damals noch ein Kind –, als er behauptete, daß nur Mädchen mit Strohhalmen trinken. Wie er auf die Idee kam, ist mir ein Rätsel. Daß ich seitdem nie wieder mit einem Strohhalm getrunken habe, ist mir allerdings auch ein Rätsel.

„Außerdem“, fügte er hinzu, „wollte ich, daß du meine Freunde kennenlernst. Wir versammeln uns hier, weil der Pater in dem Haus wohnt.“

Er deutete auf den alten Mann, stellte mir aber zuerst die Frau vor. Sie hieß Coralette und gehörte zu den breiten, unbeirrbaren Kreaturen, die in der U-Bahn zwei und mehr Sitze in Anspruch nehmen. Ihr Alter zu schätzen war unmöglich, aber machte sie den Mund auf, so hörte man das Echo einer Kindheit im Süden.

Der Mann wurde mir als Pater *Pistachio* vorgestellt. Sein richtiger Name lautete anders, klang aber ähnlich. Mein Großvater hat Namen und Fakten schon immer verdreht, was vielleicht etwas mit seinem allgemein rebellischen Wesen zu tun hatte. Mit seinem Alter hatte es unter Garantie nichts zu tun, denn diesen Trick hatte er, seit ich ihn kannte. Er hat mich ja sogar oft mit meinem eigenen Vater verwechselt. Jedenfalls waren die Namen, die er sich ausdachte, auf heimtückische Weise treffend und blieben meist an den jeweiligen Personen haften. Pater Pistachio war das beste Beispiel dafür. Ich habe ihn nie ohne weiße Papiertüte in der Hand oder – wie jetzt bei meiner ersten

Begegnung mit ihm – im Schoß angetroffen. In der Tüte waren jene obszön aussehenden roten Nüsse, die seine Lippen derart färbten, daß man ihn leicht für einen Bewohner Transsylvaniens hätte halten können.

Aber er stammte nicht aus Transsylvanien. Und auch nicht aus Puerto Rico, wie mein Großvater behauptete.

„Nein, nein", berichtigte er schnell und mit etwas gequälter Miene. „Du falsch verstanden, mein Freund. Ich nenne Costa Rica mein Heimat. Paraiso, Costa Rica. Paradiesstadt."

Mein Großvater zuckte mit den Schultern. „Wenn du aus dem Paradies kommst, was machst du dann hier mit einem *alter kocker* wie mir?"

Coralette fand die Bemerkung unwiderstehlich lustig, wobei ich mir nicht vorstellen kann, daß sie den Jiddischen Ausdruck kapiert hat.

Vater Pistachio lächelte. „Mein lieber Herman", sagte er. „Der Mensch nicht ewig im Garten Eden leben dürfen." Er blinzelte mir zu. „Paraiso ist außerdem nur Name. Paradies ist hier, vor deine Gesicht."

Ich nickte pflichtschuldigst, sah aber trotzdem den düsteren Hausflur hinter ihm, das Geschmier an der Fassade und über seinem Kopf den morschen Blumenkasten mit totem Efeu vor einem schmierigen Fenster. Der Pater hatte sein Paradies an keinem sehr überzeugenden Ort angesiedelt.

Aber zu seiner Unterstützung zitierte er bereits Autoritäten.

„Buddha", erklärte er, „sagt, daß jeder Tag guter Tag. Jesus Christus sagt, daß *el reino dèl Padre* – die Königreich von Gott – überall ist, aber Menschen blind sind und nicht sehen."

„Ach nein, und wo sagt er das?" fragte Coralette. „In der Bibel, die *ich* gelesen habe, steht davon aber nichts."

„Steht in *meiner* Bibel", erklärte Pater Pistachio. „Im Evangelium von Thomas."

Mein Großvater kicherte und schüttelte den Kopf. „Thomas!" sagte er. „Dauernd dieser Thomas. Du redest von nichts anderem."

Ich wußte, daß Bibelgerede meinen Großvater zu Tode langweilte – er hatte es schließlich mehr als einmal betont. Daß er jedoch so taktlos sein konnte, vor allem zu einem Mann, den er erst kurz kannte, war mir neu. Ich setzte mich auf das gegenüberliegende Treppengeländer, sah den alten Pater an und suchte nach einem etwas zuvorkommenderen Gesprächsthema. Ich habe vergessen, wovon anfangs die Rede war. Vielleicht vom für diese Jahreszeit ungewöhnlich warmen Wetter. Nicht vergessen habe ich allerdings, daß zweimal auf eine private Meinungsverschiedenheit zwischen den beiden angespielt wurde.

Beim ersten Mal hatten wir, glaube ich, über aktuelle Tagesthemen gesprochen, insbesondere über die Feierlichkeiten zur Silbernen Hochzeit der Königin Elizabeth von England. Meine Frau und ich hatten am Abend zuvor einen Bericht darüber im Fernsehen verfolgt. Coralette schien sich nicht für die Sache zu interessieren, aber Pater Pistachio bemerkte, daß er von einer anderen Königin erzählen könne, wurde aber von meinem Großvater mit *„laß uns bloß mit deiner Königin zufrieden"* unterbrochen.

Beim zweiten Mal war die Rede irgendwie auf Florida gekommen, und Pater Pistachio meinte, daß er insofern gern dort wohnen würde, als die Hälfte der Bevölkerung Spanisch spräche. Wer ihm den Bären aufgebunden hatte, erwähnte er nicht. Jedenfalls hatte er noch nicht den Mund zugemacht, als mein Großvater, der in den zwanziger Jahren dort Geld in Land investiert und jeden Cent verloren hatte, einen hochroten Kopf bekam.

„In Florida wohnen?" sagte er mit schriller Stimme. „Nie. Dort drehen sie einem Land an, das noch unter Wasser steht."

„Apropos *unter*", schaltete sich Coralette ein, die zu berichten hatte, daß in den Katakomben unter der Grand Central Station ein Nest von hoffnungslos heruntergekommenen Menschen ausgehoben worden sei.

„An die vierzig Leute", fügte sie hinzu. „Klapperdürr und verängstigt. Aus Mülltonnen haben sie sich ernährt. Mir tun solche Typen leid, verzweifelt und heimatlos wie sie sind."

Pater Pistachio stieß einen Seufzer aus. „Alle Menschen sind heimatlos", sagte er. „Seit vielen Jahren wandern wir . . ."

„Hör auf mit deinem Wandern!" fiel ihm mein Großvater ins Wort. „Müssen wir denn immer über das gleiche reden?"

In der Hoffnung, einen Streit unterbinden zu können, versuchte ich erneut, das Thema zu wechseln. Ich hatte bemerkt, daß Pater Pistachio ein dickes Taschenbuch mit sich herumtrug, auf dem *Diccionario* stand.

„Für alle Fälle, was?" sagte ich und deutete darauf.

Er zuckte geheimnisvoll mit den Schultern.

„Für mein Buch", sagte er bescheiden, doch gleichzeitig mit Nachdruck.

„Sie schreiben an einem Buch?" fragte ich.

Er lächelte. „Ist geschrieben. Schon vor über vierzig Jahren fertig. Dann ich es schreiben in latein und *portugués*. Jetzt in Ruhestand ich schreibe in englisch."

Deshalb war er hierhergekommen – um sein Buch zu übersetzen. Es war bereits in Costa Rica und Brasilien erschienen, im Eigenverlag, wie er zugab. Der englische Titel, der allein schon drei Tage Arbeit gekostet hatte, sollte lauten: *Eine allumfassende, auf Grund gewisser Funde revidierte Erläuterung des Thomas-Evangeliums.*

„Kurz vor mein Verlassen von Orden das Buch fertig", erklärte er. „Sagt alles, was in meinen Gedanken. Wenn ich lange genug lebe, *si Dios quiere,* ich bete, daß ich mein Buch in sieben wichtigste Sprachen der Welt sehe."

Ich fand diesen Wunsch eine Spur zu optimistisch, wollte ihn aber nicht verletzen. Er war allem Anschein nach ein extremer Fall des sprichwörtlichen Ein-Buch-Autors.

„Wer weiß", sagte er und nickte meinem Großvater zu. „Vielleicht wir schreiben das Buch auch in jiddisch."

Großvater zog die Augenbrauen in die Höhe und sah gelangweilt weg.

„Ich nehme an, daß es eine Art religiöser Abhandlung ist", sagte ich möglichst interessiert. „Die Puritaner haben sich früher auch mit derlei Dingen beschäftigt. Kritische Kommentare zur Doktrin, zur Verdammnis der Geburt . . ."

„Es geht um eine *natividad*", fiel er mir ins Wort, „aber die von Mensch."

„Daran ist doch nichts Besonderes", sagte Coralette. „So anders als die Affen und die Eidechsen und die Würmer sind wir nun auch wieder nicht. In der Bibel steht, daß Gott uns aus Erde gemacht hat. Jeden von uns."

Sie griff zurück, zog Pater Pistachios Lexikon aus dessen Jackentasche und rieb einen Finger auf dem glänzenden Einband hin und her. Schon nach einem Moment hatte sich ein grauschwarzes Würstchen aus Schmutz und Hautschuppen gebildet. Anschließend nahm sie meine Hand in ihre viel größere und rieb meinen Zeigefinger auf der glatten Oberfläche hin und her. Wieder ein Würstchen von der gleichen Farbe.

„Seht ihr?" sagte sie triumphierend. „Gott hat uns alle aus dem selben Lehm gemacht."

Pater Pistachios Meinung zu dem Thema konnte ich nicht erfragen, denn es war inzwischen Viertel nach drei, und die älteren Kinder der Nachbarschaft kamen aus der Höheren Schule und wälzten sich lauthals über den Gehsteig. Als drei Teenager und ein junger Kerl mit Stirnband die Treppe heraufstürmten, stand mein Großvater auf. Coralette blieb noch einen Augenblick sitzen und blockierte den Hauseingang, doch dann quälte auch sie sich stöhnend in die Höhe. Ich nahm an, daß dies der Moment war, wo man sich trennt.

„Ich verabschiede mich jetzt", sagte Pater Pistachio, „und halte Nachmittagsschlaf, weil heute abend an meine Buch arbeiten."

Ich half ihm von seinem hohen Sitz und war erstaunt, wie klein und zierlich er war. Seine Beine reichten kaum auf den Boden.

„Komm", sagte ich zu meinem Großvater. „Ich begleite dich."

Zu den anderen sagte ich, daß ich sie bald wiederzusehen hoffte, und es war vielleicht sogar ehrlich gemeint.

Als wir die 81st Street hinaufgingen, schien mein Großvater bester Laune zu sein. Ich war erleichtert, daß er sich der neuen Situation so gut angepaßt hatte.

„Ich habe den Eindruck, du fühlst dich wohl", sagte ich.

„Ja, wenn man ein paar Freunde hat, ist alles leichter. Die dicke Negerin hat ein Herz aus Gold, und der Pater ist auch in Ordnung. Er spricht zwar nicht gut Englisch, ist aber ein gescheiter Bursche, das kannst du mir glauben."

Eine merkwürdige Freundschaft, fand ich: der eine, mein Großvater nämlich, ein Mensch, der weder mit Büchern noch mit der Religion etwas im Sinn hatte und kein Wort Spanisch sprach, und der andere ein Ordensmann, dessen Englisch dürftig war. Diese beiden Oldtimer mußten kuriose Unterhaltungen führen.

„Du mußt öfter kommen", sagte mein Großvater. „Sie mögen dich, das habe ich sofort gemerkt. Und der Pater ist wahnsinnig gespannt auf Karen."

„So? Wieso denn?"

„Weiß ich nicht. Er hat gesagt, daß sie eine interessante Frau sein muß."

„Komisch. Wie kommt er denn ..." Ich brach ab, denn mir war ein Verdacht gekommen. „Moment mal, hast du vielleicht zufällig erwähnt, wo sie arbeitet?"

„Klar habe ich das. Ich habe erzählt, daß sie in einem großen Verlag arbeitet und mit Büchern zu tun hat."

„Mit *Kassen*büchern", betonte ich. „Sie ist in der Buchhaltung beschäftigt."

Er zuckte mit den Schultern. „Bücher sind Bücher."

„Stimmt", sagte ich und ließ das Thema fallen.

Innerlich zuckte ich allerdings zusammen. Armer Pater Pistachio! Kein Wunder, daß er sich für uns interessierte. Er hoffte, daß wir sein Buch an den Mann bringen. Wer Karen dazu benutzen wollte, sich Zugang zur Verlagswelt zu verschaffen, war mit jemand zu vergleichen, der eine Platzanweiserin hofierte, um in Hollywood Karriere zu machen. Ich sah mich allerdings nicht dazu veranlaßt, Pater Pistachio darauf hinzuweisen. Er kommt selbst früh genug dahinter, dachte ich. Und bis dahin ist er erst einmal ein guter Freund für Großvater.

„Natürlich nimmt er sich etwas zu wichtig mit seinem Buch", sagte Großvater. „Wenn man ihn nicht bremst, redet er von nichts anderem. Theorien hat er aufgestellt ..." Er schüttelte den Kopf und lachte. „Weißt du, was er behauptet? Daß die Indianer ursprünglich ein israelischer Volksstamm gewesen sind."

Ich war enttäuscht. Die Story hatte ich schon dutzendmal gehört. Pater Pistachio konnte meinetwegen schrullige Theorien aufstellen –

in seinem Alter hatte er das Recht zu glauben, was er wollte –, aber hätte er nicht etwas einfallsreicher sein können? Der israelische Volksstamm war ein alter Hut. Selbst mein Großvater hielt ihn für einen Witz.

Aber bezeichnenderweise hatte er wieder einmal alles verdreht.

Samstag, 11. Juni

„Heutzutage kein Mensch mehr sicher", sagte Pater Pistachio. Es war eine Feststellung, keine Frage. „Ist dasselbe für einen alter Mann wie ich. Vorgestern abend mir nachgehen sechs oder sieben Kerle. In der Dunkelheit vielleicht nicht gesehen, daß ich Priesterkragen habe. Ich denke schon, daß sie mich niederschlagen, aber ich habe Glück. Gott, er hält Augen offen. Ich denke gerade, ob klug nach Hilfe rufen, da kommt Polizeistreife langsam um Ecke gefahren, und wie ich mich umdrehe, sind Kerle verschwunden."

„Polizei?" schnaubte Coralette. „Die Polizei kann mir gestohlen bleiben! Kein Kind hat mehr Angst vor denen, und an das Gesetz hält sich sowieso kein Mensch mehr. Das Revier in der 82nd Street ist ein Witz. Kennst du das Haus daneben? Wenn eine Tochter von *mir* da wohnen würde, ich hätte keine ruhige Minute. Hier in der Gegend ist man auf der Straße nicht mehr sicher."

„Ach was", sagte mein Großvater. „Das ist doch alles Unsinn. In Brooklyn ist es zehnmal schlimmer, das könnt ihr mir glauben. Wenn ihr mich fragt, lieber tot, als den ganzen Tag im Haus hocken."

Wir hockten im Moment zwar nicht im Haus, sondern saßen in *Irv's Snack Bar* um einen klebrigen kleinen Tisch herum und sprachen über Verbrechen, New Yorks Lieblingsthema. Irv und seine Frau hatten nichts dagegen, wenn die alten Leute stundenlang bei ihnen herumsaßen, also kamen Großvater und seine Freunde oft in das Lokal, insbesondere an Wochenenden, wenn die Stufen vor Pater Pistachios Haus von Teenagern belagert waren. Hin und wieder drang das Geplärr aus ihren Radios durch die dünnen Wände der Snack-Bar. Oft waren auch die stampfenden Rhythmen der Soul-Musik zu hören, die gegenüber bei *Davey* bevorzugt wurde. Die Abende begannen samstags früh, zumindest, wenn es warm war; schon ab Mittag brach der

Lärm nicht mehr ab und hielt über das ganze Wochenende an. Es war mir unerklärlich, wie man das aushalten konnte.

„Die Stiefschwester von meiner Cousine sagt, daß es droben in der 97th genauso schlimm ist. Bei denen in der Gegend gibt's einen, der pervers sein muß." Der Metallstuhl unter Coralette sackte sichtlich ab, als sie das Gewicht verlagerte. „Die Frau unter ihr, sie heißt Mrs. Jackson und wohnt in I-B, hat neulich mitten in der Nacht ihre kleine Jenny schreien hören und gesehen, wie das Licht angegangen ist. Das Kind ist erst sieben Jahre alt, und die Mutter ist aufgestanden und hat nachgesehen, was los ist. Das Fenster war sperrangelweit auf, aber das hat sie nicht weiter beunruhigt, weil es vergittert ist, was ja auch sein muß, wenn man im Erdgeschoß wohnt. Aber das Kind, das Kind hat am ganzen Leib gezittert. Es hat gesagt, daß es aufgewacht ist und neben seinem Bett ein Junge war, der etwas Unanständiges mit sich gemacht hat. Und wie es geschrien und das Licht angeknipst hat, ist er abgehauen. Er hat sich durch die Gitterstäbe geschlängelt, hat Jenny gesagt. Mrs. Jackson schaut aufs Fenster, sieht aber nichts und denkt, daß ihre Tochter einen Alptraum gehabt hat, weil niemand so dünn ist, daß er durch die Gitterstäbe kommt. Aber dann sieht Mrs. Jackson plötzlich, daß über dem Fenster, wo das Kind unmöglich hinkommt, etwas an die Wand geschmiert ist, und weiß, daß ihre Jenny doch nicht gelogen hat. Sie hat gesagt, daß sie den Jungen gesehen hat, obwohl es dunkel im Zimmer gewesen ist, und daß es ein weißhäutiger Junge gewesen ist. Völlig nackt ist er gewesen, und bloß über dem Kopf hat er etwas gehabt, was ganz scheußlich war. Ich möchte wetten, daß diese Jenny jetzt nur noch mit Licht schläft."

„Wollen Sie damit sagen, daß heute nicht einmal mehr auf vergitterte Fenster Verlaß ist?" Ich lachte, wußte aber nicht warum. Wir wohnen selber im Erdgeschoß und gar nicht so weit weg von dort. „Wenn das Karen erfährt, liegt sie mir wieder in den Ohren und will in eine teurere Gegend ziehen." Ich sah Großvater an. „Tu mir den Gefallen und erzähle es ihr nicht, okay?"

„Natürlich nicht", sagte er. „Ich jage doch einer Frau keine Angst ein."

Pater Pistachio räusperte sich. „Ich Karen gerne kennenlernen."

„Kein Problem", sagte ich. „Ich bringe Sie demnächst zusammen. Heute allerdings geht es nicht. Heute streicht sie."

Mein Großvater sah auf die Armbanduhr. „Ich muß gehen", sagte er. „Sie ist wahrscheinlich schon bei mir oben."

Meine Frau hatte die Erlaubnis bekommen, das Zimmer meines Großvaters wie auch ein paar Möbel zu streichen, die aus der alten Wohnung ins Heim gewandert waren. Sie war überzeugt davon, daß sie ohne meine Hilfe besser zurecht kam, und ich ihr bloß im Weg stand. Mir konnte das nur recht sein, denn ich saß viel lieber in der Snack Bar. Außerdem wollte ich Pater Pistachio ein paar Fragen stellen. Später wollten Karen und ich meinen Großvater zum Essen ausführen und seine erste erfolgreiche Woche im Heim feiern.

„Ich freue mich schon auf ein anständiges Essen heute abend", sagte er, als er von seinem Stuhl aufstand. Er legte mir eine etwas zittrige Hand auf die Schulter. „Meine Enkel wissen eben, wie man einen alten Mann behandelt."

Er bestand darauf, beide Kaffees und das Sandwich zu bezahlen, das ich gegessen hatte. Als dies erledigt war, legte er einen Dollar auf den Tresen und bat Irv um vier Fünfundzwanzigcentstücke.

„Ich muß nämlich waschen", sagte er, „damit ich schnieke bin, wenn mich meine Enkel heute abend fein zum Essen ausführen." Plötzlich schien ihm ein Verdacht zu kommen, denn er drehte sich zu mir um. „Ich muß aber doch keine Krawatte umbinden, oder?"

Ich schüttelte den Kopf. „So *fein* wird's auch wieder nicht."

„Gut", sagte er. „Trotzdem ziehe ich wahrscheinlich die Socken mit dem Monogramm an, die mir deine Mutter geschenkt hat. Man weiß nie, wer neben einem sitzt." Er verabschiedete sich, indem er jeden mit einem Lächeln streifte. „Bis bald, Irv, und einen schönen Gruß an Mrs. Snackbaum."

Damit schlurfte er zur Tür hinaus.

Irv kratzte sich am Kopf. „Ich habe ihm schon hundertmal gesagt, daß ich Shapiro heiße und nicht Snackbaum", schimpfte er.

Die Musik von gegenüber wurde immer lauter. Ich spürte den Baß durch die Sohlen meiner Schuhe vibrieren, hörte das Geschrei und Gekreisch und war froh, hier drinnen zu sein.

Bisher hatte ich es vermieden, die Rede auf Pater Pistachios Buch zu bringen. Jetzt, ohne Großvater war es einfacher.

„Ich habe gehört", sagte ich, „daß Sie ganz neue Theorien über die Indianer und die Juden aufgestellt haben."

Sein Gesicht wurde zu einem faltigen Grinsen. „Indianer, Juden, Chinesen, Türken – alle kommen von selbe Platz."

„Und darum geht es in Ihren *Erläuterungen?*"

„*Exactemente*. Steht alles in Evangelium. Thomas spricht klar, sagt alles, was ich wissen will. Durch ihn ich entdecken, wo Mensch herkommt."

„Aha, und wo kommt der Mensch her?"

„Von Costa Rica."

Das Grinsen blieb, aber der Blick in den Augen war todernst. Ich wartete vergebens auf einen zusätzlichen Kommentar. Coralette saß neben Pater Pistachio und nickte zufrieden. Sie hatte alles natürlich schon zig-mal gehört und war überzeugt davon, daß es stimmte.

„Das klingt etwas unwahrscheinlich", sagte ich schließlich vorsichtig. „Ich habe gelesen, daß der erste aufrecht gehende Mensch irgendwo in Ostafrika herumgewandert ist. Daß es Karten gibt, auf denen sein Weg genau aufgezeichnet ist, brauche ich Ihnen nicht zu sagen. Jedenfalls sollen unsere Urvorfahren von Afrika nach Europa und Asien gezogen und dann durch die Beringstraße nach Amerika gekommen sein, wo sich die Indianer dann über die gesamte Neue Welt verbreitet haben."

Pater Pistachio hatte mir geduldig zugehört, „Ja . . . ja" gemurmelt und in seinen Taschen nach Nüssen gesucht. Er hatte sie aufgemacht und jede einzelne wie eine teure Zigarre betrachtet, ehe er sie in den Mund gesteckt hatte.

Schließlich sah er hoch. „Ja", sagte er. „Wie ich *estudiante,* ich auch gehört das. Aber ist falsch. Ist veraltet. Wahrheit ist sehr einfach."

Der Blick des alten Mannes verließ mein Gesicht und wanderte in weite Fernen. Coralette quälte sich in die Höhe und watschelte unter dem Vorwand, noch etwas besorgen zu müssen, davon. Der Moment war gekommen: Pater Pistachio hielt seinen Vortrag.

Während ich langsam eine zweite Tasse Kaffee trank und die Nachmittagssonne Zentimeter für Zentimeter an der Wand hochkroch, erhielt ich den Ablauf der Entwicklungsgeschichte des Menschen erklärt. Die Theorie des alten Mannes basierte auf gewissen indianischen Märchen und einer höchst eigenwilligen Deutung von ein paar Fossilien.

Laut Pater Pistachio hatten sich die ersten Menschen im warmen, vulkanischen Hochland Zentralamerikas entwickelt; irgendwo in der Nähe von Paraiso, Costa Rica, also rein zufällig in seiner Heimat. Äonen hatten sie glücklich in einer Stadt gelebt, von der nur noch die Legende zeugte, regiert von einer klugen und allmächtigen Königin. Vor Hunderten von Jahrtausenden waren sie dann von Feinden aus dem sie umgebenden Dschungel bedroht worden, hatten plötzlich ihre Stadt verlassen und waren Richtung Norden geflohen. Sie hatten sich weder Ruhe noch Rast gegönnt. Das fieberhafte Bedürfnis zu überleben, hatte sie durch die Regenwälder von Nicaragua getrieben und weiter und immer weiter durch die USA von heute, durch Kanada und Alaska. Und die mutigsten und abenteuerlichsten von ihnen hatten vor dem Ende des Kontinents nicht etwa haltgemacht, sondern waren nach Asien und später nach Europa vorgedrungen.

Ich hörte ihm schweigend zu und überlegte, wie ernst ich seine Theorie nehmen sollte. Die Angelegenheit kam mir ziemlich unwahrscheinlich vor. Harmlose Hirngespinste eines alten Mannes, der allerdings wie ein Velikovsky oder ein von Däniken seine Argumente mit einer Menge von Zahlen, Tatsachen und Namen zu untermauern vermochte – Namen wie die der Gebrüder Ameghino, zum Beispiel, die sich im 19. Jahrhundert als Archäologen einen Namen gemacht und eine ähnliche Theorie aufgestellt hatten. Sie allerdings hatten die Geburtsstätte des Menschen in ihre argentinische Heimat verlegt. Ich schlug am nächsten Tag in der Schulbibliothek nach und fand heraus, daß die beiden tatsächlich existiert haben, ihre Theorien jedoch seit 1880 in Mißkredit stünden.

Der Name, der allerdings am meisten fiel, war der des heiligen Thomas. Ich schlug auch ihn nach. Sein Evangelium ist im Gegensatz zur Gnostischen Ausgabe (ich habe ein ins Englische übersetztes, 1959 gedrucktes Exemplar neben mir auf dem Schreibtisch liegen) in landläufigen Bibeln nicht zu finden. Ich sollte statt einer Fußnote hinzufügen, daß Thomas eine besondere Verbindung zu Amerika hat: Als die Spanier im 16. Jahrhundert an diesen Küsten an Land gingen, stellten sie zu ihrem Entsetzen fest, daß die Azteken und andere Stämme dem Christentum ähnliche Riten mit Höllenfeuer, Wiederauferstehungen, unberührten Geburten und magischen Kreuzen pflegten. Da sie nicht zugeben wollten, daß ihre Religion nicht ohnegleichen ist, behaupteten sie, Thomas sei vor fünfzehnhundert Jahren in die Neue Welt gesegelt und habe den Indianern seine Religion gepredigt.

Wie dem auch sei, es war Pater Pistachio irgendwie gelungen, all diese verrückten alten Theorien, Volksmärchen und Phantastereien als Erklärung für die Entwicklung des Menschen aufzublasen. Er war der festen Überzeugung, daß nicht eine seiner Behauptungen im Widerspruch zur heutigen katholischen Doktrin stehe, wobei ich der Meinung bin, daß ihn die katholische Doktrin schlicht nicht interessierte und er einem Jakob gleich fremde Götter angebetet hat. Ich habe ihn leider nie gefragt, welchem Orden er angehörte, und werde den Verdacht nicht los, daß er nicht freiwillig aus ihm ausgetreten ist.

Trotz aller Skepsis fand ich die Ernsthaftigkeit des alten Mannes dennoch beeindruckend. Seine Beschreibung der großen vorsintflutlichen Stadt mit ihren Pyramiden, Türmen und Kuppeln war so anschaulich, seine Stimme so überzeugend, daß ich alles vor mir sah, selbst die hastige Wanderung des Menschen über den Planeten. Eine gewisse Großartigkeit konnte man dem Ganzen nicht absprechen: ein idyllischer Anfang in den Tropen, eine Zivilisation, die während friedlicher Jahrhunderte vor sich hindöste, dann plötzlich panische Flucht vor einem Heer von Eindringlingen und der dramatische Drang Richtung Norden zu ziehen, der erste Schritt einer globalen Wanderung, die zur Folge hatte, daß sich der große, primitive Stamm teilte und seine Splittergruppen zu neuen Stämmen wurden, die sich über den Kontinent verbreiteten und zu den Mochicas wurden, den Chibchas und den Changos, den Paniquitas, Yuncas und Quechuas, den Aymaras und Atacomenos, den Puquinas und Paezes, den Coconucas, Barbacoas und Antioquias, den nicaraguanischen Zambos und Mosquitos, den Chontals von Honduras, den Mayas und den Trahumares von Guatemala und Mexiko, den Pueblo und den Navaho, den Paiute und den Crow, den Chinook und den Nootka und den Eskimos ...

„Moment", sagte ich. „Eine Frage noch. Gilt das für sämtliche Rassen? Ich meine, sogar für die Juden?"

Er nickte. „Sie sind auch abgesplitterter Stamm."

Großvater hatte wieder einmal alles verdreht. Die Indianer waren laut Pater Pistachio kein ehemaliger Volksstamm der Israelis, sondern umgekehrt: die Israelis waren Nachkommen von costaricanischen Indianern.

„Wenn aber wie in meinem Fall nachgewiesen werden kann, daß die Familie aus Osteuropa stammt, was dann?" fragte ich.

Der alte Mann lächelte und klopfte mir auf die Schulter. „Dann, mein Sohn, haben Sie Kreis gemacht um die Erde. Willkommen zu Hause."

Der Aufzug kam zitternd zum Stehen, die Tür glitt auf, und ich stieg aus. Im Flur vor Großvaters Zimmer roch es nach Farbe. Ich klopfte, bekam aber keine Antwort. Als sich auch beim zweiten Mal nichts rührte, machte ich einfach auf. Da man bei alten Menschen ständig mit einem Schlaganfall, einer Ohnmacht, einem Oberschenkelhalsbruch oder dergleichen rechnen und dann sofort geholfen werden muß, besaßen die Heimbewohner keine Schlüssel zu ihren Zimmern. Obwohl im allgemeinen recht nachlässig, war sofort ein Pfleger zur Stelle, wenn jemand nicht zum Essen erschien. Im vergangenen Sommer war mitten in der Bronx die Leiche eines alten Mannes monatelang in einer abgeschlossenen Wohnung gelegen, zu vierfachem Umfang aufgedunsen, bis sie schließlich buchstäblich durch den Fußboden in die Wohnung darunter durchgesickert war. Dieses Los blieb meinem Großvater wenigstens erspart.

Sein Zimmer war leer, aber in einer Ecke spielte ein Radio, und der frischgestrichene Nachttisch zeugte von der handwerklichen Geschicklichkeit meiner Frau. Ich bewunderte gerade die Ausbesserungsarbeiten an einem der Fensterrahmen, als die beiden in etwas gereiztem Zustand ins Zimmer kamen.

„Was ist denn mit euch beiden los?“ fragte ich sofort.

„Dieser Waschkeller ist eine Zumutung“, stöhnte meine Frau. „Nur drei Maschinen funktionieren, und wenn dann auch noch getrödelt wird, und dein Großvater darauf besteht, zwei Frauen vorzulassen, dann muß man eben eine Ewigkeit warten. Aber jetzt sind die Sachen wenigstens im Trockner.“

„Auf die paar Minuten kommt es doch nicht an“, meinte mein Großvater und stellte das Radio lauter.

Während der nächsten halben Stunde verfolgten wir zwangsläufig einen Bericht über Mrs. Carters Südamerikatour und erfuhren, daß in New York mit ansteigenden Temperaturen gerechnet werden mußte. Großvater saß in einem Sessel, streckte die Beine von sich und stocherte in seiner Pfeife, die mehr ausging als brannte. Meine Frau entdeckte einige Stellen, die noch einmal überstrichen werden mußten, und ich nahm schließlich den Wäschesack, setzte eine nützliche Miene auf und ging zum Lift. Als er hielt, stieg ich ein und drückte auf den untersten Knopf.

Im Keller angekommen, war ich erst einmal völlig desorientiert. Draußen war es noch hell, hier unten hingegen düster und durch die stillstehenden Maschinen geräuschlos. Ich kam mir vor wie in einem Krankenhaus um Mitternacht; gekachelte Wände schienen in weiter Ferne zu einem Punkt zusammenzulaufen, während vergitterte Nachtleuchten die Decke in zwei Hälften teilten und einen Strich aus Licht und Schatten bildeten.

Die Tür zum Waschraum hätte eigentlich beleuchtet sein müssen, aber ausgerechnet diese Birne fehlte. Ich machte sie auf und tastete nach dem Schalter. Wellen dampfiger Luft schlugen mir ins Gesicht. Die Werkstatt des Hausmeisters mußte im angrenzenden Raum sein, denn ich hörte leise Mamborhythmen. Die Neonröhren gingen mit insektenähnlichem Surren an, und ich entdeckte als erstes, daß die Waschmaschine in der Ecke immer noch außer Betrieb war.

Das Anschlußkabel war kurz hinter dem Stecker zerschnitten und lag zusammengerollt auf dem Boden. Die Maschine selbst war von der Wand gerückt, woraus ich schloß, daß Frits sie zu reparieren versucht hatte. Das halbrunde Abflußloch schien mindestens hundert Meter tiefer in einen dunklen Kanal mit ewig fließenden Wassern oder in einen jener Flüsse zu münden, die angeblich unter Manhattan fließen; erst im vergangenen Winter hatte die *Times* von einem Mann berichtet, der mit Hilfe einer ewig langen Angelschnur augenlose weiße Aale aus einem Loch im Keller seines Hauses in der Mercer Street gezogen haben soll.

Ich beugte mich über das Loch, der Geruch von Kloakenwasser schlug mir entgegen, und ich sah tief unten etwas fließen. Merkwürdigerweise mußte ich daran denken, wie meine Frau und ich auf unserer Hochzeitsreise bei einem Waldspaziergang zufällig auf einen Brunnen gestoßen waren, uns über den Rand gebeugt und zwei riesige Frösche gesehen hatten, die uns kurz anglotzten, ehe sie die dicken blassen Bäuche nach oben kehrten und im trüben Wasser untertauchten.

Der Trockner betrachtete mich schweigend mit seinem großen Zyklopenauge. Die Neonröhren surrten lauter. Jemand hatte etwas an die Wand geschmiert, was wie ein Zwischending aus einer Hand und einem heiligen Blatt aussah. Ich stopfte Großvaters Wäsche in den Sack. Nichts wie weg! Ich knipste das Licht aus, ehe ich die Tür hinter mir zuzog. Im Dunkeln hörte ich die Mamborhythmen plötzlich deutlicher.

Wo dieser Frits nur steckt, dachte ich. Er sollte nicht Musik hören, sondern sich um seine Maschinen kümmern.

Großvater schien zu schlafen, als ich zurückkam. Ich hatte das Zimmer jedoch kaum betreten, als er aufstand, mir den Wäschesack abnahm und den Inhalt auf das Bett kippte.

„Wo sind denn bloß meine Socken?" sagte er, während er in Unterwäsche wühlte, die ich lieber nicht eingehender beschreibe.

„Und wo ist mein Rock?" fragte Karen und sah ihm über die Schulter.

„Du hast ihn an", sagte ich.

„Nein, ich meine den von vorhin – den alten Sommerrock, den ich zu groben Arbeiten anziehe. Er war voll Farbe, und da habe ich ihn gleich mitgewaschen."

Ich kannte den alten Rock, den sie schon im College gehabt hatte.

„Er muß noch im Trockner sein", sagte ich und ging zum Lift.

Diesmal brannte Licht im Waschraum. Ich sah es unter der Tür durchscheinen, hörte einen Schwall spanischer Flüche.

Als ich hereinkam, drehte sich Frits um. Er war gerade bemüht gewesen, die Waschmaschine an ihren Platz zurückzuschieben.

„Packen Sie mal mit an, ja?", sagte er. „Das Biest wiegt gut seine fünf bis sechs Zentner."

„Wie haben Sie es denn überhaupt wegbekommen?" fragte ich und betrachtete den Kasten.

„Ich? Das war doch nicht ich." Seine Augen wurden schmal. „Waren Sie das vielleicht?"

„Nein, natürlich nicht. Ich dachte . . ."

„Das müssen wieder diese *ninos* gewesen sein!" schimpfte Frits. „Denen ist alles zuzutrauen."

Ich deutete auf das durchtrennte Anschlußkabel. „Das waren doch keine Kinder", sagte ich. „Wenn Sie mich fragen, waren das Ratten. Schauen Sie sich doch bloß die Enden an. Wie durchgebissen."

„Nie im Leben", sagte Frits. „Ich habe es Ihnen doch schon einmal gesagt – Ratten können meinen Maschinen nichts anhaben. An so einem Kabel würden sie sich die Zähne ausbeißen, und für den Zement hier" – er stampfte mit dem Fuß auf den Boden – „gilt dasselbe. Seit elf Jahren bin ich jetzt schon hier, und nie hat es etwas gegeben. Es hat erst vor ein paar Wochen angefangen. Ich wollte ein Vorhängeschloß kaufen, aber Calzone . . ."

Ich hörte nicht mehr zu, denn mein Blick hatte zufällig Karens Rock gestreift, der neben dem Trockner zusammengekrumpelt auf dem Boden lag. Ich ging hin, bückte mich und wollte ihn aufheben, zog aber die Finger angeekelt zurück. Der Rock war voll von einer milchig weißen Flüssigkeit, deren Ursprung nur zu offensichtlich war.

„Uah!" sagte ich und verzog das Gesicht.

Ich war nicht bereit, den Rock nach oben zu bringen. Ich schob ihn mit der Spitze meines rechten Schuhs über den Boden, warf ihn in das Abflußloch und beobachtete, wie er von öligem, merkwürdig zitterndem Wasser verschluckt wurde.

Frits schüttelte den Kopf. „Los ninos", sagte er. „Sie treiben sich pausenlos hier herum."

Mein Blick folgte der feucht glitzernden Spur, die wie der Gleitfaden einer Schnecke vom Trockner zum Abflußloch ging.

„Von wegen Kinder“, sagte ich. „Das war ein ausgewachsener Mann. Los, schieben wir das Ding darüber, sonst fällt noch jemand in das Loch.“

Ich holte tief Luft und stemmte die Schulter gegen die Maschine. Selbst zu zweit hatten wir größte Mühe, sie an ihren ursprünglichen Platz zu schieben.

Als ich den Raum verließ und noch einmal zurücksah, kniete Frits neben dem Anschlußkabel, aus dem die Kupferdrähte wie gekrümmte Finger herausstanden. Irgend etwas fehlte, aber ich kam nicht dahinter, was es war. Ich ging, in Gedanken bereits beim Abendessen. Abgesehen vom Surren der Neonröhren war hinter mir alles still.

Mittwoch, 15. Juni

Mein Großvater mußte dringend zum Friseur. Die Haare wuchsen ihm bereits in den Hemdkragen. Als ich sagte, daß er wie ein alter Poet aussehe, verbesserte er mich: „Eher wie ein alter Penner.“ Ich hatte angenommen, daß es ihn freuen würde, einen Nachmittag beim Friseur herumzusitzen und die Wolle loszuwerden, aber ich schien mich getäuscht zu haben. Er machte einen reichlich unzufriedenen Eindruck, als ich in die Halle kam, um ihn abzuholen.

„Irgendwie geht alles langsamer“, sagte er. „Es muß am Alter liegen. Heute morgen schaue ich in den Spiegel und stelle fest, daß ich alt geworden bin.“ Er fuhr sich mit den Fingern durch die Mähne. „Meine Haare wachsen auch nur noch halb so schnell wie früher. Ich muß manchmal daran denken, was meine erste Frau – deine Großmutter – gesagt hat. Sie hat gesagt, daß ich mit meinen frühzeitig ergrauten Haaren richtig vornehm aussehe. Grau sind sie natürlich immer noch, aber von *frühzeitig* kann wohl kaum mehr die Rede sein.“

Mein Großvater war ein Leben lang gesund gewesen und wollte offensichtlich nicht wahrhaben, daß er plötzlich einen Schlaganfall erlitten hatte. Meiner Meinung nach war das der Grund, weswegen er oft unausgeglichen und in zunehmendem Maße ungeduldig war. Andererseits konnte natürlich auch das Wetter daran schuld sein, das an diesem Tag besonders drückend war. Der Himmel war verhangen und kündigte Regen an, die Luftfeuchtigkeit war ausgesprochen unangenehm.

Als wir das Heim verließen, fiel mir auf, wie unnatürlich klar und dadurch merkwürdig bedeutungsvoll alles aussah – die tropischen Pflanzen, die vor dem Blumenladen auf der Straße standen, das kleine Mädchen mit roten Hosen, das noch kaum gehen konnte, aber schon gestochene Ohren hatte, das schmutziggelbe Schild eines Schnellimbißrestaurants.

„Meine Beine fühlen sich an, als gehörten sie weggeworfen", sagte Großvater. „Anschließend ist wahrscheinlich der Kopf an der Reihe, und was mache ich dann?"

Er ging tatsächlich langsamer als sonst und stolperte pausenlos über etwas.

„Erstens siehst du noch blendend aus", sagte ich, „und zweitens lebst du noch gut deine zehn bis zwanzig Jahre."

Er stieß ein abfälliges Schnauben aus, nahm jedoch die Schultern zurück und bohrte wie der Hauptdarsteller eines Warner-Brothers-Films der dreißiger Jahre die Hände in die Taschen.

„Einer wie ich", sagte er, „kommt nicht mehr an. Höchstens bei einer Mrs. Rosenzweig."

„Na, bitte!" Ich erinnerte mich an die alte Frau mit der schwerhörigen Freundin. „Womit wieder bewiesen wäre, daß es für *jeden* jemand gibt."

Er schüttelte den Kopf. „Ohne mich."

„Ohne dich?" wiederholte ich. „Was schwebt dir denn vor? Eine Junge mit blonden Haaren?"

Er lachte. „Gibt's weit und breit keine. Alles alt und grau wie ich."

„Ich spreche doch nicht vom Heim. Irgendwo in der Nachbarschaft muß doch . . ."

„Eben nicht", unterbrach er mich. „Höchstens eine Farbige mit blondgefärbten Haaren."

„Die da ist doch ziemlich hellhäutig", sagte ich und klopfte gegen die Scheibe.

Wir waren beim Friseur angekommen, in dessen Schaufenster ein von der Sonne ausgeblichenes Plakat hing, auf dem ein Mark-Spitz-Typ mit Pomade in den Haaren von einem sinnlichen Mädchen mit gespitztem Kußmund die Augen zugehalten bekam. *Rate mal?* flüsterte sie ihm zu und ärgerte mich mit dem ungerechtfertigten Fragezeichen.

Die Tür stand offen, und eine Welle von Rosenwasser, Rasierschaum und Schweiß schlug uns entgegen. Nur ein einziger Friseur bediente. Er war gerade mit einem dickbäuchigen *latino* beschäftigt, der stur in den Spiegel sah und trotz der Haarbüschel, die ihm aus dem Hemd wuchsen, würdevoll auszusehen versuchte. Durch einen Schleier aus Talkpuder sahen die Porträts von Kennedy, Papst Johannes und einem mir nicht bekannten Salsa-König auf uns herunter.

Mein Großvater setzte sich neben den Ständer mit Illustrierten, griff nach den *Daily News,* stellte fest, daß er sie schon kannte und gab sie an mich weiter. Gelangweilt überflog ich die Schlagzeilen – Seit einundvierzig Jahren zum ersten Mal wieder freie Wahlen in Spanien; zwei ehemalige Strafgefangene in einer Männertoilette der Grand Central Station tot aufgefunden; James Earl Ray nach seinem Ausbruch wieder hinter Gittern –, während Großvater nach einigem Suchen ein Herrenmagazin fand und in der Mitte aufschlug.

„Mann!" sagte er, mehr erstaunt als erfreut. „So etwas hatten sie in Brooklyn nicht ausliegen." Sich offensichtlich plötzlich an sein Alter erinnernd, schlug er das Magazin nach einem Moment wieder zu. „Im Grunde", sagte er, „ist es Blödsinn, daß du den ganzen Nachmittag hier herumsitzt und wartest. Ich komme gut allein zurecht."

„Okay", sagte ich. „Dann treffen wir uns später auf einen Kaffee."

Karen kam mittwochs später nach Hause, weil sie einen Abendkurs besuchte, und ich hatte noch allerhand zu erledigen.

Der Himmel war inzwischen noch dunkler geworden. Als ich in die Amsterdam Avenue einbog, holten die ersten Ladenbesitzer die Markisen ein. Bei *Davey's* war bereits Hochbetrieb, Soul-Musik, Betrunkene und Bierflaschen rollten aus dem Lokal auf den Gehsteig. Eine umgekippte Mülltonne hatte ihren Inhalt in den Rinnstein entladen. Der Gully ein paar Schritte weiter war von Brotrinden, schneckenzerfressenen Salatblättern und gestockter Sahne verstopft.

„He – du da drüben!“ grölte ein Mann in einem schmierigen Overall und einem T-Shirt auf der anderen Straßenseite. „Wenn dein Schwanz so mickrig ist, wie du selber, dann gute Nacht. Willst du mal meinen sehen?“. Er fingerte betrunken an seinem Hosenlatz herum, während der schmächtige, spitzbärtige Mann, über den er sich lustig gemacht hatte, zu einem Auto lief und dabei leise drohte, *dem Nigger etwas in seinen Niggerarsch zu schieben.*

Ich überquerte gerade die Straße, um der unausbleiblichen Prügelei aus dem Weg zu gehen, als jemand meinen Namen rief. Es war Pater Pistachio, der um die Ecke auf seiner Treppe hockte und unter seiner weißen Mähne hervorgrinste. Fest entschlossen, mich an diesem Tag nicht lang bei ihm aufzuhalten, ging ich auf ihn zu.

„Ganz allein?“ fragte ich und lehnte die Einladung, mich zu ihm zu setzen, ab. „Wo ist denn Ihre Freundin?“

„Coralette? Sie anruft heute morgen, ganz dolorosa, weil Schwierigkeiten im Haus, wo sie wohnt. Jemand braucht letzte Ölung, und ich ihr sage, daß ich bin Priester und kann letzte Ölung geben, aber sie sagt, ist schon in Ordnung, sie lieber ihren Prediger holen. Und dann Telefon wird von andere Person gebraucht, und Coralette sagt nur schnell, daß später kommt. Sie vielleicht noch da, wenn sie kommt.“

„Kaum“, sagte ich. „Ich habe heute wirklich keine Zeit und muß mich außerdem später mit meinem Großvater treffen.“

„Ach so.“ Der alte Mann lächelte. „Hermann sagt, daß bei Samstagabend in Restaurant zwanzig Pfund zugenommen. Er sagt, daß so schön wie noch nie im Leben, und ich mich freue, daß heute noch junge Leute mit Respekt vor alte Menschen sind.“

Ich nickte und betete zu Gott, daß er das Gespräch nicht auf Karen bringen möge, denn es war mir peinlich, ihn immer wieder hinhalten zu müssen.

„Bald vielleicht Sie und Ihre Frau mein Gast für Abendessen“, fuhr er fort. „Echte Küche von Costa Rica. Würde Ihnen gefallen?“

„Sehr sogar“, sagte ich und seufzte innerlich auf.

„Gut, gut.“ Er war sichtlich erfreut. „Ich wohne in diese Haus, erste Stock. Und nach meine Abendessen ich Ihnen zeigen, was in Buch gedruckt. Farbtafeln und Landkarten und Fotografien. *Las ilustracio-*

nes. Einige sind schon in erste Buchdruck von Paraiso. Ich zeige Ihnen nächste Mal, okay?"

„Gern", sagte ich.

Geräusche einer Rauferei kamen um die Ecke. Spöttische Bemerkungen, ein Aufschrei, sporadisches Gelächter von Zuschauern.

Pater Pistachio schüttelte den Kopf. „Ist Schande. Menschen immer streiten, immer streiten."

„Einige", sagte ich. „Aber *Sie* behaupten ja, daß unsere Urururopas nicht sehr viel davon gehalten haben. Ziemlich feig scheinen sie gewesen zu sein, wenn sie gleich abgehauen sind und kampflos die Stadt aufgegeben haben, als der andere Stamm aufgetaucht ist."

Ich wollte ihn etwas ärgern, aber es schien ihn kalt zu lassen.

„Sie haben falsch verstanden", sagte er. „Ich nie sagen, daß es anderer Stamm ist. Ist andere Rasse, andere Volk. Niemand weiß, wie Name ist. Vielleicht sie sind, was Gott gemacht hat, ehe er Mensch machte. Legende sagt, daß sie weich wie Lehm, aus dem Gott Menschen gemacht, und Kampf lieben. Sind schnell wie Karaibenfisch, und kann man sie nicht töten. Nicht einmal mit Schlag auf Kopf."

„Tatsächlich? Wieso denn das?"

„Ist schwer zu sagen. Viele immer andere Geschichten. In einer die Chibcha sagen, weil sie etwas auf Gesicht haben. Glatt und Wulst und etwas wie kleine Haken. Kopf ist hinten wie vorn, und alle gleich aussehen. Ich glaube, sie etwas über den Kopf ziehen, wenn Krieg." Er zeichnete eine Art Helm in die Luft. „Verstehen Sie? Mit dieses man sie nicht verletzten kann, nicht abwehren. Gehen, wohin sie wollen und nehmen alles. Sie rennen in die Stadt, stehlen Essen und tragen Gefangene zu ihre Königin. Wer wird getötet, hat Glück."

„Scheint ein unsympathisches Völkchen zu sein."

Pater Pistachio stieß ein kurzes, trockenes Lachen aus. „Manche Indianer sagen, daß sie sind Teufel. Chibcha sagen, daß sie sind Kinder von Gott, aber Kinder falsch gemacht von Gott. Kein Mitleid in ihre Herz, kein Liebe zu Gott. Wie Gott merkt, daß sie schlecht, er versucht, sie wegschicken. Sie sind so stark, daß er einmal versucht und noch einmal und noch einmal. Chibcha nennen sie *Xo Tl'mi-go*. Die dreimal Verfluchten."

Ich verlasse mich an dieser Stelle auf meine Erinnerung und schreibe den indianischen Ausdruck nach dem Gehör, was heißt, daß das, was Pater Pistachio sagte, zumindest ähnlich klang. Mein Blick war auf seine rotgefärbten Lippen geheftet, zwischen die er, während er sprach, immer wieder eine Nuß steckte. Die Rauferei um die Ecke schien Formen anzunehmen, die mir höchst unangenehm waren. Glasscheiben zerbrachen, und ich bildete mir einen Moment sogar ein, Kriegsschreie aus der Ferne zu hören. Wahrscheinlich war Pater Pistachios Geschichte daran schuld.

Die Geschichte – Indianerlegende, wie er behauptete – schien von einem Haufen primitiver Stammesmänner zusammengestellt zu sein, die um ein Feuer herumgesessen waren und sich Angst hatten einjagen wollen. Sie erzählten von den Eindringlingen, einem Pack absolut widerlicher Kreaturen; und von Gottes wiederholten Versuchen, sie zu vernichten.

„Erst sie sagen, Gott verflucht die Weiber bis *esteriles* wie Holz. Aber ist nicht genug, weil Männer von Dschungel in die Stadt kommen und Frauen wegschleppen. Solange Frauen haben, immer mehr vermehren."

„Folglich hat Gott die Männer verflucht", sagte ich.

„Exactamente!" Pater Pistachio hob drastisch einen Finger in die Höhe, beugte sich zu mir und senkte die Stimme, obwohl sonst niemand da war. „Gott macht, daß ihre *Penes* abfällt. Kein Männlichkeit mehr, aber wieder nicht gut. Kampf und Überfall und Frauenrauben geht weiter."

„Frauenrauben?" wiederholte ich. „Wozu denn Frauen, ohne ihr – äh – Ding?"

Pater Pistachio zuckte mit den Schultern. „Sie finden Möglichkeit und vermehren trotzdem", erklärte er, holte ein Stückchen Nußschale aus den Zähnen und betrachtete es. „Aber hier schwer zu sagen, was ist Wahrheit und was ist *fabula.* Ist leider nicht Geschichtsschreibung, sondern *un cuento de hadas."*

Genau das war es – ein Märchen, ein prähistorisches Märchen.

„Na ja", sagte ich. „Man kann es Ihren Vorfahren wahrscheinlich nicht verdenken, daß sie weggelaufen sind. Die anderen scheinen nicht zu denen gehört zu haben, mit denen man sich gern einläßt. Und was geschah dann? Sind sie einfach in der Stadt geblieben, als die ehemaligen Bewohner weg waren?"

Pater Pistachio nickte. „Stadt gehört jetzt ihnen, und aus Spaß alles kaputt machen. Zerstören jeden Tempel und Türme und alles. Und dann bald verfolgen wollen andere, weil wieder vermehren und Essen und Frauen brauchen und Gefangene für Opfer bringen. Ehe sie aufbrechen, Gott macht seine letzte Fluch. Er versiegelt ihnen Augen für immer, und jetzt sie nicht mehr können verfolgen den Stamm von unsere Väter, weil keine Sonne mehr sehen und keinen Tag. Sie kriechen in Dschungel zurück und verenden jeder von ihnen. Seit zweihunderttausend Jahren alle tot und zu Erde wieder geworden. Paraiso ist auf Stelle gebaut, wo Gebeine liegen und Bauern finden mit Pflug Knochen und zermahlen Knochen, bis nur noch Staub."

Und so, dachte ich, hat auch dieses Märchen sein Happy-End.

„Aha", sagte ich, konnte es mir aber nicht verkneifen, noch etwas zu sticheln.

„Und wenn der dritte Fluch nicht gewirkt hat, was dann?" fragte ich. „Die ersten beiden haben doch auch nichts genützt. Die Burschen haben sich sofort entsprechend angepaßt. Außerdem ist man noch lange nicht tot, wenn man blind ist. Wer beweist, daß die gerissensten nicht überlebt haben? Vielleicht hocken die Kinder von ihnen noch im Dschungel und überlegen, wo die ganzen Frauen geblieben sind."

„Meinen Sie, daß Gefahr für Paraiso wegen neuer Überfall?" Pater Pistachio lächelte. „Nein, mein Freund. Der letzte davon, vor zweihunderttausend Jahren gestorben. Ihr Leben ist vorbei, *se termino.*" Er klatschte in die Hände. „Aber Menschenstämme viel interessanter. Steht in meine Buch, wie sie lernen Sterne lesen und Schiff bauen und Feuer machen . . ."

Ich hörte nicht mehr zu, sondern dachte wieder an die großen Städte der Mayas, die schweigend und verlassen mitten im Dschungel stehen, als wären ihre Bewohner plötzlich und ohne Vorwarnung verschwunden oder geflohen.

Ich wußte nicht genau, wo diese Städte lagen, aber ich wußte, daß es nicht in der Nähe von Paraiso war.

Geschniegelt und gestriegelt saß mein Großvater in der Snack Bar und wartete auf mich.

„Du hättest sehen sollen, wie die sich verprügelt haben“, sagte er, als ich mich zu ihm setzte. „Die Farbigen sind da einmalig. Wenn ihnen das Wetter keinen Strich durch die Rechnung gemacht hätte, wären sie jetzt noch dabei.“ Er deutete mit dem Daumen auf das Fenster, gegen dessen Scheiben der Regen trommelte.

Während der nächsten Minuten erfreute er mich mit einer detaillierten Beschreibung des Handgemenges, das er von der Tür des Friseurladens aus verfolgt hatte. Der Laden selbst hatte ihn enttäuscht.

„Vier Dollar fünfundsiebzig!“ maulte er. „Wenn ich mir die Haare selber geschnitten hätte, wäre es billiger gewesen. Aber die Zeitschriften waren wenigstens aufschlußreich. Heutzutage zeigen sie ja *alles* und verstecken nicht einmal die Gesichter.“

„Wie bitte?“ Ich dachte, mich verhört zu haben. „Du hast deine Zeit damit verbracht, ihre Gesichter zu betrachten?“

„Nein, so habe ich das nicht gemeint. Wofür hältst du mich eigentlich?“ Er beugte sich nach vorn und senkte die Stimme. „Ich wollte damit bloß sagen, daß man sieht, wer die Mädchen sind. Wenn du sie auf der Straße triffst, erkennst du sie sofort wieder. Wenn sich zu meiner Zeit so ein Dämchen vor einem Fotografen ausgezogen hätte, hätte sie als erstes dafür gesorgt, daß man ihr Gesicht nicht sieht. Man hätte ihren Kopf höchstens von hinten gezeigt, aber doch nie das ganze Gesicht.“

Ich wollte ihn fragen, ob er während der letzten zwanzig Jahre eigentlich hinter dem Mond gelebt hätte, aber er stierte an mir vorbei und stand von seinem Stuhl auf. Ich drehte mich um und sah, wie sich Coralette durch die Tür zwängte. Sie entdeckte uns, kam gewichtig auf unseren Tisch zu und schüttelte dabei den Regen von ihrem Schirm.

„Großer Gott!“ stöhnte sie. „So ein Sauwetter habe ich noch nie erlebt.“ Sie plumpste auf einen Stuhl und schüttelte den Kopf. „Ärger, nichts als Ärger.“

Es stellte sich heraus, daß Coralette in der 80th Street im *Notre Dame Hotel* wohnte und unmittelbar daneben ein Rehabilitationszentrum für Drogensüchtige war. Das *Notre Dame,* an dem ich schon öfter vorbeigegangen war, war in Wirklichkeit kein Hotel, sondern eine heruntergekommene kleine Pension mit einem Coca Cola-Automaten in der Halle. Coralettes Zimmer war im ersten Stock neben der rückwärtigen Treppe. Gegenüber von ihr hatte sich eine lange, dürre Farbige eingemietet, ein junges, nicht gerade hübsches Ding, das jahrelang geschossen hatte und an einem Programm von nebenan teilnahm. Das Mädchen war stark zurückgeblieben, hatte Sprachschwierigkeiten und eindeutig mongoloide Züge, was sie jedoch zu Coralettes Entsetzen nicht davon abhielt, ihre Zeit mit Männern zu verbringen, die dem Aussehen nach *nur kriminell oder eben auch süchtig sein konnten.* Wenn sie sich nicht die ganze Nacht herumtrieb und am Morgen kaum mehr wußte, wo sie eigentlich gewesen war, nahm sie einen von diesen Kerlen mit aufs Zimmer.

Im Frühjahr hatte sich das dann geändert. Sie war nicht mehr ausgegangen und hatte die Abende und Nächte in ihrem Zimmer verbracht. Coralette hatte es allerdings erst Wochen später bemerkt.

„Ich habe gedacht, daß sie weg oder verreist ist", erzählte sie, „denn ich habe nie Licht unter ihrer Tür durchscheinen sehen. Und wie ich eines Abends ins Bad gehe, höre ich auf einmal ihre Stimme, aber sie sagt nichts. Ich denke erst, daß sie vielleicht krank ist oder im Schlaf heult. Und dann höre ich, was man eben so hört, wenn sie zusammen im Bett sind und habe kapiert, daß sie einen bei sich hat. Und auf dem Rückweg vom Bad höre ich sie immer noch herummachen, wenn ihr wißt, was ich meine."

In den darauffolgenden Nächten das gleiche. Nur einmal hatte der Besucher schon geschlafen, als Coralette an der Tür vorbeigegangen war. „Er hat geschnarcht, daß die Wände gewackelt haben."

Ein paar Wochen später hatte Coralette erst jemand die Treppe heraufkommen hören, und dann war gegenüber die Zimmertür auf und wieder zugegangen.

„Ich bin wirklich nicht neugierig", sagte Coralette, „aber ich habe es mir doch nicht verkneifen können, durchs Schlüsselloch zu spitzen. Viel gesehen habe ich natürlich nicht bei dem schlecht beleuchteten Flur, aber ich hätte schwören können, daß der Kerl keine Hose angehabt hat."

Eines Abends im April traf Coralette das Mädchen vor dem Bad.

„Sie hat schlecht ausgesehen, sehr schlecht sogar, und wie ich sie darauf anspreche, meint sie, daß sie wahrscheinlich so etwas wie einen Wurm im Leib hat, und da sage ich, daß sie doch mit zu mir reinkommen soll. Ich habe eine Kochplatte, also mache ich eine Büchse dicke schwarze Bohnen auf und wärme sie. Das arme Ding ist so verstört, daß sie sich nicht einmal bedankt, aber sie ißt natürlich den ganzen Teller leer. Ehe sie geht, frage ich sie, wie es ihr geht und da sagt sie, *viel besser* und erzählt mir voll Stolz, daß sie einen neuen Freund hat."

Während der vergangenen vierzehn Tage hatte niemand das Mädchen gesehen, aber Coralette hatte es ab und zu im Zimmer herumgehen hören. „Ich habe gedacht, daß die Sache mit dem neuen Freund eben schon wieder gelaufen ist", fuhr Coralette fort, „und daß sie vielleicht beim Doktor gewesen und krank geschrieben ist. Und heute war dann eine Frau von nebenan da und hat gesagt, daß sie sich schon seit vier Wochen nicht mehr hat blicken lassen."

Sie hatten zu ihr gehen wollen, aber die Tür war verschlossen gewesen. Sie hatten geklopft, aber es hatte sich nichts gerührt. Coralette hatte gerufen, ohne Erfolg. Andere waren dazugekommen, und man hatte schließlich den Vermieter geholt, der mit seinem Hauptschlüssel aufgeschlossen hatte.

„Das Zimmer war ein einziges Durcheinander", berichtete Coralette. „Oben an den Wänden alles verschmiert und ein Gestank, daß man sich die Nase hat zuhalten müssen. Das Mädchen, was soll ich euch sagen, hängt an dem Haken für die Lampe, hat natürlich eine Schlinge um den Hals und ist splitterfasernackt. Aber das Komische daran ist, daß ihre Füße auf dem Boden sind. Sie muß die Beine angezogen haben, solange sie gestorben ist. Sie hat es bestimmt getan, weil der neue Freund sie verlassen hat, auf den sie doch so stolz war, weil sie noch nie einen Weißen gehabt hat."

Mittwoch, 29. Juni

Da ich morgens gern lange schlafe, habe ich schon zu Studentenzeiten versucht, meine Vorlesungen möglichst spät anzusetzen. Daran hat sich bis heute nichts geändert. Vor zehn, halb elf nehme ich keine

U-Bahn. Einmal allerdings, kurz vor meiner Heirat, war ich (weil ich bei Karen übernachtet hatte) schon um halb acht unterwegs. Mir fiel sofort auf, daß ich von völlig anderen Leuten umgeben war als sonst. Statt der leitenden Angestellten, der Hausfrauen, die zum Einkaufen in die Stadt fuhren, Leute einer ganz anderen Gesellschaftsschicht, buchstäblich eine andere Klasse Mensch. Die Arbeitskleidung, die fehlenden Krawatten, die Plastiktüten statt Aktenköfferchen waren der Beweis. Einen viel feineren Unterschied stellte ich allerdings erst nach einem Moment fest: statt der *Times* lasen die Leute um mich herum die *Daily News* (manche, indem sie die Lippen bewegten).

Diese Tageszeitung war zufällig auch die Lieblingslektüre – nein, die einzige Lektüre meines Großvaters.

„Hast du die Story auf Seite neun gelesen?“ fragte er und wedelte mir mit der Zeitung vor dem Gesicht herum.

Es war an jenem Nachmittag so heiß, daß ich den Luftzug als wohltuend empfand. Wie drei Weise saßen er, Pater Pistachio und ich auf der üblichen Treppe. Ich hatte mich erst vor einem Augenblick zu ihnen gesellt, noch schwitzend vom Weg. Im Gegensatz zu mir schien den beiden alten Männern die Hitze nichts auszumachen.

„Kennst du das?“ fragte mein Großvater und deutete auf ein ziemlich unterbelichtetes Foto. „In deiner hochgestochenen *Times* findest du so etwas nicht, da gehe ich jede Wette ein.“

Ich betrachtete das Foto. „Mann!“ sagte ich. „Das *Notre Dame* in der Zeitung, wer hätte das gedacht! Das mußt du Coralette schicken.“

Coralette hatte vor etwa einer Woche von einer Stunde zur anderen die Koffer gepackt. Sich bekreuzigend, wie mein Großvater berichtet hatte, und etwas von „weißen Jungs“ murmelnd, die im Flur die Glühbirnen zerschlagen, hatte sie die Flucht ergriffen und war zu ihrer Schwester nach South Carolina gefahren.

„Ich weiß nicht so recht“, entgegnete Großvater. „Vielleicht will sie es gar nicht wissen.“

Ich überflog die kurze Notiz mit der Überschrift *Fünflinge ertrunken*. Sie berichtete von fünf eingeschrumpften und übelriechenden kleinen Leichen, die im überschwemmten Keller des *Notre Dame Hotels* von Feuerwehrleuten geborgen wurden. Da alle fünf Albinos waren und dieselben Geburtsschäden aufwiesen, ließ sich die *Daily News* zu Vermutungen hinsichtlich der Todesursache hinreißen. ‚Die vom Schicksal verdammten Fünflinge', hieß es, seien wahrscheinlich Opfer ihrer organischen Schäden. Auf Grund der starken Zersetzung der Leichen könnten bezüglich Alter und Geschlecht keine Angaben gemacht werden.

„Scheußlich", sagte ich und gab meinem Großvater die Zeitung zurück. „Ich bin bloß froh, daß Karen so etwas nicht liest."

„Aber ich habe etwas, was ihr vielleicht Freude machen", sagte Pater Pistachio und zog ein dünnes Buch mit einem orangefarbenen Wachstucheinband aus der Tasche. Es waren seine in Costa Rica erschienenen Erläuterungen des Thomas-Evangeliums. „Ist Geschenk für Sie und Karen mit Widmung."

Ich schlug das Buch auf und las die mit zittriger Hand geschriebenen Worte:

Für meine amerikanische Freunde! Mit eure Hilfe ich verbreiten werde Wahrheit an alle Leser in Land. Wir ziehen blind wie Kinder durch Dunkelheit und kennen nicht Weg, aber finden am Ende von Wanderung Licht.

Pater Pistachio

Als Karen an jenem Abend nach dem Essen das Geschirr abwusch, las ich ihr die Widmung vor.

„Die Veröffentlichung seines Buches scheint ihm wirklich sehr am Herzen zu liegen", sagte sie anschließend. „Ganz fanatisch."

„Das kommt von seinem Alter", entgegnete ich.

Da die wenigen Sprachkenntnisse, die ich einmal hatte, reichlich verschüttet sind, ignorierte ich den Text und sah mir die Illustrationen an. Zwei Azteken in einem Maisfeld, Zeichnungen von verschiedenen Pfeilspitzen, von einem Mammut mit wuscheligem Fell, von etwas, das wie eine Schwimmflosse aussah. *El guante de un usurpador* stand darunter, der Handschuh eines Eindringlings. Ich blätterte weiter und kam zu einer Landkarte.

„Hier – bitteschön!" sagte ich und hielt Karen die Seite vor die Nase. „Da ist der Weg deiner Vorfahren eingezeichnet. Er geht direkt durch Nicaragua."

„Hm–mm."

„Und hier ein Plan der längst untergegangenen Stadt."

Karen nickte nur und machte weiter.

„Und ein Tempel im Schnitt."

Sie warf einen skeptischen Blick darauf. „Du fällst auf das Zeug aber doch nicht herein, oder?" sagte sie. „Das ist der Schnitt einer Pyramide, da wette ich jeden Preis. Meiner Meinung nach hat er ihn einfach aus einem Schulbuch abgepaust. Mein Gott, was soll denn das sein?" Sie deutete auf eine Bleistiftzeichnung auf der rechten Seite.

Ich las, was darunterstand. *„La cabeza de un usurpador* . . . damit meint er wahrscheinlich den Helm, den die Eindringlinge angeblich getragen haben."

„Sieht eher aus wie der Kopf eines Bandwurms und stammt unter Garantie aus einem alten Biologiebuch", sagte meine Frau.

„Unsinn", sagte ich, verzog mich ins Wohnzimmer und betrachtete die Zeichnung genauer.

Karen hatte recht. Wie ein Helm sah er mit dem besten Willen nicht aus. Eher wie ein höchst merkwürdiges Gesicht. Statt Augen nur große Vertiefungen (es sei denn, die zwei winzigen Punkte sollten Augen sein), ein rundes, an den wulstigen Rändern gekräuseltes Maul mit mehreren Reihen von hakenähnlichen Zähnen.

Ich klappte das Buch zu, ging zum Fenster und sah durch die Gitterstäbe. Obwohl sich erst vor einer halben Stunde Dunkelheit auf die Bäume gesenkt hatte, sah die Welt draußen bereits völlig verändert aus.

Bei Tageslicht war die Umgebung durchaus angenehm. Wir wohnten in einem recht gepflegten, anständigen Haus, die Gebäude daneben waren – wenigstens bis zur Hälfte des Blocks – ebenfalls gepflegt und anständig. Unsere Fenster gingen auf die Straße hinaus. Eine Wohnung im Erdgeschoß kostete etwas weniger Miete, und im Laufe der Jahre hatte ich mich gut eingewöhnt und kannte mich aus. Ich wußte, daß die Mülltonnen wie Wachtposten an der Ecke standen und der große Messingklopfer an der Eingangstür des frisch renovierten Backsteingebäudes gegenüber einmal pro Woche mit einem entsprechenden Mittel geputzt und poliert wurde. Ich wußte, welcher von den mickrigen Bäumen, die den Gehsteig säumten, im Frühjahr nicht geblüht hatte, wo ein Mercedes geparkt war und wie die Leute von gegenüber aussahen.

Als ich so dastand und in die Nacht hinaussah, fiel mir plötzlich auf, daß sich die allernächste Umgebung innerhalb einer halben Stunde ebenso stark verändern kann, wie die Nachbarschaft nach einem halben Block. Nach Einbruch der Dunkelheit ist das Gewohnte auf einmal ungewohnt. An die Stelle von Sicherheit tritt ein Gefühl von –

Es war Zeit, die Vorhänge zuzuziehen, aber ich zögerte noch und schaltete die Klimaanlage ab, deren metallisches Rattern mich schon lange störte. Als es verklang, schwollen die Geräusche von draußen an und erfüllten das Wohnzimmer. Ich hörte Grillen, das Rauschen des Verkehrs, das Schlagen ferner Trommeln. Irgendwo in der Dunkelheit wurde mit Fingern geschnippt, der Kopf nach dem Takt hin und her bewegt, vielleicht sogar getanzt. Oder etwa nicht? Das Dröhnen der Trommeln wirkte irgendwie bedrohend auf mich. Mein Blick ging nervös hin und her, von den Schatten der Laternenpfosten zu der Reihe dunkler Bäume und den Gehsteig entlang, über den jeden Moment jemand kommen konnte, dessen Ziel unergründlich war.

Als ich zurücktrat, um die Vorhänge endlich zuzuziehen, erschrak ich vor der Bewegung meines eigenen blassen Spiegelbilds in der Fensterscheibe und hatte eine Vision, die eine Folge der eben betrachteten Zeichnung sein mußte: ich sah eine Horde riesiger weißer Bandwürmer von Menschengröße, die von Süden kommend blind auf New York zukrochen.

Mittwoch, 6. Juli

„Es war schrecklich. *Schrecklich!*“

„Das denke ich mir. Ein echter Alptraum.“

Ich faltete die Zeitung, setzte mich in meinem Sessel auf und strengte die Ohren an. In einer Ecke der Halle döste ein alter Mann, zwei alte Frauen sahen sich gemeinsam eine Illustrierte an, neben ihnen saß eine dritte und starrte vor sich hin, als warte sie auf einen Bus. Durch den Spiegel konnte ich Miß Pascua und Calzone sehen, die in dem Büro hinter mir standen und sich unterhielten.

„Die Details, sind Ihnen die schon bekannt?“

„Nein, ich weiß bloß, was in der Zeitung stand. Natürlich wird hinten in der Küche von nichts anderem geredet. Aber Sie wissen ja, wie die Kerle sind. Jeder einzelne ist verhört worden und kommt sich jetzt wie *Kojak* vor. Aber viel wissen sie natürlich auch nicht. Ich habe Mrs. Hirschfeld die ganze Woche nicht gesehen.“

„Ihre Tochter war am Montag da und hat sie geholt. Es würde mich wundern, wenn sie wiederkommt.“

Das war auch meine erste Reaktion gewesen, als ich am Abend zuvor von der Geschichte gehört hatte. Ich habe meinen Großvater sofort angerufen und ihn gefragt, ob er zu uns kommen will. Er hat wütend und aufgeregt geklungen, aber von ausziehen hat er nichts hören wollen. Er sei im Heim so sicher untergebracht, wie woanders auch. Außerdem sei ein neuer Türsteher eingestellt worden, und die Leitung habe Schlüssel an die Bewohner verteilt und sie aufgefordert, ab sofort die Türen abzuschließen.

„Das Zimmer haben sie immer noch nicht freigegeben“, sagte Miß Pascua. „Sie gehen mit ihrem Zeug ein und aus, als wären sie hier zu Hause. Und im Keller die vom Elektrizitätswerk. Es ist die reinste Irrenanstalt.“

„Und Mrs. Rosenzweig?“

„Die Arme ist immer noch im St. Luke’s Hospital. Ich war diejenige, die die Polizei gerufen und alles mit angehört hat.“

„Tatsächlich? Und?“

„Schrecklich, einfach schrecklich. Sie hat gesagt, daß sie tief und fest geschlafen hat und dann durch irgend etwas aufgewacht ist. Es muß ordentlich laut gewesen sein, denn Sie wissen ja selber, welchen Krach die Klimaanlage macht.“

„Aber *sie* ist doch nicht diejenige, die schlecht hört. Sie hört sogar sehr gut.“

„Eben. Jedenfalls hat sie gesagt, daß sie jemand schnarchen hörte, sich aber weiter nichts dabei gedacht hat. Sie hat geglaubt, daß es Mrs. Hirschfeld ist und hat weiterzuschlafen versucht. Aber dann hatte sie plötzlich das Gefühl, daß das Schnarchen immer lauter wurde und näher kam. ‚Bist du das, Elsie?‘ hat sie gerufen, weil sie sich überhaupt nicht mehr ausgekannt hat. Jedenfalls hört auch daraufhin das Schnarchen nicht auf, sondern kommt immer näher."

Auf der anderen Seite der Halle glitt die Lifttür auf, und mehrere Heimbewohner kamen heraus, aber mein Großvater, der noch nie pünktlich war, war natürlich nicht dabei.

„Und da bekommt sie es mit der Angst zu tun."

Miß Pascua lehnte sich nach vorn, und Rousseaus *Großvater,* auf dem Bild über dem Kaminsims, schien nur noch Augen und Ohren für die Sekretärin zu haben.

„Es wird ihr nämlich plötzlich klar, daß es überall schnarcht, rings um sie herum. Sie streckt die Hand aus und greift direkt in ein Gesicht mit offenem Mund. Als ob man die Hand in eine feuchte Konservendose steckt, hat sie gesagt, so ein Gefühl sei es gewesen: naß und rund und am Rand rauh und gezackt."

„Jesus Maria!"

„Und schreien hat sie nicht können, weil ihr einer den Mund zugehalten hat. Seine Hand soll so gerochen haben, wie es manchmal aus dem Gully kommt, richtig ekelhaft und widerlich. Aber man weiß ja nie, wo so ein Kerl herkommt und was er kurz vorher gemacht hat."

Meine Augenbrauen gingen ganz von selbst in die Höhe. Wenn das stimmte, was Miß Pascua sagte, dann wußte zumindest ich ganz genau, wo der Kerl herkam und was er gemacht hatte. Ich wollte mich umdrehen und mich einmischen, tat es aber dann doch nicht.

Lieber gleich an richtiger Stelle, dachte ich. Und zwar noch heute nachmittag.

Ich blieb also in meinem Sessel sitzen und hörte weiter zu. Miß Pascuas Stimme klang immer aufgeregter.

„Ich nehme an, daß sie um sich geschlagen und sich gewehrt hat, denn irgendwie hat sie den Kerl abschütteln können und um Hilfe geschrien. ‚Elsie, Elsie!' hat sie geschrien."

„Ausgerechnet! Die alte Hirschfeld ist doch völlig taub."

„Genau. Auf jeden Fall muß die arme Mrs. Rosenzweig die anderen verrückt gemacht haben mit ihrem Schreien, denn sie haben sie geschlagen – aber wie! Ihr Gesicht hätten Sie sehen sollen! Und ihre Arme haben sie ihr um den Hals geschlungen und sie fast erstickt. Sie ist dagelegen und hat nach Luft geschnappt, und dann hat sie plötzlich gespürt, wie ihr andere die Decke weggenommen, sie auf den Bauch gedreht und ihr das Gesicht ins Kissen gedrückt haben. Sie haben sie an den Fesseln gepackt und ihr die Beine auseinandergezogen. Und einer hat dann ihr Nachthemd in die Höhe geschoben . . ." Miß Pascua brach ab und holte geräuschvoll Luft.

„Jesus Maria", sagte Calzone. „Da möchte man doch am liebsten . . ." Er schüttelte den Kopf. „Das können bloß Schwarze gewesen sein. So etwas tut sonst keiner. Ich meine, für die ist doch jede Frau wie die andere. Ob sie alt ist oder sonst irgendwelche Gebrechen hat, das zählt alles nicht – Hauptsache, sie ist weiß. Den Kerl aus der 76th Street haben sie übrigens erwischt und zwar in einem Übernachtungsheim von der Wohlfahrt. Sie wissen doch, wen ich meine, oder? Der mit dem Strumpf über dem Kopf. Ich habe erst neulich . . ."

Die Lifttür ging auf, mein Großvater kam heraus und schlurfte winkend auf mich zu. Hinter mir war Miß Pascua dem Heimleiter ins Wort gefallen und fuhr mit ihrem eigenen Bericht fort.

„Und dann, hat sie gesagt, kam dieses trockene Geräusch, ganz nahe an ihrem Ohr. Sie hat gesagt, daß es geklungen hat, als reibe sich jemand die Hände. Jedenfalls war das genau in dem Moment . . . Also, wenn Sie mich fragen, ich meine, man hört doch immer wieder von Vergewaltigung, aber die Geschichte ist schon sehr absonderlich. Sie hat mehrmals gesagt, daß ihr war, als würde sie geschlagen."

Mein Großvater hatte die letzten Worte noch mitbekommen. „Ist das nicht unglaublich?" sagte er kopfschüttelnd. „Eine Frau in diesem Alter, eine arme, wehrlose blinde Frau."

„Und das Allerschlimmste", fügte Miß Pascua noch schnell hinzu, „sie hat es mir selbst gesagt, das Allerschlimmste war, daß sie kein Wort geredet haben."

Altersgelbe Augen wurden größer, schrumpelige Köpfe drehten sich, als ich vorbeiging. Im ersten Stock war an diesem Tag ein Betrieb wie noch nie, und ich hatte das Gefühl, mich durch eine Welt von Gartenzwergen zu zwängen: alte Leute auf den Bänken neben dem Lift, alte Leute im Flur, alte Leute vor der Tür zum Spielraum, sich leise unterhaltend. Es waren dieselben Leute, die sich am Vormittag in der Halle versammelten und auf den Briefträger warteten und zum Teil schon Stunden vor den Mahlzeiten vor dem Speisesaal herumstanden. Die Hitze hatte sie nicht davon abgehalten, jetzt hier zu sein. Sie wollten an den Resten des Dramas teilnehmen, das sich Sonntag nacht ereignet hatte.

Ich war froh, daß mein Großvater nicht zu ihnen zählte. Er ging wenigstens noch raus. Ich hatte mich erst vor einem Moment von ihm verabschiedet. Nach unserem üblichen Kaffee und der Unterhaltung mit Pater Pistachio hatte er sich nach oben verzogen, um ein Stündchen zu schlafen. Von meinem Vorhaben, geschweige denn meinem Verdacht, hatte ich nichts gesagt. Er hätte es nie verstanden.

Mrs. Rosenzweigs Zimmer war nicht schwer zu finden. Es befand sich am Ende des Flurs, und der Zugang war durch eine der Trennwände versperrt, wie sie in Krankenhäusern benutzt wurden, um einen Patienten vom anderen, oder die Lebenden von den Toten abzuschirmen. Eine kleine Gruppe von Heimbewohnern stand schwätzend davor, gierig darauf wartend, daß etwas passierte. Ein Strom von Kriminalbeamten und Fotografen mußte in den letzten Tagen an ihnen vorbeigezogen sein, und sie hielten mich offensichtlich für einen weiteren Kollegen von ihnen.

„Haben Sie die Verbrecher schon?“ fragte eine alte Frau.

„Noch nicht“, antwortete ich. „Aber wir sind ihnen auf der Spur.“

Ich war von meinen Worten überzeugt. Die alten Leute offensichtlich ebenfalls, denn sie gingen respektvoll zur Seite.

„Auf der Spur“, hörte ich sie hinter mir sagen. „Sie sind ihnen auf der Spur.“

Ich ging hinter die Trennwand. Mrs. Rosenzweigs Tür stand offen. Sonnenschein flutete durch das geöffnete Fenster. In der Mitte des Zimmers saßen zwei vierschrötige schwitzende Kerle vor einem Radio und verfolgten ein Baseballspiel. Sie waren in Zivil. Der eine trug ein kurzärmeliges Hemd, der andere bloß ein T-Shirt. Der mit dem kurzärmeligen Hemd hatte eine Dienstmarke an der Brusttasche stecken. Sie hatten eben noch gelacht, setzten jedoch ernste Gesichter auf, als sie mich im Türrahmen stehen sahen.

„Was wollen Sie denn?“ fragte der mit der Dienstmarke und stand von seinem Stuhl auf.

„Ihnen etwas mitteilen“, sagte ich und kam ins Zimmer. „Vielleicht ist es unwichtig, aber trotzdem. Für den Fall, daß Sie es nicht selbst schon in Betracht gezogen haben, wollte ich Sie auf etwas hinweisen. Ich habe am frühen Nachmittag ein Gespräch zwischen einer Frau, die im Heim arbeitet, und dem . . .“

„Moment – langsam, langsam“, unterbrach mich der Kriminalbeamte. „Alles der Reihe nach. Weswegen sind Sie überhaupt hier im Heim?“

Über das Gebrüll aus dem Radio hinweg, das keiner von beiden abzustellen gedachte, erklärte ich, daß ich meinen Großvater besucht hatte. „Ich komme möglichst einmal pro Woche“, fügte ich hinzu, „und habe mich sogar einmal kurz mit Mrs. Rosenzweig und ihrer Zimmernachbarin unterhalten.“

Ich sah, wie die beiden einen Blick austauschten.

Großer Gott, dachte ich. Die denken doch hoffentlich nicht, daß ich es gewesen bin.

Mein Anfall von Verfolgungswahn war jedoch insofern schnell ausgestanden, als die anfangs desinteressierten Mienen schlicht ungeduldig wurden, während ich wiederholte, was Miß Pascua gesagt hatte.

„Sie hat von einem unangenehmen Geruch gesprochen“, fuhr ich dennoch unbeirrt fort. „Von einer Art ‚Gullygeruch‘, was mich auf die Idee gebracht hat – aber Sie haben das ja vielleicht schon überprüft –, also auf die Idee gebracht hat, daß die Schuldigen eventuell draußen vor dem Heim zu suchen sind.“ Ich deutete durch das Fenster auf den aufgebrochenen Gehsteig. „Seit über vier Wochen werden hier irgendwelche Rohre verlegt, und es ist anzunehmen, daß die Arbeiter Zugang zu diesem Haus haben.“

Der Mann im T-Shirt war bereits wieder auf das Baseballspiel konzentriert. „Sie können es mir glauben, Mister“, sagte er, „wir gehen jedem kleinsten Verdacht nach. Sie halten das vielleicht nicht für möglich, aber wir sind sehr gründlich.“

„Gut, sehr gut. Hauptsache, Sie nehmen sich die Leute vor und . . .“

Der Mann im T-Shirt sah hoch. „Ist bereits erledigt“, sagte er.

Vielen Dank für Ihren Tip. Hinterlassen Sie uns zur Vorsicht Ihren amen und Ihre Adresse."

Damit drehte er das Radio noch lauter.

Der andere notierte meine Personalien. Nur noch bemüht, meinen amen richtig zu schreiben, interessierte ihn sonst gar nichts mehr. ch sah mich währenddessen in Mrs. Rosenzweigs Zimmer um. Mein lick streifte verblaßte Stellen an der Wand, ausgewaschene gelbe orhänge, ein Duftsäckchen auf dem Sekretär, eine Spieldose auf inem Regal. Wenn man die schwarzen Plastikstreifen übersah, die uf gewisse Stellen an den Wänden und dem Fußboden aufmerksam achten, hätte man nicht vermutet, daß in diesem Zimmer ein Verrechen begangen worden war. Um den Lichtschalter waren vier treifen geklebt, ebenfalls um eine umgestürzte Tischlampe. Und atürlich um das Bett mit den zerwühlten Decken und Kissen. Im ollen, sonnigen Tageslicht konnte man sich nur schwer vorstellen, as hier passiert war: die alte Frau, die Dunkelheit, die Geräusche . . .

Der jüngere der beiden Beamten schlug das Notizbuch zu, bedankte ch und führte mich zur Tür. Hinter der Trennwand aufgeregtes eplapper.

Na ja, dachte ich. Sherlock Holmes scheine ich keiner zu sein, aber enigstens meine Pflicht habe ich getan.

„Wir melden uns, falls wir Sie brauchen", sagte er, schob mich aus er Tür und wollte sie schließen, aber ich stemmte mich dagegen, denn h hatte erst beim Hinausgehen die markierte Stelle in der oberen älfte der Füllung gesehen, die eine mir bereits bekannte Form einchloß.

„Moment", sagte ich. „Was ist denn das?"

Die Tür schwang noch einmal auf, und ich deutete auf das Zeichen.

„Nicht berühren!" sagte der Beamte. „Die Fingerabdrücke sind och nicht abgenommen."

Es bestand kein Zweifel. Wieder diese fünffingrige Mischung aus iner Hand und einem heiligen Blatt.

„Im Waschraum", sagte ich, „habe ich vor ein paar Wochen . . ."

„Wissen wir bereits", schnitt mir der Mann das Wort ab. „Der ausmeister hat es uns gesagt. Sonst noch etwas?"

Ich schüttelte den Kopf. Erst Stunden später, ich war längst zu Hause, fiel mir ein, daß ich das Zeichen noch ein weiteres Mal gesehen hatte.

Es heißt, daß die Nacht das hervorholt, was der Tag verdrängt. Ich nahm mir Pater Pistachios Buch vor und suchte nach der Zeichnung des Handschuhs, den die *usurpadores* angeblich getragen hatten und der wie eine Schwimmflosse aussah.

Ich stand auf, machte mir Tee und ging ins Wohnzimmer zurück. Karen war noch in ihrem Abendkursus und kam nicht vor zehn zurück. Das Buch auf den Schenkeln und froh, daß das Rasseln der Klimaanlage die Geräusche der Nacht verwischte, saß ich lange in meinem Sessel und dachte darüber nach, wie es wohl aussehen mochte, wenn eine mit einem Bleistift nachgezogene Hand mit Schwimmhäuten ausgerüstet wäre.

Mittwoch, 13. Juli

Gewisse Vorkommnisse ereignen sich in der Regel nicht vor Mitternacht. Es gibt eine bestimmte Kategorie von Dingen, meist widerrechtlicher Natur, die erst dann eintreten, wenn die Zeiger der Uhr dem neuen Tag entgegenrücken. In diesen Stunden können Dinge passieren, die man für undenkbar hält.

An diesem Abend nach neun, die Sonne war seit genau einer Stunde untergegangen, und mein Großvater und ich saßen in seinem Zimmer, hörten Nachrichten und warteten auf den Wetterbericht. Während der vergangenen drei Tage war es unerträglich heiß gewesen, und jeder hoffte auf Regen. Von der Straße drangen plärrende Soul- und Salsa-Rhythmen zu uns herauf.

Wir warteten auf Pater Pistachio, der schon seit zehn Minuten hätte da sein müssen. Ich hatte versprochen, mit ihm und Großvater zu einem Flötenkonzert in den Temple Ohav Sholom in der 84th Street zu gehen. Nach dem Vortrag, laut Großvater dem „langweiligen" Teil, sollte eine Erfrischung gereicht werden, was der Grund war, weswegen die beiden alten Männer an der Veranstaltung teilnehmen wollten.

Der Nachrichtensprecher nannte die Zeit. Es war einundzwanzig Uhr zweiundzwanzig.

„Wo bleibt er denn bloß?“ sagte mein Großvater. „Wir sollten jetzt ·irklich langsam gehen. Die Damen brechen immer rechtzeitig auf.“ ;r quälte sich in die Höhe. „Was meinst du? Geht das Hemd?“

„Das Hemd schon, aber du hast keine Socken an.“

„Was?“ Er sah auf seine Füße hinunter. *„Oi gewalt,* daß ich meinen lamen noch weiß, ist ein Wunder.“ Er sank niedergeschlagen auf das ·ett zurück, fuhr jedoch sofort wieder hoch. „Ich weiß, wo die veruchten Dinger sind. Zusammen mit Esther Feinbaums Sachen in der Vaschmaschine.“ Er ging zur Tür.

„Wo willst du denn hin?“ fragte ich.

„In den Keller. Ich bin gleich wieder da.“

„Das ist doch lächerlich. Deswegen brauchst du doch nicht extra in en Keller zu fahren. Du hast eine ganze Schublade voller Socken. Du annst das eine Paar doch morgen holen.“

„Morgen sind sie vielleicht schon weg. Die alte Esther läßt sie estimmt unten liegen, denn sie will keinen Mann im Zimmer haben.“ ,r grinste. „Außerdem verstehst du das nicht. Es sind meine Liebngssocken. Deine Mutter hat sie mir gestrickt. Ich habe sie extra für eute abend gewaschen und gehe nicht ohne meine Socken.“

Damit schlurfte er zur Tür hinaus. Er wurde zusehends älter.

„Die genaue Zeit“, sagte der Sprecher, „einundzwanzig Uhr fünfndzwanzig.“

Ich ging zum Fenster und sah auf die Straße hinunter. Auf den ·ehsteigen herrschte ein Mordsbetrieb. Die Leute tranken oder tanz-·n oder saßen auf der Treppe vor dem Haus, aber von Pater Pistachio eine Spur. Er hatte von „neuen Beweisen“ gesprochen, die er mitringen wollte, ich konnte mir aber nicht vorstellen, was es hätte sein önnen. Vielleicht ein Rabi aus Costa Rica oder einen *Xo Tl'mi-go-*chädel, oder vielleicht bloß ein Foto von seinem eigenen Hinteropf.

Im Norden Wetterleuchten. Ich sah eine Weile zu, dann setzte ich ich wieder neben das Radio. Karen mußte jetzt bereits auf dem leimweg sein. Die Abendschule war in der Bronx. Ob es wenigstens ort regnete?

Neun Minuten später passierte es. Das Licht in Großvaters Zimmer wurde schwächer, flackerte und ging aus. Das Radio schwieg. Die Klimaanlage ebenfalls.

Und ich saß im Dunkeln und ärgerte mich. Würde mich nicht wundern, war mein erster Gedanke, wenn Großvater daran schuld wäre. Daß er einen Kurzen auslöste, wenn er bloß den Trockner aufmachte, wäre typisch für ihn gewesen.

Durch die ungewöhnliche Stille drang ein ängstlicher Schrei, dann ein zweiter. Nach einem Moment war drunten auf der Straße der Teufel los, und ich kapierte, daß nicht nur das Heim kein Licht hatte sondern die ganze Stadt. Totaler Stromausfall.

Eine lästige Angelegenheit, aber nicht schwerwiegend. In den vergangenen Sommern war der Strom immer wieder einmal ausgefallen und ich glaubte mich auszukennen. Das völlig überlastete Netz Manhattans brach für kurze Zeit zusammen: Lichter gingen aus, Uhren blieben stehen, Plattenspieler gaben einen letzten verzerrten Ton von sich, und ein paar Sekunden später war der Schaden behoben, und alles ging wieder seinen normalen Gang. Am nächsten Tag kam die Aufforderung, Energie zu sparen. Jedenfalls bestand kein Grund zur Aufregung. Die Leute vom Elektrizitätswerk bekamen die Sache schon hin. Sie hatten es noch jedesmal geschafft.

Die Luft im Zimmer wurde schnell stickig. So alt die Klimaanlage war, sie nützte doch etwas. Mit dem Gefühl von Unverständnis und Gereiztheit, das man empfindet, wenn etwas plötzlich nicht mehr funktioniert, knipste ich das Licht aus und an, aus und an. Ich ging zum Fenster, öffnete es und sah in die Finsternis hinaus. Ohne Straßenbeleuchtung sah ich den Gehsteig unter mir kaum. Obwohl ich aufgeregte Stimmen und das Schlagen von Türen hörte, hatte ich das Gefühl auf einen Kanal oder einen Fluß zu blicken. Die Gebäude waren etwas besser zu erkennen. Sie hoben sich wie tote klobige Monolithen vor einem mondlosen Himmel ab. New Jersey auf der anderen Seite des Hudson hatte Strom. Aber hier bei uns kam das einzige Licht von den Autoschlangen, die sich langsam über die Amsterdam Avenue und den Broadway wälzten und in Gesichter im ersten Stock schienen, die wie ich aus dem Fenster sahen. Unter mir zersplitterte irgendwo Glas.

Das Geräusch verursachte Anspannung in mir, wenn nicht einen

Anflug von Angst. Ich machte mir keine Sorgen wegen Karen, denn ich war überzeugt davon, daß sie gut nach Hause kam. Auch nicht wegen Pater Pistachio. Falls er das Haus bereits verlassen hatte, war er mit Sicherheit vernünftig genug, einfach stehenzubleiben, bis wir wieder Licht hatten.

Aber mit Großvater war das eine andere Sache. Er steckte meiner Meinung nach im stockdunklen Waschraum und hörte keine Geräusche, nach denen er sich hätte orientieren können. Möglicherweise fand er nicht einmal die Tür. Vielleicht hatte er Angst. Ich mußte zu ihm. Ich tastete mich zu seinem Nachttisch, steckte die Streichhölzer ein, die neben dem Pfeifenständer lagen und verließ das Zimmer.

Im Flur ein verängstigtes zum Teil zänkisches Rufen von Tür zu Tür.

„Frits! Wo steckt bloß dieser Frits?“

Ich ging Schritt für Schritt über den gewachsten Fußboden zur Treppe.

„Frits?“ fragte eine alte Stimme. „Frits, sind Sie es?“ Die ängstliche Frage wurde von anderen aufgenommen. „Frits, warum brennt kein Licht? Frits, haben Sie eine Taschenlampe? Frits, ich will meinen Sohn anrufen.“

„Hören Sie doch um Gottes willen auf!“ rief ich. „Ich bin nicht Frits – bitteschön!“ Ich zündete ein Streichholz an, hielt es mir vor das Gesicht und sah wahrscheinlich wie eine Leiche aus. „Bleiben Sie in Ihrem Zimmer und bewahren Sie Ruhe“, fügte ich hinzu. „Wir kriegen bestimmt bald wieder Licht.“

Ich ging am Lift vorbei, der natürlich auch nicht funktionierte und zündete an der Treppe das nächste Streichholz an. Die erste Stufe war direkt vor meinem rechten Schuh. Mich am Geländer festhaltend, stieg ich hinunter.

Als Junge habe ich mich im Dunkeln gefürchtet, genauer gesagt, ich habe mich vor Ungeheuern gefürchtet. Ich habe gewußt, daß sie nur in Filmen vorkommen, aber im Dunkeln habe ich mir manchmal eingebildet, unwissentlich in einem Film mitzuspielen und das gejagte Opfer zu sein. Zwei Dinge waren für Filmopfer, zumindest meiner Zeit, verboten: sie durften nicht fluchen und keinen Namen aussprechen, der gebrandmarkt war. Da ich dieses wußte, kam ich auf eine geniale

Idee. Ich murmelte entweder pausenlos *Scheiße* oder *Pepsi-Cola* vor mich hin, wenn ich im Dunkeln allein war und mir Mut machen wollte.

Inzwischen allerdings glaubte ich nicht mehr an magische, einen beschützende Worte, sondern stieg stumm Stufe für Stufe hinunter und ließ es darauf ankommen.

Das Echo von Stimmen flutete durch das Treppenhaus. Man bat um Hilfe, verlangte Kerzen, wollte wissen, was los ist. Die Stimmen wurden lauter, wenn ich einem Stockwerk näher kam, wurden leiser, wenn ich mich davon entfernte. Der achte Stock verschwand in meinem Rücken, dann der siebte. Ich zählte im Kopf mit. Der sechste – der fünfte . . .

Als ich auf dem Absatz des vierten Stocks war, sah ich unter mir einen Lichtstrahl und hörte Schritte auf mich zukommen. Der Lichtstrahl schwang zur Seite und verschwand hinter einer Tür. Eine Treppe tiefer hörte ich Calzones Stimme und sah einen Lichtstrahl durch den Flur wandern.

„Nein, das geht *nicht!*" schrie er. „Es gibt nirgends Licht, auch nicht in Westchester. Die vom Elektrizitätswerk haben gesagt, daß es nicht mehr lange dauert."

Ich konnte nur hoffen, daß es stimmte.

Als ich im ersten Stock war, hörte ich ein merkwürdiges Geräusch. Es war ein hohles, regelmäßiges Klopfen, als schlage jemand gegen einen Sarg. Ich wußte nicht einmal, wo es herkam. Es wurde mit jeder Stufe lauter, nahm aber im Gegensatz zu den Stimmen auf halber Treppe wieder ab. Als ich im Erdgeschoß war, ging es im Lärm unter, der von der Straße hereinkam.

Draußen war das größte Spektakel im Gange. Geschrei, Gelächter und Musik aus einem batteriebetriebenen Kofferradio. Ich hörte, wie Glas zersplitterte und vom 4. Juli übriggebliebene Feuerwerkskörper explodierten. Die Halle hingegen war leer und verlassen. Neben der Eingangstür hing eine Petroleumlampe. Ihr Schein kroch an den Wänden hoch, fiel auf die Gummibäume und die durchgesessenen leeren Klubsessel. Der neue Wachmann stand an der Tür und sprach mit Leuten, die sich davor versammelt hatten. Hatte man ihn hier postiert, damit er eventuelle Eindringlinge abhielt?

Die Frage beschäftigte mich nicht weiter. Ich griff nach dem Gelän-er und stieg weiter nach unten. Der Schein der Petroleumlampe erschwand, als die Treppe einen Bogen machte, und ich war wieder on Dunkelheit umgeben. Die Geräusche des Erdgeschosses schienen ereits weit hinter mir zu liegen, meine Schritte hallten von den Vänden zurück, es war stickig heiß. Ich blieb stehen und zündete ein treichholz an. Nur noch ein paar Stufen, ich sah bereits den Gang, er in die Dunkelheit hineinlief.

Wenige Sekunden später war ich unten, blieb stehen und horchte. Jicht der geringste Laut.

„Großvater!" rief ich mit der unsicheren Stimme dessen, der mit einer Antwort rechnete. Ich glaubte am Ende des Ganges ein Ra-cheln zu hören. „Moment", rief ich. „Ich komme!" Ich zündete das ächste Streichholz an und ging zur Tür des Waschraums. Die Luft och feucht und unangenehm süßsauer. Zwei Schritte vor der Tür ging as Streichholz aus, und ich tastete blind nach der Klinke. Hinter der 'ür ein Scharren, als versuche jemand, aus dem Raum zu kommen. Gleich!" rief ich. „Ich bin ja . . ."

Die Tür flog mir entgegen. Ein Schwall zappelnder Körper quoll eraus, drückte mich zu Boden und ging wie eine Welle über mich inweg. Es wurde auf mir herumgetreten und getrampelt. Ich versuch-e in die Höhe zu kommen, spürte den Kontakt mit nackten Gliedma-en, mit glatter gummiartiger Haut, Hände klatschten wie Fischflos-en auf mir herum. Alles dauerte bloß ein paar Sekunden, dann war ie Meute über mich hinweg. Ich hörte sie den Gang entlang patschen nd über die Treppe verschwinden.

Und dann wieder Stille.

Ich lag total erschöpft auf dem Boden, konnte kaum glauben, daß es orüber war und wußte, daß ich in einem Moment an meinem Ver-tand zweifeln würde. Obwohl ich noch Abwassergestank in der Nase atte, schien alles bloß ein böser Traum gewesen zu sein, den die unkelheit geboren hatte.

Aber mein Großvater war Wirklichkeit. Was hatte diese Bande mit neinem Großvater gemacht? Zitternd und benommen rappelte ich nich auf, tastete mich in den Waschraum vor und zündete das letzte

Streichholz an. Der Fußboden war feucht und glitschig. Die vier Waschmaschinen waren umgestoßen und lagen wie Kinderspielzeug kreuz und quer im Raum. Von meinem Großvater keine Spur.

Stunden später, als ihn Frits und Calzone aus dem Lift befreiten, der zwischen dem ersten und dem zweiten Stock stehengeblieben war, hielt er lediglich seine Socken wie Trophäen in die Höhe und sagte mit schwacher Stimme: „Ich habe sie."

Karen war während all dieser Zeit fünfzig Blocks weiter nördlich.

Um neun Uhr dreißig hatte sie und ihre Freundin Marcia die Abendschule in der Bronx verlassen und waren in Marcias kleinen weißen Toyota gestiegen. Da es an der 145th Street einen Stau gegeben hatte, war Marcia in die Lenox Avenue eingebogen. Als sie noch ungefähr eineinhalb Kilometer vom Central Park entfernt waren, hatten sie trotz der Hitze die Fenster hochgekurbelt und die Türen von innen abgesichert, denn sie fuhren schließlich mitten durch Harlem.

Die Lichter waren so plötzlich ausgegangen, als habe ein Kind den Stecker herausgezogen.

Marcia trat instinktiv auf die Bremse. Auch vor und hinter ihr wurde gebremst und im Schrittempo weitergefahren. Irgendwo weiter weg allerdings nicht, denn es krachte, und man hörte, wie Metall verbogen wurde. Hupen plärrten los, Stoßstangen stießen gegen Stoßstangen, der Verkehr rollte aus und stand.

Von der einen Sekunde zur anderen wimmelte es von laufenden Gestalten. Sie kamen in Horden aus Hauseingängen, klatschten in die Hände und warfen die Arme in die Luft, als hätten sie ihr Leben lang auf diesen Moment gewartet. Die beiden Frauen in dem kleinen weißen Toyota mußten an einen Gefängnisausbruch, an Schulschluß, an einen Befreiungstag denken. Sie sahen eine lange, schlaksige Gestalt direkt vor ihre Motorhaube laufen. Die Gestalt sprang plötzlich und völlig unvermittelt hoch in die Luft, segelte über den Wagen daneben hinweg und verschwand in der Nacht. Das Gesicht sah Karen nicht, aber sie hatte noch lange die weißen Turnschuhe vor Augen, die gute zwei Meter über dem Scheinwerferlicht eine Bahn zogen, als sei die Erdanziehungskraft aufgehoben.

Es war fast ein Uhr, und ich konnte sie immer noch nicht erreichen.

Ich saß im Zimmer meines Großvaters, das Telefon auf den Knien. Neben mir lag der alte Mann und schnarchte. Ich hatte ihm erst vor kurzem ins Bett geholfen, aber er schlief bereits tief und fest. Ich dagegen hätte unmöglich schlafen können. Ich machte mir die größten Sorgen um Karen. Auf den Straßen ging es zu, daß einem die Haare zu Berge standen. Banden von Jugendlichen zogen schreiend, raubend und plärrend durch die Straßen, Schaufenster wurden eingeschlagen, vor dem Leihhaus in der Amsterdam Avenue hatte sich eine Menschenmenge versammelt. Alles sah gespannt zu, wie drei bullige Typen mit nacktem Oberkörper das Schutzgitter vor dem Eingang und dem Schaufenster herunterzureißen versuchten. Weiter nördlich brannte es. Ich hörte die Sirenen der Feuerwehr und das Echo von Explosionen und fürchtete bereits das Schlimmste.

Plötzlich klingelte das Telefon auf meinen Knien – da an ein separates elektrisches System angeschlossen, funktionierten wenigstens die Fernsprecher –, und ich riß den Hörer ans Ohr.

„Mein Gott, Karen, wo bist du denn die ganze Zeit? Ich versuche seit Stunden, dich zu erreichen. Hättest du nicht wenigstens anrufen können?"

„Eben nicht", entgegnete sie. „Weit und breit kein Telefon. Ehrlich."

Ihre Stimme schien von weit her zu kommen.

„Wo bist du denn?" fragte ich. „Bei Marcia? Ich habe es auch bei ihr versucht."

„Ob du es glaubst oder nicht, ich bin oben bei den Cloisters."

„Was?"

„Wirklich. Ich bin in einer Telefonzelle neben dem Parkplatz. Es wimmelt von Menschen hier oben. Die Nacht ist selten schön. Ich sehe Sterne, die mir noch nie aufgefallen sind."

Ihre Begeisterung kam mir nicht echt vor. Ich hörte es ihrer Stimme an. Als sie mir erzählte, was sie erlebt hatte, wunderte mich der leicht hysterische Unterton nicht mehr.

Sie und ihre Freundin Marcia waren anfangs nur wie erstarrt im Auto gesessen und hatten zugesehen, wie alles um sie herum in die

Brüche ging. Schaufenster und Türen wurden eingeschlagen, Menschen liefen an ihnen vorbei, die Arme voll gestohlener Waren. Diejenigen, die in den Autos saßen und nicht weiter konnten, wurden total ignoriert. Es hatte über eine Stunde gedauert, bis die Unfallstrecke geräumt war.

Als sich die endlose Autoschlange dann wieder in Bewegung setzte, ging es nur sehr langsam weiter. Über dem Harlem River sahen sie ein Leuchten, das von Brandstellen zu kommen schien. Je weiter sie nach Süden fuhren, desto dichter wurden die Menschenmengen, desto aufsässiger und feindseliger die Leute. Mehr als einmal stellte man sich ihnen einfach in den Weg oder schlug mit den Fäusten gegen Autotüren oder auf die Motorhaube. Marcia bog bei der ersten Gelegenheit ab, kam zur 125th Street und fuhr Richtung Hudson. Am Riverside Drive angekommen, bog sie instinktiv rechts ab, also wieder nach Norden. Sie hatte nur einen Wunsch, raus aus Manhattan, und war bis zum Fort Tyron Park gefahren.

„Wir haben uns inzwischen einigermaßen beruhigt", fügte Karen hinzu, „und wollen jetzt zurückfahren. Marcia ist todmüde, und wir sehnen uns beide nach unserem Bett. Wir versuchen es über den West Side Highway und biegen dann bei der 96th Street ab."

„Bitte ruf mich sofort an, wenn du zu Hause angekommen bist", sagte ich. „Ich bleibe bei Großvater und komme dann morgen gleich in aller Frühe."

Nachdem ich aufgelegt hatte, sah ich wieder aus dem Fenster. Vor dem Leihhaus, dessen Eingang inzwischen offen stand, eine endlose Schlange von Menschen, die geduldig darauf warteten, endlich auch an der Reihe zu sein und etwas stehlen zu können. Daß diejenigen, die am Ende standen, nur noch wenig erwischen würden, war klar. Sie vertrieben sich die Zeit damit, die überall herumliegenden Glasscherben mit dem Schuh zu Staub zu zermahlen.

Während dieser Nacht passierten tausend ähnliche Geschichten. Ein Mann zum Beispiel hielt vor einem Elektrogeschäft, verschaffte sich Zugang, lud sämtliche Kühlschränke in seinen gemieteten Lastwagen und fuhr in aller Seelenruhe mit der Beute davon. Besonderer Beliebtheit erfreuten sich Geschäfte mit Billigwaren. Dort stahlen Banden von Jugendlichen alles, was sie nur wegschleppen konnten, von der Nähseide über Radiergummi bis zu Haarspangen. Die Bewohner der ärmeren Viertel von Brooklyn waren anschließend über Monate hinweg gezwungen, meilenweit zum Einkaufen zu fahren, weil die Geschäfte in ihrer unmittelbaren Nachbarschaft zerstört waren. Als der Ausnahmezustand beendet war, hatten neun Millionen Menschen einen Tag ohne Elektrizität verbracht, dreitausend waren wegen Plünderei verhaftet worden und Tausende straffrei ausgegangen. Der Gesamtschaden betrug eine Milliarde Dollar.

Zwischen Statistiken, Zeitungsartikeln und Polizeiberichten tauchten Gerüchte auf, die laut *Times* aus der Luft gegriffen waren. Dennoch wurde immer wieder davon gesprochen, daß hier und dort in den finstersten Teilen der Stadt Weiße gesehen worden waren, die angeblich „merkwürdige" Kleider trugen, oder „nackt" waren, oder „ausgemergelt" aussahen, oder „Masken" über den Kopf gezogen hatten und Frauen belästigten. Eine Frau von Crown Heights behauptete, daß ein „weißer Junge" plötzlich vor ihr aufgetaucht sei und ihrer kleinen Tochter unter den Rock gegriffen habe, aber weggerannt sei, ehe sie sein Gesicht habe richtig sehen können. Ein Mädchen, das in einem Drugstore arbeitet, schwor beim Kopf seiner Mutter, daß kurz nach dem Stromausfall eine Horde „dürrer alter Männer" aus dem Keller eines abbruchreifen Mietshauses gekommen sei und sie bis zur nächsten Ampel verfolgt hätte. An der U-Bahn Haltestelle Astoria Boulevard hatte ein Elektriker auf den Schienen ein Kind oder eine Frau weinen hören, hatte dann aber im Lichtstrahl seiner Taschenlampe nur ein paar Gestalten gesehen, die in den Schacht hineingelaufen waren. Ein paar Stunden später hatte jemand mit spanischem Akzent bei der Polizei angerufen und in gebrochenem Englisch Anzeige gegen Unbekannt erstattet, weil seine Frau von „jungen Kerlen" belästigt worden sei, die in „U-Bahnschächten wohnen". Er hatte aufgelegt, ohne seinen Namen zu nennen. Eine Sekretärin behauptete sogar, plötzlich von einem Marsmenschen angesprungen worden zu sein. Nachdem er seine nackten Lenden an ihr gerieben hatte, habe er ihr den Rock hochgehoben und intim zu werden versucht. Da das Mädchen Alkoholikerin war, glaubte man ihr kein Wort. Im darauffolgenden September brachten die *News* und die *Post* empörte Berichte über den plötzlichen Anstieg von Abtreibungen, vor allem unter der finanziell schwachen Bevölkerung, aber derlei Geschichten gehören genau wie die steigenden Geburtenziffern zu jedem Stromausfall.

Wenn ich bei diesen Geschichten länger verweile als vielleicht nötig, so hat das seinen guten Grund. Nicht nur das, was mir im Keller des Altenheimes passiert ist, veranlaßt mich dazu, sondern vor allem das, was sich spät in jener Nacht noch ereignet hat. Seitdem sind mehrere Jahre verstrichen, und ich kann inzwischen darüber sprechen – mit Karens Erlaubnis, natürlich.

Sie und ihre Freundin waren gut zurückgekommen. Marcia hatte Karen vor dem Haus abgesetzt und war dann weitergefahren. Nach allem, was sie in dieser Nacht hatten mitansehen müssen, war ihnen unsere Straße wie eine Oase von Sicherheit und Friedlichkeit vorgekommen.

Es war kurz nach zwei Uhr morgens. Karen sperrte die Wohnungstür auf, ging als erstes in die Küche und suchte nach den Haushaltskerzen. Sie fand sie und zündete eine an. Eine dünne Wachsspur lief ihr wie ein Wurm über die Hand. Sie stellte die Kerze auf einen kleinen Teller und trug sie vorsichtig ins Schlafzimmer, wo sie erst einmal das Fenster öffnen und ordentlich durchlüften wollte. Als sie sah, daß es halb geöffnet war, schüttelte sie verständnislos den Kopf. Wie konnte man nur so unvorsichtig sein. Sie nahm sich vor, es mir gleich am Telefon zu sagen. Der Apparat stand auf dem Nachttisch. Sie nahm den Hörer ab und wählte Großvaters Nummer.

Durch das regelmäßige Schnarchen meines Großvaters eingelullt, hatte ich vor mich hingedöst. Als das Telefon klingelte, fuhr ich in die Höhe und wußte im ersten Moment nicht, wo ich war. Ich nahm den Hörer ab und atmete auf, als ich Karens Stimme hörte.

„So“, sagte sie, „endlich bin ich zu Hause. Du kannst dir nicht vorstellen, wie kaputt ich bin, aber Gott sei Dank muß ich morgen wenigstens nicht ins Büro. Ich glaube, ich könnte zwölf Stunden hintereinander weg schlafen, aber wahrscheinlich ist es ohne die Klimaanlage unerträglich heiß hier drinnen. Außerdem riecht es so merkwürdig. Ich habe eben kurz den Kühlschrank aufgemacht. Hoffentlich geht uns nicht das ganze Fleisch ... *O Gott, was ist denn das?"*

Ich hörte sie schreien. Sie schrie sogar mehrmals. Dann fiel der Hörer auf den Nachttisch, rutschte herunter und baumelte an der Schnur hin und her.

Und im Hintergrund hörte ich es dann: das gleiche Geräusch, das ich im Rücken hatte – lautes Schnarchen.

Neun Stockwerke tiefer und an die zwölf Blocks weiter stürzte ich von der Dunkelheit draußen in die Dunkelheit unserer Wohnung. Die Polizei war noch nicht da, aber Karen war wieder bei Besinnung, und die Kerze auf dem Nachttisch brannte wieder. Eine dunkelrote Beule an der Stirn zeigte, daß meine Frau beim Fallen an der Nachttischkante aufgeschlagen war.

Ihre Haltung war bewundernswert. Obwohl sie in der Dunkelheit und allein wieder zu sich gekommen war, hatte sie sofort das Nächstliegende unternommen: Sie hatte die Kerze angezündet, den Hörer auf die Gabel gelegt, das Fenster geschlossen und alle anderen überprüft und sich gewaschen. Als ich in die Wohnung kam, war sie relativ beherrscht und berichtete mir von dem „Etwas", das lautlos durch das Fenster gekommen war, während gleichzeitig eine ähnliche Kreatur aus der Diele aufgetaucht und eine dritte wie aus dem Boden gewachsen vor ihr gestanden war und die Kerze gelöscht hatte.

Die Beherrschung verließ sie – und auch mich –, als wir sechs Stunden später im Licht des Tages ein gewisses Zeichen entdeckten, das draußen unter unserem Schlafzimmerfenster in die Mauer gekratzt war.

Sechs Wochen später, wir lebten damals noch bei Karens Mutter in Westchester, kamen dann die ersten Anfälle von Übelkeit. Ein Schwangerschaftstest bestätigte schließlich unsere Befürchtungen. Da wir vor einiger Zeit beschlossen hatten, nichts mehr dagegen zu unternehmen, bestand durchaus die Möglichkeit, daß ich das, was in ihr wuchs, in sie hineingepflanzt hatte, aber wir wollten kein Risiko eingehen. Die Abtreibung kostete einhundertfünfzig Dollar.

Mittwoch, 14. Februar 1979

„Junge Männer denken, daß alte Männer Idioten sind", zitierte Mrs. Rosenzweig meinen Großvater, „aber alte Männer *wissen,* daß junge Männer Idioten sind." Sie legte den Kopf leicht zur Seite und spitzte die runzligen Lippen. „Für Sie gilt das natürlich nicht", setzte sie hinzu.

Ich lachte. „Natürlich nicht. Abgesehen davon bin ich kein junger Mann mehr."

Ich hatte sie vor genau einem Jahr zum letztenmal gesehen. Als ich mit meiner Pralinenschachtel hier angekommen war, hatte ich mich richtig gefreut, daß sie noch lebte und immer noch im Heim wohnte. Nach der Horrornacht, die sie '77 hatte erleben müssen, war sie nach ihrer Entlassung aus dem Krankenhaus wider aller Erwartungen zurückgekommen. Sie sei zu alt, um sich noch einmal woanders einzugewöhnen und neue Freunde zu gewinnen, hatte sie gesagt. Das Heim sei ihr Zuhause, und hier wolle sie bis ans Ende ihres Lebens bleiben.

In ihrem Zimmer ließ nichts darauf schließen, daß sie blind war. Als ich sie zum erstenmal mit ihrer Freundin zusammen gesehen hatte, hatte ich es nicht bemerkt, und als mein Großvater nach jener Nacht von der „armen alten blinden Frau" gesprochen hatte, war ich überzeugt davon gewesen, daß er wieder einmal alles verwechselt hatte. Jedenfalls bewegte sie sich in ihrem Zimmer mit der Selbstverständlichkeit eines Menschen, der von seinen Augen geleitet wird. Außerhalb ihrer gewohnten vier Wände allerdings hatte sie Schwierigkeiten. Als ihr der Tod Mrs. Hirschfeld genommen und sie niemanden mehr hatte, auf den sie sich verlassen konnte, war sie völlig hilflos gewesen, zumindest, bis sich Großvater ihrer angenommen hatte. Er hatte sich mit ihr angefreundet und ihr ein Gefühl der Sicherheit gegeben. Sie waren zusammen über den Broadway spaziert, hatten Geschichten aus der Vergangenheit ausgetauscht und sich während langer Sommernachmittage Gesellschaft geleistet. Eine Zeitlang hatte er ihr Mrs. Hirschfeld ersetzt, und sie ihm den armen alten Pater Pistachio ...

„Wie lieb von Ihnen, am Valentinstag an mich zu denken", sagte sie, als ich ihr die Pralinen überreichte. „Habe ich Ihnen eigentlich je gezeigt, was Herman mir geschenkt hat?"

Sie nahm mit sicherer Hand einen kleinen runden Gegenstand von dem Regal neben sich und zog ihn auf. Es war ein kleiner Globus. Auf seinem Sockel stand *Andenken an das Heyden-Planetarium.* Als sie ihn wieder auf das Regal stellte, erklang „Home Sweet Home".

„Sehr hübsch", sagte ich.

Nach ein paar Sekunden verklang die Melodie, und die alte Frau stieß einen Seufzer aus.

„Die Pralinen freuen mich wirklich", sagte sie. „Sie sind wie Ihr Großvater. Er war auch immer so großzügig."

„Ja, das war er", sagte ich. „Er hatte nie viel, aber für seine Freunde hat er alles getan."

Mein Besuch galt seinem Andenken, denn es war sein erster Todestag.

Wie die Ärzte vorausgesagt hatten, war er an den Folgen eines zweiten Schlaganfalls gestorben. Es war nach dem Abendessen im Spielraum passiert, wo er mit Freunden zusammengesessen hatte. Herzhaftes Lachen ist angeblich die einzige Leibesübung, die alten Menschen erlaubt ist, aber in diesem Fall war es offensichtlich doch zu anstrengend gewesen. Er war jedenfalls sofort ins Krankenhaus gebracht worden, hatte aber nur noch vier Tage gelebt. Ich glaube nicht, daß sein Ende qualvoll gewesen ist. Niemand hat sich an seine letzten Worte erinnert, aber was sind letzte Worte schon? Meistens ein Fluch, ein Hilferuf oder eine Kette unzusammenhängender Silben. Die letzten Worte, die ich ihn habe sagen hören, sind inzwischen in die Familienchronik eingegangen. Sie waren an einen jungen Mediziner gerichtet, der gerade sein zweites Staatsexamen absolviert, mit dem praktischen Jahr begonnen hatte und meinem Großvater den Blutdruck maß. Dieser hatte die Augen geschlossen und lag so bewegungslos in seinem Bett, daß ich glaubte, er sei nicht bei Besinnung. Als jedoch der junge Mediziner sein Gerät einpackte und zufällig erwähnte, daß er am Abend nach dem Dienst verabredet sei, machte mein Großvater die Augen auf.

„Fragen Sie das Mädchen doch", sagte er mit leiser schwacher Stimme, „ob sie nicht eine Freundin für mich hat."

Und Pater Pistachio ist inzwischen auch nicht mehr unter uns. Er ist schon vor meinem Großvater von uns gegangen. Allerdings wurde für ihn *kein* Totenschein ausgestellt. Meiner Meinung nach war er ein Opfer des Stromausfalls von 1977. Als auf einen Schlag alle Lichter ausgingen, scheint er auf dem Weg zum Altenheim gewesen zu sein. Mehr läßt sich nicht sagen, denn niemand weiß, was mit ihm geschehen ist. Es ist möglich, daß er es in der Dunkelheit plötzlich mit der Angst zu tun bekommen hat und weggelaufen ist. Vielleicht ist er auch der Bande in die Arme gelaufen, die mich überrannt hat, oder er ist einfach in ein Loch gefallen und verschwunden. Ich für meine Person habe meinen Verdacht – vor allem, was den Stromausfall als solchen anbelangt, und ob man wirklich das Elektrizitätswerk dafür verantwortlich machen kann –, aber derlei Vermutungen bringen meine Frau nur aus dem Gleichgewicht. Wir wissen lediglich, daß der alte Mann spurlos verschwunden ist. Mein Großvater hat allerdings irgendwann behauptet, neben der Treppe vor Pater Pistachios Haus eine zerknüllte weiße Papiertüte gesehen zu haben.

Mit den Habseligkeiten, die Pater Pistachio hinterlassen hat, war das auch so eine Sache. Ich hatte Großvater gebeten, sich danach zu erkundigen, aber er hat behauptet, vom Hausmeister, einem schroffen Puertorikaner, der kaum Englisch verstand, hinauskomplimentiert worden zu sein. Angeblich hatte dieser alles der Polizei übergeben, und deshalb denke ich manchmal, daß das große Werk des alten Priesters – seine Notizen, Landkarten und Fotos –, daß dieses Werk im Keller irgendeines Polizeireviers liegt und verstaubt.

Etwas allerdings ist geblieben. Der Hausverwalter, ein religiöser oder vielleicht auch nur abergläubischer Mann, hat eines von Pater Pistachios Büchern zurückbehalten, weil er es für eine Bibel hielt, und meinem Großvater erlaubt, es mitzunehmen. Der Mann hatte nicht ganz unrecht – es war eine Art Bibel, nämlich das bei Harper & Row 1959 erschienene Thomas-Evangelium, das jetzt neben der billigen Ausgabe von Pater Pistachios *Allumfassender auf Grund gewisser Funde revidierter Erläuterungen* auf meinem Schreibtisch steht. Das Thomas-Evangelium ist kein besonders seltenes Buch und für mich nur insofern interessant, als es mit den unzähligen an den Rand gekritzelten Anmerkungen an seinen früheren Besitzer erinnert.

Ich war niedergeschlagen, als ich mich von Mrs. Rosenzweig verabschiedete. Ich versprach ihr zwar, sie bald wieder zu besuchen, bezweifelte aber, ob ich mein Versprechen halten würde. Das Heim rief zu viele traurige Erinnerungen in mir wach.

Draußen sah die Welt noch trüber aus. Es war knapp fünf Uhr, und schon wurde es dunkel. Während einer Woche bereits Temperaturen unter Null und auf den Straßen Schnee. Ich stellte den Kragen hoch, stemmte mich gegen den eisigen Wind und marschierte los.

Daß gewisse minderwertige Romane vom Klischee leben, weiß jeder. Wer hat nicht schon gelesen, daß plötzlich „totale Gedankenleere“ eintritt, daß sich in einer bedrohten Kleinstadt „alles in sein Schneckenhaus verkriecht“, wenn der Fremde auftaucht, daß der erpreßte Großindustrielle die Polizei nicht einschaltet, weil er nicht in „das Licht der Öffentlichkeit gerückt“ werden will, daß der Unterweltinformant den Täter angeblich kennt, aber „am Telefon“ den Namen nicht nennen kann. Das schlimmste von allem ist das Gefühl, beobachtet zu werden. Bei diesem Gefühl läuft dem Opfer ein Schaudern über den Rücken, die Haare stehen ihm zu Berge, er wird von Panik ergriffen, sein Puls geht schneller und sein Herz droht stehenzubleiben. In Wirklichkeit jedoch passiert meistens gar nichts. Ich habe im Verlauf meines Lebens schon Tausende von Menschen angestarrt, und zwar stur und lange, aber keiner, nicht einmal der sensibelste, ist zusammengezuckt, geschweige denn vor Angst weggelaufen. Und umgekehrt haben mich mit Sicherheit auch schon Tausende angestarrt, und ich habe es ebenfalls nicht gemerkt.

Diesmal war es nicht anders. Ich stand an der Ecke 81st Street und Amsterdam Avenue, die Schultern vor Kälte in die Höhe gezogen, und wartete ungeduldig auf grün. Meine Gedanken waren mit dem neuen Restaurant beschäftigt, das im ehemaligen *Davey's* eröffnet hatte und einen wirklich sauberen, ordentlichen Eindruck machte.

Es wurde grün, ich machte einen Schritt und hörte, wie unter meinem Schuh etwas knackte. Dies war der Grund, warum ich nach unten sah und feststellte, daß ich auf ein Häufchen Pistazienschalen getreten war, das neben einem Gully im Rinnstein lag.

Und ich erstarrte, denn ich sah noch etwas: etwas, was mich aus dem

Gully fixierte, das Gesicht gegen das gußeiserne Gitter gepreßt, die blassen Finger darin verkrallt. Im Schein der Straßenbeleuchtung sah ich die leeren Augenhöhlen mit den winzig kleinen roten Punkten und das runde offenstehende rote Maul mit den wulstigen Rändern. Das Gesicht war bar jeden menschlichen Ausdrucks, doch ich schwöre, daß diese Augen mich erkannten und voller Haß waren.

Sie muß gemerkt haben, daß ich sie gesehen hatte – mein Schrei war schließlich nicht zu überhören gewesen –, denn die Finger öffneten sich wie zwei explodierende weiße Sterne, und die Kreatur sank in die Erde zurück, zurück in das Königreich, in dem Finsternis regiert.

Joe Haldeman

Der Tourist

LINDSAY AND THE RED CITY BLUES

In Oklahoma City geboren, in der Gegend von Washington D. C. aufgewachsen und jetzt in Florida lebend, gilt Joe Haldeman als einer der besten Science Fiction-Autoren unserer Zeit. Sein Roman The Forever War, *sowohl mit dem Nebula als auch dem Hugo ausgezeichnet, erzählt auf spannende Weise von seinen Erfahrungen in Vietnam. Ehe sich Haldeman 1975 ganz auf die Schriftstellerei konzentrierte, hat er an der Universität von Iowa ein Seminar für kreatives Schreiben geleitet. Er ist für seinen sachlichen, realistischen Stil und seine skurrilen Ideen bekannt. Die vorliegende Geschichte zieht interessante Parallelen mit Edward Bryants* Dark Angel. *Sie entstand nach einer Reise durch Nordafrika und läßt Ängste nachempfinden, die beim Kontakt mit exotischen Kulturen aufkommen können. Marrakesch, die rote Stadt im Süden Marokkos,* stand in seinem Reiseführer, *ist für den Touristen, der sich auf dem Weg in die Sahara befindet, die letzte große Oase. In einer seit tausend Jahren kaum veränderten Szenerie begegnen sich hier das arabische und das schwarze Afrika.*

Daß es dort am Nachmittag unerträglich heiß ist, stand nicht im Reiseführer.

Die Klimaanlage machte einen beachtlichen Lärm, kühlte aber nicht und bewegte auch kein Lüftchen. Er hatte sich bereits dreimal beschwert und als Antwort jeweils nur ein Schulterzucken bekommen. Gegen zwei Uhr hielt er es in seinem Zimmer nicht mehr aus und floh auf die Straße, wo es noch heißer war.

Scott Lindsay war Vertreter für Chemieglas und lebte in Washington D. C. Wie alle Bewohner dieser Stadt bildete er sich ein, daß ein Mensch, der die Sommermonate an den Ufern des Potomac durchstand, gegen hohe Temperaturen gefeit war. Er sammelte sechs Wochen Urlaub und flog Ende Juli nach Europa. In Paris war es durchaus akzeptabel und in den Pyrenäen sogar angenehm kühl, aber daß am 1. August ganz Europa in Ferien ging, hatte ihm niemand gesagt. Jedes anständige Hotelzimmer war seit bereits sechs Monaten reserviert, die Restaurants waren überfüllt oder geschlossen, und man verbrachte seine Zeit damit, auf mühsamste Weise in Städte zu reisen, in denen nur die teuersten Hotels Komfort boten.

In Nizza erzählte ihm ein Kanadier, daß es in Marokko, wo er gerade herkomme, höllisch heiß sei, aber wenigstens treffe man zu dieser Jahreszeit kaum Touristen. Scott streifte das verseuchte, aber immer noch blaue Mittelmeer mit einem sehnsüchtigen Blick, spürte den Druck von zwanzig Millionen Urlaubern im Rücken, mußte an Humphrey Bogart denken und flog mit der nächsten Maschine nach Casablanca.

In Casablanca war der Charme von Pittsburgh mit dem Klima von Dallas vereint. Da überall Hochhäuser gebaut wurden, war die reglose Luft total verstaubt. Scott Lindsay kaufte einen Reiseführer, blätterte ihn durch und nahm den Frühzug nach Marrakesch.

Die rote Stadt, hieß es weiter, *hat ihren Namen von dem ziegelfarbenen Sandstein, aus dem sie und ihre Mauern erbaut sind.*

Von wegen ziegelfarben, dachte Scott. Rosa. Die rosarote Stadt. Die verdreckte rosarote Stadt.

Er quälte sich über den Gehsteig. Der schmale Streifen Schatten war von schlafenden Bettlern belagert. Die Hitze war so trocken, daß er nicht einmal schwitzen konnte.

Er kam an zwei geschlossenen Bars vorbei und betrat aufatmend eine dritte. Eine Moslembar, eine Milchbar, kein Alkohol, aber wenigstens Schatten. Zwei junge Typen hingen am Tresen und unterhielten sich leise, und zwei alte Männer saßen mit ihren Kapuzengewändern an einem Tisch und spielten Schach. An der Decke hing ein Ventilator und schob die heiße Luft und den Staub im Kreis. Scott winkte dem Barkeeper, der ihn mit teilnahmslosem und zugleich feindseligem Blick ansah und bestellte in seinem Schulfranzösisch eine kleine Flasche Mineralwasser, ohne Eis, und – wie der Fremdenführer empfahl – ein Glas heißen Pfefferminztee. Der Barkeeper brachte den Pfefferminztee, eine Literflasche Mineralwasser und ein Glas mit

Eiswürfeln. Scott versuchte, das Mineralwasser zurückgehen zu lassen, aber der Mann starrte ihn nur an und nannte immer wieder den Preis. Scott bezahlte schließlich und kippte die Eiswürfel, vor denen ihn der Fremdenführer gewarnt hatte, in den Aschenbecher. Die jungen Kerle am Tresen beobachteten die Transaktion mit verschlafener Gleichgültigkeit.

Der Pfefferminztee war ein aromatischer Aufguß aus Pfefferminzblättern und heißem Zuckerwasser. Scott trank einen Schluck und stellte zu seiner Verwunderung und zu seinem Ärger fest, daß er schmeckte. Er zog ein Taschenbuch aus der Jacke und las, da er sich in der Hitze unmöglich konzentrieren konnte, den selben Absatz mehrere Male.

Gewillt, sich von der Fremdartigkeit seiner Umgebung beeindrucken zu lassen, legte er das Buch weg und sah sich um. Durch die offene Tür konnte er über die Straße hinweg den kleinen Park sehen, an den der Djemaa El Fna angrenzte, der größte und laut Fremdenführer bunteste und aufregendste Markt Marokkos. Er war das Tor zur Medina, diesem geheimnisvollen arabischen Labyrinth, wo gerade im Moment jemand wegen seines Kleingelds umgebracht wurde, wo man Ziegen auf eine Weise mißbrauchte, die Allah nicht guthieß, wo die Männer eine Mischung aus Kamelmist und Opium rauchten und mit Kindern gehandelt wurde wie mit Kolonialwaren, wo dunkelhäutige Männer und Frauen für Geld alles taten und man nicht einmal viel dafür bezahlen mußte. Scott strich unbewußt über die Tasche, in der die Präservative steckten.

Die besten Präservative der Welt sind in einen blauen plattgedrückten Plastikzylinder von der Größe einer Streichholzschachtel verpackt. Die Verpackung ist ein Wunder der Technologie, bestehend aus einer Kombination aus Geometrie und klebriger Folie. Bei guten Lichtbedingungen kann sie von einem Mann, der einen kühlen Kopf behält, in weniger als sechzig Sekunden geöffnet werden. Scott hatte im Drugstore des Internationalen Flughafens von Dallas sechs Stück davon erstanden und erst eines geöffnet. Er hatte es nicht wegen der Pariserin geöffnet, die wie eine Prostituierte ausgesehen, aber seinen höflichen Antrag mit wütenden Worten abgelehnt hatte. Er hatte es wegen des fetten Zollbeamten in Casablanca geöffnet, der sich dessen Funktion erklären ließ, es wie einen toten Fisch zwischen zwei manikürten Fingern hochhielt, um es seinen Kollegen zu zeigen.

Über den blaßorangefarbenen staubigen Zelten des Djemaa El Fna flimmerte die Hitze. Der Himmel war so blaß, daß er fast weiß aussah die Straße und der Gehsteig schienen von schmutzigem Kreidepulver bedeckt zu sein.

„He, Mister." Ein dünner kleiner Araber, etwa zwölf Jahre alt, war in das Lokal geschlüpft und stand neben Scott. Er war sauber gewaschen und trug normale, ordentlich geflickte Sachen.

„He, Mister", wiederholte er. „Du Ami?"

„Nu, eeg bin Jugoslaw."

Der Junge nickte. „Du aus New York. Ich habe vier Freunde New York."

„Jugoslaw."

„Du von Chicago? Ich habe vier Freunde Chicago. Nein, fünf. Fünf Freunde Chicago."

„Jugoslaw", sagte Scott.

„Wo in Amerika?" Der kleine Kerl nahm einen der schmelzenden Eiswürfel aus dem Aschenbecher, wischte ihn am Ärmel ab, steckte ihn in den Mund und zerkaute ihn.

„New Caledonia", sagte Scott.

„Du kein Eis? Eis gut." Der nächste Würfel kam an die Reihe. „*New* was?"

„New Caledonia. Ein kleines Nest in den Rockies, zwischen Georgia und Wisconsin. Ich nehme doch kein verschmutztes Eis!"

„Nein, Mister. Dieses Eis okay. Eis von Wasser in Flasche." Er überschüttete den Barkeeper mit einem Schwall arabischer Worte und bekam als Antwort eine einzige Silbe. „Komm, ich dich führe durch Medina."

„Nein."

„Für ohne Geld. Student, Englisch Student. Ich führe für ohne Geld zu Fabrik von mein Vater."

„Okay – meinetwegen."

„Dann wir gehen. Kein Touristware, gute Geschäft machen."

Du willst schließlich etwas erleben, dachte Scott Lindsay. Wenn du ilück hast, wirst du von einem Ziegenbock zusammengeschlagen und ergewaltigt.

„Gut", sagte er. „Aber du kriegst Null Geld."

„Null Geld", wiederholte der kleine Kerl, nahm Scott an der Hand nd zog ihn aus der Bar in den Park.

„Kann man in der Medina irgendwo kaltes Bier kaufen?" fragte cott.

„Viel Lokal mit Eisbier. Du hast Zigarette?"

„Bin Nichtraucher."

„Macht nichts. Du hier kaufen Schachtel." Er deutete auf einen iosk, der wie ein kleiner Aussichtsturm aussah.

„Ich denke nicht daran. Du besorgst mir erst einmal ein kühles Bier nd dann sehen wir weiter."

Sie verließen den schattigen Park und gingen über den Marktplatz.)er Staub klebte Scott an den Nasenschleimhäuten, aber es war venigstens nicht mehr ganz so heiß. Ein leichtes Lüftchen war aufgeommen. Ein fleißiger Händler rollte gerade die Eingangsplane seines elts in die Höhe und deutete auf Ledertaschen aller Größen und ormen.

„He, du kaufen!" rief er.

Scott ignorierte ihn, während der kleine Kerl ein ordinäres Zeichen nit der Hand machte.

Scott hatte einen wichtigen Absatz in seinem Fremdenführer überchlagen: *Es wird dringend geraten, die Medina nur mit Führer zu esichtigen. Die einzelnen Gassen verlaufen in schiefen, nicht zu überehenden Winkeln. Wer sich hier nicht auskennt, hat schon nach einem Ioment jeglichen Orientierungssinn verloren. Die besten Führer sind inge Amerikaner, die wegen der billigen Drogen hier leben. Es ist atsam, den Preis für die Führung vorweg abzumachen. Er beträgt im llgemeinen 5 Dirham (1,10 $). Junge Araber, die sich für Studenten usgeben und sich anbieten, kostenlose Führungen zu machen, sind rikt abzulehnen.*

Sie gingen zwischen den Zelten hindurch und kamen durch das Bab gnou-Tor in die Medina. Die Hauptader dieses Viertels war eine vielleicht sieben Meter breite staubige Straße. Links und rechts kleine Läden und Stände. Die meisten waren geschlossen. Vor einigen hockten die Besitzer und dösten. Zur Straße hin gab es keine Mauern Vorhänge oder Eisengitter trennten die Nachbarn voneinander. Eine Art Ladentische gab es nur dort, wo Lebensmittel verkauft wurden.

Da Holzlatten und Tücher über die Straße gespannt waren und die Sonnenstrahlen abhielten, war es erstaunlich kühl. Es roch stark nach gebrannten Kastanien, nach Knoblauch und irgendwelchen fremden Gewürzen. Der kleine Kerl führte Scott durch Seitenstraßen und schmale Gassen, und Scott wußte schon nach einem Augenblick nicht mehr, wo die Sonne stand.

„Wo läufst du denn hin, verdammte Pest?“

„Kaltes Bier.“ Der Junge bog in eine noch schmalere Gasse ein, und Scott mußte ihm wohl oder übel folgen.

Sie drückten sich gegen eine Mauer, als ein Mann auf einem alten einzylindrigen Motorroller an ihnen vorbeiknatterte.

„Wie weit ist es denn noch? Ich will endlich . . .“

„Hier.“ Der kleine Kerl zog ihn in ein dunkles, muffig riechendes Lokal, dessen kleiner, dicker Besitzer Goldzähne blitzen ließ und den kleinen Kerl Abdul nannte.

„Bera ist Wort für Bier“, sagte dieser, und Scott wiederholte das Wort und sah dabei den fetten kleinen Mann an, während Abdul etwas hinzufügte.

Der Mann machte zwei Flaschen Bier auf, stellte sie auf den Tresen und legte eine Packung Zigaretten daneben.

Der freche kleine Hund, dachte Scott und war gespannt, wie es weiterging. Er bezahlte Bier und Zigaretten, stellte eine Flasche vor Abdul und schob ihm das Päckchen zu.

„Bist du kein Moslem?“ fragte er. „Ich denke, Moslems trinken keinen Alkohol.“

„Klar, Mann.“ Der Junge steckte einen Finger in den Flaschenhals schnalzte einen Tropfen Bier durch die Gegend, setzte die Flasche an und ließ die Hälfte mit einem Zug in sich hineinlaufen.

Lindsay nippte an seinem Bier. Es war warm und schmeckte säuerlich.

„Was du arbeiten in Amerika?“ Abdul zündete sich eine Zigarette an und hielt sie zwischen gespreizten Fingern.

Vertreter für Chemieglas? Kommt nicht in Frage, dachte Lindsay.

„Lastwagenfahrer“, sagte er.

Der scharfe türkische Tabak brannte in den Augen.

„Viel Geld verdienen.“

„Eben nicht.“

Lindsay kam sich komisch vor, als er das sagte. Sein Ticket hatte mehr Geld gekostet, als dieser kleine Kerl je in seinem Leben zu sehen bekommen würde.

„Komm, Mann. In Fabrik von mein Vater gehen.“

„Was stellt dein Vater denn her?“

„Verschiedene Sachen. Teppiche.“

„Was soll ich denn mit einem Teppich?“

„Wir verpacken und nach New Caledonia schicken.“

„Quatsch. Gehen wir zurück.“

„Lieber zu Fabrik von meine Onkel. Sehr schöne Messing.“

„Nein, zurück zum Markt. Du hast deine Zigaretten und ...“

„Okay, wir gehen.“

Abdul goß den Rest seines Biers hinunter, verließ das dunkle Loch, und Lindsay ging hinterher. Nach ein paar Ecken kamen sie an einem Geschäft mit antiken Waffen vorbei, das Scott aufgefallen wäre, wenn er es schon einmal gesehen hätte. Er blieb stehen.

„Wo führst du mich hin?“ fragte er.

Abdul sah ihn beleidigt an. „Zurück zu Djemaa El Fna, wie du wollen.“

„Eben nicht! Mach, daß du weiterkommst. Ich finde mich auch ohne dich zurecht.“

Scott machte auf dem Absatz kehrt und ging den Weg, den sie gekommen waren. Der kleine Kerl folgte ihm in einem Abstand von ein paar Metern.

Lindsay versuchte, die Straße zu finden, die zum Tor führte. Nach etwa zwanzig Minuten stellte er fest, daß kaum noch Läden zu sehen waren, in denen es Souvenirs zu kaufen gab. Nur noch kleine Zweimannbetriebe, in denen fieberhaft gehämmert oder gesägt oder genäht wurde. Niemand versuchte mehr, ihm etwas verkaufen zu wollen. Als ein kleines Mädchen die Hand bettelnd nach ihm ausstreckte, wurde es von einer alten Frau zurückgezerrt und geschlagen.

Lindsay blieb schließlich stehen und wartete auf Abdul.

„Okay“, sagte er. „Ich gebe es auf. Wieviel?“

„Zehn Dirham.“

„Du kannst mich mal. Zwei kriegst du.“

Abdul sah ihn lange an, die Hände in den Taschen.

„Neun Dirham“, sagte er schließlich.

Es ging noch eine Weile hin und her, bis sie sich auf sieben Dirham einigten, wobei die erste Hälfte, etwa ein Dollar fünfzig, gleich zu zahlen war, die zweite am Tor.

Sie gingen durch Gassen, die Lindsay völlig fremd vorkamen, Abdul rauchend voraus, Scott schweigend hinterher. Als der kleine Kerl plötzlich stehenblieb, rannte Scott fast in ihn hinein.

„Willst du Mädchen?“ fragte Abdul.

„Ach . . . Ich weiß nicht so recht“, antwortete Scott.

Der kleine Kerl lachte. Es war ein erstaunlich tiefes wollüstiges Lachen. „Also junger Knabe.“

„Um Gottes willen – nein!“ Reiß dich zusammen, Lindsay. „Du meinst wohl deine Schwester, was?“

„Was?“

Hättest du nicht sagen sollen, Lindsay. „War doch bloß ein Witz. Sprichst du von einer Freundin von dir?“

„Gute Freundin, gut ficken. Fünfzig Dirham.“

Scott stieß einen Seufzer aus. „Zehn.“

Sie einigten sich schließlich auf zweiunddreißig.

Abdul brachte ihn in einen Kaftanladen, wo er flüsternd mit dem Besitzer sprach und ihm einen Teil des Geldes gab. Sie führten Lindsay schließlich durch einen Vorhang in den rückwärtigen Teil. Dort saß neben einem Bett eine verschleierte Gestalt auf den Fersen und häkelte. Sie rappelte sich auf, war klein und schmächtig, reichte Scott kaum bis zu den Schultern und trug einen blauen Kaftan, der ihr bis zu den Knöcheln ging. Auf Befehl des Besitzers hob sie den Kaftan bis zu den Hüften hoch und setzte sich mit gegrätschten Beinen auf das Bett.

„Du siehst, sehr sauber“, sagte Abdul.

Eine knochigere Frau hatte Scott noch nie gesehen, zumindest nicht nackt beziehungsweise halbnackt. Ihre Haut war glatt und braun. Die Haare waren abrasiert, ihre Schamlippen trocken und grau. Sie war noch sehr jung, höchstens fünfzehn. Diese Tatsache und die Aussicht, mit einem wildfremden, vollangezogenen, verschleierten Mädchen Verkehr zu haben, erregte ihn.

„Okay“, sagte er mit kehliger Stimme. „Ich komme dann später aus.“

Das Mädchen sah interessiert und neugierig zu, wie er das Präservativ aus der Packung holte. Als er es über den Penis zog, kicherte das Mädchen. Da das Verhütungsmittel laut Aufdruck allen Größenverhältnissen gerecht wurde, blieben bei Scott drei bis vier Zentimeter Spielraum.

Das Wunderpräservativ war mit einer so perfekten isotonischen Gleitmasse überzogen, daß im Grunde nichts schiefgehen konnte, Scott jedoch hatte Pech. Es wurde zu einer höchst mühseligen Angelegenheit, die wenig lustvoll, geschweige denn sonderlich befriedigend war. Als Scott sich endlich zurückzog, blieb das Präservativ stecken. Das Mädchen holte es aus sich heraus, machte einen Knoten hinein und ließ es hinter das Bett fallen.

Als Lindsay wieder angezogen war, streckte es ihm die flache Hand entgegen und wollte ein Trinkgeld. Scott lachte nur und meinte, wenn schon, dann habe er ein Trinkgeld verdient, denn er habe schließlich geschuftet und nicht sie. Ihr verletzter Blick und seine anfängliche Erregtheit veranlaßten ihn dann aber doch dazu, ihr fünf Dirham zu geben.

Abdul wartete nicht auf ihn. Scott stellte den Kaftanhändler auf französisch zur Rede, bekam aber nur wiederholtes Schulterzucken zur Antwort. Er streckte den Kopf aus dem Laden und sah sich um. Nirgends eine Spur des kleinen Lumpen. Er drehte sich zu dem dicken Händler um, fragte nach dem Weg zum Djemaa El Fna und hielt ihm gleichzeitig fünf Dirham entgegen. Der Mann nickte und schrieb alles in einwandfreiem Englisch auf einen Zettel.

„Sie sprechen Englisch?“ fragte Scott.

Der Mann schüttelte den Kopf.

Scott verfolgte den ihm aufgezeichneten Weg durch enge Gassen und Gäßchen und versuchte, sich jede Ecke einzuprägen. Die Sonne war inzwischen weiter gesunken, die Medina lag bereits tief im Schatten, und es wurde merklich kühler.

Scott blieb an einem Tresen stehen und trank ein kühles Bier. Angenehme Schlaffheit befiel ihn. Zum ersten Mal seit dem Flughafen von Casablanca fühlte er sich frei von Anspannung und Nervosität. Er schlenderte weiter und bog an einem Fahrradladen links ein und sah plötzlich Abdul mit ein paar Freunden schwätzend und lachend auf der Straße stehen. Mit beiden Fäusten drohend rannte Scott auf die Gruppe zu.

„Du Mistkerl, du kleiner!“ schrie er.

Abdul lächelte nur und gab seinen Freunden ein Zeichen. Einen Augenblick später gingen die Kerle auf Scott los.

Scott Lindsay war alles andere als ein gewalttätiger Mensch, aber jetzt reichte es ihm. Der kleine Kerl hatte ihn genug geärgert. Er holte tief Luft und genoß den Adrenalinstoß. Während seiner Grundausbildung beim Militär im Nahkampf unterrichtet, ignorierte er die Regel Nummer eins *(bei Überzahl Flucht),* mißachtete die Regel Nummer zwei *(treten statt schlagen)* und landete einen befriedigenden Schwinger im ersten Gesicht, das in seine Reichweite kam. Lippen platzten auf, einer seiner Knöchel wurde in Mitleidenschaft gezogen. Anschließend kam ein auf die Weichteile abgezielter Schlag, der aber nur einen Hüftknochen traf, das Opfer aber dennoch außer Gefecht setzte. Wieder im Gleichgewicht, schüttelte Scott einen von den kleinen Kerlen von seinem rechten Arm ab, visierte gleichzeitig Abduls Nakken an, schoß aber mit seiner Linken daneben vorbei. Übergangslos der nächste Haken, diesmal voll in die Nieren, was einen langgezogenen Schrei zur Folge hatte. Abdul war außer Reichweite, während ihn alle anderen auf einmal bedrängten, mit den Füßen traten und boxten und ihn schließlich auf die Knie zwangen. Abdul trat ihn in Brust und Magengrube. Er fühlte den Geschmack von Staub auf der Zunge, während jemand seinen Kopf bearbeitete, und die Sinne schwanden. Die Brieftasche verschwand aus dem Jackett, auch das Scheckbuch.

Lindsay, sag ihnen, daß sie mit den Schecks nichts anfangen können, kein Mensch zahlt ihnen einen Traveller . . . Scheiß-Marokko!

Regen und Singsang. Scott machte ein Auge auf und sah Schmutz. Seine Zunge lag im Staub, er hatte einen scheußlichen Geschmack im Mund. Lindsay, du Idiot, Zunge einziehen, jeder weiß, daß sie einfach auf die Straße pissen. Regen und Singsang. Ich bin tot und in Marrakesch. Er schob einen Unterarm und den Ellbogen unter den Brustkorb und hob den Kopf. Vor ihm ein asymmetrischer Blutfleck. Deshalb, dachte er, kann ich das andere Auge nicht aufmachen. Er wischte sich mit dem einen Ärmel den Schmutz von der Zunge, mit dem anderen Ärmel putzte er sich das verklebte Augenlid ab.

Der Regen kam von einer faltigen alten Frau ohne Schleier. Sie trug eine Schüssel mit Wasser, besprenkelte geduldig sein Gesicht und sah sehr abgearbeitet und traurig aus. Als Scott Lindsay sich aufsetzte, gab sie ihm zwei weiße Tabletten, in die ein A eingepreßt war, tauchte einen Becher in die Schüssel und reichte ihm Wasser. Er nahm beides nur zu gern an, schluckte die Tabletten und bedankte sich in drei Sprachen. Während er sich aufrappelte, hoffte er inständig, daß es kein normales Leitungswasser war. In seinem Kopf arbeitete ein Schlaghammer. Der Zettel mit der Wegbeschreibung lag im Staub, zerknittert, aber noch leserlich. Er schleppte sich weiter.

Der Singsang kam von einem Muezzin, der die Gläubigen zum Gebet rief. Ob er den Hut abnehmen sollte? Kein Hut. Es gab welche, die einfach weitergingen. Ein alter Mann hingegen lag mitten auf der Straße auf seinem kleinen Teppich. Scott ging auf Zehenspitzen um ihn herum.

Er kam durch ein anderes Tor auf den Markt zurück, auf dem buntes Treiben im Gange war. Eine Truppe von schwarzen Tänzern verrenkte sich die Glieder nach Maschinengewehrrhythmen. Akrobaten bildeten wackelige Pyramiden, sprangen ab und fingen von vorn an. Die Leute lachten, sangen und grölten.

Scott sah eine ganze Weile einem Schlangenbeschwörer mit einer ganzen Horde von Kobras, Vipern, Skorpionen und Taranteln zu und warf eine kleine Münze in den Teller des Mannes, ehe er weiterging. Eine große laute Gruppe von Arabern stand um ein Spielfeld von der

Größe eines Bettuchs herum, auf dem Hähne von einem mit Kreide abgegrenzten Feld zum anderen hüpften und an Plastikblumen, einer lädierten Puppe, einer angestrichenen leeren Konservendose oder zerfledderten Spielkarten herumpickten. Die Leute wetteten wie die Irren, strichen Geld ein und schrien die Hähne an, sich so zu verhalten, daß das jeweils Nötige heraussprang – neue Sandalen für das jüngste Kind, zum Beispiel.

Ein Stück weiter eine Schlange geduldiger Männer und Frauen, die leise schwätzend auf die Dienste eines Heilers warteten. Die Frau, die gerade von ihm behandelt wurde, hatte den Rock fest zwischen die Schenkel geklemmt. Auf ihren von den Schultern bis zur Taille nackten Rücken wurden gerade Blutegel gesetzt. Scott sah eine Weile hypnotisiert zu und ging schließlich weiter.

Die Leute wichen vor seinem blutigen Gesicht zurück, was ihn amüsierte. Er kam sich wie ein Schausteller vor, wie jemand, der nicht zur Masse gehört. In aller Ruhe und Gelassenheit schlenderte er durch die Reihen der Stände. Es wurde alles feilgeboten: Lederwaren, Messing- und Keramiktöpfe, Textilien, Bücher, Kram und Kitsch, Wolldecken, Waffen, Haushaltwaren und Werkzeug, Schmuck und Nahrungsmittel. Er blieb stehen, erstand eine Handvoll Pistazien und wurde abgewiesen, als er bezahlen wollte. Der Verkäufer schien nur einen Wunsch zu haben – ihn möglichst schnell von seinem Stand zu vertreiben.

Die Dunkelheit brach schnell herein. Die meisten Händler schlossen ihre Zelte, doch die Menschenmassen blieben. Sie gruppierten sich um Männer, die über den ganzen Platz verteilt auf quadratischen Decken saßen, eine flackernde Kerosinlampe neben sich. Scott ging auf den nächstbesten zu, drängelte sich bis zum Rand der Decke, setzte sich auf den Boden und starrte den Mann erwartungsvoll an. Der Mann sah ihm mitten in das blutige Gesicht, lächelte ein krampfhaftes Lächeln, hob beide Arme in die Höhe und brachte so die Leute zum Schweigen, die sich um ihn versammelt hatten.

Alles hielt den Atem an, als er mit leiser Stimme begann und auf arabisch sagte: „Es war einmal . . .“ Und dann steigerte sich der Märchenerzähler hinein. Er stand auf, ging gestikulierend hin und her, warf die Arme in die Luft, schlang sie um den eigenen Leib, flüsterte und stöhnte. Lindsay konnte der Geschichte mühelos folgen, er lachte mit den anderen zusammen und weinte, wenn sie Tränen vergossen. Ohne ein Wort zu verstehen, verstand er alles. Als er geendet hatte, machte der Erzähler mit seinem Hut die Runde. Der große Amerikaner mit dem blutigen Gesicht kam als erster an die Reihe, und Scott leerte den Inhalt seiner linken Tasche: ein paar Dirham, noch einige französische Francs und sogar fünfundzwanzig Cent.

Anschließend stand er auf, drehte sich um und beobachtete, wie sein langer Schatten über die Menge tanzte. Er sah sein Hotel, bahnte sich einen Weg und ging darauf zu.

Es lohnte sich. Trotz Erniedrigung und Schmerz war er wie verzaubert.

Er zwang sich, an das Nächstliegende zu denken. Er hatte kein Geld, keine Kreditkarte, keine Travellerschecks, keinen Ausweis. Sollte er zur Polizei gehen? Wahrscheinlich war es das Vernünftigste, sich als erstes an American Express zu wenden. R-Gespräch an die Hauptstelle und sich telegraphisch Geld schicken lassen. Die Polizei tat ja doch nur etwas, wenn sie geschmiert wurde.

Moment – sein Paß lag an der Rezeption. Was ihm erst gar nicht recht gewesen war, erwies sich jetzt als Rettung. Und die Liste mit den Nummern seiner Travellerschecks befand sich in seinem Koffer.

In der düsteren Hotelhalle wartete eine Frau. „Lin-say“, flüsterte sie, als er an ihr vorbeigehen wollte.

Er erkannte sie an den Augen und blieb stehen. „Was willst du von mir?“

„Ich habe etwas von dir“, sagte das Mädchen.

Er dachte automatisch an das Präservativ mit dem Knoten, doch es zog einen Travellerscheck über fünfzig Dollar aus der Tasche. Er riß ihn dem Mädchen aus der Hand, was es wehrlos geschehen ließ.

„Du unterschreiben“, sagte es, „und ich bringe dir alles, was wurde weggenommen.“

„Sogar das Geld?“ Er hatte über fünfhundert Dirham gehabt.

„Was sie mir gegeben, ich dir gebe.“

„Das glaube ich erst, wenn ich es sehe. Aber komm nur her und bring mir mein Geld."

Das Mädchen schüttelte den Kopf. „Nein, ich bringe dich zu Geld. Du unterschreiben."

Es reizte ihn. „In den Kaftanladen?"

Sie nickte. „Brieftasche und American Express-Schecks. Du mitkommen."

Die Medina bei Nacht. Sein gesunder Menschenverstand siegte.

„Morgen früh", sagte er. „Morgen früh gehe ich mit."

„Nein, jetzt."

„Morgen früh", sagte Scott, ließ das Mädchen stehen und stieg die Treppe hinauf.

Fünfzig von den zwölfhundert hatte er erst einmal wieder. Er sah in seinem Koffer nach. Die Liste mit den Nummern war da. Wenn das Mädchen am Morgen nicht kam, mußte er den Verlust eben verschmerzen. Er strich über die Lederscheide des alten Dolchs, den er auf dem Flohmarkt von Paris erstanden hatte. Falls sie kam, ging er bewaffnet in die Medina, was die Angelegenheit sicherlich einfacher machte.

Er schlief ein und hatte schwere Träume.

Er wachte beim Morgengrauen auf, wusch und rasierte sich. Das Gesicht, das ihm aus dem Spiegel entgegenblickte, sah schlimmer aus, als es sich anfühlte. Seine Laune war bestens. Er genehmigte sich einen Schluck Cognac und steckte den Dolch im Rücken in den Gürtel, damit er die Jacke nicht zuzuknöpfen brauchte. Das Morgengewinsel des Muezzin brach ab.

Das Mädchen saß in der Halle und stand auf, als er die Treppe herunterkam.

„Keine faulen Tricks", sagte er. „Wenn du mich nicht angelogen hast und ich mein Geld wiederkriege, bekommst *du* die fünfzig Dollar."

Sie verließen das Hotel. Die Luft war kühl. Sie roch nach feuchtem Müll.

„Warum haben die Kerle dir meine Sachen gegeben?" fragte Scott.

„Nicht gegeben. Gehört zum Geschäft. Ich bekomme die Hälfte."

Am Morgen lag keinerlei Zauber über dem Djemaa El Fna. Auch in der Medina weder Geheimnisvolles noch Gefahr. Geschlossene Läden, Ruhe, Gestank, Morgentau. Das Mädchen nahm den Weg, den er am Nachmittag gegangen war. Als sie durch die Gasse kamen, in der ihn die kleinen Kerle überfallen hatten, fiel ihm auf, daß kein Blut zu sehen war. Entweder die alte Frau hatte es beseitigt, oder die Sohlen von ahnungslosen Sandalen hatten alle Spuren verwischt. Der Dolch vermittelte ein beruhigendes Gefühl. Er fragte sich, und das nicht zum erstenmal, ob er im Begriff war, in eine Falle zu laufen. Er wünschte es sich fast, denn das einzige an Wert, was er noch besaß, war seine Unterschrift.

Lindsay hatte in Vietnam Nahkampfzulage bezogen, hatte aber nur indirekt mitbekommen, daß gekämpft wurde: in einem Bunker sitzend, während Granaten und Raketen durch die Nacht geflogen waren. Er hatte nie aus Wut geschossen, nie einen Toten gesehen und eigentlich nie etwas Drastisches erlebt. Er hatte das Gefühl, seinen Mann nicht gestellt zu haben. Der Dolch vermittelte nicht nur Beruhigung, sondern auch Angst.

Sie betraten den Kaftanladen. Lindsay sorgte dafür, daß die Tür offenstehen blieb. Der fette Händler saß hinter einem Tisch, vor sich Lindsays Brieftasche und einen Teller mit einem Häufchen trockenem Lehm.

Lindsay riß die Brieftasche an sich, der Händler verzog keine Miene.

„Meine Schecks", sagte Lindsay.

Der Händler nickte. „Ich will Ihnen einen Vorschlag machen."

„Sie scheinen inzwischen Englisch gelernt zu haben."

„Ich besitze etwas, was Sie mit Ihren Schecks kaufen sollten."

Lindsay zog den Dolch und hielt dem Händler die Spitze an die Kehle. Seine Hand und seine Stimme zitterten vor Wut.

„Eher bringe ich Sie um!"

Der Vorhang zum Hinterzimmer teilte sich, und Abdul tauchte mit einer Pistole auf. Die Pistole war so groß, daß er sie mit beiden Händen halten mußte.

„Lassen Sie den Dolch fallen", sagte der Händler ruhig.

Lindsay dachte nicht daran.

„Haut nicht hin", sagte er. „Nicht einmal hier."

„Ein Kaufmann hat das Recht, sich zu verteidigen."

„Das meine ich nicht", sagte Lindsay. „Ich weiß, daß Sie mich umbringen lassen können, aber Sie können mich nicht zwingen, die Schecks zu unterschreiben. Auch mit Gewalt nicht. *Ich werde sie nicht unterschreiben.*"

Der Händler lächelte. „Das war gar nicht meine Absicht. Ich will Ihnen tatsächlich etwas verkaufen. Etwas, was von fast unbezahlbarem Wert ist. Die Pistole dient nur zu meinem Schutz. Ich habe damit gerechnet, daß Sie bewaffnet sind. Legen Sie den Dolch weg, und Abdul wird verschwinden."

Lindsay zögerte, wog Chancen ab, ließ den Dolch schließlich fallen.

Der Händler sagte etwas zu Abdul, während das Mädchen den Dolch aufhob und auf den Tisch legte. Abdul verschwand hinter dem Vorhang und kam mit zwei Holzstühlen zurück. Er stellte einen neben den Tisch, den anderen hinter Lindsay, ging aus dem Laden und schlug die Tür hinter sich zu.

„Bitte unterschreiben Sie den Scheck, den Sie dem Mädchen versprochen haben und geben Sie ihn ihr."

Lindsay tat es.

„Und für was gebe ich Ihrer Meinung nach zwölfhundert Dollar aus?" fragte er mit bebender Stimme.

Das Mädchen griff in die Tasche, zog das Präservativ mit dem Knoten heraus und ließ es auf den Teller fallen.

„Für Ihr Blut und Ihren Samen", sagte der Händler und schlitzte das Präservativ mit der Spitze des Dolchs auf. Der Inhalt ergoß sich über den trockenen Lehm.

„Sie sind ein moderner Mensch", fuhr er fort, „der . . ."

„Was soll denn der Quatsch!" fiel ihm Lindsay ins Wort.

„Ein moderner Mensch, der bestimmt nicht an Zauberei glaubt. Sind Sie Christ?"

„Ja. Nein – das heißt, ich bin Baptist."

Der Händler nickte. „Auf Abdul und seine Freunde ist Verlaß", sagte er. „Sie haben mir vergangene Nacht sogar mehr Blut gebracht, als nötig.“ Er tauchte den Daumen in die ekelhafte Masse auf dem Teller und zeichnete ein Kreuz auf die Stirn des Mädchens.

„Das ist doch nicht zu fassen!“ rief Scott.

„Warten Sie ab“, sagte der Händler und hielt ein Stück Schnur in die Höhe, ehe er es in die Masse drückte. „Das Symbol der Übertragung“, fügte er hinzu.

Lindsay spürte, wie es ihn auf den Stuhl drückte. Der kalte Schweiß brach ihm aus.

„Versuchen Sie aufzustehen“, befahl der Händler.

„Wieso denn?“ sagte Lindsay mit möglichst gleichgültiger Stimme. „Ich finde das faszinierend.“

Blödsinn, dachte er. Voodoo funktioniert nur bei Leuten, die daran glauben.

Der Händler zog die Tischschublade auf und holte Lindsays Scheckbuch heraus. Er klappte es auf, schob es vor Lindsay und reichte ihm einen Stift.

„Unterschreiben Sie.“

„Nein.“

Steh auf, dachte Lindsay. Steh auf, Mann, und geh einfach aus dem Laden.

Er blieb sitzen und sah zu, wie der Händler vier lange spitze Nadeln aus der Schublade holte und irgendwelche monotonen Sätze auf arabisch murmelte. Die Augen des Mädchens wurden schwer, seine Lider senkten sich, es sackte auf dem Stuhl neben dem Tisch zusammen.

Der Händler sah Lindsay an. „Ich kann jetzt alles mit ihr machen, und sie spürt es nicht“, sagte er. „Aber *Sie* werden es spüren.“ Er schob dem Mädchen den linken Ärmel in die Höhe und zwickte es in den Arm. „Sind Sie jetzt bereit, zu unterschreiben?“

Lindsay versuchte, das unangenehme Gefühl im linken Arm zu ignorieren.

Man kann jemand, der sich wehrt, nicht hypnotisieren, dachte er. Steh auf! Verdammte Pest, steh auf und geh!

Der Händler stach dem Mädchen eine Nadel in den Oberarm.

Lindsay zuckte zusammen und stieß einen Schrei aus.

Mensch, wehr dich! Steh auf!

Der Händler murmelte ein paar Worte, und das Mädchen hob den Schleier und streckte die Zunge aus dem Mund. Sie war unnatürlich lang und hatte blaue Flecken.

Der Händler durchbohrte sie mit einer Nadel, Lindsays Kopf schnellte auf die Brust, seine Zunge brannte wie Feuer, Galle schäumte in seiner Kehle. Er griff nach dem Stift, und der Mann zog die Nadel heraus.

Als Scott den letzten unterschrieben hatte, nahm der Händler die Schecks an sich, ging zur Tür und kam mit Abdul zurück, der wieder bewaffnet war.

„Ich gehe jetzt zur Bank", sagte er. „Wenn ich zurückkomme, dürfen Sie gehen." Er zog die Schnur aus der Masse und deutete mit einer Kopfbewegung auf das Mädchen. „In der Zwischenzeit können Sie mit ihr machen, was Sie wollen. Sie wird gut bezahlt. Ich würde Ihnen allerdings raten, ihr nichts anzutun."

Lindsay stieß sie hinter den Vorhang. Da sie sich nicht zur Wehr setzte, konnte von Vergewaltigung keine Rede sein, aber was er tat, tat er doppelt und war noch wochenlang wund. Er wandte sich abrupt von ihr ab, ließ sie einfach liegen und wartete im Laden. Als der Händler zurückkam, befahl er Lindsay, die Masse aus dem Teller in die Hand zu schieben, sie mindestens eine halbe Stunde fest in der Faust zu halten und schleunigst aus Marrakesch zu verschwinden.

Lindsay verließ den Laden, ohne sich noch einmal umzudrehen. Er war kaum um die erste Ecke gebogen, als er die eklige Masse von sich warf und seine Hand im Staub der Straße abwischte. Mit Hilfe seiner Kreditkarte verschaffte er sich in einer Wechselstube ein paar Hundert Dollar, nahm den erstmöglichen Zug nach Casablanca und von dort aus das erstmögliche Flugzeug in die Staaten – wo er feststellen mußte, daß er sich den Tripper geholt hatte und während der nächsten Monate über zweitausend Dollar an einen Psychotherapeuten und Hypnotiseur bezahlte, sich aber trotzdem, ohne organisch krank zu sein, miserabel fühlte.

Neun Monate später lag Scott Lindsay in einem Vorstadtkrankenhaus auf einem Untersuchungstisch, und ein Arzt und zwei Schwestern mußten entsetzt und hilflos zusehen, wie der Patient, der weder auf muskelerschlaffende noch beruhigende Medikamente reagierte und von grauenvollen, offensichtlich psychologisch bedingten Leibschmerzen hin und her geworfen wurde, schreiend und schweißgebadet die Hände in die Bauchdecke krallte, während viertausend Meilen entfernt sein Kind schmerzfrei zur Welt gebracht wurde.

Lisa Tuttle

Wo Steine wachsen

WHERE THE STONES GROW

Lisa Tuttle, dreißig Jahre alt, ist Texanerin. In Houston geboren, besuchte sie das College in Syracuse City und schrieb für den American-Statesman *in Austin täglich erscheinende Fernsehkritiken. Lisa Tuttle hat bisher etwa zwei Dutzend Kurzgeschichten geschrieben, meist Fantasy, Horror und Science Fiction. George R. R. Martin und sie haben zusammen* The Storms of Windham *herausgebracht, einen SF-Roman, der 1975 mit dem Nebula-Preis ausgezeichnet wurde. Eine spätere Bearbeitung und erweiterte Ausgabe, ebenfalls in Zusammenarbeit mit George R. R. Martin, trägt den Titel* Windhaven. *Ihre Interessen gelten der Erforschung des Okkulten, wie auch der National Organisation for Women, deren Mitglied sie ist.*

Er sah, wie sich der Stein bewegte. Wie eine Tür, die langsam zugleitet, schwang er um eine unsichtbare Achse und glitt auf die Stelle zurück, an der er seit Jahrhunderten stand.

Wer sie sieht, bezahlt mit dem Leben.

Von panischer Angst ergriffen, wollte Paul weglaufen, doch seine Beine waren wie gelähmt. Auf dem hochgelegenen unbepflanzten Stück Land lag neben den drei Findlingen sein Vater, das Gesicht blutüberströmt, der Körper zermalmt.

Als Paul gerade sechsundzwanzig geworden war, wollte ihn seine Firma zu einem Fortbildungskurs nach England schicken, was als sehr positives Zeichen zu werten war. Paul lehnte erschreckt und kategorisch ab. Die Begründung, daß sein Vater vor achtzehn Jahren in England eines gewaltsamen Todes gestorben sei, wurde nicht akzeptiert. Es dauerte keine drei Monate, und Paul wurde vom Stammhaus in Houston zur Zweigstelle in San Antonio versetzt.

Paul hätte eigentlich unglücklich darüber sein müssen, aber merkwürdigerweise freute er sich. Er liebte seine Arbeit, und die Tatsache, daß man ihn auf ein Abstellgleis geschoben hatte, schlug sich nicht finanziell nieder. Dazu kam, daß ihm Klima und Lebensrythmus in San Antonio besser zusagten als in Houston. Er beschloß daher, ein Haus zu kaufen und zu bleiben.

Das Haus, für das er sich entschied, stand in einer ländlichen Umgebung im Westen der Stadt. Es war etwa vierzig Jahre alt, ebenerdig mit flachem Dach und aus weißem Kalkstein gebaut. Die Fensterrahmen und die Regenrinne waren grün gestrichen, die vier ineinander übergehenden Zimmer boten reichlich Platz. Paul war vollauf zufrieden.

Das Grundstück mit seinen Mimosenbäumen, den Pecanobäumen, einem Magnolienstrauch und den zwei Feigenbäumen war beeindrukkend groß. Es wurde durch einen Zaun abgegrenzt, der an einer Stelle hinter dem Haus morsch war und repariert hätte werden müssen. Links und rechts gab es Nachbarn, aber zwischen seinem rückwärtigen Zaun und der Autobahn lagen etwa hundert Meter Brachland mit Unkraut und hohem Gestrüpp.

Paul Staunton zog an einem Junitag ein, kurz vor dem Todestag seines Vaters. Da viel zu räumen und zu erledigen war, kam er nicht ins Brüten, wie sonst zu dieser Jahreszeit. Zumindest nicht, bis er den Teppich ausrollte, mit dem er den häßlichen Linoleumboden im Wohnzimmer verdecken wollte, und grober Sand zum Vorschein kam: nicht viel, höchstens eine Handvoll.

Paul ließ den Teppich los und fuhr erschreckt in die Höhe. Der Schweiß brach ihm aus. Schnell und flach atmend starrte er auf den Sand.

Seine Reaktion war absurd. Er zwang sich, den Teppich vollends auszurollen. Nicht bereit, auch nur ein Sandkörnchen mit der Hand zu berühren, holte er die Kehrmaschine und fuhr damit so lange hin und her, bis das letzte Sandkorn verschwunden war.

Um seine Nerven zu beruhigen, holte Paul anschließend eine Flasche Bier aus dem Kühlschrank, öffnete sie und setzte sich in den Klappsessel hinter dem Haus. Das hohe Gras hätte eigentlich gemäht werden müssen, aber er dachte nicht daran. Auf seinem eigenen

;rund und Boden konnte er schließlich tun und lassen, was er wollte.)ie Feigen mußten bald reif sein. Er hatte noch nie frische Feigen egessen, nur getrocknete.

Als das Bier getrunken war und er sich wieder einigermaßen beruigt hatte, dachte er an seinen Vater.

:ngland hatte Edward Staunton, Pauls Vater, schon immer gereizt. eine Vorfahren hatten auf dieser großen Insel gelebt, die voll von :auber und Geschichte war. Von Kindheit an hatte er von einer Reise orthin geträumt, die er verwirklichen konnte, als er siebenundzwanig war und eine Frau und einen achtjährigen Sohn hatte.

Pauls Erinnerungen an London waren schwach – es hatte anders erochen als zu Hause, die Busse waren zweistöckig gewesen, und der 'ee hatte viel zu süß und zu milchig geschmeckt. Sie waren von den chrecken verdrängt worden, die sich anschließend ereignet hatten.

Es begann in einem hübsch gelegenen Küstendorf in der Grafschaft)evonshire, das wenig zu bieten hatte. Warum sie überhaupt hingeahren waren, hatte Paul nie verstanden.

Sie kamen am späten Nachmittag an und spazierten durch holprige traßen, auf deren Kopfsteinpflaster schräge Sonnenstrahlen lagen.)er Wind roch nach Meer und Salz, der Schrei der Möwen war bis auf en Marktplatz zu hören. Eine Straße war Paul wie ein Berg vorgeommen. Sie führte von dicht aneinandergedrängten Steinhäusern ingesäumt steil in eine kleine Bucht hinunter, deren Kiesstrand an veißen Klippen endete, die das Dorf wie große Flügel zu beschützen chienen.

„Da soll ich mit meinen Schuhen runter?" rief Pauls Mutter lahend, schaffte es dann aber doch.

Die Kieselsteine waren Pauls ganze Seligkeit. Er nahm einen nach em anderen in die Hand. Sie fühlten sich glatt und weich an, eher wie Iolz oder Nußschalen. Der eine war dunkelbraun, der andere milchig veiß, der nächste schwarz wie Tinte. Die drei schönsten steckte Paul 1 die Tasche.

„Vielleicht gibt es einen anderen Weg zurück", hörte er seinen 'ater irgendwann sagen.

„Gibt es“, sagte eine fremde Stimme. „Den Weg der drei Schwe stern.“

Paul hob den Kopf und sah einen alten Mann mit Stock und Pfeif vor seinem Vater stehen. Neben dem Mann hockte ein kleiner schwar zer Hund, die Ohren neugierig gespitzt.

„Den Weg der drei Schwestern?“ wiederholte Pauls Vater.

Der alte Mann deutete mit seinem knorrigen Stock auf die Klippe rechts von ihnen. „Ich will selber rauf“, sagte er. „Wollen Sie mitkom men? Ist nicht so steil wie die Straße.“

„Gern“, sagte Edward Staunton. „Vielen Dank. Und wer sind di drei Schwestern?“

„Die sehen Sie nachher schon“, sagte der alte Mann, als sie sich au den Weg machten. „Sie stehen oben.“

Auf den ersten Blick hatten die Klippen wie Türme ausgesehen doch als sie näherkamen, stellten sie zu ihrer Erleichterung fest, da ein Weg in sanften Schleifen in die Höhe führte. Er war allerdings s schmal, daß man nicht nebeneinander gehen konnte.

„So“, sagte der alte Mann, als sie oben angekommen waren. „D sind wir. Und dort stehen die drei Schwestern.“

Sie befanden sich am Rand einer von Unkraut überwucherten Wie se, an die ein Wäldchen angrenzte, hinter dem das Dorf lag. Die dre Schwestern schienen die drei Steinbrocken zu sein, die auf diese Wiese standen.

„Interessant – Findlinge“, sagte Edward Staunton und ging vo seiner Frau und seinem Sohn gefolgt auf die Steine zu.

Sie waren aus schwarzgrauem Granit und jeder fast drei Mete hoch. Pauls Vater ging um sie herum und ließ die flache Hand über ihr glatte Oberfläche gleiten.

„Wirklich interessant“, sagte er, einen fast ehrerbietigen Ausdruc auf dem Gesicht. „Sie müssen wahnsinnig alt sein.“ Er sah sich nac dem alten Mann um, der am Rande der Wiese stehengeblieben wa und hob die Stimme. „Warum werden sie die drei Schwestern ge nannt?“ fragte er.

Der alte Mann zuckte mit den Schultern. „Weil sie drei Schwester sind, deshalb.“

„Gut, aber es muß doch eine Legende geben. Man erzählt sich estimmt eine Geschichte, oder die Dorfbewohner halten an irgend-velchen rituellen . . ."

„Wir sind allesamt gute Christen", schnitt der alte Mann Pauls Vater as Wort ab. „Hier wird nicht an rituellem Firlefanz festgehalten. Wir ıssen die Steine in Ruhe."

Der kleine schwarze Hund wollte über die Wiese laufen, wurde aber ofort zurückgepfiffen und mußte sich gehorsam neben seinen Herrn etzen.

„Aber es muß doch eine Geschichte geben, wie sie hierhergekom-ıen sind", bohrte Pauls Vater. „Man nennt doch nicht einen Weg ach ihnen, wenn man sie total ignoriert."

„Nein, das *hat* seinen Grund", sagte der alte Mann. „Der Weg heißt ach ihnen, weil sie in gewissen Nächten über diesen Weg zum Strand inuntergehen und im Meer baden."

Paul wich bei den Worten ein paar zaghafte Schritte zurück. Daß teine sich von der Stelle bewegten, hatte er noch nie gehört und laubte es eigentlich auch nicht, aber allein schon der Gedanke war eängstigend.

„Sie gehen zum Strand hinunter?" rief Edward Staunton, den der edanke im Gegensatz zu seinem Sohn zu amüsieren schien. „Haben ie es schon einmal gesehen?"

„Um Gottes willen – nein!" rief der alte Mann entsetzt. „Weder ich och sonst einer im Dorf. Die Schwestern mögen es nicht, wenn man inter ihnen herspioniert. Wer sie sieht, bezahlt mit dem Leben."

„Mama", drängte Paul, „gehen wir. Ich habe Hunger."

„Gleich", sagte Charlotte Staunton und strich ihm gedankenlos ber die Schulter.

„Es würde mich interessieren, ob es jemand einmal versucht hat", agte Edward Staunton. „Wann verlassen sie denn angeblich ihren latz?"

„In bestimmten Nächten", antwortete der alte Mann ausweichend.

„An kirchlichen Feiertagen, wie Allerheiligen zum Beispiel?"

Der alte Mann deutete auf das Wäldchen mit dem Dorf dahinter. Meine Frau wartet auf mich", sagte er. „Wenn ich nicht rechtzeitig nach Hause komme, macht sie sich Sorgen. Ich wünsche Ihnen noch einen angenehmen Abend."

Damit schlug sich der alte Mann auf den Schenkel, der Hund sprang auf, und sie gingen zusammen weg.

„Er glaubt daran", sagte Edward Staunton. „Für ihn ist das nicht bloß ein Märchen. Komisch, daß er plötzlich so nervös war. Ob er sich einbildet, daß sich die Steine ärgern, wenn man über sie spricht."

„Vielleicht ist heute nacht so eine Nacht", sagte seine Frau nachdenklich. „Sollen in der Mittsommernacht nicht wunderliche Dinge geschehen?"

„Jetzt gehen wir doch endlich", drängte Paul. Er fürchtete sich inzwischen so vor den Steinen, daß er nicht einmal mehr hinzusehen wagte.

„Ja, gehen wir", sagte seine Mutter. „Mir knurrt auch langsam der Magen."

Die Stauntons übernachteten in einem kleinen Haus mit grünen Fensterläden, an dessen Gartentor ein Schild darauf hinwies, daß Zimmer zu vermieten waren. Es gehörte Mr. und Mrs. Winkle, einem verwittert aussehenden Ehepaar, das Katzen und Rosen züchtete und Feriengäste wie alte Freunde behandelte. Nachdem das Tageslicht vom Himmel gewichen war, saßen die Stauntons noch mit den Winkles in deren gemütlichem Wohnzimmer zusammen und unterhielten sich. Paul saß mit einem Puzzle in einer Ecke, hörte den Erwachsenen zu und hoffte, daß man vergaß, ihn ins Bett zu schicken.

„Daß hier in England alte Legenden noch lebendig sind, fasziniert mich", sagte Edward Staunton. „Wir haben heute Nachmittag am Strand einen alten Mann getroffen, der uns die großen Steine oben an den Klippen gezeigt hat. Leider habe ich nicht viel aus ihm herausbekommen. Ich wollte wissen, warum sie die drei Schwestern heißen, aber er hatte, glaube ich, Angst darüber zu sprechen."

„Das haben viele", sagte Mr. Winkle. „Lieber den Mund halten, als es bereuen müssen."

„Und was erzählt man sich? Wissen Sie es?"

„Als ich noch ein Kind war", sagte Mrs. Winkle, „da hieß es, daß es vor vielen hundert Jahren einmal drei Schwestern gegeben hat, die zu

Stein geworden sind, weil sie am Sonntag im Meer gebadet haben. Und so gottlos sollen sie gewesen sein, daß sie ihre Sünden nicht bereuen, sondern heute noch runter zum Strand und ins Wasser gehen."

Mr. Winkle schüttelte lachend den Kopf. „Typisch!" rief er. „Meine Frau ist nämlich Pfarrerstochter. Am Sonntag gebadet – alles was recht ist! Nein, die Legende geht ganz anders. Nicht, daß ich jedes Detail kenne – sie wird von Familie zu Familie anders erzählt –, aber es soll einmal drei Schwestern gegeben haben, die längst, ehe das Dorf stand, nachts auf der Wiese geblieben und im Morgengrauen zu Stein geworden sind. An bestimmten Tagen des Jahres können sie sich von der Stelle bewegen und tun es auch. Sie gehen zum Meer hinunter und versuchen den Stein abzuwaschen, in den sie eingeschlossen sind. Obwohl inzwischen Millionen von kleinen Steinen am Strand liegen, die das Meer von ihnen abgespült hat, wird es bis zum Jüngsten Tag dauern, ehe sie erlöst sind."

Mr. Winkle nahm seine Pfeife vom Tisch und machte sich daran, sie zu putzen.

Edward Staunton beugte sich in seinem Sessel nach vorn. „Und warum hätten die drei Schwestern nicht die Nacht auf der Wiese verbringen sollen? Ich meine, warum wurden sie deshalb so fürchterlich bestraft?"

„Habe ich das nicht gesagt?" Mr. Winkle lächelte. „Offensichtlich nicht, sonst würden Sie nicht fragen. Weil es heißt, daß auf der Wiese Steine wachsen – deshalb. Die drei Schwestern haben sich die falsche Stelle ausgesucht für ihre Rast. Jedenfalls wurden sie von ihnen zugedeckt, als die Steine nachts aus dem Boden wuchsen."

„Das klingt aber nicht sehr wahrscheinlich", sagte Edward Staunton. „Findlinge gibt es doch in ganz England, ich habe eine Menge darüber gelesen, aber eine solche Erklärung ist mir nie untergekommen. Menschen verwandeln sich nicht einfach grundlos in Stein."

„Natürlich nicht, Mr. Staunton. Ich habe auch nicht gesagt, daß es keinen Grund dafür gegeben hat. Der Ort und die Tageszeit spielen die entscheidende Rolle. Ich behaupte nicht, daß sich heutzutage noch jemand in Stein verwandelt, ich behaupte aber auch nicht, daß ich es für unmöglich halte. Jedenfalls wird die Wiese, auf der Steine wachsen, von allen gemieden, obwohl sie so nahe am Dorf ist. Die Kühe weiden dort nicht, und kein Mensch würde das Land bestellen, geschweige denn ein Haus darauf bauen."

„Wollen Sie damit sagen, daß ein Fluch auf dieser Wiese liegt?"

„Nein, Mr. Staunton. Auf dieser Wiese liegt ebensowenig ein Fluch wie auf einem Obstgarten oder einem Austernfeld. Es wachsen eben nur Steine dort."

„Aber Steine wachsen doch nicht!"

„Edward", sagte seine Frau vorwurfsvoll.

Aber Mr. Winkle schien durch Edward Stauntons ehrliches Entsetzen nicht verletzt zu sein.

„Sie sind ein Stadtmensch, stimmt's, Mr. Staunton?" sagte er lächelnd. „Ich habe mir neulich erzählen lassen, daß es in London Kinder geben soll, die noch nie gesehen haben, wie etwas wächst – außer natürlich Gras im Park und Blumen vor den Fenstern. Aber Gemüse oder Obst sind für diese Kinder Nahrungsmittel, die in Fabriken hergestellt werden. Wer jedoch auf dem Land wohnt, weiß natürlich, daß alles was lebt, seinem eigenen Rhythmus folgt und wächst, ob es nun ein Baum ist, ein Stein, ein Tier oder ein Mensch."

„Schon, aber ein Stein lebt nicht", sagte Mr. Staunton. „Beweisen Sie es sich doch selber. Holen Sie einen Stein von dieser Wiese oder vom Strand, legen Sie ihn auf Ihr Fensterbrett und beobachten Sie ihn zehn Jahre lang. Wetten, er wächst nicht?"

„Der gleiche Versuch läßt sich mit einer Kartoffel anstellen, Mr. Staunton", sagte Mr. Winkle. „Wenn die Kartoffel auf meiner Fensterbank nach zehn Jahren nicht gewachsen ist, werden Sie dann auch behaupten, daß sie nie gewachsen ist und nie wachsen wird? Alles hat seinen Ort und seine Zeit." Er griff nach der Hand seiner Frau und tätschelte sie. „Und natürlich auch seinen Grund, wie mein Schwiegervater zu betonen pflegte."

Als Kind war Paul Staunton davon überzeugt gewesen, daß die Findlinge seinen Vater getötet hatten. Er hatte sich gefürchtet, als seine Mutter ihn am frühen Morgen losgeschickt hatte, um seinen Vater zum

Frühstück zu holen. Als er gesehen hatte, wie der letzte der drei Steine an seine ursprüngliche Stelle zurückgekehrt war, hatte er es bereits gewußt. Er hatte es gewußt und Angst gehabt, daß die Steine ihn für sein Wissen bestrafen und verfolgen würden. Die Worte des alten Mannes hatten in den Ohren geklungen. *Wer sie sieht, bezahlt mit dem Leben.*

Später hatte Paul nach einer logischen Erklärung für den Tod seines Vaters gesucht. Ein Unfall. Ein Überfall. Die Tat eines Geisteskranken oder von Hexen, die bei ihrer Verschwörung gestört worden waren. Ein unbekannter Feind, der seinen Vater seit Jahren verfolgte. Aber nichts hatte ihn so sehr überzeugt, wie der feste Glaube, daß die Findlinge seinen Vater zermalmt hatten.

Während er nachdachte und überlegte, wurde es dunkel, und die Mücken fingen an zu stechen. Da im Haus noch Arbeit auf ihn wartete, stand er auf und ging zur Tür. Als er sie öffnen wollte, fiel sein Blick auf das Fensterbrett daneben, auf dem drei silbergraue Kieselsteine lagen.

Im ersten Moment stockte ihm der Atem. Er mußte an die Kieselsteine denken, die er in England aufgelesen und in die Tasche gesteckt hatte. Über eine Woche später, er war längst wieder zu Hause in den Staaten gewesen, waren sie ihm dann zufällig aus der Tasche gefallen und hatten ihn auf grauenvolle Weise an den Tod seines Vaters erinnert. Zitternd und unfähig, sie vom Boden aufzuheben, hatte er sie angestarrt und schließlich vor Angst seine Mutter gerufen, die sie dann weggeworfen oder vielleicht auch behalten hatte – Paul hatte sie nie gefragt.

Aber der Vorfall von damals hatte nichts mit diesen Steinen zu tun. Er nahm sie vom Fensterbrett, drehte sich um und warf sie so weit weg, wie er nur konnte. Er glaubte, sie über den morschen Zaun fliegen zu sehen, wo sie jedoch hinfielen, konnte er nicht sagen.

Er hatte viel getan innerhalb von zwei Tagen und war mit sich zufrieden. Alles war eingeräumt und stand an seinem Platz, das Haus war sauber, das Telefon angeschlossen, der ausgeleierte Griff am Badezimmerfenster durch einen neuen ersetzt. Manches mußte natürlich noch erledigt werden – er brauchte einen Eßtisch, die Tapete in der Küche gefiel ihm nicht, und das Gras hinter dem Haus mußte doch irgendwann gemäht werden – aber alles in allem glaubte er ein Recht zu haben, stolz auf sich zu sein. Er war mehr als fleißig gewesen und konnte sich jetzt mit gutem Gewissen ins Freie setzen und die kühle Luft des anbrechenden Abends genießen.

Ehe er jedoch in den Klappsessel unter dem Mimosenbaum sank, ging er am Zaun entlang, schritt sein Grundstück ab und schwelgte in dem Gefühl, Land zu besitzen.

Als sein Blick etwas Blaßglitzerndes streifte, blieb Paul stehen und runzelte die Stirn. Merkwürdig, inmitten all des Unkrauts und Gestrüpps. Was es wohl sein mochte? Er ging näher an den Zaun heran, fand aber nichts Konkretes.

Wahrscheinlich bloß ein Stückchen Papier, das von der Autobahn hierher geweht worden ist, dachte er.

Er wollte weitergehen, es ließ ihm aber doch keine Ruhe, und so beschloß er, über den Zaun zu klettern und sich Gewißheit zu verschaffen.

Da er das morsche Stück nicht ganz zum Zusammenbrechen bringen wollte, ging er ein paar Schritte nach links und schwang sich von dort aus auf das angrenzende Feld. Seine Füße hatten kaum den Boden berührt, als sein Herz wild zu klopfen begann.

Keine zehn Meter vor ihm standen drei Findlinge.

Er hätte etwas darum gegeben, wenn er nicht über den Zaun gestiegen wäre, aber da er es nun einmal getan hatte, und es nicht mehr zu ändern war, wollte er die Brocken genauer betrachten. Er stieg durch das Gestrüpp und achtete nicht auf die dornigen Ranken, die sich in seinen Jeans, seinen Socken und seinem T-Shirt verhakten.

Da standen sie.

Die Kehle schnürte sich ihm zusammen, die Muskeln wollten ihm den Dienst versagen, doch er zwang sich, um die Steine herumzugehen. Gut, es waren Findlinge, aber mit denen in England hatten sie nichts gemein. Sie waren nur einen knappen Meter hoch und von einer ästhetischen Form oder einer glatten Oberfläche konnte nicht die Rede sein. Es waren lediglich Kalksteinbrocken, die auf dünnem

Boden herumlagen. Die Gegend um San Antonio, das sogenannte Edwards Plateau, war eine riesige Kalksteinplatte, die während der Kreideformation unter dem Ozean abgelagert wurde und heute nur an wenigen Stellen mit mehr als einigen zehn Zentimeter Erde bedeckt ist. Diese Steine hatten absolut nichts mit denen zu tun, die auf einem anderen Kontinent zu finden waren und laut Legende wuchsen und sich von der Stelle bewegten.

Paul wußte es. Als er sich jedoch von den Steinen abwandte und zum Zaun zurückging, quälte ihn die Frage, warum er sie heute zum erstenmal gesehen hatte.

Gut, er war bisher noch nicht über den Zaun hinausgekommen, aber er war oft genug auf seinem Grundstück an ihm entlang gegangen – sogar ehe er das Haus gekauft hatte – und hatte über das Feld dahinter hinweggesehen.

Warum hatte er die Steine nicht früher entdeckt? Man sah sie schließlich von seinem Zaun aus. Er hätte sie sehen *müssen* – wenn sie dagewesen wären.

Sie mußten dagewesen sein. Daß sie über Nacht aus dem Boden geschossen waren, war ein Ding der Unmöglichkeit. Und warum sollte jemand Kalksteinbrocken dieser Größe ausgerechnet hierher transportieren? Sie mußten also schon da gewesen sein. Aber warum hatte er sie dann nicht gesehen?

Die Wiese, auf der Steine wachsen, dachte er, als er ins Haus ging.

Zum erstenmal riegelte er die Tür hinter sich zu.

Am Tag darauf war Mittsommer, der Todestag seines Vaters, und Paul wollte die Nacht nicht allein verbringen.

Er lud Alice Croy, die als Aushilfssekretärin in seinem Büro gearbeitet hatte, zu einigen Drinks ein, anschließend zum Abendessen und danach zu weiteren Drinks. Nach einem kurzen Wortwechsel wegen Fahrtüchtigkeit und Benzinersparnis folgte sie ihm im eigenen Auto zu seinem Haus, wo es zu einer beiderseits befriedigenden, aber nicht besonders bedeutungsvollen Begegnung kam.

Paul wollte gerade in tiefen Schlaf fallen, als er merkte, daß Alice aufgestanden war und durchs Zimmer ging.

Er sah auf die Uhr: kurz vor zwei.

„Was machst du denn?“ fragte er mit belegter Stimme.

„Bleib du nur liegen.“ Sie tätschelte ihm die Schulter, als wäre er ein Hund oder ein sehr alter Mann.

Er setzte sich auf und sah, daß sie bereits angezogen war. Nur die Schuhe fehlten noch.

„Was machst du denn?“ wiederholte er.

Sie seufzte. „Bitte, versteh mich nicht falsch. Ich mag dich gern. Der gemeinsame Abend war echt toll, und ich hoffe, daß wir uns bald wiedersehen, aber ich kann in einem fremden Bett einfach nicht schlafen. Ich kenne dich nicht gut genug, um ... Morgen früh wäre es uns beiden unangenehm, deshalb gehe ich lieber.“

„Jetzt verstehe ich, warum du unbedingt mit deinem eigenen Auto fahren wolltest.“

„Schlaf weiter. Ich wollte dich nicht wecken.“

„Bleib doch.“

Sie schüttelte den Kopf.

Paul zuckte mit den Schultern und rieb sich die Augen. Wenn sie nicht will, dachte er, muß sie es eben bleiben lassen. Außerdem mochte er sie gar nicht so gern und wäre in jeder anderen Nacht wahrscheinlich froh gewesen, sie los zu sein.

„Gut“, sagte er. „Falls du es dir anders überlegst, kannst du ja wiederkommen.“

Sie gab ihm einen spitzen Kuß. „Ich finde schon allein raus. Schlaf du jetzt weiter.“

Aber er war hellwach und bezweifelte, ob er noch ein Auge zutun würde. In seinem eigenen Haus konnte ihm nichts passieren, das stand fest. Wenn sein Vater nicht im grauen Licht der Morgendämmerung draußen herumgelaufen wäre, um sich diese Steine zu betrachten, wäre er wahrscheinlich noch am Leben.

Wenn das Wörtchen wenn nicht wär, dachte Paul. Außerdem ist es schon eine Ewigkeit her.

Aber es war nun einmal eine Tatsache, daß der Stein sich bewegt und er es gesehen hatte.

Er setzte sich auf und knipste Licht an, ehe der Alptraum seiner

Kindheit von ihm Besitz ergreifen konnte: haushohe Felsblöcke, die auf seinen Vater zurollten und ihn zermalmten.

Wenn er in San Antonio doch nur jemanden gut gekannt hätte, um mitten in der Nacht anrufen zu können. Da es aber niemanden gab, mußte er sich von Whisky auf Eis und Bach über Stereo beruhigen und trösten lassen.

Aber wahrscheinlich funktionierte es nicht.

Als er mit seinem Drink im Wohnzimmer saß, störten ihn die Fenster, deren Vorhänge nicht zugezogen waren: Hinaussehen konnte er nicht, aber jede seiner Bewegungen wurde durch das Licht im Zimmer auf den Scheiben reflektiert, und das machte ihn nervös. Er stand auf und knipste die Lampe aus. Es war Vollmond, also eine ziemlich helle Nacht. Die Fenster waren fest geschlossen, die Klimaanlage war eingeschaltet: die kühle, gereinigte Luft und das beständige Surren verdrängten die Nacht wirkungsvoller als die Brandenburgischen Konzerte.

Nicht zum erstenmal überlegte er, ob er einen Psychiater aufsuchen sollte. Er beschloß, sich am Morgen nach einem guten Mann zu erkundigen.

Ist schon hart, den Vater so früh zu verlieren, dachte er, als er sein drittes Glas leerte. Noch dazu auf so mysteriöse Weise. Es muß doch möglich sein, irgendwann darüber hinwegzukommen. Schließlich geht das Leben weiter.

Dummerweise hatte er die Flasche in der Küche stehenlassen. Als er aufstand, um sie zu holen, sah er aus dem Augenwinkel, wie sich hinter dem Haus etwas bewegte. Er drehte langsam den Kopf zur Seite und sah durchs Fenster.

Diesmal war es keine Reflektion. Dort, wo der Zaun morsch war, hatte sich etwas bewegt. Jetzt allerdings war alles ruhig. Nichts – es sei denn im Schatten des Feigenbaumes . . .

Paul spürte plötzlich den Drang, mit einer Taschenlampe hinauszulaufen und nachzusehen, ob diese verfluchten Findlinge noch da waren, beherrschte sich aber.

Sie wollen bloß, daß ich rauskomme, dachte er.

Der Schweiß lief ihm über den Rücken. Die Klimaanlage ließ doch zu wünschen übrig. Er holte die Flasche aus der Küche, goß sich noch einen Whisky ein und starrte in die Nacht hinaus. Er drehte weder die Platte um, als sie abgelaufen war, noch griff er nach dem letzten Schluck erneut nach der Flasche. Eine volle Stunde lang wartete und beobachtete er, aber nichts rührte sich hinter dem Haus.

... folgt seinem eigenen Rhythmus. Alles hat seinen Ort und seine Zeit. Und natürlich auch seinen Grund.

Etwas geschah. Er wußte es. Es dauerte nicht mehr lange, dann sah er genau wie sein Vater, daß die Steine sich bewegten. Aber er machte nicht den Fehler und stellte sich ihnen in den Weg. Er ließ sich nicht von ihnen umbringen.

Und dann endlich – er hatte keine Ahnung, wie spät es war – erzitterte die weiße Masse in dem Schatten, und der Stein bewegte sich über das mondhelle Gras. Ein zweiter kam hinterher und auch der dritte. Drei weiße Felsbrocken glitten durch seinen Garten.

Sie flossen. Sie verloren ihre festen Konturen und nahmen an einer anderen Stelle die alte Form wieder an. Und jedesmal waren sie ein Stückchen näher gerückt. Sie flossen – nicht wie Wasser, sondern wie Gestein.

Wie Lava. Aber Lava floß beständig. Lava hatte keine feste Form, die schmolz und sich wieder zusammenballte.

Paul versuchte zu verstehen, was er sah. Er wußte, daß er nicht mehr betrunken war. Was kann einen Stein dazu veranlassen, sich vorwärts zu bewegen? Übermäßiger Druck vielleicht oder übermäßige Hitze. Aus was besteht ein Stein? Aus anorganischen Stoffen, aus Atomen, wie alles. Atome verändern sich, Formen ebenfalls ...

Trotzdem ist es eine Tatsache, daß sich Steine nicht vorwärtsbewegen. Sie steigen nicht über Klippen ins Meer. Sie gebären nicht. Sie wachsen nicht. Sie morden nicht. Sie trachten nicht nach Rache.

Das weiß schließlich jeder, dachte Paul, während er zusah, wie die Findlinge näherkamen. Noch nie hat jemand berichtet, daß er mit eigenen Augen –

Weil er mit dem Leben bezahlt hat.

Sie hatten seinen Vater getötet, und jetzt kamen sie, um ihn zu töten.

Paul sprang auf und wollte fliehen. Im selben Augenblick wußte er es. Es *konnte* ihm nichts passieren. In seinem eigenen Haus *konnten* sie ihm nichts anhaben. Er strich mit der Hand über das Fensterbrett. Zwischen ihm und den widerlichen Brocken draußen waren dicke Mauern. Es ging nichts über ein solide gebautes Steinhaus.

Als er auf seine Hand herabsah, erstarrte sein erleichtertes Lächeln. Der Marmor unter ihr kräuselte sich. Er fühlte sich warm und weich an. Er lebte. Er schmolz und umfloß seine Hand, um plötzlich wieder zu erstarren.

Paul schrie und wollte die Hand zurückziehen. Er spürte keinen Schmerz, war aber gefangen. Todesangst ergriff ihn, als er sah, wie die Wände um ihn herum bebten und Wellen warfen, wie sie zusammenflossen, und ein Strom bebenden Gesteins durch die Fenster drang, wie die fließenden Massen ineinanderflossen, um seine Fesseln spülten, an ihm hochkrochen und ihn zu Stein verwandelten.

Robert Bloch

Stille Nacht, grausame Nacht

THE NIGHT BEFORE CHRISTMAS

Robert Bloch bewegt sich seit mehr als vierzig Jahren in der Welt des Übernatürlichen. In Chicago geboren, lebt er seit zwei Jahrzehnten in Kalifornien und widmet einen Großteil seiner Zeit dem Film und dem Fernsehen. Sein bekanntestes Buch ist Psycho. *Weitere Titel sind* Scarf *und* Firebug. *Robert Bloch hat Hunderte von Kurzgeschichten veröffentlicht. Seine Horrorstorys gehören zu den besten unserer Zeit. Als Beispiele seien nur einige genannt:* The Hell-Bound Train, The Animal Fair und Yours Truly, Jack the Ripper. *Nur sehr wenige Autoren besitzen sein Talent, den unaufhaltsamen Mechanismus des Psychopathen so zu beschreiben, wie er es in der vorliegenden Geschichte auf so meisterhafte Weise tut.*

Ich weiß nicht, wie das noch enden soll.

Vielleicht wurde der Schlußstrich bereits in dem Moment gezogen, als ich den Schuß hinter der geschlossenen Wohnzimmertür hörte – oder als ich ihn auf dem Teppich liegen sah.

Oder nach den endlosen Verhören, nach den peinlichen Ausschlachtungen durch die Zeitungen und das Fernsehen.

Nach meinem totalen Zusammenbruch vielleicht, oder als ich endlich wieder funktionsfähig war – falls ich es je wieder geworden bin.

Daß eine solche Geschichte so lange kein Ende findet, solange es eine Erinnerung daran gibt, könnte natürlich auch möglich sein. Und ich erinnere mich an alles, bis ins kleinste Detail.

Es hat an einem Nachmittag im Herbst angefangen, in Dirk Otjens Galerie an der La Cienega. Ich wollte gerade wieder gehen, da kam er zur Tür herein. Er hatte sich verspätet. Wahrscheinlich war er mit einem seiner Kunden zusammen essen gewesen.

„Brandon!" sagte er. „Wo waren Sie denn? Ich habe den ganzen Morgen versucht, Sie zu erreichen."

„Tut mir leid. Ich hatte eine Verabredung."

Dirk schüttelte ungeduldig den Kopf. „Sie sollten sich einen Anrufbeantworter zulegen."

Ihm zu sagen, daß ich mir keinen Anrufbeantworter leisten konnte und den Vormittag auf dem Arbeitsamt verbracht hatte, wäre sinnlos gewesen. Dirk hat vielleicht einmal gewußt, was arm sein heißt, aber das war viele teure Mittagessenseinladungen her. Inzwischen bewegte er sich in anderen Kreisen. Schon allein der Gedanke an einen hungernden Künstler war ihm zuwider. Mich ihm in dieser Rolle zu präsentieren, konnte ich mir nicht leisten. Obwohl sich bisher noch nichts getan hatte, war ich heilfroh, daß er mich genommen hatte.

Oder hatte sich doch etwas getan?

„Haben Sie ein Bild verkauft?" fragte ich möglichst ruhig, aber mein Herz klopfte.

„Nein, aber ich kann Ihnen vielleicht etwas vermitteln. Ist Ihnen Carlos Santiago ein Begriff?"

„Nicht daß ich wüßte."

„Kunde von mir. Kommt pausenlos in die Galerie. Er hat das Ölbild von Ihnen gesehen, das oben hängt, und will ein Porträt malen lassen."

„Was ist das für ein Mann?"

Dirk zuckte mit den Schultern. „Ausländer. Starker Akzent." Aus seiner Stimme sprach die Abscheu des eingebürgerten Amerikaners. „Eine Art Schiffsmagnat, glaube ich. Jedenfalls hat er Geld."

„Und was zahlt er?"

„Ich habe gesagt, daß es zweitausendfünfhundert kostet. Ist kein Spitzenhonorar, aber ein Anfang."

Das war es allerdings. Seine Prozente abgerechnet, blieb immer noch genug übrig, um erst einmal weiterzukommen. Das Hindernis schien beseitigt zu sein, und irgendwo in der Ferne wartete das Paradies, in dem man eine Nachricht auf seinen Anrufbeantworter sprechen lassen konnte, während man in einem teuren Lokal speiste. Allerdings –

„Ich weiß nicht so recht", sagte ich. „Ein spanischer Schiffsmagnat ist wahrscheinlich nicht so ganz mein Fall. Ich gehöre nicht zu den gerissenen Typen, die alles mit links machen. Wenn zwischen mir und meinem Modell kein Magnetfeld entsteht, wird das nichts."

Ich sah es Dirks Gesicht an, daß ich seinen Unmut erweckt hatte, aber es hatte gesagt werden müssen. Ich bin schließlich Maler und habe ganze neun Jahre hier und in Europa studiert, und diese neun langen, harten Jahre der Selbstaufopferung und Selbstentdeckung schoß ich doch nicht in den Wind, wenn man mir mit einem Dollarschein vor dem Gesicht herumwedelte. Wäre das mein Ziel gewesen, hätte ich mich ja gleich auf die Massenproduktion verlegen, Fünfunddreißig-Dollar-Bilder herunterpinseln und auf der Straße oder in Supermärkten verkaufen können. Andererseits –

„Ich muß ihn erst sehen", sagte ich.

„Kein Problem." Dirk nickte. „Sie werden nämlich um fünfzehn Uhr von ihm erwartet."

„In seinem Büro?"

„Nein, zu Hause. In Trousdale. Hier habe ich die Adresse aufgeschrieben. Machen Sie sich auf den Weg. Und viel Glück."

Ich erinnere mich sogar noch, in welche der kleinen Straßen ich einbog. Ich erinnere mich deshalb so genau, weil die Steigung beeindruckend war und ich ständig Angst haben mußte, daß mein Auto streikte. Die alte Kiste hatte einen Minderwertigkeitskomplex, was kein Wunder war. An halbrunden Einfahrten vorbeikeuchen zu müssen, die mit nagelneuen Cadillacs, Lancias, Alfa-Romeos und den unvermeidlichen Rolls-Royces vollgestopft waren, konnte kein Vergnügen sein. In so einer Gegend wird ein Mercedes als Zweitwagen gefahren. Mir war es ziemlich egal, aber Dirk hatte recht: Geld war da.

Und Carlos Santiago ebenfalls.

Auf seiner von Zypressen eingesäumten Einfahrt stand ein Ferrari. Ich parkte dahinter und konnte nur hoffen, daß mich niemand durch das riesige Aussichtsfenster des langgestreckten einstöckigen Pseudo-Palazzo beobachtete. Das Haus war neu, und die Bäume waren noch klein, aber stand mir vielleicht ein Urteil zu? Geld war da.

Ich klingelte. Hinter der schweren Tür sanfte Glockentöne; sie ging auf, und ein dunkelhaariges Hausmädchen in Uniform sah mich an. „Ja, bitte?"

„Ich heiße Arnold Brandon und bin mit Mr. Santiago verabredet."

Sie nickte. „Wenn Sie bitte mitkommen wollen. Der Señor erwartet sie."

Ich trat von warmer Nachmittagssonne in die elektrisch erzeugte Kühle der gedämpften Halle und folgte dem Mädchen zu einem Torbogen linker Hand, der ins Wohnzimmer führte.

Der Raum mit der hohen Decke und dem zwei Stufen tiefer liegenden Kamin war größer, als ich vermutet hatte. Mein potentieller Auftraggeber ebenfalls.

Carlos Santiago behauptete, Spanier zu sein. Später erfuhr ich, daß er in Argentinien geboren war und unter Garantie Indioblut in den Adern hatte. Mich jedenfalls erinnerte er an jemanden, der in Kreta zu Hause war.

An den Minotaurus.

Was natürlich nicht wörtlich zu nehmen ist. Er war kein Hybride, kein Ungeheuer mit Menschenleib und Stierkopf. Die graumelierten gelockten Haare fielen über eine Stirn, die keine Hörner schmückten, aber die schweren Augenlider, die geblähten Nasenflügel und der halslose Übergang des kolossalen Kopfes in den gewölbten Brustkorb suggerierten eine Mischung aus Rind und Mensch. Als Künstler sah ich in Santiago den Abklatsch des Menschbullen, den Macho, wie er leibt und lebt.

Und ich haßte ihn auf Anhieb.

Ehrlich gesagt, habe ich solche Männer schon immer gefürchtet; die großen, stämmigen, arroganten Typen, die sich großspurig, laut und prahlend den Weg durchs Leben bahnen. Ich traue der Sorte nicht, denn sie ist seit eh und je der Feind der Kunst gewesen, sie verbrennt Bücher, zerschlägt Plastiken und mißachtet jede Art von Kreation, die nicht aus den eigenen Lenden entsprungen ist. Am meisten fürchte ich sie, wenn sie sich aus Eigennutz leutselig geben.

Und Carlos Santiago gab sich leutselig.

Er bot mir in einem riesigen Ledersessel Platz an, goß Whisky ein, erkundigte sich nach meinem Wohlergehen und sprach seine Bewunderung über das Gemälde aus, das er in der Galerie gesehen hatte. Aber meine Angst blieb, und das Bild des Minotaurus ebenfalls. *Willkommen in meinem Labyrinth.*

Ich muß zugeben, daß das Labyrinth raffiniert und teuer angelegt und geschmackvoll eingerichtet war, was den gestalterischen Mißton nur auffälliger werden ließ – das Arrangement über dem Kaminsims nämlich. Das Messer mit der rostigen, breiten Schneide, umgeben von körnigen, schlecht gerahmten Fotos, paßte ebensowenig in diesen Raum wie die bullige Anwesenheit des Hausherrn.

Er sah meinen Blick und stieß ein röhrendes Lachen aus.

„Ich weiß, was Sie denken, *amigo*. Der ach so tüchtige Innenarchitekt war entsetzt, als ich darauf bestand, *solche* Gegenstände in einem *solchen* Rahmen aufzuhängen. Aber ich bin ein sentimentaler Mensch und schäme mich dessen nicht.

Von den Fetzen auf meinem Leib abgesehen, war die Machete einmal alles, was ich besaß. Drei Jahre lang habe ich mit ihr als gewöhnlicher Arbeiter auf den Feldern geschuftet. Am Ende der drei Jahre hatte ich immer noch dieselben Fetzen auf dem Leib, und die Machete war immer noch mein einziger Besitz. Aber mit dem Geld, das ich gespart hatte, machte ich meine erste Investition – ein paar lächerliche Anteile an einem veralteten Öltanker, der zu seiner letzten Fahrt auslief. Das erfolgreiche Ende dieses gewagten Unternehmens wurde zum Anfang meiner gewagten Unternehmungen. Ich erspare Ihnen die Details; die Fotos sind Beweis genug. Es sind Aufnahmen der Schiffe, die ich im Laufe der Jahre erstanden habe. Die Santiago-Flotte. Manch eines dieser Schiffe ist inzwischen alt und verrostet, wie die Machete – wie auch ich. Aber wir gehören zusammen."

Santiago goß nach. „Aber ich langweile Sie, Mr. Brandon. Sprechen wir von dem Porträt."

Ich wußte, was kam. Jetzt wurde mir erzählt, wie und was ich zu machen hatte; daß die Schiffe im Hintergrund zu sehen sein mußten; daß er wahrscheinlich die Machete in der Hand zu halten gedachte.

Er hatte ein Recht auf seinen Stolz, ich aber auch. Gott weiß, daß ich das Geld brauchte, aber ich war nicht bereit, den Minotaurus mit

Hintergrund zu malen. Keine Diskussion. Ich mußte den Stier bei den Hörnern packen.

„Louise!“

Santiago stand lächelnd auf, als sie hereinkam. Ich starrte die Frau an – groß, schlank, dunkelblond, haselnußbraune Augen und makellose Züge. Mit ihr war ein Leuchten in den Raum gekommen.

„Ich darf Ihnen meine Frau vorstellen.“

Wir müssen beide etwas gesagt haben, aber ich erinnere mich nicht mehr, was wir gesagt haben. Ich weiß nur noch, daß mein Mund trocken war, daß meine Worte bedeutungslos klangen. Wichtig waren Santiagos Worte.

„Sie werden sie porträtieren.“

Das war der Anfang.

Ich arbeitete in dem kleinen Salon neben dem Wohnzimmer. Mit seinen Nordfenstern hatte er am Nachmittag ideales Licht. Ich kam dreimal pro Woche. Anfangs skizzierte ich nur, dann befaßte ich mich ausschließlich mit dem Hintergrund. Ich ging umgekehrt vor, weil die Hauttöne die Farbgebung von Hintergrund und Kleidung widerspiegeln sollten. Erst anschließend wollte ich das Wesentliche erfassen und mich auf Ausdruck und Pose konzentrieren. Aber wie sollte ich den Klang ihrer sanften Stimme, den köstlichen Duft ihres Parfüms, die natürliche Anmut ihrer Bewegungen, ihre sinnliche Ausstrahlung im Bild festhalten?

Ich muß zu Santiagos Gunsten sagen, daß er sich verhielt, wie man sich besser nicht verhalten konnte. Weder störte er die Sitzungen noch fragte er nach deren Verlauf. Ich hatte mir ausbedungen, daß weder er noch seine Frau meine Arbeit vor Abschluß betrachteten; während meiner Abwesenheit wurde ein Tuch über die Leinwand gehängt. Er ließ mich also in Ruhe und flog nach der zweiten Woche in den Mittleren Osten.

Während er Öl verschiffte, waren Louise und ich allein.

Wir nannten uns inzwischen natürlich beim Vornamen. Und unterhielten uns während der Sitzungen. Vielmehr – *sie* redete; ich konzentrierte mich auf meine Arbeit. Ein Künstler muß sich intensiv mit einem Modell befassen und es wirklich kennenlernen, wenn ein Porrät mehr sein soll als nur gegenständliche Wiedergabe. Ich animierte ie folglich dazu, mir viel zu erzählen.

Daß eine gewisse Vertraulichkeit entsteht, ist unter solchen Umtänden unvermeidlich. Wenn Tonbandaufnahmen gemacht worden vären, hätte man durchaus meinen können, daß ihre Worte an einen 'sychotherapeuten oder Beichtvater gerichtet waren. Ich hörte zu, naßte mir aber kein Urteil an.

Was ich hörte war Alltägliches. Genau wie ich Francisco José de Goya y Lucientes war, war sie keine María Cayetano Herzogin von Alba.

Ich hatte bereits Vermutungen über ihre Herkunft angestellt, und ie erwiesen sich als richtig. Die übliche Geschichte des außergewöhnich attraktiven Mädchens armer Eltern. Das Aschenputtel auf dem Abiturball, die Uhr schlägt zwölf, und sie hockt wieder in der Küche. Dann der verzweifelte Versuch, zu entkommen – Teilnahme an einem Schönheitswettbewerb, mißglückter Versuch als Mannequin, schaupielerische Ambitionen durch die Tatsache entmutigt, daß beim Vorprechen über ein Dutzend Duplikate der eigenen Person vorhanden varen. Natürlich gab es viele, die als Agenten, Vermittler oder chlicht Zuhälter hilfreich sein wollten und Gegenleistungen für ihre Dienste verlangten. Zu ihren Gunsten sei gesagt, daß Louise viel zu bauernschlau war, sich auf etwas einzulassen. Sie gab die Hoffnung nicht auf, ihren Prinzen zu finden. Statt dessen traf sie den Minoaurus.

Sie wurde eines Abends zu einem Empfang mitgenommen, auf dem ie Gelegenheit hatte, „einflußreiche Leute“ zu treffen. Einer von hnen sollte Carlos Santiago sein, und ehe der Abend beendet war, varen seine Absichten offenkundig.

Louise war raffiniert genug, ihn abzuweisen und zerkratzte ihm das Gesicht, als er aufdringlich wurde. Der Eindruck, den sie damit erveckt hatte, war offensichtlich nicht nur physisch gewesen, denn am Tag darauf kamen die ersten Blumen. Als es mit Ohrringen und Armbändern anfing, war zu ahnen, daß der Ring nicht mehr lange auf ich warten ließ.

Das Aschenputtel heiratete also den Minotaurus und mußte feststellen, daß ihm das Leben im Labyrinth nicht zusagte. Der Stier verbrachte scheinbar seine Zeit mit Brüllen, war aber in Wirklichkeit nur ein Ochse.

All dies und noch viel mehr kam während unserer Sitzungen heraus und führte natürlich zu dem, was zu erwarten war.

Ich setzte dem Stier Hörner auf.

Meine Rechtfertigung dazu? Diese Dinge sind keine Frage der Moral. Louise jedenfalls hatte keine Skrupel. Sie hatte sich an den Meistbietenden verkauft, was sich als schlechtes Geschäft erwies. Ich habe sie weder verdammt noch entschuldigt. Das Aschenputtel wollte aus der Küche heraus und hatte die dazu nötigen Schritte unternommen. Einen anderen Weg konnte sie nicht gehen, weil ihr dazu das intellektuelle Rüstzeug fehlte. Trotz ernstgemeinter Behauptungen von Mitgliedern der Frauenbewegungen landet die Schöne meistens bei dem Biest. Manchmal ist es ein junges Biest, das außer Dauerbrunft nichts zu bieten hat. Häufiger jedoch ist ein alterndes Biest, das für Status und Sicherheit sorgt und dafür hin und wieder Beischlaf verlangt. Aber selbst dieser war Louise versagt geblieben; ihr Biest war ein alter Bulle, dessen Gesäusel und Getätschel sie nicht mehr ertragen konnte. Mich kennenzulernen, hatte ihre natürlichen Instinkte in verstärktem Maße geweckt. Es war Begierde auf den ersten Blick.

Ich für meine Person hatte schnell kapiert, daß sich hinter der makellosen Fassade von Gesicht und Körper ein frustriertes, hungriges Kind verbarg. Sie hatte ein Aschenputtel geschaffen, das aus Kleidung, Frisur und Schminke bestand, und meine Aufgabe war es, diese Scheinfigur in Farbe festzuhalten. Zu wissen, daß die Frau, die in meinen Armen bebte und stöhnte, nicht Aschenputtel war, nützte mir wenig: ich liebte das Küchenmädchen.

Die Zeit war knapp, und wir verschwendeten sie nicht mit Erklärungen oder Zukunftsentscheidungen. Die Nachmittage gingen bis in die Abende hinein, und wir hießen jede Nacht willkommen.

Das grelle Tageslicht kam schnell genug. Am 18. Dezember, genau eine Woche vor Heiligabend, kam Carlos Santiago zurück. Am Nachnittag des folgenden Tages trafen wir uns zum letztenmal im sonnigen :leinen Salon neben dem Wohnzimmer.

Sie sah schweigend zu, wie ich dem Porträt den letzten Hauch von Romantik gab – ein paar Lichtflecke in den Heiligenschein ihres lunkelblonden Haares, eine leichte Abschwächung des ungezähmten Glühens in ihren haselnußbraunen Augen.

„Fast fertig?" fragte sie leise.

„Fast."

„Dann ist es also vorbei?" Ihre Pose blieb unbewegt.

Ich warf einen schnellen Blick zur Tür und senkte die Stimme zu inem vorsichtigen Flüstern.

„Weiß er Bescheid?"

„Nein, natürlich nicht."

„Aber das Hausmädchen ..."

„Du bist nach den Sitzungen gegangen. Sie hat keine Ahnung, daß lu nach ihrem Weggehen zurückgekommen bist."

„Dann kann uns nichts passieren."

„Ist das alles, was du zu sagen hast?" Ihre Stimme wurde lauter, und :h machte ihr schnell ein Zeichen.

„Bitte – den Kopf eine Spur tiefer – ja, so."

Ich legte den Pinsel weg und trat einen Schritt zurück. Louise sah zu nir auf.

„Kann ich es mir jetzt ansehen?"

„Ja."

Sie stand auf und stellte sich neben mich. Es folgte langes Schweien, und ihre Augen wurden trübe.

„Was hast du denn?" fragte ich. „Gefällt es dir nicht?"

„Doch, es ist phantastisch."

„Warum bist du dann so traurig?"

„Weil es fertig ist."

„Alles findet einmal ein Ende", sagte ich.

„Muß das sein?" fragte sie leise. „Muß das wirklich sein?"

„Mr. Brandon hat recht."

Carlos Santiago stand in der Tür, mit dem Kopf nickend. „Es ist :hon seit einiger Zeit beendet."

Ich schluckte. „Woher wissen Sie das?"

„Jeder Mann sollte wissen, was in seinem eigenen Haus vor sich geht."

„Heißt das, daß du das Bild bereits betrachtet hast?" fragte Louise. „Du hast Mr. Brandon doch versprochen . . ."

„Ich muß mich entschuldigen." Santiago lächelte mich an. „Ich konnte nicht widerstehen. Ich mußte einfach wissen, ob Sie meinen Vorstellungen entsprechen."

Ich zwang mich, sein Lächeln zu erwidern. „Und?" fragte ich. „Sind Sie zufrieden?"

„Sehr." Er heftete den Blick auf das Porträt. „Eine großartige Leistung. Es scheint Ihnen geglückt zu sein, meiner Frau in den glücklichsten Momenten zu begegnen. Ich wünschte, mir wäre es gegeben, ihr ein solches Lächeln zu entlocken."

Klang seine Stimme zynisch, oder war es lediglich das Echo meines schlechten Gewissens?

„Das Bild muß jetzt einige Wochen unberührt bleiben", sagte ich. „Wenn die Farben trocken sind, werde ich es firnissen, und wir können dann den passenden Rahmen aussuchen."

„Natürlich", sagte Santiago. „Aber erst einmal das Nächstliegende." Er zog einen Scheck aus der Tasche und gab ihn mir. „Hier – bitteschön. Der volle Betrag."

„Das ist sehr aufmerksam von Ihnen."

„Sie ahnen nicht, *wie* aufmerksam ich bin." Er drehte sich um, als das Hausmädchen hereinkam und eine Karaffe mit Cognac und drei bauchige Gläser brachte.

Santiago goß ein. „Wie Sie sehen", sagte er, als das Mädchen wieder gegangen war, „habe ich gewußt, daß heute der letzte Tag ist." Er reichte Louise und mir ein Glas und hob seines. „Auf Ihr Wohl, Mr. Brandon. Ich schätze Ihr großes Talent und Ihre noch größere Klugheit."

„Klugheit?" Louise sah ihn fragend an.

„Ja, Klugheit." Er nickte. „Ich bin in Kunst nicht bewandert, weiß aber, daß ein Projekt wie dieses gefährlich sein kann."

„Das verstehe ich nicht."

„Die Versuchung, weiterzumachen, zu übertreiben, liegt nahe. Aber Mr.Brandon weiß, wann er aufhören muß. Er hat – wie soll ich mich ausdrücken? – er hat künstlerisches Maß gezeigt. Trinken wir auf seine Entschlußkraft."

Santiago ließ den Cognac über die Zunge laufen. Louise trank einen zaghaften Schluck und ich ebenfalls. Wieder fragte ich mich, wieviel er wohl wußte.

„Sie können sich nicht vorstellen, was mir dieser Moment bedeutet", sagte Santiago. „Hier in diesem Haus vor dem Porträt der Frau zu stehen, die ich liebe – der Traum eines armen Jungen ist in Erfüllung gegangen."

„Aber du bist doch nicht immer arm gewesen", sagte Louise. „Du hast mir selber erzählt, daß dein Vater ein wohlhabender Mann war."

„Das war er auch." Santiago trank einen Schluck. „Ich habe meine Kindheit in Luxus verbracht. Bis zum Tode meines Vaters hat es mir an nichts gefehlt. Dann aber hat mein älterer Bruder die *estancia* geerbt, und ich bin von zu Hause weggegangen und habe meinen eigenen Weg verfolgt. Vielleicht war es gut so, denn es ist so manches eingetreten, was nicht sonderlich schön war. Aber ich habe natürlich Kenntnis davon erhalten." Er lächelte mich an. „Eine Geschichte interessiert Sie vielleicht.

Ein paar Jahre nach meinem Weggehen starb die Frau meines Bruders im Kindbett. Er hat natürlich wieder geheiratet und zwar ein Mädchen ohne Bildung und Herkunft. Alles war fassungslos. Ihre Jugend und ihre Schönheit müssen ihn gereizt haben."

War sein Seitenblick auf Louise Absicht, oder bildete ich es mir nur ein? Er richtete den Blick wieder auf mich.

„Im Gegensatz zu seiner ersten Frau wurde die zweite nicht schwanger, und das machte ihm Kopfzerbrechen. Um sicher zu sein, daß es nicht an ihm lag, zeugte er mehrere Kinder. Die jeweiligen Mütter waren Dienstmädchen auf der *estancia*. Mein Bruder machte seiner Frau keinen Vorwurf, sondern zog einen Arzt zu, dessen Untersuchungen alles offenließen. Im Verlauf dieser Untersuchungen wurde jedoch festgestellt, daß die Frau meines Bruders ein obskures Augenleiden hatte, das zu Erblindung führen konnte.

Der Arzt war für eine sofortige Operation, aber die Frau meines Bruders hatte Angst, bereits durch den Eingriff das Augenlicht zu verlieren. Ihre Angst war so groß, daß sie ihn einen heiligen Eid auf die Jungfrau Maria schwören ließ. Er mußte ihr versprechen, ihre Augen von niemandem berühren zu lassen."

„Die arme Frau", sagte Louise mit bewegter Stimme. „Und dann?"

„Nachdem mein Bruder von ihrem Gebrechen wußte, hat er natürlich von seinen ehelichen Rechten keinen Gebrauch mehr gemacht, denn laut Arzt hätte die Krankheit auf ein eventuelles Kind übertragen werden können. Da mein Bruder kein Leid verursachen wollte, holte er sich seine Freuden woanders. Über die Unannehmlichkeiten, die ihm seine Frau in dieser Beziehung bereitete, hat er sich nie mit einem Wort beschwert. Er war die Geduld in Person. Man hätte also annehmen müssen, daß seine Frau dankbar und sich seiner rücksichtsvollen Art bewußt gewesen sei, aber echtes Verständnis scheint den Frauen abzugehen."

Santiago nahm einen Schluck.

„Zu seinem Entsetzen entdeckte mein Bruder eines Tages, daß sie einen Liebhaber hatte, einen jungen Kerl, der als Gärtner auf der *estancia* arbeitete. Wenn mein Bruder nicht zu Hause war, traf sie sich mit ihrem Liebhaber. Mein Bruder verbrachte mittlerweile viel Zeit in Buenos, wo er geschäftlich zu tun hatte.

Als mein Bruder erfuhr, daß seine Frau einen andern hatte, weigerte er sich, es zu glauben, doch schon nach ein paar Wochen war der Beweis offenkundig. Sie war schwanger."

„Hat er sich von ihr scheiden lassen?" fragte Louise.

Santiago schüttelte den Kopf. „Nein, natürlich nicht. Mein Bruder war ein religiöser Mann. Aber es drängte ihn, etwas gegen das Getuschel, die scheelen Blicke und das Gelächter hinter seinem Rücken zu unternehmen. Sein Ruf und seine Ehre standen auf dem Spiel."

Ich nutzte seine Atempause und schaltete mich ein. „Lassen Sie mich die Geschichte weitererzählen", sagte ich. „Da er wußte, welche Angst seine Frau hatte, blind zu werden, bestand er auf einer Operation und überredete den Arzt mit Geld dazu, ihr Augenlicht zu zerstören."

Santiago schüttelte den Kopf. „Sie haben vergessen, daß er bei der Jungfrau Maria geschworen und sein Versprechen gegeben hatte, daß eine solche Operation nie stattfinden werde."

„Was hat er dann getan?" fragte Louise.

„Er hat ihr die Lider zugenäht." Santiago nickte. „Ihre *Augen* hat er nicht berührt, aber die Lider hat er mit einem Katzendarm zugenäht und sie mit einer Dienerin in ein Gästehaus verbannt."

„Grauenvoll!" flüsterte Louise.

„Ich bin überzeugt davon, daß er gelitten hat", sagte Santiago. „Zum Glück allerdings nicht lang. Eines Nachts, die Dienerin war gerade nicht da, brach im Gästehaus ein Brand aus. Niemand wußte, wie es dazu kommen konnte. Vielleicht hat die Frau meines Bruders eine Kerze umgestoßen. Unglücklicherweise war die Tür verschlossen, und die Dienerin besaß den einzigen Schlüssel dazu. Eine große Tragödie."

Ich konnte Louise nicht ansehen. Ich mußte ihn ansehen.

„Und der Liebhaber?" fragte ich.

„Er ist in die Pampas geflohen, doch mein Bruder hat ihn mit den Hunden gejagt und dementsprechend bestraft."

„Nämlich wie?"

Santiago hob das Glas. „Der junge Kerl wurde nackt an einen Baum gebunden. Seine Geschlechtsteile wurden mit Honig bestrichen. Sind Ihnen Feuerameisen ein Begriff, *amigo?* Sie kommen in der Gegend häufig vor und fressen alles auf, was auch nur nach Honig riecht."

Louise stieß einen erstickten Laut aus und lief aus dem Raum.

Santiago leerte sein Glas. „Ich scheine sie aus dem Gleichgewicht gebracht zu haben", sagte er. „Das war nicht meine Absicht."

„Und was war Ihre Absicht?" Ich hielt dem Blick des Menschbullen stand. „Mich bringt Ihre Geschichte nicht aus dem Gleichgewicht. Wir sind hier nicht im Busch. Und Sie sind nicht Ihr Bruder."

Santiago lächelte. „Ich habe keinen Bruder."

Ich fuhr durch die Abenddämmerung. Die Laternenpfosten am Hollywood Boulevard waren weihnachtlich geschmückt, Girlanden über die Fahrbahn gespannt, doch Glanz und Glitzer übertünchten die schäbige Flachheit der Schaufensterfronten nur mäßig. Zwielicht versuchte die Schatten aus ihren Verstecken zu locken. Kein Festtag konnte die ewige Parade von Nutten und Zuhältern, von Strichjungen, Gammlern und Wermutbrüdern stoppen. Der Heilige Abend stand vor der Tür, aber das Tonbandgeplärr von Weihnachtsliedern machte diese Menschen nicht fröhlicher und mich erst recht nicht.

Mich gegen Santiago zu stellen, war sinnlos gewesen. In Wirklichkeit hatte ich den schüchternen Versuch unternommen, ihn herauszufordern, hatte auf dem Absatz kehrt gemacht und war davongelaufen.

Hatte er tatsächlich Lunte gerochen? Wieviel wußte er? Und was ging in seinem Kopf vor?

Einen Moment lang war ich versucht zurückzufahren. Aber was dann? Sollte ich Santiago vielleicht mit einem Wagenheber in Schach halten, bis Louise ihre Sachen gepackt hatte? Angenommen, sie wollte ihn gar nicht verlassen? Außerdem – liebte ich sie so sehr, daß ich mit ihr zusammenleben wollte?

Ich fuhr nicht zurück, aber die Fragen verfolgten mich bis nach Hause.

Das Telefon klingelte, als ich die Wohnung betrat. Mit zitternder Hand nahm ich den Hörer ab. Auch meine Stimme zitterte.

„Ja?"

„Darling, ich rufe schon pausenlos an."

„Was ist denn passiert?"

„Nichts ist passiert. Er ist weg."

„Weg?"

„Bitte – ich erzähle dir alles, wenn du hier bist. Bitte, komm schnell!"

Ich kam schnell.

Nachdem ich mein Auto auf der leeren Wageneinfahrt abgestellt hatte, nachdem wir uns in der dunkel werdenden Halle lange umarmt und uns schließlich auf das Sofa vor dem Kamin gesetzt hatten, ließ Louise die Bombe platzen.

„Ich lasse mich scheiden", sagte sie.

„Scheiden?"

„Als du weg warst, ist er in mein Zimmer gekommen. Er wollte sich angeblich entschuldigen, aber das war nicht der Grund. In Wirklichkeit wollte er mir erzählen, welche Angst er dir mit dieser Geschichte eingejagt hat."

„Und das hast du ihm geglaubt?"

„Aber nein – wo denkst du hin! Ich habe ihm auf den Kopf zugesagt, daß er lügt, daß du keinerlei Grund zu irgendwelchen Ängsten hast und daß er kein Recht hat, mich zu erniedrigen. Ich habe ihm gesagt, daß ich sein krankhaftes Geschwätz satt habe und gehe. Du hättest sein Gesicht sehen sollen. Das Grinsen war wie weggewischt."

Ich sagte nichts, denn ich hatte sein Gesicht nicht gesehen. Aber ich sah das von Louise. Mit dem ätherischen Aschenputtel auf dem Gemälde hatte sie nichts mehr gemein – eine total andere Frau; hitziger Blick, harte Stimme, in ihrer Wut unversöhnlich.

Santiago, der Szenen dieser Art gewohnt sein mußte, hatte sich aufgeplustert und protestiert, dann aber doch gebettelt und gefleht. Als er sie zu umarmen versucht hatte, hatte sich das Spiel wiederholt. Sie hatte ihm das Gesicht zerkratzt, aber diesmal mit einem endgültigen Adieu. Und schließlich war er gegangen, so getroffen und erledigt, daß er nicht einmal etwas mitgenommen hatte.

„Hat er sich wirklich bereit erklärt, sich scheiden zu lassen?" fragte ich.

Louise zuckte mit den Schultern. „Mein Gott, er hat gesagt, daß er nicht einwilligen wird, aber das ist bloß Gerede. Wenn er vor Gericht versucht, mir einen Strich durch die Rechnung zu machen, habe ich gesagt, kommt alles raus – seine rasende Eifersucht, seine ständige Trinkerei und sogar, daß er ihn nicht hochkriegt." Sie lachte. „Keine Angst, ich kenne Carlos. Er tut alles, damit niemand erfährt, wie es in dem Punkt um ihn steht."

„Und wo ist er jetzt?"

„Keine Ahnung. Es ist mir auch egal." Ihre hitzigen Augen glühten. „Ich habe ja dich", flüsterte sie, die harte Stimme kehlig.

Und als ihr Mund meinem begegnete, spürte ich ihren Zorn.

Obwohl Louise wollte, daß ich blieb, ging ich, ehe das Mädchen kam.

„Verstehst du das denn nicht?" sagte ich. „Wenn du willst, daß man dir bei einer Scheidung nichts anhaben kann, kannst du es dir nicht leisten, mich im Haus zu haben."

Dirk Otjens empfahl einen Anwalt, der Bernie Prager hieß. Louise ging zu ihm, und er erklärte sich bereit, sie zu vertreten. Er gab ihr den dringenden Rat, sich weder zu Hause noch in der Öffentlichkeit mit einem anderen Mann zu treffen, es sei denn in Anwesenheit einer dritten Person.

Louise rief mich an und berichtete von ihrem ersten Gespräch mit ihm.

„Darling, ich glaube nicht, daß ich es aushalte ohne dich."

„Hast du das Mädchen noch?"

„Josefina? Natürlich. Sie kommt morgens und geht abends – wie immer."

„Dann kann ich auch kommen. Solange sie anwesend ist, ist alles okay. Ich muß eben an dem Porträt noch dies und jenes verändern. Nachmittags kann uns niemand . . ."

„Schon", fiel sie mir ins Wort. „Aber die Nächte."

„Unmöglich!" sagte ich. „Damit kann alles in Gefahr sein. Santiago läßt dich mit Sicherheit beobachten."

„Tut er nicht."

„Woher willst du das so genau wissen?"

„Prager ist doch kein Idiot. Unangenehme Scheidungsprozesse sind seine Spezialität. Er weiß ganz genau, daß es nur dann in seiner Kasse klingelt, wenn er ein zufriedenstellendes Urteil erwirkt." Sie lachte. „Gerade umgekehrt ist es. Er hat seine Leute an der Hand und läßt Carlos beschatten."

„Wo ist dein Mann?"

„Er ist gestern abend in den Sepulveda Athletic Club gezogen und heute morgen wie immer ins Büro gegangen."

„Und hat von dort aus telefonisch jemand engagiert, der dich beobachtet – ich lasse mich nicht davon abbringen."

„Seine Leitungen im Büro sind bereits angezapft. Ich sage dir doch, Prager ist kein Idiot."

„Das scheint eine teure Angelegenheit zu werden."

„Na und? Begreif doch endlich, Darling. Carlos kommt das Geld zu den Ohren heraus. Und wir werden ihn ordentlich melken. Wenn diese Sache durchgestanden ist, brauche ich mir lebenslänglich keine Sorgen mehr zu machen. Wir beide nicht." Sie lachte wieder.

Ich war weniger guter Laune. Gut, Carlos Santiago war nicht gerade Mr. Liebenswürdig. Vielleicht verdiente er es, zum Hahnrei gemacht zu werden und Louise zu verlieren. Aber hatte sie das Recht, ihn unter falschem Vorwand zum Trottel zu machen?

Wenn ich das Spiel mitmachte, war ich dann vielleicht besser? Ich stellte mir vor, wie es nach geglückter Scheidung sein würde. Kein Malen mehr, kein Jagen nach Aufträgen. Mit Louise das süße Leben genießen, ein großes Haus, große Autos, Reisen, Nichtstun, Luxus. Während ich das geistige Bild meiner Zukunft skizzierte, entdeckte mein Künstlerauge einen Schatten. Den Schatten eines jener Zuhälter, die auf dem Hollywood Boulevard herumstolzieren.

Es war kein schönes Bild.

Aber als ich am Nachmittag in Louises sonnenüberflutetes Wohnzimmer kam, wurde der Schatten vom Glanz ihrer Fröhlichkeit verschluckt.

„Wundervolle Neuigkeiten, Darling!" begrüßte sie mich. „Carlos ist weg."

„Das ist doch keine ..."

Sie schüttelte den Kopf. „Aus der Stadt, meine ich. Pragers Leute haben es eben durchgegeben. Er hat von seiner Sekretärin einen Platz auf der Mittagsmaschine nach New Orleans reservieren lassen. Einer von seinen Tankern liegt im Hafen, und er überwacht die Löscharbeiten. Er kommt erst nach den Feiertagen wieder."

„Bist du sicher?"

„Prager hat jemand zum Flughafen geschickt. Carlos *ist* abgeflogen, und alles ist bereits vorbereitet. Jedes Gespräch, das er in New Orleans führt, wird abgehört und aufgezeichnet." Sie nahm mich in die Arme. „Ist das nicht wundervoll? Jetzt können wir die Weihnachtsfeiertage zusammen verbringen." Ihr Blick und ihre Stimme wurden sanft. „Das hat mir immer am meisten gefehlt. Ein richtig altmodisches Weihnachtsfest mit Christbaum und allem."

„Aber Carlos und du, habt ihr nicht ..."

Louise schüttelte den Kopf. „Im letzten Moment ist immer etwas dazwischen gekommen – so eine Geschäftsreise nach New Orleans zum Beispiel. Wenn wir uns nicht getrennt hätten, würde ich jetzt mit ihm im Flugzeug sitzen.

Bist du je Weihnachten in Kuwait gewesen? Da waren wir letztes Jahr und haben mit irgend so einem schmierigen Hafenmenschen Lammcurry gegessen. Carlos hat mir versprochen, daß wir dieses Jahr zu Hause bleiben und einmal so Weihnachten feiern, wie es sich gehört. Du siehst, wie er Wort hält."

„Entschuldige", sagte ich. „Was hätte er denn unter den gegebenen Umständen tun sollen?"

„Wenn das nicht passiert wäre, hätte das auch nichts geändert." Ihr Blick und ihre Stimme wurden wieder hart. „Er wäre trotzdem geflogen und hätte mich hinter sich hergezogen, um mit mir vor seinen Geschäftsfreunden angeben zu können. *Schaut her, was ich habe. Tolle Frau, was? Seht ihr, wie ich sie kleide und mit Schmuck behänge?* Nein, für Carlos Santiago ist nichts zu gut. Er kauft nur das Beste vom Besten."

Die glühenden Augen füllten sich plötzlich mit Tränen, die schrille Stimme löste sich in Schluchzen auf.

Ich drückte sie an mich. „Komm", sagte ich. „Bring dein Gesicht in Ordnung und hol deine Sachen."

„Wo gehen wir denn hin?"

„Einkaufen. Christbaumschmuck und die größte Tanne, die es gibt."

Wenn Sie je mit einem Kind Weihnachtseinkäufe gemacht haben, können Sie sich vielleicht vorstellen, wie die nächsten Tage gewesen sind. Den Christbaumschmuck erstanden wir in den Warenhäusern am Wilshire Boulevard. Wie am Hollywood Boulevard auch hier alles dekoriert und Weihnachtslieder in allen Geschäften. Hier jedoch keine Kritik an Kitsch und Massenmusik, keine Schatten, die den Glanz in Louises Augen hätten trüben können. Für sie war das alles kein falscher Schein, sondern wundervolle Wirklichkeit. Sie wurde wieder zum Kind, das den Heiligen Abend kaum noch erwarten konnte.

Auch die Nächte konnte sie kaum noch erwarten, allerdings war sie dann nicht Kind. Der Kontrast faszinierte mich, jede Stimmung hatte ihren eigenen Charme.

Bis auf eine.

Sie überfiel sie am späten Nachmittag des 23., als der Christbaum geliefert wurde. Der Mann, der ihn brachte, stellte ihn in dem kleinen Salon neben dem Wohnzimmer auf. Als er gegangen war, betrachteten wir die Tanne im zunehmenden Zwielicht.

Plötzlich bebte sie in meinen Armen.

„Was hast du denn?“ fragte ich.

„Ich weiß nicht. Irgend etwas ist komisch – als ob uns jemand beobachten würde.“

„Natürlich“, sagte ich und deutete auf die Staffelei, die in der Ecke stand. „Dein Porträt.“

„Ach was!“ Sie sah zu mir auf. „Ich habe Angst, Darling. Was machen wir, wenn Carlos zurückkommt?“

„Ich habe Prager vor einer Stunde angerufen. Alle Telefongespräche deines Mannes sind aufgezeichnet. Er hat kurz vor zwölf seine hiesige Sekretärin aus New Orleans angerufen und gesagt, daß er bis zum 27. Dezember bleibt.“

„Und wenn er vorher zurückkommt?“

„Du weißt ganz genau, daß Prager jemanden am Flughafen stehen hat, Tag und Nacht.“ Ich küßte sie. „Mach dir keine unnötigen Gedanken und fang bloß nicht mit Wahnvorstellungen an.“

„Wahnvorstellungen“, wiederholte sie und schauderte zusammen. „Carlos ist derjenige, der Wahnvorstellungen hat. Denk bloß an die schreckliche Geschichte, die er uns erzählt hat.“

„Das war doch alles erfunden. Er hat gar keinen Bruder.“

„Ich glaube nicht, daß es erfunden ist. Er hat diese abscheulichen Dinge getan.“

„Genau das wollte er damit erreichen. Wir sollen denken, daß er es gewesen ist. Nein, dein Mann verdirbt uns die Feiertage nicht.“

Louise nickte, ihr Gesicht hellte sich auf. „Und wann schmücken wir den Baum?“

„Morgen“, sagte ich. „Morgen, am Heiligen Abend.“

Es war fast Mittag, und Josefina, die noch ein paar Geschenke für ihre Familie kaufen wollte, war schon im Begriff zu gehen, als ich mich endlich von Louise verabschiedete.

„Wann kommst du wieder?" fragte sie.

„In ein paar Stunden."

„Nimm mich mit."

„Geht nicht. Ich muß noch etwas besorgen – eine Überraschung."

„Dann versprich wenigstens, daß du dich beeilst." Ihre Augen strahlten. „Ich freue mich so aufs Christbaumschmücken."

„Ich bin so bald wie möglich wieder da."

Bald ist ein relativer Begriff und obendrein unrealistisch, wenn er am 24. Dezember und unter den gegebenen Parkschwierigkeiten benutzt wird.

Ich wußte genau, was ich wollte, fand es aber erst kurz vor Ladenschluß in einem kleinen Juweliergeschäft.

Ich hatte noch nie einen Verlobungsring gekauft und wußte nicht, ob Louise mit meiner Wahl einverstanden sein würde. Der Stein war geschliffen, sah aber im Vergleich zu den Brillanten, die sie von Santiago geschenkt bekommen hatte, winzig und mickrig aus. Aber es heißt ja, daß der Gedanke zählt, die Idee. Ich hoffte jedenfalls, daß ihr der Ring gefiel.

Als ich das Geschäft verließ, war draußen alles hell erleuchtet. Die Dämmerung hatte der Dunkelheit weichen müssen. Auf dem Weg zum Auto kam ich an einer Telefonzelle vorbei und wählte Pragers Nummer.

Keine Antwort.

Seine Kanzlei war geschlossen, was ich mir hätte denken können. Falls eine Weihnachtsfeier stattgefunden hatte, war sie vorbei.

Mich zum Parkplatz durchzuwühlen, das Auto auf die Straße zu bekommen und mich durch den Wahnsinnsverkehr zu quälen, war erst einmal das Problem.

Himmlische Töne klangen aus Lautsprechern.

Stille Nacht, Heilige Nacht
Alles schläft, einsam wacht . . .

Autohupen zerrissen die stille Nacht mit unheiligem Blöken. Zum Glück schlief niemand hinter dem Steuer, und von einsam konnte in dem Gewühl keine Rede sein.

Ich hatte mich schließlich bis zum Beverly Drive vorgekämpft und fuhr im Schrittempo Richtung Coldwater Canyon. Fast halb acht. Ich hätte Louise von der Telefonzelle aus anrufen und ihr sagen sollen, daß sie sich keine Sorgen zu machen brauchte. Dafür war es jetzt zu spät. Und in dieser Wohngegend weit und breit kein öffentlicher Fernsprecher. Aber ich war ja bald zu Hause.

Zu Hause.

Das Wort klang in meinen Ohren nach. Mein Zuhause. Unser Zuhause. Unsere Autos, unser Geld, das von Louise und dir –

Nichts gehört dir. Es ist sein Geld, sein Haus, seine Frau. Du bist ein Lump. Stiehlst ihm die Ehre, sein Leben –

Ich schüttelte den Kopf. *Du spinnst! So würde er daherreden. Er ist derjenige, der spinnt.*

Ich sah das Gesicht des Menschbullen vor mir. Hatte er von sich selber erzählt? Wenn ja, war er geisteskrank?

Falls alles nur erfunden war, bewies die vertrackte Logik erst recht, wie gerissen einer sein konnte, der im Kopf nicht ganz dicht war. *Schwört, daß er die Augen der Frau nicht berührt, und näht ihr die Lider zu – wer zu so etwas fähig ist, ist zu allem fähig.*

Ich trat das Gaspedal plötzlich voll durch. Das Auto machte einen Satz und zischte durch die Kurven. Mit feuchten Händen steuerte ich an den luxuriösen Villen vorbei, in deren Gärten und Fenstern Christbäume glitzerten.

In dem Pseudo-Palazzo ganz oben brannte überhaupt kein Licht – als ich allerdings den Ferrari auf der Einfahrt stehen sah, wußte ich warum.

Ich hielt dahinter an und lief zur Tür. Louise hatte mir einen Schlüssel gegeben. Ich steckte ihn mit zitternder Hand ins Schloß und sperrte auf.

In der Halle war alles dunkel. Ich riß die Tür zum Wohnzimmer auf.

„Louise!“ rief ich. „Louise, wo bist du?“

Stille.

Oder fast.

In dem tiefen Sessel neben dem Kamin schweres Atmen.

Ich griff nach dem Lichtschalter.

„Lassen Sie das!"

Die Stimme war belegt, aber ich erkannte sie.

„Santiago – was machen Sie denn hier?"

„Auf Sie warten, amigo."

„Ich denke Sie sind . . ."

„In New Orleans? Das dachte Louise auch." Er stieß ein kurzes Lachen aus.

Als ich einen Schritt ins Zimmer machte, roch ich seine Fahne.

„Ich weiß, daß meine sämtlichen Leitungen angezapft sind", fuhr er fort. „Und daß am Flughafen einer steht und aufpaßt, weiß ich auch, also bin ich über Denver geflogen, denn die Passagiere, die von dort kommen, interessieren nicht. Ich wollte Louise überraschen, aber sie hat mich überrascht."

„Wann sind Sie angekommen?" fragte ich.

„Nachdem das Mädchen gegangen war. Wir wurden folglich durch niemanden gestört."

„Was hat Louise Ihnen gesagt?"

„Die Wahrheit, amigo. Ich hatte es vermutet, aber sicher war ich mir erst, als sie es zugegeben hatte. Aber das ist jetzt unerheblich. Unsere Probleme sind gelöst."

„Wo ist Louise? Ich will wissen . . ."

„Gern. Ich werde ebenso ehrlich zu Ihnen sein, wie sie es zu mir gewesen ist. Sie hat mir alles gesagt – wie sehr sie Sie liebt, welche Pläne Sie zusammen haben, selbst von ihrem albernen Wunsch, den Christbaum schmücken zu wollen, hat sie gesprochen. Sie hat so innig darum gebeten, daß sogar ein Herz aus Stein geschmolzen wäre, amigo, ich konnte ihr nicht widerstehen."

„Falls Sie ihr etwas getan haben . . ."

„Ich habe ihr lediglich ihren Wunsch erfüllt. Sie ist nebenan." Santiagos Lachen ging in einen Hustenanfall über.

Ich war bereits an der Tür und riß sie auf.

Die elektrischen Kerzen im Baum brannten schwach, ihr Schein jedoch genügte, meinen Blick als erstes auf die Machete zu richten, die auf dem Boden lag. Mein zweiter Blick galt dem Porträt, doch es war zu meinem Erstaunen unberührt.

Ich zwang mich, wieder auf den Boden zu sehen und stieß einen Seufzer der Erleichterung aus. Tatsächlich nur die Machete, sonst nichts.

Ich bückte mich und hob sie auf. Jetzt erst sah ich die roten Stellen auf der rostigen Schneide – rote Stellen, aus denen kleine Tropfen flossen und auf den Boden fielen.

Einen Moment lang glaubte ich, sie fallen zu hören, dann wußte ich plötzlich, daß sie zu winzig waren, um das stetige Tropfen zu verursachen, das aus dem –

In dem Augenblick muß sich Santiago im Wohnzimmer erschossen haben, aber es war nicht der plötzliche Knall, der meinen Schrei auslöste.

Ich starrte auf den Christbaum, auf die blinkenden bunten Glühbirnchen in den künstlichen Kerzen und die bizarren Formen, die an den ausladenden Zweigen hingen. Ich starrte und schrie, weil der Wahnsinnige die Wahrheit gesagt hatte.

Louise schmückte den Christbaum.

ENDE

MOEWIG ROMAN

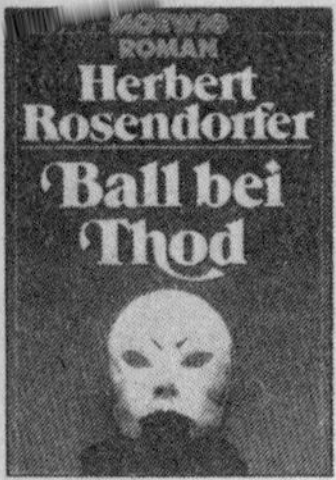

Ein Lesevergnügen erster Klasse bieten die Erzählungen Herbert Rosendorfers, denn seine Geschichten sind voller Witz, aber auch voller Melancholie.
2231 DM 7,80/öS 65,–

Herbert Rosendorfer
Das Messingherz
Witzig und spannend ist dieser Liebesroman, den eine realistisch-satirische Geheimdienststory umgibt.
2171 DM 8,80/öS 75,–

Lawrence Sanders
Die erste Todsünde
Atemberaubend ist die Stadt New York mit all ihren Schattenseiten, dem Strudel von Ehrgeiz, Sex, Stolz, Liebe, Hochmut und Leidenschaft.
2195 DM 8,80/öS 75,–

Lawrence Sanders
Die zweite Todsünde
Seinen Ruhestand will Captain Edward X. Delaney genießen, doch wird der Polizist, den sie „Ironball" nannten, seine Vergangenheit nicht los.
2232 DM 7,80/öS 65,–

Carola Salisbury
Eine unheimliche Kreuzfahrt
Die Traumreise wird schnell zu einem finsteren Alptraum, und der Lebenshunger wird mit dem Tod bezahlt.
2160 DM 7,80/öS 65,–

Gabriel Barrault
Der Hai
Skrupellos geht er seinen Weg zur Spitze. Freundschaft und Liebe opfert er seinem besessenen Ehrgeiz.
2107 DM 8,80/öS 75,–

Selbstjustiz gegen Gangsterterror. Wie ein Faustschlag wirkt dieses Romanthema. Erfolgreich verfilmt mit Charles Bronson.
2140 DM 6,80/öS 55,–

J. Breslin
Der Mafia-Boß hat Scherereien
Die Mafia ist kein Witz, auch wenn sich die ehrenwerten Herren mitunter so dämlich benehmen, als wären sie blutige Dilettanten.
2227 DM 6,80/öS 55,–

Olav Gullvaag
Es begann in einer Mittsommernacht
Die reiche Bauerntochter und der arme Händlersohn. Ein Leben harter Entbehrungen, doch das Schicksal läßt sie glücklich werden.
2123 DM 7,80/öS 65,–

Juliette Benzoni
Ein Halsband für den Teufel
Abenteuer bestimmen das Leben des „Falken", des kühnen und faszinierenden Gilles de Tournemine.
2207 DM 7,80/öS 65,–

Norman Mailer
Der Hirschpark
Hollywood mit all seiner Perversion, seinem Snobismus, Sexwahn und Lebenshunger wird in diesem Roman gezeichnet.
2191 DM 7,80/öS 65,–

Rosser
Wölfe am Himmel
2236 DM 6,80/öS 55,–
Tollkühne, aber auch verzweifelte Einsätze flogen die deutschen Jagdflieger zu Kriegsende.

Spannend bis zur letzten Seite ist dieser Superthriller aus der Agentenwelt. In Prag gibt es ein Treffen aller östlichen Geheimdienste.
2237 DM 7,80/öS 65,–

Die große Liebe zwischen Clara Petacci und Benito Mussolini. Ein Tatsachenroman, der menschliche Leidenschaften widerspiegelt.
2105 DM 6,80/öS 55,–

Ein Teufelskerl, der die unmöglichsten Aufträge mit der linken Hand erledigt, ist Thomas Best.
2142 DM 6,80/öS 55,–

Überraschend, voll Situationskomik ist die Liebes- und Lebensgeschichte der Seekapitänin der Sowjet-Marine.
2174 DM 8,80/öS 75,–

Erskine Caldwell
Gottes kleiner Acker
Die Suche nach Gold bestimmt das Leben einer Farmerfamilie im Süden. Hemmungslosigkeit und Gewalt führen sie zum Vorgeschmack der Hölle.
2167 DM 8,80/öS 75,–

Wolfgang Ebert
Ein ganz normaler Neurotiker
Schonungslos, witzig und vertrakt sind die Bekenntnisse eines professionellen Junggesellen und Frauenlieblings.
2189 DM 7,80/öS 65,–

C. Nordhoff / J. N. Hall
Hurrikan
Naturgewalten und menschliche Schicksale stehen im Mittelpunkt dieses klassischen Romans.
2108 DM 5,80/öS 45,–

Rosalind Erskine
Das verflixte dolce vita
Wilde Partys, die Welt der Playboys, der Yachten und des dolce vita werden der jungen Miss Calander fast zur Schlinge.
2151 DM 6,80/öS 55,–

Steve Shagan
Die geheime Formel
Weltweit ist die Jagd nach der Formel für die Herstellung von Treibstoff aus Kohle. „Der Thriller" als Buch und Film.
2162 DM 7,80/öS 65,–